柳青传

附·柳青和女儿的谈话

刘可风 / 著

人民文学出版社

图书在版编目（CIP）数据

柳青传/刘可风著．—北京：人民文学出版社，2016（2021.5重印）
ISBN 978-7-02-011282-1

Ⅰ.①柳… Ⅱ.①刘… Ⅲ.①传记文学—中国—当代 Ⅳ.①I25

中国版本图书馆 CIP 数据核字（2015）第 286709 号

策划编辑　脚　印
责任编辑　王　蔚　张梦瑶
装帧设计　李思安
责任印制　王重艺

出版发行　人民文学出版社
社　　址　北京市朝内大街 166 号
邮政编码　100705

印　　刷　三河市宏盛印务有限公司
经　　销　全国新华书店等

字　　数　380 千字
开　　本　890 毫米×1290 毫米　1/32
印　　张　15.375　插页 5
印　　数　16001—21000
版　　次　2016 年 1 月北京第 1 版
印　　次　2021 年 5 月第 5 次印刷

书　　号　978-7-02-011282-1
定　　价　36.00 元

如有印装质量问题，请与本社图书销售中心调换。电话:010-65233595

脚印工作室

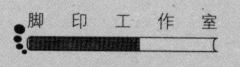

· 1951年，柳青在苏联

·柳青在皇甫村家里

生活不断地向推动历史车轮前进的人
提出各种各样的问题——

柳青传 · 上

003 第一章
"多余"的孩子 / 父亲 / 入学 / 革命启蒙 / 在绥德四师 / 榆中三年

024 第二章
对文学的兴趣 / 救亡运动 / 大哥的心事 / 到前线去

039 第三章
噩耗 / 战地体验 / 在延安

051 第四章
初到三乡 / 艰难的抉择 / 减租减息 / 摊派公粮 / 三乡的地主和富人 / 从办联校到试种棉花

081 第五章
去大连 / 完成《种谷记》

090 第六章
在冀东的短暂停留 / 回陕途中 / 沙家店采访 / 自律 / 一次意外的打击 / 主持《中国青年报》文艺副刊 / 出访苏联

112 第七章
到长安县 / 落户在哪里？ / 皇甫的互助组 / 统购统销

132 第八章
成立农业社 / 王三老汉 / 王家斌 / 夏收 / 董柄汉 / 扩社 / 分社风波 / 初级社的管理 / 建社容易巩固难

155 第九章
书稿余烬 /《创业史》第一稿 / 中宫寺 /《创业史》第二稿 / 破坏农业社的案件 / 最艰难的日子 / 写出人物的感觉 / 转折性的1958年 / 书终于写成了 / 进山 / 马葳的变化 / 在这里生活下去 / 读者来访

198 第十章
急骤变化的形势 / 挡不住的潮流 /《狠透铁》的真实意图 / 丰收年

210 第十一章
高级社旋风 / "放卫星" / 人民公社食堂"办不成" / 大家都穿布鞋 / 保持普通人的感觉

228 第十二章
"四清运动" / 第二次"四清运动" / "干部们早已是阶级敌人了" / "二十三条"发表之后

264 第十三章
山雨欲来 / 成了"黑作家" / 下放 / terrible / 万幸的抄家 / 搬家 / 失而复得的书稿 / "拼刺刀" / "外调"中的柳青 / 上造反派的船？ / 柳青的"历史问题" / "从严典型" / 马葳之死 / 在牛棚里 / 清醒的"牛鬼蛇神" / 牛棚快解散的日子

柳青传·下

315 第一章
我和父亲 / 天水行 / 挣扎在生死线上 / 到绥中 / 到北京"躲病"

336 第二章
"乡巴佬" / 修改《铜墙铁壁》/ 日思夜想回长安 / 谁能与父亲做伴

353 第三章
父亲的牵挂 / 最后一次修改《创业史》第一部 / 父亲教我写文章 / 最后的日子

柳青和女儿的谈话

一、关于社会主义民主 375
二、建议改变陕北的土地经营方针 383
三、关于二战的思考 387
四、未完成的《创业史》的构思 394
五、《创业史》中的人物发展 406
六、《创业史》与"社教运动" 426
七、对合作化的长期研究和思考 429
八、父亲和我谈读书与写作 432
九、谈几部中国古典作品 442
十、谈丁玲和周扬 448
十一、谈《在延安文艺座谈会上的讲话》 452
十二、对历史人物的评价 456
十三、谈作家的时代局限 465
十四、父亲的金钱观 471
十五、父亲最后的建议 475

附：柳青生平简明年表 481
后 记 484

柳 青 传 · 上

十四岁时，油灯下，他吃力地啃《共产党宣言》；"一二·九"前后日夜奔走，积极参加抗日救亡运动；"西安事变"以后为办救亡刊物累得大口大口吐血；1939年，到敌后战场跟部队上前线打仗，对常人已经够苦，对他更是苦上加苦，冷天里蹚冰河，夜夜行军，病体几乎支离破碎。他忘我地干，竭尽自己的力量，他自信参加革命够彻底了。而现在，他的自信心动摇了，因为他想到了离开这里，怕黄土埋瘦骨，文学事业将与身俱灭，他不能想象那种现实。他剖析自己深层模糊的意识：自己带着极大的个人抱负走进革命队伍，不愿做一个无声无息的人，以前的苦和个人愿望不悖，况且苦也是暂时的，咬咬牙就能过去，现在虽说也是暂时的，可暂时到何时？对于生活，如果总是划皮而过，文学事业的进取和希望何在？文学事业要求作家深入生活是无止境的！咬牙岂能咬一辈子。

　　他不仅带着强烈的创作愿望，同时也下过决心要努力工作，改造自己。这才出阵，就败阵而归，他自问：人生何为？

　　他握着拳，轻轻地敲着炕沿，咽下一口唾沫，好像在吞钢咽铁。不要说磨掉一层皮，就是磨掉一身肉，还是要干下去！此时，思想的改变，对自己仍很重要，对革命、对文学都非过这一关不可，否则，只是为了个人的打算，终将会使自己设法绕过困难，摆脱痛苦。

柳青（前排左一）在绥德四师

第一章

一、"多余"的孩子

辛亥革命已经过去五个年头，陕北黄土高原仍然和清朝末年一样荒凉和贫瘠，只是战乱更加频繁，灾难越发深重。

近来，在黄河西岸吴堡县的群山里，常有几股土匪出没，他们突然窜进村庄，疯狂烧杀抢掠。善良的农民无力反抗，只顾四散逃命，眼看着土匪拉走自家的牲口，驮走自家的粮食和财产，消失在大队人马卷起的尘土中。

为了自卫，吴堡县寺沟村的农民们

联合起来，在易守难攻的山峁上筑寨，把财产、粮食和牲口放在三四人高的寨墙里，一听风声不对，纷纷扶老携幼，逃进寨子躲避。

就在端午节后几天，报警的炮声又响了，村民们纷纷逃离。土匪进村扑了空，便全力围攻简陋的山寨，声言不交出足够的银元和粮食，定要杀个鸡犬不留。为了保卫生命财产，农民们拿起原始的刀、矛、火铳和农具，在寨墙上拼死抵抗。他们哪里是手持快枪、野蛮疯狂的土匪的对手呢？不到半天工夫，寨墙被攻破。红了眼的土匪，向人群疯狂射击。三十几户村民死伤四十多人，粮食、财产、牲畜被洗劫一空。土匪走后，寨子里外一片哭声。

寺沟村的刘仲喜是遭遇最惨的人家之一。他刚满三岁的小儿子，被土匪一枪打死在妻子怀里。十二岁的大儿子跳墙逃命时，被子弹打穿了手掌。二儿来不及跳墙，慌乱拿起羊毛毯遮挡身体，被打断了手指。家里的"顶梁柱"刘仲喜从寨墙往下跳，摔伤了腰和腿，躺在地上起不来。这个破败家庭的重担落到了临产的妻子和年迈的母亲肩上，乡亲们帮着埋了死的，抬着伤的，都替刘仲喜发愁：这家人往后的日子怎么过呀？

没过多久，也就是1916年农历六月初三午夜（阳历7月2日），刘仲喜的妻子又生下一个儿子。当他来到这兵荒马乱的世界，发出第一声啼哭时，母亲用力把这个肉囊囊的小东西推到灭火后冰凉的土炕拐角，顺手揭开炕角盖火，让倒灌进窑里的冷风正对着她的婴儿。被未成年的四儿两女拖累成一把干柴的母亲，早就拿定主意："这世道，怎能养活？不如早死，省得遭罪。"

要不是祖母清晨来看儿媳，这个小生命也许被抱到村外，埋在哪块黄土下，永远不为人知。

祖母扭着两只小脚，进得窑门，一眼看见撂在炕角旮旯光着身子的孙子。这个善良婆婆，三十多岁守寡，历尽艰辛把独子刘仲喜养大，吃够了人单力薄的苦头，盼着子多福多。她抱起婴儿，诅咒狠心的晚辈："倒你们龟孙子的运，这孩儿还在出气，就连裹也不裹？唉！这还是个命大的。"她对着儿媳、儿子叫嚷,"快给裹上嘛!"站着的、坐着的像没听见。她只好自己爬上炕,找来一块烂布把孩子裹好,又下地,寻来铁勺,抓一把小米面,点着几根高粱秆。当祖母正把烫嘴的面糊糊在自己嘴里嚼凉,用手指往婴儿口里抿时,报警的炮声又一阵阵响起,受轻伤的大儿二儿,立刻抬起受重伤的父亲,年老的婆婆扶着刚生产的儿媳,领着年幼的孙儿们急急忙忙往山寨逃命。只剩下这个生不逢时的婴儿独自陪伴着空寂的山村。

直到日头落西,天黑严以后,人们才陆陆续续回村。祖母先到窑里摸摸可怜的孙子,惊喜地说:"嘿!热着呢,还在出气,有气就喂上一口吧!"她一边抹掉落下的泪珠,一边去换孩子沾满屎尿的破布。

就这样,早出夜归,一连过了十六天,这个小生命竟然活着。听说土匪已离此往南。别人家都松一口气,仍然过起男耕女织的日子。刘仲喜一家却一片惨象:死的、伤的、老的、残的,全靠未出月子的产妇支撑。她做在前头,吃在后头,粗食淡饭也难吃饱,哪里还有奶水?婴儿顿顿靠祖母铁勺里那点小米糊糊充饥,怎能养活呢?

夫妻俩商量,妻子说:

"这孩儿没死,就给他寻上个好活的人家,听说邻村呼姓地主没有子嗣。"

倔强的刘仲喜躺在炕上,无可奈何地点点头。

托人说合,很快说妥。中人把这个"多余"孩子抱出窑门,刚刚跨上院门台阶,正蹲在院里抽烟的四爷爷,猛地起身,拦住了还差一步迈出大门的中人,大声嚷道:"你们喂养了这么一大群孩儿,哪个也没送人,就多余他一个?孩儿长大了不怪怨你们?你们知道他将来成龙呀变虎呀?仲喜!把他捎带着喂上不行吗?"一阵沉默,躺在炕上的刘仲喜挣扎着,却坐不起来,只好对哭泣的妻子说:"快……快把孩儿抱回来。"

二、父亲

把亲生儿子送人，也是万不得已，独子刘仲喜本是惜子如命的。

刘仲喜父亲刘生义，壮年时上山放羊被突发洪水淹死，他的四个兄弟为争菲薄家产，逼着寡妇改嫁。孱弱的母亲，为了呵护儿女，硬是咬紧牙，死心塌地守在刘家，渐渐地，女大出嫁，儿大成婚，孙辈成行。

刘仲喜虽然目不识丁，却颇有心计，把家庭整治得人丁兴旺，后来竟置买了十几垧山地，再加典种的八垧地，成为吃穿无忧像样的一家人。

典种的八垧地两年后被主家赎回去，给了七十吊钱。头脑灵活的刘仲喜发财心切，灵机一动，把钱投到镇上薛敬修经营百货布匹的"天和厚"字号里。开始薛敬修嫌钱少，刘仲喜狠狠心，借了两个元宝，加在一起入了股，薛敬修包下字号的经营事务，让不识字的刘仲喜放心回家，还说："明年来分红，你准能赚一笔！"

盼到来年底，刘仲喜兴冲冲跑进字号，不料，薛敬修吊起一副哭丧脸："唉，生意烂包了，赔完了，什么都没有了……"刘仲喜顿时愣了神，喉咙陡然被堵，半天才囔出来："怎么会赔光的？本钱呢？本钱哪里去了？"薛敬修一口咬定全赔完了，刘仲喜一跳三尺，非要他还清本钱，无论刘仲喜怎样叫骂都无济于事。

"天和厚"字号开在岔上镇，赶集粜粮常来常往，熟人不少，都说字号肯定赚了钱，盈利不会少。"姓薛的！你明明是要谋我的财呀！"平时为一点小事都争强好胜的倔强汉子，这么大的亏还能白吃？非要和姓薛的见高低！偏偏祸不单行，就在这阵儿遇上土匪。刘仲喜一个儿子被打死，两个儿子被打伤，自己躺在炕上几近一年。

直到民国六年，伤好后头一桩事就是找姓薛的算账，刘仲喜把状告到吴堡县衙门，官司一直打了三年。为等过堂，他索性住在县城。

每次到衙门口，备感森严，一个不识字的农民，没有传呼，哪敢随便出入？但有功名的读书人直出直入，府上官员还迎来送往。他亲眼看见为薛敬修说官司的拔贡王子桐大摇大摆走进衙门，绸袍后襟还卷起一股清风。

正式过堂时，秀才薛敬修特意戴上清朝的顶子，一副自信倨傲的神气，虽然是被告，却坐在椅子上。原告刘仲喜，没有功名，只能跪在地上回话，大老爷不问，连头也不敢抬。这种不公平待遇使刘仲喜悟到："这世上的读书人真值钱！"

官司拖了很久，结果还是他输了。土匪的洗劫使他人死财散，现在输了官司，丢了七十吊老本不说，还有两个元宝的借债，打官司又欠下一屁股新账，债主天天来催，人都说："这下子，刘仲喜非垮不行！"谁知，这个倔强汉子既不服输，也没灰心，而是冷静谋虑往后的日子。他咬咬牙，把十几垧地典出去，还清了所有外债。他要靠剩下的这几垧地重振家业。吃了这次大亏，他变得更有头脑，有远见，为发财致富，拼劲更狠了。

刘仲喜认准两件事——修水地、栽树。官司输了的第二年，他利用冬闲领着儿子们把沟底的坡地摊平，搬石头，修水槽，日积月累，后来竟然拥有了五六亩水地，同时在山地栽种枣树三千多棵。民国十七年前后，刘仲喜又发了，不仅攒了供老大绍华上大学的一部分费用，还买进典进少量土地。

三、入学

输了官司，刘仲喜认准："这世上读书人最值钱！"他要不惜一切代价供儿子们念书。还在官司打到一半的时候，他就把大儿子绍华带到县城上高小。典出土地还债的余头，他毫不犹豫全部供绍华到榆林上初中，这使家里生活十分窘迫。每逢开学，为凑学费，全家人着急，但是，刘仲喜毅然决定卖掉口粮，把儿子送上通往榆林的小路。

在榆林六中，绍华时刻记着家中的苦处，为了让自己读书，近十口人吃不上、穿不上，度日艰难。他发奋用功，成绩一直名列前茅。

民国十三年，绍华中学毕业，经校长杜斌丞先生推荐领得陕北镇守署奖学金，去投考北京大学。考取了！他成了吴堡县第一个大学生。二十世纪二十年代陕北的大学生太稀罕了，不仅荣耀门庭，连同村人都觉得光彩。村里人对刘仲喜也另眼看待，都尊敬地称呼他"老太爷"。

这位"老太爷"打算儿子们能念书的都要供，老二协华到年龄也送进私塾，没几天协华死活不去了："看见纸上密密麻麻的字就难受，先生教的一句也记不下。"刘仲喜申斥责打，毫无成效，无奈一句："真是个笨蛋！"

老三树华到年龄照样送进私塾。他话少，有股憨劲，上学时怀里非揣个馍馍，不给不去。一上课就吃，吃完就要回家，不让走就放声号哭，弄得师生哄堂大笑，先生对刘仲喜说："我看这娃娃就算了，回家吧，不是那材料。"刘仲喜叹口气："唉，养了个傻瓜。"

从此刘仲喜开始注意他那在兵荒马乱中出生的四儿。这孩子命大没死，给人又没送成，终于成了家庭正式成员，跟着三个兄长来福（绍华）、有福（协华）、聚福（树华），取了个小名叫"成福"。成福一岁多时，村里来个算命的，一见就说他相貌不凡，夸他生辰八字最好。走江湖的瞎吹，更引得刘仲喜不时联想："这老四说不定还是个材料。"

成福幼时贪玩，和小伙伴打瓦片、摔跤、捉迷藏、打水仗……哥哥们下地后，剩下五六岁的成福，成了父亲的小尾巴。刘仲喜走东窜西，给人帮忙、评理、说闲话，他都跟上。最高兴的事是跟父亲上山套野鸡。他们利用家养的"诱鸡"叫声引来野山鸡，父子俩常隐藏石后一蹲半天，小成福既不嫌累，也不怕晒，套住野山鸡的一刻，兴奋得活蹦乱跳。

成福一直过着无拘无束的日子，直到过了第八个生日，还是整天玩耍，这使刘仲喜很恼火。一天，几个孩子在一起耍铜钱，刘仲喜走过来，照着成福屁股上就是一脚，跪着的成福朝前滚了个跟头，翻身坐在地上。一起玩耍的孩子们吓得各自逃散。父亲朝着惊呆了的成福大骂："你还做个甚呀不？这么大的娃娃，一天钻到一起，往八十上耍呀？明天给我上学去！"

1924年，正是大哥进大学的那一年，成福进了本村私塾，正式起用了刘蕴华这个文雅名字。

乡里念书娃娃八九个，数他最小，也数他最贪玩。有时先生讲一段课文，让娃娃自己念。逢此机会，他常领娃娃们戏耍。一次，耍"坐朝廷"。蕴华坐在垒了三层高的书桌上当皇帝，其他娃娃当文武百官，一会儿鞠躬，一会儿磕头，正耍得红火，先生突然出现在窑门口，慌神的"文武百官"到处乱窜，"小皇帝"坐得太高下不来，吓得哇哇直哭……

学堂作业就是背书，娃娃们成天摇头晃脑"之乎者也"，先生说："蕴华贪玩些，耍着耍着书倒都背下了，比其他娃娃背得还好。"

寺沟的先生水平只能教到三年级，孩子们要继续读书，只能上完小。佳县螅镇离寺沟三十里，是黄河西岸一个渡口，有所完小。上学不交学费，点灯用油，生火烧炭，由渡口收入支出，学生只出书本笔墨钱，刘仲喜很满意，但幼小的蕴华却受不了离家之苦。入学头半年，端起饭碗想娘，放下饭碗想爹，奶奶更是时时刻刻在心头——蕴华一落地，是奶奶嘴里的米糊救活他，也是奶奶顿顿喂饭养大他，奶奶天天抱着他。他想回家，常想得眼泪刷刷，二哥刚走，就盼着来接他。

想家归想家，还得念书。其实，这个学校，与原来的村学完全不同，这里师生平等，从不打骂学生。七八个教师中有几个是从北京等地回来的大学生，深受五四运动影响，提倡民主科学新思想，有的还是秘密的共产党员，在本地发展党组织，甚至在课堂上宣传革命。课程设置也以新学为主，虽有四书五经，但主要课程除国文外，还有算学、英语、修身、生理卫生和理科。在这里，蕴华第一次接触到自然科学知识。

念书归念书，仍然想家，好容易熬到寒假，一见二哥，哭得抽抽搭搭，二哥心疼地把他抱上毛驴，让他骑了一路，自己跟着走了一路。

哪能想到，一进家门，窑里坐着离家几年的大哥绍华。大哥是蕴华眼中最有学问的人，他崇敬、激动、目不转睛。大哥把弟弟拉到怀里，怜爱有加，告诉他，自己要到米脂县去教书，挣些学费再回北大，这次回家就是来接他，让他到陕北文化重镇见识见识，怕他人生地疏，已经约好本家叔叔刘义维结伴同行。

四、革命启蒙

1928年，蕴华跟着大哥高高兴兴来到米脂县城。年幼的蕴华哪里想到，大哥回陕北不是为挣学费，而是政治避难。1926年，大哥刘绍华在北京加入了共产党。一年之后相继发生"四·一二""七·一五"反革命政变，国民党大批屠杀共产党人和革命群众。在白色恐怖还没来到闭塞的陕北时，一批在北京、上海、武汉等地的革命知识分子，被迫回到家乡，用从事教育和文化工作做掩护，在农村和城镇的劳苦大众中宣传马克思主义和反帝反封建思想。刘绍华就是其中之一。

绍华虽然没有把真实情况告诉弟弟，他却把弟弟带进一个革命气氛浓厚的环境中。

蕴华和刘义维初到米脂，小学尚未开学，几个同大哥频繁来往的中学生，空闲时常带二人外出游玩。

一次，临近清明，大地回春，大同学带他们出了城，正沿着桃红柳绿的无定河漫步，突然远处搭起的席棚下传来一片撕心裂肺的哭声。蕴华惊奇地问："他们为什么跪在神像前号哭呀？"

大同学给他们讲，每年这时节，人们都要把"城隍爷"抬出来，求他审判官司。来哭的人多是家里有人外出，生死不明，他们认为亲人肯定已经冤死,求城隍爷申冤。

"真的?"两个人心里一紧,显出对神鬼的畏惧。

"真的?谁见来?泥做的神像,能判个什么官司?人在无能为力的时候,往往把希望寄托在天上或地下……"大同学又给他们讲神鬼本不存在,是封建统治者造出来欺骗人民的,为了让人民俯首帖耳顺从他们的统治……

这两个小乡巴佬全神贯注地听着。

后来,大同学领着这叔侄多次参加群众集会和游行。

刘义维说:"给我们印象最深的一次,是游行队伍走到米脂县最大的一家店铺前,发现头天群众在这里张贴的标语被撕得粉碎,散落在台阶上。这个店铺的掌柜是县太爷的老子,平日趾高气扬,盛气凌人。群众见此情形,愤怒地冲进他的店堂,把货物砸了个稀巴烂。在黑压压的人群包围中,他吓破了胆,唯唯诺诺,点头哈腰。"

"那一次,群众团结起来的力量震撼了我们。"

后来,他们凭着一股热情,跟上大同学到农村,向农民宣传要组织起来反抗黑暗统治。可是,两人站在农民面前,竟说不出话来,他们小,懂得的道理实在太少,光知道穷人要翻身。回来后,大同学拿些社会进化史的书籍和一个叫《党声》的刊物给他们阅读,到没人的地方一起学习,几个人悄悄讨论。刘义维说:"蕴华虽然比我小,但他爱思考,常常讲些他悟出来的道理。"

"穷人为啥穷?不是祖上没积德,是世代受剥削;穷人为啥苦?是剥削穷人的统治者在压迫我们。"

大哥对他们的活动似乎并不介入,只管教书。可有一天,蕴华在他的箱底翻出一包书,好奇地揭开一看,啊!是《共产党宣言》和党的一些刊物,心里惊喜地想:难道大哥是共产党?

不久,五月的一个夜晚,在小学东面的破庙里,先于蕴华入团的刘义维,和经常讲革命道理、借进步书籍给他们的大同学高锦纯,介绍他加入了中国共产主义青年团。入团以后，他们又积极参加纪念"五卅"惨案的活动。

1929年的寒假即将来临，突然，大哥等不到放假就匆匆离开米脂回北京（已改为北平）了。临走前嘱咐他，下学期不要再来这里，仍回螅镇上学。当时他不知道大哥何故突然离去，后来听说，大哥果然是共产党员，来到米脂宣传赤化，鼓动学潮，被反动当局发觉，在反动派的追捕下，被迫离开。

啊！真是这样，蕴华望着东方，挂念大哥的安危。

不久，他再回螅镇读高小二年级。在他离开螅镇的这一年，这里和米脂一样，也曾掀起过革命浪潮。现在也处在白色恐怖中，校长换上一个反动绅士，教师多是生疏面孔，党团员已大部分离开，学校气氛变了，没有人公开讲革命，连镇上逢集也不如过去热闹，但留下来的少数党团员仍然坚持活动。蕴华说："我们掩埋文件，分析形势，在一个教员的带领下毫不慌张地应付国民党来校抄查。"

一个苗姓教员几十年后回忆："我还记得他，年龄虽小，特别爱问，社会、历史……追根刨底；最爱借书，晚上，人都睡了，他还在油灯前，训育主任来查铺，见他聚精会神，一次都没批评，看看就走了。"

这时的蕴华早不是哭鼻子的孩子，已经是立下人生志愿的少年，他要像大哥一样，进陕北的最高学府——榆林六中，也要像大哥一样，到北京读大学。富于幻想的少年时代，对前途充满期待。

绝没想到，等待他的却是一场横祸。

五、在绥德四师

就在蕴华毕业前夕，他的家庭遭遇了又一场倾家荡产的大祸。

事情是由水浇地引起的。

见刘仲喜家水浇地得了大利，家家户户修水地。到1930年，沟底已摊满了大大小小的水浇园子，每逢三月下种，五月开花的关键时候，都抢着用沟里流下来的水，免不了吵吵闹闹，你争我夺。

刘仲喜的园子在前沟，这些年，他和几家同族共同使用大沟的水。经过逐年修整，水槽安装得相当完备，引流浇地十分便利。为修大沟他们花了不少钱。

前沟还有一块园子地，是刘仲喜一个亲叔父的。他家单独使用从另一条小沟里流来的水。到了旱天，这股水很小。于是叔父以长者身份非要用大沟的水。刘仲喜几家要他出些钱，作为修水槽的补充投资。叔父硬是不出，还非要使用。于是一方开沟引水，一方填土埋堵，矛盾便不断激化。

1930年初夏的一个清晨，刘仲喜刚披衣下炕，从院门口转到通向窑顶的小路，就听见沟底传来了激烈的吵闹声。

"前沟园子地里打起来了！"村里有人在喊叫。

三儿润华听见，提起锨头就朝前沟跑。

"这个憨儿！"刘仲喜虽然对叔父很不满，但也不愿意自己的儿子惹祸。他连连喊叫："聚福，回来！聚福，回来！……"再叫也没用，润华只顾愣头愣脑蹿向沟底。

打架的人群锨来锄去，磨得锃亮的农具，在人们头上划着冷光。被打倒的人一边往起爬一边拼命叫骂。正在气头上，谁还考虑后果？一百多年前逃荒来到寺沟的那个刘老汉的嫡亲子孙，现在为了一股水，刀刃相见，正进行一场流血的争斗。突然一个叫二骡子的小伙，举起锨头向刘仲喜叔父打去。叔父赶紧举起锨来遮挡，用力过猛，举起的锨刃反而打在自己头上，人倒了，殷红的鲜血从脸上流到胸前。打架的双方顿时愣住，不约而同停止了械斗。

叔父的伤势虽然不轻，但没有危及生命。事情闹到这地步，只好请人说和。最终商定：四十天之内，人死算打死，四十天之外，死了算病死。三十多天过去了，叔父的伤口基本愈合，已经露出粉嫩的新肉，他觉得窑里闷,要到外面晒晒太阳。在畅快的蓝天下久坐不返,不料受了风,回家第二天就死了。因在四十天之内,死人的一方要求赔钱抵命,打人的一方只有刘仲喜家道较富裕,又是这几家的"领袖",自然要扛大头。刘仲喜不得不卖掉大部分财产,赔了一千多块银元。这比做生意被骗损失大十几倍!从此,家道中落,一蹶不振。

这幕惨剧在蕴华幼小的心里留下了深深的烙印。几十年后,他在长篇小说《创业史》中写下了这样的话:"私有财产——一切罪恶的源泉。"

遭了横祸,家庭一贫如洗,再也无力供蕴华去读榆林六中,但他升学欲望依然强烈。这时突然传来喜讯,被国民党查封的省立绥德第四师范学校恢复招生。这个学校不交学费还管饭,听说报考者甚多,很难考取。蕴华不等毕业就提前离开螅镇。功夫不负苦读人,他榜上有名。

上世纪二三十年代,绥德四师被称为陕北的革命摇篮,由革命先驱李子洲创办,他受李大钊委托,以学校为阵地,在陕北开展党的工作。一年前,李子洲不幸被捕,反动军阀对四师更是严加防范。早在大革命失败后,1927 年,四师已被追随蒋介石的军阀井岳秀解散,经多方交涉,1930 年才得以重新招生。

十四岁的蕴华从偏僻山沟踏进这座知名学府,不仅学到了知识,也感受到和以往不同的校风,这里像他一样的穷学生不被歧视,衣着破烂没人笑话。同学们还募捐帮助贫困生继续读书。

学校有个图书馆。蕴华从来没见过这么多的书,自然科学的、社会科学的,还有许多文艺书籍,连宣传马克思主义的书也立在书架上。加入了共产主义青年团的蕴华,头脑里装的都是革命、斗争、打倒土豪劣绅……所以,很快被吸引了。

一天晚自习,他正专注读一本《政治经济学》,突然,桌上的油灯火苗晃动,有人走到身后。来不及把书藏起,那人已经伸手拿起书,回头一看,是训育员刘澜涛。蕴华神情紧张,只见老师微微一笑,和蔼地说:"你还小,看这种书还早,这书难懂啊,还是先借一些文艺书籍读读吧!"

蕴华知道刘老师是一位很进步的教员,但不知道他就是当地党的负责人。对学校的进步教员,他很崇敬,乐意接受他们的指导,第二天就借了一本一年前刚刚出版的翻译小说《西线无战事》。

《西线无战事》是德国作家雷马克将自己在第一次世界大战中的亲身经历写成的小说,作者真挚的感情,自然流畅的文笔,很快就吸引住了这位初级师范一年级学生,尤其是异国的风貌和习俗,开拓了这位少年的思想和眼界。教员曾讲过的第一次世界大战的过程,在蕴华脑海里变成了一幕幕雷马克所描写的形象画面。

优秀的文学作品是这样富有魅力,认真读了第一部就使他着了迷,紧接着又借了《少年漂泊者》《反正前后》等书。

《反正前后》是郭沫若自传中的一部分,描写了作者中学时代的经历。这位颇负盛名的文学家竟然也出自乡间,他少年时代的幻想和愿望,他经历过的辛亥革命前后中国社会的变化,引起蕴华的思索,不断联系自己的经历和前途。从此,他十分注意阅读名人传记,想从他们的奋斗中得到鼓舞,从他们的失败中汲取教训。

蕴华和文学结下不解之缘,最初接触的这些作品功不可没。

四师重开后,学校里一部分军阀和富人子弟组织了"兄弟党",监视共产党的活动,盯梢进步学生。但地下党仍很活跃,经常组织进步师生到城镇和乡间做革命宣传。

一天,一个党员同学带领蕴华来到铁匠炉前宣传,见师傅正领着徒弟打铁,一阵丁当敲打,铁件逐渐由红变黑,趁冷下来的铁件放进炉内重新加热的间隙,两人急忙走到师傅面前,热情招呼。铁匠见是学生娃,不是铁器买主,冷冷点个头。二人不管他们是否接受,开始了充满激情的演说:"大叔,在这个世道上,我们做工、种田,生产下的财富，不是被官府、老财剥削去，就是被兵痞、土匪抢走。而劳苦大众始终过着贫苦的生活，我们应该团结起来，想法子改变这个社会，而今革命高潮就要到来……"铁匠始终低头干活，两位学生滔滔不绝的演说，他似乎没听，走过来笑笑，爱抚地摸着蕴华的头说："娃呀，到外边耍去吧！小心火星碰着你。"说罢，又抢起铁锤。两位热心的宣传家只好走了出来。

四十年后，与已是战功显赫的那位同学相聚回忆，他们依然感慨："那时候咱们充满热情，但太幼稚，不了解党内'立三路线'的影响，也不了解群众，不善于用群众语言引导群众。"

1930年12月11日，广州起义三周年之前，地下党组织决定举办纪念活动。讨论活动方式时出现了两种意见，一是在学校召开秘密纪念会，这样既能保存力量，防止敌人破坏党组织，也有利于培养革命人才。持这种意见的人不多，不足以决定全局，大多数人主张大张旗鼓进行宣传，扩大影响。在"立三路线"的影响下，绥德特委曾在1928年和1929年发动过几次不成熟的学潮，结果暴露了一部分党员，使党组织受到损失。党的领导没有接受教训，加上一些青年学生狂热，坚决要求上街，最后，学生们还是浩浩荡荡走上街头，在城区散发传单。

井岳秀部下见到传单，急忙派兵包抄学校，宣布："绥德师范共产党活动猖獗，系赤色分子大本营，应立即封闭。"下令三天之内，所有学生必须离校。匪兵们进校横冲直撞，到处搜查，把抄出的革命书籍全部烧毁。学生离校出城时，还要搜身检查。

绥师又一次被封闭。蕴华在这里仅仅一个学期，但他开拓了眼界，读到一些革命书籍，对共产主义有了进一步了解，第一次接触了文学，对这座充满革命气氛的学校产生了深厚感情，现在不得不离开，十分眷恋。回家就意味着失学，眼看学生们快走完了，他因为得到一本《共产党宣言》舍不得丢掉，又无法带出城外。正在心急火燎，突然二哥来了，寒假将临，专程来接他。蕴华眼睛一亮，来了主意。他把书夹在铺盖里捆好，叫二哥背上在前头走，叮咛他："当兵的不搜庄稼人，万一搜你，发现这书，就说是人家雇你背的，主人先头走了。"出城时二哥果然没被搜，蕴华随后空手出城。走一段，两人才相会到一起，二哥半天惊魂未定，汗水浸湿了棉袄里子。

六、榆中三年

不得已，蕴华又回到寺沟。听说绥师的许多同学去当了小学教员，他也想当。一个十五岁的毛头孩子，谁相信他能教得了书？

就业不成，又无钱求学，只好在家务农。但是，寺沟的窑院已经锁不住蕴华的心。他经常到三十里外的岔上镇看文件，读报纸，参加团的活动。每次走前告诉父亲他去上集，父亲从腰里掏出几个铜板，让他饿了在镇上买个馍馍，接着两眼凶狠一瞪："上集见了赌钱的，你给我离远点，要是有人说你耍了钱，我非打断你的两条腿！"他想耍钱一定不好，可父亲视若仇敌，反而引他好奇。在镇上办完事，他特意找到赌场，站在围观的人群里看上许久。赌徒中得意的、发狂的、沮丧的，那一副副模样，多年后，他还能说得活灵活现，最后真诚地说一句："我厌恶那种事，看过几次，的确，一次没耍过。"

在家闲得无聊时，常和叔叔刘义维交谈。盛夏，连着几场暴雨，正心烦地从叔叔窑里回到家，父亲满面春风递过大哥的来信，全家人无不激动，催他快念。蕴华越念越兴奋，大哥说他大学毕业了，在东北教书，有了收入，让蕴华即刻起身，去榆林六中赶考。

临行前一夜，父亲几乎通宵未眠，告诉他这次出门不比平常，离家三百多里，家里难得照应，饮食起居全靠自己当心。父亲第一次这么柔情，细致入微，叮嘱他走在路上要放灵醒，眼观六路，耳听八方，到了僻静处，迎面过来的人也要防范。让他在歇店时注意四邻，看他们是鬼鬼祟祟，还是忠厚老实，对心怀鬼胎的人，千万小心。有人问你到哪里,就说到绥德,说得近,人家觉得你盘缠不会多,如果说榆林,路远,歹人想你带的路费一定多,难免起歹心。又说夜里行李要枕在头下,有个动静要提防。睡觉要脚朝门,头朝里,有坏人进来还可搏斗,如果头朝门,那就完了。

第二天上路,父亲还是不断嘱咐,奶奶跟在后头,断断续续叨叨父亲的最后一句,不时用一只手在干瘪的脸上抹着眼泪。蕴华从坡上下到沟底,拐弯时,看见奶奶在墙头上插起三炷香,合手祷告,保佑他路途平安。蕴华的眼泪顺着脸颊流下来。不管什么时候,奶奶都温暖着他的心。

出了村,转上弯弯曲曲的黄土小路。家乡的土地不知磨烂了他多少双鞋,但他哪一次也没有这样,紧张地审视遇到的每一个人。客店的同室和相邻的人,他一个个细致观察。父亲的教导,使他小小年纪就锻炼着"察言观色"。

渴望读书,但是,半年多不摸课本,学过的知识蕴华已逐渐淡忘,两次考试都名落孙山,第三次才勉强考取"试读生",被安排在进度最慢的一个班。

接受了三年团的教育,蕴华心中仍然激荡着革命情怀。他试图在榆中寻找党团组织,但学校死气沉沉。听说,半年前,榆中的党团组织遭到破坏,六十多个同志被捕,逃脱的人也不敢回来。

能进榆中,真是不易,他立志努力,奋起直追。没想到,美好的初衷竟意外改变了。

学校里巧遇两个教员,是大哥的大学同窗,见到绍华的弟弟,特别亲切,除了日常关照,每人给了他十块钱。这个最多揣过三五块钱的穷学生,有点不能自制,被远胜绥德的榆林城吸引了。

开始,蕴华还能按时上课,只在节假日到明长城遗址镇北台、边塞风景红石峡游玩。后来逛街也多起来,繁华的街道有各色小吃和京广杂货,穿戴他没兴趣,嘴还是很馋的。一次,在书摊上随便买了两本文艺书籍，读过以后，就再也抑制不住继续读下去的欲望，于是，一本接一本买，一本接一本读，渐渐课也不放在心上，旷课成了常事。临近期末考试，暂时放下闲书突击几天，仍然是门门功课不及格，不但没有进步，反而落到班上最后一名。

当拿到成绩册时，他才又悔又怕，怎么向家里人交代？怀着侥幸心理，他把成绩册放进内衣小褂，硬着头皮回家了，盼望在不识字的父兄关怀下和与同伴的玩耍中安然度过整个假期。

没想到，在家才两天，大哥也回来探亲。大哥屁股没坐热就要看蕴华的成绩册。一直关心蕴华的大哥满面春风，期待他的喜讯。蕴华却躲到炕角，心悬半空，不大自然地说："没有成绩册。"

"我不信，哪有期末先生不给学生成绩册的？快去拿来！"

蕴华只得战战兢兢掏出成绩册递给大哥，再也没敢抬头。

一向温和的大哥顿时暴怒，把成绩册照着蕴华摔过去，即刻雷鸣电闪训斥他。他不顶嘴，也不觉得委屈，只是站在脚地一个劲哭。最后，大哥说："明天开始我给你补课，四十天假期，你哪里也不能去，不做完功课就休想出去耍！"

这四十天，蕴华被关在窑洞里，听大哥讲课，做大哥布置的作业。大哥从早到晚陪着他，耐心讲解，反复开导，感动得蕴华很快收回了玩野的心，拼命学习，就是大哥让他休息的时候，他还站在门口念英文。

临近开学，兄弟俩要各自返校，他恋恋不舍地对大哥说："你放心，往后，我一定用心学习。"

大哥对众人说："你们看着吧！老四这次补考肯定不会差，记性好，才气大，就是不用功。"

果然，蕴华补考得了第一名，成绩奇好，这么短时间变化太大，有的同学不相信，撇嘴说："这是教员在耍私情！"教师说："你们放假耍了四十天，可刘蕴华全在补习功课。"

蕴华一跃成了班上的好学生。第二学期，就调到了进度快的班级。

他把所有变化写信告诉大哥。大哥很高兴，回信要他把每门功课都学好，将来供他上大学，还特别强调："陕北出去的人考不取，大多是因为英文没有学好。"随后，大哥给他寄来一套四册纳氏文法和一本英汉词典。

榆中的课程有英文，最初他的爱好并不在此，仍然痴迷小说，因为在胡混的半年，他又读了一些文学书籍。但是，这里找不到一个文学方面的指导者，而大哥的话他一贯听取，于是，他开始刻苦学习英文。

正巧，英文教员赵先生，也是绍华的老师，对蕴华特别关心，师母还常为他缝衣补袜。赵先生的思想比较进步，蕴华很爱接近他，几乎每天去请教，先生不厌其烦，倾其所知给他讲解，他的进步很快。

最初，蕴华手头只有大哥寄来的几本书，他学一段背一段，最后竟将四本文法书倒背如流。他给自己规定每天背四十个单词，也照着字典，从发音、词意到例句都背下来，相当枯燥而繁重。每天晚上睡得很迟，在学校还好，假期回家，黑了不睡，老人嫌费油骂得不成，大姐白天偷偷把油倒出藏起来，等天黑人们都睡了，从门缝里悄悄递进来："老四，快点上灯看去吧！"

暑假的每个清晨，当村里的婆娘们穿衣起床，端着尿盆出门时，他已经在晨曦中念两个钟头英文了。

暑假快结束，他的臀部和大腿内侧，因常坐冰凉石头，起了成片红疙瘩，痒得钻心。带着身上癞癞疤疤的湿疹和仅有的几本英文书，他返回了榆林。

手头的英文书籍太少，读新书的欲望越来越强烈，于是，他写信到上海，陆续请人邮购英汉对照小说，有高尔基和莫泊桑的短篇小说集，歌德的《少年维特之烦恼》和施托姆的小说《茵梦湖》，还有汤姆斯·哈代的《姐姐的日记》。在学好一般功课之外，他利用课余时间把这些书读完，其中许多段落背得滚瓜烂熟，几十年后提起来还记忆犹新。

仅仅一年多，他有了阅读一般英文书籍的能力。赵先生开玩笑说："你要再学英文，非得另请高明了。"

虽然蕴华文化课都赶上了，但赵老师听说期末音乐考试他太"出众"。教师指定一首歌，叫蕴华站起来唱，蕴华说："我只会'三民主义'。"教师知道他上音乐经常旷课，"三民主义"每天晨会必唱，就说："那你就唱'三民主义'。"他又说："我只会唱最后一句。"教师竟然同意："就唱最后一句！"蕴华说："我一句也不会。"音乐课他从来都是零蛋。

蕴华可不是个全面发展的人。

赵老师劝他："去玩玩吧，怎么从来没见你在操场上蹦蹦跳跳，哪能成天钻到书本里？"蕴华点点头，行动却依然如故。

他继续读英语文学作品，《卖火柴的小女孩》《鲁滨逊漂流记》《天方夜谭》《泰尔西五十轶事》等。《纳氏文法》第四册基本是修辞学，大量引用古典文学的例子，又引起他对文学的兴趣。大家选他当一个英文学习会的主席，在学习会上，他能用英语讲述莎士比亚戏剧中的部分段落。

当他英语达到这个水平时，身体也已经衰弱不堪，痰中经常带血，初二下学期快结束时连课也上不成，只好独自睡在阴冷潮湿的宿舍。冬天，冻得实在受不了，就坐在外面墙根，两手交叉裹紧小棉袄晒太阳。

蕴华得的是肺结核，俗称痨病，当时是不治之症。他没有钱去治病。大哥寄的钱要补贴家用，还要供两个弟弟读书，他只能得到伙食费和少量零用钱。同学中大多数是地富和军官子弟，这些人穿的是长袍，吃的是头等灶，而蕴华穿着带补丁的小袄，吃最差的三等灶，每月伙食不到两块钱。一次，吴堡同乡送一个同学投奔红军，大家合影，他穿的长袍还是别人帮助借来的。

当室友知道他得的是肺结核后，一两天之内一个接一个搬走了。环顾空荡荡的小屋，还有一张床上放着被褥，他的主人叫董学源，蕴华班里的一个优等生。董学源不但不怕传染，还坚持每天给他补课，使他的功课一天也没落下。每顿饭都是董学源给他打回来，放在床头，又弄来一些中药，按时敷在他的湿疹上。他们很快成了莫逆之交。

董学源的家庭十分贫寒,母亲早逝,靠着可怜的祖母在瓦窑堡的镇上卖豆腐养活全家五六口人。他上小学是靠给学校当工友挣来的一点工资维持的。以后,又到字号当学徒,挣了一点钱投考初中。因为学习成绩好,一直领着榆林县的奖学金。他在考入初中的前两年就加入了共产党,也因为学校实在没有党的组织而接不上关系。

假日,他们俩很少上街,在寂静的宿舍里默默读书。蕴华病情稍轻的时候,两个人一起去图书馆,蕴华又读了法捷耶夫的《毁灭》,里伯斯基的《一周间》和另外几本苏联小说,鲁迅的书更是爱不释手,《呐喊》《彷徨》中的小说,《语丝》中的散文。董学源说:"他常讲感想,和我讨论。"蕴华又痴迷起文学来。

榆中三年,不知不觉蕴华长成了十八岁的青年,虽然看上去瘦小,但思想发展之快,连他自己也吃惊。

还在初一下学期快结束的时候,学校闹学潮,反对反动校长翟大雄,蕴华和董学源参加了发动和罢课。那时,他已经当了校刊编委,写了校长的十大罪状,在师生中影响很大。

学潮一平息,接着就是期末考试,政治课都是国民党的一套教育,他说:"考个啥,不去!"许多人受他影响也不去。参加考试的大多是驻榆林伪军八十六师的子弟。

对帮助日本人打中国人的伪军子弟,蕴华平日睬也不睬,爱吹牛拍马的,从来不和他们搭腔。蕴华从小个性强硬,爱憎分明,因此,伪八十六师的子弟特别恨他,常常偷听他和别人说话,夜里把他和几个进步学生的课桌翻得乱七八糟。虽然这里没有党团组织,许多人政治倾向分明。

初三下学期临近考试,他写信给两年前从东北回了陕西,在西安高中任教的大哥,告诉他自己即将毕业,同时说了生病的情况。大哥十分焦虑,要他一毕业就到西安去,首先要为他治病,并且让他在西安高中就读。

但是，他难舍朋友董学源。没有董学源亲兄弟般的照顾，他哪能维持病体不垮？又怎能完成初中学业？他不但不想离开董学源去西安，甚至希望同他终生形影不离。怎么能实现这个愿望？他思索数日，又给大哥写了一封信，言语所及都是董学源，最后说："……如果大哥能汇来我们两个人的路费，今后供我俩的学费，我才去西安，否则，我也不去了。"大哥回信欣然同意。但不知朋友是否同意，当他恳请董学源同往西安时，朋友执意不肯，一再表示他不愿意靠别人供养。失望的蕴华最后下决心说："那我也不去了！"董学源劝他："你一定要去，要紧的是早点把病治好。"他说："那路上谁来照顾我呢？以后的日子只能你到哪里，我也到哪里了。"诚挚的友情打动了朋友，董学源终于同意了。

为了赶考，他们来不及回家，和回省城的两个长者搭伴，匆匆启程，赶往千里之外的西安。

动身之前，蕴华还在咳血，有教员预言："他的身体，我看到不了省城就完了。"

但是不管死活，蕴华认定了要完成这趟长途跋涉的旅程。

1932年11月,柳青(中排右一)在榆林六中与同学合影

第二章

一、对文学的兴趣

站在眼前的弟弟骨瘦如柴,满面病容,惊呆了一直惦念他的大哥。

"你怎么会搞到这步田地?"大哥不解。蕴华讲述他怎样学习英文,疾病如何日渐严重,大哥心痛不已:"我写信让你学好英文,仅仅是为升大学,没想到你发展得这样极端,把身体搞坏了。"弟弟得的是人人惧怕的肺结核,大哥充满悔意。

心急如焚的大哥,整个暑假到处寻

医找药，当时还十分昂贵的盘尼西林（青霉素）需要多少买多少，看病打针，次次陪伴在侧。为了给弟弟增加营养，三天两头炖肉，小屋一时药味弥漫，一时羊肉飘香，时间、钱财，大哥一切在所不惜。

病情渐渐好转，1934 年 8 月底，咳血停止了。大哥脸上也舒展许多，怕蕴华耽搁学业，吩咐他们："现在就去参加入学考试吧！"董学源仍然不愿靠别人供养，坚持要投考西安师范。

大概因为他们来自偏远乡村，对省城的学校多有敬畏，此前从榆林出发，一路未停复习，甚至路经太原的一夜，仍坐在旅店的铺板上，背靠泥巴墙，看书直到疲乏得睁不开眼睛。

考试以后，大哥去看过他们的答卷。他兴奋地告诉他们："你俩的成绩都很好，是这次录取学生的头一二名。"四弟的英文程度，大哥不仅满意，甚至感到骄傲。英文卷子上蕴华用了一个十分生僻的单词，他很奇怪："你从哪里学来的？""小时候你教给我的。"大哥一愣，即刻想起："是你四岁那年吗？我早忘了。"

和塞上小城榆林相比，西安的报刊多了许多。外国人办的英文《字林西报》，占去蕴华第一学期的所有假日。大哥看他对英文报纸兴趣那么大，劝他："英文只是工具，你还是首先把数理化学好吧！"他说："我的兴趣在英文，因为将来我想当翻译。"

每到星期天，他都去省立图书馆，这里报刊多，图书更多，阅读范围大大扩展。一旦读起上海出版的《文学》和《译文》刊物后，他对文学的兴趣又超过了英文，国文教员郝子俊告诉蕴华："鲁迅在《申报》的《自由谈》上经常发表杂文。"课后，学校图书馆又成了他的久坐之地。

大量阅读鲁迅作品，对蕴华影响深远。鲁迅精辟透彻分析文学、政治、历史、社会的许多问题，使蕴华对半封建半殖民地的中国社会认识越来越深刻。而吸引他读了几十遍，甚至上百遍的仍然是小说，《呐喊》《彷徨》中的孔乙己、华老栓、祥林嫂……这些生动的人物形象，使蕴华对文学揭示社会生活的深刻性和概括各阶层人物的典型性有了更进一步的领悟。

他把鲁迅作为导师，从他的作品里不断受到启发和教育。

对青年蕴华影响较大的还有卓越的新闻记者、政论家、出版家邹韬奋。他说："我是邹韬奋编的《生活》《新生》《永生》等刊物最热心的读者，几乎期期阅读，篇篇必看。他的大量言论具有极大的感染力，在国统区的青年中引起广泛共鸣，使千百万青年走上了革命的道路，我也是热血青年，他就像我们前进道路上的火炬。"

蕴华回忆说："我参加抗日活动的最初阶段就是办学生救亡刊物，我努力学习邹韬奋办刊物的特点：针对青年的思想实际，出刊快、篇幅短、版面活跃。"

他借书，买书，废寝忘食地看书。当他又一次重读了法捷耶夫的《毁灭》后，开始醉心于苏联十月革命以后的小说。

大哥见他一回来带的就是小说，渐渐地压抑不住说："看这些闲书有什么用？怎么很少见你复习数理化，那才应是你的功夫所在。"这样的劝告，次数一多，蕴华渐渐有了不表现出来的厌烦。

1935年高一下学期，学校突然宣布4月到7月举行全国高一学生集中军训。中断蕴华的读书生活莫说三个月，一天他也不愿意，他向学校申请，回答是："不行！不去下学期不能升级。"大哥担心弟弟的身体，直接跑教育厅，得到的回答一样干脆。想不出办法，大哥说："那你只好先去吧。"军训由豫陕合办，受训地点在开封。

集训刚开始，他就咳血了，夜间不停咳嗽，翻身吐痰，使他的下铺无法入睡。下铺双脚猛跺床板，愤怒吼叫："唾沫星子都溅到我脸上了……"态度虽然不大友好，可多亏这位下铺，由于他不断向上反映，使蕴华住进了医务所。

他暗暗高兴：这下又可以看书了。他以看病为由，到街上跑进书店，将买来的书饱览无遗。中间咳血一度停止，归队后，一次行军中又咳血了，只好"二进宫"，这正合他的心意，两耳不闻窗外事，一心只读他的书，混到军训结束。

在榆林六中时，蕴华还能学得进数理化，现在简直用枪炮也打不进去了。逢这几门课，教员点完名，他夹起书本，沿墙根溜出去。只是为了应付考试，学期末突击一两周。第一学期他的总成绩降到中等，到后来，除了英文、国文和历史名列前茅，理科就是最差的学生之一。

文学使蕴华心驰神往。在开封集训时，创作欲望异常强烈，街头的一点见闻，医院里看到的某些现象，都成了他的写作题材，并不断往上海的文学刊物投稿，可一次未被采用。直到1936年春天，一篇散文《待车》，才第一次变成铅字，登在开明书店出版的《中学生文艺季刊》秋季号上，作者署名用了"柳青"。

林默涵在一篇纪念柳青的文章中写道："这篇散文不足两千字，写了一群在反共内战中负伤的国民党士兵（大概是东北军），在西安车站待车被转到别处去的情景。从这极小的一角，可以使人联想到很多，想到这一群伤兵的悲惨命运，想到他们被迫打内战的无言的憎恨，想到他们对失去的家乡的怀念。……柳青一开始写作就表现出他的描写生活的现实主义手法。同时也表现出他具有摄取一点反映更多东西的本领。"

二、救亡运动

1931年，日本帝国主义侵占了我国东北三省以后，由于以蒋介石为首的国民党政府采取了不抵抗主义，到1935年，日寇肆无忌惮向华北入侵。北平大中学生，强烈要求抗日救国，冲破军警的武力威胁，举行了轰轰烈烈的示威活动，暴发了震动全国的"一二·九"运动，掀起了全国抗日救亡运动的新高潮。全国各地学生与北平学生相呼应，开始罢课、游行、示威、请愿和宣传活动。西安学生运动也迅速开展起来。

和所有的爱国青年一样，蕴华身上也沸腾着愤怒和战斗的热血。他参加了所有较大的社会活动：西安学生举行追悼会，纪念被日本工厂主打死的上海工人梅世钧；为绥远抗日战士进行募捐等等。蕴华不是一个在大众云集时能出头露面的善于鼓动的青年，但他是一个参加每次活动都一丝不苟的人。

蕴华善于埋头实际工作，他参加了西安高中学生刊物《救亡线》的编辑工作。刊物的内容全部是宣传"停止内战、一致抗日""中国人不打中国人"的。自从党中央的《八一宣言》提出抗日民族统一战线政策以后，这也是学生运动的主要口号。《救亡线》向社会发行，编辑部人手少，每个人都要承担大量组稿、编辑、联系印刷、组织发行等工作，还要不断为刊物撰写文章，经常彻夜工作。不久，蕴华肺病发作，痰里经常带着血丝，很快便大口大口吐血。

1936年4月，《救亡线》第四期刚印好，由于西安高中学生会混进的一个伪装进步的国民党分子告密，当局没收了全部刊物，《救亡线》被迫停刊。

高二这一年，蕴华用在功课上的时间大大减少，主要精力投入到救亡活动中。暑假从陕北回来，升入高中最后一年，他仍怀着考大学的愿望，所以比过去用功。然而不断高涨的抗日救亡运动，又一次吸引他放下功课。他先参加了十月间追悼鲁迅的大会和游行活动，随后又参加了"一二·九"周年纪念游行。

这是西安学生组织的一次声势浩大的示威游行。在一些先进分子的带领下，上万人的游行队伍群情激愤，列队出城，要步行到临潼向蒋介石请愿，要求抗日。早有抗日愿望的东北军首领张学良将军立即驱车追上学生队伍，劝阻学生不要去，免遭无谓牺牲。学生不依，队伍中东北学生纷纷站出来哭诉亡国亡家之痛，高呼口号要张将军带领他们打回东北去。面对这一场面，张学良大为感动，当即向学生表示：一定要抗日，一个礼拜内用事实回答大家。两天以后，就发生了震惊中外的"西安事变"，杨虎城、张学良捉蒋兵谏。

事变以后，西安学生联合会要蕴华出来负责《学生呼声》的编辑工作，为工作方便，他从学校搬到了学联会。

"西安事变"之前，董学源曾代表组织和蕴华谈过他的入党问题，现在因为他负责《学生呼声》，组织上对这一问题抓得更紧了。12月20日晚上，董学源找到正在紧张工作的蕴华。一同来到西高，在寂静的操场上转了很久，两人谈了过去对革命曾存在过的幼稚想法；说到现在，投入到抗日救亡运动中，对中国人民深受的民族压迫、阶级剥削感受尤深，对中国共产党领导中国人民争取解放的斗争充满信任和敬仰。一阵交谈后，蕴华在激动中沉默了，他心里还有许多话在翻滚。董学源从他不平静的呼吸声里能感受到他激动的心跳，体会到他盼望加入中国共产党，为抗日献出一切的真诚愿望。

第二天晚上，蕴华在董学源宿舍见到了党组织代表冯文彬。他向组织谈了自己1928年入团，到1931年后失掉组织关系，并且说明了榆林六中当时的情况。组织上承认他的三年团龄，没有候补期，直接入党。从这天起，他成为中共正式党员。

这次谈话的第二天上午，他就以《学生呼声》负责人的身份参加了李一氓领导的中共陕西省委临时宣传委员会，在宋绮云家里开了第一次会。

形势在急剧变化，工作异常紧张。就在这次会后一两天，冯文彬向他转达了党中央关于释放蒋介石的决定，说明让他事先知道，首先是为了避免思想混乱，其次是要他向群众解释，放蒋是为了停止内战，一致抗日。

"西安事变"和平解决以后，在国民党中央军进西安以前，因为不能断定国民党是否真有执行协议的诚意，党组织决定将事变期间表现突出的同志撤回延安，于是省委通知蕴华到延安去。因为准备将来还要回来，对外不能暴露面目，组织决定他以《学生呼声》主编的身份、学联会代表的名义访问延安。

他的同行者是不久前认识的《大公报》著名记者范长江。两人坐西安八路军办事处的卡车，于春节前两天，来到了牵动着全国亿万抗日志士心弦的延安。除了早到延安的冯文彬，周围人虽然都不曾相识，却给了他们亲人般的接待。

少共中央局热情地安排他参加党的活动会，并安排他和当时的中共中央宣传部长吴亮平、苏维埃教育部长徐特立等中央领导谈了话。他在一次座谈会上介绍事变前后西安学生的运动情况。其后又听了张闻天关于和平解决"西安事变"的报告。而使他一生都不能忘怀的是，到达延安的第二天，正是除夕下午，毛泽东接见了范长江和他，留他们一道吃了晚饭。毛主席的谈话诚挚亲切，每一句关怀、鼓励、期望、教导的话都深刻地印在他的记忆里。

在延安生活了十几天，周恩来给中央发来电报说，顾祝同部进西安后，有执行决议表现，无捕人现象，需要回西安的同志可以回西安。带着更加坚定的革命信念，蕴华离开了延安。

元宵节这一天，他回到西安。西高已经成立了党支部，蕴华担任宣传委员。他继续读完了高中最后一学期。

三、大哥的心事

蕴华在涉世不深的年代，努力遵循大哥的指导去生活，他人生道路最初几步都遵照大哥的安排。以往，大哥在外读书，兄弟只在个别假期短暂相聚，到西高以后才开始了朝夕相处的生活。

大哥因为弟弟身体不好，没让他住学生宿舍，就安排在自己宿舍套间的外屋。大哥每月收入一百四十块银元，经济相当宽裕，他尽量满足弟弟的需要，除了较好的营养条件，生活和治疗上给了蕴华无微不至的照顾。

大哥是他最亲近的人，也是他崇拜的人。上北京大学以后改名"刘春元"的大哥，一直是个非常勤奋、成绩优异的学生，他先后在数学系和哲学系就读，领得两个学位。大哥成为教员以后教的是数学，不但书教得好，而且十分关怀爱护学生，是深受学生喜爱的教员。有时，蕴华和与他思想接近的同学聚在大哥外屋谈哲学、政治、时事，大哥间或指出一些不妥之处。接受了不少唯物主义思想的大哥影响了他的弟弟和学生，促使他们认真阅读《唯物史观》和艾思奇的《大众哲学》等书。蕴华喜爱探讨哲学问题，发表些议论，同学们觉得常有新意，开玩笑叫他"philosopher"（哲学家）。

大哥衣着朴素，为上讲台，他只有一件读书人穿的长袍，时兴的皮鞋和穿戴则一样不买；平时很用功，除了教书就是读书。蕴华一样简朴刻苦，他把大哥作为自己的榜样。但是，没想到现在的大哥和1928年到米脂教书时的刘绍华大不一样了，那时，是他和周围的同志引导蕴华走上了革命道路，而现在他却远离革命，很少谈政治，只是一心执教了。

高中一年级，蕴华经常看书到深夜。他带回来的英文和中文小说，在外屋桌上摆得很高。里屋大哥桌子上也垒得很高很高，全是学生的作业本，一摞挨一摞。大哥坐在油灯前批改作业，常常忙到蕴华就寝以后。渐渐地，大哥脸上失去光泽，两个眼圈发青，第二天仍振作精神去讲课。他不仅在西高代课，为了多挣钱，也到外校代课。晚上进门又抱回来一摞摞作业本。一天，蕴华看书已经很晚，困意渐浓，他把书扣在桌上上了床，躺下很长时间，还听见大哥不停翻动纸张和咳嗽的声音，蕴华心疼大哥，让他不要看了，早点休息。大哥说："不看完不行，明天还要发下去。"他担心大哥的身体，披上衣服，走到大哥身边，关切地问："你不能少代些课吗？你的身体……"大哥没有抬头，边写边说："你快睡吧，我看完就睡。"蕴华没有离开，看着哥哥消瘦的背影，不忍大哥如此辛劳，他劝大哥："不要在外校代课了，我们的生活不是很好吗？为什么非要挣那么多钱？"大哥放下笔，转过身，拉起弟弟的手，深情地望着弟弟："我这都是为了你呀！"

蕴华略显困惑地睁大眼睛，这是在问为什么。

"我要为你尽早挣够一笔钱,让你到西洋上大学,将来成为一个学者。"一阵病态的咳嗽打断了他的话。停息片刻,大哥又语重心长地说:"早些挣够,即使我有个三长两短,或者害病离世,也不会影响你出国,你不要辜负我的一片心意呀!"

手足之情,岂止怜爱。

环顾两个男人住着的两间简朴的小屋,蕴华一下就明白了他与家人长期不解的一个谜。大哥年过三十,为何至今不娶妻室?新添的几道淡淡的抬头纹和又黑又瘦的外表,使他越发显老。青春在渐渐消逝。

他知道大哥第一次不称心的婚姻。十几年前,家庭包办,大哥成过一次亲。他不喜欢妻子,两个人几乎没有共同生活过一天。大哥婚后随即离开寺沟,从此不再回家,家书连一句冷淡的问候也没有。空守三年新房的大嫂受不了冷遇,改嫁走了,大哥才又回家探亲。大嫂已走多年,大哥大学毕业,当了教员,薪水足以赡养家室。尤其是从东北回到西安,生活稳定,他为何仍然孤孤单单独身度日呢?原来他这都是要为自己留洋积蓄资金呀!

感激、负疚,蕴华想起到西安以后,大哥常劝他学好数理化,少看文学书籍,争取将来出国留学,自己一直不理会,近来还不时反感。今夜他体会到大哥的良苦用心。为了他,大哥付出了他能付出的一切,深藏在心底的隐隐不满顿时烟消云散。他想对大哥说点什么,嘴张开又合上,再张开又合上……

从蕴华负责《救亡线》的编辑工作以后,大哥多次劝他放弃这件事,蕴华不听。后来,《救亡线》第四期被没收,大哥得知这一期登了蕴华为当时红军东征过山西写的一首诗,心神更加不安。西高有些要好的教员劝大哥:"令弟还是躲一躲吧!"开始,大哥硬要蕴华暂离西安,蕴华说:"再看一看,如果国民党当局追究学生刊物,抓办刊物的学生,一定会引起全市师生和社会各界的强烈反对,他们未必敢这样。"大哥觉得他说的有理,也冷静下来,但仍不放心,又请杜斌丞找陕西省政府主席邵力子探探口风。杜斌丞告诉大哥，邵力子说，青年学生也是出于爱国心，我们把刊物没收就是了。交织着对弟弟的爱和恨，大哥说蕴华："你将来非死在你那几个臭文字上不可！"

大哥为什么变了？和他1928年在米脂县相处的大哥判若云泥。那时，他是个共产党员，也曾积极给工人办夜校，宣传马列主义，组织活动，参加游行，充满理想和热情，期待着光辉灿烂的革命前景……但是，第一次大革命失败后，他再次回到北平上大学，就脱离了共产党。

蕴华不了解大哥这种变化的过程和原因。他投入抗日洪流以后，经常劝大哥重回革命队伍，大哥也有强烈的抗日情绪，但对革命队伍流露最多的是失望，甚至是反感。他总是在回忆第一次大革命失败前后的盲目行动和过火行为，提到在革命队伍中一些起于个人仇恨的报复事例，更加拒绝再次革命。

晚年，蕴华谈起大哥，他说："他对中国的社会状况认识不深，看不清革命的大方向，把革命队伍中非主流的消极现象和存在的问题看得过于严重。"

第一次大革命失败以后，国民党残酷屠杀大批共产党人，在白色恐怖中，许多人离开了党，有的消沉，有的颓废，甚至加入反革命阵营。刘春元是否对失去生命有所畏惧？没有资料，很难判断。但在教育蕴华时，大哥不断激励他个人奋斗，将来成为杰出人物。大哥自己一直学业成绩优异，也有成名成家的强烈愿望，只是觉得自己才能不如弟弟，所以对弟弟寄以极大的期望。他担心弟弟陷于斗争的漩涡，毁了前程，就想方设法为弟弟铺设了另外一条人生的路。

而蕴华痴情文学愈来愈甚，他和国文教员郝子俊最为接近。郝子俊不赞成蕴华再上高中，对刘春元说："令弟完全可以不再上学，在文学方面发展了。"大哥听了很不高兴，只是碍于情面，没说什么。一次在教员食堂吃饭，又谈起这件事，郝先生开玩笑说："孔子加孟子等于刘蕴华。"大哥终于变了脸，以后，再也不让蕴华接近郝子俊先生。

大哥对蕴华说:"古往今来,文人只有两个下场。一个是饿死,一个是让人整死。"当时有个赵姓陕北同乡,靠在报屁股上经常发表点豆腐块诗文为生,穷困潦倒,往往靠借贷度日。大哥指着报纸上赵某人的一篇旮旯短文对蕴华说:"看!看!这就是文人过的日子。"

无论是正面的劝告,还是反面的警告,都归于无效。兄弟的矛盾非但没因弟弟的感激之情消弭,反而越来越大。在社会上,蕴华用大量时间为抗日救亡奔忙,在学校里,蕴华的行为也常常引起大哥的不满。

因为蕴华赶走一个英文女教员,兄弟俩几乎反目。被赶走的女教员刘玉梅,带甲乙两班的英文课。她是当时国民党教育局长的姘头,对共产党咬牙切齿,也诅咒革命。她上课时穿着紧身旗袍,一扭一扭走进教室,两道眉毛描得又细又弯,两片嘴唇抹得猩红猩红,引起不少学生反感。有些人常在课堂上提些疑难问题或给她指谬纠错,当众出她的丑。蕴华就是突出的一个。蕴华的英文一向出众,在一次全西安的英文竞赛中,教师故意出了两个以为不会有学生知道的英文单词。一个是"汽车",一个是"孔夫子"。蕴华不但知道,而且全答对了,得了一百零二分(满分一百分)。当时中国的确知者甚少,他是广读作品看到的。

而刘玉梅给高中代课本来就感到吃力,学生们再有意为难,她就越发心虚胆怯。有一次,她找到刘春元,似有乞求之意说:"令弟英文学得好,我的课讲得有何不妥,请到我房子来单独面谈。"英文课的情况大哥已有所闻,曾严厉警告蕴华:"不得无理!"但时间不长,蕴华反而闹出事来。

在一堂英文课上,刘玉梅讲到莎士比亚的一句名言:"All is not gold that glitters."本来它的中文意思是:"发光的不一定都是金子。"她讲句中的语法关系,越讲越乱,按她的说法,学生只能认为这句话的意思是:"发光的都不是金子。"蕴华站起来说:"你讲得不对,按你的解释,结论不是荒谬了吗?"他把句中各个成分的关系给大家解释一遍,大家都听明白了。教室里发出一片喝彩声、嘲笑声。刘玉梅极度气愤的面颊变得异常苍白，呆呆地站了片刻，继而，恼羞成怒，拿了课本和点名册夺门而去。

第二天，在一进校门的墙上贴着一张布告："二六级乙班学生刘蕴华，不遵校规，当众侮谩教师，记大过一次，以儆效尤。"

刘春元得知此事后气得脸色发青，他恨这个不争气的弟弟，气急败坏赶回宿舍，见了蕴华就狠狠地给了他一个耳光。他双唇哆嗦："你！你！……"半天才说出来，"你要把我的饭碗踢了？你知道她是什么人？"大哥竟这样做人？蕴华对他的不满变成了愤怒，从心底升到喉头。但他想起了大哥慈父般的抚育之恩，强压自己，一句话没说。

大哥打蕴华这是唯一的一次。他实在是对弟弟寄予的希望太大了，不放弃任何一个改变弟弟信念的机会，他希望蕴华不再走自己走过的路。

蕴华在学校小有名气，英文和国文成绩出类拔萃。甭看这个二十岁的青年从来不穿时髦的长袍和皮鞋，深度近视眼镜上永远是一头蓬松鬈曲的乱发，他那极不讲究的仪表，竟不知什么时候吸引了一个温柔秀美的姑娘。姑娘是一个各科成绩都优异的学生，和他同级，在甲班读书，也是刘春元的学生。姑娘一点也不嫌弃蕴华那和自己极不相称的外表。她的一双美丽的眼睛时常饱含着少女最真诚隐秘的情意。她主动接近蕴华，先是在假日来找蕴华，陪他散步；以后又抽出晚间的空暇给蕴华清洗衣物；当他们坐下来谈心的时候，姑娘还默默地拉过蕴华的手，给他剪指甲。姑娘的殷勤和体贴使蕴华萌生了爱恋，她那双温柔纤细的手给蕴华留下久久的甜蜜感。

"西安事变"以后，姑娘也积极投身到抗日救亡运动中，共同的民族情感使他们更加亲密无间，但就在接触最多的一段时间，蕴华渐渐了解了姑娘的心意，郎才女貌是她满意的婚姻，出国留学是她奋斗的目标。虽然她不反对革命，但也不愿意投身革命，文学对她的吸引力很有限。她常劝蕴华："参加社会活动还是适可而止吧！当紧的是把功课学好。"蕴华动员她参与自己的活动，她都借故推脱。"这怎么能成为我志同道合的伴侣呢？"他们的灵魂深处格格不入。近半年的交往，蕴华失望了，他没有能力改变这个美丽姑娘的思想，于是，渐渐疏远了她。

与女友分手的最初日子，紧张之余，蕴华不时回忆起往日的美好。姑娘的倩影在他眼前晃动，文静的谈吐、温柔的举止，处处流露出对自己的倾心，这又引起他心中已熄的火复燃，但是，想到她会继续阻止自己参加革命，留恋和遗憾转瞬即逝。他用紧张的工作使自己淡忘这个个性倔强的姑娘。

不难想象，促成这桩婚姻最符合大哥的心意。他不仅喜欢这个姑娘，更因为她能拴住蕴华的心，使他不再热心于革命。他希望两个人走一条路，共同奋斗，出国留学。

蕴华断然结束了这种关系，又一次刺痛了大哥的心。

兄弟俩难得朝夕相处，人虽近了，心却离得越来越远。感情的联系，思想的对立，把他们的生活搞得别别扭扭，总是难以和谐。

西安事变以后，杜斌丞先生担任了省政府秘书长，一直信任刘春元的杜斌丞说："回陕北吧！把我们的绥师好好办一办。"大哥答应了。不久，他接到了教育厅委任的校长一职。

出发前一天早晨，大哥来到学联会，找到早已搬到那里的蕴华，他们一起到端履门老孙家泡馍馆，准备在这里吃一顿离别饭。

清晨，馆子里没有客人，进到空荡荡的饭铺，大哥又像蕴华初到西安时那样温存和善，许久以来对弟弟反感、愤怒的目光全然消失，久久地注视着一两个月不见面的弟弟。蕴华心里也不是滋味，骨肉间的惜别之情消融了对大哥的疏离和不满。在默默的对视中大哥突然说："蕴华呀，过去我总是把你当小孩子看待，对你在西安高中的这一段，认识不正确，妨碍了你的发展。以后，咱们不在一起了，我也不干预你的事了，你只管走自己的路吧！"

听到这突如其来的话，蕴华并不意外。大哥终究会改变对自己的看法。

他深知大哥的心是爱国的，日本侵华后的种种暴行，他义愤填膺。虽然大哥目前还不想再投身革命，但事变之后，国共合作，联合抗日，尤其是共产党的抗日民族统一战线政策唤起了他对党的亲近感，蕴华近来已经感觉到他对自己家长式的训斥少了，劝告多了，语言也变得温和委婉。

谈话中，蕴华才知道，因为不久前《学生呼声》第一期发表了自己翻译的《字林西报》转载的毛泽东和斯诺关于抗日战争的谈话，产生了很大的社会影响，深深地触动了大哥，促使他重新认识弟弟，彻底改变了过去的看法。大哥还说了许多对不起弟弟的话，一道不断加深的裂隙迅速弥合。长兄说不尽的嘱咐、提醒、鼓励和祝愿，使蕴华难抑心中的感动，说："大哥，你放心，我将为国为民，奋斗终生。"

久违的亲密，趁着心灵相通的机会，蕴华真诚地劝大哥重新投入革命，希望他对共产党里的局部问题，革命队伍中的暂时现象，能从全局和长远发展上重新考虑。大哥凝神静听，不置可否。好强的大哥有自己的主见。临别，他始终在关切蕴华的未来，把一切希望寄托在弟弟身上。

四、到前线[①]去

虽然蕴华酷爱文学，但几年的写作，没有得到他希望的成果："也许我的文学天赋不高，翻译外语的能力大概可以稳步发展。"高中毕业前夕，他想把文学翻译作为职业追求。

这时，蕴华已经读了大量苏联十月革命以后的文艺作品，高尔基、法捷耶夫、绥拉菲莫维奇……他一心想把这些作品翻译过来，他曾尝试过几次，从英文译本转译苏联作品，显然效果不如直接从俄文翻译过来的好。蕴华心中渐渐形成一个目标：到北平去！报考北大的俄文专业。

高三毕业后，他约了好友董学源一同到北平报考大学。他们7月

---

① 此处所说的"前线"，均指抗日敌后战场的前线。

初到，不料一进城就爆发了卢沟桥事变。北平一度混乱，大学不能维持正常教学，更谈不上招收新生。来北平的考生大多没有安身之地，等待交通恢复后，都踏上了返程。

一回西安，省委来人找他，说："杨虎城办的《西安文化日报》才换了新社长，老社长宋绮云刚刚跟着杨虎城出国了。现在正要创办副刊，到处找编辑，组织上打算介绍你去。"蕴华很高兴，接受了这份工作。

不到两个月，又出现了学习俄文的机缘，他要去报考的北大俄文系来到西安，名教授曹靖华也来了。来西安的北师大、北大和天津北洋工学院，在西安合校办起临时大学。蕴华立即向组织要求放弃编辑职务去学习俄文。

临大的考试很全面，上高中时，由于学习偏科严重，第一次未被录取。经过短期补习，很快又参加了第二次考试，被录取了。1937年11月间，他进入了西安临大俄文先修班学习。

1938年春上，日机轰炸西安日益频繁，学校不能正常上课，西安临大首先迁往陕南城固，改名"西北联大"。日本帝国主义的疯狂侵略使青年学生的抗日情绪更加高涨，许多学生不跟学校去，有的去延安，有的到安吴青训班，有的过黄河上了山西。蕴华也不想去汉中，他要上抗日前线，直接投入到抗击侵略者的斗争中，同时，把抗日战场上无数可歌可泣的英雄写出来，他向组织提出北上延安的要求，打算从那里再到前方部队去。组织上不同意，劝他到陕南学校做党的工作，继续学习俄文。蕴华再三恳求，组织一直不同意，说："你要离开报社学习俄文，组织同意了；现在组织让你学习俄文，你又不学了，非要到延安去。"主要原因是认为他适合在学校做党的组织宣传工作。

但蕴华仍然坚持前往前线。晚年他提起过这件事，说："经过我深思熟虑决定的事情，很难更改，这就是我的个性。"

最后，组织不得不屈从他的要求。

他很快就告别了这座城市，奔赴抗日前线。

柳青的大哥刘春元

第 三 章

一、噩耗

蕴华坐在边区党委组织部干部科长的对面，叙述完他的经历，最后一再重复："我到延安来，是要从这里上前方部队……"干部科长微笑着，好像在说："年轻人，你想得太简单，太性急了。"他和蔼地对蕴华说："我们这里只能把你分配到具体单位，上不上前方由你所去的单位决定。"

"我喜欢写作，到……"他不知道往下该说什么。"你要到文化单位吗？可以的。"当蕴华满怀希望走出组织部的窑洞时,他已经是陕甘宁边区文化协会的一员了。

"出了北门,有一座显眼的教堂,那就是边区文协,延安最好的房子。"蕴华点着头,朝科长手指的方向望去。他进组织部时带的介绍信上还写着刘蕴华的名字,和干部科长告别揣进上衣口袋的介绍信已经改名"柳青"了。从此以后,无论是日常生活还是发表文章,都用这个名字。

延安的文化人主要集中在鲁艺和边区文协两个单位。柳青到文协时,文协不断向前方和敌后派文艺工作者,看着新认识的同志一个接一个离开,柳青以为自己很快也会上前方,他时刻准备出发。

和他的想法不同,领导把他留在文协担任业务秘书、党小组长。他到前方的愿望是强烈的,领导让他留下的理由也是充分的,他服从了,很快投入到新的工作中,着实忙碌了几个月:筹备民众娱乐改进会和民众剧团,组织各种座谈会,参加《文艺突击》的编辑和出版工作。

从前方回到文协的同志,把从抗日战场上搜集到的素材写成文章,他很羡慕,可自己无从下笔,只好重操旧业,利用工作之余,翻译了一本小说——辛克莱的《不许通过》。文协领导艾思奇把他的译稿介绍到武汉读书生活出版社,可惜,外边已有译本出版,几个月的辛勤,换来一堆废弃的稿纸。

紧张工作中,柳青得到一个偶然机会,搭顺车回了一次故乡。意外惊喜的奶奶,多么想留住孙子,但柳青不能多待,他关心前线的战局,惦记延安的工作,只住两三日便在亲人的惜别声中匆匆返回。

路过绥德,他又探望了分别两年的大哥。回陕北担任绥德师范学校校长的大哥,"西安事变"以后,政治态度变化很大,和共产党靠得近了。在学校,他对共产党活动不加任何限制。国共政权同时存在的绥德县,他的政治倾向很明显。国民党教育厅本来就认为他是杜斌丞的人,对他存有戒心,现在更不信任他了。他上任的第二年来了国民党党棍白焕亭,担任训育主任,处处和他为难。代表国民党的专署也想方设法刁难他。大哥感到抑郁苦闷,又无处倾诉。四弟一来,他一定要留他多住两天,说说心里话。柳青听后奉劝大哥:"辞职吧,到延安去!"大哥忧郁的脸上疑云浮动,他既不点头也不摇头,若有所虑。柳青热情地讲述着革命队伍中的另一番天地:"现在和1927年的形势完全不同了,全国人民同仇敌忾抗日救国,延安就是斗争的指挥部。共产党的组织不断发展壮大,团结战斗的气氛今非昔比,你来吧!来了就知道了。"大哥用心地听后说:"我再考虑考虑。"柳青多么希望亲爱的大哥能重新走上革命道路,和自己战斗在一起。他竭尽全力劝说,但大哥迟迟不下决心。他只好叙叙兄弟情义,继续赶回延安。

不久,大哥来了。果然这年暑假校长的位子被白焕亭夺去,陕西教育厅撤换了他。他这是去西安路过延安。随着大哥离职,一大批师生来延安投奔革命。在绥师刚入党的六弟也来了,并且留下来。"你也留在延安吧!"柳青恳切地劝大哥,大哥没有回绝,不过,他说:"西安有些事情非我料理不可。以后来不来延安,什么时候来,看情况再定。"不久,大哥来信说,西安高中又聘他教数学。柳青遗憾地叹口气:"唉,他还是不来延安,大哥呀!你为什么这样固执?"

1938年9月,日军进攻宋家川河防,被八路军击退。文协组织一个文艺工作组到河防前线写报告文学,柳青参加了。10月间从晋西北回到延安写了数篇通讯报道,报告文学《王老婆山上的英雄》发表在武汉的《文艺战线》上,其余几篇编成小册子《黄河两岸》,仍由艾思奇介绍到武汉读书生活出版社出版。

《黄河两岸》的小册子刚写完,柳青还沉浸在文章的气氛中,支部书记刘白羽拿来一个电报告诉他,他的大哥在日机轰炸西安时身亡。电报其实已经来了几天,见他文章临近完成,所以一直没拿出来。

突然失去难以割舍的至亲,他的眼泪倾泻而下,以至从延安到西安给大哥敛尸、出殡、收拾遗物,他始终不能相信这意外噩耗。和大哥的朋友们一起忙前忙后，操办丧事，柳青经常泪流满面，他忘不了大哥为自己治病东奔西走，忘不了大哥对自己无微不至的关怀照顾，忘不了他在油灯下深夜不眠批改作业的身影……

晚上，忙碌的人们离去，柳青独坐桌前，一盏油灯伴他继续追忆逝去的往事。大哥的一位朋友进来，谈起刘春元自从到西安，一直心事重重，和朋友在一起也不大开口。日机轰炸，大家都躲进防空洞，他仍站在敞开的窗前抽烟。全城只炸死他一个人。从大哥的言谈中，柳青能想象大哥激烈的思想斗争，想再一次投身革命，自尊心和疑虑又使他迟迟下不了决心。

"大哥呀大哥！是你把我领进了解放劳苦大众的革命队伍，你却离开了这个队伍。你的死，不值呀！"

大哥的朋友把整理好的遗物和在衣物中发现的一个三千元的存折交给柳青。这就是大哥为他出国留学日夜辛劳积攒的三千元呀！每一元都凝聚着大哥短暂生命的血汗。凝视存折，柳青又一次泪如泉涌，虽然他心里抱怨过大哥为什么不下决心来延安，但他永远忘不了大哥的抚育之恩、手足之情。

大哥的朋友劝他："蕴华呀！料理完后事就不要回延安了，准备出国留学吧！"

长者真诚的规劝对柳青没有丝毫影响，他要走的人生道路已不可改变。

大哥的钱怎么处理？柳青找了培养爱护大哥十几年的杜斌丞先生，杜斌丞说："既然有钱，为安慰一家老小，就把尸体运回老家吧。"至于存款，他问柳青："你看呢？"柳青说："我现在在延安革命，用不着这笔钱。""那就拿回去交给老家，由他们处理。"柳青全照杜斌丞的话，取出二百元，交给大哥的朋友，作为搬灵费用，其余的钱分文未动，托他们交给家里的老人。

在柳青到西安去处理大哥后事前，延安也被日机轰炸，文协的教堂被炸得砖飞瓦碎，不能居住，机关根据这种情况作了精简，一部分人到其他单位，一部分人上前线。柳青以为这一次理所当然会让他上前线，然而，领导又派他跟民众剧团下乡演出，担任剧团语文教员，教文学选读课。不过，这一次答应他，回来一定让他走。艾思奇给他开了一封《新中华报》特约记者的介绍信，让他到各县、区、乡采访，给报社写通讯报导。跟着剧团，柳青走了几个县，1939年6月底回到延安。

好，现在该他上前线了。

二、战地体验

"那是落雪的季节，大约还是立春前后不久，我在一种考察性质的旅行中，到了一个乡镇上——是在后方，在离黄河约摸还有三百里的地方。当我在八路军兵站医院里和那里的政治委员谈毕话，已经是黄昏时分了。我回到我住的那个小店子以后，因为天气很冷，想再吃一点东西，就跑到门口的一家小饭铺里。

"在那里，我就和他（我已经忘记他的名字）初次相遇。我敢说，这完全是一次偶然的相遇……"

柳青到前方的最初几天就写下了一篇名为《误会》的小说。故事是真实的，发生在他刚来部队的一次长途旅行中，既使人感动又令人发笑。和他偶然相遇的是一位八路军的伤病员，在这个小饭铺里他们攀谈起来。由于柳青是一个想写点文章的人，便对那个休养员追根寻底地发问，被人家误认为汉奸，报告给当地政府，给大家惹了点小小的麻烦。虽然事情的结局带有喜剧色彩，但柳青明显感到自己对战争和前线的认识太幼稚了。

到前线的文艺工作者，一般是经晋西北、晋察冀，再到晋东南，走遍敌后根据地，然后回到延安。他考虑自己对战争的无知，认为在一个部队蹲较长时间更适合深入学习。1939年8月,根据他的要求,组织把他直接安排到晋西南独立支队,即一一五师陈士榘支队。

当柳青即将开始考察生活的时候,他向支队领导申请担任部队一项具体职务,9月间,陈士榘见到他,一阵爽朗的笑声:"听说你的要求啦,好啊,就扎在二团一营吧!不要你多做工作,只要教营长刘克认字,培养起他的学习兴趣,就是很大的成绩噢。"

"再分配给我一些工作吧!"他又提出要求。陈士榘同旁边的人交换意见后对他说:"担任这个营的教育干事,你看怎样?"柳青满意地笑了。

下到二团一营,除了管各连的文化教员,他想尽办法教刘克识字。刘克是平型关战役立大功的连长,一一五师赫赫有名的人物。陈士榘向他介绍,刘克是夏伯阳式的英雄。通过相处和周围同志的讲述,柳青将他的事迹和收集的许多战争素材一直珍藏着,准备以后写战争题材的作品。

陈支队活动在山西隰县、孝义、汾阳、介休、灵石一带。11月间,部队决定过同蒲路到太岳区整训。过封锁线时涉渡汾河,水寒刺骨。柳青身体不好,一到对岸就不省人事,躺倒在河滩上。当他从昏迷中醒来,已经躺在临时驻地的土炕上。高烧使他十分痛苦,又一阵阵昏过去——柳青得了肺炎,卧床不起。连队的战士们除了自己的负重,还轮流背着他行军,一直到目的地。

病好以后,组织上又把他派到一二〇师三八六旅,即陈赓旅工作,仍以教育干事的名义下到七七一团一营。刚到不久,发生了一件柳青终生难忘的事情。

柳青奉命从一个部队到另一个部队,路上要过一道封锁线,团部派了两个新训练出来的机枪手护送他。团长给这两个同志交代了具体路线,他们就出发了。在过封锁线时被敌人发现。敌人密集的子弹使三个人不得不分开。柳青不知道路线,走错了,那两位机枪手按原定路线走，不幸，都牺牲了。他又返回团部，心里非常非常难过，用什么语言也无法表达他当时的悲痛心情。团长安慰他说："他们牺牲了，我们很难过，好在你安全回来了。培养两个机枪手容易，培养一个作家就困难得多呀！"

在柳青的一生中，这件事始终深深地镌刻在他的心里。每遇困难和艰险，他都会激励自己："不要忘记一个幸存者肩上的担子。"

他更加严格要求自己，行军，站岗，执行特别任务，参加战斗……处处要和战士们做的一样。

一场战斗刚刚结束，柳青和一个班的战士奉命留在山巅的哨位上警戒，大家议论夺得这座山头的惊险过程后便觉得无事可做。

"让教育干事给咱们讲讲，念过书的人见多识广。"

"讲什么呢？"

"党课上说过联共党史，你给大伙再讲一遍。"这是另一个人的声音。

"讲得细一点，难懂。"补充的声音来自一个角落。

"行！"柳青给战士们讲开"联共党史"。他尽量使用生动活泼的语言，寻找大家熟悉的实例，深入浅出地解释某些理论。战士们被吸引了。首长听说后，非让他在较大的范围里讲。他的辅导报告在这支部队里产生了强烈反响，从此以后，柳青更感觉同志们对他格外尊重和照顾。

三八六旅是野战军主力，经常以旅为单位行动。一次部队从北线的太谷、祁县沿白晋路南边到豫北武安、涉县去堵截企图跑过黄河的鹿钟麟部，没有追上，又急行军回北线太谷、祁县。在这次行军中的一天夜里，柳青的眼镜被树枝挂掉了。第二天，团领导看见他眼镜丢失，行动不便，立即派专人到附近一个城镇为他配来一副新眼镜。受到这样特殊的关怀，柳青十分感动。团首长微笑着亲切地说："革命队伍里需要像你这样有文化的人哪！"

行军打仗紧张艰苦，任务一来，不论什么时间都要立即行动，经常不分昼夜赶路。在柳青的一生中，这种经历也只有这短短的一段。他和战士们因胜利而喜悦，因失利而焦虑，对敌人无比仇恨，和战友情同手足……不同的是，柳青比别人体会到了更多的兄弟般的骨肉深情。他体弱多病，肺部旧疾时常发作，咳血、发烧、感冒……在战争条件下，同志们给了他一切可能的照顾，经常把马让给他骑，为他负重。但到后来，他的身体越来越弱，即使骑马，也适应不了野战军的生活。在一次行军途中，首长让部队送他回到前总政治部。

柳青想到一年多来给部队增加了许许多多麻烦，是该离开前线回延安了。

三、在延安

回到延安时，到前线的作家大部分已经回来。这几年，从大后方又不断有作家来延安，不久前边区文协改建成中华全国文艺界抗敌协会延安分会，在这里聚集着一批献身革命、为抗日救国而来的文学工作者。

文抗原来在杨家岭，现在搬到了兰家坪。一排窑洞坐西朝东，一人一孔。柳青坐在一张没有油漆的白木桌前，几小时不动，他回忆在前线的各种感受，绞尽脑汁构思短篇小说。写不下去的时候，反反复复阅读他熟悉、喜爱的作品。

到了中午和黄昏，兰家坪寂静的山坡上喧闹起来，尤其是黄昏，薄暮笼罩着延安的山山岭岭，人们走出窑洞，三三两两，在树下、河边和山花野草间散步、交谈。

柳青才从前线回来，不少同志不认识。开始他的话很少，总是认真倾听。不过，这里有一个熟人，文抗主任艾思奇。柳青一到延安就在他的领导下，他始终支持柳青的工作，也一直关心他的写作，柳青写的大部分文章都是经艾思奇的介绍发表出去的，包括那篇《误会》。

艾思奇当时已经是著名的哲学家，而柳青还是个平平常常的青年，他们之间是平等的忘年之交。艾思奇不仅对柳青，对文抗所有青年都一样关怀爱护，他平易近人，为人正直，深受大家爱戴。

从前线回来不久，柳青当了支部委员，和艾思奇接触比原来更多了。一次，艾思奇走进柳青窑洞，坐在床上，同他谈党内工作。快结束时他沉思一阵，站起来走到柳青身旁，拍拍他的肩头说："年轻人，你要搞文学，就要正直，不能搞小圈子，一辈子也不要干这种事情。"说完，他拉拉身上的旧棉袄出去了。柳青依旧坐着，他在想这句话。以后，又多次听到艾思奇同志说起这种思想："要搞事业，必须一心一意才能做出成绩，不要搞乱七八糟没名堂的事情，比如拉个小山头，耍耍阴谋诡计。"当然，他说，这不包括人与人之间的正常往来。这些话柳青一生都铭记在心，他要求自己即使事业上没有取得多大成就，也要做一个正派的人。

晚年，他与一些人提及此事，一来是感激艾思奇在他初入社会时就给了他人生指导，使他专注创作，而不介入文艺界的派系斗争；二来也暗指一些斗争对文学事业的损害。我在1980年代初做采访时，有几个人谈到文艺界从延安时期就开始的山头宗派现象，说："毛主席《在延安文艺座谈会上的讲话》谈到的问题都是有所指的。"

柳青不善交往，言谈比较谨慎，从气质到外表都像个农民，文抗的多数人来自城市，更显得他特别土气。但他从不掩饰自己的一切，真实自然，对人坦诚直爽。

除了和同志们拉拉闲话，柳青爱好少，山下有球场，他从来不去；举行周末舞会也没参加过一次；大礼堂演戏，吸引不了他。他喜欢听别人讲他们耳闻目睹过的各种社会现象，听他们讲文学、历史、前线、家乡，以及各种思想和认识。柳青自己很爱谈陕北农民，谈他们的各种性格、爱好、习惯，有时还不断加些民间笑话和趣事，引起一阵阵笑声，人们都佩服他对陕北农民异乎寻常的熟悉。

从熟悉到了解,他和许多同志建立了纯洁的友谊,包括林默涵、马加、刘白羽、雷加、庄启东、周而复、欧阳山、魏伯、草明……而和林默涵、马加、刘白羽等同志更成了无话不谈的朋友。他们之间的感情尤深,志趣相投,思想接近,互相尊重对方的长处,更为难得的是他们能没有顾忌地互相提意见,开门见山地批评对方。林默涵说:"我们是诤友,看法不同,不避争论,互相批评以后,不但没有疏远,反而更加信任和亲近了。"晚上或假日里,他常和朋友们在一起。柳青平时思考多于言谈,但一说起文学,就变得少见的活跃,兴趣盎然,侃侃而谈。有些作品,他能逐段背出来,讲细节,讲体会,讲看法,用表情、用手势,甚至连身体都配合着他的讲述在动作。每当他说完,总要加一句:"你看,写得多好啊!"便完全陶醉在自己所欣赏的意境中。

1940年的最后两个月,他写出了两篇小说:《牺牲者》和《地雷》,自己感到还满意。不久,《地雷》在《文艺阵地》上发表,放在第一篇,产生了较好的社会影响。回想才到延安时写过的几篇报导,他觉得自己在写作上有了进步,心中一阵兴奋。以前,文抗曾有人论议说:"柳青写的文章不行噢!"他自己也觉得淡而无味。现在出现了不同的议论:"我就爱读柳青的文章,有味道,有特色,不要看现在水平还不高,大有希望呐。"

阳春一个晴朗的傍晚,柳青照例到坡底去散步,直到槐树枝头退去最后一道玫瑰色的霞光,他才轻松地转回来。看见先他一步回来的人们聚在窑洞前一排柳树下闲谈,也凑上去,听别人议论。不知谁提起巴尔扎克,他顺便接了一句:"巴尔扎克的作品没有意思,读不下去。"已是著名作家的丁玲吃惊地看了他一眼,带着轻视的口气说:"看不下去巴尔扎克的作品还想当作家?"这话好像重重地给了他一拳,那口气、那神情,使他一时有些发懵。是的,直到当时,柳青读过的西方名著同他读过的中国当代小说和苏联文学作品比起来还是少得多。青少年时期,他什么书都看,参加革命以后,阅读兴趣逐渐变了。巴尔扎克的作品,他总是看了开头几页,引不起兴趣就放下了,长时间不愿意再拿起来。造成这种心理的原因有几个,其中一个大概是他觉得巴尔扎克的书离中国革命太远了。

这天晚上,他回到窑洞里,坐在白木桌旁,丁玲的话还在耳边萦绕。柳青想到许多,因为在这个作家济济的环境里,从别人的言谈中他学到不少文学知识。"也许这说明我对文学的认识还太浮浅!"他开始怀疑自己,准备强制读完手边几本巴尔扎克的作品。

《贝姨》《欧也妮·葛朗台》《高老头》《搅水女人》《邦斯舅舅》……读完以后,他又找了几本西方名著,一气读完,真是不上华山,不知山中绝景,他对西方名著已经产生了极大兴趣。但是,延安的书籍很少,不是想读什么就能找到什么,而是找到什么就读什么。主要靠借阅每个人进边区时随身带来的小说,其中外国文学作品多,大部分是名著。能读到的书虽然不多,但是,这一次阅读范围的扩大,对他一生从事文学创作意义非同一般。

他读书,有时几天停留在一两段文字上,像品酒一样,含在嘴里,久久不往下咽。有时又几十遍从头至尾重读,着迷似的。

他恨不得把所有的文字咬烂,吃到肚里,全部消化吸收掉。名著和一般作品就是不一样,故事结构、人物形象、描写手法、思想深度……各有各的特点,能体会到许多高超的地方。柳青似乎看出点门道,但又说不清楚,仅仅是一种模糊的感觉。

"到底它们的差别在哪里呢?"柳青想分析总结出一些可以学习借鉴的东西,继续读书、思考、写作、探索。从立志创作开始,他就一直在寻找这一问题的答案,哪里料到,当他认为有了一点成果时,已经整整用去了十年时间。

对作品有兴趣,自然对它的作者也有兴趣。他热心寻找介绍这些作家的文章和传记,同样,也是为了从中总结出可供参考的东西。

文学上,成功者的道路有共同之处吗?

他从研究和思考中发现的第一条：所有的成功者都有丰富的生活积累，都极端熟悉人物原型。如果说他们的思想、阅历和知识面宽广深邃得像大江大河，那自己就像一条小小的浅水沟。他认识到，在文学道路上自己才刚刚离开起跑线。

1942年5月,延安文艺座谈会会后合影

第四章

一、初到三乡

延安的窑洞就像文学工作者的加工厂,外出收集素材就是采购原料,柳青历来这样对待他的写作。现在又笔端枯竭,无所倾述,急需下到农村去,那当然是到自己熟悉的地方去,去绥德吧!

无定河水又从他脚下流过,他独自踱步在河岸上,远望着雕山上一片霞光中的绥德师范学校。自从在这里读书,十几年已逝,他曾几次路过,都是匆匆一瞥。现在,这块土地发生了急剧变化,国民党政权被全部清除，共产党政权基本巩固，实行了减租减息的新政策，穷苦人露出喜悦之色。那铁匠房的丁当声犹在耳际，他禁不住微微一笑。回眸远眺，十几座山峰的那边就是他的家乡，不知实行了新政策以后变成什么样子。也为了怀念去世两年的奶奶，他抽了几天工夫，回家一趟。

带着对儿时的回忆和新的感受回到绥德后，他思索数日，在雕山书院写成了短篇小说《在故乡》。

1942年春天，他为文化站收集、阅读和修改稿件，在和熟人的往来中认识了绥德干部子弟学校教员马纯如，七月初，他们结了婚。在送妻子去延大读书后，他即刻启程，来到米脂县印斗区帮助那里搞区乡政权的选举工作。

这几年国共虽然已经合作，但斗争仍烈，只是明争变成暗斗。共产党在发展壮大，边区面积也在不断扩大，印斗区就是刚刚驱除了国民党政权，正在建立共产党政权的区乡。穿着八路军旧制服的干部，围着羊肚子毛巾的本地共产党员正在组织民主选举，宣传、开会、登记选民、检查工作，忙得不可开交。柳青同他们一道工作，在和本地群众打交道时，他问当地群众和地主的斗争情况，注意他们的生活、谈吐、举止、表情……记下他感兴趣的谈话。区乡选举的工作在进行中，其实有他无他都一样，他的脑子里想的全是创作，一本关于农民减租保佃斗争的长篇题材构思逐渐形成。秋天，乡选结束，他带着渴望写作的心情回到延安。

离开延安快一年，从熟悉的小路走进旧日的窑洞，他的写作欲望更加强烈。不料，一到延安就是异常紧张的整风学习，又让他担任支部工作。区乡选举是帮助人家工作，而现在担子就在自己肩上，无暇旁顾，只好把写作计划藏在心底。

毛泽东《在延安文艺座谈会上的讲话》是整风中的主要学习文件之一，柳青是回延安以后才听到这个讲话的传达报告的。按照《讲话》

精神，中央决定结束文抗，让所有文艺工作者到工农群众中去。整风最后阶段，给每个人做鉴定，柳青的鉴定第一个被讨论通过，很快接到中央组织部通知，调他到米脂县下乡。

这是1943年元旦后的一天，他抽着边区的纸烟，吐着大团浓雾，感到一阵遗憾，他觉得自己已经和工农群众结合过一段时间，当务之急不是再去结合，而是进行创作。但因为是组织决定，文艺界的大势所趋，再不合心意，也必须去，何况这并不影响他文艺创作的人生大目标。虽然心中怏怏不快，柳青还是拿了"长期深入生活"的介绍信来到米脂。

旧历年刚过，县上分配他到一个乡政府担任乡文书，正巧，这个乡在他搜集过减租保佃材料的印斗区，不快中又感到一丝宽慰。

印斗区共有十个乡，按次序称呼，他被派到三乡，共有三个村——吕家崄村、麻渠村、五儿坬村。

初春的风在吕家崄的沟底呼啸，迎面吹来像在脸上舞刀。幸亏柳青披了一件缴获的日本军大衣，他用力把身体裹严，紧跟着送他来"上任"的程区长。

这条沟很长，足足走了三里多地窑洞才明显稀少。从沟汊里拐出一个人，区长朝前赶几步，大声问："唉，你叫什么名字？"

"常银占。"

这正是他们要找的三乡乡长，柳青赶紧上前自告奋勇："我给你当个文书要不要？"乡长显然觉得是同他开玩笑，疑惑地注视着柳青的脸和那副代表文化人特点的眼镜。柳青说："我不是骗你。"程区长也肯定地说："是的，他给你当个文书。"常银占似乎高兴了，眯起看上去比柳青还不得劲的眼睛，顿时变得拘束起来，他拉过柳青手里的行李说："那就跟我到五儿坬吧！乡政府就扎在我家里。"

五儿坬一条沟比吕家崄短得多，只有六十来户的小村庄。常银占住在一进沟的山根上，柳青被安顿在他家的一个小土窑里。

乡长年龄和柳青相仿，个子也不高，长脸，厚唇，眼睛比柳青近视得还厉害。初来乍到，柳青由不得发问，他想和乡长拉谈一阵，可问几句才听到几个字的简短回答，不知他是秉性寡言还是认生，柳青只好早早吹灯上炕。

第二天早晨，柳青独自转出来，进入乡长的西隔壁。这座柴门土院只有一孔小窑，破门烂窗，窑里放着几件家具，一样的破破烂烂，看上去比乡长家里还要穷。瘦得皮包骨头的两位老人，惊喜地招呼柳青，好像有人能进他家的门是多大的恩典，他们伸手拉住柳青，非让他脱鞋上炕。柳青问他们生活是否过得去，种谁的地，交多少租。蹲在窑门上的常家二儿，一样一样说给他听，讲述着他们的凄惶。

二儿叫常思应，弟兄二人，爷爷咽气的时候没给子孙们留下一巴掌大的土地，年年租地来种，收割碾场后，除去地主的租粮，牲口料、籽种，还了借粮，就剩不下几颗，一年到头吃山药蛋（土豆）、腌白菜和糠，连小米也难得见上。常思应八岁那年，父亲上山干活摔成重伤，炕上吃、炕上拉，苦坏了母亲，逼得她带上两个不满十岁的儿子下地受苦，为了省衣裳，暖天几个月，儿子们净身子在地里干活，太阳晒得脱几层皮……说着几个人都滚出了泪珠，柳青酸楚地瞪着湿润的眼睛。

这是十几年前的事情，现在孩子们都已经成年，日子比那几年强些。"村里像你这样的人家有多少？"柳青问。常思应的母亲悲戚地看看锅台说："这一道沟里家家都这么个，自古穷人多，富人能有几户？高门大院一眼就看见了。"柳青便从高门楼大宅院一直问到谁家讨饭吃，谁家拉长工，整整说了一上午。到了午饭时间，他把饭碗端过来，边吃边说，半天的时间，他们就像老朋友一样，把村里的事情越说越深。

下午，常银占带着柳青在五儿坬、麻渠村、吕家崄转了一圈，把各村情况介绍一遍。他说他不认字，乡上实在是缺个文书："你来得正好！"他把上头要的统计资料、数字、汇报材料等一切动笔的事情统统交给柳青。第二天开始，柳青就变成了一个大忙人，拖着一根对付狗的棍子在三个村子间奔波。

三乡的三个村子形成一个三角形。吕家崄在大路边，沟大村大，住着一百四十户人家。它的东北方是五儿圿。从吕家崄到五儿圿不爬坡，一直在沟底的小路上转来转去。西北方是麻渠村。从吕家崄到麻渠村则是一路上坡，一直走在两边凸出的黄土崖间，一旦到了山顶，视线豁然开朗，就看见麻渠村了。在一个微凹的洼洼里，有几棵如盖的大树，散乱地分布着一些窑洞。

这里一年前才赶走国民党，废除保甲制度，共产党的区乡政权刚开始建立，组织很不健全，有些还是白点村（没有党组织），因而发展党组织应是他们最初的中心工作。

三个村子情况不同，五儿圿有三个党员，已经建立了支部，需要的是发展新党员。吕家崄也有几个党员，是外乡支部发展的，本村没有支部，平常党员很少活动，在村里也不大起作用，这里需要先整顿再发展。

麻渠村的情况与这两个村子不同，被本村唯一的地主常相贤一手遮天。村里四十几户人家，大部分租种他的地。在三乡，柳青几次听群众悄悄对他说："这人恶得吓人，收拾穷人的手腕数他稠，最会倒腾穷人，一会儿要和穷人合伙种地，过些天又说改成租给穷人；撒种以后，竟提出收回地另租给旁人。"折腾来折腾去，为的是把穷人的收成都折腾到他的粮仓里。背后人们叫他"驴公子"，他糟蹋过的婆姨女子光本村就有十八九个，看上哪个女人，花几块钱就霸占了，如果不答应，让你当下退地还粮，穷人两眼一黑，立刻被逼上绝路。面对这个驴公子，人见人怕。佃户和本村人都毕恭毕敬，生怕他不满意，淌出祸水来。

常相贤恨共产党，他站在院子里咬牙切齿骂："皇上的江山也有个完，这些秃儿就没有死了。"在村子里他说："你们！共产党关心老百姓，为老百姓谋利益。少收点粮草就为老百姓谋利益了？"村民们受他影响，被他控制，最初一段，这里的工作一筹莫展。柳青和常银占徘徊在一堵无形的墙外。他们天天到村里转一圈，老百姓和常银占打过招呼，打量一眼身旁的柳青就专心做手里的活。柳青试着盘问，他们怯怯的，只是连连"嗯""解不下（不明白）"，弄得柳青只好怏怏而归。不管是在羊肠小道赶路还是躺到银占家的炕上，他都在想："用什么办法深入这个村子呢？"

那天他们从常相贤门前经过，雕花的油漆大门敞着，高大气派的正窑对着大门，窗玻璃反射着刺眼的阳光。玻璃，在当时的陕北是有钱人家的标志。常银占指着台阶上站着的女人："你来看，这就是常相贤霸占的常家会的女人。"她腰弯着，面部能看见的地方白里泛红，像桃花盛开似的艳丽。柳青突然闪出一个念头：工作就从常家会做起！

常家会是常相贤的长工，白天给常相贤干活，晚上回自己窑里睡觉。第二天晚上，估摸好时间柳青进了他家。他的小土窑黑暗低矮，实际上就是在崖上挖了个洞洞，这哪儿能称作家呢？除了土炕土锅台，几乎一无所有。

常家会看上去三十岁左右，受苦人粗糙的脸上有一双聪慧的眼睛。他们先是随便拉谈着，后来问到他的家庭和老婆，他两眼直瞪瞪地，不再说话。柳青便转了话题，慢慢地对他谈起穷人革命，共产党来到三乡的事。常家会显得很茫然："有人说南边闹红了，咱一满解不下（一点也不懂），主家骂共产党，光听说，一满没见过。"柳青给他讲外头的变化，谈延安，谈抗日前线，然后讲到地主剥削穷人不合理。经过许多个夜晚的交谈，他开始和他们亲近了，也主动问起革命的事情。一天，在路上相遇，常家会说起他的老婆，是生下娃娃的第三天被常相贤霸占走的，从此再也没回过自己的窑，她被常相贤糟蹋得浑身是病，腰变成"Γ"形，地主还不放她回来。他们每天见面，但是……常家会把痛苦的面孔转向一侧，凄楚地望着远山。柳青和常银占低下头，长时间静默，他们清楚，在三乡过着悲惨生活的岂止常家会一个？

多次交谈，常家会把常相贤里里外外、恶言恶行一一讲给他们听。

不久，常家会入了党，成了麻渠村第一个党员。在他的帮助和共同努力下，在长工和穷人中又发展了几个党员，麻渠村成立了支部。

常相贤一心盼望国民党回来，每过些日子就到镇川堡去一趟，那里是国民党占区，老百姓叫它"白地"，把解放区叫"红地"。由于长工中有了党员，常相贤哪天走了白地，带回什么东西，传播什么消息，情绪高涨还是沮丧，柳青和干部们随时知道，这使他们的宣传工作能够有的放矢。党员把会上学到的革命道理在群众中不断传播，也大见成效。老百姓的情绪和言谈大不一样了，从过去的思想禁锢中逐渐解脱出来，开始随着边区的变化而变化。

工作初见起色，柳青很兴奋。三乡虽小，也是人世万千，才三四个月，柳青已深感自己阅历浅薄。作为一个想在文学上发展、涉世未深的青年，他需要丰富的生活体验和积累，于是决心在这里干下去。回想那个减租保佃的长篇构思，那么表面浮浅的东西，现在庆幸没写出来。

二、艰难的抉择

日夜奔波，极度疲劳，柳青旧疾复发，痰中又常带血。常银占家里缺少劳力和土地，是村里最苦的阶层，见天吃高粱饭、山药蛋、稀粥、糠炒面和干白菜。艰苦的生活条件，使柳青本来就瘦弱的身体愈加不支。五月的一天早晨，柳青周身滚烫，头痛得像有什么东西在里面搅，眼睛欲睁无力，整个人瘫倒在炕上。

他得了伤寒症，病情传到老家，父兄放心不下，让二哥赶着小毛驴驮了点粮和菜来看他。二哥想不到自己亲手照看大的弟弟会病成这副模样，骨肉之情袭上心头。二哥怜悯地看着病容难言的老四，他想起家乡风言风语的传说："柳青原是个大干部，现在被整风整下来了。"

前几年左邻右舍议论，说老太爷家的四儿在外当了大官，山沟里的受苦汉根据自己的想象描绘出他的肖像，众口传说。不久前，他回乡省亲，出现在村道上，让人目瞪口呆，和传说中的他有天壤之别，不是人们想象的衣锦还乡，而是一身八路军的旧制服，汗污的斑迹，几乎露出脚趾的棉鞋。有乡亲交谈中夹杂着几分鄙薄："他混了这么多年，原来混了个马夫。"因为他和临时派来的通信员一路上轮流骑马，刚巧进村时，他牵马，通信员坐在马上。

想到这里，二哥似乎相信乡里的传说，感到脸上不大光彩，但心里却愤愤不平："你怎么革命革到这步田地了？"他委婉地劝四弟："你们共产党里头的事我解不开，你自己拿主意，觉得可以，就回家来，家里总比这里强。"

这时，县委书记冯文彬也知道了他的病情，对他说："调回县委吧！病好以后，在县委工作一段时间再做安排。"

"是离开，还是继续搞下去？留下来身体会垮；离开，精神就垮了。"

他下过决心要坚持下去，而决心一旦形成再退回来，就是向生活表示自己意志薄弱，首先对自己失去信心。他有个"认定了豁上命"的个性。何去何从？思想斗争非常激烈，他第一次认真思考起人生的意义。

枕头边是《斯大林选集》、毛泽东《在延安文艺座谈会上的讲话》《湖南农民运动考察报告》以及《悲惨世界》等等。

书籍，他觉得书籍会给他启发和鼓舞，想写书的人也希望从别人书中有所采撷。来到三乡后终于有这大块时日，让他读书，深入而广阔地思考。

五本《斯大林选集》，他是逐段读下来的，每逢读到谈党的工作和农村问题的讲演处他翻来覆去地看，看党的政策，看工作方法，看对农民的态度……表面的意思都不是他所关注的，他是希望得到一种精神，使自己在这穷乡僻壤中坚持下去。他希望对生活的下层，生活的深层，个人能切实地介入，从中得到丰厚的积累。读过几本书后，他的心境开阔了许多，思想也在逐渐改变。

毛泽东《在延安文艺座谈会上的讲话》对当时走上革命道路的知识分子影响很大，尤其是文艺界。毛主席说知识分子要经过长期的甚至是痛苦的磨炼，才能在思想感情上和工农群众打成一片。自己呢？他回忆往事，十四岁时，油灯下，吃力地啃《共产党宣言》；"一二·九"前后日夜奔走，积极参加抗日救亡运动；西安事变以后为办救亡刊物累得大口大口吐血；1939年，到敌后战场跟部队上前线打仗，对常人已经够苦，对他更是苦上加苦，冷天里蹚冰河，夜夜行军，病体几乎支离破碎。他忘我地干，竭尽自己的力量，他自信参加革命够彻底了。而现在，他的自信心动摇了，因为他想到了离开这里，怕黄土埋瘦骨，文学事业将与身俱灭，他不能想象那种现实。他剖析自己深层模糊的意识：自己带着极大的个人抱负走进革命队伍，不愿做一个无声无息的人，以前的苦和个人愿望不悖，况且苦也是暂时的，咬咬牙就能过去，现在虽说也是暂时的，可暂到何时？对于生活，如果总是划皮而过，文学事业的进取和希望何在？文学事业要求作家深入生活是无止境的！咬牙岂能咬一辈子。

在离开延安，和朋友林默涵、马加等人话别的时候，他不仅带着强烈的创作愿望，同时也下过决心要努力工作，改造自己，这才出阵，就败阵而归。他自问：人生何为？

他握着拳，轻轻地敲着炕沿，咽下一口唾沫，好像在吞钢咽铁。不要说磨掉一层皮，就是磨掉一身肉，还是要干下去！此时，思想的改变，对自己仍很重要，对革命、对文学都非过这一关不可，否则，只是为了个人的打算，终将会使自己设法绕过困难，摆脱痛苦。

枕边还有一本雨果的《悲惨世界》。病中看书，品味甚细，每看一遍都有新的体会。他说："这是一本描写劳动者与剥削者善与恶的书，虽然作者深受三十年代法国空想社会主义的影响，书里有乌托邦思想，但主教米里哀先生的精神对我有很大影响。主教看着这个世界漫无边际的疾苦，对人世间的惨状悲天悯人，他一心寻找解除人们痛苦的妥善办法，他有改变劳动者受压迫、受歧视、受凌辱的济世宏愿。"书中在逃的苦役犯冉·阿让，流落街头的妇女芳汀，还有她寄养在外的女儿珂赛特，他们的不幸遭遇，使他不断联想到中国，想到三乡。无形中生出一股力量，他要把这里的事办好，改变这里人们的不幸和贫穷。

病魔嘲笑意志软弱的人，此时，它逐渐远去。经过一段治疗和调理，病情好转，他又在三乡的沟里峁上辗转不息。

工作不能光靠自己，本地党员的工作积极性至关重要。五儿圪山上住着一个党员常文君，人正派，只是不想多做工作，常银占多次劝他，常文君都冷冷地应着，可没有行动，别人明白，他怕耽误自己的庄稼。柳青也去过几次，反复说服动员，一天兴冲冲从山上下来，告诉常银占："文君同意工作了。"感到意外的常银占又惊又喜："你怎日鬼着呢？能把他说动？"从此以后，常银占对柳青特别亲近，夜里常夹个铺盖卷和他挤在一个炕上，给他讲乡上的凡人凡事，样样工作同他商量，听他的意见。原来他并不寡言，玩笑话常挂在嘴边，当初只是对文化人生疏，带点畏惧心理罢了。

柳青觉得，经过一番工作后三乡新建立的三个党支部，党员们个个让他感动。乡里虽三天两头开干部会，夜里散会很迟，但当各条沟里响起鸡啼声，在黎明的喧闹中，他们又和所有受苦人一样，背着农具，赶着牲口四散到各个梁和峁上去了。利用歇晌的工夫，有些人还在办公家的事。他们不是比他更苦吗？

在他刚能下床活动后不久，夏日的一个早晨，他站在沟岸上，看见一个赤条条的小男孩，呆立着，等着去担水的父亲，小脸细长，除了灌满汤水的肚皮微拱，整个看来就是一副骨头架子，他跟在愁眉不展的父亲身后渐渐远去。穷人的日子难呐！全乡近二百五十户，像这样终日为温饱焦虑，精神抑郁的至少一百五十户。他们家徒四壁，寒冬裹着破烂不堪的棉袄，夏日赤足光背，从早到晚耕作在租来的土地上，他们盼什么呢？有自己的土地，翻身变富，有吃有穿。他们欢迎共产党，信任自己，不就是这个原因吗？如果人人都吃得饱，穿得暖，谁还会革命呢？"既然为穷苦人翻身解放我投身了革命，就绝不能半途而废！想写作，想学习，想锻炼自己，这一切都必须在把工作做好之后，而这一切也就包含在工作之中。"

经过这番激烈的思想斗争之后，他坚强起来了，活跃起来了。内心在困难和艰苦中变得平静充实，他又面带笑容终日奔波，倾心工作着。

三、减租减息

1942年以来，边区受到国民党经济封锁，生活十分困难。前线需要粮食、布匹、军鞋以及一切给养，也需要人员补充，农民是这场战争最主要的后备力量。边区要生存，求发展，唯一的出路只能是自力更生。发展生产、自给自足成为当务之急，而调动广大贫苦农民的生产积极性成为急中之急。于是，共产党发动了减租减息斗争。1943年秋收时节，三乡也开展了这一运动。

让贫苦农民对地主实行减租减息，这是农民对几千年剥削制度进行的斗争，传统的观念，地主的威胁和破坏，农民自己的畏惧心理……还紧紧地束缚着他们。

在各种会上讲解政策，在群众中进行宣传，一般性号召发出之后，乡长和文书走家串户做检查，问到谁都满口应承："减了，减了。"经过十多天盘问，人们只说共产党好，让穷人沾了光，具体减没减，都吞吞吐吐。问到吕家岘的大个子吕占修："你这样的好劳力，每年能收回多少粮食？"他很直率："丰收年景，粗粮秕谷收入两三石，遇到歉收年，地里的收成还不够交租子。"

柳青又问："那你们吃什么？"

"唉，粗糠谷皮、野菜树叶，出大利向有钱人借贷。"

"拿什么还账？"

"家里有什么拿什么，一年还不了两年还，一辈子还不了两辈子还，有钱人不怕借贷时间长，时间越长利息越多。我们村一户人家借了一石黑豆，五年还了十七石利息，两辈子揽工才还清。"

柳青说："这样的情况，你们对减租减息和三七开分粮政策还不愿实行？"

"唉，人家祖辈有钱，咱们永是穷人，把人家惹下了，以后有个三长两短，连借处也找不到。实话，对上面就说减了，背地里就那么回事。"

转几圈下来，他们清楚，没有一户真的敢给地主少交一颗粮食。柳青给他们讲地主剥削穷人不合理，实行减租减息的道理。一次，一个鬓发泛白的老汉刚听了几句就显出恐惧神色，压低嗓子说："快不敢这么说，没人家的地，咱穷人还能活到今天哩？"有些人不信任地问："共产党要不行了，地主搂咱穷人的腕腕怎么办？"也有大胆的，按新的方案给地主少交了一两成粮食，不几天，地主把地收回去，重新租给了别人，从此，再也没有人敢减租了，即使是已经分到手的粮食，晚上也要偷着给地主送回去，出现了明减暗不减的现象。大量的事实说明"减租不保佃，等于不减租"，因此，经西北检查团查定，又实行了保佃措施，由农会监督执行，情况才有了转变。

已近深秋，谷子变黄。地里割谷的，场上碾谷的，路上运谷的，家家户户忙碌在打谷场上。吃过早饭，柳青和乡长到地里场上，看谁家多少地，长势如何，地里多少，场上打了多少，估算过最后收成，一一记在心里。

减租能否成真，必须做细致工作，干部、党员要带头。

这天，数日晴空后，乌云密布，冷风顺谷而来，人们正手忙脚乱收拾场院，雨点就稀稀落落地掉下来，一时间，手提肩挑各奔自家窑门，这倒是在家里叙谈的时机。

二人一前一后，顺沟往北走，走到村头，进了参议员严德州的家。

这是一个爽快青年。他们开门见山:"德州呀,你和杜聿成减租减息实行了没有?自己要带头,不然怎么工作哩?"德州把他们让上炕,柳青一直问个不住:你自己有多少地?租了多少地?租谁的?分布在哪些山头?和主家怎么分法?打了多少粮食?应交多少租子?自己还能留多少?……当场就算,所有的数字都要碰对,然后去看他的粮食,一切都是实的,才放心回到炕上。

严德州一边盘腿上炕一边拿烟袋,哈哈直笑:"老柳呀,你不要操心我,有这么个好政策,带这个头我敢哩!多分几颗粮食我还不愿要?"

说笑几句,他俩又上了另一个党员干部家。

有了政策保证,有人带头,减租大势才蔚然成风。

减租运动以前,佃户和地主是对半分粮,减租政策实行初期六四分,最后发展到七三分,大大减少了农民的负担,农民生产热情高涨。1943年以后,又赶上连续几年无天灾之害,收成不断增加,以前半饥半饱的农民,现在大多数人温饱有着落,不少人家还有了余粮,既支援了前线,也保证了边区工作的顺利进行。

在国民党统治时期,农民负担着繁重的苛捐杂税。边区政府建立以来,仅征收救国公粮一项,同时减少农民的公粮,增加地富公粮,合理负担。1944年春夏,地主、富农为了表示减租后自己穷了,交不起公粮,就大量出卖土地。有的地主站在院子里说:"地是个害,卖了,谁买谁就交公粮去。以后还怕回不来?"那神气分明是说以后的天下还是他们的,国民党一定会回来。这样一来,地主要卖哪块地,租种那块地的佃农慌得要命,眼看地卖给其他人,自己的日子就过不成,于是,卖粮、借款,拼死命也要把这块地买下。地买下了,家里也揭不开锅了。买地、卖地成了一股风,拦也拦不住,农民多分了粮,可又制造了许多困难户。严德州为买地舍不得吃,舍不得喝,一家六七口三个月吃了五六升粮。"老柳呀!"他苦着个脸说,"为这地,我一家人受尽了苦。"

这风要刮下去，粮食快速集中到地主手里，既解决不了边区军民的需要，又使大批为了买地的农民过起更加愁吃少穿，异常艰难的日子。柳青不停地给大家做说服工作揭露地主的用意："地主卖地为的甚？哪里是卖地哩，是卖穷哩！咱们不能那么傻，抢着给地主出公粮。不出钱能种地哩嘛！为甚要饿肚皮买地？地主家里藏了金银元宝，你穷汉家里藏了什么？"

农民哪里听得进去？世世代代，农民最宝贵的财产是什么？是土地！穷人最羡慕富人的是什么？是有土地！农民为什么穷困？是因为没有土地呀！现在好容易有了买地的机会,豁上命也要买地。为了买地,人都像着了魔,他们说："有地就不怕没吃的！现在咱受几天苦，以后子子孙孙就不发愁了。"

怎样说服农民，使事态不至于发展到危害边区军民的根本利益？从斯大林著作，从联共党史，从文学作品中，柳青已经熟知苏联农村现在所走的农业集体化的道路，那是一个没有剥削、没有压迫、人人平等、共同富裕的社会，也是中国革命者现在的追求。柳青用苏联的实例和中国革命胜利后农业发展可能的前景说服农民："不要买那么多地，够种就行了，买那么多地都是搿米哩。以后土地是大伙的，你的，我的，都会合起来……"

"那还不知什么年月的事呢！"

"真是那样，俺穷人巴望不得。"

"以后再说以后，先把地买到手咱心里踏实。"

十人十性，农民的心理不同，经济状况不同。

吕家岇的吕裕修省吃俭用，挣下几个钱，晚上连灯也舍不得点，见天摸黑上炕，想着把攒的钱都买成地。柳青一到他家就到锅台看看，拿勺把一搅，咂着嘴说："看看，光喝些汤水，就舍不得吃些稠的？把人饿死了，挣些家当顶甚哩？"吕裕修原来想买四五十垧地，硬是让柳青劝得只买了六七垧地。柳青在村道地头见他就说："你剩的粮食没处去了？有了钱吃好点，再有钱供娃娃们上学念书去。"最初，吕裕修哪里舍得让娃娃们花钱念书。几年以后，土地改革了，他才恍然大悟，多亏了柳青的阻拦，他重新回味柳青的话，让三个孩子全出去念书。二十年以后，他们都已是中年人，有了文化，其中两个还做了国家干部。

在整个买卖土地的过程中，柳青坚持要农会说价，每桩买卖要亲自过问，把住关口，绝对不能把地价抬上去，要是任着这股风刮，地价不知会成什么样子。

经历了这番周折，土地由集中变得比较分散，给地主扛长工的少了，自耕农多了，佃户租地少了，种自己的地多了。但穷人的农具、牲畜一时发展不起来。许多人有了自己的土地，没有牲畜，农具不足。春耕时节，富人种地有长工、短工，农具样样齐备，穷人缺这少那，没牲口最难人，顾了耕地顾不上点种和撒粪，土地很快成了干土块，再撒籽种，水分不足，苗出不齐。少数劳单力薄的人家难处更多。

战争和人民生活都急切要求生产进一步发展，为了提高劳动生产率，党向边区农村发出组织长期变工队的号召。

俗话说："一个人扶十个人扶不起，十个人扶一个人扶起来。"历史上这地方农忙时节就有变工传统，只是临时互助，以工换工，农忙一过就散了。如果能长期组织起来，地里的活原来用十天，现在六七天就能完成，原来用十个人，现在六七个人就足够了，省下的劳力搞副业，上集为大家买盐驮炭，卖粮买棉花。再不必在忙得不可开交时，盐尽炭光，急得婆姨三五回催，让受苦汉放犁一进门就受唠叨之苦。

工作一开始，三乡没有铺开搞，只让三个党员之间变起来。同时，柳青和银占在群众中广泛交谈，一边动员大家变工，一边听每个人的想法。劳力强的怕变工：别人劳力弱，自己就吃亏；农活做得好的怕变工：他们技术不行，给我做不好；畜力强的怕无畜力和畜力弱的。有人说："给人家做呢，还能和自己的一样？胡凑合，土疙瘩好歹一打，籽种好赖一撒，我不放心。还是自己慢慢做吧。"说来说去，都怕吃亏。

"兄弟都分家另过,这七家八户还能捏在一起?"有人这样议论。柳青说:"你们自己瞅对象变工,又不是全做不好,做得好的有的是,自己瞅着找,总是条件差不多,合得来的在一起,咱先试嘛。"

三个党员变工很认真,农活、家务样样做得井井有条,影响挺大。不久,三家五户自动组织起几个变工队,三个党员便分开,每人带了几家去变工。

铺开一搞,问题成堆,仅仅因为出工迟到就足以使一个变工队散伙,其他事情可想而知。"组织起来"生产,柳青没有经验,随时发生的矛盾,使小小村庄变得十分复杂。

柳青体会:"党的群众基础和每一次工作成败休戚相关,工作非得切实细致,出现问题要及时合理解决。"所以,他从早敲钟到晚收工,一直跟着变工队,做了周密的调查研究和分析,就人畜之间、劳力之间有关各项换工标准做了比较详细的规定,对巩固变工队起了很大作用。

绝对公平的事哪里去找?有些问题还要说服:"劳力强弱不要计较过细,能找在一起变工都是条件差不多,更何况各有长短呢。技术好坏虽有差别,在一起变工正好互相传授,也起到提高耕作水平的作用。"

绝对公平做不到,吃亏的事也时有发生。逢此,"只有党员做出榜样,群众工作才容易做通"。三乡的几年,柳青总结的这条经验几乎在他一生工作中都起了极重要的作用。

多数人的问题解决以后,剩下个别家庭困难特别大,他便对党员讲:"咱们能眼看着他们到节气种子下不去,地荒了吗?来年一家守着空锅,咱党员能不管?"经过工作,那些最凄惶的人家也有了生路。

1944年春天,他的好朋友林默涵从延安到米脂看望妻子,顺便到吕家岘和柳青一聚。朋友相见,分外高兴,畅谈到油灯燃尽,月光上炕。柳青谈了自己来此的种种,他的思想过程,农村工作的复杂,目前工作的难度和取得的进展。林默涵告诉他延安的变化,和他一起下去的文艺工作者已经陆续回了延安,谁又上了前线,谁担任了什么领导职务,谁发表了什么作品……柳青也有人生的一切欲望,知道延安比这里,对个人要好得多,尤其是延安有着更好的写作条件。但这种思想感情主要是在延安文艺座谈会之前,一场大病使他根本改变。现在他把实际工作看得重于一切,就是出去开几天会,也惦记着村里的乡亲,总是匆匆赶回来。组织变工队的深切感受又触动了他的写作欲望,但他要把实际工作和写作这两者融合在一起,不再走马观花,他把这种想法讲给林默涵,这就是长篇小说《种谷记》的最初构想。谈话之中,他没有丝毫要离开三乡的意思,对朋友的升迁,作品的荣耀,从个人角度几乎无动于衷。临别时林默涵赠他一首小诗:

> 麻鞋沾杂草,攀越访故交。
> 涧水尘不染,山花意自娇。
> 相逢纤月上,对语烛光摇。
> 为塑英雄像,何辞洒血劳。

这里的"涧水""山花"是暗喻着柳青不慕繁华、不求名利的淡泊性格。

那时,柳青已经搬到麻渠村。除了针对个别人细致的思想工作外,还需要广泛的舆论宣传。他在各村办起黑板报,组织了读报组。麻渠村的黑板报三天一换,柳青不但自己写稿,别人的稿子每篇他都认真改过。

每隔几天,柳青自己给麻渠村的群众读一次报。听说柳青读报,不用人催,连婆姨女子都把纺车搬到大柳树下,人们说:"噢,那柳青说话可好听,叫人一满(一点)不想走。"他每念一段要讲解一番。用老百姓最熟悉的生活常识打比方,地道的方言土语,加上些诙谐生动的小故事,让人听得入神。

他读报时经常宣传模范变工队的事迹，启发人们改进本乡工作。更多的是念报导抗日前线形势、反映国际反法西斯战争的文章。时事政治讲得一点不枯燥，给穷山沟的农民精神灌注了新东西。他们站得高了，想得宽了，知道世界上还有许多重大事情。只顾自家温饱的庄稼人逐渐觉得个人的生产好坏和中国的命运大有关系，他们开始关心各种各样的事情。在地里碰上柳青就有人拦住问："你再说说，苏联人把德国人打到哪里了？"当几个人聚在一起闲谈时，看见柳青走过来，便有人说："咱不说了，让柳青接着昨天的讲。"

阿Q捉虱子，人们听了一遍又一遍，还是要他再说。

乡上发生的每件事他都有切肤之感，好事兴奋、鼓舞、宣传、表扬；坏事也生气，有时竟气得直咬牙。

有一次，吕家岘一个人在送交的公粮里包了一块大土疙瘩，这人地不多还放账，想着办法剥削人。那人看一家人穷得穿不上衣裳，要把自己烂得没样子的皮袄卖给人家，非要十六元，少一点都不行，还对别人说："我为他穷，冷得受不了，才给他的。"在读报以后，柳青提起他的行为说："这就是坏的典型，众人千万不敢学他的样子！"当着那人的面他说："你可怜人家，稀烂的衣裳都不能送人家穿去，还要十六元，十五元都不行。"

在是非问题上，他不含糊，刀锋很利。在这里待的时间长了连地主也不敢在群众中煽风点火，造共产党的谣了。

三乡是全区的变工模范，区上给每人奖了一条毛巾，集体六斗小米。从此，大生产在三乡搞得热火朝天。

农民们开始有了余粮，大多数人家不那么愁吃愁穿，有的耕三余一，有的耕二余一。摊派公粮的工作变得省力多了，再没有多少人有兴趣为多一斗米争论不休，人们自动合并他们的变工队。常思应变工队发展成十八户，一上地，十七张犁相跟着，二十几垧地只用了一下午。吕家岘吕占修的变工队发展成二十三户。农民们又众人投资，合股办起供销社,日用土特杂品在乡里也能买到,这可是穷山沟里头一次。边区出现了"母亲送儿打东洋,妻子送郎上战场"的动人景象。

在抗日战争中,陕北人民同全国人民一样,做出了巨大贡献。我们党在陕北领导边区人民走过了艰难的路程,发展壮大了自己,同时也赢得了人民的信任和衷心拥护,同人民一起迎来了抗日战争的伟大胜利。

为了这一伟大胜利,柳青不仅作为一个革命文艺工作者,更主要是作为一个地道的农村基层干部洒下了自己一份辛勤汗水。程希区长这样评价他的工作:"当时,柳青同志在三乡当文书。我记得银占工作甩不大开,办法少,主要的担子就在柳青身上。他的工作做得细致、民主,一直走在全区前头。三乡因为有他在,我不用操心,我只去过一次,看一下匆匆离开了。他常来区上汇报工作,讲农民的思想和实际情况,细腻、深刻、风趣、吸引人,大家都非常爱听,许多看法启发了周围同志,使大家受益不少。比较起来,其他同志对农民的思想了解就不够细致,更多地注意了完成工作任务。他曾写过一个关于农村变工队的经验报告《米脂县民丰区三乡领导变工队的经验——三乡干部一揽子会上的总结》,米脂县委书记冯文彬上报中央,毛主席看过以后,表扬他们,说这份报告说明了他们的工作非常细致、有效,发展稳健。"

晚年,柳青说,他写《铜墙铁壁》,冯文彬热情欢迎他到团中央去,也和这个报告有关系。

四、摊派公粮

边区的农民开玩笑说:"国民党的税,共产党的会。"

共产党会多,受苦人不大热心,地里干三晌,晚上回来吃几口,就想吹灯上炕。为了让受苦人夜里歇好,不到万不得已,柳青不开群众性的会。非开不可，麻麻利利说上几句，事情一办，散会！柳青的苦主要下在个别谈话、访问上，解决问题靠这种方式效果要好一些。

但摊派救国公粮非"会"不行。吕家崄每年全村一百多石公粮。一到秋后，打下粮食，即到分配公粮的时光，要连着几夜会才能分配下去。这会不用催，各家男人饭一吃，碗一撂，噙上烟锅就往开会场地走。柳青主持这一工作，几天几夜不合眼。晚年回忆起来，提起派粮，他眯眼一笑，似乎这事很有趣，各种人的表现给他留下深刻印象。由于办得利落漂亮，群众满意，他得到成功的慰藉，这项工作也使他和群众更亲近，得到更多的理解和信任。他说："派完粮，我几天死睡不醒，那会儿才知道睡觉那么香。"

对派粮他的办法是，让大家先评，他一言不发，全神贯注地听大家议论，等众人们摊派以后，难免有些私情，亲的、近的摊得少些，他平和地问大家："你们看吕××和吕××评得怎么样？"这一对比，明显看出地少的摊得多，地多的摊得少。百姓有句口头禅："不怕公粮重，单怕分不公。"大家一看不合理，有时自动改变了公粮数量。由于地质的好坏不同和其他因素，分配不能只依地亩数量，增加了这一工作的复杂性。如果有谁把自己的困难和理由摆出来，就让众人再议，一直要到大家都觉得基本合理，心平气和，此事才了。他很清楚，一旦不公平，会生出许多麻烦，甚至影响其他各项工作。

在派完群众的公粮轮到干部时，要更谨慎细致。有些干部和党员要求派得轻一些，认为自己为大伙工作，就应该比群众少。各人情况不同，谁个应该少，少多少，谁个不应该少，先让大家评。等大家说完，柳青举出外村干部与本村干部比，然后再和群众比，这一比，有些干部自己觉得不好意思，说："那我的还少，再加上一斗。"

柳青和干部、党员成天一起工作，自然比和一般群众更亲近，这不表现在涉及个人利益时照顾他们，往往表现在批评他们更加严厉上。虽然他的样子有时很严肃，开始话说得往往让人受不了，但总是讲道理，把道理讲清楚。他常说："多会儿也要按原则办事，不按原则办就走不下去。摊派公粮得拿出来见群众，不能让群众说不公平。你不能因为当干部，是党员就占便宜，让老百姓吃亏，只有这样才能做好工作，要不，你说话有谁听？"他批评人最后让人觉得理顺心平，笑着走了。三乡人私下说："柳青做事像刀刀割出来的，咱这儿住过那么多干部，一点私情都不要的，没有第二个。"

那年发生过这样一件事，本地疙针店村有个贩羊的，赶上一群羊要到白区镇川堡去卖，已经翻过了吕家崄的山头，当时国民党封锁边区，边区的经济政策是不许物资出口。羊群过去后，赶羊的让人挡住了。这人在本村有个亲戚叫杜聿正，来找柳青说情，柳青说不行。他又找了当地驻军二团司务长，投他的面子，让柳青通融一下。柳青说："不行嘛！有政策，不能出口，你司务长不能这么做，就是团长来了，也要按政策办，都这么着边区的经济怎么保证哩？"司务长和他斗了一阵嘴，灰了，真叫来了团长，也没顶事，最后还是非赶回来不可。群众说："不是柳青，乡上人还能挡住？翻过山到了冯家渠就到了白地了。"

柳青自己坚持原则，他要求其他干部也坚持原则："只有这样，做事才有准头，群众心里才踏实，才会支持我们的工作。"这村里一户地主叫常金山，欠了几年公粮。常金山到大名鼎鼎的丈人李鼎铭先生家里避着去了，柳青就让银占向他老婆要，不给不行。常银占坐在常金山老婆那里，两人斗起心眼，弦绷得最紧的当口，这婆姨的娘家哥哥来了，几次叫银占到另一眼窑，想劝说劝说，解他妹妹的围，银占不去，坚持到公粮全要来才走。

五、三乡的地主和富人

柳青整天在穷人的窑里出出进进，听他们诉说自己的可怜和富人的无情："烂脏事都让有钱人做完了。"他们除了讲常相贤的无耻，还说一个叫常国雄的，麻渠村的第二号富户。

穷人把他的高墙大院叫"奸猾堂"。他爸原本也是穷汉，只是自他给常相贤当掌柜以后，到口外贩牲口、贩鸦片才慢慢富起来。后来，他不再外出，靠放高利贷、出租土地，财富与日俱增。他有大小两个老婆，小的是贩鸦片的时候从山西太谷妓院带回来的。这婆姨白天擦粉抹红，拖着两片绣花鞋指使着家里的佣人，喂一大群分不清血缘关系的娃娃（据说还有他和长工生的），夜里和他的老汉躺在炕上抽大烟。有一次，常国雄转了两个圈子，托人买来大烟，婆姨出面，高兴地收了。第二天人家来要钱，常国雄板起脸，厉声训斥着："不让她抽了，你还给捎！我还没讨你引人行恶的账，你倒先来找我了。"钱终于没有要到。村里人都说，他家业的底子全靠当掌柜、贩黑货的时候，连蒙带骗，一爪一爪刨到自己名下的。

柳青刚来不久，常国雄便差了佣人请他和常银占吃饭，几次没请到。后来，到摊派公粮的前一天，他等在两人必经的岔道上，送了一筒茶叶，对常银占说："老侄儿子，常也寻不上你们，办公事辛苦，今儿上我家去，薄酒淡饭表一下叔的心意。"常银占愣了一下，看见柳青停也没停，前头走了，他拔腿追了上去，头也不回对常国雄说："我们顾不上，有急事上吕家峁，回来再说。"等赶上柳青，两个人并排时，柳青说："常国雄请咱吃饭，你说去不去？给咱东西你说要不要？"常银占说："饭咱不要吃，茶叶咱喝它狗日的。""贵贱不敢！那人滑成个啥，没用意他还舍得吗？他为少给他派公粮。这种事一定要把住，请吃不到，给东西不要。要不，咱们怎工作，穷人还信得过咱们？"这个"奸猾堂"主碰了一鼻子灰，从此，对他们不敢再施"法术"。不过，作为一个写小说的人，柳青想了解各种各样的人，更何况这样"出众"的人物。他对银占说想亲眼看看常国雄的生活，听听他的言谈，想知道他的细微特点。百闻不如一见，经过一番"策划"，借工作之机，他们进了常国雄的"奸猾堂"，在待客的窑里坐下，边问边看。问他有多少地、财产、窑房；老人在世如何，何时过世；侄子、邻居又是怎样……常国雄说话一贯阴阳怪气，不明说，话里有话，发泄着对共产党的不满。就这样，东拉西扯，几个半晌就过去了。柳青看了他的大部分窑，观察他一群模样大异的娃娃和穿着绸袄扭来扭去的婆姨。连这婆姨怎样给老汉点烟，怎样上炕，自己又怎样点上也样样入目。再听他的佣人们说起主家的奸猾刻薄、寡廉鲜耻，便能大致想来常国雄的神态、动作和语言了。他常给村里人讲个笑话："一个男人，老大不小，总没胡子。一天，他去找阎王爷给他查一查，判官翻开簿子一看，回禀说：'对着呢，你给他批的就是三寸的胡子，六寸的脸皮。脸皮太厚，胡子永无出头。'"穷人一阵哄笑："这就是咱村的常国雄嘛！"

根据这一时期的生活积累，柳青后来写成了长篇小说《种谷记》。书中的王国雄就从此人而来。

提起三乡大大小小的地主和富人，唯独吕家硷的吕能俭，不论穷富，多数人说好，有时还流露出敬意和赞扬。论家业，吕能俭和常国雄差不多，有四十七垧地，雇了三个长工，两个种地，一个拦羊。他自己除了种地就是放账，一点不含糊，全是高利贷，竟然凭着放账在村里熬出个好人缘来。人们说他为人顶好。他和其他地主富农不同，其他人看人行事，量"利"而为，穷人来借粮借钱，有利可图还得平常"对劲"才行，平常不顺眼，即使眼瞧你一家老少饿死、穷死，也休想借得斤米分文。吕能俭不，上门开口的，不论贫富，不论远近，一视同仁，甚至到期还不出的借主，他也不硬要，态度仍然谦和如初。有利就行，还不起更好，明年多还点。他比谁都灵醒，他比谁放账所得都多。

吕能俭这人说一是一，说二是二，个子不高，红脸大汉。他认字，能写会算，聪明能干，识眼色，当过多年的正保长，没有流传他不三不四的事情，却流传着他做人正派的赞誉。共产党来了，实行普选，他又选上了行政主任。柳青见他的头几面都是在吕家硷的大路上。他有些腼腆，眼里透出聪慧，两人拉上几句村务，就各奔东西了。柳青寻找着接近吕能俭的机会，可是，第一次登门，就弄得不欢而散。

那天，大家决定在吕能俭家开会。柳青和常银占出了门，顺着大沟一路朝南走，陆续叫上所有干部，最后到他家沟底，上了几步坡看见他家的窑，一排四眼，高出围墙许多，很有些气派。进门正赶上他家吃饭，他招呼大家，因为柳青是头次登门，他盛了一碗饭端给柳青，柳青说："能俭，你这生活不错。"

"唉，现在这社会还能怎？就这个样子。"他的不满也很明显。

柳青诘问他："你说这社会怎？这社会不好？是看多数人的生活变好没有，还是看你有钱人哩？"突如其来的话说得吕能俭无言以对，尴尬地立着，最后赔着笑脸说："我这粗人说话，你千万不记。"

"你有文化，真是粗人我就不说了。"柳青一直没动他的饭，很快开完会，拔腿而去。

不久，正是交公粮前夕，这当口，富人比穷人紧张。吕能俭让人找柳青，请他去一趟，他去了，一进门，家里人就备饭。柳青说："你这是什么意思？"

"凑上了，吃点饭，还能有什么意思？你多坐会儿，咱们拉谈一阵。"

柳青说："你请我吃饭必有用意，能俭，有什么话实说出来，不要这样做，你虽是剥削过穷人的富裕户，但没有过度苛刻穷人，群众对你还是信任的，尊重你，说你是个开明富户，今后要更开明点才好。我不吃饭了，还有事要办，以后再说。"能俭又是尴尬地站着，点头摇头都不是。不过，他很识眼色，不再阻拦多言。

为了粮草和公事，他们仍然经常接触，这两件事引起的不快很快淡了。吕能俭说话办事挺有分寸，人前人后变化不大，怪不得招人喜欢。见了他，柳青也要问长问短说上一阵。有一次，柳青问他："你的家当一共值多少钱？"他很敏感，连连说："老人们挣下这些，谁还会要我这家当？给人也没人要。"柳青又说："共产党成功了，家当不知比你这多多少，你这算什么？你再不要剥削人了，要不，以后穷人给你算总账呀!"他一句话没说,仍然若有所思地看着柳青。

那阵,正是柳青为了工作方便,想从五儿坬搬到吕家岘之前,因为一时找不到住处,就在他家借宿了一个多月。他家吃的比穷人也强不到哪儿去,高粱饭、煮山药、炒面,过上几天给柳青吃顿小米干饭烩菜,算是改善一下,也算招待。他们一顿白面也舍不得吃,可存放的粮食堆了满满一窑。勒紧肚皮一心为着发家哩。

在他家里,柳青碰上两三次人家来还钱,他劝能俭:"利钱不要要了,光拿上本钱。"他不太情愿,只是不好驳柳青的面子,当时没要,过后要没要也不知道。

吕能俭待人诚恳,有事常来找柳青商量,柳青有空时就给他讲讲社会发展的历史方向,共产党革命的目的:"我们以后要建立的社会,是要消除剥削和压迫,人人平等,大家都用自己的双手劳动过上幸福生活。我劝你再不要放账了,那是剥削。"

柳青对他,话说得最多,他从不翻脸,柳青也越来越"放肆",话越说越重:"你再断续放账,穷人以后能把你骨头砸碎。""你再买地,当个地主,挨起整看你怎么办!"常银占说:"能俭受不了,我听着话有些过了。"柳青说:"咱处得长了,要给他说真话哩。亲人出苦言,坏人闲扯淡。"

有一天,吕能俭悄悄告诉柳青:"我把拦羊的辞掉了,以后自己拦。"他真的接受了柳青的劝告,不久,又辞掉一个长工,最后,一个也不要了。除了种地,他把许多精力放在工作上,表现得很积极。

在改选行政主任的会上,柳青说:"还是让能俭当行政主任吧,只要他工作积极,愿意跟共产党走,就让他干。"马上得到群众响应,一片赞同声。柳青又补充了几句:"政策可要穷人掌哩,不敢跟上人家跑。"他用手比画着小孩的个子说:"他,从一点点就开始剥削人,能没有剥削思想?一时改造不好,慢慢来。"

后来,柳青曾劝他把粮食分给穷人吃去,故意逗他:"放这么多粮食,起了虫发了霉啦。"他没生气,光是笑,他舍不得。这就算是一句玩笑话吧。

有一次,柳青发现他还种着吕能排典给他的地,因为吕能排没钱,一直赎不回去。柳青当时就说:"你咋还想买地哩,快给人家送回去。"他真的去还了,吕能排倒觉得不好意思,非让他再种一年。

吕能俭一直工作积极,开会、办事样样认真,柳青又搬回麻渠村一年以后,听说他真的主动把粮食分给穷人吃了,这件事几十年被人颂扬,而他总是说:"全靠柳青的教育,我解开了道理。"

柳青离开三乡的最后一次公粮摊派会上,还有两斗粮食派谁都不合适,想来想去,最后只好说:"能俭,你把这两斗出上。"他只说:"嗯。"没有一点难色。

柳青离开陕北时,有的党员问他,吕能俭能不能入党,柳青说:"咱们的工作要从实际出发,他嘛,再看看,只要工作积极,一心跟上共产党走,可以发展。"

1948年,柳青从东北回来时,吕能俭已经入党了,乡亲们说他在战争中表现得也好,不管是支前运粮,还是组织群众疏散转移,都起了重要作用。柳青敬佩他的所作所为,特意去看他。可惜在解放初期一次鼠疫流行中他染疾身亡。三四十年以后,和他同一辈的村民们还在念叨,说他为人做事样样好,说他自从跟了共产党以后,至死不渝。

六、从办联校到试种棉花

吕家崄最初的学校是私塾,一共有一二十个娃娃。家长们请了地主常金山的弟弟常云山做先生。学校没有固定地方,年年借闲窑,年年调换,柳青来的这一年,杜聿明家里空着,学校占了他家三间房,两间作教室,一间先生住。

四月的一天,柳青挂了那根上山下沟不离身的铁手杖,披了那件军大衣推开一间房门,读书声扑面而来,娃娃们黑溜溜坐满一炕,似念非念,似唱非唱,一片乱糟糟,一个个摇头晃脑,他皱皱眉头出去了。转身到另一个门口,推开一看,也是黑溜溜一炕。出来在院子里和常云山说了一阵,以后连着几天都过来。一天,他自言自语:"这是个禁闭窑,不像个学校。"

那时的学校,娃娃们实在怕上课,从早到晚坐在炕上,稀里糊涂地念,不休息,也没有一点玩耍时间。一不对,先生就打,两拃来长的戒尺,不论头、手、屁股,见哪打哪。柳青先和干部、农民们商量:"你们要操心学校哩,不敢把咱们的子弟带坏了。"

一次,在区上开会,关于学校问题。他提出三点建议:一、不准打学生;二、念一小时书要玩耍十分钟;三、要做桌椅板凳,不能让娃娃们圈腿坐在炕上了。

柳青又到学校,把娃娃们叫到一起,招呼大家坐下,说:"以后,你们要给先生提意见。"听了这话,娃娃们一双双小眼睛扑闪扑闪看着他,都不说话,一副胆怯的面孔。"先生没有打过你们吗?"柳青问,孩子们仍然静静伫立,没有声音。柳青只好在乡上召集几个村的学生开了一个会,还是没人说话。娃娃们想:"你能住几天?我们一说,你走了,以后更有我们好受。"最后,柳青建议在区上开了几百个娃娃的大会。他在下边先做好工作,让几个大点的学生拿着稿子上台去念,给先生提意见,然后,他讲了很长一段话:"以后,学校要办成新式学校,不仅有国文,还要学算术,要学科学知识,革命道理……师生要平等,再不能打学生了。让娃娃们不仅念书,还要玩耍,让孩子们表现出天真活泼的本性,不要让他们在这里墩土桩子……"他学着学生们念书的样子,逗得大家捧腹大笑,他说:"不光吕家岘,我走了几个学校,都是这个样子。"他又做出正确的姿势,"看,以后就要照这个样子念。"

这次大会以后,娃娃们不大怕先生了,敢说话,也敢玩了。课间,院子里踢毽子、跳跳绳的,一片红火热闹。

常云山打人已成习惯，因为有压力，才努力克制。顺应变化通常是人的本能，但思想感情以及行为习惯难以一下子改变，所以，变化的初期往往不稳定。不久，他又打开学生了。柳青听到，气得脸色铁青，直奔学堂，对常云山劈头盖脸一通批评："大会小会开了多少次，你还不改，私塾那一套你还用哩，到啥时候了，你是教学生还是害学生？学生都敬而远之。你想教就不能用这种办法，不改就回去，我们重新找人……"话虽难听，但他爱护学生，想改革旧的教育方式的决心和苦心打动了常云山，一个七尺男子汉，竟然抽抽搭搭哭了。柳青等他哭过后，让他向学生检讨。真的做检讨，将动摇乡间先生多少年来的威严，简直是空前壮举。常云山脸上愁云翻滚，作难地站在柳青对面，他先是执意不肯，然后乞求似的说："你就替我说说吧！"不敢公开承认自己的错误，柳青反感，他仍然严厉地说："你会打学生，就不会检讨？知道错了，向大家承认，才有利于你以后改正。"直到最后他向学生承认错误，做了保证。打这以后，常云山和学生亲近多了，学生们不怕他，不躲他了。他也和娃娃们说说笑笑，拉拉闲话，显得开朗了许多。

常云山虽是大地主常金山的弟弟，他本人从小养在一个穷人家，几年前才回自己家，家人对他冷漠，母亲和他一点不亲。常云山一次生病，想吃点豆面，母亲不给，只给了些黑高粱面。母亲看他横竖不顺，常恶声恶气。回来以后，常金山便打发他出去念书，念完就出来教书了，他对那个家没感情，很少回去。柳青对他讲："你和你哥在财产上一点不要沾，你哥要以地主对待，你按真实情况，以贫农对待。"常云山对这事原有思想负担，这么一说，他有了进取劲头。

不久，柳青提出，要把学校办好，三乡要搞联校。他叫常云山负责，常云山边退边摇头："我这本事还能搞成联校？"柳青鼓励他："你搞，不要怕，区上会帮助你。"在办联校过程中，柳青帮助他解决各种实际问题。

办成联校后，学校订了新章程，使用了新教材，改变了旧的教学内容和方法。学校越办越好，上学的娃娃多了，教师的积极性也高了，连群众也关心起学校的事情。学校对村里各项活动都起了带头作用。

柳青又有了一个新想法，他想在陕北试种棉花。陕北过去没有人种棉花，据说天气土质不大适应。多数人家紧巴巴弄点钱，赶上驴翻山越岭到几十里外的集上换点外地花回来，自纺自织。一市斤棉花要一斗多小米，可织一丈布，一身衣服三丈多布，四五斗小米才能换得。弄点钱粮不容易，经常揭不开锅的人家连嘴都顾不住，哪有钱买棉花？只图大人孩子身上有个遮掩，穷人身上常是补丁摞补丁。柳青先弄了些棉籽，对农民说："你们试着种点棉花，咱明儿自己解决穿衣问题。"农民从来就没见过这黄土疙瘩种棉花，想也不敢想："咱甚也不懂，谁会种哩？祖上没留下这风水噢！"农民不接受，他又找到学校，对云山说："我弄回来些棉花籽，今年让农民试种，看来不行，你们学校今年给咱种上两亩试试，种好哩，明年大家都种，不好哩，就算了。"

常云山也怕种不成，紧忙推："我还敢担这事，从来没务过农，一点不懂庄稼。"柳青给他壮胆："咱两个一起试着种嘛！"

"你和我一样，也不会。"

"我有书哩，在外头见过人家种，咱看下书，试一下。"

"咱学校又没地。"

"我给你弄地。"

柳青向农民借了两亩地给学校，常云山只得勉强接受了。他带上孩子们课后去干活，这群娃娃着实可爱，天真热情，担粪、翻地，干得热火朝天。柳青每天都来，一齐干活，再照着书本"指导指导"。后来棉花长得特别好，棉桃变裂以后，白生生一片，衬着绿色的叶子，黄色的土地，美极了。柳青清晨上山，黄昏归来，都绕到这里站一阵。有一阵，一天跑到棉花地里几趟，时刻在观察它们的变化，企盼着成功。

秋收的时候，这两亩棉花摘了七八十斤花，相当十几石粮食呢，吸引了很多农民，周围数十里的村庄都有人来看，太新鲜了。学生和教师，还有柳青不断向他们介绍种棉花的方法，柳青说："这些鬼娃娃都能种成，你们农民就种不成？"一旦亲眼见过，农民就变了。从第二年起，这里的庄户人家都种起来，基本解决了穿衣问题。

对于学校，棉花的经济收入效益更大，做了不少桌椅，修建了固定窑洞，还有了办公费。不久，常云山成了县上的一面红旗，被选为模范教师。领得奖状那天，他捧回来，兴奋地和路上的每一个人打招呼，和农民攀谈的时候他总是虚心地说："这多亏柳青的教育，真是个好人，真正是为教育人哩。为大伙办事哩。"一两年以后，常云山调到县上去工作，他逢人就要讲讲柳青："这人我算服了。"

柳青（左二）和皇甫村农民在一起

第 五 章

一、去大连

1945年9月8日，日本帝国主义无条件投降，中国人民结束了八年的炮火硝烟。柳青在深沉的回忆中度过了刚刚胜利的日子。距离1935年他投身抗日救亡运动，已经整整十一个年头。十一年来，他头一次这样畅快地呼吸蓝天下的空气，回想着那些让人潸然泪下的往事。

形势一变，工作安排也出现了变化。9月，共产党决定派一批干部去东北做日军撤出后的接收工作。第一批调走的人员名单上有柳青,他接到地委通知时,已经临近启程日期,三乡的几个干部匆匆送他赶往绥德的集合地点。

出了米脂城,沿着无定河往南走,河水哗哗地流淌,激荡着他们心里的依依惜别之情。一路上干部们嘱咐他,细致入微,情深意长,他们就是自己的父辈和兄长。柳青和他们谈了眼下的秋收生产,以后乡政府的工作和急需解决的几件事情。他再三叮嘱:"你们以后要多关心学校,再给学校打几孔窑,地方长期固定,请先生时要看好人,千万不能马马虎虎。"就在送行的路上,他再次提到:"能俭再培养一段,根据实际表现可以考虑他的党籍问题。"说得特别多的是对那几家军烈属的安排和照顾。

想起三乡两次征兵,大家都沉默了,无定河水拍击岸边沉闷的回声好像在述说那些艰难的日子。

柳青到三乡的头一年就遇上八路军扩编征兵。消息一传开,村里就乱了,风声鹤唳。兄弟多的家庭躲的躲,藏的藏,下延安上包头,过黄河到山西,上了年岁的家长惶惶不可终日。日头再高,鸡犬不鸣,柳青举目远望,忧心忡忡,他也心慌意乱,似乎山间野草几天全黄了。

以前国民党抓壮丁,有男丁的人家要抓阄,独子不论,老百姓叫"软三硬四"。三个儿子的还能在一堆纸蛋里碰碰运气,抓着了带"兵"字的,就得认倒霉。若有四个儿子纸蛋也别想抓,非走一个不可。富人出钱交粮耍面子,不愁留不住儿子。可穷人本来就指望刚成年的儿子熬日月,哪一家不心惊胆战?新兵穿上军衣就想着逃跑。村里出了逃兵,才不得了,男藏女躲,家门上锁,烟囱不走烟,院里无犬声,牲口都卖光,地里不下种。头一年,村里没办法,送了个近视眼。这小伙的眼神差,为找饭碗,鼻尖沾上米汤皮子才看见。部队只好把他退回来,村里又送去,推来推去,弄得乡上乱七八糟。

赶走国民党后,共产党在乡上征过一回兵,情况也好不了多少,老少怕得像筛糠。村干部只好软的硬的,凑合应付着,可惜,征到的又跑了。

柳青来后对村干部说："咱要了解原因，做好思想工作，思想工作做不好，硬征怕不行。"

"吃粮当兵是危险行当，不光挨打受气，一上前线就要送命，家中丢下无人照看，这工作谁也做不好。"干部们都摇头。柳青说："照这样，咱共产党的边区靠谁保卫？日本人靠谁去打？这么跑法，最后全村就剩下我一个文书了，我看还是先做思想工作，让群众认识到当兵打仗是为了保卫自己的政权，要自觉自愿。咱们的干部要想尽一切办法安置好当兵家属的生活，这比什么都重要。"

为征兵召开的会议很沉闷，你看着我，我看着你，干部们觉得没奈何，柳青自己也觉说得干巴巴，于事无补，只好说："散会！先去走访当兵户的家属。"

柳青到吕宝修的破窑里，他的儿子吕能德当了兵。老汉将近六旬，微驼着背用袖子在脸上抹一把，平常不大言语的男人家，好容易有个公家人听他诉诉苦衷，他扯开嗓门："我儿当了兵，谁能称我的苦，量我的愁？地没人种，犁没人扶，量盐驮炭没一分进门钱，留下两个娃娃，年初又没了娘，就我一个半死不活的老汉，谁来帮扶过我一把？我也寻思来，老天爷甚时来，我们爷们儿跟上就去了，落个清利，不用受罪。"老汉两眼浑浊。

怎么能不同情这家人呢？柳青诚恳地说："你说得很对，我们工作没做好，以后对当兵的家属一定要照顾，不能当兵的一走就没人管了。"

"这都是哄人的话！吕能明还是闹红军当兵死的，他那个娘谁问过一声？"柳青无言以对，只好劝他先找人种好地，不要误了秋耕秋种的农时。

吕能明的娘见了柳青，泪如雨下，哭诉她孤寡老人的难处。

柳青跑遍了军烈属家，劝家有逃兵的先回来，不管是共产党的兵，还是国民党的兵，不要躲，先把地种好，日子还要过。

然后，开了个干部会。会上，他提出几条让大家讨论：一是不管入伍的还是逃跑的兵，动员全乡人民给他们首先种好地，保质保量保收入；二是干部每人捐献一斗小米，群众每个劳力捐献两斗小米，每户烈属给一石，其余分给军属；三是逢年过节干部拿上礼物慰问所有军烈属。

干部们都通过了。

一个多月后，偷跑的四个兵都回了家。老人们感动了，到乡政府对柳青说："做梦也想不到，你们这么照顾我们，把儿子交给你们，麻烦你们收下，不要给娃娃气受。"连国民党的逃兵也要参加共产党的队伍，从此以后，征兵工作才得以比较顺利进行。

如今到他离开三乡了，早晨临行前，吕能明的娘死活不放手，小脚老婆婆的眼泪抹了一脸，像亲娘一样叮嘱柳青："革命一胜利，你就回咱三乡来！"

送行的干部有常文君，他给柳青牵了一头毛驴，给柳青路上使唤。柳青劝常文君："咱们一起去东北，驴轮着骑，停歇你喂上，你就离家参加革命吧！"

"你断文识字，我哩？土疙瘩靠谁打？娃娃婆姨靠谁养活哩？"文君舍不下家小，怎么也不去，柳青只好说："你实在不愿意去，这驴你再拉回去，我喂不了。"

到绥德集合以后，大队人马向东北行进，他们在晋西北的群山里走了整整一个月才抵达天镇，上了火车到张家口，休息几天再坐火车到怀来，以后步行到承德，住了将近一个月，因为从这里到锦州的铁路和桥梁多处受到破坏，等铁路修复后坐火车到阜新。这时，东北的形势发生了变化，苏军要我军退出"中长线"①，他们说他们和国民党政府有条约，要等过三个月，他们撤回国，我们才能进去。这时国民党出了山海关，占了锦州，拼命往沈阳挤。国共两党在锦州义县间激

---

① 当时从哈尔滨经长春到大连一线叫"中国长春铁路"，简称"中长线"。

战。柳青一行从阜新坐火车到义县，又从义县折回新立屯，下火车步行，经彰武、法库、铁岭到清源……

集体行军的最后一站是抚顺，在这里分配工作，柳青被派往大连，从此独自走上了新的路程。在辽阳，脱去一路穿的八路军制服，换了便装，跟着地委书记派的人登上火车，到大连时已是1946年3月初的一个早晨。

在冷冷清清的车站上，两人停了片刻，便向柏油马路走去。这时，太阳已经升起，斜坠在湛蓝天空的一角。沿着街道吹来了轻柔的风，阳光似在风中摆动，映照出一个明媚的海滨城市。从陕北的穷乡僻壤出来，柳青第一次看见带着异国风情的城市。他睁大眼睛不停地左右转动，惊奇地注视着眼前的洋楼和商店。看街道上严肃的苏联士兵和悠闲散步的苏联妇女，他们个个高大挺拔。当穿着和服，踏着细碎脚步的日本妇女匆匆走过时，那娇小纤细的身影使他不由自主地微微一笑："多么奇怪的地方。"

他随着地委同志一起登上有轨电车，车子开动以后发出一串串叮叮当当的声音，就像是车身在摆动时弹奏出来的，清脆而微微颤动，在两侧的房屋间短促地回荡后，转瞬即逝。越往前走，街道变得越发清静，两旁出现了稀疏散布的日本小洋房，从那些小洋房里偶然走出一两个人来。

他们来到市委，宣传部一个女同志接待他，告诉他各根据地派来的干部只有四十几人，许多部门还没有派人，市委机构不健全，宣传部只有她一个，没有部长；接收了一个鲇川洋行（日本人的书店和文具店），现在叫大众书店，接收一个印刷厂，归大众书店管，翻印解放区的书籍。这位女同志领他去见市委书记，书记派他以主编名义去管理这个刚刚接收的书店。

当天，他就住进书店，摸清情况，先进行内部整顿。工作进行得很顺利。柳青善于和普通人交往，气质、性格、言谈举止浸透着朴实作风，工人们很喜欢他，告诉他书店里的各种情况，人员的、历史的……他决定开除几个人,并且办得干脆利落。那是一些仇恨共产党,经常鬼鬼祟祟在书店里兴风作浪的家伙,其中也有汉奸。处理了遗留问题,检查了财务,两个月后书店工作走上正轨,印刷厂日夜不停翻印解放区的书籍。

二、完成《种谷记》

在这段时间里,柳青经常沉浸在三乡生活的回忆中,他细细思考自己做过的每一项工作,产生的效果,有什么缺点,取得哪些经验。虽然离开米脂,进入大城市,一路平原山峦,河塘溪流,全迥异于沟壑纵横的黄土高原,沧桑天地间,逝者虽去,心境犹存,他还是眷恋着那块黄土地,深深感到在三乡三年,他做社会调查的水平得到极大提高,做群众工作的能力有长足长进。

在陕北的几年,他写了短篇小说《误会》《牺牲者》《地雷》《一天的伙伴》《废物》《被侮辱的女人》《在故乡》《喜事》《三垧地的买主》等。最后阶段发表了短篇小说《土地的儿子》,并且动笔写了第一部长篇小说《种谷记》。初稿就在简单的行李中和他一起翻越着山山岭岭,他决心在东北工作期间完成这本书,所以第一次同市委书记见面就谈了他的创作计划,并且取得了同意。

书店的事务繁忙时不觉得,一旦生产和日常工作就绪,考虑要写小说时,他才觉得这个环境十分嘈杂。书店在闹市区,周围布满了各种店铺,是大连市人口最稠密的地方,人来人往的喧闹声,印刷厂震耳欲聋的机器声使他无法集中思想。他决定搬离。柳青和宣传部新来的部长谭立同志谈,领导让他回市委,担任出版科长,从此,除了管理大众书店的工作,他的主要精力用在写小说上。

日本战败以后,日本人陆陆续续回国了,许多房子空下来,都是日式的二层小楼,市委的同志大多散居在这些楼房中。谭立帮助柳青找了一座,就在他住的楼房对面,他们可以翘首相望。

柳青住在楼上的一间小屋，楼下是他雇的日本女人——一个四十九岁的妈妈，带着她十一岁的女儿，为他洗衣做饭，干些杂务。白天柳青很少外出，楼也不下。天明时，他已经在桌边凝神思考，往往到太阳落尽，还执笔而坐。白天日本妇女上来几次送饭、送水，能看见他那倾斜的脊背一动不动。柳青的心已回到了陕北，时时重温着三乡的生活旧景。在思路不能中断的夜晚，他躺下又爬起来，静静地想到天明。

柳青要通过这部小说，向人们介绍陕北抗日根据地与全国大部分地区不同的社会状况。他截取一个小村庄，展示在共产党和民主政府领导下，实行减租政策以后，为了发展生产，如何号召组织变工队，细致描写这一过程中各种人物的思想和行动。

这是他第一次创作长篇小说，既没有指导者，也没有同行的交流。在组织故事、结构情节的时候，经常搞得精疲力竭。人物设置、章节衔接和转换在写初稿时已经做过几十次调整，摆不顺的情况司空见惯，以致有一回三夜没合眼，第四天头疼欲裂。想放开，摆脱这种难以忍受的折磨，可是，一刻也放不开，无论怎样的措施都不能入睡。他心有疑惧，向程区长述说构想小说到严重失眠的苦恼，程区长不能理解。柳青苦笑着说："唉，你体会不来，写文章比养娃娃还难。"

他说日常工作主要是逻辑思维，而写小说主要就是形象思维了。要转换思维方式，进入文学创作的状态和艺术氛围，需要文学书籍的熏陶和培养。

他手头的书很少。以前在三乡，那是农村、边区、山沟，又处于战争时期，周围识字的人凤毛麟角，想弄本小说不容易。柳青很留心，听说谁家有他想看的书，不管受多少罪，一定上门求借。绥德县一个人有英文版的《安娜·卡列尼娜》，得到这个信息让他十分欣喜，到那里来回至少一百六十里，为了不影响工作，他告诉乡上人，头天清晨出发，第二天天亮一定赶回吕家崄。"为了一本书，走一百六十里？"有人投以莫名其妙的眼光。

晴空万里的一天他出发了，返回时是个明月当空的夜晚，山间小路反射着灰白的光，乱石土坑都清晰可辨。突然，在快出绥德地界时，一只拖着大尾巴的狼挡住了他的去路，月光映出狼十分清晰的形体，有如利刃的目光紧紧盯着他。一百多里地已经耗尽了他的体力，与狼搏斗？他没有勇气和自信。他在距狼十多步远的地方停下来，强作镇静，他只能横跨到路边刚耕过的松土地里慢慢移动。和狼一步步接近，并排了，他的头发都竖起来了。那只狼缓缓转头，一直盯着他，几秒钟，漫长呀！突然，狼动了一下身子和后腿——不容犹豫，不容胆怯，他扯开大步向前奔，离狼越来越远，再回头看时，庆幸那狼没有追来。一瞬间，解脱了极度的紧张，外表的镇静迅速透进内心，顺着小道夺路疾奔，下了一道坡，才停下来擦去汗水，出了一口又粗又长的气。

现在他已远离那山间小道，也不是坐在点着油灯的炕桌前绞尽脑汁，而是坐在小洋楼的电灯下，但是，许多初稿没有解决的问题依然困扰着他。他后来说这小说写得他"真是扶得东来西又倒"。调整了这一章，另一章又出现问题，调整这个人物，另一处又有了矛盾。有几处变过来变过去，许多难解的结在这章解开了，在另一章又结上了。

积累的疲劳和涂改的文字一样多，当头脑沉重得无法再坚持写作时，他独自向海边走去，碧绿、宁静、宽广的海面被微风推起层层波浪，宛如一条条巨大的游鱼，白玉般的鳞片在阳光下闪烁。近处，波涛拍打岸边的巨石，迸出无数晶莹的水珠。当水天一色的时候，他仿佛进入了蓝色的仙境。岸上星罗棋布的小楼就像神话中的宫殿。天空有时彩霞映天，有时白云飘浮，鲜艳、宽广、深沉、纯洁，大海唤起他多少激荡而细腻的情感，和黄土高原的粗犷大相径庭，海浪声在不断抚慰他疲劳的心。

寻常夜晚，他都在自己房间里写小说，写不下去时准在对面的小楼上，同谭立毫无拘束地谈论一切。陕北生活谭立不熟悉，柳青极喜欢讲的诙谐有趣的生活故事，常逗得两人哈哈大笑。如果在谈论中蹦出一个新的想法和构思，舒展的眉宇间马上透出一丝快意。

谭立说柳青："对农村生活的熟悉，对农民心理和性格的观察细致入微，让人惊讶。"小说里真实生动、幽默风趣的细节描写上也反映出柳青的这一特长。作家严文井曾说："柳青对陕北农村生活的熟悉程度非同寻常，我——"他直摇头，"做不到，做不到。"

创作中的问题总要一处一处解决，日思夜想，1947年5月终于写完了长篇小说《种谷记》。当他翻完最后一页稿纸，感到从未有过的轻松，劳苦之后的甘甜。对自己的作品有些部分他感到满意，但还有琢磨不透的不安和许多不满意之处，没有达到他努力想达到的水平，一些问题解决得也不尽如人意。

小说一完成，他来到市委，同志们说他像从监狱里刚出来，头发像草窝，胡子拉碴。人们都叹服他忘我写作的精神。

柳青考虑自己负责大众书店，不好在这里出版，经组织同意，给上海生活、读书和新知三家联合在大连办的分店——光华书店出版。

《种谷记》一完成，柳青就像在海浪中搏斗了许多个日日夜夜的货轮，终于到达目的地，卸完了船上的货物，他的头脑暂时空了。要继续写作，需要新的生活积累和新的素材。他是一艘不能在码头上久留，随时整装待发的轮船。

早在1941年，他从前线回到延安，写《牺牲者》《地雷》《一天的伙伴》几个战争题材的短篇小说，就时常感到自己对战争生活经历不足，不但结构不了反映复杂激烈的战争、概括力强的作品，连需要正面描写战斗场面的细节时，也觉得能力不足。他一直认为这是自己严重欠缺的。作为这一时期革命的文艺工作者，他一直记挂着陕北，这时青化砭、羊马河和蟠龙三个战役已经结束了，正在准备进行新的战役。他决定离开东北，回陕北参加战争。

"说走就走！"

这就是柳青的个性。

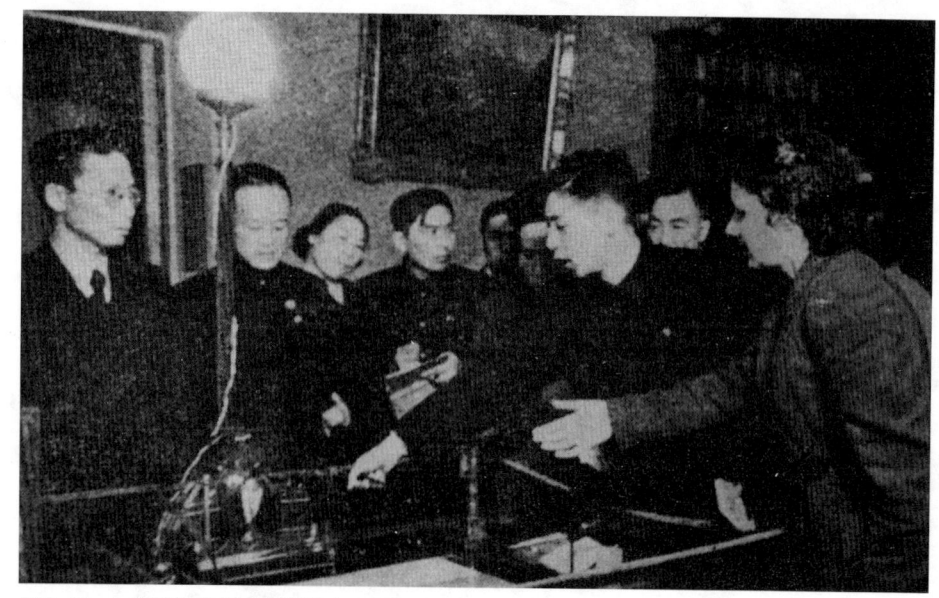

柳青（左一）在前苏联列宁格勒普希金博物馆参观

第六章

一、在冀东的短暂停留

柳青原计划从大连坐船到烟台，然后直线西去，因为当时山东、河北和山西有连成一片的解放区，想必通行无阻。然而启程不久就听说胶东半岛形势突变，烟台被国民党军占领，交通断了。他又改道辽南军区，准备乘秋季攻势，随军去热河，但这次攻势未能截断北宁路，他只得另辟途径，暂时折返东北，再回大连。没有久待，一位苏联朋友帮助他坐上苏联货船"里加号"。第一次离开大连还是赤日炎炎的七月,第二次出发已是冰雪覆盖的深冬。

"里加号"是一艘专为我军运送物资的货船,柳青随这批货物从北朝鲜的罗津港上岸改乘货车辗转在东北的土地上。

货车没有装满货物,给他留下一个角落的黑铁皮车厢一直在咣当作响。白天,从小窗射进一柱阳光,夜晚,更是难以忍耐的寒冷,为了防止感冒,他彻夜不眠,在窄道上走来走去。

大连装着电炉的房间多么舒适!可他一去不回头。

途经哈尔滨,他遇到了刘白羽。刘白羽支持他回陕北:"是的,中国的革命问题要通过战争的方法解决,没有参加真正的中国革命战争你会感到遗憾。"

他又遇到东北局的领导高岗,高岗劝他留下来:"东北不是也有解放战争吗?写东北的解放战争不是也很有意义吗?"

柳青说:"我对陕北群众的生活和语言熟悉,回去有了材料就可以写,在东北熟悉群众生活和语言,需要更长的时间,写起来比写陕北还困难。"高岗表示理解。

柳青越是急切地盼望上路,越是命运不济。战争年代,由于诸种原因,他不得不在哈尔滨待了将近一个月才乘上火车,经过齐齐哈尔到白城子,又等了一个星期才坐上汽车。在科尔沁草原上,汽车在苍苍茫茫的枯草间颠簸,从早到晚,一天一天,多么漫长的路啊!

为赶在解冻以前穿过冀东北到晋察冀的封锁线,柳青马不停蹄,经热河省中部和南部解放区各县到了遵化县冀东区党委,已经是阴历的正月初。区党委介绍他到十四军分区地委。他到达那里,军分区马上派了一个团的地方武装送他过封锁线,他们到了平古线附近顺义县境内的一个村子,部队接到更重要的战斗任务,向通县方面去了,临别,团长告诉他:"我们执行完任务再送你过封锁线,你先回军分区地委等着。"

急也没有用,骑着一匹白马,柳青慢慢往回走,当他临近一个村庄时，令人吃惊的现象让他驻足。出村的大道上络绎不绝的农民向敌人方向走去，这是敌我拉锯地区，投向国民党没有多少路。柳青翻身下马，顺着人流，向肩挑手推、拖儿带女的人们盘问，路人带有异样情绪，甚至反感他的询问。他折转下了大路，进了村，找到个别干部，弄清楚是不久前共产党进行的土地改革造成了这种现象。

情况是这样的。在晋冀鲁豫解放区进行了减租减息运动以后，贫雇农对土地的要求越来越迫切。1947年，中国共产党召开了全国土地工作会议，决定开展土地改革运动，彻底摧毁几千年封建的土地制度，进一步激发广大贫苦农民的革命和生产积极性。会议制定了《中国土地法大纲》，大纲的主要原则是没收地主土地，实行"耕者有其田"的土地制度，按农村人口平均分配土地。在土改中"依靠贫农，团结中农，有步骤有分别地消灭封建剥削者"。

运动开展以后，有的地方提出些不恰当的口号，在斗争地主时出现了比较严重的过火行为，特别是过多地划定了地主富农成分，分发了他们的财产，没能团结大多数应当争取的同盟者，也就削弱了革命力量，归根到底给解放战争带来不利影响，伤害了一些不应伤害的人。

看着眼前投敌的境况，柳青心急如焚，他走访了一些地方，觉得土改中"左"的偏向十分严重，回到区党委和负责同志谈了他的所见所闻，并且立刻写了一份报告，向周恩来反映这种情况。看到这位过路同志竟有如此负责的精神和政策水平，区委书记吴德同志很感动，劝他："留下来吧！参加我们马上就要开始的土改纠偏工作好吗？"柳青考虑一下，反正也没事干，何不做些工作？正好执行完任务的那一团人马回来了，他们经过侦察，与平谷线平行的潮白河已经解冻，无法涉渡。柳青考虑不出回陕北的新路线，决定留在这里参加土改复查。

他被派到区党委以南十多里的一个村子，这个工作组由组织部长闫达开领导，一个处长担任组长。开始是进行大量调查，为摸清土改情况，他们整天在农民家里谈话，让群众解除顾虑和情绪，讲出真实情况。这个村四十八户人家,四十五六户被定成地主和富农,分掉了部分土地和财产,现在对共产党就剩下对立和仇恨了。在工作组研究问题的会议上,柳青说出了自己的看法:"不能把雇过工的人都当成地富,只有少量剥削,主要靠自耕为生者,在经济地位和政治态度上都应该定为中农。同时也要照顾到不同地区的不同情况,既要有高度的原则性,也要灵活运用在每一个具体的村庄里。"他太了解农民了,在工作中,提出了许多切实可行的办法,分析问题准确,很快就表现出不一般的能力。组织部长住了不久,见有这样一位同志,便离开去了其他地方。区党委书记吴德委托柳青负责这里的工作,之后组里不断抽调人到其他地方去,让他处理大量的具体事务,他和工作组长配合得非常好,十分尊重当地干部,每次到区委请示汇报,他都坚持让组长去。

工作很紧张,不知不觉冬去春来,又是一片翠绿的五月下旬,土改复查基本结束,重划成分后只有两户定为地主,处理了因此而产生的一系列问题。在这过程中,离开的村民早已陆续回来。村里的气氛,人们的情绪,和几个月前大不相同,换了一个世界,对工作组热情亲切。只有那最后划定的两户地主对柳青恨得咬牙切齿。他从村道上走过,一个地主婆娘当道而坐,对他破口大骂。他说:"我像没看见一样,不动声色地走过去了。因为我知道绝大部分老百姓拥护共产党了。"由于这次复查工作,在不久以后进行的战争中,这个村子没有一户投向国民党。

六月间,形势允许他继续向西进发,当他离开冀东区党委的时候,吴德为他挑了一匹最好的马。此前从东北局护送他的通信员看再上路遥遥无期,已经返回原地去了,因此吴德又选了一个精干小伙子送他回陕北。吴德紧紧握住柳青的手说:"你做了大量的工作,处理得这么好,作家我也见过不少,像你这样会做实际工作的人还是头一次碰到。一个作家对人民的事业表现出这样强烈的责任心,真是难得。"

二、回陕途中

1947年7月，在柳青决定立刻动身返回陕北时，沙家店战役还在酝酿和准备中。

这次上路，就听说陕北的几个重大战役共产党都胜利结束，战事已经南移，消息振奋人心，但是他参加战争的愿望已不能实现。

往后的路会顺利得多，柳青已不必匆匆赶路。正在这时，晋察冀野战军三纵和四纵奉调刚好过冀东，胡耀邦同志也奉调回晋察冀工作，柳青和他随军一起经过平北，七月间顺利到达河北省平山县党中央所在地。

此前离开高岗时，高岗让他给党中央捎去十来斤人参和给中央秘书处的一封信。一到目的地，他先去西柏坡村，把人参和信交给了秘书处的曾山，然后在中央组织部招待所住下。

现在，赶回陕北已不那么紧迫，又是骄阳似火的三伏天，索性住一段再走，以减少路途辛苦。更重要的是，在这里能了解一下全国形势和党中央的战略步署，而最想听到的，是几个熟人对《种谷记》的看法。

一个是柯仲平，他正在编中国人民文艺丛书，选编延安文艺座谈会以后的作品，准备全国解放即出版。另一个人是胡乔木，他从1942年做毛泽东的秘书，经历过抗日战争、解放战争，被人们称为党的秀才，现在刚刚当了中宣部的副部长。听听他们的意见，对以后的创作会有好处。

两个人对这一作品基本肯定，并且已经决定选入中国人民文艺丛书，这对他无疑是一种鼓舞。

柯仲平和时任中宣部部长的陆定一住在一个院子里，经柯仲平引见，陆定一和柳青谈了一次话。

陆定一问他："为什么要回陕北去呢？"他说："我想反映陕北人

民在战争中的作用。"陆定一听过他的写作计划,感慨道:"没有陕北人民的支持,就没有陕北战争的胜利。"他介绍了陕北人民在战争中许多英勇无畏支援前线的事迹,一再对柳青说:"陕北人民要好好描写!"

"要好好描写!"

柳青的创作热情又一次受到激励。

8月,他再登归程,为了节省时间,沿途不过县城,裁弯取直,大多沿着山根,一心赶路,经山西过黄河,直往延安去。

快到陕北的路上已是一片秋收景象,割谷的、打场的,随处可见,不时传来链筘吧嗒吧嗒的响声,飘来几句男人扯着嗓子唱出的陕北民歌——多么亲切的家乡,多么熟悉的延安!但和他离开前不大一样,那种革命志士的沸腾场面,常见的人潮没有了。党中央离开了延安,这里一片战后的平静。

回来以前,他就决定到米脂县,那里人地两熟,收集材料方便,更是沙家店战役的战场。

在延安只停留几天,就要直奔目的地,走前他和西北局的习仲勋谈了一次话。

那天晚上,他第一次见到习仲勋,谈过冀热辽地区的形势以后话题一直是陕北战争。他问到陕北战争的主要问题,习仲勋说:"陕北是根据地,十来年主要是和平环境,没有经历过战争,所以,战争一来,干部们一时不适应,暴露出一些缺点,犯了一些错误。"

柳青说,在东北路过一个村庄时,他遇到高岗,高岗对他说:"听说陕北战争中暴露了过去陕甘宁边区工作中的一些弱点和错误,你见到习仲勋时,请转告他,应该无情揭发,以便在今后的工作中吸取教训。"

习仲勋说:"这不能怪哪一个人,大家都有责任。"

柳青又问战争中哪些问题最突出,习仲勋说:"主要是粮食问题,大兵团的运动战,需要集中粮食很急,需要转移和疏散粮食也急,陕北的交通运输条件差,干部和群众大多忙于粮食。"柳青明白,他要表现战争中的陕北群众就要抓住这一点。

表现战争中的陕北群众,这是从大连出发时就计划好的。因为在三乡工作过三年,他熟悉那里的人民。"三乡人民在解放陕北的战役中表现如何?"他原本就希望将他们继续写下去。

三、沙家店采访

一踏上米脂这块熟悉的土地,紧张的采访就开始了。

先和县上的干部们交谈,众口传颂着沙家店战役中的沙家店粮站,说这个粮站的干部和群众怎样支援前线,怎样转移和保护粮食,他们的表现怎样英勇无畏,故事动人心魄,感人肺腑。柳青听过以后,冲动的当时就坐不住了,他"恨不得当天晚上就动笔,写一个真人真事的短篇"。

这样动人的材料,写一个短篇,岂不可惜?写一个长篇,要有丰富的资料,许多细节还来不及了解,必须进行深入细致地采访。

为了方便,他和西北局宣传部联系,征得同意,用回延安剩余的路费,再添补了自己的一部分稿费,买了一匹骡子,从此骑着它,没黑没明地跑来跑去。

沙家店粮站主要负责人是折得富,也是故事的主人公。他和他坐在炕上拉谈十来天,和当时的粮站会计谈了九天,其他的人,只要能说上粮站情况的,就找来坐在炕上不断地问战争经过,两军的兵力和部署,支援前线的粮食是怎样来的,民兵和妇女怎样组织,运输队的行程,妇女如何缝米粮袋、缝军鞋,军队过来时烧开水、送吃喝的情节,军队对群众的反映,群众对军队的感情……可以问到的细节,他都力求详细,不停地记录。写小说,岂能没有生动的细节?他后来回忆说:"我在刘家峁仓库住了一个星期,在战时也有粮站的高家坬住过两天,我经常到米脂县仓库去看他们如何工作,我还在一个民兵战斗英雄(他出席过1950年全国战斗英雄代表大会）的村里住过五天，又在一个战时宁死不屈的村干部的村里住过三天。"

老百姓说："他把我们招呼得再好也没有了，说话很客气，没有一点架子，问战事经过细致得赛过女人。"也有的受访者实在受不了，一坐一天，硬炕坐得人屁股疼，竟然有交谈者乞求柳青："放了我吧！我实在坐不住了。"柳青怎么能放了他呢？白天黑夜谈，他记录下几万字。他走访了五个区的领导机关，还到葭县的乌龙堡、镇川堡，下小馆和人们拉谈，听他们讲战时自己的遭遇。交谈中，小说的情节慢慢有了一点轮廓。

弦拉得太紧要断，人疲劳过度要垮。柳青长途跋涉后没有一点休息就开始了采访，本来就瘦弱的身体，加上营养不良，精神日渐不振。1949年元旦刚过，米脂县召开县、区、乡三级干部会，会上把他当"好劳力"，县领导想在会后集中几个干部，由柳青带去办理一个乡的整党结束工作，选举党代表和人民代表。参与基层工作，他不仅有热情，而且认为是义不容辞的责任。一天上午，正为这事做准备，他咳出一口浓痰，是一块相当大的陈血块，以后的几天只要咳嗽，吐出的就是满口带血的痰，血变得越来越新鲜，精神也越来越萎靡。在身体状态极差的时候，他曾自问："我还能再活十年八年吗？让我再活三年五年，至少把这本书写成。"所幸的是，几天以后，血痰渐渐减少，十天后停了，他仍准备完成县上交给的任务。周围人看他病容不退，劝他不要去了。是否能撑得下来，他也怀疑，于是，去信请示西北局宣传部马文瑞部长，对方回信让他到延安休养。

一路上，咳血从未停止，要不是那匹可爱的骡子驮着他翻山越岭，他的体力很难支撑到延安。延安也缺医少药，马部长和其他领导劝他到北京治疗，但一想到写作，他就犹豫了。在陕北，生活在他要表现的环境中，碰到缺少的材料，查找和询问十分方便，如果人在千里之外，就要费较多周折。反过来想，如果仍在陕北，身体每况愈下，书还是写不成，两事相权，还是到大城市利多弊少。西北局宣传部已经决定让他到外边去写作，同时，提醒他要做好写作的一切准备工作再离开延安。

当时，党内有制度，出书和写文章要经组织审查。根据领导指示，文协讨论了他已经出版的《种谷记》，指出缺点的意见不多，大多数人给予了充分肯定，同时，也讨论了关于新小说的提纲，他听到一些很好的建议和意见。

1949年4月16日，柳青离开了延安。

在离开之前，他和也在延安的妻子马纯如办理了离婚手续。柳青还在三乡的那几年，他们曾在那里一同度过了一段较为不错的日子，但大概是由于缺乏情感基础，柳青一直深感二人在文化水平和性格上的差距，加之后来柳青去了东北，三年的异地生活，两人最终选择了离婚。

四、自律

1949年4月底到北京，安子文部长把柳青介绍给周扬同志，这是他第一次和周扬直接接触。这时，新中国的建立已指日可待，周扬让他参加第一次全国文学艺术工作者代表大会。会后，经周扬同意，他旋即到秦皇岛去写心中已具雏形的《铜墙铁壁》。

秦皇岛是渤海湾一座秀丽的城市。清静的街道，清新的空气，对他生过肺结核、经常吐血的身体确有好处。他向往大海，也因为在大连的写作感觉极好，浩瀚缥缈的大海常使他思绪驰骋。

但是，这次到秦皇岛，他却有精神压力，不像在大连时心境轻松，因为他到秦皇岛前后，文艺界部分搞创作的同志给组织提意见，说组织对柳青特别，挑最好的地方给他住。他真怕自己写不好，无法向大家交代。

实事求是地说,柳青是一个很能吃苦耐劳的人,从不大计较个人待遇。在延安文艺座谈会之前,文抗聚集了从全国各地来这里的爱国文人志士,从解放区来的,从国统区来的,也有从上海、重庆那样大城市来的;有些名气比较大,创作成绩突出,有些还是成绩平平的作者。由于延安条件有限,组织决定伙食分成大小灶,一些名气比较大的作家、从国统区来的作家、年纪大的作家吃小灶,伙食比较好一点,其他同志吃大灶,这引起吃大灶一些同志的不满,纷纷提出意见。柳青吃大灶,在这场风波中,柳青不参与,他说:"来延安为了革命,为了抗日!计较吃穿我就不来了。"四十多年后,这件事还有人记得,可见他的表现不一般。

之后,在三乡的三年,他经历了一生中生活条件最苦的磨炼,变得坚强刚毅,不畏艰难。大连的生活虽然没有动摇他的这种精神,但对他还是有影响的,让他第一次知道世界上还有那么舒适的生活。但是,他心里很明白,如果贪图安逸,这一生在文学上是没有希望的,革命也是不完全真诚的。要使自己顽强地走下去,在文学上有成绩,必须时时刻刻和"怕艰苦"作斗争。

和自己的缺点作斗争,他采取的方式是毫不隐晦地讲出来,作真诚的检讨。

他后来在1952年1月22日的一篇文章中有这样一段话:

"我入城的时间比较早,1945年日本投降以后我到东北,1946年3月我到大连,在大连住了一年又七个月的时间。这段时间是我有生以来生活享受最高的时期,大连当时的情况是非常特殊的,在全国各地区都处在解放战争的艰苦环境中时,那里的干部生活就显得更加突出了。当时一般干部的思想分两种:一种是比较好的,在那种物质享受中感到精神上不舒服,想离开那里投身于火热的解放战争;另一种是坏的,组织上调他们到解放区工作都不愿意去。在1947年3月胡宗南进攻延安以后,我精神上一度不安,但因为《种谷记》已经接近完成,我还是耐心完成了才离开大连。

"我说是比较好的,就是说并不是完全好。虽然我当时的衣食住行比一般负责干部还差一些,但认真检讨,还是铺张浪费的。我一个人住一栋楼,楼上楼下七八间屋,为了自己省腿,上下安了两部电话。有一个人给我做饭并看门,嫌生炉子又麻烦又脏,安了一个四千度的电缸。我在大连一直是坐三个轮子的摩托车的,书店经理多次要买一部车,我没有允许(当时我管出版工作)。但当我到辽南参加土改回来,他们买了小汽车,我也就经常坐。因为书店是营业机关,因此也无报销不报销的问题。

"虽然我为了文学创作,并没有留恋那种物质享受;但是,这段生活对我是有影响的。那就是说我比过去对物质享受的兴趣浓厚了。我回陕北时坐汽车到北平冀热辽边区根据地,后勤部把政治委员的一匹走得并不错的马给了我,我还并不满足,到延安后用剩余的路费(应该交公)再添补了自己的一部分稿费,换了一匹很好看很年轻的骡子。虽然这匹骡子在 1949 年 4 月来北京前交了西北局,并且在换以前征得西北局马部长的同意,但我那种做法是很不朴素的;没有在大连那段生活的影响,我是不会那样做的。我当时只考虑我在陕北乡下跑来跑去,有匹骡子会比较方便;但我却支出了一些精神:各地机关拉去用我担心,怕通信员喂不好我也检查。我甚至于同骡子有了一种感情,没有事常摸摸拍拍。到离开延安交公以后,我还顺路到马厩里去看过。饲养员们称赞它,我很高兴,这种想法是很可笑的。"

…………

"生活享受是要毁灭干部的:当一个人满足于自己的小屋时,他就不愿意再到群众中去过艰苦的生活,或去了也急于想回到小屋。对于我来说,我已经有过痛苦的经验,1939 年我到部队只一年就回到延安,1942 年下乡几个月就受不了。整风以后是作过沉痛的思想斗争,才把自己稳在乡下。而这几年我时刻警惕自己,每写完一部东西,必须立刻毫不犹豫回到群众中。我清楚地感到许多同志三年五年以至十年八年没有作品，主要并非才能低，而是因为他们没有认真地在群众里生活。他们不是不想写出东西，而是极想写，只是没有解决了生活问题。我写了两本书就自满不再下去的话，我就完了。"

1949年底，《铜墙铁壁》的初稿一写完，他立即回了北京。为了完成创作，有些压力是需要的，但要看是什么压力，在写作技巧或题材处理上总不满意引起的压力就是创作的动力，它迫使作者去学习，绞尽脑汁去思考，克服自己的不足之后必然是水平的提高。而干扰创作的压力实在应该避免。

在一些会议上，柳青经常检查自己的缺点和不足。那时，只有犯错误的人才作检查，所以，苏联一个汉学家问中国作家："柳青犯什么错误了？在作检查。"别人笑了："没犯什么错误，他就这样。"他自己说："人的一生就是和自己的缺点作斗争的一生，说出来就是逼迫自己改正。"

五、一次意外的打击

回到北京以后，因为和当时的团中央书记冯文彬熟悉，他受到热情邀请，住进了御河桥的团中央大院。

从此，一个粮站在一次重大战役中的活动一幕幕在他脑中铺开。战争的经过他了解得相当详细，战略部署、战术思想、军队的转移、进攻、决战、胜利，他尽可以展现给读者，但他却没有能力细致生动地描写出人物的心理和情绪。这是他听来的故事，没有战争的亲身经历和真实体验，那几万字的笔记，讲的都是事情经过，受访者不是写小说的，讲述柳青需要的细节，他们不善此道，自己类似的生活积累又很少，尽管日思夜想，彻夜不眠，编出了一个故事，但是，要写出人物细腻感人的心理过程，他感到笔头干涩。

这同他写《种谷记》时感觉不大一样。《种谷记》中的人物，在不同场合有怎样的思想感情，会说怎样的话，表现出怎样不同的个性特点，他不费多大力气就可以写出来。而写这本书时，他常感到才思枯竭，在修改、补充，甚至重写部分章节时，写不出自己满意的细节，他备觉苦恼。

写不下去的时候，拿起文学作品，一本一本细细研读，看名家名著，也看一般水平的作品，对比着看，主要不是看他们的遣词造句和具体细节，而是体会不同作品不同的艺术技巧所产生的效果，以及写作方法的优劣。他从来不移花接木。从事创作之初，就不断做着这种研究，有所领悟，体会愈加深刻时，愈感到自己的真实生活体验还不够。巧妇难为无米之炊，但他已经无法弥补这不足了。

读书、写作，写作、读书……夜以继日。一天早晨，他觉得头疼——弦又一次绷得太紧，几近断裂，疼得竟像末日来临。多少年后回想起来，他还有一种恐惧："头疼会那么难过吗？疼得昏天黑地。"医生严肃警告他："立刻停止写作，否则，精神会出毛病！"他听从劝告，从此每天早晨锻炼身体，和机关干部一起绕着大院的外墙跑步，业余同大家一起打打台球，和团中央的同志们逐渐熟悉起来。团中央的气氛很好，是个团结奋斗的集体，同志间关系融洽，他们一起交谈，可以很深入，很直率，他和一些人甚至保持了几十年的友谊和往来。

身体情况好转些，他继续写作，到1951年3月完成了第三稿。

尽了最大努力，就现有的材料和创作水平，他觉得不会再有明显提高了，这部小说到此为止吧。

完成《铜墙铁壁》的时候，他的心是平静的，继续从事创作的决心很坚定。但这坚定曾被"巨浪"冲击，被"地震"撼动——一次不为人知的心灵地震。

事情很意外，他是事后才知道的。

1951年，柳青开始修改《铜墙铁壁》第二遍书稿的时候，看到了上海作家座谈《种谷记》的记录。

这是上海作家周而复发起的。周而复在延安文抗时和他相处过一段时间，那时，杨家岭的几排窑洞住着来自全国各地的作家，有些来自解放区的人看不惯从大上海来的人，柳青不，他和他们谈论文学，互相学习，互相切磋，始终尊重友好。大概原于此因，全国解放后，周而复回到上海，看见柳青出版了《种谷记》，想让这个作家和他的作品扩大在全国的影响，便发起了这个讨论会。座谈会是在1951年年初开的，参加会议的有巴金、李健吾、周而复、唐弢、许杰、黄源、程造之、冯雪峰、魏金枝等。组织者的初衷是想让《种谷记》得到好评，但出乎意料，人们的看法批评多于赞扬，否定多于肯定。有些意见还十分尖锐，说他们看了几遍都看不下去："情节沉闷，故事前后不到两个星期，重要人物不多，群众多得叫人记不下……"

有这样的评论："本书结构不是理想中小说的结构，平铺直叙，太见长些，激进派维宝、福子也写得并不突出……"

"……以前看了，没看完就丢下了，后来说要谈这本书，我就又把它看完。我看完后，总的感觉是沉闷，无大波澜，人物不突出，故事也不曲折，以题材讲，也只是一个短篇小说的题材。在我想来，作者是为了写小说而写小说的，所以，他把自己所熟悉的一切都要写进去。这样一来，就使我们一直看下去，感到故事发展太少，叙述解释过多了，我觉得这是知识分子细磨雕琢的东西……我怀疑是作者受了西洋小说细腻描写的影响……"

有人说作者的描写手法有近似自然主义的倾向；人物的典型性不够，人物思想意识的分析不够，对现实矛盾发展的透视不够深入，作品的主题显不出强大的力量……

对于作品的语言和细节描写有些赞誉，但同时也指出他的描写有时分寸失当。

看到这个座谈会记录以前，他也曾听到过只言片语的批评，大多是没有具体分析的否定，参考价值不大。这次不同，这是些从事文学创作或文学评论的行家，他们的意见，有些是文学的基本规律，他理解，也努力去做，但创作的实际水平达不到；有些他的理解还不深刻，是在这些作家指出以后，才加深了感悟；有些也许是他们对边区生活不了解，无法谈得更深入或准确。

看过几遍座谈会的记录，像所有受到意外打击的人一样，他一时思路阻塞，心里木然，他没有想到他的作品有这么多缺点。回忆这部书的写作，个中滋味一言难尽，苦啊！虽然大连那座小楼很舒适，但他的创作却很艰难，小说中众多人物，他们的出场，相互关系，言谈取舍，用笔多寡，是否符合人物心理，从初稿到修改过程存在多处问题。他就像一个手艺笨拙的裁缝，袖子剪得一个大一个小，前襟一个长一个短，对不起来，缝不上去，一度身心疲惫，那种磨难无法用语言形容。当他终于完成了最后一章，走出那座小楼时，各种酸甜苦辣，写作如此艰辛，怎么不希望听到肯定的评论？

然而一些深谙此道的人们对它的评价让他极不乐观。细想想，不少地方说到了要害，这使他对自己继续从事文学创作的能力产生了怀疑。

"文学创作是要有一些天分的，我有这种天分吗？"

"是我不够刻苦，还是方法不对？"

他必须认真思考以往写作的成败得失："回顾这十几年钻研文学，应该肯定有些短篇小说还可以，我还有观察生活、感受生活、再现生活的能力。"座谈会的发言一再提到《种谷记》中有不少生动的细节描写，不正反映了自己表现细节的能力吗？

这些年，为了写作，读过的书，走过的路，吐过的血，已经很难用量来计算。钻研文学不可谓不刻苦，这一切，动力来自何处？是一种无法用语言形容的对文学如痴如醉的热爱。

纵是这样，全身心地投入都不能写出让读者喜爱的作品，这条路继续走下去会有前途吗？如果的确不行，还不如尽早改行，只要为革命尽力工作，干什么都不枉费人生。

"我可以从事新闻工作，做记者。"对他来说，这是一条现实的路，他相信他能成为一个称职的记者，现在要求到某个报社没有困难。

"不然，还可以从政。"从参加革命起，写作和政治工作就没有分离过。他有这样的自信，分析问题比较深刻，在处理复杂事务时思路清晰，能抓住事情的本质，大多数情况处理方法也恰当；在关键的时候有决断、有魄力，他相信他的从政能力。从延安文抗出去的人，不少改行从政了，有的是工作需要，有的是创作对自己不合适，难出成绩。如果能力不济，一生终将碌碌无为，不如尽早改行，为社会做贡献，行行都需要。

想到改行，他难以抑制心中的痛苦。爱好文学，钻研文学，用生命和热血换来这些文字，难道就半途而废，放弃多年追求？第一部长篇小说写得不满意，就真的说明自己没有写作才能，非要改行？

他翻来覆去想，轻言改行，是不是说明自己没有顽强奋斗的精神和坚忍不拔的毅力？这不是他的个性。

多少文学家一生探索，从失败中总结经验，不断提高，才创造出艺术精品。

第一个成功作品问世之前，哪一个艺术家没有走过许多艰辛的路？为了研究艺术家成功的道路，柳青看过大量作家传记，他们的生平资料，给他的启发是："我的路才开始，成败的结论还要在继续奋斗之后才能下。"

座谈会上指出的缺点，不正指明了今后应该努力的方向吗？如果没有同行的指点，这些问题全靠自己摸索，不知还要费多少工夫。同行的批评，是最有效的帮助，哪怕只有一句话是对的，也应该认真对待，何况所指出的问题大多数是正确的。

反思后最大的收获是：克服自己的缺点才是提高作品质量的唯一途径。

对《种谷记》中的某些缺点，实在说，他一直有着比较明确的认识。早在这次座谈会之前,1949年6月26日第一次文代会前夕他写的短文《转弯路上》就有这样一段话:"编者要我写一点关于《种谷记》的什么,我只能写出以上的事情。至于《种谷记》则是失败的,虽然它比我1943年下乡以前计划的那个保佃斗争的长篇成功,它却远不能满足党和人民的要求。有些同志很惋惜我失败的地方,我非常感谢他们的好心肠。不过,我是不能和那些成功的同志们比的,我才在转弯,正摸索着,显然不是什么天才。《种谷记》只是我的头一个习作,最要紧的不是缺点和失败本身,而是怕你把缺点也当成优点,失败也当成功——那就糟了!"

对缺点和失败他认识到了,但是,没有认识得那么严重和深刻,所以才发生了短暂而剧烈的心里碰撞。全面分析过自己的成败优劣,他很快平静下来。不久,又听朋友说,座谈会后,作家巴金说:"别看这篇小说水平不高,这个作家是最有希望的作家。《种谷记》是作者独立处理题材,独创的结果,无论它的水平高低,都是一个好的开头。"

这句话鼓舞了他。"不能动摇,要继续走下去!"

这句话也使他坚定的认识到:文学创作之所以叫"创作",就是要有自己独立的见解和独特的手法。

如果说《种谷记》出版以前,他还不能说完全进入了文学和文学界,那它产生的另一个作用就是:"这本书使我进入了文学和文学界,为以后继续写作创造了条件。"此后,再"坐"(作)在"家"里写,或许比过去名正言顺。

叶圣陶曾经对巴金说:"柳青的《种谷记》就像一列没有车头的漂亮的列车。"巴金还是坚持说:"他不模仿任何人,这个作家最有希望。"

叶圣陶这句话让他懂得了他还不会结构长篇小说,主题的确立、人物的布局、情节的发展、细节的详略等等一系列问题还要学习和提高,所以在修改《铜墙铁壁》的时候,他在这些方面特别下工夫。

应该说《铜墙铁壁》的结构是完整的,主题明确也集中,情节的发展比较匀称,用他的话说就是:"不像《种谷记》,一疙瘩稠,一疙瘩稀。"人物的多少也不像《种谷记》那样杂乱,但是,作品的生活气息不浓,人物的立体感不强,缺少生动的细节。这两本书都不大成功,虽然它们在当时的社会情况下都已经是比较好的作品了。

经过这次反思,他明确了差距和目标,决心按照认定的方向坚持走下去,不管吃多大苦,决不回头!

六、主持《中国青年报》文艺副刊

《铜墙铁壁》的全部写作是在1951年3月3日上午结束的。小说快要完成的时候,柳青接受了冯文彬和蒋南翔的邀请,在即将创刊的《中国青年报》编辑部做副刊主编、文艺部主任。

怀着极大的热情和崇高的责任感,柳青投入了这项工作。

副刊编辑部共有三个解放后才参加工作的青年学生,没有办报经验,甚至没有文字工作的基本训练。为了培养他们,从挑选、分析和鉴别稿件,到如何修改稿件,以至写退稿信,柳青都耐心引导,不仅言传,更是以身作则。编辑肖枫说:"他常把书稿放在四张对起来的办公桌中间让大家讨论,每次都让我们先谈看法,他充分肯定正确意见后细致分析稿件的优点、缺点,提出他的修改意见同大家商量。他的意见往往中肯、深刻、全面,使我们受益匪浅。"

在审稿时:"他要求我们一字一句都要认真对待,经他签发的稿件,看清样连标点符号也很少改动。"不仅审稿,就是退稿信也要他们字斟句酌认真回复,柳青经常亲自写退稿信,写成后让大家传阅,听取意见。编辑部每封退稿信他都要过目,并且逐句修改。为了指导更多青年作家,发现带有普遍性的高质量退稿信,柳青建议在报上发表。

报纸初创,事务繁忙,每天早晨柳青总是最早来到编辑部,深夜才和年轻人一起离开,一天工作十几小时。年轻人说他"工作中从不指手画脚，不怕麻烦做着各种案头工作，他用不断示范和启发式的方法使我们进步很快"。

柳青常对年轻人说："编辑要有眼力，要多登质量高的稿件，不只教育读者，也要影响作者，绝不能粗制滥造，滥竽充数，一开始就要树立一个好风气。""多登群众来稿，刊物才有生气，刊物是以质量取胜的。"所以，柳青看群众来稿非常认真，他要求编辑尽可能不漏掉一篇有特色、有生活气息和真实感受的稿件，他说："那都是闪光的金子呀！"一位抗美援朝的女青年，从朝鲜寄来一首诗《你胖了，是我最大的愉快》，柳青发现后称赞这首诗真挚感人，当即朗诵给大家，并且亲自修改，发表时还写了肯定这首诗的按语，见报以后受到读者的热烈欢迎。

柳青对编辑们说："办好一个副刊很不容易，要满腔热情，全力以赴，刊物不仅要为读者服务，也要通过刊物发现人才。"

作家刘绍棠的第一篇小说《红花》寄到报社，柳青最早看到，一口气读完，被它清新浓郁的生活气息所感染，他亲自写了按语，热情勉励作者："这篇稿子的作者是一个十六岁的青年团员，虽然是一篇习作，但写得相当动人。希望作者继续努力，写出更好的作品来。"

为了把报纸办得有创造性，生气勃勃，让读者喜爱，柳青积极联系他熟悉或不熟悉的作家，请他们为报纸撰稿。这一阶段《人民日报》也常转载《中国青年报》副刊的文章。

1951年9月底，柳青接到通知，让他参加中国青年作家访苏代表团，准备出访苏联。在即将离开编辑部时，他邀请作家周立波担任副刊顾问，让几个年轻人在周立波的热情指导和帮助下继续工作。

七、出访苏联

从爱上文学和走上革命道路，柳青一直深受苏联文学的影响，他敬仰托尔斯泰，对肖洛霍夫、高尔基、普希金、契诃夫等文学家在苏联文学史，乃至世界文学史上的地位一直深信不疑。作为世界上第一个社会主义国家，苏联在中国几十年的革命历程中起过极其重要的作用，是社会主义的一面旗帜，被中国人称为"老大哥"。柳青和代表团所有人一样，对到那个辽阔的国度去参观访问，当然是向往的。

代表团受到苏联作家协会的热情接待，先后到莫斯科、斯大林格勒、巴库、第比利斯、苏胡米、索契、列宁格勒等地参观访问。

雅斯纳雅·波良纳是柳青向往的地方，托尔斯泰是他钟爱的作家。

环顾过乡间美丽的大自然，进入作家幽静的庄园引起了他无尽的思考：作家的写作环境和他的作品有着怎样的关系？他的思想感情和他丰富的生活经历又有怎样的关系？作家生活中的酸甜苦辣就发生在这里，这间书房，这间客厅，这间卧室。走进仓库，解说员介绍：为了坚持长期写作，托翁每天坚持锻炼身体，一副吊环还悬挂在空中。柳青心中慨叹："是呀，没有一个好的身体，怎么能坚持这样繁重的脑力劳动？"为了不让自己的文笔生疏，托翁每天都要写点东西。给柳青更多启发的是作家顽强的毅力和一丝不苟的创作精神。要从事文学事业，能够取得一些成绩，首先要学习伟大作家身上的伟大品格。

晚年，在"文革"中，正在创作中的小说被迫搁置多年，柳青曾无奈地叹息："我没能像托翁那样天天动笔，写点东西。"

来自极度贫穷、经受了几十年战火蹂躏的国家，看到苏联城市建设一片繁荣，人民劳动热情高涨，柳青受到了鼓舞。由于认真阅读过肖洛霍夫的《静静的顿河》和《被开垦的处女地》等作品，柳青十分关注苏联农村的变化、农业集体化和农村政策，以及这种政策导致的各种现象。他和代表团几个写农村题材的人闲谈，决定给肖洛霍夫写封信，询问他的写作计划，他的新作《他们为祖国而战》何时问世。不无遗憾，他没有得到回复。

潜心研究农村发展和主要从事农村题材的文学写作，在他是一直没有改变的想法。

到斯大林格勒参观第二次世界大战遗迹的时候,他要了一块炮弹片作为纪念。

他告诫自己:百炼成钢,百炼成钢!如果一个人不经过千锤百炼,就不能成为有用之材,会和这块废铁一样。

在苏联参观访问时,托尔斯泰的生活方式也许对他有一些启发,生活在自己要表现的人物环境中,对从事文学事业的人是最佳选择。他经常想,列宁曾批评高尔基后来经常住莫斯科,而不到他应该描写的人民中去,并不断催促他,让他到他应该继续了解和熟悉的人们中去。柳青回陕西农村的想法在这时候已经十分明确坚定。

和朋友马加在黑海边散步,说到以后的打算,他说:"后半生计划写两部作品,一部是反映即将开始的农村社会主义改造,一部是写刚刚过去的战争。"马加说:"趁现在还跑得动,先写即将开始的新时代,没有亲自参与、亲身体验,你会后悔的。那场战争已经是历史,等成了老头再写吧!"

"我也是这样想,到我要反映的人民中去生活!"

1952年元旦前代表团回国,有人希望他留在《中国青年报》继续工作。全国解放后,战争的紧张气氛渐渐退去,留在城市,过一种平静的生活,也许是许多人的向往,更何况留在首都。由于对文学事业成败的理解,他急切地要求离开这里。

过了春节,已经做好了回陕准备,柳青去找中宣部当时的常务副部长胡乔木,胡乔木说:"江青同志要你参加《铜墙铁壁》电影剧本的改编工作,我不能决定你的工作,你直接和江青同志谈谈吧!"

他和江青是出国前因为《铜墙铁壁》才认识的。书完成,按组织要求对内容是否符合历史环境和过程进行了审查,柳青还不放心,他想:"小说出版前,多几个人看看,提些意见更周到,少出纰漏。"他把这一想法对冯文彬说了,冯文彬说:"我请主席的秘书田家英给你看,你等等,让我联系。"不久,他收到田家英直接打来的电话:"我很忙,确实没工夫,我请一个人给你看可不可以?"

"你说的人是谁?"

"江青同志。"

他一听,喜出望外,很快把清样送到中南海。几天之后,江青看完清样,给他回了一封信,热情肯定了这部作品。这本书不久后正式出版。

胡乔木同他约好,让他到主席家,同江青面谈。江青对他很热情。实事求是地说,当时他觉得江青和蔼谦虚,柳青也就直言自己的想法。他说他要从互助组阶段起,把参加中国农村社会主义改造的全过程写成一部大型的长篇小说,已经想好了回陕西农村安家落户。

他又说自己不会写电影剧本,也不大熟悉电影这种艺术形式。

江青听后,同意他不参加电影剧本的改编工作,但是,要求他到上海去参加一次"五反"运动。她说:"看看上海工人阶级和资产阶级的斗争对你到农村去工作有好处。"不久,柳青就到了上海长宁区一个私营电机厂。对于一个作家,任何生活的经历都不会多余,但是,对上海和上海的工厂他很生疏,仅仅语言的障碍,就使他很难深入下去,他急于回陕,生活了两个月就离开了。虽然时间短暂,还是增加了他的生活阅历。

1952年5月下旬,已经买好了第二天的火车票,正待出发,苏联塔斯社让他修改一篇已经写好的文章,开车前还未完成。林默涵说:"退票吧!早晚也不在这一两天。"虽然不情愿,他还是迟走了一天。

5月底,终于回到了青年时代学习战斗过的地方——西安。古城风貌依旧,但是换了一番新天地。

柳青从此开始了生活和写作的新阶段。

在常宁宫家中，从左至右分别是：马健翎，田汉，柯仲平，柳青

第七章

一、到长安县

　　这里就是有名的八百里秦川，陕北黄土高原和陕南秦岭山地间夹着的一块带状平原。古都长安，就是现在的西安，像玉带上镶嵌的一颗明珠，点缀在这块广袤沃野的中央。

　　吉普车载着柳青在一望无际的麦田间奔驰。为了让柳青选定落户的地方，西北局的领导给他提出许多建议：泾阳县、三原县、高陵县、户县、渭南、周至县……"亲自去看看吧！了解得具体些。"大家这样说，他也这样想。

选址是为了写书。

全国刚刚解放，巨大的政治变化，必然带来经济和各种社会心理的变化，柳青希望所去的地方能迅速、明显地反映出这种变化，所以，在北京就排除了再回他最熟悉的偏僻山乡——陕北的可能。应该在西安附近落户，但离城不能太近，既要有浓郁的乡土乡音乡情，又能回避城市对他的各种干扰；离城太远也不好，"农村包围城市"的时代已经过去，城市在国家生活中的特殊作用显而易见。

看过泾阳县、三原县、高陵县，听了介绍，泾阳县的一些人谈到，自从泾惠渠修成以后，促使泾惠渠流域两极分化加速，土地更快地集中在少数地主手中，农民更加贫穷。解放以后，经过土地革命，情况发生了变化，水利开始为贫苦农民服务。泾惠渠主要在泾阳县内，这能否成为写作的题材呢？这里对他有吸引力。

另一处，周至县的楼观台，坐落在终南山麓，为道家圣地，据说老子曾讲学于此。这里环境幽雅，古迹处处，河溪清澈，雀鸣枝头，好心人想着文人墨客之癖，劝他就选在这里，可方圆十几里极少人家，这里没有吸引他的题材。

他决定去泾阳落户，十几年前曾经过这里走向延安，还留有格外的亲切感。

刚回西安，组织关系暂时放在西北局，打算很快选定地址，转到基层管理更为方便。想好以后，柳青就去找西北局宣传部长张稼夫。张稼夫听了他的谈话，沉思一阵，摇摇头："泾阳离西安远呀，到远处农村落户，你来西安听报告不方便，县上听到的传达报告、看到的文件有限，长时间不来西安，会影响你的工作和学习，再考虑一下吧！"

柳青想了想，的确存在这个问题，但他担心的也是太多会议的干扰。谈话时间很长，最后，张稼夫说："我的意见是到长安县比较合适，离西安近，汽车接送比较方便。"

那时候，不能不考虑交通问题，泾阳县不通火车，公共汽车也没有，刚刚结束了多年战争，一个贫穷落后的国家，像西北局这样的机关能有多少辆汽车呢？如果改坐农村最先进的交通工具——马车，别看百十里地，来回一趟比现在去北京还费时间。谈话以后，请示西北局书记习仲勋，习仲勋完全同意张稼夫的意见，非常肯定地说："要长远打算，要长远打算，到长安县好。"又说，"给你配辆汽车，就放在省委。"西北局副书记马明方也在旁边，对他说："没有紧要的事，你来回不要坐汽车，最好坐马车，这也是接近群众、了解群众的好机会……"

随即，柳青去了一趟长安县。

汽车出了西安城大南门，一直往南走，尘土飞扬的道路起伏不平，下了最大一道坡，进了一条稍宽展的土街道，就是长安县委所在地——韦曲镇，离城只有二十五里。他和县上同志们谈谈，考虑各种意见，决定到长安县来。

1952年9月，秋风初起，柳青住进了县委大院的一间平房，他准备很快下基层，在这之前，需要初步了解本县情况作为过渡时期，暂时担任县委副书记，分管互助合作工作。其实此时柳青的行政级别已是九级。

自从离开延安之前和妻子离了婚，多年来柳青孑然一身。这次下乡落户，对他这样一个体弱多病的人，没有一个支持他工作、照顾他身体的人，是不可能长期坚持的。无论生活和精神，他都需要组织一个家庭。结婚，迫在眉睫。

对女方，他要求"忠厚老实"的信条没变，但需要有较高的文化水平，能与他进行思想交流，对他工作有帮助。

到长安县前，西北党校校长介绍了一位这里的姑娘，二十四岁，叫马葳，姑娘单纯的目光与平和的谈吐，透出忠厚的心境。她高中毕业后从沈阳来支援西北，当时也算是知识分子。柳青的一条要求是婚姻成败的关键——女方同意离开大城市，跟他下乡，做终生住在乡下的准备。马葳同意了。不久，马葳来到长安县，与柳青结为夫妇。

二、落户在哪里？

　　一间普通的平房，一盏气灯挂在中央，这里正在召开县委常委会，讨论全县建立的第一个初级农业合作社——王莽村"七一初级农业合作社"。柳青分管互助合作，到长安县半年以来，王莽村是他去得最多的村庄。

　　还在1950年的时候，这个村进行了土地改革，穷苦人分到了田地，紧接着就是播种的季节，可种子呢？牲畜和农具呢？家家缺长少短，蒲忠智领着几户混过今日愁明日的穷人办起了互助组，互助帮扶着解决了各人的困难，使得土地不误农时，得到精耕细作。秋收以后，家家收成比过去强，这一变化使沉寂的村庄活跃起来，互助合作吸引了许多人，精明能干的共产党员蒲忠智带头组织起这个农业社。

　　头一个农业社，周围数十里的人们时刻关注着它，得与失、好与坏，深深钉进人们的心里。农民常常是看着别人的样子走路，跟着发财，不跟着跳崖。所以，各级干部工作认真，丝毫不敢马虎，县乡干部投入了极大热情。柳青在那里召开过各种形式的座谈会、党团支部会、村乡干部会、妇女代表会、老人座谈会……和他们一起制定了一个三年计划。

　　不久，农业社把原有的几条品种不好的公牛换成了强壮的骡子，使用了十寸犁，每亩小麦平均产量达到了五百四十斤，几乎是普通农户的两倍，比一般互助组也要多三分之一。社里最穷的叶灵娃也还清了债，而且交了三十元牲口投资，净吃小麦，到稻子上场时还吃不完。多么诱人呀！不只是穷人，连中农也在算计着入社的好处。多打粮食，过富裕日子，这是每个农民最强烈的愿望。

　　可是，这个社不久就变得乌云密布。

　　过惯了一家一户小日子的庄稼人，突然过到一块儿，家大业大，问题接踵而至。社主任蒲忠智常常几夜不沾枕头。要组织劳力，安排活路，制定生产计划，合在一起的穷人还是穷，籽种、牲畜、肥料……样样不能应时，这足以使社干部绞尽脑汁，而最难摆顺的是活人的心思。

看见互助以后产量提高许多,有两户富裕中农积极要求入社,入了社又觉得和穷人在一起自己吃了亏,便消极起来,动摇了一部分人的心,闹得社里不和。

由于每个农民的经济基础不同,进入合作社的结果使穷人的生活明显好转,但未必使富裕些的人们也有较大变化,所以反应大不相同。

夏收一过,过去的富裕中农叶正贤心里真难受,初级社土地按四六成分配,他的地多,觉得别人沾了他的光:"这伙穷鬼,把我的粮食分回家了,我不干了!""农业社还不如互助组!"他不再出工。社里开几次会,为他算账,肥料、人力、种子、收成……结论很显然,他比往年也打得多,可他说:"有共产党领导,换上这好种子,我自己一样能打五百四十斤。"他对另一富裕中农说:"我出去,天塌下来就砸你头上了,我一走就你地多。"又对两个贫农说:"我出去,你也没啥地种了,给我种地去吧。"这样一来,人心乱了。蒲忠智到县里找柳青和其他几个领导,柳青说:"人家要出去就让出去,咱的政策是入社自愿,出社自由,你不让出去,他会说我们说话不算数。叶正贤要退社,不是还有些人要入社?不用发愁没地种。"

叶正贤退社以后,家里就他一个强劳力,他想雇人,没想到,年月不同,时事也变了,雇工比土改前难了。分到土地也有劳力的家庭正自己干呢,过去的雇工有的入了合作社,地里活不在行、游手好闲的又用不成,他只好一个人忙里忙外。他的粪迟迟上不到地里,草长多高来不及锄,忙得团团转,还把庄稼给耽误了。媳妇急得和他吵起来,老娘也怪罪他。这一季还未成熟,他就低着个红脸,透着羞愧的目光来找社领导。好话说了多少回,非要入社。结果,叶正贤的收成受到很大影响,而其他三个动摇的社员特别庆幸自己没有学他的样,否则,白白减少了自家的收成。

这一过程,群众都看在眼里,反而使局面迅速稳定下来。干部的工作比过去顺当,生产得以稳步发展。

柳青说:"忠智是个有头脑、有魄力的农民。"

蒲忠智当选为全国劳动模范,县上有人把他的事迹写成书,柳青不断鼓励和帮助作者。书出版以后,在西北地区有着广泛影响。

一处点灯一处明,人们学习王莽农业社就是为点亮自己的灯。此时,全县已经出现了一批互助组,要有人去宣传,去组织,帮助他们克服困难,使他们得以巩固和发展。互助合作的初期阶段,人们只能从试办成功的一批互助组、合作社中取得经验。

县上的干部下去了又回来了,不少人忙碌在田间农舍,他们带回来各处的消息和情况,汇报中听到人们提起王曲地区皇甫乡[①]的一个互助组。

不久前,由于这个乡的支部发生不团结现象,县委派柳青去解决,他参加了他们的支部会。

柳青发现这个支部的矛盾看上去激烈,其实并不严重。虽然支部有不团结现象,但通过大家发言,他感觉在减租反霸、土地改革和镇压反革命的斗争中,这个支部显示过强大的力量。

会后,他约了几个互助组组长到村里转转:"我们边走边谈吧。"他问本村互助组办了没有,情况怎样?人们概括了四句话:"春组织,夏一半,秋零落,冬不见。"想靠互助组解决生产困难的人很多,春上纷纷组织起来,但一到农忙,麦子一黄,人人自危,生怕自己的收不回来:给你割得早了,给我割得迟了;给你割得细了,给我割得粗了,矛盾多得让人四顾不暇,今儿一个退组,明儿一个不来,几乎所有的互助组没几天就相继散伙,真是傻小子拉胡琴——全都自顾自。秋收以后就不再有人过问这事,等到明年春天再起热潮。几个互助组组长都摇头:"人心不齐,难哪!"

[①] 长安县(今已划入西安市)下设数个地区,地区以下设乡,乡以下设村。皇甫乡属于王曲地区,乡政府设在皇甫村。

而让他忧心的是，这里买地卖地的现象越来越多。

不过，也有让他欣喜的。皇甫乡四村，一个在整党中刚刚入党的王家斌，他领导的互助组近一年了，没散。

柳青环顾着北岸塬坡上高高低低星罗棋布、南岸零零星星的稻草棚，带着几天的所见所闻，踏上了回韦曲的路。

"参加农业改造的全过程。这次再不能耽搁时间造成遗憾了。"要尽快下去！他有紧迫感。

落户在那里？最吸引他的就是王曲地区的皇甫乡。

他对县委同志们分析为什么要选在皇甫乡：这里有一个互助组，近一年始终没散，为什么？他要深究其原因。皇甫乡的党支部有着光荣的斗争历史，在反霸、土改中涌现出一些优秀干部。这里的穷苦人感激共产党，拥护共产党，执行党的政策有热情。

县委大部分同志同意他的分析和决定，也有个别同志说："王莽村是个先进点，蒲忠智是个模范，就在王莽落户不是很好吗？"

他说："就因为王莽是个先进点，已经成立了初级社，我要参加农村社会主义改造的全过程，从互助组做起，显然那里不合适。"

还有一点他没有说，经验告诉他："工作的典型未必是艺术的典型，有个合适的人物原型非常重要，到皇甫也是'寻找'这样的人物，能否找到还是未定之数。"

在县委会上，他说完这一决定，接着说："我马上要下去了，把我县委副书记的职务取消了吧！"

1953年4月，夫妻二人离开县委，踏上了去皇甫的土路。

走出韦曲镇向南就是历史上有名的樊川，川道东侧是少陵塬，西侧是神禾塬，皇甫村就坐落在神禾塬南麓。他们来到村里，一时找不到住处，离村四里多的塬边有一所疗养院——常宁宫，他们在这里暂时住了下来。

皇甫乡是个大乡，有七个行政村。除了二村冯家堡子在塬上，其余全在塬下，农户沿着滈河北岸的塬坡延伸了十里长，河南岸是大片稻地，人称蟆河滩，滩里蛤蟆比人多，一到夏天，叫声传出几十里，聒噪声能把人抬起来。向南远望，终南山像一道墙，横贯东西，两边望不到头。河南岸的稻地间，散布着零零星星的稻草棚，形不成村子，为管理方便叫四村。

三、皇甫的互助组

1951年春荒时节，党在农村又一次发动了活跃借贷活动，动员余粮户拿出粮食借给穷人，暂度春荒。因为这一年秋收以后，许多农户仍然口粮不足，还不起借贷，有些人还了借贷，春荒便提前为冬荒了。头年土地证没发下来，富裕户心里不稳，由于政治压力，拿出粮食借给穷人；今年情况变了，土地成了自己的财产，一些人在祖宗的牌位之上，毛主席像下供的是土地证。他们端着老碗，蹲在脚地，大口大口地往嘴里刨饭时，谋算的是怎样才能种出更多粮食：攒粮，买地，发家。今年再让他们借粮济贫，凭你乡长嘴有多巧，会开多长，就是没人吭声。这一情景，柳青在《创业史》第一部第三章里作了真实生动的描写。

活跃借贷失败以后，皇甫乡的互助组纷纷成立起来，又一个一个垮下去。春草变黄，一年空忙，柳青就在这又一个春荒无奈之际来到皇甫乡。

这里有必要介绍一下解放前到土改长安县的生产水平及耕作情况。

在无灾之年，除个别情况，广大地区小麦亩产三到四斗，也就是九十到一百二十斤，好的年景水稻亩产一石——三百斤左右，出米率百分之六十到百分之七十。拖拉机、化肥和农药的问世还是几年以后的事情，生产方式主要是人力、畜力和手工。

这样低下的生产力，有什么办法使世代辛勤劳作的穷苦农民尽快吃饱穿暖呢？一家一家帮扶，穷人这么多，扶得过来吗？靠国家，这是一个刚刚结束了几十年战争,时下又与美国正在朝鲜战场上白刃相见,工业基础十分薄弱,农业生产相当落后的新国家,新政权的经济能力实在是太有限了。对于新政权的巩固,国家经济建设的起步,还翘首期待着农业的发展和投入。共产主义理论的创始人马克思的设想是:实现生产资料的公共占有形式;第一个社会主义国家苏联"老大哥"做出的榜样是:将小农的土地和私人生产资料变为合作社占有,进行集体生产,也就是组织起来。最初级的组织形式互助组,是让农民在劳力和畜力之间互相协作,提高生产力,国家尽可能给以支持和指导。

除了这条道路,使这个贫困的农业大国富起来还有更好的办法吗?再加上边区互助变工成功,给共产党的抗日战争提供了物质保证的历史经验,共产党走这条路是否有其历史必然性呢?

所以,一开始,他们就投入了极大的热情进行广泛宣传和组织。

可是,古今几千年,农民过惯了一家一户的日子,穷了一家去乞讨,发了财自家享用,没有穷人间互助的意识,谁能接受互助合作呢?

柳青利用晚上的时间,给党员、团员、村干部和积极分子讲互助合作课本,各级干部领着大家分行政村讨论。他说互助合作的好处:"一家人种庄稼,穷人缺牲口,少农具,劳力不足的更是难场,到了忙天,拿起这头,丢了那头,老婆娃娃忙成一团,急急忙忙还常收不回来,种不下去。大家一互助,你帮我劳力,我帮你畜力,取长补短,许多困难就克服了。比如谁家出了事,几天就能把一家人撂倒,如果七八家人都来帮助,这家人就不至于饿翻困死。再比如,为了预防灾害,就要兴修水利,你一家人办得到吗?一家人连个人力水车也买不起,联合起来,修水渠,买个水车大家用。生产得到逐步发展,产量不断提高,就要拿出更多粮食支援国家工业化,没有工业的发展,就没有农业的机械化和水利化,农业就不可能得到大的发展……"

他给大家讲农业和工业发展中相辅相成的关系,而且绘声绘色地描述着今后的美好前景。群众听了既新鲜又激动,讨论会一次比一次热烈，开始来听课的人回去一宣传，以后再来的人一天比一天多，屋里坐不下，坐在窗台上，门里进不去，立在门外。那时农村没电，也没听说过什么麦克风，点的还是煤油灯。柳青说话声音不高，听不清的人一点一点往前移，怕漏听一个字，后边的人脖子拉得多长，把前边人头间的缝隙都堵严了，屋里静得有人碰倒个板凳就像炸弹爆炸一样。来的人越来越多，最后连老太婆抱着孙子都来了，他们早早吃了晚饭，已经坐在借用的小学教室里。会议中间很少有人上厕所，万不得已来回都是小跑。"甭急！看绊倒了。"有人告诫，那人就会问："刚才说啥？我少听了个啥？"带着惋惜又钻入人群中。

村民们组织互助组的心劲真大，春暖花开时节，互助组就像发芽的青草，纷纷冒了出来。锄麦的，送粪的，还真是互相招呼着做活，矛盾也有，但容易解决。

但是一到麦子泛黄，互助组又接二连三——也黄了。

一村重点互助组组长刘远峰远远看见柳青就躲，柳青追上他，他痛苦地说："人心不一，我这辈子再也不弄这事了。"

刘远峰，一个刚刚死了媳妇的光棍汉，乡语说：庄稼人最怕两边子，一是塌炕边子死婆娘，二是塌槽边子死牲口。"塌了炕边子"使他一贫如洗，共产党给他带来了转机。他是个犟强、寡言少语、做事认真、待人真诚的中年人，他是多么感激共产党，信赖党，对社会主义抱着多大的希望。谁要看见他参加土改的忘我劲、为办互助组见天抱着四岁的儿子日夜奔忙的艰辛，准会被感动。

在互助组里，他可以比别人少睡，比别人多干，安排生产，组织劳力，样样自己做。但当组员们为利益相争，矛盾冲突时，他用一张结巴的嘴却无法把他们拢到一起来，急得脸涨得通红，眼看着组员们一个个相继而去。

现在他心灰意冷，想想土改的时候，许多人都和他一样，相信共产党会给他们带来好日子，但是土改的感激之情和兴奋气氛渐渐淡了，每个门里都在盘算着奔自己的日月。各户家底薄厚不同，那些娃多劳力少、缺牲口短农具、遭灾遇祸的能有多少办法呢？为了活下去，先卖地，再借钱，给人家打短工，做零活，个别人已关门外出。

共产党是想让所有人都逐渐富起来，而不是重复历史的两极分化，但事情的开头却很艰难。柳青寄予极大希望的郭家十字村郭远文互助组最初的失败给他留下了深刻印象。

有一段时间，柳青天天夜里在这个组，解决组里的矛盾，安排明天的活路和用工，出的力大未必结的果大。组织起来不久，副组长郭远彤就消极起来。柳青后来回忆说："插秧的时节，有一天晚上，我帮助十字村郭远文重点互助组开会解决纠纷，他们说找不到副组长郭远彤。我满村打听，谁也没看见他，我到他家里，门上挂着锁。我用手电筒往里照，他在炕上用被子蒙着头睡了，好不容易才把他叫到会场，在多半夜的会上，除了重复坚决退组的话，再没吭过一声。结果这个组退出了两户。郭远彤不久搬到三村去住了，过他的小日月去了。没有办法把这个穷到三十几讨不起老婆的生产能手巩固到互助组里，是我去年最难受的事情。"因为他妈和兄弟一两年前相继去世，远彤分了三个人的地，他的地比旁人多，他一心想着自己发家，坚决退了组，这个重点组不久也散了。

从高湾村到郭家十字，每个互助组柳青都去，问题多、麻烦多的组去得多，帮助他们解决各种矛盾。有可能成为常年互助组，给大家做出榜样的地方，他给予的关心也多，白天在地里与他们交谈，有时教他们一些工作方法，晚上经常开会。

他了解了许多人的身世、个性和遭遇，甚至一些人的家庭关系也清楚了，但他却没能把大多数互助组巩固住，勉强维持下来的，不久也散了。

几个月的奔波，又应了村里传说的顺口溜："春组织，夏一半，秋零落，冬不见，等到明年再重来。"他的劲头也不大了，回到常宁宫的家里，关住门一心写作。

一天，他正沉浸在思考中，突然，区委书记孟维刚兴冲冲地来找他，说是四村那个王家斌当组长的重点互助组丰产了，他们有一亩五厘九分稻地进行了合理密植实验，平均亩产达到九百九十七斤半，其余全部稻地平均亩产六百二十五斤，创造了全区的丰产新纪录。

王家斌，四村的农会主任，就是他第一次来皇甫见到的那个入党不久的年轻人，常听人提起，但这半年来，他没有任何事情来困扰自己，一时竟连人的模样也想不起来。老孟说："家斌认识你，听你讲互助合作课，他没落过一回，在乡政府里也照过面。他曾想叫你帮助解决组里的纠纷，乡长不让打扰你的工作，他自己回去解决的。"

打这以后，柳青经常蹚了滈河的水到南岸去。不久，竟被这里的六户人家吸引住了。这六户人家都是解放前在别处穷得断了活路才到此落脚的，在北岸的村里难以插足，便在这稻地间搭了草棚栖身。

柳青一过河，每户都要去，和他们说长论短，有时竟半天半天坐在一家炕上不动窝。他问人家的身世，怎样来到这蟆河滩，落脚以后的生活。他的体会是，这六户人家能组织起来，基本稳定，主要原因是都太穷。

这个互助组的成立是在活跃借贷失败以后，头年阴历二三月间，皇甫村在小学校里又召开了号召借贷的会，主持会议的村主任高梦生高喉咙大嗓子说了半夜，能说的话都说尽了，有粮的就是不响应，这个互助组就是在走投无路的情况下，几户最穷的人在家斌带领下组织起来的。

组里最穷的一户叫陈恒山，穷根深，深几辈，到了他这一代，弟兄五个，也没一个过上宽松日子。尤其是他，只有一亩半地，娃多，人憨厚得好像缺点心眼，又不会务弄庄稼，人家一亩稻地打二三百斤，他只打得一半，全靠跑南山，担柴、背炭到集上一卖，称些粮食，回来养活婆娘娃娃。

他给柳青讲他到秦岭深处去伐木，山里没路，走陡崖，爬立坡，回来背着一背柴，两手交替着拉树杈，一有不慎连人带柴滚下去，就只有等着喂狼了。说起进山，他脸色就变白，流露出恐惧和后怕。但是，没有办法，他不进山，连一天也过不下去。回来以后，他给村里随便什么需要他的人做点活。在他的院里没有米缸和面箱，只有一些容量很小的瓦罐，没有积蓄，他的米和面在镇上的粮食零售摊上摆着，他自己像鸡一样，要刨一爪，才能吃一嘴。土改以后他还是一个到处欠债的穷汉，就像他自己说的，就差没有向滈河的石头借过钱了。年年春荒，他心最慌，他无路可走，只好参加互助组，对他，这是唯一有希望的路。

他说话不断地喷出唾沫星子，头脑不大灵醒，村里人嫌他太穷，不太尊重他，因为排行第五，都叫他陈老五。柳青爱和他聊，对他多了几分关心和照顾。

他的侄儿陈家宽就是这组里的第二个不幸者。陈家宽本来就穷，不久前媳妇死于难产，又是炕边子塌方，几天就把个青年拉垮了。陈家宽卖了一些地，欠了一些债。才解放三年，他急速地走上了下坡路。但他对社会主义抱着极大的期待，年轻人有对新事物的热情，他积极加入了互助组，并且十分活跃。

还有一户是董柄汉，陈恒山的妻弟，董柄汉是他姐讨饭带到这片稻地滩上的。解放前，他姐嫁了陈恒山，他跟着他们过日子，上南山，揽杂活，是他姐夫的帮手，以后娶了他的表妹，自立门户。土改分了地，人口又不多，劳力充足，日子过得越来越好。他的疮疤刚好，痂还没落呢，看着自己的亲人们受苦，他想帮扶他们，入了互助组。

还有一个高怀荫，拉长工一直到土改，一贫如洗，分了地以后，娶了媳妇，两人年轻力壮，没有吃闲饭的，日子过得也强于别人，他们也参加了互助组。

最后一个叫董廷义，他哥哥是区委副书记董廷芝，从滈河北岸搬来此地时也穷得丁当响，临近解放，他兄弟三个都长成小伙子，靠着贩卖马驹，慢慢发了，日子过得不错，有大牲口，有地。他和他爸本不想入组，他哥不答应。最初的互助组组长是廷义，可他啥事都不积极，开会就打盹，三天两晌闹着退组，王家斌就是在他坚决不当组长之后接任的。廷义他爸少见的爱牲口，夏天给骡子扇扇子、洗澡，见天拉到河滩上溜。柳青站在河边长时间看他怎样伺候牲口，问他些喂养牲口的知识和他家的古今录。

来皇甫村前，柳青就脱掉了四个兜的干部服，换上一身农民式的对襟袄，恢复了他青少年时的老习惯。他那瘦小、黝黑、并不漂亮的面孔，和农民在一起，生人绝不会说他不是农民。因此，农民没有因为叫他"柳书记"而产生疏远和畏惧，反而很快能和他接上话，甚至亲近起来。

四村离常宁宫六七里地，他见天来，一天最多来过三趟。在路边、在场院、在草棚屋里，他用幽默风趣的话语讲述合作化的好处，今后的奋斗目标。互助组的人说："大道理都会说，可他讲得不让人烦，反而爱听。"时间一长，他往哪儿一站，立刻围上一群人，偶尔一两天没来，有人就叨叨："柳书记今儿怎没来？光想听他说个啥，一天不听心里蛮慌。"

初期，为了解决组里的各种问题，柳青召集的会也多。吃过晚饭不用催，男人噙着烟袋锅，女人们拿着正纳的鞋底，坐满一炕。地上的鞋横一只竖一只，汗水和旱烟的味道弥漫整个空间，这样的环境他非常习惯，更使群众觉得他可亲可近。

农民累了一天，打盹的东倒西歪，只等柳青一开口，个个精神。他讲话例子多，都是来自本地的实例，笑声不断，人们下意识地半咧着嘴听得入神。陈恒山笑得前仰后合，"吧嗒"打碎一个米缸，米洒了一地，又惹得一阵大笑。

互助组是自愿加入，互助着种庄稼，地、产都属原主，闹点矛盾就会各分东西，还能等到问题成堆？这个组里有时也发生令人不快的事情，由于个人利益吵架骂仗，一般好解决；就是那种兜着底刮风掀浪，让所有人不得安宁的事，一发生柳青也很恼火。

高怀荫经常无事生非，搅得鸡犬不宁，柳青常听组员们说他一贯的行为作风。上半年为了度春荒，王家斌借了信用社的贷款，组织大家进山割竹子，捆扫帚，钱分给大家以后，高怀荫冷话不断："这没利，是个赔钱买卖，手里提得刀子，脚下踩得苗子，一床被一身衣裳等不得回来就完了，能挣几个钱？单想挣那钱，我不去！我没被子。"王家斌回去把家里一块最新的被子给他，他背上一起去了，在山里抽烟还把被子烧了个大窟窿，回来挣了钱高兴地一拿，风凉话照旧。头年王家斌为了给互助组换优良稻种去眉县，他说："咱弄不起那，咱没钱，那得多少钱，等回来都交了路费。"大家凑份子，他一分没拿，王家斌没管，自己掏了盘缠，为了多买点稻种，脚钱能省一分是一分，从西安回皇甫，把买的两百五十斤种子，两百斤让大车拉，五十斤自己背，跟车走了一路。回来分稻种，然后分皮渣，一样也不能少给高怀荫，分到最后家斌不够了，只好自己仍然使用旧稻种。秋天，高怀荫的稻子丰收了，比单干户强得多，他又和另一个组员闹意见，非退组不可，还出些怪主意，说动两个组员，劝他们退组出来，农闲时和他一起出去打短工，组里的事一概不管了。总共六户人家，这一折腾，人心乱了。王家斌没办法，找柳青，柳青说："他实在要出去就让他出去！"互助组成立之初，没有"人和"，一切都是空中楼阁，可这人是见点阴气猛扇，有点歪风猛吹，一个集体，这种人甭说多，有一个半个就够对付。柳青没犹豫，立刻表示同意，跟他一说，却死活不出去了。

为了互助组的正常生活和各项生产能安排落实，柳青召集了一个会。这天晚上，一炕人绝少笑容，潮湿的脚地上充满着沉闷的空气。柳青先回忆高怀荫在旧社会拉长工的生活，然后一件一件分析他做的事，怎么想的，为啥目的。柳青说："今天我说话不留情面，你这人整天思想不闲，阴谋诡计不断，占了这个便宜还想那个，没够。见谁对你有点用处，紧跟上说好话，见了有钱有势的贴得更紧，一下用不上了，反过来就说人家不好。你活人不往前看,屁股来回拧,光想把谁挤一下,沾一下,你这样在社会上不行,谁跟你走一阵就躲开了,你破坏性太大……"说得高怀荫呜呜地哭。会从头天晚上开到第二天太阳露头,组员你一言我一语批评他,一夜没合眼。最后柳青说:"教育怀荫也为教育大家,为的是人心齐,希望今后不要再有这样的人——吃谁的饭,砸谁的锅。"那天在地里,互助组的人交头接耳:"柳书记说怀荫的毛病,说到骨头里去了,他真是那么个人。"

对农民的思想教育一时也不能放松,同时,柳青还说:"不能合理解决农民生产中纯粹实际性的问题,即经济利益问题,互助组光靠思想教育是无法普遍巩固和逐步提高的。"所以,在每年王家斌互助组进山割竹子之前,他和干部们一起联系信用社的贷款,做进山的组织和安排。王家斌到眉县买新稻种,回来以后育秧和插秧,他经常到地里去,随时帮助解决出现的问题。

经过这一年的工作,互助组有了很大发展,几乎村村有了常年互助组,粮食也得到了可喜的收获。

四、统购统销

土改以后,贫苦农民分到土地,生产积极性极大提高,粮食产量逐年增加。到1953年,互助合作形式在全国普遍推广,有效地抑制了农村的贫富两极分化。

就是这一年,我国结束了三年经济恢复期,开始了第一个五年计划。这是国家实施大规模工业建设的第一年,规划中的许多大型企业开始上马,西安东郊的纺织城,几个大型纺织厂开始动工,西郊的电工城,一系列的电器工厂开始建设,招收了大批工人。城市人口急剧增加,粮食需求量也急剧增加,公粮已远远不能满足这种需要。

而在农村,有余粮的农户也大大增加。私人粮贩空前活跃,他们用略高于国家的粮价到农户家里收购粮食,再到市场上高价出售,有人囤积起来,等待第二年春荒时,获取更大利润。这不仅给国家工业化起步造成了困难,更严重的是威胁到大量城镇居民的生活。此时,只有粮食掌握在国家手中,才能调配余缺,稳定物价,发展经济。统购统销政策就是在这样的情况下准备实施的。

在这一政策实施之前,柳青到过方圆十几里的大部分村庄,互助组和单干户的生产情况他摸了底,尤其是皇甫乡每块地的户主、产量、粮食存放位置,他都心中有数。

农村集市是观察农村生活的重要窗口,为了摸清粮食市场,他关注农贸市场每一天的变化。

皇甫村附近的几个集镇柳青都熟悉,皇甫离杜曲十五里,离子午镇二十里,他常步行来去,尤其是王曲镇,只有五里,遇赶集,只要有空,他准去,有一个时期每集必到。

逢集的日子,村里人吃过早饭,就在太阳最温和宜人的时候,从庄稼院里走出来,掩上街门,三三两两,提筐担笼结伴走上去王曲的大路,路上尽是庄稼人说说笑笑的声音。柳青也提上筐,放上醋、酱油瓶子,夹杂在人群中,和他们边走边说。他戴个瓜皮帽,穿着一贯不变的中式对襟褂子,眼镜不戴,放在兜里,粗糙的棕色皮肤和农民风吹日晒的皮肤完全一样,走在这伙人群中,就像一滴水掉进滈河。赶集的路上庄稼人显得很轻松,什么话都说——村里刚发生的事情,邻村的历史,本村的轶事,哪屋里干了仗,谁家婆婆虐待媳妇……和他们一路走,长不少见识。

到了集上就数柳青最忙,别人挤着买东西,他也往里挤,好容易挤到跟前,看上半会儿,什么也不买,又挤了出来。看见别人在烟酒门市部门前排队,他也跟着排,他不关心买什么货,要多少钱,他关心的是排队的人谈论些什么,做些什么,甚至想些什么,所以,光顾用大耳轮去逮住前边后头的三言两语:"唉,该你了!"他才领悟到自己已经站在柜台边上,微微一笑:"拿两包火柴。"有时摸摸兜里没有一分钱,冲后头笑笑:"你先买,你先买。"他又转身到后头重新排队去了。

转到粮食市上,他在这里消磨的时间最多。一边观察卖粮食的富裕户的神气,一边欣赏牙家①们的善辩口才。柳青仔细看牙家怎样摘下凉帽,在下面捏手指头的表情,听他们说种种黑话,看得入神,有时一看就是一个多钟头,直到生意成交,客商分道扬镳,他才微微一笑,自言自语:"嘿!真有意思。"转身到别的地方去了。

后来,他自己也试了几次,装成一个粮客,先看粮食的成色,然后把手伸到牙家的凉帽下面,牙家先把四个手指头递到他手里,低声说:"这整。"又把一个手指抽回去说:"这零。"他根本没想把生意做成,便把两个手指还给他,生意崩了,牙家吊下脸,柳青却很满意,他的收获很大——就是牙家不满意的神情。

有一次,他转到牲口市上,装成买牲口的,把手指伸进牙家的袖管里,一阵捏掐,牙家思索的目光放松了,谈成一笔好生意,脸上露出满意的神色,柳青突然哈哈大笑,弄得人家莫名其妙,他那身地道的农人打扮和举止,对牲口市场的熟悉,谁也不怀疑这是个实心买牲口的庄稼汉。

在市场上,他"蒙蔽"过许多生意人,也了解了各种人的真实情况。

他每次还要到市场管委会走一走。今天的粮价为什么高了?粮贩为什么少了?又为什么多了?他知道粮贩们活动的规律了。

粮食市场急剧变化,粮贩子人数猛增,他们活跃在乡间,使有余粮的农民也囤积起来——惜售。他们的心里正像家斌组里董廷义说的:"我把粮食卖给国家,价小,少卖多少钱?少称多少盐?我没盐吃了,国家给我不?"

而在此时,国营粮店门前,却是另一番景象。

---

① 市场经纪人,本地叫"牙家"。

天不明，门还没有开，已是长龙缠绕，买粮的里三圈外三圈，有的甚至等个通宵。城镇居民和缺粮户集中在这里，一片恐慌和不尽焦虑的目光。柳青有时后半夜来，和人们一起等到上班，听人们的议论。

这里还夹杂着粮贩子——从公家买来粮食，转手到市场上去卖。

针对这种形势，国家实行了粮食统购统销政策，就是把农民的余粮收到国家粮库，然后有计划地分配下去。

要农民把粮食卖给国家，阻止他们拿到市场上去卖或卖给私商。一开始，向广大群众进行反复宣传动员，效果不明显，柳青把突破口放在村干部身上。

王家斌互助组里余粮最多的是董廷义，下来是王家斌和董柄汉。动员董廷义把余粮卖给国家，柳青再三说明一个道理：没有国家工业化，农业就不能发展。农民拿什么支援国家工业化？就是卖粮食给国家。只有农民给工人饭吃，工人才能为农民制造机器和化肥，如果把粮食卖给私商，这些人囤积起来，放高利贷，工人没啥吃，还怎么能支援农业？农民和工人是兄弟关系，要工农联盟才能建设国家。但是，董廷义重复了前头的那几句话后，就死活不再言语了。

柳青转身出来，站在柴门前想了想，穿过地埂，进了王家斌家，先问家斌："你能给国家卖多少？"王家斌说："两三石吧。""三石不行吧？你有多少粮？""没称，也说不准。""那你称一称，留够吃的，牲口粮，籽种……"他给王家斌按一人一天两斤口粮算，全家的口粮，牲口粮……再打出一定的余量，最后他说："你起码卖五石。"王家斌温和的目光看着他，点点头，没有一点难色，同意了。他又问董柄汉卖多少，柄汉说："一石！"柳青问："你和家斌谁粮多？""差不多。""家斌卖五石，你一石？太少吧？""家斌是家斌，我是我，反正我一石。"他对董柄汉说："国家买了粮食做什么？主要是供应群众，群众需要粮食时，平价出售，取之于民，用之于民。如果把粮食卖给私人市场，就囤积到私商和粮贩子手里，到粮食紧张时他们高价出售，有些人甚至吃不起。粮食卖给国家，稳定了人民生活就稳定了国家，就会有我们发展生产的美好前途……"他正讲着，董柄汉突然一声："他五石，我也五石！"这就是董柄汉的脾气。柳青用王家斌说事，就是利用他和王家斌多年结成的胜过兄弟的情义。

他没能把董廷义说动，想了想，让王家斌和董柄汉去做廷义的工作可能有效，这两人回来，董柄汉还没跨进门槛就说："廷义卖十石。"柳青一听，当下拿了这些实例迅速宣传，大张旗鼓地表扬，几天之内王家斌互助组就完成了统购任务。根据他日常了解，觉得各户卖粮数量基本合适。

余粮收购顺利进行着，可是，到了后期有几个村子的工作越来越难做，有些大户顶住，就是不卖。

柳青接触群众多，消息也多，有时比当地干部了解的更真实，甚至一些群众，有的话，不愿意给别人讲，愿意对他说。

一天，有人悄悄告诉他，罗湾有个干部帮助一个富农转移粮食。他听后让人捎话给乡长："路过我这儿来一趟。"乡长来了，他问他听说过这事没有？乡长摇摇头，他让乡长回去调查。

柳青也到群众中了解，很快弄清确有其事。罗湾这个干部过去很穷，土改时表现积极，被选为干部。以后，富农给了他一桩粮食，从此，他暗中不断给富农帮忙。富农这时想囤积粮食，这在当时是违法的。

在邻近的村子，一个富农不仅转移粮食，还制造不利统购统销的谣言，你的工作做到哪里，他的破坏也跟到哪里。一天，有群众涌进他家院中，把他叫出来质问："你把粮食送到哪里去了？"柳青听说，旋即赶往现场，群众正在不停地喊口号，那场面类似斗争会，给这人很大压力，也影响了周围各村。看着群情激愤的场面，他不禁感慨："只有人们理解和接受了党的政策，多数群众才会拥护。"

在人们粮食还很不丰富的时候，许多百姓在统购余粮过程中也有不眠之夜。柳青眼见多少人送走粮食像送走亲生儿子一样，爱惜粮食就像爱惜金子，常激起内心的冲动："要为多打粮食拼命工作！"

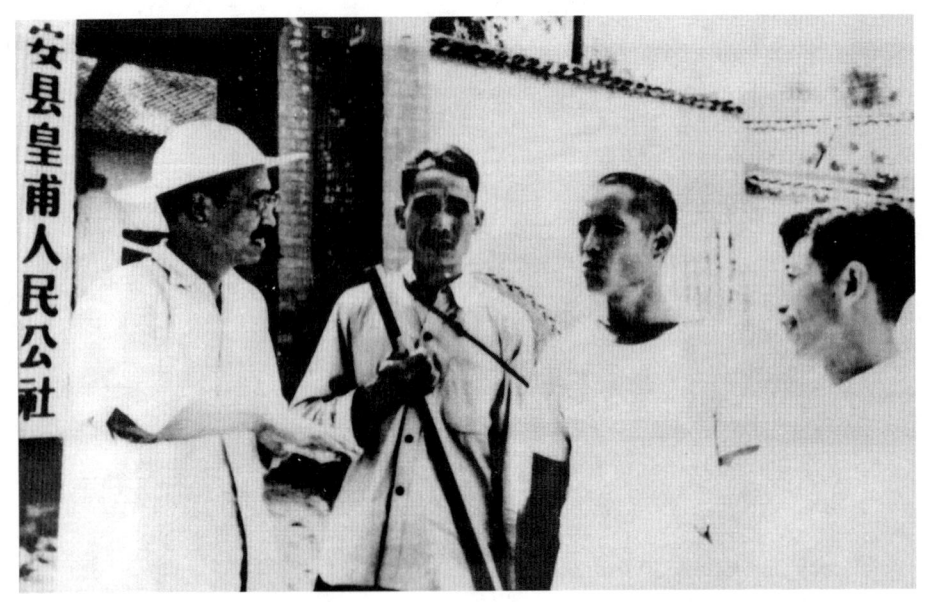

柳青（左一）与《创业史》中梁生宝的原型人物王家斌（右二）谈工作

第八章

一、成立农业社

过了腊月二十三，庄稼人送了灶王爷，就该忙活大年了。统购统销完成之后，柳青还是见天过河上四村，除了安排好各户年节，没有紧要的事情，他不断提醒自己，再不敢天没明就在人家门上喊叫，天黑了还坐在人家炕上："你们再怎留我，我也不待了，让你们好好过个年。"

不过，干部屋里他非去不可，眼看开春要办社，一系列事情他要和干部们商量，不敢出一点点岔子，王曲地区的第一个农业合作社,影响大得很哪!

讨论起草社章的夜晚,柳青向干部们反复强调:"这就是农业社的'法',以后凡事要照章办理,基础工作,一点也不敢马虎。"经过反复推敲,逐条研究,社章逐渐成熟,就等着拿到群众中去讨论。

不知不觉已是腊月三十,在疗养院吃了一顿丰盛的年夜饭,他告诉妻子,要到四村去转转。从常宁宫下塬,沿着滈河往东,这条路即使在最漆黑的夜晚,他也不会走错,哪里有石头,哪里是坑,都记得清楚。平时,一弯明月常与他同行同止,今晚只有淙淙的河水陪伴着他,过了独木桥,继续往南走,关中农民怎样过年他还不熟悉。

"哈哈哈……"柳青一跨上陈恒山(人们称他老五)草棚的台阶,站在被屈在低低草棚屋下的门神旁,哈哈大笑,门半掩着,门神贴得端端正正。老五一听就知道是谁,急忙出来,一手端着老碗,一手拉他进屋。屋里一炕的娃,一人端一个碗,娃们眼睛盯着柳青都一个劲地往嘴里刨饺子。老五光是咧嘴笑,直笑得婆娘嫌他怪,说:"还不叫柳书记炕上坐!"老五这才灵醒,叫婆娘:"快!给柳书记端饺子!""不用,不用,我吃过了,你吃,你吃。"看着陈恒山碗里的饺子,他问:"今年怎样?"老五端着碗蹲上炕沿,他有些兴奋,虽然口齿不清,可话说得明白:"柳书记,这几十年过年难,过月难,过日子更难,我今年是头一个不难的年,你看今黑了的饺子,明早晨的长面。"他拉着柳青一步跨到案板前,拎起一挂擀好的面条。柳青笑了:"这么白的面呀!我都没吃过。"柳青半开玩笑地逗老五。老五拉着柳青在巴掌大的脚地上转了几个圈,一会儿让他看瓷瓮里的麦子,一会儿看席屯里的杂粮,一会儿看屋顶上的苞谷,稀稀疏疏,都有点,都不多。老五显得很高兴,柳青心里却很难受:"他的春天还难呀!"听着老五絮叨,看着灶火跟前他的婆娘,柳青想着这家人的可怜,这个小脚女人,刚生下孩子,男人进了南山,屋里冰锅冷灶,连个伺候的人也没有。家里没有一把柴,她只好自己到地里挖些稻草根,那是隆冬腊月,这女人只穿一条单裤出外干活。没有办法，男人不进山，日子就一天也混不下去。

几句话以后，老五一个劲问啥时办社，他把一切希望都放在农业社上了。

"这社非办好不可！"从这屋里出来，柳青长长地舒了一口气。

他又进了两三家，屋里屋外齐齐看一遍，贴门神，供灶王爷，户户一样："还有不一样的吗？"

"有哩，长子，增义屋就不一样。"

他推开增义家门，男人们正跪在地上祭祖："我就不跪下磕头了噢！"男人们边笑边起身。长子的屋里就是不一样，在毛主席像下多了一张供桌，烛光下是五彩供品，他翻来覆去看过，全放好才上了炕，和大家随便聊起来。几乎每一家积极要求入社的农户都问他："咱社啥时候建呀？"互助组的人异口同声都称"咱社"。已经迫不及待了，他故意说："再过一年，咱在互助组里再锻炼一年。"

"啥？"

他用手指点点自己的脑袋说："你们怕这还不行。"

"那你再不让俺建社，就甭来俺这里了。"有些人认真对他有点不满。

他说："我也没办过，是个外行，还要学习。"

即将建立的初级社已经不是六户，而是十三户，他们都是写了申请，在会上谈了认识，经过大家评议，得到全体通过的农户。今晚他走访了大部分，大家都在谈论新社成立的各种事务。这一年的收成吸引着滩里的农人，这也给了他信心："这社能办好。"

往年，最早要过了正月十五，村里才有人干活，庄稼人一年难得清闲，今年，初三一过，干部就奔跑在地头和十三户新社员的炕头上。县上也派来了办社干部，一个年轻热情的小伙子，办事认真，勤快。柳青和他们一起进行土地评等、折股、牲口投资、农具评价、树木处理……各项工作，一户一户地过。如果有人对自己财产的评议提出疑义，就把各户的评议情况拿出来，反复对比，让当事人和大家一起讨论，同时和市场价格比较。他注意观察人们的脸色、情绪变化，不让一件事处理得让当事人感到勉强，心里不痛快，最后要做到既公平合理，又让当事人满意，工作细致比得过大姑娘绣嫁妆。他对大家说："咱们合在一起过日子，社里资金是靠大家凑来的，要求每一户都投资，这就像咱大家烤火，你拿一把柴，我拿一把柴，都放上，火就大了，暖和了。来个人不拿柴，你看一眼，我看一眼，都不满意，'你怎不拿柴烤火呢？'你拿了柴，理直气壮地烤。如果大家都不拿柴，这火不就灭了吗？"人们听着都会心地点点头。

一直忙到三月十号，召开了成立大会。

十三户人家，近百口子人，往后的日子过得好不好，就看社里生产搞得好不好。人们那么热烈地要求组织起来，是因为互助合作，农活做得又快又好，秋后打的粮食多，吸引着他们。还能不能使他们继续被吸引，关键仍然是生产搞得好不好，粮食打得多不多。柳青不断强调："生产一点不能马虎。"

社干部按时订出生产计划，除了全年的，还有季度的、月的。开始，社员都把这当笑话："种了几十年庄稼，谁订个计划？"柳青说："自己家里种几亩地，当家的黑了睡在炕上翻来覆去，成夜思虑，谋划着哪块地种什么，怎种，今儿干什么，明儿干什么，这就是订计划，现在家大业大，人多了，还能随心所欲吗？当然需要做到心里有数。"订计划，柳青亲自主持，大家先提，柳青觉得有不大切合实际的地方，他就问："这一条你们看是不是合适？人员安排得开？"有时沉思一会儿，把平时和社员了解到的情况说上几句，然后问大家："你们看，这，再订高一点能达到吗？"让干部们在讨论中思考问题越来越深，计划订得尽可能周密细致，切实可行。计划订好后开社员大会，再让大家讨论能否达到，有什么建议和看法，大家才知道这计划不是开玩笑，开始认真了，发言热烈，有时会场上竟然争起来，同时两三个人说话，常惹得人们发笑。干部们反复强调，一旦社员会通过了计划，要严格按计划执行，无论如何要达到计划中的指标。

整整一个春天，分配活路，安排生产，社员兴奋地干着分给自己的任务，既不争吵，也少是非，常常表现得有所克制。柳青感到特别畅快。他仍然在天明以前就起床，有时拄着棍子过滈河，站在社员门上喊叫："起来了没有呀？"等到屋里一阵惊动，穿了衣服，开了门，他就和他们谈生产安排、存在的问题，连人家吃饭、撂碗、取农具的时光也陪在身边。

二、王三老汉

吃过早饭，他有时过河，各屋的青壮劳力都下地了，剩下些老婆、老汉和小娃娃，他们坐个小板凳掰苞谷，柳青拿个木墩墩坐下，跟着掰，他们晾粮食撵鸡，他帮着看鸡。他和他们从老辈子说起，过去的家境，怎样到这蟆河滩来，直问到现在。王家斌他妈，一个十分贤惠温良的老婆婆，柳青和她一坐就是大半天，听她讲她辛酸的身世。

她原来嫁在长安县章村的萧家，穷得终年借贷度日。她的一个叔叔有钱，是他们的一大债主。王家斌七岁那年，大年三十全家人被叔父赶出来，唯一的财产一间破房，被叔父卖了，说是卖了二十五块还不够还他的债，从此一家人开始了要饭生活。

先住人家大门道，天不亮就赶快离开，以后找到一个废砖窑，讨吃回来三个人就蜷曲在里面，家斌父亲就死在那里。以后老婆婆才带着王家斌要饭到皇甫，嫁给蟆河滩的王三。老婆婆一边说一边哭，柳青也不断地抹去从眼角上悄悄流下来的泪水。

王家斌他爸，人称王三老汉，这人的脾气是，哪天他有了高兴事，见人眼睛眯成一条线，又说又招呼；哪天不高兴，一句话也没有，任谁进门也不搭理，只管干手里的活。柳青每次见他，不管他怎样，满招呼。他很尊重老汉，一辈子勤苦，嘴硬心软。老汉说什么柳青都听着，老汉有时候说互助组怎么不好，看不惯这，看不惯那，他让老汉尽管说，听完了哈哈一笑，过几天再来，又和老汉说长道短。头年老汉还给柳青点面子，后来，柳青和他说话越来越困难，老汉一见他，满面怒气，脸一吊，顺手拿起个活计，屁股一拧，走了。柳青知道他嫌家斌黑明不在家，为了大伙的光景不顾自家的光景："你不给屋里干活，成天往外跑，跟的啥人？看他不把你领到沟里去。"

他数落王家斌，恨的是柳青。柳青见了他问东问西，老汉有时勉强说上一两句，实在不说，柳青就和王家斌他妈说话。近来，王家斌他爸更讨厌柳青了："我看他就不是个好人，把咱都倒腾穷了，马、骡子都弄走了，把娃弄得黑明不在屋里做活，成天跑。"

他觉得要不是柳青，他这阵子就已经发了。柳青笑着问他："吃了没有？"他厌恶地一扭头，边走边说："害了人，还笑呢！"柳青也不生气。

有时见柳青快到他门上了，王家斌在家，扯大声说："王伟人，柳书记可——来了。"说完低头一笑，自己也觉得是糟蹋人呢。

王家斌他妈就不一样，甭看是一个不认字的老婆婆，善良贤惠，识大体，她疼爱儿子，无微不至地关心儿子，也无私地支持他的工作。柳青常常为这个老婆婆的行为感动，王家斌的品德和性格中透出了母亲深深的烙印。

三、王家斌

盛夏的一天上午，柳青一直在屋里写东西，翻来覆去看刚写出的几页是否满意，听见马葳在窗口问："两点了，吃饭吗？"看看门外，屋檐的阴影被已过正午的阳光向东推了一大截，他站起走到柜前，倒了几两白酒，这是中午饭的独特享受。刚坐下，还没动筷子，王家斌推门进来。柳青忙让道："快坐！快坐！"

王家斌总是带点微笑，言语不多。见柳青正吃饭，坐在远处的一个椅子上。甭看这人一字不识，连自己的名字也写不来，说话总是很得体，办事有分寸，一个年轻人，那么稳重，柳青从第一次见面就留下深刻印象。一年前他和县上的一个干部到四村，从小路拐到王家斌家门前的场上，王家斌手里拿着个木耙正在晒粮食，那干部告诉王家斌这是县上的柳书记，王家斌说："噢，来了。"他没有一点惊慌，平平常常的样子，也没有因为他是县上来的领导就说几句轻薄的话，手里仍然不停地翻动着粮食。

这人不简单！柳青注视着他："一个人能有这样的持重，特别是一个农村的互助组组长，能在县委书记面前，没有半点不自在，没有一点巴结的样子，保持着一个农民的尊严，这人很了不起！"

建社的时候，柳青还担心，王家斌能挑起这副担子吗？怕他考虑事情不细密，经常出些主意，教些办法。他总是专注地听，不多言语，没有十分必要的事从来不到这里来。没想到一年来，他把社料理得井井有条。

建社时，牲口刚合槽，他夜夜睡在马房里，不断告诉饲养员喂牲口要注意些什么。豆腐房一开头赔钱，他整天在豆腐房，和副业上的人手研究出豆腐的分量和质量，使胜利社在镇上的豆腐摊前排起了长队。一天晚上，他开会回来，到油房看看，见油摇得不净，自己坐下来又摇出几斤，第二天，他告诫杨永春，办事要认真细致。大车队的十个把式一出车，多少天不回来，柳青说："人家男人不在屋，剩下女人和娃娃，有了困难我们干部就要帮助解决，不能让在外头的人不放心。"每逢下雨，王家斌都要到各屋看看，自己爬上房顶，把漏雨的地方缮上新稻草。隆冬腊月，为了社里的一窝猪娃下活、养好，他在一个破窑洞里住了几天，自己冻得光咳嗽，嗓子哑得说不出话来，他从来不叫苦，从来不烦躁，一年来没见他对任何社员发过一回脾气。柳青嘴上不说，心里真喜欢这个人。

柳青问王家斌吃饭没有，他说谈完工作回去吃，柳青非让他在这里吃。桌上四个五寸小碟，一盘炒土豆丝，一盘调生辣椒，一盘调生洋葱，一个炒鸡蛋，都只够两筷子。王家斌一看说："我是拿老碗吃饭的，只有这几口，还够我吃？""咱再做嘛。"一会儿，马葳把新做的菜拿来，柳青给王家斌也倒了一小杯酒，问："你能喝多少？"

"一斤吧。"

"啊！"柳青惊得张大了嘴，"还能喝那些酒。你可不敢跟着别人东馆子进，西馆子出，跟这个一喝，跟那个一喝，喝得醺醺大醉，败坏了名声，你这干部还有谁相信？那不成酒疯子，能当个好干部？"

他们一边吃饭，柳青又说当个好干部还有哪些要求："不能用公家的钱，一分钱也不能用，那都是社员的血汗，经济上要干干净净，清清白白。办事要公道，你一偏张向李，人家心里能信服你？你处理问题一时说不通，要有耐心，把道理讲清楚，要以理服人。"

最后，他又说："做一个干部，千万不能在男女关系上有问题。你当干部，进东家，走西家，人家男人上地了，你和人家女人胡来，你这人民的干部就成了人民的敌人。"

"要叫人相信，要在人前说话，要给人民谋利益，这几样事情一定要做到！人要学个好人，要有坚强的意志，可不容易，人要学坏容易得很。你有那些坏毛病，教育别人，谁听你的？人家都不听你的，你能当个干部？你走在前头，人家后头就戳你的脊梁哩。"

"一个人呀，有了病，在风头里就站不住，没有病，再大的风你也经得住。要想经得住检查和运动的考验，平时就要注意，一点点坏事也不干。"

他举了一些不好的例子，也说了一些好的典型："家斌呀！你不但要自己做到，也要这样教育别的干部。"

操心干部工作，柳青有时急躁，也有不当的时候。

不久前，来了个新的驻社干部，向柳青汇报，说王家斌到县上开会，走前这也没安排好，那也没交代妥，社里的账也乱着。柳青一听，心急火燎跑到县上,在县委门口和王家斌碰个正着,柳青劈头盖脸就是一通批评:"你怎么搞的,社里没安排好就到县上来,屁股擦净才能走,没擦净怎么出门呢?"王家斌丈二和尚摸不着头脑,忙问:"啥没安排好?"柳青把驻社干部说的话重复一遍,家斌说:"是那么回事吗?"他不紧不慢地说我这怎安排的,那怎交代的:"不信,你回去问问社员?"柳青没啥说了,只好说:"好着呢就好。那你好好开会。"回来以后,柳青过河问社员,都说那个干部多少日子没来村里,今刚来,说的话全不实,他很后悔自己听了不实之词,王家斌一回来他就找他说:"我的批评不对,太急躁了,以后我要注意,你们也要接受我的教训,批评人要准确,我有错,你们也可以批评我。"那天,在县委大门口当着许多人的面给了王家斌难看,王家斌眼泪哗哗的,可这会儿,王家斌只说了一句:"错了我就改,没有了,我以后也要注意呢,你常说'有则改之,无则加勉'嘛,这也是为我好。"柳青怎么能不感动呢?

王家斌后来是这样说起柳青的:"他对普通农民从来不发脾气,也不说重话,要求脱产干部和俺也要这样。他经常提醒我们做农民工作,说明问题时不要面面俱到,一次就讲一两个问题,用农民熟悉的语言和实例,把道理说深说透,让人们真正理解党的政策,这也是他讲话的特点。讲干部办事怎样才算公道,整整一个会,两个多小时,就说了这'公道'二字,人都凝神听,只怕哪句没听清。""他平常对干部很关心,无论是工作还是生活上的问题,都帮助解决,平常见面哈哈一笑,有了不对处,脸上模样就难看了,话也严厉得够受,我听惯了,没啥,不过,他也看人呢,他也知道谁脸皮薄。"

四、夏收

常到各户,柳青慢慢对每一个社员的思想品德、性格特点和语言行动的习惯,想问题的方法都了解得越来越透彻。地里干活时,人们议论："柳青把咱这些人的脾气、心性摸得真清楚,咱这有事,谁可能有啥表现,说个啥话,他说得都差不离。"

他每天来来回回,看着麦子一天比一天高,拔节以后,从扬花到快要成熟时节,总觉得胸闷气堵,喘息不止,自从来到皇甫年年如此——他患了过敏性哮喘,麦花过敏,这时节再也没有力气和人谈古论今。但是,根据经验这也是问题最多的时节,不光是生产上活多,活紧,人与人之间矛盾也最多,一旦处理不当,生产就要受损失。这一阶段,他都专心务农,很少写作。

果然,随着夏忙来临,胜利社最初的兴奋期和稳定期也过去了,出现了各种令人担心费神的事。一天晚上,区委书记孟维刚匆匆进了小院,他没坐,焦急中带着愁容,说高怀荫要退社,因为他地里的麦子好,担心在社里分配吃亏,他说:"我当初要是不入社,这地里打下的麦子就是我一人的。"如果怀荫此时退社,必定影响大家的情绪,他的地里有全体社员的辛勤汗水和投资,而且还会引发许多新问题。柳青让孟维刚细细说明情况,一边站起到墙角去取手杖:"今儿黑了我过去,咱们一起解决这问题。"他半张着嘴,气紧地说话。孟维刚见他正犯着病,一再阻止:"我自己能解决,你不要去了。"

"不要紧,我能去。"

孟维刚拗不过他,只好同他一起来到滈河边。这时正是山里积雪融化,滈河涨水的季节,因为大水发在开桃花的时节,此地叫桃花水,水流声比平日大得多,夜里响得动人心魄。

"你先站一下,让我探探这水多深。"孟维刚边脱袜子边说。他把裤管挽到膝盖,向水里走了几步:"水深得很,今黑了,你蹚上一回,病非重不可。"奔腾的流水声里不断送来孟维刚的声音:"柳书记——,你回去——,我一个人去——,能成……"水越来越深,孟维刚的裤子已经挽到大腿根,人立在河心,艰难地向前移动:"水深得很哪——你回去吧——"柳青用尽气力向河心喊:"不行呀!回去也睡不着,我放不下。"孟维刚看见他执意不回,转回岸边:"那我把你背过去。"到了河中心,两人互相听着对方的喘息声,孟维刚感到意外地问:"你怎不重?""我八十来斤。这也太难为你了,这么深的水,还背个我。人就是这,一件事放心上,一直不踏实,我还是去好。"

社员被叫到董增义屋里,又开了通宵的会。他先给大家讲我们国家的发展前景,农村将来会变得多么富裕,要大家看得长远,不要光看眼前,他对高怀荫说:"今年收成好,是大家没明没黑干出来的,只你一个人能行吗?水呀肥呀和劳力,靠你自己能有这么应时?你光看到今年丰收了,如果明年遇了灾,连着两季没收成,日子还能这么红火?到那时候,你再看见合作社发展了,有了水利和机械,抗灾能力强,互相帮扶着平稳度过灾年,你又要入社!大家会怎样看你?不要光看眼前,也要寻思长远些。"社员也你一句,我一句批评他,说得高怀荫又呜呜地哭起来,主动检讨了一番。

当会议的气氛从沉闷转向奋发向上的时候,他们又开始讨论夏收的安排。

天明以后才散会,农民把烟袋锅别在腰上,穿上老布鞋下地去了。他看着一夜未睡仍然愉快地去干活的人们,心里想:"多么好的农民呀!问题和困难总会有,只要认真想办法,总能解决。"柳青依在炕角上坐了一阵,让自己由于说话一直在哮喘的呼吸慢慢平稳下来,然后拿起手杖回河北岸去了。

思想教育是一个方面,夏收的分配方案也至关重要,要让每家每户比单干时都增加收入,才能使人人心情舒畅。为了这,柳青和干部们多少日子没睡过一个好觉。

五、董柄汉

还在割麦以前,柳青征求大家意见,今年麦子怎么处理?多数人说,这是去年秋里各家自己种的，今夏就各收各的，从秋后开始再统一分配。考虑到麦子统一分配会影响个人情绪，所以按大家的要求办。定下来以后，就怕各户忙于自家收麦，社里的活淡了。俗话说："农时不等人。""水稻早插一日，早熟十天"。柳青在会上讲："秋收好坏也是自己的事情，麦子要收好，稻子也要种好……"功夫就要下在合理安排生产上，将所有麦地分变黄先后排出收割次序，麦子一倒，犁地的、泡地的、插秧的各有组织，责任明确。柳青看见三十几个劳力全部上了场，有些老人也上手了。一帮人割完麦，另一帮人就泡地，第三帮人插秧，第四帮人往根上塞油渣，早晨还看见一块地里是金黄色的小麦，傍晚，那块地里已经是明镜似的水面上闪着一行行翠绿的稻秧了。

柳青感动极了。多少个夜晚，男男女女借着月光在地里割麦，捋豌豆。忙的时候，一些人见天睡四五个钟头，有人端着饭碗，蹲着就睡着了。王家斌和陈家宽接连病倒，仍然带着大家在抢收抢种。就在这最紧张的时候，没想到董柄汉撂了挑子，因为工分的评定和社员发生了分歧。

初级社的分配是地四劳六，劳动记工分，按一定比例分粮。工分怎么定，谁也没经验，曾到王莽"七一初级农业合作社"去学习，回来结合自己的情况定下一些原则，定得很细，尽量做到合理；忙天分大，闲时分小；活重分大，活轻分小；担粪、除草……各是各的记法，脏活重活轮流干。工分一天一评，自报公议，根据工作质量评定，做得不好要减分。开始，这事还挺费脑筋，因为它直接影响人们的情绪和积极性。而董柄汉这个负责任又公平，但方法简单粗暴的生产组长还没有能力掌握住农忙时节的这辆载重车。个别社员活干得不太好，他不大会讲道理，生硬一句话："我看你这活干得不够十分，八分合理。"社员一听发了脾气，两个人就顶起来。这种事发生上二三回，董柄汉就躁了："我倒为的啥，没黑没明，为你们多打粮食，让你们日子过好，我拿的工分一样多，他妈的，不干了。"他一生气，不管了，回屋里拿被子把头一蒙。柳青一听说，紧跟着就来了，对董柄汉说："抛了锚了？你要给人家讲道理，要学会做人的工作，关键是把道理讲清楚。当干部态度不能急躁，不能发火，发火的干部就不是好干部，当个好主任，好组长，天大的事情也不能发脾气。当干部是让你当诸葛亮，不是要你当猛张飞，猛张飞只能上前线打仗，不能深谋远虑。当干部要像和尚的木鱼子，人家敲时嘴里还经常骂你，嘟囔你，那你也不能发脾气。"他坐在炕沿上，建议董柄汉今儿这事该怎么说，上次的事应该怎么说，一个社就像一台机器，怎么拨才能运转。讲到董柄汉以前要饭的苦处，这伙社员的可怜处，都是为了过上好日子……

讲着讲着，董柄汉把被子拉了下来，过一会儿坐起来，最后移到桌边的凳子上，他的气全消了，他说他要到地里去干活，让柳青再给他提些方法。这人就是这样，不通的时候全撂了，一通了，拼命地干活。

柳青说："柄汉就像个驾辕骡子，他愿意给你拽车时，就是把绳拉断也要把车拉动，他如果不愿意拽，你把他打死，他也不拽。"几次"抛锚"以后，柳青对大家总结了这人的特点，大伙都笑了。

董柄汉很有能力，办事利索，但说话很直，不讲方式，人家见他正发牢骚，柳青从远处来了，便阻止他："看！柳书记来了，还胡咧咧。"他说："你七书记来了，我也不怕，还怕他六书记。他有他的道理，我有我的说法，他说得不对了，我还要说我的话。"他和柳青的辩论常常由此开始。他的面孔没有王家斌柔和，眼睛不大，闪着精明倔强的光，鼻子像刀雕木刻，嘴唇有着明晰的边线。从这张嘴里吐出的字明确强硬，就如同炒锅里蹦出来的豆子。

碾完了最后一场小麦，夏忙不久就结束了，活路一松，问题也少了，柳青尽量少过河，让社员们好好歇歇乏。

不久就是长安地区每年忙罢的六月会，此地风俗，互相走亲戚送礼物，庆祝丰收。这天一大早，柳青就在街上转，他站在郭家十字路口和头上盖着手帕的妇女、戴着草帽的男人打招呼，上去问人家："去看什么人？"揭开篮子上的盖布，看里头放的是枣糕还是蒸馍，各种人拿的礼物有什么讲究。和过路的聊上几句，观察女儿看娘的，娘看女儿的，外甥看舅的，各有什么心情。不能多说了就说："你快赶路！我不耽搁你。"目送他们的背影时，再看看过客脚上的新布鞋和身上刚浆洗过的月白布衫，又转向另一个过客。

生产上较空闲，他又成了王曲街上的常客，和闲下来的男人们在街头下棋闲聊。有一天，孟维刚说："群众有反映，说你尽和一些不三不四的二流子在街头下棋，你要下，找人来在屋里下。""我知道了，我知道了。"他不好说明自己的目的，也没必要说明。

六、扩社

关中地区，过了"处暑"，就是水稻的成熟期，河南岸的稻地渐渐泛起了黄色，从高高的北塬上向川里望去，纵横交错的田埂间，一块块地毯似的水稻，在终南山的怀抱里，映着日光，格外秀美。

走到近处，稻子已经一人来高，因为社里的水稻实行了密植，比社外的多出三分之一的撮数，这时已稠密得进不去人。男女社员们一直精心呵护着每一块稻地，经常来观看它们的生长情况，连上了年纪的老人也一颠一颠兴奋地在这里转。当初，闹工分纠纷的时候，有人等着看他们散伙的"热闹"，有人嘲笑他们牲口瘦得快要露出骨头。水稻捞第二遍草之前，一来因为社里搞副业，占去一些劳力，社里的稻子栽得比社外迟；二来因为油渣比皮渣发酵慢，稻子在开头普遍比互助组甚至单干户的低矮。那时有些人就嚷嚷要和农业社比赛，社员们感到难堪，一些人情绪受到影响。柳青心里也着急，但他不悲观，王家斌对别人的嘲笑更是不声不响，他竭力说服大家，要耐心些，等着看最后结果。

而现在，周围没有一块稻地能比社里的强，不光密植，高低也能差几寸。郭林萱有一块稻地，四十多年来，一直是滈河滩上的头一份，今年就落在社里大部分稻子后边了。

王家斌带着柳青在稻地间转，指给他看社里社外每块稻地的生长情况，他抓住一把稻穗放在手上，捻出一掌黄灿灿的稻粒。他说："去年做密植试验的一亩五分九厘地，产量是差二斤半每亩一千斤，这块已经赶上那块。"社里订的生产计划是每亩水地除一石冬小麦，稻子只计划平均两石四斗，现在他咧着厚厚的嘴唇，呵呵地笑："看均拉上三石哩……"

从捞过第二遍草以后，社外的人路过这里，已经是一致地羡慕和称赞。

王家斌一个夏天劳心劳力，瘦得像变了一个人，眼窝深陷，嘴更大了，现在红光满面，老是挂着烂疮的嘴唇也光了。一天晚上，他和驻社干部兴冲冲地跑到柳青家里，说原计划在秋后扩社的计划不行了，有三个互助组，十几户人家，现在就要入社，他们不等秋后，为的是到社里好统一种麦。秋前秋后入，柳青认为都一样，他们决定开始扩社工作。

在这些要入社的人中，一贯对互助合作不闻不问的陈家老大叫声最高，他非入不可。

陈老大，村里有名的直杠杠人，人叫"老牛筋"，有股顽强劲。解放前他家穷，一间草棚，种地主的租子地，冬里春上过不了日子，他不求人，自己进南山打柴。解放后有了地，有了牛，他一心种自己的庄稼，人家谈论互助组，他连听也不听，在他看来合在一起没个好。他觉得自己一辈子没占过任何人的便宜，谁也甭想让他吃亏。他一辈子干活不放心别人，连同自己家里的人。忙里给稻地放水，黑明不歇，亲自守着水口，犁地、吆牲口、割麦、插秧，常常累得两眼红肿，看东西模糊，像个瞎子一样，谁要说他一句，他回人一句，生硬得像石头蛋子打在人身上，弄得谁也不爱搭理他。他一辈子只相信自己的老一套。

就是这么一个人，这会儿变了，也要入社。他看见社里换了新稻种，地里的活做得细，耕作方法也变了，庄稼长得美，粮食打得多，分得多，他怀疑自己了。社里的油房磨油，还有豆腐房分豆腐，当社员提着分得的油从他门前走过，他不像从前连扫一眼的兴趣都没有，他一直看到人家拐弯看不见，一股羡慕的眼光追着社员手里的油壶。

扩社工作十分顺利，和建社时一样，土地评等、折股、牲口投资……一项一项细致地进行，不同的是，他们已经有了一些经验。

扩社以后，胜利社一共二十七户，新进来几户中农，对稳定农业社、团结中农显得十分重要。每次干部会柳青一定要强调："以后要注意，不要多提中农如何，贫农如何，要团结他们一起搞好生产。不仅你们要注意，也要向群众宣传。即使是地主富农，只要他们是靠自己的劳动，我们就欢迎，新社会是要改造他们成为自食其力的劳动者，而不是消灭他们。"同时告诫干部："现在，群众生产积极性这么高，我们千万不能伤害他们的积极性，要想尽办法保持和促进这种积极性。"

在扩社的同时是年终分配。这是成立初级社后的头一次分配，为了显示优越性，让每户社员都比上一年有所增加，预分方案研究了好多回，也修改了许多回。按照初级社的分配原则，劳占六成，地占四成，有些人由于没有水地或水地少，秋里分不到多少稻子，主要是粗粮，干部们都觉得不尽如人意。家斌去县上开会回来，见分配方案迟迟定不下来，他说："我看就把水地和旱地放在一起分，没水地的人多分些稻。"最后的分配家家增收，户户满意，他们光是觉得对不起家斌。家斌因此少分了二十几石稻，可他淡淡地说："我够吃就行了。"

七、分社风波

一天晚上，十点已过，柳青趴在桌上正写东西，啪啪啪！大门敲得很响，门开了，是区委副书记董廷芝和王家斌，柳青问什么事，他两个说:"要分社呢,问题看起来很大。"柳青回屋,把一直握着的笔放下,稿子一揽,压上一本书,给他俩倒了水,还没喝,等不及二人细说就催他们:"那咱快走!"三个人在漆黑的几里路上没说几句话,原因还不大清楚的时候,人的心里更感到压抑。

到了村口,把社员各屋齐齐走了一遍,问他们到底谁要分社,大部分人都坚决地摇摇头,有几户新社员支支吾吾,只有董柄汉说:"分,他妈的屁!"来得个坚决。还有高怀荫:"俺合作了这一阵,就连个干部也当不上。"有一户新社员叫肖德新,也主张分,说话时一双狡黠的眼睛一眨一眨,衣着举止不像个地道的农民。他既不像董柄汉一样激烈,也不像高怀荫一样鬼鬼祟祟。

柳青一边走一边想,平白无故出了这风波,关键在哪里呢?董柄汉遇点磕碰,虽然爱闹情绪,但一说通,他干得最欢,谁插的秧不齐,他拔下来重插,连田埂上散乱的鞋也会一双一双给大家摆好。谁不对,他敢说,不怕得罪人,集体的财产他爱护,在他眼下谁也甭想干损害大伙的事情。卖统购粮,他带头,除了王家斌,社里就数他威信高,没有原因,他不会突然变了。肖德新,他只有一般了解,知道他是这稻地滩上的穷人,以往见了面还爱和他开几句玩笑,扩社时就他在王家斌屁股后头转得最积极,死活要入社,刚一入社干得最拼命。高怀荫,这种事情少不了他。柳青想来想去,还是要从董柄汉这里解决问题。

先为董柄汉办了一次图片展览,让全区的人都参观,柳青和董柄汉相跟在一起,问他过去怎样讨饭,现在生活情况如何。"你当干部,虽然和个别人发生矛盾,但大多数人都信任你,放心你。"

"生产搞得这么好,你倒为啥要分社呢?"

那些日子柳青经常和董柄汉聊天,有一天,说着说着,董柄汉哭了,又把被子蒙在头上,屁股露在外头,全身一抽一抽,这是柳青头一次见这个生铁一样的汉子哭成这个样子。董柄汉说:"开个社员大会,我说!"他一下掀了被子,眼睛肿得成了一条缝。那天每户社员留一个人看门，剩下的全来了，坐了一大片，屋里、院里全是人头。董柄汉说："我受骗了，我原来是个要饭的，要到这里，没钱没地，租的冯家的地，现在当了副主任，副业组长，还嫌不行；生活刚好了，可又闹着分社，把这好个社闹散伙了，让大家再受穷，对不起大伙。"

他把事情的前前后后说了出来。这事是肖德新私下里嘀咕出来的，他觉得他有本事，比这伙农民强，不给个社委员，至少应该给个组长。他算计分了社，让董柄汉当主任，他至少是个队长。肖德新和高怀荫平素来往多，知道这人一直想当官，但他明白，自己不能出头，要让这两个闹着分社，董柄汉是根火柴，一点就着。他们又联络了几户新社员，说在这社里吃亏："咱们几户重新建个社，自己当干部不吃亏。"事情就这样闹了起来。

听了这一过程，会议从沉默变得骚动起来，议论声越来越大："这社不能分！""刚好了几天，不能折腾！"妇女组长姚素芳，平日不大言语，她开口说："怪不得我前几天到饲养室，几个老汉正议论，假如分社，他们要社里的哪样农具，哪个牲口，正巧我进去，一个老汉问我：'如果分社，素芳，你要啥？'我说：'我啥也不要，我光要咱的社。'"几个老汉羞涩地垂下眼皮说："你看人家一个女人，比咱强。"

真实的姚素芳，和《创业史》中的姚素芳大相径庭，就当时的观念，她是个非常规矩的女人，总是勤奋地做活，善良待人。社里的事，妇女组的事，样样认真，从无闲言碎语、是是非非，可惜命运不济，嫁了个不精明的男人，上有老下有小，全靠她挑着全家人的重担。柳青几次想资助她，又怕开了这个口子，就没法控制了。

姚素芳这么一说，许多人高一声，低一声地喊叫："这社不能分，谁不爱谁出去。"柳青说："怀荫呀怀荫，你把你过去讨饭吃的生活就忘了，你熬长工几十年，连一亩地也没买下，现在有了牲口，有了地，入了社，日子好过了，你又分社，你当了干部，光想怎样富自己，能把大伙领阴沟里去。"高怀荫低下头，一句话也没有了。

为了解决这事，柳青请来县上几个人，加上区乡干部，成天在河南岸，黑明和社员谈话，让搅乱的人心再团结起来，要通过这件事教育所有的人：当干部是为大伙服务，必须有公道、能干、为大伙谋利的干部，才能办好一个社，带出好社员。

分社风波以后的许多年，董柄汉自身再没出过问题。

也就在这次事件处理的过程中，柳青才对肖德新有了比较深入的了解。

他的老家在塬上冯家堡子，他爸兄弟三个，行大；他也兄弟三个，行二。他二爸（叔）人厉害，把他妈霸占了，他亲爸带了小兄弟跑了。他二爸把塬上的地、房一卖，把剩下的这家人带到这蟆河滩，在河沿搭了一间草棚。他二爸除了进南山打柴，平常卖油饼，日子还混得下去，算是这滩上的能人，后来当了甲长。国民党来抓壮丁，他非送一个儿子，就让肖德新去了。他二爸当得甲长，人活络，和上头说些好话，不上前线，就在王曲的黄埔军校第七分校，先是喂马，后来当了大车连的班长。

第七分校有几个当兵的和附近的一个女人来往，人称"二大姐"，长得风流，说话温柔，带一股媚劲。二大姐的男人不灵醒，她就靠这本事挣点钱养家。通过这些人，肖德新也不断往二大姐家里跑。他和他二爸一样，为人厉害，慢慢地别人都不敢来了，他独占了二大姐。解放以后，他从第七分校回来，就在二大姐家过，和二大姐的男人在一起，为了有人养活，二大姐的男人什么也不管，你们爱怎就怎，一直到1953年宣传婚姻法，二大姐才和她男人办了离婚手续，和肖德新正式过到一起。

肖德新没有入过互助组，谁也不要，都嫌他为人滑，他霸占二大姐的事也让许多人反感，在群众中一贯影响不好，是他非要入社，表现积极。一些社员听了，不同意要他，他在家斌屁股上，跟前跟后说好话，王家斌想来想去，最后下决心收了，说："教育吧！"

这事正出在秋忙和第二次扩社前夕，为了下头的工作顺利，免得肖德新再闹事，县司法部门把他拘留一段，等他回来，社已经巩固，他也没有群众基础，跳腾不开了。

处理肖德新的工作，柳青说："他还要回来，主要是个教育问题，这事我来出面，这样有利于本村干部以后的工作。"

老鼠尽管偷粮，黄鼠狼尽管拉鸡，太阳照样从东塬上天天升起。闹过这一场，秋里还是获得丰收，家家喜气洋洋。那个陈恒山，见了人就说："今年我不光年节不慌，明春也不慌哩！"柳青一过他的门口，他非拉他进屋，一间小草棚半间炕，那一半过去拴牛，现在粮食放得满满的。

八、初级社的管理

有两天柳青没有过河，在家里写文章，晚上常有社员来家坐坐，闲聊中有人流露出对油房管理不放心。第二天，他就过河，正巧碰上几个人在大门口说话，便问起油房的生产情况，很快了解到杨永春近来常把饭带到油房，一边吃，一边用筷子沾点油拌到饭里。

初级社甫建就成立了副业组，有大车队，负责运输，农闲时间在外边包活，给社里挣钱的还有豆腐房和油房。建立油房给国家加工芝麻好处很多，一来给农业生产积累资金，二来磨油剩下的油渣成了稻地肥料，省了肥料支出和订购之苦。油房由杨永春负责，几个人倒班干活。

在油房成立的大会上，柳青有言在先："咱们规定，任何人不能把饭带到油房来吃，为啥呢？饭拿来，开始用筷子沾一点，吃着挺香，以后拿着油壶倒一点，胆子越来越大，再往后就敢拿个瓶瓶倒些提回家，不要看开始是个小事，以后就成了大事。你也提，我也拿，这社还能好吗？"

现在果然出现了这种情况，柳青为这事召开了社员大会，不仅把道理讲给杨永春听，更重要的是通过这件事教育大家："集体的东西，哪怕一棵麦穗都不能私自往家里拿，大家都一心把社办好，社才能好。"他批评杨永春，把这件事发展下去对本人、对集体的害处说得很严重。

大家也批评杨永春，杨永春表示他一定改正。

柳青认为农业社要好，除了干部班子的建设，还要有个良好的风气，为此，日常的思想教育至关重要，有一个良好开端是基础，不良现象必须见苗除根，否则，后患很多。

初级社成立时，社里绝大多数是穷人，不要说念过书的，就是认字的也极少。农业社不能没会计，几乎全县所有社都感到会计难找，有的社只好让不识字的人当会计，一个小伙记账就在门背后划道道，要想查账，除了他自己就没人认得什么意思，所以，县上发动了扫盲运动。柳青积极参与组织，有空时自己也给大家上上课，皇甫村就是县上扫盲运动的模范村。董增义过去认得几个字，经过扫盲文化水平有提高，大家选他当了胜利社的会计。

建社之初立下的规矩，按季度要给大家公布账目，社里的生产投资、购物进出账等，要向社员一一交代清楚，这对一个初识文墨的人难度不小，增义也没干过这事，账记得乱七八糟。柳青从县上找来一个专业会计帮助他查账，一共用了七十多天，才整理出眉目，少了四元钱，是账记得不对，还是其他问题？柳青说要弄个水落石出。为这事开了多少次会，反复对账，也让增义回忆，把这事说清楚，最后增义承认，他给媳妇买围巾用了这四元钱。会上批评增义："集体的钱一毛也不能胡拉胡用，更不要说私自为个人使用，从一开始就要认识到这种行为是犯罪行为，社里的钱是大家的血汗钱，干部是为大家服务的，不能利用这个权力为自己谋取不该得的利益……"这次的教育增义说他终生不忘，多少年以后回过头来看，增义的账管得不错，不但没有再发生过类似的事情，记账的水平也一年比一年高。

九、建社容易巩固难

大约1954年底，或是1955年初，在一个大雪纷飞的中午，灰沉沉的天好像快压到了地面，区委孟书记从外面推开大门，他把身上披着的包袱皮拉下来，一边抖，一边跺脚上的雪，脚已经僵了。马葳听见有人来，走出房间："老孟啊，快进来，看把你冻的，先进屋暖暖。"她顺手接过孟维刚手里的包袱皮，柳青站起来迎接他。老孟一坐定就说："创业容易守业难，建社容易巩固难。""为什么建社容易巩固难？"柳青迫不及待地问。

老孟说："问题太多。"

马葳说："冷成这，孟书记还没吃饭，先吃了饭再说。"这时已经下午两三点了，柳青一般就在这时吃饭。

和柳青一起吃过饭，老孟说："第一点：群众土地、牲口入了社，怕减少收入，怕他的牲口死了，心里不踏实；二是，社干部学会经营管理还要一个过程，比如，牲口合了大槽，和社员分户喂养不同，牲口本身不习惯，饲养员也没经验，造成牲口死亡现象；同时，社员嫌用牲口不方便，自己没牲口搞不成副业；有些社干部之间闹意见影响工作；社员不满意骂干部，干部急躁，互相骂，老婆跑出来往边上一站，拉了干部叫回家：'咱不干了！'"老孟这一阵回回都是说困难，情绪焦躁，对合作化的信心不足。柳青每次都耐心听他讲，这一次，柳青也有些躁了，突然变得激动起来。

"你一直在讲这样的问题，那样的问题，但你一直没有讲解决问题的方法，革命事业就是艰苦的，没有困难要我们干什么？我们有能力打下江山，就要有能力建设一个新国家，这些想法是你一个人的还是区乡干部都这样想？"马葳一直站在旁边，他觉得柳青态度过于严厉，担心老孟受不了："你有话慢慢说。"她揭开门帘出去了。柳青瞪着两只大眼，目光咄咄逼人，老孟从来没有见过他这样，但他不反感，也没抱怨，他知道柳青为了建社工作付出的心血，他在耐心听。老孟接着说："同志们都有我这样的想法。""不对！"柳青一改平时说话又低又慢的习惯，干脆而急促地说："你这个区委书记呀，你有了这样的想法，你的干部必然有这样的想法,你是一个党的领导,在碰到困难时不坚定,没有克服困难的决心,必然影响你的干部,所以,问题主要出在你身上。"

批评过孟维刚以后,他让老孟把存在的问题一条一条说出来,一条一条地找出解决办法,并且一个一个地落实由谁去解决。

谈话又变得和风细雨,柳青讲起了自己对这一工作的看法:"我们建起一个社,就要巩固一个社,这里主要是做扎实细致的工作,用社会主义的优越性吸引农民走这条道路。不能盲目地要求建社越多越好,也不能盲目地发展每个社的户数,初始就在三十户左右,过多的户数问题必然多、也更复杂,干部一开始没有管理经验。"这句话是针对老孟讲的。孟维刚当时二十几岁,祖祖辈辈贫穷,父亲拉了一辈子长工,兄长还是个长工,解放后分了地,对党可以说无限热爱,工作不分日夜,家庭儿女,不管不顾,这是个心地单纯,为人忠厚的年轻人,柳青常告诫他要在工作中锻炼得成熟起来,因为他在建社时总想越多越好。柳青接着说:"建立一个社一定要坚持三个条件,要有常年互助组的锻炼,要有合格的干部,要坚持自愿的原则。这三个条件一个不具备也不要急着办社。"他反复强调:"建成一个巩固一个,关键还是做扎扎实实的工作。如果只是要求多建社,不坚持上面的三个条件,现在把社建起来了,遇上困难又有松劲情绪,那怎么把我们的国家建设好?你是区委书记,不是一个农民、普通干部,应该深刻理解党的政策,更应该有克服困难的决心,希望你回去向下边的干部作一个检讨,也是对同志们的教育。"

当时,像王曲地区这种情况,不是这里的特殊现象,在其他省也存在,所以,才出现了大量建社,出现问题又大量砍的情况。第二天老孟召开了区委干部会,在会上作了检讨,马葳也参加了这个会。

柳青和妻子马葳

第九章

一、书稿余烬

　　日常事务无论多忙，写作的欲望都是强烈的，来长安后柳青酝酿了一个新主题，写一部反映农民出身的老干部在新形势下面临的新问题、新心理和新表现。

　　起因是他的一些老熟人、老同志，在战争年代出生入死，不畏艰险，优秀卓绝，但在新形势下，因为一点物质享受或爱人子女问题，经不住考验，在自己光荣奋斗的历史上抹了一把黑，他感到惋惜，新的小说里就有这样的人物。由于实际工作中的多种感受，他组织的故事更关注的是一些同志走上领导岗位以后的工作方法以及对待科学的态度。

这部小说大约九万七千字，1953年在县委时初稿已近完成。

故事很简单，写一次县委领导产棉区治愈虫害的过程。主要通过县委书记和县长在领导这次工作中采取的不同工作方法，表现的不同工作态度，取得的不同结果，柳青提出了许多新问题。

全国解放以后，形势发生了巨大变化，一大批从农村走向战场又从战场走向各级领导岗位的干部，由于多年战争，他们缺少学习机会，文化水平不足，他们一些人不大适应新的工作，柳青要写出在新形势下他们的各种心理和表现。

全书要突出反映的是，干部工作中仍然要坚持共产党的传统：深入实际的工作作风，民主平等的工作方法，吃苦耐劳的工作精神。作品中已经出现了有着官僚主义、贪图享乐的干部形象。

作品中还提出了新老干部之间的矛盾问题，工农干部和知识分子干部，曾在白区工作的干部和解放区干部之间的关系问题。

这部小说和他的第一部小说《种谷记》比较，从结构上看比较完整，主题集中，脉络清晰，布局匀称，叙述事件发展过程从容不迫。

和《铜墙铁壁》比较，也许是由于他经历过县委和农村的实际工作，熟悉他的描写对象，离开人物感觉的文字少了许多，生活场景显然丰富细腻一些。

经过整理和抄写的最后一稿已经用棉线装订起来。用半年多的心血完成了这部作品，他既不轻松，也不愉快，因为，与自己要达到的艺术效果相距甚远。他认为，这部作品与《铜墙铁壁》水平相仿，没有太大提高——对每一部新作品，他的自我要求是："不能停留在艺术创作的老路上，要提高，一定要达到一个新水平。"

他看过的那些名著中的人物时常活跃在头脑中。如何能像高手大家一样，写出生动真切的人物形象，活灵活现地展示生活自身的发展，不让读者感觉作品中的形象是作者手中不大完美的道具，被作者操纵，做着不甚高明的表演？他读名家作品，反复咀嚼，极想把它们变成自身的创作本领，但是，不管他把那些感人肺腑的段落背诵得如何娴熟，那种水平的文字，却写不出来，他常常望文兴叹。

优秀作品优秀在哪里？和一般作品的区别是什么？这个问题他钻研多年，自信有所领悟，但从"认识到"到"做出来"，夸张地说，他此时的体会是"比登天还难"。思索，日夜不眠，阅读，手不释卷，仍然无能为力。为什么用人物的心理和个性表现生活这么难？百思而求其解，他仍然认为对生活的熟悉程度还远远不够，要不断深入才能更加深刻地理解人物，对人物的言行特点和思维方式不仅要娴熟于心，关键是能用文学语言艺术地表现出来。

所以，他说写小说"真像一根扁担，一头挑的生活，一头挑的技巧"。他多年努力想要掌握的这种写作技巧，现在还不行，他还要继续钻研，希望终有一天能挑起这副艺术的担子。

最终搁笔前后，他写了一部长篇小说的消息传了出去，省委宣传部派来干部，想了解写作情况，并劝他尽快将小说发表。他没有犹豫，坚决地摇了摇头。

作为一个专业作家，两三年没有发表作品，何以心安？他感到苦闷。但拿不满意的作品去应付？他不！这一点很坚定，他决不愿意在已有的水平上徘徊，在老路上走来走去。

当人去屋静的时候，看着自己的作品，和桌角上的一只花瓶，那里插着妻子前两天带回来的几支鲜花，现在花瓣已凋零。他实在不满意这部新作，划着一根火柴，伴着落英，点燃了它的一角。这也是自己劳动的成果呀，他又不舍地掐灭了刚刚燃起的火苗。

书稿的余烬散发着淡淡的烟味，弃之如何不心痛？留下又不愿面世。在纷乱的思考中他豁然开朗：这一烧，就是要逼迫自己下决心向新的高度冲击。

二、《创业史》第一稿

　　1954年，初春的阳光一天比一天暖和，风柔了，草绿了，麦苗返青，滩里变得绿光莹莹。四村的初级社成立后，最初就像这艳阳天，社员还在兴奋中，那么团结，那么友爱。暂时没有紧要事情，柳青回到常宁宫，按计划新的小说必须动笔了。

　　互助组的初起、整顿、发展、成熟，其中曲曲折折，是是非非，他全都经历了。一年多来，从一个草棚屋出来，又进了另一个草棚屋，白天的交谈，半夜的会，他把主要精力都用在农村的实际工作上。

　　有一天他又过河，社里几个人在沤肥，正说笑着，有人转身看见他，惊奇地问："咱这没出啥事，你怎来了？"

　　"没事不能来吗？"

　　有人接话："咱这贵贱不敢发生丁点事，再闹了矛盾，柳书记立马就来了。"的确，为了解决生产上的问题，解决组员们闹纠纷，无数次的交谈，开会……工作的同时，也是他体察各种人思想和心理的时机。不同的人表达思想的方式、语言特点、行为特征，在他的头脑中不断积累了丰富的记忆。这十里八乡，县上村里，真实的生活如此丰富，他就是要写这些自己熟悉的人物和事件。

　　废弃了那部反映老干部的小说后，他就开始构思早已拟定的反映我国农村社会主义改造和建设的多卷体长篇小说，这就是《创业史》的最初由来。现在已经有了比较完整的想法，动笔之前许多沉静的日夜，就是组织情节的漫长过程。而细节在动笔以前，既不系统，也不具体，只有在拿起笔来，面对稿纸时，才从纷乱中一点一点地明晰起来。

　　以前写作，大多坐在桌前，眼睛直直地盯着一个地方，墙上的画，架上的书，在瞳孔里有反映，在大脑里没反映，大脑里是他的人物在活动，抬头想，低头写。

现在，不知不觉变了，他走动起来，好像要写的人物也和他一起动起来，比坐下想更鲜活。在大房间里，从这头走到那头，再从那头走回来……想好了，站在桌前随便哪一角写几句，再走，再写……也许，转身回来，抓起刚刚写成的半页纸，在手里揉揉，掼进了桌边的字纸篓。

写了不少，也丢了不少，剩下的是"反复研磨，过滤出来的"。

从春光明媚到赤日炎炎，从骄阳似火到落叶飘飘，在一个乍寒的阴雨天，第一部初稿完成了。

这几年，每到寒风来临的季节，呼吸常感急促，不感冒还能正常活动，要是受冷，夜里不停咳嗽，他的肺已经折磨他几十年了。马葳时时担心，早早生起煤炉，经常悄悄进来精心照看他。

写作时柳青旁若无人，写完以后，揉揉疲劳的眼睛，坐下来，吸支烟。

竖排的稿纸，如豆的小字，细心整理成册，在冬日的白昼和夜晚，他又把文字修改了一遍。

这部书稿和他废弃的那一部相比，焕然一新，全书充满了生活气息，乡间的种种人物和人物之间错综复杂的矛盾，地道精练的农民语言会把你吸引进作品中。

这一稿写了二十四章，出场人物约二十七个。成书的主要事件在这里大部分都出现了，围绕着互助组的成立和发展展开矛盾。这一稿人物的名字和后来的几稿有些不同：梁三老汉叫杨永泰，梁大老汉叫杨永明，梁生宝叫杨生斌，欢喜叫任子广，白占魁叫薛得胜，姚士杰叫姚士林，徐改霞叫徐淑霞，梁秀兰叫杨秀兰，韩培生叫韩志杰等等；也有些人物的名字一直没变，如冯有万，冯有义等；有些人物在第一稿中有，以后没有了，在第一稿没有，以后添了的也有一些。

当你读下来，会感到矛盾的主线清晰，细节真实微妙，在各种矛盾斗争中，人物的心理活动和个性丰富鲜明。

毋庸置疑，这是他这几年融入生活和工作，刻苦钻研生活和作品的结果。这部作品的起点异于以往。

但是，如果将《创业史》的成书与这一稿比较，成书所概括和反映的那个时代的深度和广度、人物的个性特色和多侧面的立体感、复杂交错而层次错落有致的矛盾冲突等，都会使读者清晰感到，作者的写作技巧在其后几稿中也在不断提高。

从《铜墙铁壁》开始，他的写作习惯是，反复思考，想成熟了才动笔，落笔以后较少大删大改，更没有推倒重来的先例。

这次不同，杜鹏程写《保卫延安》给了他一些启发，《保卫延安》写作时间长，修改遍数多，据说改了九遍，光稿纸就用了一大筐。

进行艺术创作，往往是从粗到细的过程，比如雕塑，要从粗坯经多次加工，才能成为一个精制的艺术品。文学作品也一样。

所以，柳青说："文学艺术不是真实生活的临摹，不是叙述，它除了有生活的规律，还有艺术自身的规律，使这两种规律尽可能恰如其分地结合起来，就是艺术构思，其中起着重要作用的是艺术技巧。"

如果让生活的真实过程束缚住作者的思想，描写得过于琐细，这不是艺术，也不利于作者对生活的深层钻研。第一稿里有这种感觉，这是可以理解的，正像他说的："提起一桶水，只能从平地逐渐提高，而这桶水也只能从生活的海洋里汲取。"

同时，学习前人的作品必不可少。

早在1943年，在三乡的窑洞里，他读英文版《安娜·卡列尼娜》等作品的时候，总结了一种文学现象：在人类历史上流传下来的成功作品，写得生动的部分大多是用人物的心理和眼光反映周围世界，推进情节，较少作者的"平面叙述"，这样人物才有了立体感。深深留在柳青心里，使他感动的情节，也正是这样的作品中这样的部分。他把这种写作手法叫作：带有人物特定视角的描写。

晚年，他回忆早期的创作思想时说过这样一段话：

"我发现许多古典名著运用一个共同的手法，就是每个章节从一个人物的角度来发展情节和描写细节。我不会运用这种手法,虽然我从写《种谷记》时就懂得这种手法,但是一动笔就感到我对自己所写的人物不熟悉,达不到用人物的眼光和心情感受事物的熟悉程度。

"后来,我读《马克思、恩格斯论艺术》,发现了马克思关于艺术家的对象化问题的论述,说艺术家'不仅要用五官感觉,而且要用精神感觉在对象世界中肯定自己'。这样,我就把运用人物的角度来描写与马克思的对象化问题联系起来。"

认定了要运用这种手法,长期以来,学习这种手法就成了他不懈努力的方向。

从技巧看,《创业史》第一稿,还远没有达到他的要求。

从内容看,这部作品要说明的是:全国解放初期,贫困农民占农村的绝大多数,如何走上发展生产,提高人民生活水平的路?通过活跃借贷的失败,说明共产党想了各种办法解决穷人生活困难的问题,但路都不通,最后只好引导穷人用互助合作的方式发展生产。这是一条改变历史轨迹的新路,围绕着这条新路展开了两条道路的斗争,在斗争中出现了各种各样的矛盾,有社会上的,也有党内的。

来到皇甫村的这两年,在各项工作中,就数改变农民的旧意识、旧思想让柳青感到困难,其中,部分农民自私自利的种种表现,左右着各项工作。

虽然存在许多困难,但有一种不可抗拒的动力,就是老百姓要过好日子的强烈愿望,所以,富民强国,中心就是发展生产。为了发展生产,组织互助组,这其中的领导力量是什么?如果是共产党,那么这个党靠什么让老百姓过上好日子?是党的正确政策、党员的精神和形象,要看这些人怎么做,所以,他用了许多心血塑造一个农民在新时代作为先进共产党员的形象。

在反映农民某些落后思想和意识时,也让读者深刻地体会毛泽东说的:"严重的问题在于教育农民。"

三、中宫寺

进入角色并不容易,他正在写作,思想高度集中。然而,有时他不得不搁笔。

自从回到西安,他的工作关系一直放在西北局招待所,本打算下乡落户在哪里,关系就转到哪里。他几次要求把工作关系转到长安县,西北局的有关领导不同意,只同意把党的关系转到长安县。

直到现在,在组织上,他还没有同文艺单位发生关联,也没有想过到文艺单位去。

1954年11月,中国作协要求陕西成立作协西安分会,省委宣传部要他担任副主席。一旦担任了行政职务,必然要做一些工作,这对他实在是力所不能及,一方面,农村工作要投入许多精力,非常繁杂忙碌;更主要的是已经开始的小说写作,如果再加上协会事务,还能一心一意写作吗?分会成立前,他一次次找有关领导,说明自己的写作计划。但无论态度多么恳切执着,他的理由始终不被接受。他对协会的组织形式和任职人员提些建议,目的还是不当这个职务,让他全心全意写书。但是,所有努力都无济于事。

作协成立以后,工作铺开,经常需要他进城,紧接着《延河》文艺月刊创刊,既然非当不可,就不能敷衍了事,分配给他最初几期的审稿工作,他都十分认真。

从此,他的担忧成真,写作受到影响,刚进入情节,汽车来接他进城,社会上发生的大事,尤其是与文艺有关的,作协少不了座谈会,特别是与"社会名流"坐在一起表态性质的会,他实在不想去,每次都想坚持不上车,又考虑为这点小事弄得太僵,以后还怎样相处工作?最后,几乎次次屈从了,但内心的不安甚至强烈到想离开长安县,另找偏远乡村安家落户。

人是受各种因素制约的，为了已经开始的小说，只能面对现实，对他最为紧迫的是从常宁宫搬进皇甫村，这样有利于工作和写作，也方便与村民的联系，更何况常宁宫只是借住之地。

初到皇甫，他一直注意寻找住处，想过在农民庄户院里找几间空房，考虑到自己家里来人多，影响人家生活，不能长久；在村里盖几间房，盖少了，家里人多不够住，盖多点，大多数农民都住草棚，几间瓦房太显眼，不利于和农民的交往，再说手头也没那么多钱。

碰巧，在皇甫村一处半坡上的一座破庙引起他注意。那是军产，解放前是王曲国民党七分校的财产，据说很早以前住过人，后来就一直空着。解放后陕西军区接管，作过几天羊圈，现在已经废弃几年，无人居住。土坯和砖瓦混盖的房屋破败不堪，院内杂草丛生，几堵倒塌的土墙上已经长出小树。据说此庙建于清朝，早先东边有一座寺院叫元君庙，人叫东寺，西边的常宁宫也叫西寺，所以中间这座庙就叫中宫寺。

一进庙门，无处择路，刚一迈步，就看见一条晃晃悠悠竖起来的蛇，让人心惊胆战。再往前走，好容易进了正庙，从地上到房顶，从前墙到后墙，无数条蛇在缠绕蠕动，说不清楚的虫子爬行其间，数不清的蛛网挂在头顶。是否下决心住进来，还要再想一想。

当他跨出大门，开阔秀美的自然环境让他豁然开朗。

中宫寺坐落在神禾塬的半崖上，依塬傍水，坐北朝南。站在大门口的半圆形平台上，放眼望去，开阔平坦的河滩稻地向西伸展，一望无际。晴空万里时，对面的终南山像奔腾的苍龙，有时，又像披着轻纱的舞女。滈河从南山的石砭峪出来，一路向北，就在皇甫村的碾湾拐向西流，横过村前。左右两侧的农家小院密密匝匝散布在塬根上，比中宫寺低，都沿着滈河北岸一字排开。从生活、工作和环境考虑，这里相当理想，只是要重新整修，是个比较大的工程。

和县乡干部商量,他们都尊重柳青个人意见,不过,他们说盖几间新房也不过分:"你毕竟是个作家,不是普通农民,有人盼着和你做邻居哩!"

要听听妻子的意见。马葳一来,当了皇甫乡的文书,除了乡政府的日常事务,还要参与农村各项工作,自打儿子出生,光喂奶,她就多跑了多少路,经常忙得顾东顾不了西,她真希望早一点住进村。站在中宫寺,看着清清的河水从脚下流过,听着农舍熟悉的谈笑声,她同意了。

征得组织同意,省上给了军区一座房子换来了这座庙。就这样,1955年5月,柳青一家搬进了皇甫村中宫寺。柳青用《铜墙铁壁》剩余稿费整修中宫寺,留了两间大房,两间小房,其余的全部拆除。一间大房孩子们和保姆住,一间小房马葳住,靠北的崖根一间大房柳青住,房子隔成两间,里间很小,做卧室,外间二三十平方米,既是他的书房,也是办公室,又做客厅。为了写作不受干扰,他把这间房隔成封闭的小院。他们在崖下打了一孔窑洞,窑洞的右前方有一个两米来高的台阶,上去是一片空地,大约三四分,可以种菜,这也是夫妻多年喜爱的一块地。

院里原来就有几棵石榴树,枝叶茂盛,其间还夹杂几棵桃树。为了雨天方便,房子之间铺上石子小路,小路两旁修了小块草坪。一家老少搬进来,院子里顿时充满生气。邻居们常上来借东西,农民闲了蹲在墙根,抽着旱烟和他说话。不出大门,庄稼院的鸡叫狗咬听得一清二楚,和住在常宁宫的感觉大不一样。

搬家以后,还有一件事情不能再拖了,他必须治一治多年的顽疾——阿米巴痢疾。还是1948年回陕途中,说不清原因,他染上了这个病,腹泻,一日几次入厕,当时没有条件顾及生活和卫生,一心赶路。回到陕北,为采访沙家店战役,仍顾不上这事,陕北既无医疗条件,自己又缺少医学知识,就拖成了慢性疾病,每年都犯几次,到了北京才知道害的是阿米巴痢疾。吃了一些药,但没好利索,以后仍然时常发作。这次在中宫寺住定,他决心根治一下,随后就住进了医院。

多年忙于奔波,坐下来急于写作,难得有这样大块时间和安静环境让他冷静思考:今后如何生活?如何学习?如何写作?如何把这部书稿写好?

"既然我决心要走文学创作这条路,那就豁出命来搞,否则,还真不如到文化单位做点实际工作。"他想定出院以后"将继续刻苦地深入生活,研究生活;认真、坚韧地进行创作;结合生活和创作有目的地学习。把生活、创作和学习拧成一股绳,在新的水平上完成自己的作品"。

他一回家,小院就变得生机勃勃。早晨很早起床,他不是上塬就是过河,既锻炼了身体,也是和农民交谈的好机会。回来吃过早饭,开始写作和学习。马葳把小院的门关死,自己就去工作了。农民知道他的工作习惯,这时候都不让孩子上来。两点以后,小院的门才开,大院小院一会儿就活跃起来。他看刚来的报纸、近期的杂志和读者来信,听区乡干部汇报情况,商量工作。不时有农民来,和他说说生产,有些家长里短、矛盾纠纷请他帮助解决,有人开玩笑说他这里是纠纷调节站。

出院以后,他没有急于动笔,研究了一些现实主义、浪漫主义、批判现实主义和自然主义的代表作,将这些作品的表现手法进行对比,对它们的共同点和不同点进行总结。对不同的作家、不同的作品,分析其优点在哪里,不足在哪里。

他没有做笔记的习惯,一切思想都在脑子里,正像他自己说的:"一个作家,想到的比写出来的多得多,写出来的当然比发表的多许多。"

这时候他对人物"对象化"的技巧有了更深入的理解。

高尔基说,"文学是人学"。既然是人学,就是一门科学,它也不能违反科学规律,系统地学习有关科学知识,对于他,此时深感迫切。心理学,解剖学,还有逻辑学,政治经济学,和他一贯喜欢研究的哲学,他都相对集中地进行了反复学习和钻研。

四、《创业史》第二稿

柳青说:"作家在生活中形成一种艺术构思,并不是那么困难的事情。但是,作家要否定这种构思,要费加倍的时间和心血,在没有新的艺术构思来代替的时候,就形成了创作苦恼。"

创作苦恼经常折磨他。

放下笔,到村里走走,熟人、草棚、稻田……回忆和联想不断。远山、蓝天、河岸、水鸟……大自然让他暂时忘记了苦恼。

回到家里,顺着庭院的甬道来回踱步,轮番在脑中涌现的仍然是小说的情节和自己经历的真实生活。力图概括这段社会生活,表现生活中的复杂矛盾以及广阔的社会背景,他发现自己现在远未达到他希冀的创作水平。第二稿写成之后,很快感到情节的发展在因果关系和逻辑过程上有缺陷。

1956年他写第二稿时加入了全新的第一章,成稿中改为《题叙》。

如果说第一稿写的是解放后共产党如何领导农民发展生产,多打粮食,要让人们变得富足的话,那么新旧社会有一样是共同的,旧社会也是人人都想发家致富。但是,在旧社会,穷人为了创家立业,流尽一生血汗,到头来还是受富人剥削,多数人终于发不起来。

新社会,共产党号召大家走互相合作的道路发展生产,共同富裕,一些人很积极,一些人却不能接受,全书由此展开了复杂的矛盾和斗争。

他增加的一章,把全书的矛盾由来作了交代,同时,把中国农民在漫长的封建社会里形成的状况浓缩进去。

为了"吃透"蛤蟆滩的历史,他奔波在熟悉本地历史的老人间。

生产队的饲养员大多是老人,他们喂牲口有经验,也耐得住寂寞,本地变迁的活字典就在他们心中,所以,柳青经常到各队的饲养室去。

有个姓姚的饲养员,知道的最多,从本村到王曲,从王曲到河滩,从滩里到川道,你问得到,他几乎全能说上,可就一点,不给你说,倔脾气,和谁都不"招嘴",不理你。柳青最想和他"亲近",可他一进门,姚老汉和没看见一样,低头干活,抬头走路,脸总阴着。

这人的脾气柳青早有了解,耿直,心地善良,解放前在自己草棚旁搭个小棚,专门给要饭逃难的人住。他同你合得来,借鞋连袜子一齐给,和保长、地痞从不打交道。

柳青想尽办法要接近他。

一开始就注意到这地方养鸽成风,起源就是饲养员,他们离群索居,唯一的生活乐趣就是喂完牲口看鸽子。最初,柳青到饲养室不问"正事",老汉看鸽子,他也看,老汉喂,他也喂,那鸽子根据特点都有名字"蓝蓝""白白""红红"……柳青问蓝蓝的习性,红红的特点,信鸽怎么训练出来的,一天比一天话多。他到北京开会以前,对老汉说:"你等着,我从北京给你带回一对好鸽子。"带回几对,先要送给饲养员姚老汉一对。有一次带回一对,到家是晚上,马葳把它放在床底下,第二天发现让猫解了馋,只好把"遗憾"送去,让老汉感动了。就这样因鸽子一来二去,他们熟悉了,柳青再问滩里的历史,老汉滔滔不绝。周围各村几辈的来历和变迁,甚至王曲每个字号掌柜是谁,生意兴衰,哪个字号有特务,哪个字号没有子承父业,国民党七分校和街道拉扯什么关系……老汉不知道柳青问这些用意何在,有问必答,有时一坐两三个钟头,有时就十几分钟,柳青听到对自己有用的,打个招呼就走了。最高兴是遇上这里聚了几个饲养员正说东道西,他一问,七嘴八舌给他讲。

有一阵子,晚上十一点,半夜两点……说不准什么时间柳青就来了。他把拄的棍子放在门口,把刚睡着的老汉叫醒,上炕一坐,把老汉的被子盖到腿上,他给老汉递根纸烟,老汉给他装袋旱烟,他抽两口,"不行,不行,我抽这咳嗽。"然后问东问西。不知问到哪一句有用,下地就又要走。

"你睡,你睡!我回呀。"

"黑得这深,你就不怕强人把你抢了?我送送你。"

"不用,打仗时夜路走惯了,再说我身上一无金,二无银,我怕啥。"

"有事你不能明天来?"

"噢,噢,噢……"一边说着,人已经消失在黑夜里。

为了写《题叙》,他没有了昼夜之分。

有几次,进门才问话,老汉刚开口,正准备细说,柳青转身又要走,老汉莫名其妙,小声嘀咕:"这人有神经病呢。"

柳青要了解的东西就那一点,他不会在这里多耽误工夫。

后来,老人问自己当干部的儿子:"这人干啥的?"一听解释才明白:"我说这人怎么这么怪。"

交往时间长,和老汉一家三代熟悉,他们三番五次要请他吃顿饭,实在推辞不掉,柳青去了。屋里女人在做饭,他和老汉坐在炕上东拉西扯,不知是哪句话说得对他有用,柳青下炕说:"你们等我,我先回去,写点东西就回来。"人家没阻拦他,一再嘱咐:"俺等你回来。"全家成十口人,等了近一个钟头,没人见怪,这顿饭吃得很愉快,一直在轻松说笑。

《题叙》的基础就是在这时候打下的。

第二稿在主要事件上与第一稿大致相同,但细节有了较多变化,把一些叙述过程的内容删除了,人物的心理活动更加丰富细腻,性格特征更加突出。在各种冲突中,人物"动"起来了,读者很容易进入情节。

在这一稿里,通过梁生宝的嘴说出这样一个思想:互助组要好,开始要小。所以,在其他几个村的穷人提出加入他的互助组时,他没敢接收,自己知道没有经验,不能冒失地扩大,怕自己领导不了。而在互助组里处理各种事情,比如进山割扫帚,记工和收入的分配方式,生宝征求区委书记的意见，书记说："大伙都没意见就是最要紧的，否则，你说还有什么比这更要紧的原则吗？"这里正是柳青在实际工作中体会最深的：没有农民的自愿，互助合作就没有前途。

这一稿还有一个明显的变化，方言土语少了。第一稿中不仅有只流行在关中地区的方言，个别章节还使用了陕北的方言。如果没有地方语言的特点就失去了生活的真实感和气氛，但使用过多的方言许多读者就看不懂，同样感受不了真实的生活气氛。如何处理好书面语言、生活语言和地方语言的协调，这也使他费了不少心思。

在陕北度过自己的青少年时代，一生都操着浓重的陕北口音，写了两部反映陕北生活的长篇小说，在关中农村生活的时间不长，对于他，研究本地语言也是终其一生的任务。这在第二稿里有了长足改进，陕北的方言特点几乎找不到了。

这一稿一共写了十九章，不完整，也许他认为有些章节暂时不用重写。人物的名字有些变化，杨生斌改成了梁生宝，徐淑霞改成徐改霞。有些没有变化，比如薛德胜、姚士林等。书中的事件都是本地真实发生过的，所有的人物都有原型。第一稿中人物的名字更接近他的原型，以后每一稿都有变化，越来越脱离人物的原型，更多从艺术角度考虑了。

五、破坏农业社的案件

初级社普遍成立以后，也曾发生过骇人听闻的事件。

1955年，秋忙完毕，县上召开三级干部会，社主任和几个干部都不在，三村一个社连续死了三头牲口，两头牛和一头辕骡子。

一天凌晨，车手备好车去拉牲口，发现社里人人喜爱的那头最能干的辕骡子挣扎着，走不出门。仔细检查，原来挂在墙壁套绳上的铁钩子勾进了骡子的肛门，由于无人注意，受了伤的骡子还驾了一天辕。柳青一听说，急匆匆跑到场里，骡子已经站不起来，臀部肿得非常可怕,场里围满了人,有的社员流出眼泪。这头骡子原来的主人面孔煞白,他的父亲老泪纵横。要知道,除了土地,牲口就是农业社最宝贵的财富。农民多么爱他的牲口,这老汉就是个典型,他一天跑饲养室数不清多少趟。刚刚建社时,穷人拉来的牲口多数又小又瘦,经过这一年的努力,牲口喂肥了,长大了。农业社的收成好,也吸引了一些富裕户入了社,带进一些大牲口。

连续死牲口,不仅给农业生产造成不利,也引起舆论混乱和人心波动,到底是有人破坏,把铁钩放进去的呢?还是牲口屁股痒,自己在墙上擦,勾进去的呢?柳青参加了案件的侦查工作。这是混进社里的破坏分子企图抓住这个致命点,想一下子把社搞垮。破坏分子随即受到法律制裁。结案以后,柳青没有立即回去写作,而是天天骑辆破自行车到韦曲,在县法院看案卷,在法庭听破坏农业社这一类事件的审案,这在建社初期全国各地都有发生。对于柳青,了解和研究这些社会现象,不仅丰富实际工作的经验,对小说的构思和发展也是十分必要的。

每天开庭前,柳青已经坐在头几排的位子上,偶尔来迟,或者人太多,就和其他人一起站在窗台外头听。从皇甫村到县上来来回回一个多月,不仅了解全县破坏农业社的案件,同时总结这类案件的作案特点,作案手法,作案人有什么共同点,他们有没有背后的支持者,是什么人?有时听完审案,就到县委干部的办公室坐坐,临近结束的几天,马葳让他从县城取回四百元钱,他把钱放在兜里就和县上的一个书记谈起工作,已近半夜他才说:"我该走了。"

"让人送送你吧!"

"不用,这一路我常走。"

推着车出了县委,拐上往西南的路,仅二三里有一道陡坡,叫瓜洲坡,坡下有个村子。出了韦曲镇一路无人,快到坡底,突然冒出一个人,先没在意,在平路上他骑得快,那人骑得也快,上坡陡,他慢下来，那人也慢下来，和他保持不远不近。四周漆黑，回头几次，看不清那人年龄。瓜洲坡，解放前就是盗匪出没的地方，一直到现在还常发生类似事件。他立刻警觉，不容多想，必须即刻采取措施！刹那间他突然掉转车头，冲下坡底的村子，进了他认识的一户人家。过了一会儿，这家的男主人和他一起出来，把他一直送到坡上，那人已经不见了。

冬里的原野，无月的夜晚，说话声异常清晰："今晚把你麻烦了，快回去睡觉吧，现在不要紧了。"那人看看空旷的四周，没有一个人："我再送你一段。""不要紧了，你回！你回！"柳青骑上车消失在土路上，骑了十几里回到家中，他对妻子说："今晚我差点就撂在瓜洲坡了。"妻子不知什么意思，没多问，他也没多说。过了许久，闲聊时他才说起这事的细节，嘱咐她外出要细心，遇事要有急智。妻子为他抹了一把迟出的冷汗，埋怨他："你总是说起没完，太晚了，就不要回来了。"他笑着说："他那天要是把我暗算了，也没白辛苦，至少能得你让我在县上取的四百块。"

六、最艰难的日子

经过三四年的努力，农业生产蒸蒸日上，发展速度出人意料，1955年、1956年风调雨顺，收成好得让人心花怒放。可是，在创作上，却是他最艰难的日子。

这一次的创作，在艺术技巧上，他下了拼死的决心，不仅要超越前两部，还要登上一个新的高峰。

1956年第二稿完成，远未达到他要求的由旧手法向新手法的转变。正准备开始第三稿，处境却变得越来越窘迫。

几年没拿出作品，有人对他逐渐露出了鄙夷的目光：

"住在一个村子里，长期不出来，能干出啥名堂？"

"体验生活也有个限度吧，还能长期住着不出来？"

"那个庙是他的安乐窝，住着享清福哩！"

对中宫寺，有人叫它"世外桃源"。

有人说柳青革命意志衰退，有人说他怕过艰苦的生活，甚至有人说："他还能写出作品来？"

说这些话的绝不是等闲之辈，在全国作协的一次会议上，一位领导点名批评他在皇甫村定居和大规模的写作计划，并且预言他将失败。

当有人把这些话转达给柳青时，柳青是铁了心要继续走下去的，深思熟虑的奋斗目标，他不会轻易改变，所以，他平静地对传话人说："我准备失败！如果都能成功，都不失败，怎么可能？我失败的教训，就是我给后来者的贡献。""我不渴望在喝彩声中前进。"

这种舆论日渐扩散，连村子里不识字的农民也有了议论："这老汉在这儿休养哩！"

省上主要领导找他谈话，让他有作品就拿出来，写不出来就不要待下去了："要跟上形势，看来×××的道路是正确的，跟上铁路跑，写些及时反映人民群众火热斗争的文章。"

柳青说："每个人对文学艺术都有自己的理解，看法也许不同，所以道路也不尽相同。我的道路是我根据我对艺术的看法确定的，无论成功或失败，这条路我就是要坚持走下去，我用我的失败说明这条路走不通，也是我对文学的贡献。"

两个人谈僵了。

分手的时候，领导极不高兴。

从此，他的"官运"来了，省上领导让他到城里当驻会作家，处理日常行政事务。

坡下的汽车响的次数越来越多，不断接他到城里开会，和创作不相干的会接连不断，有一次进了会场，发现竟然在讨论一个同志的困难补助。

一度，省委要求他到宣传部做领导工作，他坚决拒绝，明确表态要搞创作，而领导常把某些行政事务和接见文艺团体的事情交给他。

好不容易进入写作状态，又打断了。为了完成创作计划，他只有一个办法：忍！回到中宫寺写！

1957年春节，董学源和夫人来到皇甫村，一年一度的团聚，孩子们高兴地院里院外、坡上坡下玩耍，他却没有多少节日的欢乐，心里很苦。面对无话不说的朋友，久久沉默，他不想对朋友诉说自己的苦恼。是董学源先提起："省委×××让我传话给你，写不出来就不要硬写了，可以学学鲁迅写点杂文，也可以像其他作家一样，到处跑跑，收集些资料，写点小东西。"

柳青听着没说话，写不出作品来，说什么也没用，写出作品来，什么也不用说了。

他的创作计划本来就是长途跋涉，不会立竿见影，自己也不是急功近利的人。

这一次的写作自认为起点高了，但远未达到已定的目标，面前虽然有一条难以超越的沟，但半途而废就从没想过。

不久前，他听说，从城里洗澡回常宁宫的几个高级干部，边走边议论，指着中宫寺说："这就不是方向，这种生活方式……不正确。"

柳青想："什么样的生活方式是作家正确的生活方式？有严格的模式吗？"

"社会生活千差万别，文学作品多姿多彩，难道是大家都走一条路的结果？"

"我只是根据自己的身体条件、创作要求、家庭情况确定了这样的生活方式，行得通行不通，还要看结果。"

灰暗的日子不仅有恶风，还有暴雨。

平静的小院也因此不平静了。

妻子听了这些风言风语心生波澜，她也怀疑丈夫，还能几年"怀胎"，总不"分娩"?

下乡以后,和马葳一起来支援西北的朋友常来探望,大家都知道她和一个著名作家结合,有好奇的,也有关心的。他们谈论着城市生活的种种变化和同志们的近况,谁当了记者,谁做了编辑,还有谁成了领导。想想自己,一天到晚走的是乡村土路,进的是草棚农舍,抓春耕,搞秋收,参加碾湾建立初级社有解决不完的社内社外矛盾和繁杂事务,这也能有大的作为?她想回城市,倒不是受不了农村生活的艰苦,实在是觉得:"你的事业没有希望,还要把我也赔进去。我到城里工作,也能当编辑,做记者,也能写出自己的文章。"

她开始不安了,有时成夜难眠,翻来覆去地想着:"我要和他谈谈我的工作。"

想到独自离开,几个孩子怎么办?柳青的生活谁来照顾?她不放心,总要安排好家里才能走吧?

日常家务由请来的一个本村妇女做,因为比他们夫妻大几岁,两人都叫她二姐。孩子她想交给二姐。担心的主要还是柳青,他到村里去,来回没钟点,开起会不论时间,写起东西不分昼夜,过得颠三倒四。有这样那样的担忧,只好抑制自己的愿望,放下纷乱的思路。

但是,当她提着刚买的洋芋,走进挂着蜘蛛网的乡政府小院,坐在办公桌前,看着从小窗格透进的一束光线照着泥脚地和墙角的老鼠洞,她又心烦意乱了,自己是城市生,城市长,主动放弃城市工作来到这里,如果……如果走另外一条人生的路,生命不是更有意义吗?

不管心里怎样翻腾,她还是认真处理手头工作,也不在外人面前表现出懈怠和消极。但当回到家里照顾孩子,安排家务,琐事缠身,就不由自主地问自己:"难道这就是我的人生?"

更让她难以忍受的是舆论的压力,就像终南山扣在心头。她终于下定决心:"要和柳青谈谈,他不能因为自己的需要把别人的一生毁了。"

一天中午饭后,柳青从饭桌边移到书桌旁,刚翻开报纸,马葳惴惴不安地走进来,决心已下,她坚定而胆怯地开了口:"柳青,我想和你谈谈。"他没抬头,只嗯了一声,继续看报。既然第一句出了口,她就要把心里翻腾过多少天的话倾倒出来:"我要到城里或县上去工作……"柳青从平静到惊诧,由惊诧到愤愤然,瞪起两只眼,问道:"你当初不是答应和我一起来的吗?"

"当初是当初,现在是现在。情况变了嘛!"

"不是挺好的吗?发生了什么变化呢?"

"我要回西安,当记者,做编辑,也要有自己的事业。"

"在农村就不可以干出事业?"

"我不了解农村,不了解农民……我干不了。"

对于这突如其来的冲突,他必须抑制自己,冷静!

他想妻子是个贤惠随和的女人,只要耐心,总可以说服。几年来,她跟着自己在农村,生活劳碌,工作辛苦,从不抱怨。常听群众夸她,农忙季节在场里干活,没嫌过累,和媳妇女子有说有笑,从谁家门前过,老婆婆拉住她的手有说不完的话。有一回,柳青从地头经过,见人们正在场里运麦捆就说:"我也拿一捆。"两个小伙子笑着抬起一捆最大的,放在他肩上,他笑着说:"我不行,我不行。"小伙子是开玩笑,始终没松手,马葳也在笑,那笑容,单纯甜美,目光关怀温柔。在有矛盾的时候,他更愿意回忆这样的一幕。

他认为马葳的话只是说说,事情并不严重。但事情没那么简单,马葳是下了决心的,过了几天,她又来了,表情很严肃,语气很坚定:"柳青,我再和你谈谈。"接着还是,"我要到西安或县上去工作。"她讲出一些新的理由,也重复过去的话。柳青劝她:"在哪里都可以做出成绩,建设社会主义的新农村也很光荣,党的事业就是我们个人的事业。"

"我不长三头六臂,不会分身术,一个人看到的总比两个人少,你每天带回来的各种消息、工作中的情况、群众的反映……给我多少帮助,你在,我们是四只眼睛看,四只耳朵听,对我一个要写小说的人有多大意义,你能体会吗?我需要你,我的身体弱,孩子们也需要你,我决心在这里完成自己庞大的写作计划。"

他苦口婆心地劝说,马葳听不进去,脱口而出:

"你还能写出作品来?"

这句话使他顿时失去控制,别人说这类话,他咬着牙,埋头干活,可妻子说这话,实在让他失望,再也忍受不下去了,两个人争执起来。

二姐听不懂他们为什么争吵,过来拉走马葳,劝她:"夫妻有什么不对付,好好商量,甭吵,让人笑话。"二姐一贯说话柔声柔气,一脸和善。马葳哭了,她说:"我要进城工作,这儿不待了。"

"待得好好的,为啥进城?"二姐以为两人一时不和,她才赌气要走。

二姐不认字,马葳的想法没法对二姐说,她趁这个机会问问:"我进了城,娃们给你留下能行不?"

"娃们给我留下我也能照看,可你一走,院子就我一个女人,我还能待吗?"

从此,这个院子里争吵声不断,吵过以后又异常安静,谁也不理谁。柳青工作中间也到大房子来逗逗孩子,和二姐说说笑笑,马葳一进门,他端起茶杯走了。马葳心里委屈,怨愤在心头堆积,人虽同院,心隔千里,她不管他的生活了,也不再过问他的写作。

实在忍不住,一天,马葳又走进柳青房间,站在桌前,一脸愠怒,还是那句话:"我想和你谈谈。"又是要进城,又是吵架。柳青不想多说,站起来走了。

为了减轻家务负担,她提出把自己的一个亲戚从东北接来管家,柳青同意了。亲戚一来,火上浇油,矛盾反而更深。亲戚对马葳说:"说起你嫁了个老干部,享啥清福了?"有时,在夫妻面前指桑骂槐,院子里不时飘着风凉话,使两人的关系雪上加霜。

柳青心里难受至极时就对当时的区委书记安于密说说苦恼,安于密同情他,理解他,主动找马葳,劝解安慰:

"柳青在这里已经下了几年功夫,他需要有帮手,你处理家务,做些辅助工作,不比进城工作贡献小。"

这时柳青想出一个主意,干脆让她退职回家,两人在一起,让她一边学习文学,同时参与自己的工作,提高知识水平后,她或许会转变。

这一次是柳青对她说:"马葳,我想和你谈谈。"

"他同意我进城了?不,不会的!柳青这人,他拿定主意甭想改变!"她闪过这些念头,等丈夫开口。

"马葳,退职回家吧,和我一道工作,共同完成这个创作计划,我需要你。"和自己的愿望更加相悖,她摇摇头。

"我是干部,也不只是家属,再说我也不喜欢文艺。"她接受不了。

安于密劝她,她还是这句话,不满和委屈袭上心头,涌出的泪水倾倒出两年来的种种不快。

日子照旧,赌气、争辩,谁也不理谁。不管矛盾多么尖锐,她从来没有表示要甩手而去的决绝。

就在这相当长的阴云笼罩的日子里,长安县的干部与官方、文艺界的舆论不同,这些不懂文学的人们倒是相信,为农业发展倾心尽力的人会写出东西来。经常有人劝马葳:"留下吧!帮助他吧!"终于她不再坚持要走。虽然勉强答应留下,两个人的关系仍不见好转。

一天,安于密来和柳青谈工作,中间问柳青:"你的书啥时候能出来?"马葳也在,脱口又是那句:"他还能写出来?"

"用我的失败证明这条路走不通,也是我对别人的贡献,人类就是从多次失败中走向成功的。"柳青激愤地说,用力推了马葳一把,马葳一屁股坐在床上,她极感意外,无论怎样争吵,柳青从来没有动过手。受到刺激的马葳反唇相讥:"你就是这么固执!人家怎么说你,你没听见?"

"讥笑、讽刺,没有什么可怕,不正是激励我更加努力,更加刻苦吗?如果被几句难听话压趴下,正好说明我是个没出息的人。"

柳青不认为自己一定失败："看准的事情不能轻易改变，没有这点韧性，还能完成创作计划？"

在两个人激烈冲突的瞬间，柳青立刻意识到夫妻矛盾不能升级，那会毁掉这个家庭，也毁了自己的事业。马葳也强抑自己的情绪。

老安走后，柳青独自坐在桌边，眼看这样冲突下去"死路一条"，他想到了缓和矛盾的新办法："忘我地工作，用我的行动感化她。"

一次，柳青生病，拉痢疾，最严重的一天在便盆上坐了四十几次，干脆拿了写字板，放在膝盖上，仍然在想，在写，马葳心软了。

写作的甘苦无法言表，他对第二遍稿不满意，到地头或乡政府安排处理些农业社的事务，暂时抛开了创作苦恼，更多的时间仍然沉浸在这种苦恼中，回到家里，又是走来走去，很少笑容，很少欢乐，默默的思考中，人物逐渐增加，情节越来越复杂。多卷体的长篇小说，要从四部的整体做安排，不能只着眼在第一部。作品结构，艺术技巧都在考验他的才智，也折磨着他的身体。记录这一切的是从年初开始一个接一个长出来的疮。左腿内侧出现了第一个疮，几个月后有鸡蛋大，这个还没好，背部又出来一个痈，脓血不断。疼痛让他卧床一月，但他没有停止写作，写字板就放在枕边。接踵而至的是同一条腿外侧红肿，有的痛，有的痒……长到第九个，他决定暂时停下来，达不到预想的艺术水准，再写下去是白白浪费时间。

这就是他内外交困，咬着牙拼命写作，而一直达不到目的的1956年，也是家庭矛盾最尖锐，心情最抑郁，想尽办法寻找转机，但始终不见光明，他后来说的最"灰"的一年。希望在哪里？他认为只有写作过了关——能成功运用新的手法时才能改变这一切。于是，1957年，他下决心暂时不写了，几乎一年没有动笔，再一次对前人的作品进行研读和对比，比如，高尔基的《母亲》和《福玛·高捷耶夫》，反复比较它们在手法上的不同，孰高孰低？后者高于前者，这是高尔基在艺术上更加成熟的作品。他总结了前者低在哪里，后者高在哪里，从差别中找出自己应努力的方向。

然后研究肖洛霍夫的《被开垦的处女地》，这部书既有新的手法，也有旧的手法，这两种手法的区别和优劣是什么？为什么？自己没有达到这种水平的原因在哪里？深入的思考，从年初持续到年底。

此外，托尔斯泰的三部长篇小说、巴尔扎克的几部作品、《悲惨世界》《包法利夫人》《红与黑》《红楼梦》《三国演义》《水浒传》、托尔斯泰的《艺术论》、刘勰的《文心雕龙》……随时在案头、床头和手头。

七、写出人物的感觉

作品用什么感动人呢？是人物；构成作品情节的是什么？是人物；写得委婉动人、入情入理的是什么？是人物的行动，而且，是他本来面目的行动，"所以，作者必须在作品中把自己'变成这个人物'。"

柳青发现那些好的作品，凡是用人物的感觉、人物的心理表现情节的细节，就动人，反之，就不那么动人。柳青说："高尔基的一些短篇小说就有这个缺点，作品中罗列了一些与人物关系不大的景物描写。"

回忆自己的《种谷记》也有这个缺点："狗呀，猫呀，写了一些与人物感觉无关的景物，不但不能引起读者的共鸣，反而冲淡了作品的感染力，也使得文章变得臃肿。""这就是用作者的感觉代替了人物的感觉。""契诃夫是用'人物的感觉和心理'完成情节的高手，他指出高尔基的这个缺点后，高尔基进步很大，《福玛·高捷耶夫》写得好，好就好在这里。"

《铜墙铁壁》同样也有这个缺点。后来有个外国人翻译这部作品，前边的两章就没译，直接从第三章开始，柳青说："这是有道理的。"

不仅细节要写人物的心理、行动和感觉，情节的进展也只有人物的"活动"，才能使读者读着作品好像进入了生活本身一样。怎样才能产生这样的效果呢？柳青总结出："每一个章节用一个特定人物的眼光完成。托尔斯泰的小说，有些情节写得非常好，正是成功运用这种手法的结果。"他说，"1943年，我已经看到现代文学中运用这种手法的不同和高明。我学习运用这种手法，但拿起笔怎么也学不来。"比起他前两部长篇小说，《创业史》的一稿和二稿有极大进步，但距离他的目标仍然很远。他是拼死也要跳过这个龙门——停止写作，目的就在这里。

马葳终于同意退职，回家以后，她开始看古今中外的名著，不时得到柳青的指点，两个人也在气氛友好时交谈几句。有一天，她看到报纸上有一条电讯，有这样一段话：

"当你徘徊在这豪华显赫的官邸走廊中，想找你来会见的那个人的时候，你所听到的只有你的脚步声。一旦当你已经找到他的时候，你就会感到更加孤独了。"

"这段话就是你讲的，'写出人物的感觉'。"马葳对柳青的话有了体会和认识。

柳青在"你所听到的只有你的脚步声"下边点了黑点，对马葳说："这就是写人物行动的感觉，只用了一句话就把气氛烘托出来了，这是个多么聪明的办法，可以体会到，罗列一大堆静物，还比不上这一句话的效果。"

"要写出人物真实的感觉，作者感觉不来，一切无从谈起，这就要求作家深入生活。作家要具有人物的感觉，也不是体验一次就能达到，而是反复体验，反复思考，才有可能具有写出这类生动细节的能力。"他还说，"不管什么文艺理论，无论什么主义，现实主义、浪漫主义、自然主义、形式主义……一切文学作品，都是靠生动的细节打动人。"所以，他总结：

"艺术的永恒，是细节的永恒，那么细节就既要生动，也要丰富。生动，就是说细节活生生的，每一个细节都合乎人物的性格和场景的内部特征，虽然这是作者经过安排、移植和改造过的生活，但读者看起来就像真的发生过一样，它要经受住最熟悉被描写对象的那些人的推敲。丰富,不是作者挖空心思找细节,而是细节排着队让作者选择哪些是典型的东西,这一切都必须有作者丰富的生活积累做基础。"

所以,在创作的时候,他感觉到,作家"深入生活"的效果是用"生活深入作家"的程度来反映的。

八、转折性的 1958 年

1957 年,这一年柳青看过的书不是多,而是精,每一本书也不全看,部分章节或部分段落反复看,对各种有典型意义的文学现象进行对比、分析,结合自己的创作思考。

除了前面说过的几部书,以及在世界文学史上有一定影响的作品用去的时间比较多,他也阅读当时"内部发行"的书籍,了解西方出现的、有影响的几种流派的作品,他被一些艺术技巧的创新所震动,对作协的人说:"你们看!人家在不断地创新,咱们也要加紧学习,在艺术创新上下功夫。"

思考,阅读,研究,再思考。终于,他觉得自己能拿起笔来了。

1958 年,他开始了第三稿的写作。

这一次拿起笔有脱胎换骨的感觉。

他终于越过了这条多年越不过的鸿沟。

进入角色的感觉不一样,思维方式、语言特点都是人物的,人物在行动,而不是作者在叙述。

终于写顺了。

虽说人生最大的满足是"创造"的满足,但他远不能享受走出炼狱的欢快,他只是一再体验到:"艺术的创造这么艰苦呀!向上攀登,一个台阶比一个台阶艰难。"能取得这一点进步,对他,不只是一种慰藉,最重要的是发现了自己的潜能和方向。仅此一点,过去的磨难,受过的苦,不值一提。

纵观《创业史》第一部几稿的简单情况,第一稿和第二稿的内容单薄些。第三稿读来让人为之一震,内容丰富多了,人物的心理和情绪跃然纸上。而最后一稿,那就是精雕细刻之作,内容更加充实,每一个词,每一句话,都经过了深思熟虑。

第三稿的第一章和第二稿的第一章内容基本相同,也就是成书(第四稿)的《题叙》。

写好这一章至关重要。

《题叙》一章的写作,前后共用了八个月,而书中的其他章节在每一稿中大致用一月左右。

1958年,是转折性的一年,他的写作进入了新阶段。

第三稿,没有全部重写,只把部分章节用新的手法写了一遍,其中有几章写了一遍不满意,又写第二遍。

小说写得顺些,柳青的情绪也好些,主动和马葳说说今天在想什么,写了多少,有什么样的体会。马葳有时冷淡,甚至不满,他也能容忍了。马葳也感到了他的变化,朝夕相处,夫妻是最敏感的。

与柳青结合以后,马葳也曾尝试写作。1954年,她遇到一个志愿军的未婚妻,当得知未婚夫在朝鲜战场上负伤以后,她主动到婆家照顾老人,在生产和工作上一贯走在前头,这使马葳深受感动,写了一篇短文《一个好姑娘》。写好以后,柳青鼓励她投出去,不久,被退回来。柳青让她修改以后再寄出去,又被退回来,几次被退,她失去信心:"我写不了,你给我改吧!"

柳青没有给她改,硬要她自己改:"没有许多次修改的经历,你怎么能学会写文章?修改的过程就是学习的过程、提高的过程。"她真烦了,要不是柳青硬逼,她决不想再写下去,这次修改后寄出去,又退回来。经过这么多次修改,文章提高很大,但还是不行,柳青想,如果再不帮助一下,会使她今后对文学更没兴趣,更难和自己志同道合,就给她修改了一遍,寄出去,这次《人民日报》发表了。

这一经历，她觉得写文章难！真难。不仅对自己信心不足，对柳青能否完成作品也怀疑了，再加社会舆论，他们变得"夫妻同庭院，口角朝与夕"。

现在情况在不知不觉中变化，柳青和她话多了，马葳亲眼见到他几年的刻苦顽强，写作上大的进展，她怎么能没有触动？从谈得多，到关心多，感情的坚冰逐渐融化。在看过许多文学作品和马列主义著作以后，马葳开始认识自己，对自己的水平有了客观评价。

九、书终于写成了

戏剧演员要进入角色，大家可能比较熟悉，一个作家怎样进入角色，柳青已经磨炼了十几年。

一次参加文艺界的会，和著名相声演员侯宝林在一个小组，会议中间，两人聊起来。他问侯宝林对进入角色有什么体会，侯宝林说："一上台，你就不是你了，角色应该什么样，你就什么样，哪怕你上午家里刚死人，也不能把一点悲伤的情感表现出来。"

柳青说："是的，戏剧艺术就是这样要求演员，作家也应该是这样的要求，不同的是，演员只要进入一个角色，作家要进入他书中所有的角色。难也就难在这里。"

他写作时虽然仍旧是踱来踱去，但有了变化。

要使自己更好地进入角色，他也开始"演"，不自觉地演起来。一天，手中正端着个什么，两只脚跷着走，很生气的样子，嘴唇还在动弹，门帘响了，走进几个人，是区上的干部。他哈哈大笑："你们来了，坐！坐！"区乡干部都是有事才来，他必须把思想立刻转过来，不过，心里很沮丧，进入角色，把自己完全沉入到角色的情绪中，要造成一种气氛，要有大量的前期思考，一旦进入了，有着最佳的创作情绪，一旦破坏了这种气氛，心里多么遗憾。但是，他不能让区乡干部们产生不好的想法,他体谅他们的辛苦,也喜爱这些为农村工作整天奔忙的人。坐下以后,有人问他:"你学老婆婆走路呢?真像。""哈哈,人物和情节都到眼头头上了,这一下全赶跑了,没关系,我再重来。"这样的事情碰上几回,干部们也知道他的工作规律,尽可能避开他的写作时间来访。

人的干扰,他能克制,各项工作都应该认真;鸡的干扰,他没有克制住自己。一天,人物就在眼前,语言已经到了笔尖,就要下笔,鸡叫了,母鸡下了蛋,高一声低一声,到笔尖的话,让鸡叫催得烟消云散。他按捺不住无法形容的激动,转身回到卧室,拿起鸟枪,冲出小院,啪!一声枪响,这只倒霉的鸡立时毙命。自己也莫名其妙,居然这么愤怒!"你的蛋下来了,把我的蛋打碎了。"

这是他唯一一次失去理智,他坐下来笑了,马葳也笑了。孩子们很高兴:"我们要吃鸡呀!"他们一直围着二姐,看她又洗又烫,口水快要流出来了。

有时,他思索到深夜才上床,翻来覆去,一会儿又起来了,写了几个字,又睡下,不知过了多少时间又起来,把刚刚写好的几行一抹,又写了几个字,又躺下。也不知什么时候睡着,也不知是真的睡着,还是在想、在梦或者在写,天不明,他就起来了。通信员小张(振武)见他的房里开了灯,走进来,他提着裤子,站在桌边,又在写,小张转身要出去,柳青说:"给我打点水洗个头吧!"

小张端来一盆热水,拿来肥皂。十分钟后小张进来,见他正往头上抹肥皂,掀门帘走了。又过一会儿进来,见他又拿起肥皂往头上抹,进来几回,总该洗完了吧,他是个光头,能洗多长时间?可再进门,见他还在往头上抹肥皂:"柳书记,水都冷了,你洗了几遍了?头皮都快洗下来了。"

"嗯,嗯。"他直起腰,把毛巾拧干,一边擦头上的水,一边往桌旁走,把洗头时想好的几句赶紧写下来。小张端走了一盆稠稠的肥皂水,出了院门笑出声来。

小张再过来,见他绕着花坛走来走去,问他:"柳书记,吃饭不?"没回声,又问一遍,还是没回声,他根本没听见。经常是这样,马葳问他话,也要问几遍他才从思路中猛醒过来。

1959年4月,他的书终于写成了。这部多卷体长篇小说的第一部开始在《延河》月刊上连载,起名叫《稻地风波》。

在每一章发表前,作协的编辑轮流来取稿。他最希望的是编辑们能给他提出问题和修改意见:"你们对哪里有不同看法都可以提,我会认真考虑,有的我会接受,即使我不接受的也没关系,只会使我考虑问题更全面。不管接受不接受,我都感谢你们。"编辑们提出的大多是个别字句或错别字,他一再鼓励编辑大胆说出自己的看法。有一次,有人提出一点看法,第二次这人再来,他的第一句话就是:"你们这里有人才呀!"

编辑们开始对他的作品不太熟悉,以后读得多了,谈得也越来越深入。有的他不能接受,要讲明白自己为什么不能接受,互相讨论。也有当时没有接受,过后反复思考觉得有一定道理,接受了,他及时告诉编辑,为什么又接受了他的意见。有一次,谈完话,编辑带着稿子走了。他想到一两个字要改,赶紧出了大门,爬上蜿蜒曲折的陡坡,一直追到塬顶,气喘得难以平静,脚软得站着发抖。编辑说:"只是为了两个字,可以在清样上改,还用你累成这样。""我就是这样,有点事没处理好,你们走了,我会多少天心不静。"清样拿来后,他又在清样上修改,天头地角上一片钢笔字。

连载几期,收到不少读者来信,认为名字不好,柳青接受了读者意见:"只要你说得对,好,就接受你的意见。"考虑再三,从八月以后,小说改名《创业史》,同时登了一个说明。

开始连载不久,有两家出版社来联系出书。中国青年出版社工作主动,他们既尊重作者,也注意作品的特点。柳青一开始和他们接触,就觉得沟通顺畅。他提议出两种版本，为农村干部着想，一种小32开本，定价低，也便于携带；另外再出一种大32开本，封面要朴素。大家很快取得了一致。

在中国青年出版社出书，也许有另外一个原因，这是团中央的出版社，柳青对青年工作的热爱和对团中央那段生活的留恋，大概也起了作用。

1959年，即将迎来建国的十年大庆，中国青年出版社把这部书列入国庆献礼，拟定在第三季度出版。收到他们的来信，正是他准备重写部分章节（比如进山割竹子的一章）的时候。他给责任编辑写了一封信，谈到自己的想法：

"故事的第一部，如果草率从事，出版后发现遗憾很多，我如何能写好以后的主要部分，心情如何能好？对读者也是不负责任，不尊重的。至于'献礼'，在刊物上发表已经够了。我是一个有病的人，工作慢，请你们不要试图改变我的想法。作者认真，对出版社绝无坏处，绝不是给出版社为难。请你们从第三季度的计划里抹掉，改在明年第一季度。请原谅，这是不得已的事情，怪我预见不到。"

原因在他觉得自己没有亲自进山一趟，如果有了亲身体验，写出的东西或许会更加生动真切，他要尽力做得更好些。

他决定进山，刻不容缓。

十、进山

蟆河滩和神禾塬上的穷苦农民，解放前后进山打柴、背炭、割竹子、捆扫把，靠跑山养家糊口的不计其数。皇甫的庄稼人给柳青讲进山的凄苦和凶险，连比画带说，绘声绘色，在他心中已经形成了丰富的图景。但是，山里的气氛，进山人的感受，还是百闻不如一见。第一次写到这里时他就想，一定要亲自进山一趟，不过当时各种工作赶着，一直抽不出时间："这一遍改稿是非去不可了。"

1959年的春天，院子里的各种果树相继开花。四月，树冠下落英缤纷，桃林已是绿肥红瘦。这正是农民进山干活的紧张时期："要赶紧动身，再晚人们就相继出山准备割麦了。"

进终南山的农民一般到韭菜滩下苦，单程上百里，全靠步行。

柳青城里有个年轻的侄子，约他相伴，有个照应。他们背了些米、莴笋、罐头食品。清晨，月牙未落，两人就出发了，先骑自行车到王曲，怕惊动区上的人，车放在熟人窗台下，悄悄上了路。这儿离石砭峪的进山口还有二十几里平路，为了和农民有一样的感受，他们坚持步行到山口。

路上熟人多，打个招呼，只管往前走，哪能像平时一样站下来多聊几句呢？

进了山，又遇熟人，相跟走一段，正好边走边问。山路蜿蜒向上，一个转弯，突显一块平地，几个人围着一个女青年在说话，他们靠上去才看清那坐着的女青年痛苦的脸色："生病了？"大山里，人烟稀少，生病的困境使所有人焦虑，柳青对侄子说："我们先把她送到山下的医院吧！"围着的几个人说："不用了，到山下请医生的人回来，说医生很快就到。"他问这几个人是干什么的，才知道是在这里开荒的知识青年。这个地方叫"棺材石"。

走了几十里，偶然碰见一两个窝棚，是进山人的临时住地，这个季节，棚里常住着人。进棚坐坐，一股潮气，一股寒气。"我的身体经不住。"柳青刚坐下就出来了，满身是汗，如果再感冒了，就白来一趟。外边的阳光穿过树枝的缝隙，给了他些许温暖，四周是灌木、乔木、缠绕的藤、青草和野花，新绿夹杂着枯黄。他站在陡坡和悬崖边看干活的人，他们怎样砍柴，如何拿镰，在陡坡上走路的技巧。中午，就和歇下的人一起做饭，坐在土堆上，随便聊，问各种问题，熟人自如地给他讲跑山的生计，生人一会儿也熟起来。

人们说:"山里人实可怜,一年四季不得闲。自从粮食种下地,天一半来兽一半,天天守,夜夜看,眼熬红,嘴喊烂,到头还是灾荒年。猪八斗,熊一石,老鸦毛鼠各一半。"

他站起来,走到悬崖边,看还在割竹的人怎样在峭壁上攀爬,脚踩在哪里,手抓着什么,如果踩空了,抓不牢,眼前的悬崖峭壁让人惊心动魄,他哪忍再往下想?

头一天,走走停停,边走边看。当晚,就歇在半路。第二天继续往前,割扫帚的人越来越多,柳青书中要写的就是这个内容,他细致地观察,不断地发问,也想亲自干一干,遗憾的是自己既无技术,也少力气,只能紧随人后细看他们的一举一动。不知不觉,太阳西沉,他们还没有赶到韭菜滩,柳青加快脚步,侄子不习惯走高低不平的山路,总也追不上他,陕北的生活早给他练就了走山路的本领。他一再回头:"快走!要下雨了。"天瞬时阴沉,浓云袭来,变化无常的深山里,刮起雨前的阵风,割竹的人三三两两躲进窝棚。终于,天黑以前,他们赶到了韭菜滩。晚上就住在上山开荒的知识青年的石头棚里。

这是一批没有考上大学的知青,响应党的号召,来到这里开荒种地,由县上退休的原公安局长领着。这棚是他们用石头砌墙,上边盖了树枝和野草搭成的。这一夜柳青就和学生娃们谈论他们的情况。吃苦,野兽,娃们说他们不怕,怕的是冬天大雪封山,夏天阴雨连绵,吃的粮食从山外运不进来。有一次断粮,实在太饿,误把漆树当香椿,几个学生中了毒,另外的几个学生冒险出山与县上联系才解了围。第二天,柳青和他们一告别就去了当地的红草河乡,找乡长,谈了学生的情况,多么可爱的一群年轻人!他再三嘱咐,一定要和学生们经常联系,帮助他们解决生产和生活上的问题。他又问:"这韭菜滩适合种什么庄稼?"

"这儿地肥,土质不坏,种洋芋收得好,就是运不出去。"

"这里草长得这么旺,适于放牧,可以考虑养羊,发展畜牧业,生产上要多想办法,多给学生们出出主意。"

离开乡政府,他们只用了一天时间出了山,晚上回到中宫寺,疲乏至极,心里却满意至极,一直想进山,终于如愿。

十一、马葳的变化

把快要散架的身子骨整个撂在床上,他连翻身的力气也没有了,马葳端来洗脚水,翻找出换洗衣服,冲一杯香气扑鼻的茶水,就奔向厨房。看着妻子忙里忙外,他的感觉和前几年完全不一样了。

他们的关系变了,说不清从什么时候,也说不清什么原因,在生活的点点滴滴中,两人的情感逐渐汇合,现在已是水乳交融。

劝马葳辞职回家以后,柳青考虑:"要给她认真安排一个读书计划,让她系统阅读一些文学作品。如果马葳懂得文学,情况大概不会这样。"

不管自己工作多忙,他结合每一本书给妻子讲文学知识、艺术技巧、社会价值和历史意义,从不对她的幼稚表示轻视:"谁都是从不懂到懂,从幼稚到成熟,只要肯认真学习,就有希望。"

眼看着她一步一步走进了"文学",不但能在讨论中发表看法,还能给他提出意见和建议。

怎么能不感激她呢?自己在埋头写作的时候,她越来越多地承担了和群众、区乡干部联系的任务,带回各种信息,有些事情,柳青一安排,她就到村里和乡上去了,回来告诉他周围发生了什么,政府工作遇到了哪些问题。

整日奔波,她没有嫌过苦,也从不为自己提出任何要求:"一个女人,不讲究穿,不讲究吃,到现在,连块手表也没有。"她不大修饰的外表,朴实的举止,反而使柳青的爱恋之情愈来愈强烈。

柳青身体不好,为了让他保持体力,坚持工作,马葳给柳青单独做饭,给他喝奶,保证天天有鸡蛋,马葳却很少吃,一直吃大锅饭。

每当柳青进城,尤其是到北京开会住进宾馆,尝到了与农村迥异的生活，更觉得马葳是个难得的好妻子："除了和我一起在乡下受苦，我倒给了她什么？"

拧开宾馆的水龙头，柳青竟为这种享受啧啧惊叹："城里吃水这么容易呀！怪不得人都爱住在城市。"

中宫寺的院里打了一口井，且不说水源不旺，常要清理泥沙淤积的井底。装了手动水压机的几年，手捏铁柄，吃力弯腰的家人和咔嗒咔嗒单调的声音是他难忘的记忆。

1960年，通了电，用上电动抽水机以后，人省力了，但水泵经常坏，传动带频繁掉链，柳青就成了修理工，三天两头在井边鼓捣。

为生活琐事，自己都经常操劳，妻子的辛苦就不是十件八件，而是天长日久，繁杂事务不计其数。

"能坚持到今天，不容易。"

想到这些，他宽容她的一切。

马葳也不是自甘落后的人，有强烈的求知欲望。在柳青身边岂止是受到影响？更是精神、意志和知识的改造。在柳青的指导下她阅读了大量书籍。

读书，使她逐渐理解柳青，是书籍震撼了她的心灵，使她和柳青一天天靠近。

每天晚上，柳青写作，无论到多晚，她都陪在身边，静静地读书。到后来，柳青在屋里来回走动，她甚至能感觉到他是否进入了角色。

看着柳青走到桌边，听见走笔的沙沙声，稿纸在翻动，她无比高兴。如果哪天写得不顺，柳青不说，她也能清晰感觉到。这种时候，柳青出去，在院里转，她也放下书，轻轻跨过门槛，哪怕是最漆黑的夜，她盯着他的黑影，听着他的喘息声，自己头脑里也在翻腾着同样的人物。

柳青睡觉以后，她收拾桌上的稿纸，最关心的是今天的成果——写了几页，迫不及待地读一遍。遇上一天的成果被柳青揉进了废纸篓，她不无遗憾地取出来，铺展，也认真读一遍。

半夜，无论马葳睡得多晚，只要听见柳青咳嗽，她马上惊起，有时衣裳也顾不得披就过来了，倒水、拍背，直到他重新躺下，才回自己房间去。

1960年，《创业史》第一部正式出版，引起极大社会反响。柳青开始了第二部的准备和写作，夜里妻子更是寸步不离陪伴他。

一天，夜深了，柳青很疲劳，把手稿翻了一遍说："我们睡吧！"

马葳好像有什么话，她没有站起来，脸上泛起一阵红晕："坐一会儿吧！"

柳青坐下，靠着沙发背，闭上了干涩的眼睛。

"我想和你谈……"不会谈什么让人不愉快的事情吧？怎么又要"谈一谈"呢？

"柳青，我，我早想对你说，我对不起你。"

"嗯？"他很吃惊，把身子坐正。

"以前，我不懂文学，也不理解你的工作，给你造成许多困难，我……"

"夫妻之间……没有什么，一切都过去了……只要你在我身边，支持我……"她一直注视着他，眼泪冒出来，大滴大滴往下掉。

"憋在心里很长时间了，过去，过去……我很幼稚……对不起你。"她还是重复着"对不起"的话。柳青也两眼湿润，两颗心共振在这深沉的夜色中。

他的困意消失了，两三年的冷战，虽然冰雪消融以后，都避而不提，但那是一段真实的历史，只在今天晚上，才彻底尘封。心上的隔膜消失罄尽，明月晶莹，两心相融。

"以后的路，我们一起走，只要有你的支持，我就不会感到孤独。"

在他们互相不能理解的时候，发生一次口角，心远一节，情薄一层，话越来越少，而现在，马葳偶然也抱怨柳青不注意生活细节，不爱护身体，反而使他更感激她的关心和体贴。有时两人的看法不一样，辩论起来，甚至都表现得激动，过后，又都是自责，柳青主动表示自己不够克制，应该把道理慢慢讲清，马葳也总觉得自己这里那里不大合适。两个人闹一次矛盾，更觉得亲近，辩论一次，更加深了理解。几次以后，反而越发默契，总觉得对方有那么多优点，互相欣赏起来。

十二、在这里生活下去

过了清明节，稻地里的大麦，旱地里的冬小麦，在不知不觉中拔了节，由一片翠绿变成深绿，渠岸、路边和塬坡上，绿莹莹的野草和黄灿灿的野花，托着露珠，在阳光下闪烁着五颜六色的光。庄稼院周围的榆、柳、杨、槐，和滈河两岸的护坡白杨，也都泛起了鲜嫩的绿色。长着各种华丽羽毛和有着各种悦耳叫声的小鸟，在树丛里互相追逐，从这棵树飞到那棵树。

清晨，夫妻二人沿着河岸的土路，过了罗湾桥。

几年都没有这样甜蜜地相伴在地垄间的小路上漫步了，现在心里的压力小了，两人的心近了，山也美了，水更秀了，肩并肩，走在一望无际的田间，欣赏大自然，有多少满足和享受！

赞叹春日的清晨，陶醉夏日的黄昏。下午结束了一天的工作，没有客人的时候，二人又一同上了北塬，站在塬棱远眺美丽的蟆河滩，金浪滚滚的麦田一直向西，和地平线托起的一片晚霞交相辉映，美不胜收。

经过几年整饬，宁静的中宫寺日渐优美，花香鸟语，果树成阴。工作之余，夫妻俩最愉快的事情是一起在菜地里劳动，给西红柿搭架，栽莴笋，种谷子。

农历三月底，院里栽种的果树相继成熟，老老少少进入了解馋的季节。杏熟了吃杏，桃熟了吃桃，苹果熟了吃苹果，梨熟了吃梨……只有那葡萄让人等得着急。

大院中间，几年前，柳青搭起一个架子，种了葡萄，眼看枝叶年年伸展,日益繁茂,柳青登梯子上去操作,一根横木砸下来,打碎了眼镜,脸上还开了道口子,他的血汗换来了主客都喜爱的这个聚会和乘凉的场所。

就在这葡萄架下,一年三季是全家人的饭堂。架下摆个小地桌,四周散乱地放着小板凳。大锅饭经常是烩面、菜粥,里头放许多萝卜或土豆,有时还有盆炒素菜,桌上放些麦面和玉米面混合在一起做的馍,你一碗,我一碗,一会儿就吃得净光。

坐在这架下,头上是一串串滴翠的葡萄,不只自家的孩子馋涎欲滴,村里的孩子们上来玩,也流连忘返。马葳看见孩子们站在架下,眼巴巴地望着,告诉他们没有熟,渴望和疑惑的眼神让人不忍,摘一个递给他们,让孩子们尝尝,"唉呀!"他们龇牙咧嘴,吐了出来,马葳说:"熟了来吃,姨姨给你们留着。"到了成熟的时节,马葳不等孩子们来,她用筐提着一户一户送到下面农家。

这一家人和邻居和睦相处。

要在这里生活下去,也许这是非常重要的。

人生的方向,事业的成败,柳青一旦认准,就很难改变。但是,如果在非主流的问题上,不谨慎,甚至放任,一样会因小失大,毁掉自己的事业。

所以,他说:"人生两大遗憾:一是无知,二是我做错了。无知可以努力学习;做错了,有的改了可以挽回损失,有的改了也无法挽回损失,有的就根本不给你改正的机会,所以,人生要事事谨慎。"

这里要说的是他与四邻八舍、七里八村的关系。

农民生活是贫困的,农民的心理也是复杂的。常常有人来借钱,你借不借?借给这个,那个也来了,同样情况,借不借?借给这个三十,给了那个四十,拿三十的在村里说:"我比他更困难,你为什么给他四十,给我三十?"有几件这种事情,必然有风言风语,舆论是任性的,个人无能为力,这样还怎么在这里住下去?

他刚来的时候，有过经验，一个人进门，说得很可怜，他给了，那人拿了钱倒买卖，村里议论纷纷，对柳青也有非议。他接受教训，以后谁来借钱，他就给他讲道理："我不是来搞慈善事业的，我干革命，是要改变旧的制度，让所有的贫苦农民都过上富裕的日子，否则，今天你借钱，明天他借钱，几个村子的人，我能解决得完吗？你们有困难找组织，我能给大家办事也通过组织，这是组织的关怀，不是我个人的关怀。"

事实上也是这样。生产队有事急需要钱，只要开口，他马上就给。个人来借一般不给，当然也有例外，实在困难或紧急情况，他不出面，让马葳给些钱。也有这种情况：有的人不给就不走，马葳不让柳青知道，给些钱。

柳青说："这是小农意识的表现，要在社会发展的过程中逐步得到改造。"

《创业史》出版以后，不久收到稿费，一万六千多元。柳青早已想好："《创业史》（包括以后几部）的稿酬将全都捐献给本地建设。"虽然有人劝他，给自己留些，防备万一。他说："我写书并不是为了自己，农民把收获的粮食交给国家，我也应该把自己的劳动所得交给国家。"

也有人劝他："你这么一堆娃娃，多少也给娃们留些。"

"娃们将来要靠自己劳动养活自己，他们大了要给社会做贡献，给国家创造财富。我把钱留下，他们就不想努力工作和学习了，就想靠着先人活着。"

也有人想他大概不会一点不给孩子们留吧？真实情况是，柳青很快连支票给了公社，并且写了一封信：

中共王曲人民公社委员会并转王曲人民公社管理委员会：

兹将《创业史》第一部的基本稿酬和第一次印刷十万册的印数稿酬两宗共壹万陆仟零陆拾伍圆，全部交公社管理委员会处理。

我希望这批款项用于公社工业，或购买机器，或修建厂房。我希望除过负责干部知道外，这件事不要在群众中宣布，不要做任何文字的或口头的宣扬。如果有人这样做，我认为是错误的。请考虑我的意见。取款单附上，请派人到银行转账。

此致

敬礼

柳青

1960. 6. 14

柳青的这种处理方式——同村民和干部不在个人金钱上打交道，虽然引起个别村民的不满，但后来的事实证明，这是他能够长期居住在皇甫村，不因经济问题的纠缠影响写作的"重要决策"。

为什么？

1963年以后的两次"社会主义教育运动"①，也就是通称的"四清运动"使他更明白，这样做是必需的。

戏曲家马键翎，落户在鱼包头村，距皇甫村三四里地。就是因为给本村支部书记和一些社员接济过钱财，引起群众不满，支部书记在运动中受到冲击，马键翎也被整得死去活来。

以当时的社会环境，柳青认为，采取这样的态度既有利于群众，也有利于自己在农村长期生活和写作。

十三、读者来访

柳青的写作一年比一年投入，马葳的事情也一天比一天多，经常

---

① 指1963年至1966年中共中央在全国城乡开展的运动，简称"社教运动"，也称"四清运动"。运动一开始是在农村中"清工分、清账目、清仓库、清财物"，后期在城乡中发展为"清思想、清政治、清组织、清经济"。

忙得不可开交。

　　读者来信她要整理回复，报刊上的评论文章要收集，面对各种文件，她了解柳青关心什么，需要将哪些内容摘出来，放在一起，等他写作后阅读。

　　家里客人也越来越多，最多的是读者来访，一天最多来过三批，如果让柳青接待，就什么也甭干了。这时她对他的思想了解得已经很深，和来访者交谈就成了马葳的一项重要工作。大房间里总放着烟，干净的茶杯和开水。不管什么人，马葳谈完以后，柳青还要见一见："大老远的路，人家来一趟不容易，最后让我见一见，说几句，见面不见面，来访者心情不一样，这是一种尊重，也是互相了解。"如果柳青正在工作，房子里放着各种报纸和杂志，在他们等待期间可以翻阅。

　　有一天，来了一个湖北小伙子，背着铺盖，风尘仆仆进了大门。马葳赶紧给他打了洗脸水，小张给他拿来扇子。小伙子一边洗脸，一边高声说："这回来，我就不走了，我给他当个助手，帮他完成《创业史》。"

　　马葳微笑着，没有说什么，她不能拒绝这个热情的年轻人，也知道这是一个年轻人幼稚的想法。

　　"你累了，吃过饭再说吧！"

　　拿来饭菜，看着他吃得很香，饭后，孩子们过来，拉他在院里玩，问东问西。

　　"这还是个孩子。"马葳看着小伙稚气未脱的身影。

　　听见小院的门开了，柳青结束了上午的工作，小伙被领进办公室。

　　小伙子没考上大学，是个酷爱文学的青年，他说自己决心很大，一定要在这里干出点事业。柳青没谈这个话题，先问他是哪里人，家里有什么人，在哪里上学，学校怎样，现在做什么，在农村看到了什么，有没有先进人物，有什么落后现象，他有什么看法。小伙很直率。柳青像和儿子谈话一样，爱抚的目光，始终专注地倾听，小伙越发觉得有一种亲切感，谈了许多想法，柳青这时才谈到他来的目的。

"你的献身精神对我鼓舞很大,我如果是个木匠,做一个桌子,需要一个助手;我提一桶水,拿不动,你能帮一把,也很有用;唯独这个文学,别人帮忙,有点困难。文学是个人生活的积累,是个人的独到体验,带徒弟,别人没有可以参考的经验,我也没有这方面的经验。你还年轻,主要是在生活实践中锻炼,在自己家乡好好劳动,空闲时写写农村的所见所闻,发表些自己的感想,慢慢锻炼,逐渐提高,只要努力,一定会进步。不是只有写小说才对社会有贡献,各行各业对社会都有贡献。首先要做好本职工作……"

　　他给小伙子讲了许多如何在生活中锻炼,回到农村也不要中断学习,慢慢劝告他要留在这里是不现实的想法,小伙子被他说通了。

　　"那我就回去了。"

　　"你这么远,来一趟不容易,就在我这里玩几天再走吧!"

　　住了几天,小伙子要走了,马葳给了他路费和粮票,夫妻俩送他,一直走到上塬的坡道。

　　还有一个初中学生,王曲附近人,在校作文成绩突出,一心想当作家,写了一本小说送来,让柳青提意见。柳青让马葳看稿,马葳细读几遍,多次同他交谈,甚至还拿了稿子到他家,鼓励他再努力,多读书。不久,稿子又送回来了,柳青也翻看了一部分:"一个初中学生,能写出这么多,不错,聪明着哩。"

　　不久,就听说这个仅仅十几岁的年轻人自杀了,原因是迟迟不能成名,夫妻俩怎么也想不通,很难受,也很惋惜:"唉,名利思想太害人。"

柳青和饲养员在一起

第十章

一、急骤变化的形势

1955年和1956年，虽然是柳青创作水平迟迟不能突破，心情最苦闷的两年，但农业生产蒸蒸日上，也是他最兴奋、记忆最深刻的两年。

1955年，一个丰收年，社员们不仅粮食分得比上一年多，社里副业收入也多。在分配现金的大会上，户主一个接一个拿到了自己的红包，个个兴高采烈。年底，皇甫村的五个老社主任，从县上的总结评比大会上带回来丰产乡的奖状，村子里锣鼓喧天,热闹了几天,要求转高级社的呼声此起彼伏。正像柳青说的:"农民都是现实主义者,他们没亲眼看见你的好,就不放心,看见好,就跟上来了。"

形势一变,过去不关心的人也关心了,不积极的也变得积极,舆论影响着所有人,柳青还是强调他的意见:"一定要执行中央文件早先规定的办社条件,成熟一个办一个,坚持发展一批,整顿一批,巩固一批。各村情况不同,如果条件不具备,社办起来,基础不牢靠,以后问题也多。"

就在这时,王家斌来找柳青说:"三村的董士信来找我,说他看见人家要求入社,夜夜睡不着觉,眼看入社的人都得了利,这社也就是好。可他要入的社是初极社,只要是土地分红,他的地多,也不熬煎,要是转成高级社,取消土地分红,全都按劳分配,他就一个劳力,养活九个娃,可怎得了!"柳青让王家斌告诉董士信:"咱这农业社不是强迫命令,是自愿用集体形式进行生产的农民组织。你就是入了社,不愿意了,还可以退。党的政策是入社自愿,退社自由。"与此同时,从区乡干部的汇报和四邻的闲聊中也听到了类似声音。土地多、劳力弱的人大多担心他们入社会减少收入,迫于社会气氛,虽然脸上强颜欢笑,说起话来却舌根发软,心里不情愿。

柳青找来当了县委副书记安于密、区委书记孟维刚谈了他的意见:"现在不要急于转高级社。"大家共同研究后决定:今年冬季只并社(初级社),制定一个三年生产规划,先安装抽水机,扩大水稻种植面积,扩充原来由第三社经营的一个很小的砖瓦厂,发展副业,搞多种经营,让发展生产、增加收入消除人们对转高级社取消土地报酬、完全按劳分配的种种顾虑以后再说。

1955年12月,同干部们研究安排好工作后,柳青就到北京去参加中国作协第二次理事会会议,并当选为大会主席团主席。大会期间他三次见到了周恩来总理,总理亲切地问他在皇甫村深入生活的细节,他简要而不无细节地向总理做了汇报，总理赞许他："你在乡下搞合作化运动，有了实践经验。"是的，人类的劳动生产是最基本的实践活动，没有实践活动怎么能进行创作呢？在他，这仅仅是创作的开始和基础。

每次到京，都是开会，有些会不能不来，有些会能推就推了。因为心里惦记着村里的工作和自己的写作，会议一结束，柳青就尽快启程回陕。这次在走之前，他抽了半天工夫上了趟王府井。临来时马葳一再嘱咐他，到了北京贵贱买一条皮裤，说他成天在村里跑，泥里水里蹚来蹚去，前年搞统购统销工作，雪下得一尺厚，每天裤子都湿到小腿，她不是嫌自己天天在火炉上给柳青烤裤子麻烦，是心疼丈夫瘦弱多病的身体。

进了皮货店，柳青看了几条皮裤，东西真好，手一放上，从未感觉过的柔软："这么暖和！"自己也真需要。再看几百元的价钱，下不了手："要用那么多钱，现在城里老百姓有几个买得起？"数这个店里顾客少。"有这几百元钱还能给村里办些事呢，农民那么苦，我怎么能穿到身上？"他放下皮裤走了。快到街口，又返回来，想想自己身体的确不行，要是再生个大病，无法坚持工作，更谈不上写作，就是想为社会做些事情也没有能力。"还是买吧！"进了店，又犹豫了，"为自己花这么多钱？还是省下为村里办点事吧。"就这样，在这条街来回转了几个圈，皮货店进去又出来，出来又进去，最后还是没买。"算啦，买双皮靴吧，也能解决问题。"又进了鞋店，看看那价钱，他又犹豫了，这也不是一般老百姓的生活用品，在农村更是不合适。最后，下决心什么也不买，回！顶多是妻子说几句，她是个温顺的人，很少指责丈夫。

回到皇甫村，情况发生了意想不到的变化。

就在他参加作协第二次理事会期间，长安县委根据中央要求，全县都办起了高级农业合作社，皇甫乡闹腾了几天，热情折磨得人们坐卧不宁。几天之间，近处五个老社就合并成了一个五百零六户的大社，接着又成立了两个高级社："团结社"和"前进社"。除了地主富农，几乎所有农户都进了高级社。而新社员中，有些刚刚进初级社才几天，有的则根本就没进过初级社，甚至没进过互助组。

他跑到胜利社办公室问副主任冯继贤："这么快！我走时有的还没建初级社，这可成了高级社了？毛主席一句话就这么快！"

这句话就是毛泽东在1955年7月31日在《关于农业合作化问题》的报告中，批评当时农村工作部部长邓子恢的一句话。

毛泽东和邓子恢在全国农业合作化的发展速度上出现了严重分歧。

虽然毛泽东在报告中重申了自愿互利的原则，并且阐述了农业合作化在我国的可能性和必要性等等问题，但是，报告的基调是批判邓子恢的领导右倾，像"小脚女人走路"。之后，批判的调子不断加温，使社会上很快形成一种空气，谁不"跑步前进"，谁就是"小脚女人走路"。在农村则是谁不入社，几乎就成了落后，甚至"反动分子"，舆论的压力和不断动员，以至到后来就是行政命令，几乎没有人扛得住，成立高级社便成了一股强劲的风潮。

从柳青决心参加我国农业社会主义改造的全过程开始，就认真研究苏联合作化的经验和教训，看联共（布）党史和《斯大林选集》，以及有关论著和文学作品。尤其是肖洛霍夫的《被开垦的处女地》，因为这部小说生动地再现了苏联农业集体化的过程，同时也暴露了这一过程中的问题。他把一本书看得烂成一堆碎片，又买了一本，在研究艺术手法的同时，思考苏联农业集体化过程的得与失。

在我国制定的第一个五年计划中，他真是感慨我们党和毛主席要用十五到二十年完成农业合作化的政策，他说："这是接受苏联合作化的经验教训，根据我国的实际情况制定出来的。"他认为我国农业改造与苏联有所不同。苏联是把富农分子从他们世代生存的土地上驱赶出去，迫使他们和白匪合流，不断回到家乡骚扰和杀害党的工作者和积极分子，这不仅激化了阶级矛盾，扩大了自己的对立面，也给集体化初期的农村造成了混乱局面,使国家的经济建设受到干扰和破坏。我国则不同,给地主和富农与所有农民一样,分得一份土地,目的是把他们改造成自食其力的劳动者。苏联用了四年时间,派了两万多个工人到农村搞合作化运动,工人对农村情况了解较少,很难在这样短的时间找出符合实际情况的有效方法。柳青认为:"农村工作,主要要在了解农村的农民中培养出合格干部,通过实践提高才干,这种途径最有利于生产的发展。"

"我们办好集体经济是为发展生产,提高人民生活水平。中国是一个贫穷落后的农业国,穷苦农民占绝大多数,使他们尽快富裕,最有效的方法是什么?"思考这个问题,有一点他很明确:"没有农民的自愿,互助合作就没有前景,要以发展生产来吸引农民参加合作社,不能用行政命令的方法'驱赶'人们走合作化的道路。""这么大的国家,这么多的农业人口,改变几千年形成的小农意识,改变有几千年传统的土地制度,是个多么大的变化,它的复杂和艰难程度,多年农村工作,我的体会太深切了。"

回来以后,看到急骤变化的形势,他惊愕得一时语塞。这样做是否合适,他一时不能确定。他对毛泽东在中国革命战争进程中的英明没有怀疑,但这一步是否正确还要看实践。不管怎样,发展生产是最重要的。

高级社成立,干部没有一个培养和准备过程,柳青建议把区乡干部先调回来担任高级社正职,几个初级社的原主任担任副职:"今年先这样,明年由社员民主选举,选上谁是谁。"中宫寺西侧罗家湾队的生产和干部基础都不太好,是个落后村,柳青把他和马葳的组织关系由乡上转到罗家湾,晚上,提着马灯到磨房给党员上党课。

高级社能不能稳住,关键要看生产。他领导胜利社制定了五年计划。春天,组织青壮劳力进山割竹子,运木料。增加产量的另一个途径是扩大稻田,当务之急是增加水利设施。他请来县上的技术员,确定了打井位置，立马动工。打井的那些日子，柳青天天来井边，随时和大家商量，出些主意。与此同时，安排社里开展多项副业，多种经营，想尽办法增加社里收入。

二、挡不住的潮流

平地一声雷，成立高级社，全国一场风，几乎所有的人都积极要求入社，柳青说："很快就形成了群众浪潮，任何人拿任何理由也阻挡不住他们。"这几年，年年得利的大多是贫苦农民，多数人积极跟进。而有一些人，听见大喇叭广播，看见干部在村里奔跑，邻居兴奋地谈论，心里就闹腾，翻肠绞肚地难受。他们的土地多，农具全，牲口硬，高级社取消了土地分配，这不是明摆着自己要吃亏？不入，大会动员，有的干部甚至说："你走不走社会主义，走社会主义就得入社。"这样的政治气候，不走社会主义？扛得住舆论压力吗？只好脸上挂着勉强的笑容，跟上潮流要求入社，他们坐在会场里，低着头思虑，抬起头眨眨眼睛，听别人说话，非要表态的时候，微颤的声音说几句软绵绵的应时话。这是一类胆小的人，此时，他们只敢回家和老婆说几句背时的话，或者唉声叹气。

倒也不尽然，地多，农具、牲畜一应俱全的也有说话不软的，他们想得远："看阵势，不入不行了，入了社，自己拿起算盘会打，拿起笔能写，平时，村里人谁不高看咱，多少人教育儿子就是拿咱做例子：'娃呀，长大了，就要过得像人家！'过去，咱就是不正眼看穷人，谁敢说个啥，现在，共产党走阶级路线，咱也强不过，入了社，说不定还能争个干部当，当了这伙的领导还怕啥。"胆小的，心强的，乐意的，不乐意的，反正是除了地主和富农全都让这股风吹进来了。虽然有些人担心，有些人不满，也有些人等着农业社垮台。

不久，全县出现一些现象，比如：高级社所有牲口都合槽喂养，一种集体生产的气势。但是,短时间来不及盖饲养室,牲口挤在一起,饲养员也没经验,不久,死牲口的事接二连三。这和入初级社时不同,那时,谁家养的牲口太小,社里一般就让个人卖掉,交投资,农业社尽可能换成大些的牲口。卖到市场的小牲口虽然对合作社不适用,对单干户适用,所以,那时牲口市价基本稳定。高级社一成立,全都入了社,谁还要牲口,市价掉得多低也找不到买主,社里只好全收。

初级社时,刚刚开始摸索记工方法,不管是干部,还是社员,个顶个认真。还没来得及总结出经验,就全部成立了高级社,干部情况也变得复杂些。好一点的,开始还认真记,慢慢也就没耐心了。个别干部,把社员叫到地里干活,自己就不知干什么去了。

在那种潮头上,在那么短的时间里,牲畜、农具、土地的入社投资,有多少干部会去认真评定呢?入社的人,又有多少人敢较真,"都往共产主义的路上走呀,以后的日子就由不得自己了",就是心里不愿意,也只好憋着。在组织上,管理上,都没有经验,个别地方,形成了"上工一窝蜂,干活乱哄哄"的局面。不管干得好与不好,活轻活重,只要来了,都记一样的分。

很快,又来了一股风,农民都涌向信用社,把辛辛苦苦攒下的钱取了,到集镇上花:"以后的日子也不用自己筹划,生产投资的事也不用咱管了,既不买地,也不置产,全靠农业社,留下这钱干什么?说不准还是个害,买成物品放在家里更踏实。"王曲集上一时到处排队,等在各个商店的门口。

农村急骤的变化,每个政策造成的影响,出现的问题,各种人的表现,柳青都亲身经历,亲眼目睹。原因、结果,他很清楚,面对现实和问题,他说了一句话:"以后慢慢理顺,逐渐解决吧!"

就在高级社成立的强风中,全国也掀起了工商业公私合营的高潮。柳青对安于密说:"事情就这么简单?只听见王曲街上一阵锣鼓声,平静以后,就完成了这一历史过程。没有细致研究乡镇工商业怎样改造才能适应当地群众的生产和生活需要。"

当时,新中国的工业生产才起步,商品本来就十分有限,很快出现了商品供不应求的局面,只好实行限量,不久,就干脆配给,连碱面、火柴也要凭本定量供应。好在农业生产的形势基本稳定。

三、《狠透铁》的真实意图

高级社成立以后,柳青的精力集中在长篇小说的写作上,除了头几年发表过一些散文,他已经许久没有发表过有分量的文章了。

创作的冲动有时也产生在这部小说之外。头年,高湾村的高春学,提来一筐队上刚分的红薯,非要送给柳青吃,柳青说:"我从来没给你送过个啥,也不吃队上和私人送来的东西,分给你,你吃!"

"队上分下的,我吃你没吃,我心里不舒服。"高春学死活不拿回去,柳青只好留下,让马葳给他钱,这是柳青在这里的生活原则。

这老汉,自打解放、土改、合作化……各项工作一直走在前头,原来当着队上的干部,后来当了监察委员,对工作极端负责,为大伙的事,什么都能舍,自己从不做坏事,也决不容忍别人做坏事。解放前他的日子过得很可怜,现在依然可怜,这样的人,在长安县,柳青知道一些。什么原因造成的?他已经形成了比较完整的看法。每次碰见类似情况的老汉,心里的感动激发着他的创作欲望,每次又因为不想分心而作罢。

不久前,因为他许久没有吸引人的作品问世,陕北乡亲表示过失望,《延河》编辑部也几次表示希望他能给刊物写点东西。他决定写个短篇小说,讲述这一批对建设新中国做过贡献,始终忠心耿耿为人民服务,但能力有限,在工作中做下一点点对人民不利的事情就痛苦万状,甚至老泪横流的人们。

想好了故事情节、文章结构,但要暂停长篇小说的写作,他又犹豫了，转念想到了马葳。几年的学习，她的文学见识大有提高，有时谈些见解，提点意见，柳青眼睛一亮，对妻子的文学修养刮目相看。这次执笔就交给她吧，既是锻炼，也是信任。

马葳十分投入，竭尽全力，盼望创作成功。完成以后，柳青边看边说："不错，不错，能完整地结构一篇小说了。"又开玩笑说，"当作家还要努力，现在还是个'写家'。"他沉思过后决定："我来重写吧！"要尊重妻子的劳动，但这事无法勉强，显然，从文艺理论到文学创作之间还有相当大的距离。

初始，柳青主要是想歌颂这一类老人，动笔以后他的想法变了，要利用一个刚刚破获的案件写出对目前合作化现状和发展的看法。本来只想写万把字，写到一万字以后刹不住了，只好"任情节自己发展"。

这"任情节自己发展"，就是他有一些看法不吐不快。

关于这部叫《狠透铁》的作品，后来柳青多次提起。柳青的真实意图，在他写完以后曾说过这样一段话，大意如下：

合作化主要是让贫苦农民的生活尽快得到改善，所以，他们是走这条路最积极的人。初级社建立起来，还存在许多问题需要逐步解决，一是首先要培养一批合格的干部，不仅要有为社员服务的觉悟，还要有经营管理能力，没有一个锻炼和积累经验的过程能行吗？二是几千年的个体生产，群众的小农生产意识还十分严重，没有一个教育和改造的过程能行吗？三是由于我们用行政的方式迫使绝大多数人入了高级社，那些不满意或者不愿意合作化的人，为了他们的利益，必然要夺取农业社的领导权，这些人在这方面有优势，造成了农村形势的混乱。当时的实际情况是地主富农在农村没有政治地位，不可能掀起大的政治风浪，而上中农政治上不差，经济上最优越，是群众最羡慕的一个阶层。农业合作化使他们发财的路受阻，他们的感情更接近富农，也就成了这些人的代言人。破坏农业社的人常常是这一部分人。即使是上中农，也并非都一样，有胆小怕事的；有仇恨共产党，反对合作化的；

也有拥护共产党,跟着走的。就是破坏合作化的那一部分人,在农村的矛盾斗争中成为重要的一个方面。

这部小说就写了这种斗争的过程。小说的细节很丰富,如果读者了解作者的真实意图和当时的历史情况,可以读出许多内容。

这部作品包含他对我国农业合作化的重要看法,因为时间、篇幅和写作计划的原因,许多问题不能展开。在一次关于《狠透铁》的座谈会上,他说:"至于'老汉'的事迹,这篇小说因为故事的限制,没有写到百分之一。他那股忠诚和顽强劲儿,我在长篇里用另外一个名字写着。"也就是说,他的思想在《创业史》里要充分展开。

小说发表以后,引起一些社会反响,其中也有人认为小说把我们的社会主义描写得有点阴暗。到"文革"时期有人批判这篇小说把合作化描写得一团漆黑,是反对社会主义的"大毒草",除了危言耸听的大帽子,无法具体指出他的问题在哪里。很明显,这里有作者的良苦用心,他不是反对社会主义,而是对这个制度充满了热爱,在这条道路上竭心尽力,探索一条正确的路。眼看着政策和工作不符合实际,出现了偏差,又要在当时的政治气候下表达出来,在艺术的表现上,就要非常巧妙。当人们没有明白他的真实意图时,抓不着"辫子";当人们知道了他的真实意图时,可以看到,他的看法一点都不隐晦,反而是那么明确,那么中肯。

这部小说第一稿完成于1958年3月12日。1959年5月到6月柳青在延安"躲病"时,做了两次重大的修改。回到皇甫村,9月份又做了第三次修改。篇幅一再扩大,最后一稿近四万字。柳青在书名"狠透铁"的下方写了几个字:"1957年纪事",这正是高级社成立后的一年多,他无论如何不让省掉这几个字。

他对周围信得过的人说:"这篇小说是我对高级社一哄而起的控诉。"同时还说:"1955、1956年的大丰收,除了风调雨顺的客观条件外,很重要的是初级社这种组织形式,它的优越性还远远没有显示完。"

毋庸讳言，这篇小说也有着明显的时代烙印。

四、丰收年

在"文革"最阴暗的日子里，柳青一提起 1955、1956 年的丰收，就从心底发出真正甜美的笑声。

许多回忆和评论文章都谈到 1955 年的一件事，说他为"胜利社"引进了一个日本水稻品种，如何从长势不佳到收成创历史奇迹的经过。当事人王家斌讲述的过程，和大家口口相传的故事有些差异。

王家斌到省上参加一个水稻座谈会，会上推荐日本矮秆品种——"银双"粳稻，优点实在诱人，王家斌听得激动，两眼放光，会刚散，他就冲到主席台前："这么好，你给咱些！"开始，人家只给一点，他争取了几回，才答应让他全部换种这个品种。

王家斌和社员按作物要求认真育秧、插秧以后，长了些日子，稻秆不如其他地方的旧品种高，有些田里还过早出了穗。本地人的经验："稻子出穗早，秆子长不高，收成好不了。"村里飘出风凉话："矮秆粳稻，是个活宝，紧忙不长，把人急伤。""银双粳稻，把人试倒，产量不高，还没稻草。"

王家斌急了，过河找柳青，柳青一听，问："这是谁出的主意？改换品种要先试验，少种些。一下都种了，这瞎了可怎办？社员吃啥呀！"柳青的心一下悬到半空，走路像蹿出去的箭，和王家斌一起过河奔向稻田，又马不停蹄去找县农技站技术员曹彦信一起研究。从此，他天天过河看稻子的长势，嘱咐社员严格按照要求操作，自己经常下水田，细致观察生长情况。社员说："他比咱还精心。"后来，分析原因可能和施肥有关，他说："咱远方请来的客人有情绪，嫌咱招待不周，那就弄点好吃的，让它长长精神吧！"干部们从王曲街上拉回些肥料，果然，施肥以后，稻秧鼓劲长，几天一个样，他悬着的心才放下。到秋收，这个品种比旧品种好得多，有几亩上了千斤，最多的一亩打了一千三百斤。

这一年秋收以后，场上一边脱粒，一边分配，社员把一袋袋粮食往家扛，没多久，家里器具不够的就往王曲街跑，买席买缸，买可以盛粮食的容器。许多人家住的草棚屋地方小，放不下，只好放在外边。场上还在继续脱粒，还在分。不知从什么时候，也说不清从哪一家开始，这个也说："够了！够了！"那个也说："不要了，太多了。"村里洋溢着一片欢声笑语，干部们后来把粮食送到各家，还是分不下去。柳青过河来劝大家："这都是你们劳动的收获，还是要收呢！"想起三年前动员统购统销时的情景，这滩里的农民拿出粮食像拿出珍珠，送粮食像送宝贝一样恋恋不舍，此时怎么能不让他激动？他说："你们不要，这粮食怎么办？"有人说："那就交公粮吧！没有共产党，哪有我们今年的光景。"柳青说："交公粮要按国家政策。谁能说年年有这样的好收成，留下，也要防顾以后。"

这一年秋收后，许多人家张罗着盖房，娶媳妇，想嫁到这村的姑娘也多了，常见说媒的在村里穿梭。

1961年，柳青在中宫寺家中接待来访读者

第十一章

一、高级社旋风

1957年，中国发生了建国以来的又一重大事件——"反右"运动，柳青必须进城参加运动。

每天早晨，他到东大街"老孙家泡馍馆"吃一碗羊肉泡馍，然后坐进作协的会议室。不管谁发言，就是听，激烈也好，斗争也罢，他一直没有发言。在批判省作协主席柯仲平的会议上，有人指名让他发言表态，他不紧不慢地说："柯老反党不反党，我不知道，反正他在我面前没有说过反党的话。"后来在文化大"革命"中他因为这句话受到批判——"包庇反党分子",同时还揭发他"包庇"作协的另一位副主席胡采。运动中,上面想把胡采定为右派分子,他找有关领导谈,意思是"不要把胡采定为右派,思想问题,教育教育,认识了就行了"。他的意见最终被接受。

运动未完,柳青因事提前离开,回了皇甫村。一年前调到县委宣传部当部长的孟维刚来了,情绪十分低落。

他说他今年到党校学习,期间开展了"大鸣、大放、大字报、大辩论"①活动,学校和党支部号召党员带头帮助党整风:"你是知道我对党的忠心的,就是为革命工作马上死了也没有怨言,所以,一直没想发言。经不住党内一再动员,让党员带头,想到自己是党员,应该响应党的号召,后来就发言了。"

孟维刚诉说了他发言的主要内容:"……我觉得高饶事件以后,党内民主空气淡薄了,有点不同意见就是反党,反对党的领导……党内官气越来越重,动不动就大帽子一堆,这样下去,有脱离群众的倾向……我们的选举都是领导提名,经上级批准以后都要选上,已经批准了还算什么民主?再选一遍有什么意义?……"

话音落下没几天,风云突变,反击"资产阶级右派分子"的运动如暴风骤雨,批判会如雷鸣电闪。孟维刚说:"我还没明白怎么回事,就已经坐在受批判的位置上了。因为心里难过,屁股上起了一个大疮,这边刚好,那边又起,只好躺在床上接受批判,不久就让我回了长安县。"

听着听着,柳青的脸色越来越凝重,透着自责的目光:"这些想法都是我无意中给你灌输的。"

"我从来也没有说过这些思想受谁的影响,一句也没有牵涉到你。"这话更让柳青内心绞杀般地难受。

孟维刚说:"现在,宣传部长被撤了,新来的县委书记是原来省委

---

① 1957年整风—反右运动中产生的政治术语,"鸣""放"是对"百化齐放""百家争鸣"的简称,后来发展为"大鸣大放",加上"大字报""大辩论",形成所谓的"四大"。

书记的秘书，他说我这么反动，对党有刻骨仇恨，他一定要把我定成右派，是其他三个县委副书记坚决不同意，反复说明我的家庭情况和工作表现，最后书记才放弃他的主张，给了我党内严重警告处分，下放乡里劳动改造。"

孟维刚遭遇这么大的人生挫折，柳青想帮助他，但无能为力。

在许久的沉默中，柳青意识到这些年轻同志参加工作时间短，对党内外的政治斗争了解不多，对这几年的政治空气体会不深。他自己一贯谨慎，还出现了这样的事情，他再一次告诫自己，要更加谨慎，也嘱咐孟维刚："以后把嘴巴闭紧！"

反对共产党的人有没有？柳青认为有，多不多？极少数。这样一场巨大的社会变革，敌对势力可能没有吗？但是，更多的"右派分子"是看见前一段工作中出现的一些问题，说了真话的同志。这其中很主要的问题，就是过快的农业合作化步伐带来的直接后果。

他认为高级社成立的旋风伤害了一批人的利益，其中最主要的是上中农，他们是解放初期农村地位较优越、最有希望发家致富的一个群体，而合作化断了他们的梦想。入社时他们的大牲口、好农具只经过草率的、过低的折价后成了公共财产，有些人的收入和单干时相比有所减少，心上积聚着不满，最后就爆发出来了。拉牛退社、围攻干部的现象在一些地方出现，农村在一段时间内出现混乱的情况。

这时的胜利社虽然没有发生任何事情，柳青还是很担心，附近的一个大队闹得很凶，他问干部："有些地方伪保长、富农、富裕中农勾结起来闹事，咱们这里有没有人有这种心呀？"干部们说："没有的，咱这社看谁敢把牲口拉回去，谁敢把自己地里的麦子割了拿回去，就是有这心，他也不敢。"他又问农民："如果周围的社都拉牛退社，咱们拉不拉呀？""不拉，他谁敢胡来，咱就收拾他！"他和干部们总结为什么这里的形势比较稳定。

一是建立初级社时，一直强调入社自愿，出社自由。

二是在吸收社员时，每一户都开过家庭会议，写了申请，经过群众评议，才吸收进来的。

三是牲口农具入社时，这里一直认真折价，基本合理，积怨不重。

四是在准备成立高级社时，原计划只吸收那些表现好、思想稳定的人参加。现在用行政命令的方式全都入了社，有些人从单干直接进入高级社，情况变得比较复杂，思想也有些混乱。而在胜利社还算平稳，很重要的原因是群众和干部思想教育抓得紧，不管出现什么问题，及时开会，大家都可以说理由，谈看法，以理服人，社里从来没有问题成堆的情况。

五是干部品德比较好，他们走得端，行得正，得到群众的信任和拥护。

回顾这几年的农村工作，柳青认为走合作化道路真正积极的主要是那些穷苦农民。由于种种实际原因，少数中农，甚至上中农也要求加入互助组或者合作社，这有利于合作化的发展和巩固。贫穷农户少牲畜缺农具，他们的加入提高了合作社的物质基础，有利于生产，所以，团结这些人十分必要，因此，在头几年分配时，才费尽心思一定要让这些人的收入比单干时强。他也一直强调在农业社尽可能少提"成分"，主要是为了团结中农。

反之，把那些不愿意入社的富裕农民以及其他人硬拉进农业社，有什么好处呢？只有农民自己愿意的事情，他们才有积极性。

合作化的形势在急骤变化，高级社成立以后不久，柳青对安于密说："初级社还没有得到正常的发展，群众的小农意识还很严重，干部也没有管理经验，从初级社很快到了高级社，我们的基础不稳固，这不是农民自愿的行动，是自上而下，用行政命令的方式把农民组织起来的。我的主张是农业组织形势要和群众觉悟、干部管理水平、农业机械化水平相适应，组织形式随着经济发展而发展。"

他对孟维刚说："不一定让所有的农民都参加农业社。组织起来主要是为了发展生产,农业社办得好,农民愿意来,党就要积极领导,这不仅是生产方式,也是教育农民的方式。办得不好,农民不愿意了,要出去,也可以。存在一些单干户是好事不是坏事。单干户和农业社形成一种竞争局面有利于生产的发展。"

这种话在当时是不能随便讲的。客人走后,马葳总要再三叮嘱他:"少说几句吧!"他说:"不要紧,几年的相处,这些人是值得信任的。"

现在,他很惋惜,虽然这几年我们的事业有了令人鼓舞的发展,但是,社会变革极其复杂,越是顺利的时候,越要谨慎,个人威信改变不了经济规律,这就是我们走过了头的教训。

二、"放卫星"①

解放以后,解决社会问题最频繁使用的方式就是群众运动,社会影响一次比一次大,波及面越来越宽,"反右"运动以后,紧接着吹响了"大跃进"的号角。

各行各业很快进入了沸腾状态。

首先农业"大跃进",报纸上不断登出某地、某社小麦亩产上万斤,一时间,用嘴发射的"卫星"一批批上了天,从中央到地方都在跃进。县上请来了一个有名的河南"麦王""传经送宝",他说他们的麦子亩产几万斤。家斌到会,听的疑疑惑惑:"真的能打这么多?"会场里激动的人们一个接一个在发言,报自己生产队的跃进计划,亩产要达到多少斤,一个比一个高,从几千斤到几万斤,报得少的在炙热空气的灼烤下,再一次跳起来"增加产量"。到家斌报产量时,他报了个只比实产高一点的数字,自己也觉得在会场里像个怪物,灰头土脸,没一点面子。一散会家斌就低着头往外走,正到门口,县上的干部把他挡住:

---

① 1958年"大跃进"中,在粮食、钢铁等各行各业中夸大宣传产量的行为被称为"放卫星"。

"家斌,要有闯劲呢,你要带头!你再考虑一下报多少合适?"

王家斌低低地从喉咙里挤出一点声:"就那。"他走了,急匆匆回到皇甫,找到柳青:"人家怎能打下那些麦子,咱这儿怕不行?"

"行不行,你是个种庄稼的,你还不知道?"

第二天,来了一个锣鼓队,给有的社送了一面红旗,给胜利社送了一面黑旗,上头还画着一头老牛拉个破车。王家斌又来找柳青,一脸灰败:"我心里不舒畅。这咋办呀?"

柳青说:"给你就挂起来,怕什么,这不是你的耻辱,没红旗,有饭吃就行。"有柳青这话,王家斌回去把那旗真的挂在大队办公室了。

县上组织社队干部到湖北学习,也让王家斌去受受"教育"。王家斌回来告诉柳青:"他们把三亩地的麦子拥到一亩地里让人参观,几天就死完了。"

"咱不吹牛,贵贱不能骗人,共产党讲实事求是,你一吹牛,人家就不信你了,是多少就多少,能办到的事尽量办,办不到的事就不办。"家斌看着柳青阴郁不满的脸色。

柳青又顺便嘱咐他:"以后开会,考虑问题要谨慎,不要急于发言,人家叫你发言,想好了就说,没想好,就说我再考虑考虑,发言不要太长,话要说在点子上,稀稀拉拉说一大堆没价值的话,谁爱听?"王家斌点点头。实际上,王家斌发言也没有翻来覆去的毛病,他明白柳青话中的真实意思。

不久,柳青听说柬埔寨的西哈努克亲王也参观了一亩地打万斤的麦田,西哈努克问陪同的领导:"这麦子怎么通风?"

"连一个外国亲王也能看出来这里的问题,我们的领导就看不出来?"柳青对王家斌说。

在地里村里听到的怪话也不少。

有人对王家斌说:"主任,你嘴里打不下那些麦子,这官就要抹啦,你怎不报个顶尖的数,先当个模范,能出去参观,说不定能走大半个中国哩。"

马场子村有个人报得最高,远近都知道,不久这人去世了,人们说:"那人死了可惜了,他要活着,咱不要这么多地,一点点就够了。"

听了这些话,柳青心里真不是滋味。

热风之后又是热浪,工业跃进跟着农业"卫星",开始了大炼钢铁。

城市在炼,农村也在炼。人们在地上挖了炉子,砍了树木,把家里的废钢烂铁、门把铁锅搬来,日夜烧。开始,收集来的原料用自行车运到旷野的"炼铁炉"旁,河滩地里到处是妇女和学生娃在"浪铁沙"。青壮年都在运输,马路上拥满了自行车、平板车,道路经常阻塞,人流前进的速度很慢。柳青也有些激动:"如果能在工业革命上改变前一段的被动,有多好。"他也推上自行车走在人流中。

"柳书记,你甭去了,我给你捎上。"

"不不不,我能行!"他非要在人流中看看大好形势。

皇甫人日夜在干,就是一直炼不出来,他让干部们到其他地方取取经,回来还是炼不出来,着急,夜里就和社员围在炉旁,等着铁水出炉,"成果"出来了,在冷下来的炉边,一个社员递给他一块黑乎乎的东西,他在手里掂掂:"这怕不是铁,铁是重的,这很轻呀!"他又递回去,那人突然用力一摔:"炼,炼他妈的屁呢!"

柳青立刻把那黑块又拣起来,递回去:

"刚才那样子再来一回。"

那人再摔一次笑了:"不行了,不行了。"一瞬间无望激愤的表情再做不出来了。

月光照着沉寂的南山,也照着一群夜战的人。熬夜的疲乏和久战无果的气氛渐渐袭来,玉米地里不时有人出来进去,哗哗地响。第二天一看,当了手纸的玉米棒子撂得到处都是。

这正是秋收时节,地里的庄稼没人管,柳青着急了:"这还了得?粮食不收回来,明年吃什么,还能顾了一头撂了一头,要组织人抓秋收。"安于密来找他:"县上的领导都抓钢铁,要'给钢铁让路',农业没人管,这几天连着下雨,苞谷都烂在地里了,怎办呀?"

柳青从兴奋和期待中冷静下来。

"咱这都是些农民嘛,炼钢是个科学问题,用这办法能搞上去?"

"动员婆娘女子几万人整天在河滩里,这哪是浪铁,这是河里浪金,这么个搞法,钢铁没搞上去,粮食也糟蹋了,明年也成问题。即使钢铁暂时上去了,明年又下来了,不顶啥事。"

"家家户户连锅也捐了,再重新铸锅,图个啥?"他对个别干部说。

柳青支持老安抓秋收,让王家斌组织人把地里的庄稼收回来。

王家斌说:"都给钢铁让路着呢,没人嘛。"

"加班!不管怎样都要把地里的庄稼收回来。"

"哪天没加班?"王家斌有点委屈。

"收回来,一定要收回来。"柳青不容王家斌诉苦。

从开始的激动到冷静,柳青深刻体会到经济建设有它自己的规律,是个协调发展、逐步提高的过程,人不能随自己的意志改变它的规律。

当时,各行各业都在跃进,到处"放卫星",作家协会也不例外,作家们更是充满激情的一群人,有的说他一天要写上万字,甚至有人说多少天要出一个长篇,有的要在很短时间写出一本长诗。在会场上,柳青一直不说话,听一个接一个慷慨激昂的发言,当人们要求他发言时,他扣着手指头,慢条斯理地说:"我身体不好,写不快,有时一天只写几百字,甚至一个字也写不出来。尽力写吧!"

"柳青怎么是这种人?"有些人对他很不满意,"几年没成绩,还不跃进?"

省委宣传部的领导动员他"放卫星",翻来覆去劝说。他还是扣手指头,最后说了一句话:"我放不了卫星,我是刻图章的,一天刻不了几个字。"

领导有点生气,也说他:"柳青,怎么这么个人!"

这时,他正在写手头作品的最后一稿。

在没有成熟时,他不愿意向人展示。

有人在会下对他讲:"要按×××说的,一天写上万字,抄都抄不过来,还有工夫想吗?"他连笑也没笑:"我只能说我不行。"

三、人民公社食堂"办不成"

在跃进年代的前期,长安县委书记由省委书记兼任,不久,就调来了他的秘书当县委书记。一个年轻人,初次在基层锻炼,干劲很大,在全国的爆热气氛中,他提出:"一个县也可以首先实现共产主义。"王曲人民公社就在这一高潮中诞生了。

成立大会在王曲广场召开,声势浩大。

高级社成立以后,柳青和县上、省上的领导对农业政策的分歧越来越大,他逐渐淡出县上的政治活动和有关工作,在公众场合已经很少讲话了,他没有上台,在下边转转就离开了。

公社成立以前,已经开始了所谓"大兵团作战",人们集中住宿,办起了公共食堂。公社成立以后怎样搞?长安县没有提出自己的办法,报上介绍了许多外地的方法,政策也陆续出台,长安县就按外地的方法,经济核算收到公社。县委书记越来越激动,高喊:"全县搞成一个联社,实行工资制,按需分配,马上进入共产主义。"工资发了一个月,每人五元,第二个月就发不出来了,没钱了。

经济核算单位由生产队改为公社,下边的副业收入,上交;每人留够四百三十斤口粮,剩下的,上交;上边需要什么,不管是集体的,还是个人的,只要有要求,就得上交。

"一平二调"①,全国各地已成风气。

---

① 平均主义和无偿调拨的简称。"一平"是指在人民公社范围内把贫富拉平,平均分配;"二调"是指对生产队的生产资料、劳动力、产品以及其他财产无代价地上调。

下边需要的物品,如办公室的灯油,公社领;开便条的纸,上头领……

柳青问农民:"怎么样呀?"

人们不敢说不满的话,有人笑着说:"住一起,光是早晨的尿臊受不了。"

"胡整!胡整!"

他不同意这样搞,对安于密说:"不能以公社为核算单位,否则打乱了下边的经济核算,问题很多,组织形式要和生产力相适应。如果有一天生产力达到了那样的水平,真正需要公社化,也不必这么费力,是水到渠成的事。"

他的处境这时非常不利了。

不只是在创作上领导觉得他没前途,在政治上,他也是个危险人物。

为了把自己的创作计划完成,他不愿意因为政治上出问题,把自己裁倒,所以,在人民公社食堂化以后,他问过公社一个书记:"我要不要去食堂吃饭?"

"你身体不好,就在家吃吧。"

不过,他不时到各队食堂走走,看看情况,听到不少反映。家斌说:"吃不好,俺妈满哭。我成天熬煎食堂没煤烧,把树快伐完了。开始放开吃,也没个定量,现在缺粮,从早到晚喝稀的,干活的能受得了?"柳青站在食堂观察,别看缺粮,做饭的还浪费。打饭的见了相好的,在底下稠稠挖一勺,关系不好的上头撇一勺。因为家里不做饭,猪养不成,地里没肥上。老人们更是怨声载道:"来个亲戚这怎招待呀?"

一个老汉说:"打回饭来,大人们心疼娃,稠的给娃吃了,自己只好饿着。你看,俺媳妇和儿子光闹仗。"

在地里,农民们不管手里干的什么活,只要听见打吃饭钟,撂下就跑,怕迟了没饭了。王家斌说得让人哭笑不得:"赶车的听见打吃饭钟,夹着碗跑了,牲口就自由活动,爱上哪儿上哪儿。"

这种情况再下去不得了，柳青总结了食堂四个"办不成"：

一是粮食不过关办不成。
二是煤炭不过关办不成。
三是肥料不过关办不成。
四是思想不过关办不成。

具体来说，粮食不过关办不成，显而易见。

煤炭不过关办不成。食堂烧柴，大锅很难开，经常烧不熟。

肥料不过关办不成。不养猪没畜肥，不做饭没烟筒肥，此地人说："一年的烟筒二年的炕，三年的锅头也不壮。"烟筒肥质量最好，这两样缺了，既减少了农民收入，也不利于生产。

思想不过关也办不成。听说炊事员还有把饭提回自己家的，同时也有做饭的技术问题。

这时全国各地都有反映，有些地方反映比这还激烈，所以，上头派人下来调查。县上的经贸部长陈尊祥到皇甫了解情况，王家斌把柳青的几个"办不成"说给陈尊祥，陈尊祥写成材料上报。当时的省委组织部长把这个材料给了省委书记，省委书记说："好！"并且批了字，又给了县委书记，县委书记在上边也批了字："此件很好，供研究。"

王家斌问柳青："那咱这食堂还办不办？"

"上头来查了，你就做个样子，走了，就让各人回家吃。"

不久，中央发表了"食堂是人民公社的心脏"一文，省委书记受了批评，县委书记在陈尊祥的材料上把原来的批语一划，又写了几个字："此文是毒草，供批判。"

有一天，县上通知王家斌去开会。

一进会场，王家斌就觉出气氛不对，每次来大家都热情招呼，这次咋都眼光凶煞煞的？

"专等你来着！毛主席说'食堂是人民公社的心脏'，你咋说几个'办不成'？"

"我看见个啥就说个啥，咱农民不认字，看不准，错了以后就不说了。"

"你不认字还能总结出这，你说这是谁给你说下的？"

说来说去就是要他交代是谁说的："交代了就没你的事了。"王家斌一下悟出来："这是要找柳青的岔子，贵贱不能把柳青说出来。"最后干脆放声大哭，再问，他就是个哭，会议只好把陈尊祥和他的报告批了一通，无果而散。

又过了些日子，中央派王观澜来长安县调查食堂，省委书记让陈尊祥参加调查组。

"我不去！我再也不敢在人民公社的心脏上胡抓了。"

"这次没关系，你去！"

"不去！"他坚决不去。

最后，省委书记拿出一份文件，是胡乔木写给毛泽东的关于食堂的报告："你看，主席同意解散食堂。"

"要是这，那我去呢！"

长安县第一个解散食堂的是蒋家村。陈尊祥在蒋家村调查，因这事受过批判的人，都不说话，问得紧了就说："我和上头的意见一样。"群众说："你政府再不办这食堂了，我就回去吃呀。"把"政府"两个字拉长调，说得特别重。

这正是柳青写作到了紧张阶段的时候。他知道不久前省上派来一个调查组，专为收集他这几年的材料，"帽子"也准备好了："右倾机会主义分子。"

"要不是风向变了，那帽子我就戴上了。"柳青后来说。

"唉，办食堂，这真是共产党不该干的蠢事。"柳青对老安说。

时间不长，又来了一个调查组，他们迈进中宫寺，满面春风，希望柳青谈谈王家斌在食堂问题上实事求是的模范事迹，说是要宣传表彰这种精神。

"我看就不要宣传了，在社会上宣传，难免夸大，很容易给一个本分农民造成被动。"他极力劝阻，让这件事情就此中止。

人民公社食堂化，在1958年大跃进的高潮中兴起，历时三年的起落和纷争，于1961年彻底解散。

四、大家都穿布鞋

长安县的群众和干部对文学了解不多，他们爱护柳青更多的是因为柳青关心农业生产、农民生活和农村工作。当年流传在乡间的事例不少，其中，柳青撰写的《牲畜饲养管理三字经》曾产生了很好的社会作用。

在没有拖拉机的年代，牲畜的重要性谁也不敢忽视。牲畜自然也是生产队最重要的生产基础，这个基础崩溃了，还谈什么发展生产？多年来，柳青进出饲养室不计其数，除为了写作，也时时关心牲口的喂养和使用。尤其是1959年到1962年三年国家经济困难时期，由于饲料不足，管理不善，使用不当，牲口死亡现象不断发生。从1958年到1961年胜利大队减少了四十二头（其中有少数自然死亡），当时并未引起人们注意，柳青请公社书记王培德写个快板宣传饲养知识，显然，这一形式影响太小，柳青说："培德呀，你再给咱调查一下全公社六十个生产队的全面情况。"然后自己到饲养室，和饲养员研究喂养经验、使用管理存在的问题、繁殖的成败与优劣。征得大家的同意后，制定了一个饲养繁殖的奖惩办法。

为了指导全区的饲养员，用什么办法好呢？饲养员大部分是没有文化的老人，要采用一种适合他们学习的方式。

"就写成'三字经'吧！通俗易懂，好学好记。"

自己写，又怕影响《创业史》的写作，公社干部多是农民出身，他们有的比自己更熟悉牲口喂养。他找到王培德说："培德呀！你们几个把这三字经写一下。"不久王培德拿来拟就的草稿，文字和内容都需要重新加工。柳青连写个便条都反复斟酌，这三字经要拿到全区，直接影响饲养员的学习和提高，绝不能草率。于是，停了手头工作，集中精力写成《牲畜饲养管理三字经》。因为它浅显易懂，通俗实用，反映很好，长安县饲养员人手一册。这个总结对全省其他地区也有参考作用，《陕西日报》决定全文刊载，在稿件临拿走前，柳青又修改了整整一夜。当时，其他省也存在类似问题，上海一个出版社征得柳青同意，做了少量修改后印成小册子，向全国推荐。

一时间，报刊上出现一些评论，多为"大作家"写这"小东西"而感动。

在《陕西日报》发表时，他一定要写上其他几个人的名字，说："这不是几个名字的问题，这表示是大家劳动的成果。"稿酬寄来，柳青说："这个我不要，你们拿去！"王培德后来回忆说："他不容我们推辞。"

王培德是柳青向县上请求"能否调来一个善于团结同志的干部"后来皇甫公社任职的，两人原来并不熟悉。

柳青向他介绍情况，首先说的是："一个班子一定要搞好团结，工农出身的，知识分子出身的，不同个性的……都要团结在一起。"同时也介绍了原来的情况：原来的书记冯继贤工作方法比较生硬，看问题有时也比较狭隘。

柳青1952年第一次来皇甫村解决的就是他和其他几个干部的团结问题，以后，一直存在这个问题。高湾的初级社成立时（冯继贤原在这个社），柳青特意给它起个名字叫"团结社"。

他对王培德说："冯继贤旧社会拉长工，整天打交道的就是牛和马，不对了，一鞭子，心里发躁，把牛马骂一通，养成了他孤僻、冷漠的性格，比较暴躁，在工作和团结同志上都不大适应。你来了，和他一起，也要把他团结好，不要在意他的缺点。"

王培德来，正是国家经济困难时期，柳青经常对他讲："一定要深入群众，和群众同甘共苦。"一天，柳青发现，在这个大家都穿布鞋的时代，几个社干部都穿了皮鞋，很扎眼，他问王培德："你们几个都穿皮鞋了？"

"布证少，乡间又费鞋，县上给每人买了一双，我的是外甥给的。"

"噢。"柳青没说什么。

过了几天，马葳对王培德说："柳青说，你们几个穿皮鞋，群众会疏远你们。"王培德说："我们也意识到这个问题了，明天就脱。"

王培德的确是个有许多长处的好干部，来了不久，社里的工作就发生了较大变化。最先是冯继贤自己提出要求调人来的，不料，现在工作有了起色，他却闹起情绪，找柳青说："你跟县上说，把我调走吧！"他觉得原来当书记，现在当社长，降了，心里不痛快。柳青这次比较严厉地批评他："你当时哭着要求调人来，王培德来，把干部团结在一起，工作也上去了，你实事求是地想，你是不是不胜人家？当干部是为给群众办事，不是为当官，现在大家这么靠拢，没有不团结的现象，就该好好工作，你说，你这情绪闹得是不是不合适？"批评以后，他又劝说，"我也是一心想让咱的工作搞好，让你有个好的心情和工作环境，我的心没法掏出来给你看，如果能行……"冯继贤和柳青相处多年，柳青的真诚他从不怀疑，别人都说冯继贤固执，但柳青的话他听。柳青认为他正直，对他总是充满感情。听了柳青的劝告，他脸上的铁青色渐渐退去，柳青又和他谈了谈工作方法和家常。果然，冯继贤以后和王培德工作配合得好了很多。

这一阶段，群众说是"皇甫公社领导班子最好的时期"。

柳青经常对干部说："对待任何事情一定要实事求是。"这些干部受他影响，也是这样做的。可是，王培德有天来找他："你总说实事求是，我们实事求是是受批评，人家不实事求是是倒受表扬。"

头一天，县上召开一个电话会议，批评皇甫公社公购粮入仓慢。

柳青问："会上怎样说的？"

"会上说进度快的有王曲，进度慢的有皇甫。"

"你们干部、社员听了有啥反映？"

"王曲是粮食没晒干就交了，当然快，咱们要求社员必须晒干，最后要保质保量完成任务，咱们反而受了批评。"

"你说你这样做对得起国家，对得起人民不？"

"我觉得对得起国家，对得起人民。"

"你做工作只要对得起国家、对得起人民就行了，不是为了表扬。县上公布进度是为了促进全局，批评你们也是为了促进全局，这又何尝不可呢？如果表扬多了不批评，你就会翘尾巴，骄傲自满；如果只批评不表扬，基层干部就会灰溜溜的。所以，要又表扬又批评，再说你也不可能样样工作都做得好，根本的一条是要扎扎实实把工作做好。"

五、保持普通人的感觉

1960年，《创业史》出版以后，不断有媒体采访。西安作协的同志带来了《人民画报》的记者，从首都来的客人和柳青热情交谈，他们说准备在刊物上发表两版他的照片，反映他在皇甫村的生活，这次来要完成拍摄工作。柳青表示欢迎他们来做客，也感谢他们的工作。来客正期待拍照能顺利进行，柳青又接着说："我对人民做的贡献不大，你们不要宣传我，我的工作仅仅是个开头，后头的路还很长，对于我，重要的是如何努力，把今后的工作做好。"两位记者认为本人谦虚，也是司空见惯，做做工作会接受拍照。他们说服动员一阵，柳青仍然是这个态度，才感觉他不同意拍照是坚决的。最后，来客告诉他："这是陈毅同志的指示，是他亲自交代的，我们怎么能空手而归呢？"

"这并不是我不尊重陈毅同志，我想我这样做对以后的写作有利。"

他们不再坚持了："那让我们给陈毅同志通个电话,把情况告诉他,听听他的意见。"

柳青家里没有电话,当时就带他们到了王曲邮电局。电话是陈毅同志接的,听完汇报,陈毅同志说："我理解,我们就尊重他本人的意见吧。"

这件事,柳青一直记忆深刻,对陈毅同志的敬重更深一层。

就在这一时期,还来了《人民日报》和一些刊物的记者,要写些文字,报导他的生活和工作情况,他都采取一样的态度,作了解释。

扎扎实实生活,刻苦努力写作,目的只有一个,要按计划写完四部《创业史》。

如果接受了一家采访,其他人来,势必同样要接受采访,那还怎么能专注在写作上?个人情绪是否会变得浮躁?所以,他定出一个"三不"政策——不接受采访,不拍照,不做经验介绍。

他对自己的要求是："一生都要和人民群众同甘共苦,永远保持一个普通人的感觉。"

大约在1963年,中央新闻纪录电影制片厂来了几个人,说要给他拍个纪录片,他坚持一贯态度,不同意。那些人回北京不久又来了,说这是中央定下来的,所以这次再来决心完成这项任务。柳青一再坚持,但总不能这样僵持下去,摄制组要求作协以组织名义给他做工作。

当时的秘书长是贺鸿训。贺鸿训来到皇甫村,一说明她的来意,柳青仍然很坚决,接连说"不行"。贺鸿训劝他:"这次情况不同,困难时期,全国大部分作家都回了城市,留在农村坚持深入生活的极少极少,所以,我们都希望把你在长安县的生活反映出来,教育大家。"

他说:"越是困难时期越要和人民群众同甘共苦,这样做理所当然。"又说,"不管什么人,有过什么成绩,都要永远保持一个普通人的感觉,这对作家尤其重要,这种宣传对我的工作没有益处。"

贺鸿训找不到能说服他的理由了,只好说:"这不是我个人的意见,是以组织名义给你做工作。作为一个党员，你必须服从组织决定！"

贺鸿训事后说："我这么一说，他没有办法再坚持了，不过提出一个要求，希望不要在国内放映，组织同意了。"

开拍以后，"由人摆布"，需要群众配合就安排群众，需要干部就请来干部。后来，导演要求拍几个他参加劳动的镜头，他不同意："我不参加劳动，我身体不好，支持不了。"他们又是以组织的名义给他做工作："这是反修防修的需要，这不是你个人的事。"反复劝说，他再坚持下去，让人觉得他很"别扭"，为难一阵后，他同意了，但心里很不舒服。

拍过电影以后，他对老朋友林默涵说："这违反了我实事求是的人生原则。"后来听说林默涵批评新影厂，不要强迫作家拍自己不愿意拍摄的内容。

柳青在省作协讲话

第十二章

一、"四清运动"

总路线、大跃进、人民公社三面"红旗"飘扬了三年，干劲鼓得不可谓不足，上游争得不能说不尽力，想的是多、快、好、省地建设社会主义，实际上很快使国家陷入了经济困境。工业生产比例失调，农业收成大幅减少。对人民是这么宣传的：这是全国性自然灾害造成的。

自然灾害有没有？有！这么大的国家，年年都有天灾，但并不是说的那么严重。本地的老百姓说："这是给老天爷搁事呢。"

1959年,庐山会议批判彭德怀以后,人们一再看见说真话的人就是这个下场,敢说真话的人越来越少。

1961年以后,各级文件以及人们的传言和议论,不断反映出中央对前几年的工作有所调整,特别是1962年中央召开的影响广泛的"七千人大会"①,明确指出了前段工作中的一些问题和缺点。认识到问题,才有改正的可能,这给人民带来了希望,尤其是基层干部,更盼望实事求是地分析形势,认认真真改正缺点。连续三年,出现全国性饥饿,城镇居民物资供应紧张,农民口粮大幅下降,有的省饿死了人,浮肿现象到处都有,上上下下在焦虑。

贫寒出盗贼,意志薄弱的人经受不住这种困难的考验。在农村,少数社队干部有贪污盗窃集体财物、多吃多占现象。自从一哄而起的高级社后,干部队伍也变得复杂起来。问题严重到什么程度?只有通过实事求是的社会调查才能确定。

存在问题,用什么方法解决?中央决定进行"社会主义教育运动"。在农村,选派了机关干部、学校师生组成工作队,对干部进行"清政治、清经济、清组织、清思想"的"四清运动"。

这一运动,最突出的指导思想是:中国社会存在着严重尖锐的阶级矛盾,有些社队的领导权已经不在贫下中农手里,被地主和富农掌了权。"阶级斗争,一抓就灵"的口号喊得非常响亮。中央认为这是一次反修防修,防止中国改变颜色的重大举措。同时也提出:通过"四清"让广大干部受到教育,合理退赔,洗手洗澡,轻装上阵,由此改善农村的干群关系;在运动中主要依靠贫下中农,建立贫下中农的阶级组织。

1963年9月,长安县开始分期分批开展"社教运动",第一期"社教"在七个公社进行试点。组织安排柳青参加了这期"社教",地点就

---

① 1962年1月11日至2月7日中共中央在北京召开的扩大的工作会议,旨在总结"大跃进"以来的经验教训。

是他的西隔壁——罗湾大队。

罗湾大队早先是个落后队，大约在1957年，柳青提出把他和马葳的组织关系转到罗湾，他的想法是要把这个队的工作搞上去。关系转来以后，他尽可能参加每一次支部会议和组织活动。有时家里来了重要客人，实在走不开，他仍让马葳去开会，并为他请假。

通过和这个队的人密切接触，深入了解队里的情况，他觉得主要问题是没有一个过得硬的带头人。就在他到这个队前后，一个叫罗昌怀的年轻人退伍回家。在队上的各种会议上和昌怀接触，柳青发现他有能力，人也正派。但是，罗昌怀不想留在村里，王曲粮站和镇上的学校一直要他去。

说服他留下来！

"农村有许多工作需要党员，建设社会主义的新农村是你们这一代的光荣任务，在农村一样有前途，留下来吧！"柳青劝说罗昌怀。

"我不懂农业，也不大了解农村，刚回来，还看不惯农村的自由散漫。"罗昌怀说。

"不懂可以学，你很年轻，只要肯努力，没有掌握不了的技能。经过复杂环境的锻炼和考验的人，正是我们需要的农村干部。好好干，农村大有奔头。"

罗昌怀是大队的团支部书记，为了队上的事，两人渐渐接触多了，几乎每次都能听到柳青对昌怀这样的劝说。

罗昌怀也在观察柳青，处理队上的各种事情，柳青从来不说大话空话，总是从实际出发，找寻合适的解决办法。省上来领导，甚至中央来人，他的态度和对待农民一个样。

罗昌怀内心深处多次受到触动："人家那么大个作家，不以势压人，生活上也不搞特殊，人家能在农村安家，咱倒有啥了不起？又是农村人，还不能回乡？"他决心不走了，就在这里好好干。

罗昌怀是个直性子，和他硬线条的五官一样，自己的看法一点也不隐晦，有时和柳青争论得十分激烈，但即使自己觉得道理说不过柳青时，也没有听到柳青对他的一句指责。"你和他争得再激烈，他也不嫌你，不反感你。"渐渐地，罗昌怀有事更愿意和柳青谈。

1958年队上办起了食堂，到了二三月就没啥吃的了。小队来找的人不断，罗昌怀也没办法，只好找柳青，柳青说："共产党要实事求是，没啥吃就是没啥吃。"

"那队长怎当呀？日子过不下去，这食堂怕也办不下去。"

两个人的意见是：只有停办。

"食堂是人民公社的心脏。""终南山不倒，食堂垮不了。"上头压下来，这食堂只好又恢复了。

1960年农历二三月，县上开会，走前罗昌怀问柳青："对食堂的意见能说不能说？"

"咋不能说呢？这是在党的会议上，又不是自由主义。"

对食堂有看法的人不少，都不敢说话。以罗昌怀的个性，敢于直言，在会上给食堂总结出十大问题。出乎意料的是，他当场受到批判，调门很高——"现行反革命"。很快，大字报贴了一滩。会议结束前，决定开除他的党籍，让他签字，罗昌怀签了个"我不同意"，临走还撂了一句话："三个月以后，我还不对，你再开除我。"

回来以后，他再也不到大队去了。柳青来找他："为啥不到大队去了？"

"都要开除我党籍了，还当支书？"

"没有正式通知你，县委也没下文，你还要工作嘛！"

"你说党的会议上可以说，光让人实事求是，就弄成个这！"

"你干你的，咱实打实，怕啥！"

不服，委屈，还有自卑，罗昌怀心里不想干了。

柳青托当时的公社书记张文轩和罗昌怀谈谈，不但肯定他实事求是的看法，也鼓励他继续工作。昌怀想："人家不考虑个人荣辱得失，咱倒有啥放不下？"他把受批判的事看淡了，照旧一心一意工作。

中间有一段，1958年成立大公社以后，在王曲办了一个机械厂，罗昌怀早先学过机械，公社调他去当了机械厂的支部书记，柳青说："好！你去，以后咱们农业就是要走机械化的道路。"

罗昌怀回家时，告诉柳青机械厂没厂房，没设备。

"咱白手起家，自力更生，慢慢发展，以后还要生产拖拉机、电动机。"不久，柳青就把《创业史》第一部的稿费全部投给了机械厂，机械厂得到发展。

1961年，全国经济困难，县里下令：所有的机械厂全部下马。开始的时候王曲机械厂除外，因为其他厂都亏损，只有这个厂有几万元的利润，没有一点债务。

柳青说："人家下马了，你们机械维修制造的工作量更大了，更要好好干。"话音刚落，县上又下令：全部下马，没有例外。柳青又说："对人民有利的事情，可以办下去，不贷国家一分钱，为啥不让办呢？"但是县上一刀切，谁说也没用。区委一个领导对罗昌怀说："过去没有机械厂不也照样打粮、吃饭？"

公社给罗昌怀安排了一个吃商品粮的工作，柳青说："回来吧，还在咱队上干。"罗昌怀没犹豫，回来了，他说："我对吃商品粮没兴趣，我想跟着柳青干，把咱大队弄好。"

不久，党支部改选，他当选大队支部书记。

罗昌怀头一次当干部以后，罗湾村在较短时间一跃成了先进队，干部团结，社员分粮多。等他去了机械厂，罗湾村生产差了，社员分粮少了，牲口料也时有不足。现在罗昌怀回来又有了起色。

他刚回来的时候，小队的书记叫罗思友，会计叫罗宜春。直到"四清"，小队还是这两个人。

1963年9月，工作队进村。工作组长叫刘生瑞，是县团委的干部，工作组员有陕西师大一个学生、西安邮电学院一名教师、一个农村基层干部,还有马葳和柳青。

了解情况,熟悉人事,发动群众,成立"四清"小组(社员中的积极分子),这是第一阶段的任务。

下面是组长刘生瑞在1979年11月2日的回忆:

这次的过程是我在前边出面,柳青在后边出主意。群众心里也明白,有些人反映情况就直接上去找他。留下最深刻印象的是他自始至终以教育农民为主。最困难的是清经济,强调实事求是,爱护集体,爱护干部。

白天我们参加劳动,五点以后汇报工作,晚上开会。原本他想坚持写作,开始以后,觉得要想搞好"四清"工作,一心不能二用,就集中精力投入运动了。公社开会,各大队的汇报会他全参加。

教育群众是在清经济的过程中进行的,说些空话意义不大。

在查账的时候,发现罗宜春的账本从头至尾墨笔相同,是一笔下来的,肯定是重新做的,如果是一天一上账,墨笔轻重不一样。我们对柳青讲了,他问:"你们打算怎么办?"

"准备细算。"

"细算是必要的,这仅仅是一个方面,怎样通过这件事教育干部,使群众也受到教育?你们看是不是开一个展览会,让男女社员都来看看。"

寻了一个晴好天气,我们把这些账写成大字报形式公布,账本放在街道上展览。

在大家看账本时稍加提示,人们都看出问题了。

这以后他要求我们注意社员和干部的思想活动,要求非常细致。有一次,听说宜春在王曲饭馆吃饭,向熟人打听到新疆的路费、里程,怎样坐火车,同时看见他碾了很多米。我们一汇报,他说:

"是不是想躲避运动，到外地去？碾米大概是给他走后准备家里的粮食。"他亲自下去找宜春谈，让他从心里感到这不是为了整他，是为了通过这个运动教育干部，也教育群众，改造小农意识，打消宜春的顾虑，动员他主动交代问题。不久，罗思友主动交代他贪污粮食的问题，马上大会表扬。一个副大队长的问题工作组已经掌握，本人思想斗争激烈，贫协态度比较坚决，有的工作组员怕出意外，建议缓和一下，柳青不同意："你表现出怕他出事，他就看出你的弱点，正好利用这一点。我们再坚持一下问题就解决了，否则，会给后边造成更大困难。"同时要让群众起来，造成非要解决问题的形势。这时，他亲自下来，和那个副队长谈，细致观察他的表情，费的力气大一点，最后问题基本说清楚了。

清理经济要有证据，单据和账面问题都要确切，本人也要承认。他要求我们不能只埋头清理经济，要注意人的思想动态。也不能清出一点，零星一罚，"那样，这个工作的意义就有限了。"说这话时他正坐在桌边，手里拿了一个茶壶："咱们不能今儿拿个茶壶，明儿拿个茶碗，这就像战斗一样，战役结束时，把成果一次全部拿出来，让群众看到确实存在问题，理解这一工作的必要性。"

清理经济工作基本结束，决定召开一个大会，柳青先给我们开了一个小会，他把会议主题是什么，讲几个问题，怎样讲，非常细致地做了安排。

开会那天，他没有到场，在中宫寺西边的墙上，拿个望远镜看会议情况。

会议总结了前一段的工作，把所有的经济问题全部拿出来，连同证据给群众展示。分析了发生这种情况的原因、它的危害。主要目的是教育干部和群众。会上气氛非常好，安静，人们一动不动，娃娃一哭，大人就说："甭动弹，悄悄的。"

宜春的问题最严重，也没有超过千元，只退赔，没做组织处理，让他们真诚地体会，这是教育，不是打击。

运动初期，柳青叮嘱我们，问题查出来，不要随便说，到该说的时候再说，说出去就要起到教育群众的作用。

有一个工作队员，为了讨好别人，透露了消息。有人说："不要这人了。"他说："不能那样，那样就分散了人们的注意力，可以调他去做别的工作，不搞经济调查，也不要让他有不被信任的感觉。"这个事情处理得非常好。

那天会后，柳青很高兴，准备了许多糖果接待我们。他说："对那些有问题的干部，不要不理他们，还要团结他们一起工作。"他自己也经常同这些人交谈。

刘生瑞总结说：

自始至终把教育干部和群众放在最重要的位置上，效果很好。其他的工作队没有这样搞。这次"四清"，群众和干部的确受到了教育，自己也学到了不少工作方法。

查出的问题都有证据，没有污辱人的现象。

他不发脾气，也不急躁，在讨论过程中说出他的意见，从不强迫别人接受。

给我们几个人留下最深印象的是，他做别人的思想工作非常细致。

柳青不客套，没有虚假的东西，诚恳地指出我们的缺点，也肯定我们的优点。对我们要求很严，对马葳也一样。一次下雨，马葳来了，我们说："下雨你还来？"马葳说："柳青说下雨也要来，工作组成员，怎么能不来呢？"

每天早晨他都下来，经常我们还没起床，他已经和不同的人接触、谈话了。

工作组员感叹过几次他工作认真，衣着朴素。

刘生瑞还说，运动中罗昌怀、罗保民等干部没有查出问题，经过选举，他们又当了干部。社员新选了罗茂龙做小队会计。

二、第二次"四清运动"

忙忙碌碌的四个月，也是不停思考的四个月，但那是和写小说完全不同的思考。当他又重新坐在桌前，翻动稿纸的时候，好像和他塑造的人物久别重逢，既熟悉又生疏。

运动结束，要尽快转入写作！原计划1965年完成《创业史》第二部，这已经是1964年的春天，时间宝贵呀！急，很着急，但是，一时半会儿进入不了状态，写作的心理氛围和艺术氛围都淡了，思路断了，要把思想拉回来，他还是用老办法，看文艺书籍，现在拿起来的就是《红楼梦》。

《红楼梦》和《创业史》风马牛不相及，柳青说："也怪了，我一拿起它，读下去，就能进入创作状态，艺术语言会往出冒。"

完成作品情节和矛盾冲突的是细节，细节来源于生活，"所以要让经历过的生活长久地保留在记忆中"。毕竟远离了作品中的生活环境四个月，开始他还担心要很长时间才能找到作品中人物的感觉，一旦拿起笔来，发现思维、心理和情绪再浸入到作品的环境，虽然不易，但也不是想象的那么困难，噢！因为大量的艰苦工作在写第一部时已经完成了。

短暂的春天，炎热的夏天，他还是在屋里走来走去，站在桌边写几段，又走来走去。如果在某个地方卡住了，出大门，下台阶，在村里转转，和农民交谈一会儿。看起来不着边际的交谈，说不定就给了他启发。

第二部总体来说进展顺利。他的心情比前几年好多了，人胖了，脸色滋润了，端起饭碗，随便什么菜，夹一口，对着微笑的马葳说："这么香呀。"

临近六月，即将开镰的时节，大片麦子渐渐泛黄，柳青因躲避麦花过敏外出数日，刚刚回来先到公社看看。一进屋，见几个人围坐着，像在开会。公社副书记张行军站起来，迎上两步说："县上布置'社教'复查，要求一个大队抽调几个人，让马上传达。"

"嗯……"

片刻，柳青问："是哪里布置的？一队抽几个人？"短暂思考以后，柳青又说："恐怕现在复查不合适。"他慢慢列举他不同意现在复查的理由，才说："你干脆把县委电话叫通，让我和安于密交换一下意见。"

"安于密呀，是不是你们布置对头年的'四清'进行复查呀？"

"……"

"我的意见暂时不要复查。理由一是马上就要夏收，抽调这么多人，影响麦收生产；二是，县上搞的这个运动从皇甫来看问题不大。运动中处理不当肯定有，如果要复查，先搞几个点，深入调查以后再做安排比较稳妥。"

"……"

那边的话除了柳青谁也没听见。

第一次"社教"是分期分批，头一批刚完，就有人同他谈，希望对这次运动进行复查，当时的县委书记刘恩焕找他，说有人告状，他劝说："先不要弄这事，运动刚开始就复查，下来还怎样再发动群众？开展工作就难了，工作队员也不敢大胆工作，复查要等运动后期，人们冷静下来，看问题更客观的时候进行，对真正处理错误的，当然要给予恰当甄别。"

他又说："做任何事情，都要看条件是否成熟，条件成熟了，问题容易解决，条件不成熟，过早把矛盾揭出来往往解决不了问题，反而把事情搞得更复杂。"

经过考虑,他给县上写了一个建议,谈了谈自己对"社教"复查的看法和意见。

不久,县上通知复查工作暂告一段落,没开始的就算了。少数社队坚持要搞。后来"文革"结束后张行军说:"在那些搞了复查的地方,效果普遍不好。现在回过头来看,除个别地方,这次'社教'基本是准确的。"

柳青在长安县早已没有正式职务,对县上的工作,自己有想法,历来是通过写建议的方式表达,希望给大家提个醒,起作用当然好,不起作用,也只能听其自然,他毕竟是个作家,不是职业政治家。即使是政治家,在某些大气候下也未必能起作用。

进入写作的心理氛围和思维环境,有一个准备过程,要想达到创作的极佳状态,最怕干扰和打断。柳青暗暗期盼,不要突生事变。他的隐隐担心,仅仅几个月就发生了。1964年秋季,长安县又被定为西北局的"社教"试点县,上头叫他参加这期"社教"。

"给我一段较长时间,让我集中精力写作吧!"

"不行!"

"我已经参加过一期'社教',能不能不再参加这期,继续写作?"

柳青恳求道:"写作就像打铁,烧红了,接着打几下就成了器件。如果放下一段再拿起来,就像放凉的铁,要重新烧红,才能打造。"

对方根本不理解他的比喻和请求:"那不行!这期'社教'你必须参加!我县的干部都安排到陕南××县搞'社教'了。"

"我的工作一再耽搁,身体情况也不允许我远离家庭。"

"那就照顾你,在长安县参加'社教'。"柳青仍被安排在罗湾大队"社教"工作组。

第一次"社教"运动的主要指导思想是中央1963年5月20日发出的《关于目前农村工作中若干问题的决定(草案)》。1964年中央又发了一个文件《中共中央关于农村社会主义教育运动中一些具体政策的规定（草案）》。前面一个大家叫"前十条"，后面一个叫"后十条"。这两个文件突出的思想就是以阶级斗争为纲，依靠贫下中农，清理农村干部队伍中的"四不清"问题。

对于长安县的第一次"社教"，运动后期，以至于多年以后，大多数干部和群众认为基本实事求是，有贪污盗窃、严重多吃多占行为的人占干部总数的百分之十左右，至多不超过百分之二十。

这第二次"四清"，在长安县天翻地覆，影响深远，大概全国有大量类似情况。

这次"四清"以西北局书记刘澜涛同志为首，号称"万人大军进长安"，主要成员来自北京和陕西。

工作队员先在县上集中学习。他们的指导思想是"后十条"，效法的模式是河北省抚宁县卢王庄公社桃园大队的"四清"经验。在长安县更加强调的是两个"不彻底"：

习仲勋在西北搞的民主革命不彻底，镇压反革命不彻底。

工作组成员在县上集中学习了桃园经验以后，工作队就要进村了，有些队员回忆，心里有一种恐怖感，好像到处都是阶级敌人，随时都有牺牲的可能。

10月，工作组正式进村，联系积极分子，扎根串联，组织贫协。原来的干部全部靠边站，因为他们认为"全县的干部只有两个半好人"。

如果从"清政治"来看，这次运动补定了相当数量的地主富农。

从"清思想"来看，基本没有做深入细致的工作。

从"清经济"来看，这是重点，不少地方有"逼供信"现象，实事求是的精神荡然无存。

从"清组织"来看，开除处分了大量党员干部。

柳青在长安县十几年，和这批干部们一起走过来，长安县干部的成长过程，长安县的发展，每一个政策下来农村的变化、存在的问题，都有切身感受，他认为："长安县的干部基本上是土地改革和合作化运动中的积极分子培养起来的，好的是大多数，即使有些同志在这几年犯了些错误，也是个教育问题，而不是打击问题。有严重经济问题的只是少数。民主革命不彻底的问题有，但是，解放十几年，有些人已经团结过来了，再补定地主富农，只能把他们又推了过去，有什么好处呢？"

罗家湾大队的第一任工作组长姓张，柳青向他介绍了这个队的情况，重点谈干部。他接受了柳青的看法，但按照"社教"总团要求，他的工作一直搞不下去，不久就被调走了。又来了个组长姓姜，他也接受了柳青的看法，也被调走了。第三个是中国人民大学的教师，没有农村生活的经验，单纯，上边怎么说，他就怎么做。上头让抓党支部书记，他就抓罗昌怀。

罗昌怀的个性比较倔强，敢说敢当。一次，工作队给贫下中农分发救济粮，罗昌怀在会上说："干部和贫下中农一样，有困难也应该救济。"工作组长说："你们干部把贫下中农的血汗都吸干了，还给你们救济，解放十几年，皇甫就没解放，我们是来进行第二次解放的，你知道不知道？"罗昌怀说："为啥没解放？1949年毛主席把咱解放了。"组长说："就是你们这些地头蛇把贫下中农欺压着，我们才要进行第二次解放。"罗昌怀说："你的看法是错误的！"一个在公安局工作的组员突然拿出一支手枪，在桌上晃了一下："你小心你的脑袋！"罗昌怀说："我打过敌人，没打过人民！"罗昌怀的态度激怒了工作组，从此对他的斗争急速升级，非把他打成个阶级敌人不可。

有一天，罗昌怀在罗湾桥头碰见柳青："我看这运动不对头。"他简单述说了那次过程。柳青说："他说皇甫没解放是错误的，你该做什么做什么。"

胜利大队的情况也类似，王家斌是运动打击的主要对象。

王家斌长得浓眉大眼，长脸，见人微微一笑，一边一个浅浅的酒窝。早年，他的绰号叫"王善人"，主要不是因为他长得一脸善相，而是因为他从解放前见到有困难的人，就尽自己的能力给予帮助。解放后，当了干部，公道能干是人们一致的看法。他从不对任何人发脾气。工作组一进村，他像往常一样热情接待，工作组员反而说他："你看这人，见人就笑，心里有鬼，肯定有问题。"王家斌以后再见到工作组员不笑了，工作组员说："你们看这人，见人青皮吊脸，一定有问题，你交代问题，交代了就不用吊脸了。"

柳青开始一再向工作组员表示，应该了解干部的全面真实情况，实事求是看待干部，不能这样不分青红皂白一竿子全打。

运动开始不久，他听说刘澜涛的秘书侯勇对他在皇甫村的生活意见非常大。侯勇代表刘澜涛坐镇长安，对运动起着实质性的指挥作用。他说："柳青在这里住的别墅，地主庄园，过的特殊生活……"政治上也有颇多微词，据说刘澜涛说："柳青长期脱离阶级斗争，不参加机关斗争，在皇甫村养尊处优……"柳青对第一次"社教"运动的看法，更是引起工作组的不满。以后再到工作组，组员们很冷淡，他一进去，马上改变了原来的话题，说一些没有内容的工作汇报，有关工作部署不告诉他，更不征求他的意见。

在一次大会上，"社教"总团点了三个人的名：柳青、马键翎，还有一个省委干部。说他们是长安县"社教"运动的主要阻力，柳青是这些"四不清"干部的黑后台。

一天，县委打来电话，说总团团长张国声叫他到县上去。

他去了，走进会议室，屋里除了张国声，还有县委的六个书记。这些书记们都是总团认为全县"只有两个半好人"之外的人，也在打击之列。他一进去，张国声第一句话问："去年的'四清'没搞好，今天关于'社教'又下来文件，你知道不知道？"严厉的表情，责问的口气。

柳青说："我认字，我不会看吗？"出乎意料的态度，让这些也在受审查的书记们感到不安，个个面带恐惧，他们为柳青担心。

张又说："县上开了四十天会，怎么一次也没看见你？"

"我在城里开会，在县上没职务，为啥非到不可？"

"长安县的干部情况，你知道不？"言下之意，这里问题严重，去年的"四清"把大量的"四不清"干部放过去了。

"五二年，我给省上写过长安县的干部情况，有报告，你可以查。"

"对去年的'四清'复查你了解吗？"

"我给县上写了一封信，阻止了'四清'复查，也可以查。"

柳青所说的这两份材料后来都查出来了。这次叫他来，本想用他在长安县十几年，对长安工作有责任追究之，蓄意找事，但没有达到目的。

张国声是西安市委书记兼长安县委书记，"社教"总团团长，没遇上过柳青这样的，已经在"受审查"的地位，还这么嚣张，很生气，第二天工作团叫作协的人来，反映柳青对运动的"恶劣态度"。作协的人见到张国声前，先见到一个县委副书记，那人悄悄对作协来的人说："柳青这回把工作队惹下了。"

虽然和团长顶撞了，但是，"社教"工作，他不只是关心，是日夜焦虑，看见干部们这样被整，感到剜心之痛。

在这次"社教"中，县委书记刘恩焕降职三级，当一般干部，定的罪名是"和西北局唱对台戏""包庇坏人"。因为复查第一次"社教"由他负责。

人们事后回顾第一次"社教"，基本实事求是，但也有个案，当事人和群众不服，刘恩焕要求复查确属事出有因，因此他在第一次"四清"后组织县委写过一个材料《"社教"后的王莽村情况》。

第一次"社教"王莽公社工作组是由1958年大跃进时在长安县当县委书记的孟服南负责。蒲忠智说："其实，他们没进村就定下要整我一下。"

生产队的干部赵敬坤说:"这里有历史原因。五八年大跃进,湖北请来的麦王,说他们的麦子一亩地能打几万斤,孟服南让蒲忠智在大会上发言,说他们的稻子一亩地也能打三万斤。蒲忠智说打不下,在会上没发言。上午会后孟服南带了一帮人找到蒲忠智,说他没发言是思想有问题。孟服南再问:'下午发言不?'蒲说:'发呢。'孟问:'打多少?三万斤打得下?'蒲说:'打不下,一亩地铺满装粮食的袋子才两万多斤。'孟服南很生气,觉得蒲忠智在麦王面前给自己丢了脸。这次一来就带着一种气势,非把你们这伙人收拾一下,打倒不可。"

找来找去,找到蒲忠智为女儿结婚在生产队平价买过两百斤粮食,给他定性为"变相私分",让他退赔。他退了,也承认这是不对的。这是蒲忠智最主要的问题。

第二次"四清",孟服南是"社教"总团的副团长,又负责王莽村的工作。他说:"这次运动大洋芋要挖,小洋芋也要挖,没洋芋还要挖。"原来的两百斤粮食不能按平价退赔,要按黑市价退赔,蒲忠智退了,白天黑夜开会批斗他,这还不足以打倒忠智,用一个全县流行的办法,把生产队干部定成地主,忠智就有包庇地主的罪名。这个大队所有的干部都找到了"问题",只有赵敬坤既没贪污也没多吃多占,还非要把他定成地主,这样,既打倒了赵敬坤,也打倒了蒲忠智。赵敬坤解放前有八亩三分地,四口人,家里生活并不富裕,工作组说他不劳动,也是剥削者。

为了给赵敬坤补定为地主,在写了他名字的纸上让每一个干部盖章画押表示同意。蒲忠智说:"要包庇就包庇到底,我不盖!"工作组说:"你继续顽抗,至少让你坐班房。"已经定下来,按反对"社教"的罪名法办忠智。正在这时中央文件"二十三条"[1]下来了,没法办成,就降了职,开除了党籍。

---

[1] 指1965年中共中央制定的《农村社会主义教育运动中目前提出的一些问题》,是对"社教运动"中"前十条"和"后十条"的修正案。

蒲忠智的大队共有二十八个党员干部，开除了十个，其中五个支委全部开除，一个没剩，还法办一个。

这就是全国劳动模范和他领导成立的第一个初级社的结局。

县委副书记董志英也因为按组织要求参加了对上期"社教"的复查工作，被认为这是"对'社教'的翻案活动"，定性为"现行反革命"，判刑八年。

柳青说："咱们的运动屡见这种现象，一上来，昏天黑地，容不得你讲清事实，争辩是非，运动过去了，冷静下来，也常会认识到问题和错误，所以，不到火候不要揭锅。"虽然以他对大形势的预感，知道还不到复查的时机，但他盼望明辨是非的一天早点到来。没想到，接下来就是"文革"，不但不能解决"社教"中的问题，反而有更大量干部跌进深渊。

时任西北局第一书记刘澜涛蹲的点在姜仁村，支部一共七个人，六个开除，一个女的劝退，也是处理得一个不剩。

在1964年初冬的一个月里，全县自杀近百人，绝大部分是基层干部。

"农村干部的辛苦，你们知道吗？他们黑不当黑，明不当明，难得吃上个正顿饭，睡上个囫囵觉，吃饭时间还是工作时间，难道他们就一无是处？这十几年的工作没有一点成绩，就漆黑一团吗？"柳青很气愤。

不管刘澜涛说他什么，柳青决定找他谈谈。

他和刘澜涛没有什么私交，解放后只见过一面。那是1960年西北局成立以后，刘澜涛来到西安，原本不知道柳青在陕西，1961年在报纸上偶然看见柳青的一篇文章，就和作协联系，并把他接到省委芷园招待所，像接待名人一样接待了他，因为这正是《创业史》在社会上产生很大影响之后不久。刘澜涛非常热情，问他有关陕西的各种问题，请他吃了饭，走时，和夫人刘素菲一起把他送上汽车，一再说希望他以后再来。

这次再见面,全无昔日的热情,柳青讲述自己一些看法,刘澜涛表情严肃,态度冷淡,他不愿意多说话。柳青三点钟到,他说四点钟还有事,不时看表,最后对柳青说:"你到皇甫村也只是比完全不下去强。"柳青告辞,刘澜涛勉强站起来,送到办公室门口。以后,他们没再见过面。

柳青回来说:"他说我住的土庙是别墅,那我的正墅在哪里?你们在城里有一座楼,我连一间房也没有。"

西北局第一书记根本听不进柳青对长安干部的看法。他决心不沉默,接着就去找当时的陕西省委第一书记胡耀邦,很坦诚地讲了他对"社教"运动的不同看法。胡耀邦说:"柳青同志呀!你最了解农村情况,农村干部,包括县区乡干部,有那么大的问题吗?我完全同意你的看法。"胡耀邦面色抑郁不平,接着说,"我也正在受审查,挨批判。"最后十分气愤地叹息:"权大压死人啊!"柳青还不明白形势吗?回来对县委一个干部说:"可怜的农村干部呀,要遭殃啦!"悲愤的眼泪唰的涌出来,瞬时,他站起来,用力挥了一下手说:"我是共产党员,我有保留不同意见的权利!"

三、"干部们早已是阶级敌人了"

1964年12月,柳青到北京去开全国政协会,当他再回到这熟悉的皇甫村时,大为震惊,群众和干部都想着办法告诉他,他不在的这些天里发生的事情。

工作组召开了斗争王家斌和全体干部的大会。

那已是初冬,一天晚上,工作组通知了所有的成年人开会。当人们走进布置隆重的会场,有人在窃窃私语:"听说今晚上要斗争王家斌!"

工作组进村后,背对广大群众,秘密"扎根串联",找的是反对干部的人,在他们的心里,干部们早已是阶级敌人了。通知干部们来开会时说:"今天晚上让你们给社员检查工作。"他们就是带着这样的心理准备来到会场的。

宣布开会以后,就听见有人大叫一声:"把王家斌押上来!"王家斌还没明白怎么回事,就被揪到台上了。这个一贯沉稳的人,虽然心里不平静,但他没有表现出异样,叫低头就低头,"运动嘛,咱有缺点,整一整也没啥。"

紧接着又叫上来公社副书记张行军,第三个叫上来的是副社长田生新,第四个、第五个……一直叫上去二十七个,公社、大队、小队的干部全部站到了台上。

工作队员质问王家斌:"你说!你贪污了多少钱?"

"没有,我没拿集体一分钱。"他接着又说,"我没给大家把事情办好,粗枝大叶,心不细……"

"不要说这些,你贪污多少粮?"

"我没有拿过社员的粮。"

"一百担麦子,五十担豌豆的黑仓库在哪里?"

"我的爷,我就能拿下那些?"王家斌心里奇怪,想不来居然没有一点根据也能说成这个样子,只好嘴上说,"没有,我没有。你们谁知道就往出揭。"

没人说话。

"你交代,你的后台是谁?"

他一下就悟出,这又是在找柳青的岔。

"我是党员,我的后台是公社党委嘛!"

"公社党委是谁?"

"谁是党委书记就是谁。"

"县上是谁?"

"谁是县委书记就是谁,刘恩焕嘛。"

"往上说!"

"市委书记。"

"谁?"

"名字就说不上来了。"

"再往上说!"

"省委书记。"

"谁?"

"叫啥一时还说不上来。再往上就是党中央,毛主席。"

"谁让你说这些!你的朝中人是谁?"

"我是共产党员,我的后台就是党组织、党中央。"

"还有谁支持你?这中宫寺住的谁?"

王家斌说:"柳书记嘛。"

这时有人喊:"叫柳书记也站上来!"

"他不在家。"有人喊叫。

"那就叫马葳站上去。"

马葳这时正站在会场最后边的暗处,她一听见这话,转头就往家跑,再没敢出来。

就在这时,一个女的跑上台打了王家斌两耳光,台上台下有点乱了。王家斌顿时觉得很委屈,他一贯受到大家的尊重,一时真是接受不了,但又能怎样呢?

工作组的一个队长说:"你们这一伙,黑心黑肝黑肚肠,比地主富农还可恶。"还骂出一些不堪入耳的话。

时间不长,一些老婆老汉就拿着小板凳往外走,有个老汉边走边哭:"这么好个娃,就这么糟蹋。"

干部们站在台上,开始还紧张,看见站了一大片,张行军心里在笑:"坏人就这么多,都成坏人,还有啥怕的?"表情慢慢也松弛下来了。

柳青听着这些讲述,心里很生气,但他不能给这些干部火上浇油,笑笑说:"站一下怕什么,我要在家,就和你们站在一起,马葳这个胆小鬼,跑什么,她应该和你们站在一起。群众运动嘛,你们把群众批评了多少年,群众才批评你们一个晚上,就有意见啦?"

"那工作队员怎么能骂人?"

"那是他个人的问题,是他违反了党的政策。"

这次会后,王家斌被关在家里,让他交代问题。柳青一回来就知道了,他提着的心,一分钟也放不下。他是一个农民,哪里见过这样的"斗争"?想不开,出点意外咋办?从运动开始县上不断有人自杀,很快就要上百了。柳青向"社教"总团提出来:"我要见见王家斌!""社教"总团让他找王曲分团,他又找了分团。分团团长是张方海。开始张方海有些怕,柳青给他谈长安县的干部情况,耐心地讲王家斌为什么是个好干部,张方海最终答应了让他见王家斌。

见到王家斌,柳青说:"今天我来看你,是通过工作组的,你不要害怕,叫工作团来人陪着,他们不来,分团来了两个人。"说完,柳青笑笑,"怎么样呀?"

"好着呢!"王家斌说。

"你对你的斗争会有什么想法和意见?"

"没有,应该开这个斗争会,对我有好处,我王家斌在这个县上影响比较大些,所有的书记都斗了,把我一个留下,我就是个盖子,这一斗把我这个盖子就揭开了。我相信自己,也相信党,不会冤枉一个好人。我有点意见,这斗争会开得不好,镇反一次枪毙了三十七个人,下来就是这次人多,斗了二十七个。过去,斗争地主以前,还要做做工作,谈谈话,让他老实交代,向群众低头认罪,争取宽大处理。这次一点风也没透,是把我骗去的,这样做合适不?"

"赵×说我们比地主还恶,那我到底是啥问题呢?"

"这回斗争完我,地主富农碰上我,多少年都没有这么热情,老远就招呼，这是啥原因？你看着，我王家斌运动过后还是革命的。"

王家斌又问："你看我交代后台老板对着不？"

柳青说："对着呢！"

然后柳青严肃地对王家斌说："你有问题，一丝一毫也不要放过去，交代得清清楚楚，没有的不要胡说，一定要做到实事求是，要经得住检查。"这几句话声音特别大。

"我细细想了这些年，就是多穿了人家一条裤子。那年上头救济下来些尿素袋子，分配完，多出一条裤子，群众说我从来没有要过救济，让我拿了，钱当时就给了，现在就是退六尺布证。你放心，我能把握住自己。"

柳青当时气得脸色铁青，这么好的干部，这么糟蹋，他说了一句："那我也是个'四不清'！"说完转身走了。

后来王家斌给他讲了在斗争会上被打的原因。那个女的是胡宗南的干亲家，解放初期，她把她的女儿同时定亲给了几家，为的是要彩礼。人家告到家斌这儿，王家斌批评她几句，从此记了仇。多年前的事，还是别人告诉他才回忆起来的，好像有这么回事。

柳青听着，嘴上没说，心里想："这不是让坏人整好人吗？这种私人报复，谁能受得下去？"像王家斌这样处境的干部许许多多，柳青真想出面再保护几个，可惜当时胆子小了一些。

王家斌被关时，夜里让他交代，工作队员往桌上摔出个本子："你好好交代，看！大家揭发一本子，你还不老实？"王家斌不紧不慢说："还有哪些？"不过他最后受罪不多，由于柳青的干预，几天就出来了。

胜利大队的董柄汉，就是《创业史》中冯有万的原型，情况令人痛心。

解放前，他是讨饭的，解放后分了地，结了婚，两口子正当年轻力壮，又没负担，彻底翻了身，对共产党的热爱就和他的性格一样，强烈火暴。在合作化初期出过几次思想问题，经过教育，以后一直做生产队长，能干、认真、负责，就是工作方法实在不好。他自己干活多少从不计较。

每天派活以后，如果要犁地，他会把犁铧给把式们收拾好，把用具理顺。插秧时他到地头看，弄得不好的就噌噌噌几下拔了："去，去，去！这插得不行，分配个别的活干去！"下工了，谁做得不好，一点面子也不留："我看他活儿不行，不能给十分，八分合适。"第二天，即使被扣工分的人不说话，老婆先骂上了："活都让你做了，工分全让你挣了，甭让俺活，甭叫俺吃。"

1961年，困难时期，粮食宝贵，他经常自己看粮食库，即便是别人看库，他半夜不放心，不时穿着半截裤，到库房转转。有谁私自拿了集体的东西，他一点不留面子，当场就说，所以，得罪的人多。第一次"四清"，他批评过的，偷社里东西的人就说他卖了食堂的一口锅。食堂原来四口锅，这人非说五口锅。他自费买了一辆自行车，专给队上大家办事用，所以报销了一些修理费。1963年的第一次"社教"中，让他退赔了二三百元。他当队长，生产搞得好，好好劳动的人分的粮食多，少数不好好劳动的，差些，说他不好。这个队上说真话的不少，但在那种情况下，私下都在议论，没一个敢当众说。"四清"以后，他的队长职务撤了，生产没有人认真抓，大伙着急，刘恩焕来调查，群众反应极强烈，他才想搞复查，给柄汉翻案。刘恩焕找柳青，柳青挡了："现在不忙这事，先把生产往上搞，这事要看火候到不到。"

柳青见了董柄汉总爱批评他，让他注意工作方法，董柄汉也有不服的时候，他敢说，敢顶。王家斌说："甭看柳青成天批评这人，他心里是真喜欢这人。董柄汉爱得罪人，我也舍不得这人，他当队长，队上生产搞得井井有条，年年增产。"

第二次"四清"，他得罪过的人又闹起来，董柄汉成了"四不清"的重点对象，天天让他交代贪污多少。开始董柄汉态度生硬，说："我没贪污！你要查出来，实的，拿枪把我崩了！"在审查他的那些晚上，人家开会就让他站在门外："想好了你交代！"今天这批人开他的会，明天那批人开他的会，人家几天一会，他天天要站。会开完了，再让他交代,又是甩出一个本子来:"这里都记着你贪污的数字呢,还不交代!"

工作组的成员眼看着别的队天天上快报,受表扬,今儿这个队清出多少钱,明儿那个队清出多少钱,自己没成绩,着急,追得越来越急。董柄汉也夜夜熬得受不了了。

"真个就是要钱呢?"董柄汉说。

"就是的!说了你就不用在这里熬着了。"

"那你写!"

"写多少?"

董柄汉闷了半天说:"你看写个两百元怎样?"

"两百还成?多着呢!"

"嘿嘿!"董柄汉笑了——苦笑,冷笑,耍弄人的笑。

"那你就多写些。"

"多多少?"

"两百多。"

"两百九十九也是两百多,两百零一也是二百多,到底写多少?"董柄汉低头想,一时没说话。

"你快说,明天还要上快报呢。"

董柄汉又是一笑:"你看写个二百五怎样?"

"你这钱都是啥钱?还要说个过程,是一次拿的,还是……"

"明天说能行不?我今儿回去才捏弄呀,明儿捏弄好了给你说。"

"不行!"

"不行那你写,都是……南瓜款。"

"怎拿的?"

"今儿八块,明儿十块,零掰碎取的。"

"干啥了?"

董柄汉想了一阵:"吃了肉了,喝了酒了,胡吃乱花了。"

第二天，喇叭里就听见广播汇报昨晚"战果"。晚上开社员大会，要他退赔，还把一些和他没关系的钱算了几项，最后，收他一间房、一台磨子，要了八百元钱。

这会一完，董柄汉哭了，气得发抖，让老婆擀碗面条一吃，给屋里交代了后事，不活了。王家斌当时正在隔离，一听说，什么也不顾："先要把人救下。"跑到董柄汉屋里，劝了一夜，陪了一夜，好说歹说董柄汉才不死了，最后董柄汉说："就这一摊子，他要了，全拿去。解放前咱啥也没有，共产党给的，这会儿再还回去，大不了再要饭吃，他谁还没我会'要'。"

后来党员登记，对他不予登记，党籍没有了。"咱是共产党不要的人了。"情绪低落。他不当队长以后，眼看着生产队一天不如一天，自己成天闲着，觉得没意思，就去找工作组："我还想当个干部，给大家服个务，队长当不成当个组长成不？"

"不成！"

他情绪更低落了："咱这一辈子革命就算毕了，共产党再也不会要咱了。"

以后，他再看见哪里横匾上写着"实事求是"，直摆手："骗人呢，骗人呢，咱再也不上这当了。"以后村里再来了干部或工作组，和他说说生产，能成；谁要和他说说共产党，接触到政治，他一拧屁股就走。

文化大革命开始以后，造反派掌了权，队里生产乱成一团，家家户户没啥吃，日子太苦，群众非让他当队长，他当，一心一意把生产往上搞。一两年好了，造反派说："就是米汤不起皮，也不能让'四不清'干部掌权。"又把他拉了下来。过了一两年不行了，又让他上去，生产好点又把他掀下来。这些都是以后的事情了。

柳青听说他"四清"中的表现，心情十分复杂，这哪里有一点严肃和认真？他碰见董柄汉就咬着牙说："你胡说下这一河滩，以后谁给你往清里弄呀？咋给你往清里弄呀？"

河南岸是这情况，北岸的罗湾也很有代表性。

罗昌怀和工作组意见不一致，硬干，对着干，一点不服软。工作组下了决心要把他打成个什么。查账一直没找到把柄，就想把他成分改定成地主。这是"社教"总团的大政策，纠正"民主革命不彻底"问题，在这里用上了。

罗昌怀家解放前许多年，爷爷手里雇过工，离解放还有许多年就穷了，按政策，当时定了贫农。即使按土改时的政策，他家早先的剥削量也够不上地主。工作组在这个问题上对其他人一个政策，对罗昌怀又是一个政策。

有一天，柳青看见在街道上搬来许多东西，他问这是干什么，人家告诉他展览罗昌怀家的东西，工作组说罗昌怀是破落地主，这是剥削所得，以后要分给贫下中农。柳青是工作组员，竟然不知道这件事。看见这情景，他当下去找工作组："你们根据什么说他是地主？当时的政策很清楚，他家是啥时候雇的工，剥削量够不够，一条也沾不上，以后你们怎么交代？"

柳青再问："他经济上有问题吗？"

"正在查。"

"查出来了没？"

"暂时没有。"

"没查出来，你们就这么整，我的意见是赶快拿回去。"

上午拿出来展览，下午就给罗昌怀送回去了。由于他对干部的这种态度，成为运动的阻力，"四不清"干部的黑后台也就不难理解了。

有一天，柳青从城里开会回来，到县上看看，如果可以，他真想平心静气谈谈自己的意见。对工作有不同看法是正常的，用平等民主的方式交换看法，才有利于消除分歧。但是，一进会议室，张国声冷淡得令人窒息，他只好坐了一会儿出来了。

在这种形势下，工作团的领导和许多队员很难听进他的意见。但也不尽然，王曲地区"社教"分团团长张方海，不大一样。

张方海和他认识于1952年，为了了解长安县的情况有过接触，他到长安县时，张方海已经离开了，以后没再联系。这次到长安，张方海正好在王曲当分团长。因为王家斌的问题，他们深谈过一次，之后张方海又抽空来柳青家坐坐，听听他对一些问题的看法。

据张方海的回忆，一次，柳青说他到北京开会，三届人大把形势说得"一片大好"，北京饭店的中央工作会议把形势说得一团漆黑，说"民主革命不彻底，漏划了许多地主富农"，要求民主革命补课。

柳青说："解放已经十几年，许多人已经团结过来了，现在补划地富，再把他们推过去，对自己有利还是有害？""毛主席在解放前，1948年2月说的话，《毛泽东选集》四卷上可以查到，他说对待地主和富农，'总的打击面，一般不能超过户数百分之八，人口百分之十'。当时划地主是有政策界限的，看解放前三年的经济状况；富农只割封建尾巴，即有剥削的那一部分。可是这次长安县'社教'又补划地富，还极力达到百分之八。"

他说："富农只割封建尾巴，这是刚解放形势的需要，不是民主革命不彻底的问题，制定这一政策，中央曾有过电报，征求各省意见，陕西的讨论会我参加了。""现在，从县上到队上，干部百分之百受到打击，方法有多残酷。县委等于解散了，党的组织也等于解散了，党的正常生活停止了，'社教'团是要一切重新来。要知道，干部的培养是个多么艰苦的过程，不是一天两天的事情。社会的整饬也需要长期艰苦的工作。一个生产队，理顺要几年，几天就可以搞乱，一天搞乱的队，一个星期也理不好。中国这么大，不同地区、不同省、不同队，各有各的具体情况，就能用'桃园经验'①一个模子套？"

---

① 指1963年11月至1964年4月在河北省抚宁县卢王庄公社桃园大队开展"四清运动"后总结出来的经验。"四清"的内容已经不止是"清工分、清账目、清仓库、清财物"，而是要解决思想、政治、组织和经济上的"四不清"。

"这样大面积打击干部有什么好处？"

张方海说："我完全同意你的意见，但是，目前形势不允许说这种话。"

以后，张方海常来。接触多了，了解也多了，互相有了信任，开始说些题外话，柳青说："我和人打交道，一般就是工作关系，基本没有个人交往，我是写小说的，主要在小说上下功夫。你就不同了，搞党政工作，我建议你，不要和比你地位高的人私交往来。咱们搞运动，他一出问题，就把你连带上了。"几年以后，张方海说："我亏得听了他不少话，少犯了许多错误。"

"社教运动"中的许多现象，全国各地都有，希望在哪里？只有中央的政策改变……这是柳青和一些地方干部的期盼，他们担心，再这样走下去，运动会更加残酷。

四、"二十三条"发表之后

1961年庐山会议以后，人们嘴上不敢说，心里是压抑的，柳青有时对熟人或马葳说："自己脸上有黑，对着镜子擦了就对了。怎么能不承认，反而骂人家脸上黑？""有不同意见，要让人充分发表，这才能让我们考虑问题更全面，怎么会动不动就是反党呢？"

这次运动，对以后的影响有多大，一时还不能确定，他既无能为力，又心急如焚，对一些人说："哪里见过这样的事？自己打自己，往死里打。"

在煎熬之中，1965年1月14日中央出了新的文件《农村社会主义教育运动中目前提出的一些问题》，也就是著名的"二十三条"。农村形势发生了变化。

不久，张国声坐了汽车来到皇甫村，先过河去看望王家斌，问他斗争会的情况。然后，又找了其他人，第一个找来询问的是张行军，听过讲述，问："你说这话是真的？"

"一句假的也没有！"

又了解几个干部和群众，说的基本一样，张国声表示："这样做是错误的。"并向王家斌赔礼道歉。

很快就是春节，一般社员还是喜气洋洋；当干部的，尤其是那些被收了房、罚了款的家庭阴云密布，高兴不起来。

大年初一包顿饺子，往常柳青还要提醒孩子的姥姥，在饺子里包点异物，让盼望过年的孩子们吃到，欢喜雀跃，制造一波波欢乐气氛。今年柳青和马葳都没有心情，虽然"二十三条"发表之后，有些变化，"逼供信"的情况少了，但是，农村形势没有根本变化，往后会怎样？他们二人仍然忧心忡忡。

过了一两天，出乎意料，张国声和夫人带着孩子们来给柳青全家拜年，两家的孩子有的还是同班同学。孩子们异常兴奋，他们不知道在大人之间发生了什么，在一起玩得特别尽兴。柳青心里明白，张国声理解政策的变化，他的态度也在变。大家在一起有节制有限度地交谈，但态度是诚恳的，一顿丰盛的午饭还是吃得火火热热。这次相聚消除了感情上的隔阂。

春节过后，工作组员从宝鸡集训回来，一些人说话变得谨慎，钦差味道少了许多。但也有的人说："'二十三条'的公布不是宽了，而是严了。"从全县来看，说"不是宽了，而是严了"的人，坚持他们对干部的处理，补定的地主富农基本没变，退赔的决定基本没变，开除党籍的也基本没变。长安县的"四清"就像竹竿子打枣，原来的干部队伍被打得七零八落。

但是，皇甫乡的工作组员态度变了。

工作组的同志来柳青这里勤了，也常听听他的意见。这个工作组主要是中国人民大学中文系的教师，初来时，对王家斌和其他干部一开口就是训斥，组长××甚至经常谩骂，也许因为他的家庭出身是大地主,他才要表现得更不一般,动不动就拍桌子打板凳。开始王家斌看见,总在想这哪里是共产党的作风,但他不敢说。有一次见到柳青,他说了这话。柳青说:"以后再见他这个样子,不要怕,问他帮助干部提高认识、改正缺点能是这样?"柳青说过以后,王家斌敢说了:"你这样教育干部?我看是不对的。"他说过一两次以后,果然见效,××举止渐渐有了知识分子的文雅。

工作组刚回来的第一天,寒风吹打着枯树,河面上结着薄冰,许久没有人的办公室阴冷冰凉,王家斌先到那屋,把火生起来。他迎出去,走到河边正碰上工作组员,王家斌赶了几步,热情地招呼他们,反而使他们不好意思了。节前他们临走时曾经对王家斌说:"斗争你的会没有上报总团,没按规定办理,这是我们的错误,你不要害怕,也不要生气,我们向你赔礼道歉。"王家斌说:"我不害怕,也不生气,自己人嘛,也不用赔礼道歉。"

在这一群人里有组长××,他不好意思,脸红了,递了一支大前门烟给王家斌。王家斌没有丝毫异样,和他热情招呼,以后,在工作中,家斌配合工作组,从不为难他们,接待亲切、真诚,尽心尽力,组员越来越喜欢他。有一次,一个姓苏的组员问起他的身世和家庭,他细细说了一遍。解放前他曾经参加本地农民自发的暴动,因为有人暴露,被国民党抓进监狱,三次被打,几乎死掉,他宁死也不说出他们的计划和参加者。他也讲述他的要饭童年,解放后对共产党的热爱。他平实的语言让这些知识分子们大为感动。

时间不长,组长××调到另一个村子去工作,开会时碰见,王家斌主动上前打招呼,开始××还想躲,他看见王家斌那么热情真诚,很不好意思,又一个劲地递大前门烟——他被感动了。

"二十三条"公布以后,人大的组员们来柳青家里多了。他们对农村的情况,可以说了解甚少,怎么能有自己的看法?只能是"跟上别人跑"。和柳青交谈过几次,才感到农村情况的复杂,自己的幼稚。

说到王家斌，有些人哭了，所有的人都赞叹："没见过这么好的人呀！"家斌从他们来到走，不管是被斗争的一段，工作组道歉以前还是道歉以后，一直是热情诚恳，面色平静，没说过一句怨言，怎么能不让人感动？

就在"社教"后期，胜利大队决定打三眼大口机井。由于河南岸的两个队多年来水地不断增加，水源又显不足，再继续发展稻地，解决水源问题就是关键，社里决定打三眼大口机井。打井靠人工挖土，一筐一筐往上送，一口井费时一月。柳青天天来。王家斌领着大伙白天在井旁干活，晚上要为第二天做好准备工作。那天，需要进城买些七零八碎的用具，他下午拉了个平板车走了四十来里地，到西安东关买好所需物品，为了赶上第二天使用，连夜拉着车往回走。到南门天黑严了，走到瓜洲坡已是半夜，他也担心这里不安全，听见前边有人声和车声，紧赶一阵，追上他们做个伴。当他和那车并排时，人家问他："你是哪个村的？"

"皇甫的。"

"你们呢？"

"刘村的。"

"这黑天弄啥去了？"

"给队上买点东西。"

"怎不在城里歇一夜，三更半夜往回赶？"

"歇店还要钱呢。今儿黑了赶回去，跟上明天用。"

突然有一个人问他："你晓得王家斌不？"

"晓得。"

"这阵怎样了？"王家斌被斗全县影响很大。

"这阵没啥了。"

"人好着不？当干部没？"

"好着呢，还当着哩。"

又有一个人突然说:"我怎听你的声音像是王家斌?"王家斌曾经在刘村做过几次报告,不少人见过他。

"不是的,我认识他。"

其中一个人说:"这阵儿人家在炕上睡着哩,半夜三更,书记到这里做啥!"

大家一路走,一路聊,到了村口的信用社,明晃晃的大灯泡照着几个拉车的人。那个说他像王家斌的人哈哈大笑:

"看看看,我说是王家斌嘛,你们不信,听声音就像,你们看这不是王家斌是谁?"

王家斌赶紧把他们请到屋里喝水,让他们歇歇脚再走。临走他们说:"怪不得人家没事,就这样的干部,能有啥事?"

"社教"以后,全县选出四个模范干部,王家斌就是其中一个。

四月份,这一期"社教"到了最后阶段——建立新的领导班子。叫谁干谁也不干。老的干部怕再挨整,新选的人看见老干部的下场,也怕。工作组要让谁当,家庭的压力就够呛:"快了,快了,咱的房也快收得了。"老婆和父母先坚决不让,"你把人都得罪完,还能有咱往后的日子?""你没听人说,当干部是在老虎背上骑着,总有下来的时候,下来再收拾你。"

干部班子建立不起来,工作组到撤的时候,迟迟不能走,很着急。后来,他们想到柳青,他在这里威信高,说话起作用,请他给大家做个报告,说服动员一下。

去年"四清"结束,他也给干部们做过一次报告,说明了"四清"工作的必要性。的确,三年困难时期出现了一些干部多吃多占,侵害群众利益的事情,甚至有少数人贪污盗窃,但是,大部分干部是好的,主要还是个教育问题。实事求是地说明问题,总是会被大部分人接受,也就是因为他一贯实事求是才有这样高的威信。

有几句话给人留下了很深的印象:"咱们的这个集体好像一座房

子，有人总想破坏这个集体，想乘机拿镢头把你的房子挖倒，你当干部，多吃多占，搞特殊化，不是等于不去制止用镢头挖墙的人，反而帮助他们用手指头抠墙吗？不怀好意的人挖，咱自己还抠啥呢？同志呀，不要抠啦！好同志呀，怕什么，多用了些钱，多吃了些，给群众一说，洗手洗澡，积极退赔，以后还好好工作，为大伙服务，群众是会原谅的。"他边说边笑，像拉家常一样。当时党内和社会上把问题看得十分严重，把干部作为敌人打击，他的讲话没有把事情看得一团漆黑，同志们都笑了。

今年和去年不同，今年的干部队伍像是被黑霜打过的庄稼，要想做好他们的工作几乎等于起死回生。他为了讲好这个话，鼓励干部正确认识自己，正确认识运动，思考了几天几夜。

讲话那天下午风和日丽，在王曲驻军部队的操场上，全县许多干部和工作队员都来了，黑压压坐了一大片。

这次讲话在长安县的干部中流传，印象深刻，影响深远。从会场走出来，许多干部的想法已经变了，原来坚决不再当干部的说："咱还要干呢，不能受了这么一点挫折就不干了，还要为人民服务，把咱的生产搞上去，把集体经济搞好。"

一些工作队员从操场上走出来说："人家这才是真正的马列主义。"这次讲话个别工作队员做了记录，遗憾的是，经过文化大革命，这些材料已经很难找到。柳青去世以后，不管是长安县的干部，参加过"社教"的工作队员，基层干部，谈到他都提到了这次讲话，动情地叙述柳青是怎样充分肯定干部十几年来的成长和贡献，和"社教"总团的调子完全不同。在当时，他敢于说这些话让干部们感动。他对风雨同舟的基层干部深切关怀，满腔热情地谈了干部队伍的建设和改造。他说："我也是个'四不清'，困难时期，县上曾给我补助过二百斤粮票，我如数退赔。世界上哪有不犯错误的人，以后不犯这样的错误照样是好同志，好干部……"

"社教"工作团把以前的工作说得一团漆黑，把"社教"以后说得一片光明，所有的成绩都是这次"社教"工作带来的新气象。柳青在会上反复强调：长安县的成绩是长安县六十万人民十几年奋斗出来的，过去绝不是一团漆黑，以后也不是没有问题，出现问题只要我们及时解决，我们就会不断前进。

这次讲话对干部班子的建立起了显著作用，使工作队没有延误太长时间就撤出了长安县。

这次"社教"给长安县造成的损失无法估量，遗留的问题数不胜数。还没有得到反思和认识，文化大革命就开始了，雪上加霜，生产一蹶不振。在这数年没有间断的运动中，长安县的干部和群众中隐藏着一种强烈的愿望，期盼有一天，能把"社教"中的不公正改过来。

1978年，"四人帮"倒台，结束了一个时代。原来在县农工部工作的干部，参加过三次"社教"的郭盼生拿起笔，给当时的中央组织部部长胡耀邦同志写了一封信，反映这次长安县"社教"中的问题。胡耀邦将此信批转给陕西省委，同时，在《人民日报·内部参考》上登载了此文。我将节录极少的几段，管窥当年：

……以刘澜涛为首的"社教"工作团，从1964年5月来到长安县。先开县委工作会议，再到各公社、大队，层层"揭盖子"，大搞逼供信，搞白色恐怖，使长安干部人人自危。不调查，也根本不考虑长安地区解放前土地集中的状况，机械地套搬地富应占农村总户数8%的比例（这也是标准的"形而上学"猖獗）进行"民主革命补课"。随便推倒了长安县土改时经过调查、省上批准的以六十亩土地为界限区分地主和小土地出租者的规定，随意否定国务院关于划分阶级成分以解放前三年经济状况为准的规定，等等。就这样"民主革命补课"的结果，长安地主、富农总户数由土改后的2.66%上升到了5.97%，最后还是高抬贵手，没有达到8%。

新补定的地富，不能说完全错了，然而，其中肯定有一部分属于可定可不定的，把这些可以争取的人硬推到敌人那一边。还有一部分并非真正的地富，而是因为解放后表现积极，一贯跟党干革命，长期担任村干部，在工作中得罪了一部分人，工作组便发动这些"群众"，伺机报复，硬给他们带上了地富帽子。例如：细柳公社蒲阳村共四个大队，四个支部书记，四个大队长，其中六个被戴上地富帽子，其余两个也被开除了党籍。举两人为例，一个叫吕长春，解放前有地12.6亩，人7口，原定贫农成分，在民兵工作中有过显著成绩，出席过全国民兵代表会议，荣获全国民兵模范，担任大队支部书记。工作组给他找岔子，一榜改定为中农，不准入贫协，本人不服，二榜定为富农，本人当时和工作组据理争辩，工作组竟胡说："解放前三年没雇过长工，你爷爷手里雇过长工。"（那是清朝末年的事）本人更是不服，第三榜公布干脆升成了地主。

……

"社教"中补定地富反坏分子共5305人之多，"清经济"中的冤案更多。县社两级干部中大部分因"包庇坏人"和经济问题被处理。原来的农村支部书记，因队长定成地主富农，公社干部就得扣上"包庇坏人"的帽子。原来县、区、社脱产干部家中定成了地富，或本人有了经济问题，县上有关领导干部也要扣上"包庇坏人"的帽子。县社干部在困难时期给自己家里盖了房子，或是买了点物资的，凡是平价买的东西，"社教"总团明文规定都要按自由市场上的高价重新抵算。这个差价就算"四清"成果，勒令退赔。农村干部的贪污问题，更是千奇百怪。这里一个"贪污集团"，那里一个"盗窃集团"。只要是有人说仓库丢过粮食，就要逼干部承认偷盗。刑讯逼供、车轮战、疲劳战、体罚、威吓、恫吓、诱供、骗供……等等手法，无所不用。许多人不得不承认，有些"硬骨头"的，坚持实事求是，逼得走投无路，只好自杀……一个不完全统计，刘澜涛所搞"社教"，县、区、社、队干部，按敌我矛盾处理的1000多人，捕办59人，戴帽225人，开除党籍、公职528人，自杀162人。此外，按人民内部矛盾处理留党察看291人，其他受一般党纪处分和行政处分的就更多了……

文中除了谈到劳动模范蒲忠智、县委书记董志英的案例，还列举了全县大量实例。

这次"社教运动"极大地破坏了长安县的干部队伍，新的干部队伍在运动以后思想、心理、作风都有了较大的转折性变化，明显走了下坡路。

柳青曾长叹一声："唉，长安县——得天独薄，剃头匠们都在这里磨刀、试刀。"他的意思是说，各级政府常把这里作"运动"和"政策"的试点，由于政策的错误，长安县受到的损害往往更大。

柳青和夫人马葳

第十三章

一、山雨欲来

柳青原计划《创业史》第二部1964年写完,在刊物上连载,听取意见后1965年出书,到1969年要完成全四部。现在,"社教"结束,已经是1965年6月,第二部虽然离收尾不远,但这次拿起来与第一次"社教"后有些不同,个人心境不同,社会气氛不同,放的时间也过长,这一次比上一次进入角色困难多了。他说:"我这种写法,进入不了角色,就一行也写不出来。"他写小说不是才思泉涌,是一个字一个字挤出来的,是在慢慢爬行,他盼望得到较长时间,能让他继续爬行下去。

冬去春来,麦子返青,一晃,又到了外出"躲病"的时节。不久前焦裕禄的事迹见报,产生极大的社会反响,在他心中激起非同寻常的共鸣,他更盼望从此以后,党内团结,一心搞好生产,尽快修复"社教"对农村造成的损害。所以,他决定今年到兰考去,表达对焦裕禄无限的怀念和崇敬,同时学习他的工作方法和献身精神。

但是,他对国内形势的预感和他的"盼望"十分矛盾。他绕道北京,想听听几个老朋友的看法和对未来的分析,然后再去兰考。

在北京,一贯畅所欲言,甚至无话不谈的朋友,这几年都变了,越来越谨言慎行,这种现象很普遍,他理解。但今年的表现却让人无法忍受。有的人接待他神情戒备,语言吞吐,甚至把办公室的门敞开拉大,分明是向隔壁和过路人表示:"我们没有策划于密室的阴谋。"这种可感不可言的气氛,让他只小住几日便匆匆离去:"是非之地,不可久留!"走前,他对《创业史》的责任编辑王维玲说:"看来一场大的斗争不可避免,再来的风暴不会小。"

没想到这么快,从兰考回到西安,文化大革命已经爆发了。

1966年5月25日,从《人民日报》发表了聂元梓的第一张大字报以后,政治飓风席卷了中国大地,铺天盖地的大字报糊满了机关、学校、单位,直至街头巷尾。

柳青不得不到机关参加运动,完成第二部的计划再次被迫落空。

当时想得简单,根据经验:"运动嘛,最多几个月,一结束,马上回来继续写作。"

二、成了"黑作家"

这一运动的目的是什么?运动的对象是谁?运动的领导、运动的时间和规模，初始还看不清楚，但柳青心里明白，中央领导这几年有矛盾，不是蛛丝马迹，有些讲话表现明显。是什么性质？有多尖锐？用什么方法解决？柳青，一个生活在基层的人，在默默观察。当时，大概处在上层的干部也不一定清楚，不管怎样，广大群众已经习惯"毛主席挥手我前进"。

社会上每一天都发生着剧烈的变化。

报纸上连篇累牍鼓动造反，中央文革领导小组不断接见学生代表，讲话，开会，要娃娃们造反。北京刮什么风，各地就下什么雨。北京学生到处造反，西安的学生就在省委静坐示威，省委大院里人流涌动，要求揪斗省委领导的呼声此起彼伏，愤怒的学生打碎不少窗户，残留的玻璃碴反射着强光，使一个个残破的黑洞显出夏日的凄怆和破败。

柳青站在院里默默流泪，建设要数年，破坏转瞬间。"革命就这么个革法？"他多年的忧郁，此时更加强烈。

当中央文革领导小组的名单公布以后，他惊讶地对董得理说："不得了，这要出乱子呀！这里没有一个搞过实际工作的，全是知识分子，过去中央的人都是搞过实际工作的。"

"柳青一贯强调干部必须从搞过实际工作的人中选拔。"董得理后来回忆说。

运动一开始，针对柳青的大字报不多，零零星星几张，读后，他觉得有些内容不是事实，便要认真解释，给予订正。全社会开展了"四大"①，大字报铺天盖地，有多少人追求它的真实性？没有任何法规，没有任何约束，人人都可以说话。

许多人在挖空心思地揭发，柳青没有写一张揭发别人的大字报。《延河》文艺月刊副主编贺鸿钧见到他，问："人家都在揭发，你怎不揭发？"他慢条斯理地说："我和人家不一样，我担一笼鸡蛋在集上走哩，谁都

---

① 即"大鸣、大放、大字报、大辩论"。

敢碰我，我不敢碰人家，怕把鸡蛋打烂了。"意思是，他为了写完自己的书，处处谨慎，事事小心。

揭发不揭发，这是对待运动的态度问题。

按历史惯例，运动初期各单位派驻了工作组。时间不长，在最炎热的季节里，形势发生了急剧变化，又发动了一次运动高潮——"反对资产阶级反动路线"，说派往各单位的工作组和文革领导机构是压制群众，执行反动路线的。从此，各个单位的工作组、文革领导小组相继垮台，受到批判，社会各界造反组织大量成立，掌了权，横扫几乎所有当权派、学术权威……

作协的运动也在向"纵深"发展，专业作家、大小当权派一个接一个受到批判。不用事实，柳青就成了当然的"走资派""黑作家"，批判会一个接着一个。

作协造反派邀请社会各界群众介入作协运动，一天，请来几个西北大学中文系的学生。那是学生地位最显赫的年代，有学生的参与，才壮威，才增光，所以学生被视为上宾，坐在会场前排中央。

在长方形的会议室里，南面是主席台，柳青就站在主席台旁边接受批判。

这一次主要是批判他的作品《创业史》和《狠透铁》。

"伟大的无产阶级文化大革命威震中外，国内外反动派闻风丧胆……刘邓司令部安插在各个角落里的代理人被揪出来了，受到群众的批判，可是刘邓司令部在文艺界的大红人，旧作协裴多菲俱乐部的黑司令柳青，却安然无恙，还是一个连一点缺点也没有的'革命干部'。柳青的历史没有问题吗？柳青和刘邓司令部上下阎王没有关系吗？柳青的作品、生活没有问题吗？……在毛主席亲自发动的'文化大革命中'，柳青这个老虎屁股，今天我们就是要摸，马蜂窝，我们就是要捅，非捅不可，他的独立王国非砸烂不可！"

声震屋宇。话音一落，就是一阵"打倒黑作家柳青！""批倒批臭大毒草《创业史》!"的口号声。

发言一个接着一个,个个慷慨激昂:"柳青这个周扬反革命修正主义在文艺界树立的黑样板,非常受黑主子周扬的爱护,周扬不仅写了文章对他大加吹捧,在全国第三次文代会党内会议上,周扬讲话中,唯一表扬的人就是柳青……"

发言一停,又是一片"打倒……""砸烂……"的口号声,接着就有人质问:

"你说你为什么污蔑贫下中农?梁生宝给地主当长工,还买得起牛?"柳青看了看发言的人,慢条斯理地说:"小……牛……嘛。"

"你回答,为什么污蔑贫下中农?梁生宝办互助组那么忙,还有时间谈恋爱,出去买稻种还想改霞?"

柳青又抬头看看说:"他想谈嘛……那会儿没有事情嘛……有空嘛……"低沉而缓慢的语调,与火药味浓重的会场气氛极不相称,使一些人想笑而不敢笑,一些人憋不住干脆笑出声来。

当时的西北大学学生马师雄后来回忆说:

"我们西大去了六七个学生,都对《创业史》特别熟悉。我买过好几本,看过十几遍,但没见过柳青,这是头一次,他看上去不是想象中的大作家,穿的农民式的对襟棉袄,戴个毡帽,戴个眼镜。一开始站在那里一动不动,半眯着眼睛,又像在听,又像在想,表面看上去很平静。发言的都是作协的,调子非常'左',听了一阵,我们表示不满,退场走了。时间不长,我又到作协看大字报,想到他家坐坐,一推门,他第一句话说:'上次开会你来过的吧?'我惊异于他的记忆力,他说我们的样子他都记下了,这是批判他的会,他一点也不紧张。

"这次我问他采访笔记怎么写,他说:'我不写采访笔记,写那么多放在哪里,用的时候又在哪个本子里找有用的材料呢?太多了反而没用。'我又问:'那么多资料,怎么能记下呢?'他笑了,觉得这个问题有意思,他很少笑,他的神态可以看出心情不好,写检查,挨批斗，怎么能好呢？但一说到《创业史》，经常笑，好像把不愉快的事都忘了。他说：'这是职业训练的结果。你去过北京吧？我到那里就佩服那些公共汽车售票员，听他们把沿途的站名、地方、门牌号数，几百个名字记得清清楚楚，背诵如流，要叫我……'他摆摆手，表现无可奈何的样子，'几年也背不过来。这是他们的职业需要，服务工作的需要。我的工作几十年培养了这种思维活动，记在头脑里比记在本子上更管用。特别是自己经过的、调查过的事很难忘记，王家斌互助组的事就是我亲自经过的，这还能忘记？刘远峰互助组的创办，开会我去不了，都是马葳参加，她每次回家给我再现现场，我很感激她。'

"说到这里，柳青看看在一边忙碌的马葳说：'这本书凝聚了我们两个人的心血。'"

三、下放

回忆的兴奋极其短暂，当下，只能面对批判。

"文化大革命"中，造反派多次指责马葳，要她揭发柳青，和柳青划清界限，马葳总是低声地说："我怎么能和他划清界限嘛，我看见他总是刻苦学习，认真写作，尽自己的能力做好事，要我同他划清界限，要等我认识到他是坏人以后。"

由于柳青处境险恶，马葳把孩子们的管理，许多家务事尽可能推给母亲和妹妹，几乎所有精力都用在柳青身上，担心丈夫的身体支持不下来，只要允许，她和丈夫寸步不离。

造反派让柳青在收发室值班打钟，白天柳青做，夜里柳青剧烈咳嗽，影响睡眠。为了让丈夫清晨多睡一会儿，一早一晚，马葳自己干。

脑力劳动不是劳动，知识分子是资产阶级，多年来，这种认识已成风气，"文化大革命"中发展到了极端。为了改造这些人，造反派指派他们干各种体力劳动。1967年的麦收时节，又把这些文化人拉到农村，进行思想改造。

柳青是过敏体质，空气中一有异味，哮喘就发作，最突出的是麦花过敏。陕西关中地区是小麦产区，"文革"前，年年临近麦子扬花，他就离开关中地区，到北边或南边没有这种威胁的地方躲一躲，他管这叫"躲病"。

现在"躲病"是不可能了，但他还是提出来："我怕麦花，烧炕的味道一闻也要犯病。"造反派头头说："你是个欺世盗名的作家，你说你在农村，和农民结合，连烟味也闻不了，麦子扬花都不能闻，你还深入生活？你不死就要批判你！就是死也非让你到农村去，死在农村，棺材也不给你，拉去喂狗。"

就是死在农村也得去，还能说什么呢？

他和单位的人们一起来到三原县的山西庄大队。

七十来斤的体重，瘦弱不堪的身体，实在是无力挥镰。"感谢"造反派，让他干轻活，拾麦穗。看着他呼吸困难的样子，他们嘲讽说："你年年要躲病，今年没躲，也没死掉吧？可见你过去是装病。"他沉默，每天认认真真拾麦穗，他说："这不是为造反派拾，是为人民做有益的事情，任何时候，劳动都是光荣的。"

他的哮喘一天天严重，造反派头头非让他到地里，给棉花"打裤腿"（打去多余的棉枝）。《延河》编辑路萌后来回忆说："他拿了个小板凳，给我教怎样打得好，还说给老百姓种庄稼很愉快，还挺乐观的。"

马葳也来了，分配在二十里以外的生产队。割过一天麦，不管多么疲劳，一下工，顾不上休息，就匆匆赶往山西庄，去看望柳青，有时弄点吃的，有时送来香烟，独自返回住地时大多已是深更半夜。

柳青坚持劳动，终究经不住麦收时的气味，一天不胜一天，最后，还是病倒了，住进县医院，马葳又起早摸黑，天天到县医院看望他。

看着风尘仆仆的妻子，也看到有些人使出浑身解数揭发丈夫，与丈夫划清界限。而马葳，反而倍加体贴、充满信任，他的心融化在这艰难日月里极端甘甜的感动中，活下去的信心更坚定了。

四、terrible

不知从什么时候起，兴起"天天读"——读毛泽东的著作。逢会开始，必然全体起立，拿着《毛主席语录》，举过头顶，一边摇一边齐诵："敬祝伟大领袖毛主席万寿无疆！万寿无疆！万寿无疆！祝林副统帅身体健康！永远健康！永远健康！"

"天天读"时，柳青每次都坐在窗户跟前，拿一个陶瓷杯，一个小水壶，一个小茶叶桶，不断喝水。多少年形成的习惯，一感到干渴，呼吸就不顺畅。

"柳青，站起来，老三篇，《为人民服务》，背！"一个曾是编辑的文人在严令他。

他抬起眼睛看看，没有声音，背不下来。

啪！一记响亮的耳光。他又看看。

随着一声吼叫，啪！又是一记响亮的耳光，一只眼镜腿吊在半空。

这样的胡作非为成了最"革命"的表现。柳青在想："打倒一个作家，自己就能成为作家吗？"

就在"天天读"的会上，茶杯一个接一个，让疯狂粗暴的造反派摔到水泥地面上，粉身碎骨。他，沉默无语。

因为柳青有点社会影响，造反派请来了"社会力量"，进作协造反。来了"工农兵文艺总部"的造反派，"长安兵团"的造反派。批判会上，一个个义愤填膺，控诉这个"刘邓在西北文艺界的代理人，裴多菲俱乐部的黑班主——柳青"的"罪行"。

此处随便引一段当时业余文学爱好者的发言："旧西安作协是反革命修正主义的裴多菲俱乐部，是刘邓推行反革命修正主义政治路线、文艺路线的分店,是彭(德怀)、高(岗)、习(仲勋)反党集团的一个据点,是为复辟资本主义制造反革命舆论的重要阵地。这个刘记黑店的黑老板,西安作协裴多菲俱乐部的祖师爷就是反革命修正主义分子柳青;这个裴多菲俱乐部的开张,就是柳青一手导演的一场反革命丑剧。柳青这个埋藏最深、最阴险、最狡猾的敌人,这个刘少奇在西北文艺界的代理人,彭、高、习在作协的死党,几十年来,活跃在反革命修正主义集团中,为他们效忠卖命,成绩卓著……"

各行各业的造反派整天就是这些陈词滥调,时不时质问柳青:"你吹捧刘少奇,养尊处优,拿着高薪,为什么不为工农兵服务,还搞资本主义?"

每个人发言以后,永远是声嘶力竭的口号声。

"站起来!"他站起来,"低头认罪!"他低下头。几乎所有的"当权派"都承认自己"走资本主义道路",他不承认,一直不开口。有人私下劝他:"连个走资派你也不承认,承认了少受些罪。""连我们这些小喽啰都承认,你还不承认?"他说:"别人能,我不能!"

他常说的一句是:"承认了就不是我柳青!"

他被一个造反派罚了跪。

另一个曾是编辑的造反派,喜欢当众动手,背后也常打人,训他:"我和你谈话,你一个字也不交代,你这是什么态度?"

"现在你们都说我态度不好,将来你们会认为我的态度最好!"他不紧不慢地说。

回到家里,他在一个本子上写了个英文单词"terrible"(可怕)。

经过枪林弹雨他没有"可怕"的念头,而此时这"terrible"包含了多少复杂心理,这哪里是"触及人们灵魂的革命,国家的前途,人民的希望"?这是在摧残人们的灵魂呀!这样走下去,他深感"可怕"。

这个本子以后被抄走,成了他仇恨"文化大革命"的铁证。

五、万幸的抄家

柳青到作协参加运动不久，马葳也必须到机关参加运动。

他们不在家的时候，这个家两次被抄。

古代奴隶给主人下跪，封建社会臣民向天子下跪，现在下跪是一种复古，抄家又是一次复古行动，它不需要任何机构的批准和手续，任随群众组织的"革命"意愿。

第一次是作协造反派的突然袭击。

汽车要进村的时候，家里才得到消息。正在城里读书的马葳的小妹妹，停课闹革命，正巧回家来看看。她想做点应急准备，但箭已离弦，刻不容缓，只想到了那些标有"内部发行"的书和一些名著，抄走了太可惜，赶紧收拾到一个面口袋里。藏！藏到哪去？放窑洞？放床下？情急之中，她把书放进院子的煤堆里，把煤盖上以后，一转身又觉得不对，让造反派翻出来，岂不罪加一等？算啦，拿出来吧，刚把这些书刨出来，放在大房子的床上，造反派已经破门而入。这些书此一去，缈如黄鹤，其中有一些有价值的书。

第二次抄家有点戏剧性。

北京有个"联动"组织，是清一色的"高干子弟"，西安也有个类似的"红恐队"，都是十几岁的中学娃娃。穿着黄军装，戴着红袖章，皮带扎在腰间，见了"黑帮"，皮带就是武器，在造反运动初期，他们也是社会上抄家的主力之一，想抄谁抄谁。弄不清什么时候他们决定要抄柳青的家，这一消息传到了西北大学，当中文系的学生知道时，孩子们已经出发了。

在这些娃娃们眼里，柳青的手稿都是"四旧"，他们会毫无顾忌地"横扫"、焚烧和毁弃它们，这已司空见惯。西大的学生怕这些手稿受到损失，想赶在"红恐队"之前到达皇甫村柳青的家，由他们"抄家"可以保护一下手稿。但西大的学生已经来不及了。有人想到，让陕西师大的学生立刻出发，因为陕师大所在的吴家坟，是"红恐队"必经之地,估计他们现在还没有到达那里。陕师大的学生接到电话立即出发，紧赶慢赶，仅抢先一步到达，两队人马前后脚登上柳青家大门前的台阶，在这里发生了争执，大学生死活不让中学生进，中学生非进不可，最后还是小不敌大，"红恐队"无功而返。

这是一次"万幸的抄家"。如果让那些不更事的孩子们抄了，后果难以料想。

陕师大拿走的是《创业史》第一部手稿。第二部手稿在前一次作协抄家时已经被拿走了，既不返还，也不知去向。

被抄家，这是无法抵御的"洪水"。柳青既不担心家里会抄出反党反社会主义的所谓"证据"，对物质损失也不屑一顾。唯一让他揪心、时刻堵在心头的是视为生命的书稿，但这时只能听任命运的摆布。

六、搬家

城里人造反，乡里人也造反。农村的造反组织最初也喧嚣一时，不远处的小学校三天两头开批斗会。远处村子来的人开过会以后都要到这个"别墅"参观参观，走时顺手牵羊，捎带点有用的东西，你也捎，我也带，甚至连灯泡也一个个不见了。柳青和马葳在外参加运动，家里还留着五个孩子，最大的才十二岁，最小的还没上学，二姐没出外办过事，这么多人一天要吃要喝，怎么过呀？尽力掩盖在他们平静面孔里的是谁也体会不了的焦虑。一到周六，夫妻二人急匆匆赶回皇甫村的家。

日子怎么往下过？搬家？住进西安城？他们和这个院子感情深呀！初来时，土房破庙，现在窗明几净，院中荒草尽除，花坛、草坪齐齐整整，各种果树生长其间，春天桃李芬芳，秋天果实累累，窑洞前的菜地上，一畦成熟，一畦开花，另一畦嫩芽吐蕊，蝴蝶上下翻飞，小鸟枝头鸣叫。夫妻俩爱这个小院,就是天上仙境也没有这个小院美,没这个小院亲,一生也不愿离开它,原本要终老于这灰瓦土坯房的屋檐下。柳青一直在说,运动一结束我就回来,继续写作。

但是,每次返乡,看着几个稚嫩的孩子,与城里一样"轰轰烈烈"的造反潮流,他们焦虑,担忧。小院一天天在破败,柳青不相信,难道真的就住不下去了?他还想等一等,不到万不得已,决不离开!

又是一个周末,安排完家务已经是星期天下午,夫妻俩正急着赶回城,一个造反派组织登门入室,开口就要他们让出大房子:"我们要用作指挥部!屋里的桌椅和床都留下,我们要用!"柳青说家里还要过日子,恳求他们不要这样,好说歹说,造反派坚决不退让,二人又怕赶不上进城的末班公交车,机关造反派不答应,只好离开,那是一种怎样的不安和牵挂呀!他们一走,造反派当即进驻。下一周,这里的喧哗,这里的杂乱,这里不可一世的气氛,让孩子们难以生活下去。

已经容不得人再考虑了,就是剜心地痛,也只能搬家。

搬家的那天,邻居们来帮忙,也有一些人来看热闹,不知这个大作家有什么金银财宝,一直到搬完,人们才叹一口气:"唉,这么大个人物,光些书,家具就烂成那样!"

北京城里天翻地覆,全国各地也就天翻地覆。北京把当权派游街,批斗,抄家,西安的当权派也整天在"低头认罪"。弟妹们进了城,觉得处处新鲜,事事好玩。机关的孩子们每天成群结队到各家背《毛主席语录》,当成作乐,他们也跟上,不清楚这是为什么。马葳的大儿子刘晓风,一天在街上走,一个小孩喊:"打倒柳青!"随之而来的是一块砖头,突如其来的屈辱,孩子怎么能忍受,他不能理解自己的社会地位发生了怎样的变化,晓风拉了那娃一把。一会儿,孩子的家长找到家里:"你黑帮的娃还敢张狂?"父母是革命的对象,他们能说什么呢?母亲只好打一顿孩子,平息这"理直气壮的一状"。孩子为什么要受这样的株连?当父母的非常清楚孩子的无辜,难受的是父母,而不是挨打的孩子。大家坐在死寂的屋里,没有一句话。

孩子并不服这屈辱,他再一次从街上走过,一群孩子喊"黑帮娃""黑帮娃"。他一气之下,上去打了一个孩子,一群孩子一拥而上,打他一个。哪个父母不心疼孩子?这时的心疼就是厉声斥责:"你走你的路,人家骂就让人家骂去。你为啥要打人家?"为了这件事,机关开会批斗柳青,他不能表示任何不满,老老实实接受批斗。挨打的孩子的心理在扭曲,打人的孩子难道就不扭曲吗?孩子们知道,以后必须服软,至少表面上不能对抗。

孩子们不谙世事,来到这个世界,一直过着无忧无虑的生活,现在一下子变成了"黑帮子弟""狗崽子",这种变化一时难以理解。在他们心目中父亲是好人,所以父母的管教、批评、压制,他们顺从了,从此减少外出,尽可能在家里看书,摆弄收音机。

机关造反派办了一个刊物《文学战地》,给"黑帮"们每家分发一些,让各自去卖。"黑帮"过去"不劳动",是"资产阶级","养尊处优","现在就是对你们的劳动改造!"造反派头头说:"不卖完,就甭想回来吃饭!"孩子们也去帮忙。不料想,柳青卖小报最快,人家都到他跟前买,就想看看这名作家是个什么样。一卖完,柳青站起来,拍拍手上的土,对一起来的人笑笑说:"人家看咱们就跟看耍猴一样。"

七、失而复得的书稿

抄家是在搬家以前,那还是头一年的寒冬,等到允许取回抄家物品,已经到了第二年的酷暑。在这块阳光炙烤的土地上,运动也升了级,像天气一样炽热。自从中央文革领导小组提出"文攻武卫"[1],各派理直气壮地拿起武器,城里响起了零星枪声。学生不仅在学校"闹革

---

[1] 1967年7月22日,江青对河南省群众组织代表提出"文攻武卫"的口号,煽动武斗,次日在上海《文汇报》公开发表,从此全国武斗急剧升级。

命",也奔向社会。柳青被抄来的东西早就没人理睬了,和一个教授的物品杂乱地堆放在一间小屋里。

两个孩子陪着他,在杂物中急切地寻找一样东西——手稿。床上床下,犄角旮旯,翻来倒去,翻不到。柳青顿时急了,其他物品他连看也不想看。询问参与其事的人,谁也不知去向。那么大的学校,哪里去找?自己无能为力,只好求助学生。学校里有好心人,西大也来了一个学生,跑前跑后帮他找。没有任何消息的日子,是煎熬的等待。最后,学校的高音喇叭插播了这件事,发动已经不多的在校学生帮助寻找,每采取一个新措施,就开始了吉凶未卜的等待。一天,那个西大学生带来一个消息,说有人在一个堆着杂物的仓库角落发现一只孤零零的旧箱子,不知是什么东西。柳青一听,站起来就走,恨不得一步跨到学校。公交车缓慢地停在一个又一个站台上,好容易挨到了师大,他即将看见那箱子的第一眼,心在乱颤。

疾步如飞……

就是它!打开箱子——书稿全在!

心中乌云瞬时散尽,一块巨石顿时落地。这次的事提醒他,要做防范,很快,他将这个箱子送到长安县,寄放到几年后做了县委书记的张家谋家里。以后作协又抄了几次家,但只要这只箱子保住,物质的损失就无所谓了。

八、"拼刺刀"

这期间,西北大学中文系的学生把作协的几个作家和当权派叫去,让他们住在学生宿舍,接受批判。运动中对待"牛鬼蛇神"声色俱厉的事司空见惯,但对待作协的几个人,学生们严肃中有尊重,每天主动把报纸送来,虽然不拉近乎,但也不说一句重话,偶尔还开一两句玩笑。有一天,学生们说:"我们想给你提些有关小说的问题,比如《创业史》的创作方法。"柳青心想："学生对我们另眼看待，我也甭给人家添麻烦。"他说："我是什么身份？要我讲，那不能，你们不是有个什么'拼刺刀'的批斗会吗？随叫随到。"

按这种方式"拼"过两次，刺刀并未见红，谈话却也轻松。

一次，大家问他《创业史》第一部的写作过程。

他说："第一稿先搭了个小架子，人物也不像现在这样多，故事也单调，字数也少，以后再写，人物多起来，形象也丰满了，故事也曲折了，结构也完整了。什么事情都有个认识过程，不是一开始脑子里就出来这一部完整的小说。所以，作家的写作过程也是修养提高的过程。"

"作家不一定要上文学系，作家也不是谁教出来的，但是，作家要读大量的作品，特别是要读古今中外的名著。我在上中学的时候读得不多，学英语花了许多时间。在榆林初中，累得生了一场病，吐血。一些同学怕接近我，怕传染，但有一个同学对我很好，形影不离地陪着我，照顾我，以后，我们一起到西安来上学。"

说到了英语，他非常感慨，不无后悔地说："我要是把学英语的时间放在读名著上，在文学上会起步更早些。这些年我读的多是欧洲的一些名著……"不能再说下去了，外面在横扫封、资、修的一切"污泥浊水"，这不是明目张胆地"放毒"吗？

有人语气平和地问他："你说自己像是个挑着鸡蛋过集市的人，人家敢碰你，你不敢碰人家，是什么意思？"他说："他们批判我，说我这是什么阴暗心理？把文化大革命说得那么可怕，像洪水猛兽。我写的材料就是解释我为什么说这个话，我习惯于形象思维，不爱用抽象的语言表达思想。这个形象的说法，反映出我那时的心情，既然说出来了，就没有什么阴暗心理。"个别同学和他单独谈时，又问到这事，他说："现在我就是这样的地位，人人都敢斗我，打倒我，我没有说话的权利。我这是形象说法，我看'打倒柳青'就是抽象的。"

另一次"拼刺刀"是和同学们辩论"徐改霞"在书中的地位。学生们很关心徐改霞,社会上也有议论,认为那个时代农村没有徐改霞那样有着细腻感情的人。他觉得这实际上不必多说,是对农村不了解的人的一种偏见。他特意点明一点:"我并没有正面歌颂她,否则她为什么会走呢?所以,有人要改编电影,我没有同意。他们不完全理解我的意图,如果电影上演了,势必变成了梁生宝和徐改霞的恋爱故事。"这里暗含的意思是,书还没有写完,还看不来一个人的完整形象。

在西北大学住的那些日子,是他噩运中绝无仅有、稍感轻松的几天。这也许又是给他带来更大噩运的原因之一。

九、"外调"中的柳青

为什么学生对待他有这样的态度?肯定地说,社会对他的反映起了主要作用。

运动开始以后,也就开始了对"黑帮"的"外调"。最主要的是长安县干部群众对他的反映。前前后后去了几拨外调的人,农民也弄不清是哪里的,反正找上来,就照自己的看法说。

一次"外调"找上王家斌,王家斌给他们说了两个多小时,他们一点也没记录,还不停地打断王家斌的话:"我们不要这些!我们要他反党反社会主义的言行。"

王家斌说:"那些事,人家没说过,俺就不知道了。"

来人劝他:"你甭害怕,他是黑作家,已经倒了。"

王家斌说:"要是这么说,俺就没啥说了。"

"你的靠山倒了,你还保他?!"

"人家把一万多块钱给了大公社,也是坏事?"

"那……那他才最坏了,他耍的阴谋诡计,拉拢群众,是个两面派!"

"把自己的钱给大家使用,也是坏事?"

"这钱是国家的,他给了公社,回去还向国家要嘛。"

"钱能随便向国家要？要是这么胡说，我还是没啥说了。"王家斌没有耐心说下去。来人还是不甘心，又说："他比群众住得高！"

"那庙原来就建得高。"

"他比群众生活好！"

"我看他屋里也没个啥，连一块好被子也没有，娃们穿得稀破烂瞎，倒是有个钉鞋盒盒，鞋破了自己钉。"

找几个对他有意见的也不难。找到张××，他说："柳青发展了富农党员高梦喜，成天往富农家里跑，咱要入党没门。"

张××说柳青家澡池子的水流到他家房根上，泡了他家的房基。

这些事再问到另外的人，又是另一个说法："高梦喜就不是柳青发展的,这人……"这后头的话又咽回去了。高梦喜"社教"前是队干部，原来是中农，"社教"中补定的富农。乡里乡亲几辈子，谁家是个啥情况，为啥补定富农，人心里都明白，这文化大革命比"社教"还厉害，谁敢说"社教"的不是？

说到澡池子的水流下来，村民说："柳青家的澡池子修在前，他家的房盖在后，水流到他屋前，人家就把水道改了，他还要怎？"

冯继贤回忆说："'文革'中，到我这里外调柳青的前后三拨。第一次来的人没有明显态度，可以感觉到没有打倒他的意思。第二次来的人，态度十分恶劣，吹胡子瞪眼，硬是要我交代柳青在这里的罪行。我说我不知道，我没见！他们说人家张××怎知道？我说他知道的事我就都知道？那我知道的事你知道不？你知道的事我知道不？不知道就是不知道，谁知道你问谁去！"说完，冯继贤拧屁股要走，外调的人紧拉一把，冯继贤胳膊一摔："有些人一天就不干正事，到处欺骗，柳青批评过他，就记了仇，运动一来，像疯子一样，有的编，没的捏，这阵儿把柳青家的东西没少往他家拿,革命的，就这货！"冯继贤说着，头也不回地走了。

罗昌怀回忆外调情况时说："有一次来的造反派恶得很，说他是混进党内的假党员,在农村作威作福,欺压百姓,下乡是来镀金的。他多年不过组织生活就是自行脱党。还拿出一个本子说:'这是人家揭发的,他是坏人,已经完了,你要揭发他的问题!'我说我不要你们代笔,自己写,自己负责。我写他按时过组织生活,按时交党费,不以高干自居……这伙人一看,暴跳如雷,我们顶起来了。他们向我吼叫:'《创业史》是毒草,你看过没有?'我说我是个农民,没看过多少,也看不出有多大毒!"

外调人员带了记录到公社盖章,文书翟庆云看过后,脸色变得铁青:"这儿是皇甫公社,由不得你们胡来!就是这话,你们再给柳青胡编乱造,栽赃诬陷,看我不发动群众打你们狗日的!"

这伙人赖着不走,翟庆云气愤至极:"我盖不了,哪能盖你上哪儿!"

这些人走了几天,县委干部陈尊祥到皇甫村有事,碰见罗昌怀和罗保民,两人给他讲述外调情况,最后说:"俺这群众说,再来,就打这伙!"

罗昌怀说:"又一次来的人,态度平和,让我知道啥说啥,我说:'我只能说我了解的情况,历史情况我不了解,不能随便说。除工作情况外,我特别说他开支部会,一通知就来,还常谈他的思想,作自我批评:'我这一阶段忙于作品,队上的工作关心得少了,这是不对的。'我发给他登记表,每次都认真填写,啥时参加工作,工作简历,我记得他写他是高中文化程度……这些小事从不应付我。"

罗昌怀又说:"人家说他是黑作家,我从来没承认过。"

外调的找过董柄汉,从"社教"以后,逢这种事,他一概不接待,还是那句话:"咱也不是你党里头的人了,这种事少跟我接嘴!"

自从"文革"开始,柳青和董柄汉一直没见过面。造反派曾拉着黑作家到皇甫公社游过街,近处的乡亲走过来问:"柳书记,回来了?""柳书记身体好着不?"……就和平时拉家常一样,说完就走了,站在那里看热闹的人寥寥无几,自始至终,没一个群众跟着喊口号。

柳青看见远处,他的一个儿子站在土堆后面,边看边哭。

再远处，有几个人在渠边挖土，后来有人告诉他，那里面有新民大队原来的党支部书记梁克忠，"四清"中被补定的地主分子。听见有人喊："那边游街呢！"梁克忠抬头一看是柳青，一下软瘫了，眼泪夺眶而出。旁边有人问："克忠，你怎啦？不舒服？"他用胳膊肘挡住脸："我肚子痛得很。"回家以后，端起碗吃不下饭，说了一句："把我梁克忠定成地主，就是整死了也没啥。把柳书记打倒了，对党的损失太大。"

游街后的一天，柳青又回到皇甫，在村里走走，人们问他："柳书记，城里比咱乡里好不？"他说："乡里是鸡叫狗咬，城里也是鸡叫狗咬，一样的。"本来是句玩笑话，又成了他"恶毒攻击文化大革命"的一大罪状。

那天，他过了河，碰上董柄汉，董柄汉还是那种大大咧咧的样子："柳书记，你成天说俺这也不好，那也不好，批评俺呢，你倒好，怎也让人家游街了？"柳青一个劲笑，问他："你见来？"

"咋没见！"

柳青问："我咋没看见你？"

"站远了瞭呢嘛！"

就是这人，造反派来外调，他连看都不看那些人一眼，却趁着他们走了，带了几个人，把汽车掀到旁边的沟渠里。外调的只好央求村民帮忙拉出来。

王家斌说："后来又来了一些人，让我照实说，我说了几个钟头，娃们一个劲记录。我问他们是哪里的，他们说是西安交通大学和西北大学的。"

西北大学王宗义后来回忆说："我和作协的两个人，还有同学杨长龙，交通大学的秦俊平，一起去外调过一次，后来和杨长龙又去了一次。找了安于密、孟维刚、王家斌等干部和一些群众。"

他们描述了县上开三干会、四干会，柳青每次来讲话，多么生动真实，多么受欢迎，下边的人生怕漏听一个字；说他早晨经常在人们还没有起床就来了,挨门挨户做工作。

王家斌说:"我爸在办互助组时特别反感柳青,嫌他把我弄得成天不在家。我爸一见柳青来就骂:'你个丧门星,你把我娃勾引得成天跑,不为家里做个啥……'柳青听见也不在乎,一进门又说又笑,我爸脸一吊,给他个脊背,他还一样和老人打招呼。五七年,我爸病重把我叫到床跟前说:'早先,我骂柳青,啥话也说了,现在我死了也放心。那老汉不吃咱的,不喝咱的,愣拼命,他图个啥?一心为咱的日子好过,我死了你就听他的话。'我爸咽气前,柳青赶来,我爸拉着他的手说:'你……是个……好人!'"

"柳青住在这时,几乎每天晚上都有人在他院里,坐葡萄树下聊天。胜利社打的几口井和果园都是他亲自领着干的。"

"柳青常说,不要在银钱上弄些说不清的事。他自己在这方面很注意。集体去借钱,一去就给。群众个人去,他一般不给,确实困难的,他说你去给队上说,看谁家还有困难,算在一起,以队上的名义来借,还不还没关系,个人借以后不好说。招待人就是烟和茶,不论谁都一样。他说交往上吃吃喝喝的酒肉朋友,我从来不弄那一套。"

高××(《创业史》中郭振山的原型)最反感柳青,但他也说不出什么不好的事情,最后还是说:"柳青是个好人。"

王宗义后来回忆说:"农民听说我们是调查柳青的,非常热情,招待得特别好。我几次到皇甫村,深受感动。就我所知,像他这样扎扎实实和农民在一起的作家,也许世界上少见,所以,我们西大一直保他。"

"柳青在皇甫村游街,群众多日不见,一见可热情,围上来问长问短,这发生在游街时,非常奇特。"王宗义又说。

外调以后,西北大学、西安交通大学、西安作家协会红色造反队联合写了一个调查报告,对柳青在长安十四年做了基本肯定。说他"深入农村,与贫下中农相结合,沿着毛主席指出的'文艺为工农兵服务'的方向做出了不少努力和探索……",说他整体是比较好的,应当予以肯定，但是，还有"不少缺点和错误，甚至是比较严重的错误。五八年至六二年间，放松了思想改造，曾一度埋头创作，对社会活动、政治斗争不够热心，有脱离群众、脱离火热斗争的倾向"。说他对文艺黑线有抵制，但斗争不力。希望他"活学活用毛主席著作，以'斗私、批修'为纲，彻底改造世界观"……"文革"中流行的语言和套话是绝对不能少的。

在调查报告的后边，举出了大量实例，表明他和群众的亲密关系，以及做过的许多受到群众好评的事情。那一场"革命"，批判和否定一切是主基调，造反是时髦，能有这样的"论断"实属难得。

1967年9月30日，他被"解放"[①]了。

"解放"了，这未必是好事。

西大的学生说"保"他，造反派也宣称作协有个"保柳派"。柳青早已认识到，在派性斗争十分激烈的时候，"保"往往引起更加激烈的"反"，更刺激了那些希望打倒他的人，他说："我不要谁来保我，我自己保自己！"

"我做得对，你要打也打不倒，我做得不对，你要保也保不住。"

十、上造反派的船？

不仅是所谓的"保柳派"认为他打不倒，造反派也逐渐觉得打倒他不容易，造反派改变态度，"解放"了他。

"解放"了，少了些人身侮辱，可多了些精神折磨。造反派头头，开始和他接触，说话和气了，对马葳也不时地夸几句："你看你多朴素，你好，不像她们一样，她们是太太，你不是。"在一次批判别人的会上，因为批判对象是地主家庭出身，造反派头头说批判对象是"地主阶级

[①] "文革"中的政治用语。指经过政治审查后，个人历史和表现被定性为人民内部矛盾的干部，恢复其正常的政治权力。

的孝子贤孙,她的子女是地主狗崽子",最后加了一句:"柳青是孤立的现象,他没有那种个人的东西。"从此,这个头头不断要求柳青说造反派的好话,很明显,主要是说他的好话,并多次表示,如果按照他的要求说,就让他作为革命干部进"三结合"领导班子。进"三结合"班子,在当时是多么"荣耀"的事情,更何况柳青还有些对他十分有利的小道消息。

柳青的大儿子刘长风,运动初期是北京地质学院造反组织"东方红"的一个头头,曾经接待过江青的女儿李讷。李讷听说他是柳青的儿子,问他对父亲的看法。他说:"《创业史》不是毒草,我父亲是按照毛主席在延安文艺座谈会上讲话的精神,认真走着和工农兵相结合的道路。"那人点点头:"你应该有这样的认识。"

还在柳青被批斗的1967年春节前,他来西安看望父亲,对父亲说了这件事。柳青嘱咐:"回去贵贱不要当这个头头了,找个借口把事推了,运动中的事情不要参与,找些书看。不是说逍遥派不好吗?你就当个逍遥派。"儿子回到北京,他还不放心,去信叮嘱。儿子听他的话,脱身事外,以后,谁来找也不搭理,所谓的"总部"再也不去了。

大约1967年年中,有人给了柳青一张小报,上面登了江青的一个讲话,提到柳青,说她曾经让柳青参加小说《铜墙铁壁》改编电影的工作,柳青不同意。江青发表讲话很频繁,大部分是说某某人怎样不好,如何罪大恶极,多少人因为她的讲话下了"地狱"。但这个讲话,对柳青充满善意。

拿着这张小报,柳青沉思一阵,又拿到作协王绳武那里问:"你看,江青对我放出善意,这是在给我招呼,让我上她的船,你说我怎么办?"王绳武说:"你自己看吧!"柳青说:"我想过,我不表态,我不能上她的船。"

柳青的有利条件,人所共知,这个造反派头头不仅了然于心,而且有着明确的目的,一些人看得清楚,他一再要求柳青赞颂他,一口一个："将来你就是当了文联主席……"他认为柳青将来会成为文艺界的头面人物，把柳青抬出来，作"火箭"，能把他发射升上天。

面对这个头头的要求，柳青态度坚定，对一些人说："上造反派的船？笑话！我不会拿我三十年的党龄开玩笑。"

这个头头软硬兼施，一再要求柳青写一篇赞扬"造反队"和吹嘘他的文章："你认真写，写得好，我拿去给你发表。"柳青看不写是过不去了，写了一篇不温不火的文章。这个头头拿去大修大改，把自己吹得天花乱坠。拿回来柳青气得肺都要炸了，让他侄子重抄一篇，他对董得理说："这不是我的意思，是他强加给我的，我不写，他会加倍整我，他要把我绑在他的战车上，我不同意。留下他的笔迹，以后好作证据。"

造反派头头又要求柳青："你亮相！认真写个检查，我让《人民日报》发表。"柳青写了个检查，贴在墙上，这个头头一看，气得跳脚："你这是什么检查？"气急败坏地骂柳青，发泄一通，董得理说柳青："你怎么写了这么一份检查？"柳青说："他骂我一通就对了，我的目的就达到了。这是什么时候，我在《人民日报》上亮相？你李×有啥？我陪不起。"

大约在1968年的春夏之交，造反派在西安市阎良区组织召开工农兵批判文艺黑线大会，会前，这个头头给他写了一个发言稿，让他吹捧自己和他的组织。柳青的发言，完全偏离他的调调——说他原来提出的"写作要六十年一个单元"不利于工农兵尽快进入文学。这个头头听了，又气急败坏走到后台："你！你！你！"咬牙切齿，狠狠地在他的胸上捶了一下："我为你使了多大劲，你就说成个这？！"

柳青回来说："他让我抬高他，我连地面也没离开。"

十一、柳青的"历史问题"

1968年，不管酷暑还是严寒，派性斗争的形势始终白热化，许多地方刀枪出库，某地"告急"的事件频出，"要文斗不要武斗"的最高指示不但不能阻止全国各地的武斗现象，且有愈演愈烈的趋势。北京清华大学发生了一次大规模武斗之后，"工人阶级必须领导一切"的最高指示，使运动进入了一个新阶段。

工宣队进驻了各个单位。这一年的初秋，陕西省文艺口进驻了工宣队，文艺界各协会集中在文化局办"学习班"，不久开始"清理阶级队伍"。

柳青坚持不顺应造反派的需要，这个头头喊出："不但我要和你斗，就是我死了，我的儿子、女儿也要和你斗！"

在事先完全不知情的情况下，一次批斗大会，柳青又一次作为"阶级敌人"，被揪出来，进了牛棚。

第一批工宣队是清一色的造反派，军宣队也是当时陕西有名的"左派"，这支军队的领导兴奋地说："揪！就要揪柳青这样的大家伙！这才是清理阶级队伍的重大成绩。"

既然是"清理阶级队伍"，必须顺应政治气候，找出重大的历史问题，才能证明他是阶级异己分子，于是他们开始了内查外调。

他们到重庆外调，查阅档案，发现一个叫柳倩的人，解放前写过一篇反共文章刊登在报纸上，印刷时"倩"字掉了单立人，成了"青"。这个事件的原委，外调者看材料时已经清楚，作者本人也承认此文为其所作。但是，造反派硬把它拿回来，煞有介事，公布了一个"爆炸新闻"，自始至终掩盖着事实真相。

他们又到安康外调，在敌伪档案里发现一个特务叫"柳青"。档案明明写着此人解放前已经死掉，是个女的，他们也拿回来——又一个"特嫌"问题。柳青一生没有到过安康，许多人是知道的，但以当时的气候，谁敢为"牛鬼蛇神"辩白？柳青自己解释，造反派斥责他"不老实！诡辩"。

一再逼他承认，他说："还能让我胡说吗？我胡说了，那以后怎么办？"

造反派在抄家的东西里发现一张纸，是几年前英国的《名人年鉴》出版者寄给他的一份函件，请他撰写个人简历，该书拟用。考虑到当时我国和英国没有正式外交关系，他没写，随便将这封信夹在一本书中。区区小事，历经数年，早就遗忘。造反派在斗争会上厉声质问，他一时还摸不着头脑，这便成了他"里通外国"的证据。

因为1947年从东北回陕路经哈尔滨的时候，高岗托柳青给毛泽东捎些人参，这就成了他是"彭高习反党集团的残渣余孽"的证据。

两年前，1967年初，那个恐怖的冬天，他曾因此罪名被游街于市。当时，西安市曾有过一次万人空巷的大规模游街活动，西北局、陕西省委、西安市的领导全部被拉上街。本来，文人没有"资格"和当权派并列，组织者也没这么安排。作协造反派为了表现革命性，把作家们拉出来，赶上那庞大队伍，做了长龙的尾巴。柳青脖子上挂的牌子就是"彭高习反党集团的残渣余孽"。卡车迎着寒风，游了一圈。回来以后，柳青疲惫至极，随口说了一句玩笑话："我可感谢红卫兵哩，今天这么冷，不让我戴帽子，幸亏把手压在我头上（作"喷汽式飞机"的姿势），我没感冒。"这句话当下就受到批判，说他公然挑衅造反派。

现在，随着他第二次被打倒，这一"重大历史问题"同时也成了"现行问题"又被翻炒。

另一个"历史问题"是：柳青在1947年回陕北的途中，路过山西时，正好是卫立煌发表"反共书"的时候，造反派因此怀疑他参加了起草。

类似的"历史问题"，一直在被搜索、制造和加工，然后大会批判，小会质问，夜里审问。虽然声嘶力竭的吼叫不绝于耳，他心里很平静，面孔上永远是一双明亮的眼睛，不时专注地盯着发言的人。有人一再追问他和高岗的关系，让他交代怎样"里通外国"……他把事实经过慢慢叙述一遍，诘问之声再凶，盘问角度再变，他的回答不变，永远是平和的声调，一遍又一遍重复着事情的经过。

"狡辩！"

"抵赖！"

"柳青必须低头认罪！"

几个人一拥而上，一个大个子，像提一只小鸡一样把他拎起来，牙齿咬得咯咯直响，掼下来后，又把他的头压在桌子下面，疼痛使他面部抽搐，会场下坐着的善良群众，心软地低下了头，不忍心看下去。

一次，几个人你推一把，我推一把，柳青瘦弱的身体在一只煤炉上撞来撞去。一旁的工宣队师傅看着，没有一个人出来阻止。

马葳也在会场，主持者非叫她坐在前排，专门为让她看得更清楚些。她无法回避，每一眼，都撕心裂肺。迷乱狰狞的面孔，粉碎了这个世界。痛苦的眼光失神低垂，她埋下头。柳青东倒西歪，每次站定的一瞬，总在找寻这个单纯厚道的人，把一种坚定的目光投给她，有意传递着鼓励："抬起头，怕什么，坚强些！"

白天轮番批斗，夜里审问，站在院里或从街道经过的人，常听见那间平房传出拍桌子的震响声，几个造反派的凶恶腔调。

柳青什么也不承认。

"认罪态度极端恶劣！"这话传到牛棚内外，人所共知。

同情者不止一人，在不期而遇，和他单独碰面时，他们不止一次低声劝告他："承认了吧！骂自己几句，眼前少受些罪，人家都这样，你何苦呢？总有落实的时候，不都成了无稽之谈？"

"为了一时好过，违背事实地骂自己，现在也许好过些，在历史上却抹黑了自己。"

抹黑自己事小，丢掉了人生原则事大。

他说："在这个时候，共产党员不坚持实事求是，还算什么共产党员？不实事求是，要我这共产党员干什么？"

"参加革命时，把生死置之度外，现在，为了一时好过，竟然连个男子汉的骨气也没有了？"他想。

"我要承认就不是我柳青!"他斩钉截铁地对好心的劝告者说,"他们说我是死不改悔的走资派,我就当这死不改悔的走资派!"

"识时务者为俊杰嘛!"

"我不是俊杰,也不想做这样的俊杰。"他心里想。

审问的人气得直怒吼:"到外边去!想好了再回来。"

他们知道柳青有哮喘,怕寒气。

肃杀寒夜,上厕所的人看见他在外面的雪地上罚站。

十二、"从严典型"

坐着"喷气式飞机",听着"打倒柳青"的口号,看着人们摇动着小红本上的"台",一直到造反派把他送进牛棚,他不恐惧,不慌张。

刚走到关押"牛鬼蛇神"的大房间,他在门口站住,朝里边细细看一遍。屋里有些什么人,他们什么表情,怎样的情绪,什么气氛,甚至连桌子放在哪里,床的摆法都清晰地印入脑海:"将来有一天,我可以用文字记录这一历史时,这都是多么真实的资料。"

然后,他挂着早已离不开的手杖,步履艰难地走到一张空床板上坐下,一边往嘴里打哮喘喷雾剂,一边继续观察。

见他进来,各种眼光投过来。

有叹息声说:"唉!柳青也进来了。"伤感的眼神看着他。

也有幸灾乐祸者:"你也和我们一样了。"

自从进"牛棚",他异常沉默,被批回来,没事的时候,总是左手放在右手上,挂着拐杖,坐在床边,抬起眼皮看,垂下眼皮思索。

棚外在斗争,棚里也在斗,工宣队发动"牛鬼蛇神"互相揭发,立功赎罪。

房外的一面墙上开辟了一个"牛鬼蛇神"专栏,每人一个本子,勒令他们在封面上写自己的"黑帮头衔",下面是交代和揭发。

同棚的常曾刚后来写文回忆:"所有的人都写了'头衔','走资派''反共老手''黑作家'等。他工工整整写着'柳青一九六八年冬月',多无一字。开始我也没写,被工宣队叫去,收拾一顿,回来'乖乖'写上。他始终不写。别人下面或多或少都有揭发和交代,甚至有的人厚厚一叠,他到拆'棚',还是那一张纸。他蔑视这些伎俩,不惜皮肉代价。"

王丕祥说:"他自始至终没揭发过一个人,没做过一件伤天害理的事情。"

在一篇回忆文章中常曾刚充满敬意地写道:

……你被擢升为棚里最最顽固的"走资派"。墙上贴的、空中挂的、地上涂的,都是丑化你、打倒你、正写或者倒写着的你的五彩缤纷的名字;司棚人还嫌不够,又专门为你画了巨幅彩色连环画——"柳青现形记"。这算得了什么!在一次打饭的路上,你向周围环视了一下,低声然而结结实实地吐出四个字:"黔驴技穷!"

在所谓落实政策的宽严大会上,你每次都在"牛"队里还要入"另册",戴上双斗大的黑牌,站在显眼的位置,"以儆效尤"。你器宇轩昂,面对那些说假话的"英雄",耳听那种像巴枯宁在沙皇监狱里自我唾弃的悔过词,侧目而视,重足而立。这时候,我看到的仿佛不是你瘦小的身躯,而是我们行列里的参天大树!

棚里,你极少说话。你用沉默代替语言,你用目光观察一切。据说因为你的态度不好,才引起他们对你的更多的折磨。……有一天上午,我正蹲在地上写"材料",突然进来个酒糟鼻子彪形大汉,"柳青"一声,不容分说,两手撕着你的耳朵,把你从床上拉下来,不顾你骨质松变的病痛,连拉带扯,像拖一块木头一样,把你从棚里的土地上揪到会上,明打暗踢,百般凌辱。后来,在另一次批斗会上,因你仍不按他们的意见行事,某造反"英雄"将你的头按在桌子底下,把你的耳朵拧得鲜血直流。然而对你这样的战士,这又有什么用呢?你还是你。你曾公开表露:"他们说我态度不好,历史会承认我的态度最好。"

你是棚里唯一受到严格监视的人,吃饭有人跟,解手有人跟。为了省事,棚主制定了"以夷制夷"政策,监视人由棚里人轮流担任。

有一天,轮我值勤。陪你上茅房时,我想让你大脑皮层松弛一下,故意逗你:"高级'牛鬼蛇神'嘛,还有护兵!"你果然笑了,回来的路上,我指着大标语上"里通外国"四个字问你:"怎么回事?"你用拐杖在地上狠狠敲了一下:"诬陷!笑话!"

两年多了,你一直在观察、思考、分析社会上的一切。在生活的激流中,你已经觉察到暗流,认识到那个伪善的野心家。你曾悄悄地对我说:"这不是什么真正的群众运动,更谈不上什么'革命'二字。""造反派不是党,群众组织怎么能代替党组织!"运动初,有人曾想结合你,江青也在社会上放出风暗示要保你。然而你却斩钉截铁地说:"跟了他们现在日子好过,将来日子难过啊。我不能和他们在一起,我不能拿我三十年的党龄同历史开玩笑!"

运动以来,以他的态度和表现,人们隐约觉得,他一定有不合潮流的看法,如果能得到他对江青或林彪的非议,就成了"现行反革命",有了置他于死地的最有利的重型炮弹。一些心怀鬼胎的人在这儿下功夫。

要想得到这样的材料,必须有人揭发他,而且是与他接近较多的人。

有人出主意:"从×××那里打开缺口,他胆子最小。"

造反派把这人孤立起来,会上会下施加重压,果然,很快他就撑不住了,交代了柳青曾同他说过的话。他的交代又引出一个和柳青接触比较多的人。

这两个人要是揭发柳青,的确不一样,柳青和他们说得多一些,而且有对江青、林彪和造反派的看法。

交代？不交代？揭发？不揭发？权衡轻重，两个人思想激烈斗争——在当时的社会环境中，他们真的是怕，怕当反革命，怕开除党籍，怕家庭受到破坏，更何况他们对这个运动的看法基本上是正面的——"毛主席为了反修防修发动的文化大革命"。

他们在大会上愤然而起揭发柳青。

后面的一个人揭发一条，柳青承认一条，他没有编造，揭发了柳青对造反派的看法，对运动的看法，甚至有对合作化、人民公社的看法。但这两个人终于守住了底线，没有说出最敏感的话，如果他们揭发柳青说过"林彪不懂文艺""江青有野心"这一类造反派最想要的话，连自己也非成"现行反革命"不可。

柳青想，如果他们说出那些话，自己活过去的可能极小。事态会怎样发展？不可预测，也无能为力，他不屈服，就只能把生死置之度外。

在这种前途未卜的情况下，柳青仍然异常冷静。当另一个人揭发时，说一条，他否认一条："我没说过。"那人气得暴跳如雷。会后，专案组找柳青落实，柳青承认说过，并且在签字时说："会上我不承认，就是为了让你们的会开不下去。真正落实，我要实事求是。我说过这话。"

不能打成"现行反革命"，也要给顶帽子戴上，于是他被打成了运动中的"黑手"。

他不承认自己是"黑手"，仍然沉默应对。

柳青如此顽固，已远近闻名，引起了其他系统工宣队队员的好奇心和"革命义愤"，要求将这个"牛鬼蛇神"拉出来示众，打打他的"嚣张气焰"。当众羞辱"阶级敌人"是司空见惯的斗争手段，于是，在文化局大院里聚集起来自各个单位的工宣队队员。虽然拉出来的是文艺界一批有名气的"牛鬼蛇神"，实际目标只他一人。

一个接一个被拉上台后，让他们"自报家门"，"我是走资本主义道路的当权派×××。""我是反共老手×××。""我是黑作家

×××。"……最后一个，矮小瘦弱的柳青被拉上台。他拄着手杖，扫视一遍场内密密麻麻的人头，字字清晰地说："我是受审查的干部柳青！"下边顿时暴发出震天的口号声："打倒死不改悔的走资派柳青！""打倒黑作家柳青！""柳青不投降，就让他灭亡！"……喊声经久不息。他却器宇轩昂，面部静如止水，看着台下黑压压的人群。

在"牛鬼蛇神"的队伍里，他的态度"令人不能容忍"。"宽严大会"每开一次，就有一批人低头认罪，态度好的，作为从宽典型，出了牛棚。他，直到拆除牛棚，次次都是"从严典型"，站在显眼的位置，接受批判。

牛棚的"牛"，一批批"解放"回家了，最后只剩下两个，一个是柳青，另一个是"现行反革命"，本也可以"解放"，留下来不过是为了看着柳青。

十三、马葳之死

在"牛鬼蛇神"里，柳青也是个"另类"。

受批判多，坐"喷气式飞机"多。那些干将们把他倒背双手，头压得很低，他弯不下去，一个彪形大汉用膝盖顶他的腰，他痛苦地面部抽搐，背后立刻有人吼叫："谁打你了？你甭装相！"甚至在小会上，跳得高的人，也随时对他喊叫："柳青，站起来！"然后是声色俱厉的批判。灭绝人性的污辱随时降临，当他被接近的同志揭发以后，又是一次"斗争"的高潮，"士可杀不可辱！"他不能再忍受这污辱！在一天夜里决心离开这充斥着野蛮的世界。

夜深人静，鼾声四起。他悄悄把白天准备的一根电线接在灯头的火线上，另一头握在手上，平静地躺下，盖好被子。在胸前放上一张写好的纸条，上面写着："1. 我的历史是清白的；2. 我不反党反社会主义；3. 这是我保卫党性，反抗迫害的最后手段。"然后把一只脚伸到地面，希望平静、瞬时离开这个留下无限遗憾的世界。

但是,他的脚一接触地面就被打回来。数次以后,握着火线的手心被电流烧得发出焦煳味。天哪!地狱为什么不接纳他,让他结束这备受凌辱的日子?既然非留人世不可,"自杀叛党"肯定是罪加一等。那就让此事悄然消失,不为人知吧。他拉下电线,似睡非睡,胸中翻腾着人生的悲愤和世间的恐怖。

几天以后,那个揭发他的人负责把他从批判会场上送回牛棚,问他为什么总是握着右手,他说没什么,那人非要看看,掰开他的手,伤口还在流水。他追问柳青:"这是怎么弄的?你老实说!"他猜到了真相,逼问不舍,柳青只好说出实情。那人拿走了那张曾经放在胸前的纸条,交给了工宣队。

后来出了牛棚以后,柳青提起这两个揭发者时说:"年轻人嘛,没有编造就不错了,我原谅他们。"可见当时污蔑不实之词如何充斥世间。而后者,在运动刚结束时,对自己的行为悔恨不已:"这次运动我不及格。"

可怜的马葳,顽强的丈夫是她唯一的精神支柱,在牛棚之外,她一样受着折磨,一样如在地狱。

逼她揭发,她不揭发。有些女人是靠无情揭发自己的丈夫苟延于世的,也有靠"造丈夫的反"变成"革命者"的,甚至有和工宣队拉私人关系,改变自己的地位和处境。

马葳,她正直,那种事情她做不出来;她善良,不会加害于任何一个无辜的人,更何况十几年风雨相携、情意深挚的丈夫。为了丈夫,谁给她气受,她一味地忍受。

她是"特嫌"的老婆,"黑作家"的老婆,"最最顽固不化的走资派"的老婆,派她外出,有的同行者显出鄙夷的神色说:"我才不和她一起去!"她头疼得整夜睡不着,翻身多些,早晨起床,同寝室有人就抱怨:"真讨厌,光翻身,不让人睡觉啦!"有人在她面前故意拉着腔调说:"走啊,给柳青写揭发材料去!"想尽办法刺激她。

看着她的无助和痛苦,有人同情,有人得意,竟然说:"做人脸皮就是要厚，心要狠……"言语里流露出对柳青文学成就的忌恨。

让她去帮灶，一进厨房，做了造反组织常委的炊事员劈头盖脸骂她。她忍着，既不反抗，也不顶撞，怕的是他们把气撒在柳青身上。

有一天，造反派叫她，说中国青年出版社来信，要他们退还运动前预支的《创业史》第二部的稿费。一年前，出版社的确来过一封油印信函，要求作家们退还欠款。柳青没有积蓄，实在是还不起。

预支稿费大约是上个世纪六十年代初期的事情，当时皇甫村要给村民拉电线、装变压器等，生产队拿不出钱。柳青的第二部正在写作中，在第一部稿费捐出来时，他决定以后几部《创业史》的稿费仍然全部捐献，所以，预支了第二部的稿费（"文革"前向出版单位预支稿费的事情是常有的）给生产队，用去三千多元。因 1963 年暴雨，房屋严重受损，修缮两次，用去三千多元，借款共七千元。"文革"前还了一千五百元，还欠五千五百元。

收到要退还稿费的信后，柳青亲自给中青社去信说明情况，中青社回信让他写个资金使用证明材料。皇甫公社写了证明，寄到北京。出版社回信说，根据实际情况，钱暂时不用还了，这事等到运动后期处理。

造反派把这封信压了，非要他现在还钱。马葳急得不知如何是好，在外人面前强打精神，星期天回家，看见短短一年，黑发成霜，跟着苦熬的老母亲，泪如雨下。五个孩子这么小，以后生路何在？"牛鬼蛇神"每月只有十五元生活费，还有人一再提出给柳青家属的生活费降成十二元。她拿什么还这笔钱？母亲看着女儿精神恍惚，嘴里总是这几句话："柳青完了，不死也非残废不可。""柳青不行了，他活不过去。""这些孩子怎办呀？"老母亲抑制住自己的焦虑，她不能哀叹，增加女儿的精神压力。她心一硬，劝女儿："爱咋地咋地，哭也哭不出钱来，把身子骨哭坏，这伙娃就更可怜了，妈也更没指望。"她木然地听着，还是泪水涟涟。

偶尔，她能去看望一下柳青，或在路上碰见，柳青觉出她的精神状态一天不如一天,他了解妻子,悄悄地劝她:"你要活下去,你活着,孩子们就有依靠。"

"那你……"

"我死,是对他们的抗议。"

她问柳青造反派让还钱,怎么办?柳青说:"没有,还能怎么办?"

柳青知道,一些人再三再四地围攻,威逼她还钱:"不相信,你就一点也没有?有多少还多少,拿出一点,也是表示你的态度。"她终于支撑不住,战战兢兢揭起自己的棉袄襟,撕开线头,拿出五百元。递上这钱时,她全身几乎软瘫:"这是我给母亲留的棺材钱,再也没有了。"泪水汹涌地倒灌进断肠里,她怕母亲活不过这场灾难。

柳青越来越不安,会上看见她,院里碰上她,她的神态,让他预感不祥。他要求见见妻子,说几句宽慰的话,没有得到应允。

柳青了解妻子,她年轻,没有经历过这样残酷的斗争,她的承受能力是有限的。

一天晚上,牛棚的人刚要上床,进来一个人,说要借一件大衣去找人。那人匆匆忙忙的神态,显然是出事了。柳青不由自主地想到马葳。第二天,他从人们看他的眼神感觉到可能发生的事情,肯定是妻子不见了,是死是活,没有人告诉他。牛棚内外气氛异样,他像坠崖的人,熬着每一分每一秒:"要是找不回来……会是真的吗?她……"

他要求见见马葳,人们骗他:"去外调了。"

几天以后的一个夜晚,工宣队叫他。一进屋,还没等别人开口,他就是一句:"我的人不在这个世界上了。"泪水从干枯消瘦的脸上奔涌而出。

作协的王丕祥在场,他惊异:"这个作家,出人意料的敏感。"

他们告诉柳青,马葳在长安县韦曲南边的一个村子里跳了井。她死前,没有留下一句话,人们只在厨房里看见她的一支钢笔。一支不敢倾诉悲愤心声的笔,一支失去主人、无限孤寂的笔。

早晨起来，文化局大院，大学东路的家属院，大字报已经铺天盖地，连他们住的简易楼房门和玻璃窗也被严严实实地遮盖。众口一词，说她是叛徒，叛党叛国。工宣队把孩子们叫去，要他们回答："你妈是不是叛徒？"孩子们微弱的声音说："是叛徒。"他们连哭都不敢。只有马葳的妹妹高声喊着："我姐是你们害死的！"争执了几句，能有什么结果呢？那时的惯例，只要自杀就是叛徒。

后来听说，马葳死的那天，叫她到厨房帮灶，她去晚了一点，那个造反派厨师，劈头盖脸一通骂，话语非常恶毒。这个前无怨后无仇的人，失去了人性。她离开厨房以后，就再也没有回来。

皇甫村、罗湾村的人说，那天在村子里也看见她，人们还和她打招呼，问她话，她只是呆呆地，愕然地看大家，以后就听说她不在了，村子里的一些女人哭了："多好的人哪！"罗昌怀说："男人都心酸。"

韦曲那口井所在村子的村民说，有人见过一个女的在井口上坐了很长时间。

久久地，久久地，想着什么？

肯定想着受难的丈夫，失去依靠、衰老的母亲，放不下的、年幼的孩子们，这丧失理性的人间……

在阳间和阴间的门槛上，她不知做了怎样艰难的抉择。

几年以后，柳青见到王维玲，极度悲愤地说："我被揪出来以后，马葳最怕参加批斗我的会，但每次批斗我的会她又都参加，她是不放心我呀！她坐在会场的一角，手足无措，紫棠色的脸变得蜡黄，平日总是闪着亲切、质朴、黑幽幽光的眼睛，此刻变得目光呆滞，惶恐不安。眼看着亲人备受折磨，她忍受不了这种疯狂的、野蛮的批斗场面，可她又不知道应该怎么办！她就是这样带着无数疑问，无限痛苦，无比忧虑，含着一腔泪水，承受心灵的摧残、精神的蹂躏。马葳在精神上承受了来自各方面她所不能承受的压力，她受到比我更大的痛苦和折磨，她是在丈夫、儿女们的生命全无保障，衣食住行全无着落，一家人已经到了走投无路的状况下，痛苦达到了极限，才选择了这条她不情愿走的路。她是想以自己的死，揭露残暴，唤起人们的同情，让我得以生存，让儿女们得以活下去！她走这条路，是当时一个善良女性，一个贤妻良母进行反抗唯一能使用的武器！她是以生命为代价，向恶势力挑战！向人世间呼唤！向人世间呐喊！她的死包含了她的悲愤和痛苦，热爱和憎恨，留恋和怒吼。"

十四、在牛棚里

难过的时日不仅在批斗会上，也在牛棚里。

一个解放初期已经查证落实、开除党籍的叛徒，见柳青进来，幸灾乐祸。

"文革"前柳青与此人从无来往，运动后更不愿提及。但运动中，柳青有死在他手中的危险。

柳青去世后，有人想起那人在牛棚里对柳青胡作非为，失去人性，气愤地把手伸到地面，比画着说："那人就这么高。运动初期听说红卫兵要斗他，他脱得一丝不挂，盖上棉被，等红卫兵进来，猛然揭被，把一群小青年惊得丢鞋遗帽，落荒而逃。"几乎没有人愿意提起他，偶然说到，都不屑地一笑。

就是他，睡觉时特意把尿盆放在有异味过敏、患哮喘病的柳青头前。开会时，他揭发柳青声音太小。他怒斥："柳青为什么不劳动？他也是'牛鬼蛇神'，为什么特殊？"那时柳青连上厕所都困难，几十米的距离，要歇上几回，有时甚至要坐在台阶上等喘得轻一点，才站起来再走几步。就是这样，柳青也不得不参加一次压面劳动。回来以后，他又说："柳青！为什么干活不用力气？偷懒！"

"九大"以前，戏剧家协会的金葳当了"牛"队队长。见柳青身体太坏，向管理牛棚的剧目工作室（现在的陕西省艺术研究所）干部刘敬贤提出：

"不要让柳青再去劳动了吧！"刘敬贤考虑一下就同意了，并且把柳青从作了牛棚的车库调到后边也是牛棚的小房间。从此离开了那个龌龊的人，与金葳等人住在一起。

柳青说："要不是离开那里，光他一个人也能把我整死。"

冷酷中的温情和善良会让人铭记终生。刘敬贤不仅给了他力所能及的照顾，而且在谈话中劝慰他："你一定要把身体弄好，要坚持活下去，你的问题总有落实的一天，黑白总能分清。"柳青说："现在没办法，就不让我说话。"

刘敬贤后来说："柳青正直，他认为不对的，坚决不承认。发言很有分寸，认真想过的有水平的话说一两句，从不胡说，不像有些人胡说，有一个人（就是那个幸灾乐祸者）揭发了七十多个人，一落实，全是假的。

"那时牛棚号召互相揭发，有的人一天一摞，他没有揭发过任何一个人，别人在牛棚写揭发交代材料，他一个人坐在床上，一言不发。天气暖和的时候偶尔也到外边散散步。

"牛棚住二十多个人，地方小，还生个炉子，离厕所远，离食堂更远。他身体不好，很瘦，背驼得厉害，挂个棍子，走路很慢。冬天大家都把饭买回来吃，他走在最后，拿回来都凉了，一天只吃二三两。有一段时间干部们买完，'牛鬼蛇神'请示完才能排队买饭。早饭是玉米面糊糊，中午晚饭也不怎么好。我让他从车库搬到后头房子，为的是离食堂近些，少吃些冷饭。

"有一次，他把凉饭给别人倒些，那个人就为这事还写了张大字报揭发批判他。

"在牛棚别人不断解放出来，他越成了重点'死不改悔的走资派'。他在农村，认真搞事业，倒成了'走资派'，那些住机关，成天处理机关事务的倒没事。"

金葳，柳青的患难之交。

上个世纪五十年代，金葳曾在省委宣传部就职，因工作关系到皇甫村，柳青同他谈文学，谈创作，他认同柳青的许多看法。"文革"中偶有接触，两人十分友好。金葳初进牛棚，柳青常常宽慰他，认为他的所谓"问题"是不成问题的"问题"。搬到小牛棚以后，柳青和金葳紧邻而卧，经常窃窃私语，交谈甚广，远出禁区，不但加深了理解，而且有一种说不出的默契。

除了谈运动，谈政治，柳青念念不忘他的作品。在那种前途未卜，言出必"黑"，对《创业史》一片"打倒""批臭"的境况中，柳青却对金葳说："我还要写第二部、第三部、第四部，留下我对中国农业合作化的完整看法。"对被迫停笔，他不断叹息，无奈地说："金葳呀！你还年轻，没有生娃娃的经验，现在我是徐娘半老，十月怀胎，只剩下一朝分娩了。"

他又说："三十年代的作家，当时只有二十多岁，就已经写出了比较有影响的作品，现在，过去了三十多年，为什么再写不出有影响的作品来？"

停顿一会儿他又说："解放以后搞了许多运动，"三反""五反"、反右……这些运动都把作家给卷进去了，结果是运动来运动去，也没运动出几部好作品，我看与我们处理政治与文艺的关系有片面性和绝对化有关。现在查查，比较好的作品，大多是反映民主革命时期的，比如《太阳照在桑干河上》《暴风骤雨》《李有才板话》《高干大》《刘巧儿团圆》等等。"

金葳看他在这样恶劣的环境，仍然关心中国文学的前途，关心他的作品，给他出了个主意："人家说你是黑作家，你把书拿给他们看，看完再说是不是黑的？"

听了金葳的建议，柳青夹着书，拄着手杖，不卑不亢，走到军宣队负责人×排长面前，请他将这本书带回去读一读。排长瞟了一眼，头一甩："我不看就知道是大毒草！"

他回来，似笑非笑，对金葳说："我上你的当了，人家比李×（造反派头头)还厉害。"金葳说:"我的目的就是说,他们连看也没看,怎么知道是大毒草?!"过了两天,柳青又把书送给工宣队负责人,×师傅态度冷淡,摇头表示他不会看。让人发笑的是,他最后说了一句:"放下吧!"

造反派头头李×听到柳青的这一举动,恼怒地说:"哼!有什么了不起?我拿脚指头能写二十部《创业史》。"轻蔑之态无以复加。

这句话是"文革"中文艺界以至陕西社会上流传过的"名言"。"文革"后,人们笑谈,言者本人却极力否认:"我没说过这个话。"而当时也在那里的戏剧家协会的叶增宽说:"柳青给我印象非常好,批斗柳青后,我想和李×辩论,我说他:'你也太狂妄,口大气粗,你拿脚指头就能写出二十部《创业史》?我看你拿手指头也写不出一部!'"李×说:"我那是气话,我恨他,我对他多好。"然后大谈造反派解放了柳青,想让他进"三结合"领导班子,而柳青"宁愿挨斗,也不与造反派结合",李×言辞激烈地表达了他对柳青的气恨和愤怒。过几天,李×对叶增宽又说了一句:"柳青这老汉也太顽固,始终不承认他是走资派,所以我骂过他。我也知道他打不倒。"说完还咧嘴笑了。

大约是1971年,文艺单位全部解散,下放农村。几年后,李×从下放地回西安,来看过一次柳青。他走后,柳青说:"这个运动也不能把责任都推给造反派……"后来又有个别造反派干将来看望他,他说:"我不会和他们计较,年轻人嘛,这个运动把他们的是非搞乱了。"

十五、清醒的"牛鬼蛇神"

柳青逝世后不久,金葳讲述了牛棚中的一段经历:

大约在1969年的二三月,有一天夜里,我听见有人在说话,好像是柳青,我推了推他,他告诉我,他在听收音机,是儿子装的,还拿出来给我看了看。牛棚里不让看报,不让听收音机,不让看大字报,外界的任何消息进不来。他的收音机是稀罕之物,牛棚的几个人传着听过。不知是谁告的密,一天,工宣队突然来搜查,搜到后没收了。过了两三个钟头,工宣队叫我去,他慌了,不断对我说:"我给你带来了麻烦,我给你带来了麻烦。"临走,他给我使个眼色,意思是让我说不知道。

我到工宣队,他们根本没提这件事,而是说根据种种迹象,柳青可能会畏罪自杀,让我把他的药收了,严格控制。回到牛棚,我没提工宣队的话,只说收音机的事没提。他就问是谁告的密,分析一阵儿,认为牛棚里的人可能性不大,因为这几个人都传着听过。

就从这以后,他的批斗会又多起来,几乎是两三天叫一次。当时牛棚里有一句共同语言,谁批斗回来,别人会问:"要价如何?"意思是批斗会要你承认什么。

有一次,他回来,我问他这句话,他摇摇头,没吭一声,躺到床上。平时,我一问他就说。

这一段,会上会下,棚里棚外,群起攻之,主题就是逼他还预支的稿费。工宣队、造反派火力猛烈,非让他还款!也要马葳通过我问他,他仍然一句话——没有,一直挂着棍子毫无表情地坐着。

不久,牛棚组织一次家属会,叫来了认罪不好的"牛鬼蛇神"的家属,让他们面对面进行"说服",使"牛鬼蛇神"转化,认罪服罪,并且要求家属表态,和"牛鬼蛇神"划清界限。

有些人认罪态度实在太好了,根本没叫家属来。马葳一看这情况,受了很大打击。柳青回来以后对我说:"马葳呀!别人不了解我,她还不了解我?老汉那么轻易就让人打倒啦?"

见家属的时候,放了一排椅子,马葳坐着,情绪很不好,柳青没坐,站着。我老婆也来了,我和老婆说着说着哭了,柳青光笑,对马葳说:"金葳还年轻,爱动感情,还哭了。"

我说:"我哭是真的。"

回来以后,我说:"我对你有意见,你拿人家的感情开玩笑。"

他说:"你哭无非是哭你的委屈,不能给工宣队说的,能给你老婆说。你还能真给工宣队坦白去。把家属叫来,是为了'杀鸡给猴子看',让这些经验少的,做过工作后,变化了,给我们这些顽固不化的看。"

我说:"这世道下去还得了?"

他背了一遍:"革命不是请客吃饭,不是做文章,不是绘画绣花,不能那样雅致,那样从容不迫,文质彬彬,那样温良恭俭让。革命是暴动,是一个阶级推翻另一个阶级的暴烈的行动。"背的时候还把语录本拿起来晃了一下。

牛棚里号召大家揭发别人,立功赎罪,说了毛主席接见红卫兵时说过的一句话:"你们要关心国家大事,要把无产阶级文化大革命进行到底!"他对我说:"你小心,别上当!这不是国家大事,是宫廷斗争。"我就问他:"那天你念那段语录是什么意思?是不是挑逗别人?"他定平着面孔没说话。

后来,他问我:"你说人和兽类的区别是什么?"我说:"有时有区别,有时没区别。当人失去理智的时候就没区别。"我举了牛棚里的一些例子,许多人就是个人仇恨的报复;有的人为了求得苟安,人家让他咬谁他就咬谁,"你看这和兽类有啥区别?"

他说:"他们把自己骂得不如一条狗,这种做法是对前途失去信心的表现,认为只要把人救出来就行了。我不这样看,我认为这一切现象都是暂时的,牺牲自己也是应该的。四二年就搞过一次,不是也过来了?你不要害怕,你不就是个'现行反革命'吗?顶着,贵贱不承认,叛徒特务,他给你安不上。"

中央警卫团"八三四一"的经验出来以后，他说："现在还出来个'八三四一'的经验。四二年整风结束以后，主席发现了问题，给受委屈的同志鞠躬认错。这次审查是一场空前的浩劫，我看历史恐怕不会重演，他不会认错了。"这几句话是在党的九大期间说的。

谈到"八三四一"写的清华大学的经验，他说："现在我才知道'斯文扫地'。还来个'可教育子女'，又多了一个对立面，树敌太多。"

"八三四一"的经验里有一条："在知识分子成堆的地方掺沙子。"大家表态，众口一词，都说："好！"我问柳青："你同意不？"他说："掺沙子是破坏土壤的聚合力，目的在于水和空气的渗透。把工人派进来，是不相信知识分子，两回事。"他说："'工人阶级必须领导一切'，那还要共产党干什么？工人阶级是通过代表自己利益的政党达到领导的目的。"

牛棚里有人承认自己是"反革命修正主义分子"。他说："这是在卖身契上签字，出卖党的原则。""是金是铁，你区别得清清楚楚。"

工宣队又把"掺沙子"的话运用到牛棚，把那些在"卖身契"上签了字、对工宣队忠实的人派进牛棚，柳青说："这和原意区别更大，是让他们监视人们的正常活动。""他们用精神的武器摧毁人们的灵魂。""牛棚对人类灵魂工程师灵魂的摧残，十年八年都医治不好。"

九大开会的时候，左边就座的都是当时所谓的"左派"。社论上说："右边就座的……"列出了他们的名字，都是对文化大革命有看法，大多是参与"二月逆流"的"干将"，意思也是"右派"。柳青说："四二年到现在，'纠正错误，共同前进'这个口号叫了三十年，中间经过多少疾风暴雨，总算走过来了，而今把一切宣言和口号都忘记了,'在右边就座的还有……'太简单了,这种做法……"他哭了,没有再往下说,他的意思是:再这么走下去,没希望。

我说:"和咱们一样,他们是统战对象,咱们是专政对象。"

在牛棚里,柳青是专政对象的专政对象。我看他的处境实在太坏,想让他改变一下,我对他说:"你表现一下,我好汇报。"

"九大"期间,牛棚里设了一个"坛"——神坛,上边贴着一张毛主席像,下边是一个红太阳,会议发表了一、二、三号公报,大家在坛前纷纷表态,"三忠于、四无限":"无限忠于伟大领袖毛主席,无限忠于伟大的毛泽东思想,无限忠于毛主席的无产阶级革命路线……"让他表态,他一直不表态,就是抠手指头,人们逼他:"柳青,不许你抠手指头!表态!"四号公报发表以后,他突然跑到"红太阳升起的地方"鞠了一躬,说:"我刘蕴华投奔革命三十年,我不配做一个共产党员。"

我把这事汇报给工宣队,引起极大震动,大家议论纷纷,工宣队作为特大新闻,连夜开会,认为柳青有重大政治转变:"牛棚最后一个'堡垒'终于要攻破了,这是九大威力的丰硕成果!"

就在工宣队开会的那天晚上,大家睡得十分安静,天快亮的时候,他把我推醒,问我:"老汉平生不会做戏,昨天的特大新闻像不像?"我坐起来问他:"你是不是假戏真做?"

"不,我是真戏假做。从今日凌晨开始,老汉已经和封建的传统观念决裂了。"他说,"我不能用崇拜神的方式对待老人家,我不是宗教徒,不能做神学的共产党员。"

以后,他一切照旧,工宣队说我的汇报不实。为这事,批斗过我,我回去对他说了,他说:"老汉的戏演得像不像?"我说:"你的戏演得我够受。"

方便时他和我谈谈艺术和政治,不方便的时候,他什么话也不说，看牛棚里人们的表情、眼神以及气氛的变化。他极敏感，那次家属会后，观察到马葳的精神状态，对马葳的自杀有预感，一连几天，他总让我找机会，让马葳和他见一面，他想和她说说话，安定她的情绪，但一直没机会。

马葳去世后，又把他搬到前边的房子里。刚开始不让告诉他，有一天，"看"他的人把他扶出来，碰见我，从眼神上看出他已经知道了，很难受，很痛苦的样子。我们想说说话，一看周围，没办法说话，他只好艰难地移动着脚步，慢慢过去了。

想起几个月前过春节，别人都放回去了，牛棚只剩下七八个人不能回家。马葳给他送来两条鸡腿和鸡脯肉，还有些丸子。我看了说："马葳对你真好。"我给他买了元宵，他吃了四个。在牛棚里他是唯一一个实行无产阶级专政的对象。压力再大，马葳对他始终如一，关心体贴。现在，失去了她，他还能撑得住吗？

我当"牛队长"以后，带早操，喊"牛绝"："向后转，死路一条；向右转，抗拒从严；向左转，坦白从宽。""牛鬼蛇神"就要喊："我们有罪！我们有罪！我们有罪！"革命群众都在跳"忠字舞"，"牛鬼蛇神"不许跳，他站在旁边，说了一句："跟宗教徒一样。"他没有一点要屈服的表现，顽强的精神和坚决的态度没有一点改变。

回来以后，他又说了一遍："牛棚对人类灵魂工程师灵魂的摧残十年八年也医治不好。"

进屋，坐在床上，接着说："我们的社会主义制度是个好制度，可惜群众的水平太低了，我说的不是文化水平，知识水平，是道德水平。"

后来他又说："迎合和盲从——造成了我们国家的精神灾难。"

还在造反派头头要把他抬出来自己掌实权，让他亮相的时候，我接触过他一次，他问我："我能站出来吗？"又说："我现在站出来，以后被打倒，比这还难受。"

在阎良工农兵批斗大会上，造反派让他亮相，给他拟了一个盛赞造反派的草稿，他怎么也不出去，在后台见到我，他说："这怎么办？这怎么办？"我说："你不站出来，人家揍你！"他说："我贵贱不能出来。"周××打了他，他最后只好出去了，他的发言离开草稿，彻底跑调。那次亮相以后，不清楚是谁给二十一军的领导汇报了，军首长说："柳青，太不识抬举！"

柳青叫金葳"大个子"，从牛棚出来以后，"大个子"到他家来，他特别高兴。有一段时间不来，他会问："'大个子'怎么好久不来了？"

十六、牛棚快解散的日子

"憋死我了，快把窗户开一下吧！"不知何时柳青受凉感冒了，引起哮喘，一夜不停咳嗽，时刻有吐不完的痰，堵在喉咙上。因为支气管痉挛，吸进一口气，只能吐出半口，肺要憋炸了。二十九个人挤在一起，浓重的气味更让他分秒难耐，好容易挨到天明，人们起床，他请求几次，没有人帮他开窗户，只有人说："不识相！什么时候了，还要别人给你开窗户？"

白天，柳青要求去看病，工宣队和造反派说要"研究研究"。为此召开的小会上，工宣队一个很胖的师傅，用一贯尖厉的声音吼了一声："不行！黑帮还能去看病？！"一个造反派坚决支持师傅的"无产阶级革命立场"："不行，就是不行！"另一个造反派跟着表态："我也不同意让他去看病。"几乎是众口一词时，一个才来不久的工宣队员，大华纱厂医院医生彭群英大夫毫不犹豫，直言不畏："不行！就是黑帮也必须让他去看病！"话一出，顿时展开了激烈的辩论，彭大夫坚持让柳青去看病；工宣队长、队员和一个造反派声色俱厉，把桌子拍得啪啪响，坚决不同意；另一个造反派，话还是原来的话，眼光却没那么凶了，嘴角也软了，他的心上还有点肉。

虽然没有"研究"出明确结果，彭大夫未经批准，亲自陪着柳青到省医院去就诊，一路扶持。

回来不久彭大夫被调回原厂，不再做宣传队员，来此仅三个月。

从走出牛棚到离开这个世界，柳青多次激动地回忆这位令人崇敬的女大夫，赞扬她敢于抗拒强暴、不怕报复、刚直、坚持人道主义的崇高精神，正是因为周围敢于仗义执言的人太少了，彭大夫的言行愈益感天动地。柳青说："有了彭大夫这样的人，中华民族就有了脊梁，中国就有希望。"

牛棚里有个1957年定为右派的卢东阳，晚上趴在桌上写检查。柳青也坐在旁边写交代，白天造反派勒令他第二天贴出来。卢东阳后来回忆说："只有几十个字，他写了四个钟头，精心推敲到十二点。第二天，人们在食堂门口围观。看过以后感觉是，他既不拒绝交代自己的问题，也不打保票能交代出什么问题，措辞非常巧妙，什么实质内容也没有，还让人抓不住把柄。"

那天晚上，卢东阳也一直坐着，联想很多，想到自己从1955年以后，一直受打击，很伤感，写了一首五言绝句："平生错里过……"诗很灰，柳青歪头看看，笑了："你这诗是啥嘛？年纪轻轻的，才走这点路，能犯多少错误，又没杀人放火，没什么了不起！"柳青把卢东阳的诗改了两句，意思就成了——人生还要有坚定的信念，要有活下去的勇气。

卢东阳说："那时，我把麻绳在腰里缠了几个月，思想一直在斗争，这以后，我不想死了，活着！要看看这个世界怎么变。"

1979年12月13、14日卢东阳回忆"文革"时说：

"'文革'中的作协和牛棚，许多人卷进当时的派性斗争中，心思都用在耍手腕、告密、整人的事情上，目的是脱离自己的苦海，为个人争取个好前途，没什么人去考虑自己的事业。就在那种情况下，几个小会上，柳青反复讲，他的余生，要用剩下的一点精力，完成《创业史》。

"大家认为非常可笑,《创业史》都推翻了,还写什么?我也这样想,自顾不暇,还想这种事情。仅此一点,现在想来十分感人。

"在作协,柳青和同志们建立的是有原则的正常关系,不和任何人勾勾搭搭,来了就来了,走了就走了。从不做越轨的事情,对上对下都一样,这对于一个名望很高的作家,更了不起,也就是这一点造成了他的不幸。"

作协的贺鸿训也说:"有些人,为了和别人搞好关系,什么好听的话都说,甚至你的孩子个个长得让人心疼。柳青不一样,没有一点虚伪的东西,从不当面说你好话背后又说你坏话。他批评人,是从爱护角度出发,直率、真诚,我们都爱听他的批评。"

牛棚快解散的时候,一次,派卢东阳和柳青一起到附近医院看病取药。一路无话,坐在走廊候诊时,柳青突然愤愤不平说:"我'冲锋陷阵'的地方在长安县,我不是驻会作家,机关事务很少参与,现在反而成了反革命修正主义分子,陕西黑线头子,罪魁祸首?"卢东阳听后劝他几句:"这是路线斗争,从反修防修的角度考虑,我们应该接受文化大革命。"

柳青说:"这不是简单的路线斗争!"

卢东阳后来说:"我当时的信念是坚定的,虽然对具体做法有过怀疑。

"现在回想起来,对柳青的迫害真是恐怖,我也因此更感到他的人格伟大。他的批斗会最频繁,甚至一天十几个小时,面对人们的质问,他坚持实事求是,既不夸大,也不缩小,不负责的人可以四个小时,洋洋万言,把自己臭骂一顿。

"为了打倒他,制造些完全没有的事情,有人曾亲口对我说柳青在长安县住地主庄园,过着一天一只鸡的生活,他的儿子在学校外号叫'一只鸡'。真比得上江青,迫害人的手段残酷呀!

"但是，柳青在接受批斗时，面对各种逼迫，只叙述事情过程，坚决不给自己戴什么帽子，他常说的一句话：'那能让我胡说吗？我胡说了，以后怎么办？'话音一落就是被人压得弯腰低头那一套，人能感觉到，他鄙视这种迫害，坚强得出奇，给人印象十分深刻。"

最后卢东阳说："作协许多人都看得清楚，李×的意图明显，想把柳青推到前头，打着柳青的旗号，自己爬上去，没有达到目的，出于报复，第二次揪出柳青。作协大多数所谓'黑帮'认为揪出柳青，减轻了自己的负担，可以轻松过关，很兴奋，他们暗中支持造反派，结果粘成一股子力量，合伙整柳青。"

就在"揪出"柳青初期，许多人也和卢东阳所说的想法接近。剧协干部姜鸿章，见到剧工室的李旭东和柳青说了几句话，责怪他："你怎么还和柳青说话？他'骂'工宣队呢。"再过一段时间，他又见到李旭东，暗暗伸出大拇指，小声说："柳青！真正的共产党员，有骨气，了不起！"

"文革"后，形势大变，社会上爆发出了人们由衷的赞叹，许多人赞叹柳青在"文革"中坚持实事求是的原则，宁折不弯，铁骨铮铮；赞叹他坚持真理、主持正义、不畏强暴的处世原则；赞叹他为中国文学终生奋斗、至死不渝的精神。

"柳青的人格十分伟大。"许多人如是说。

2003 年 6 月—2005 年 12 月第一稿
2006 年 1 月—2008 年 12 月第二稿
2009 年 1 月—2012 年 12 月第三稿
2013 年 10 月—2015 年 8 月第四稿

柳青传·下

家破人已亡，到哪里去找地狱？这里就够了。

等待，终于等到了拆除"牛棚"的一天。1970年父亲又回到大学东路72号的简易楼上。狭屋陋室，几件破败的家具杂陈其间。

几个月前这里也是妻子经常出入的地方，父亲禁不住地呼唤："马葳！马葳！……"盼望着那门会突然打开，马葳走进来。没有，门依然紧闭。也许她正在忙碌，为孩子们洗洗涮涮，等会儿，等会儿，她就会从楼梯的拐角处闪出来。他经常这样幻想。

真的见到她了！抱个西瓜，抬起头，泪流满面，刚要开口，父亲忽地睁开了眼，活脱脱的人，一眨眼就不见了，是自己泪流满面。梦中的珍稀，也没能留住。

一个人坐着的时候，泪水在眼睛里打过多少转，他都忍回去了。姥姥和孩子们依旧天天在难受。那天，他下楼吃饭，随便有人说几句难过的话又引起老老少少哭成一片。他放下碗，擦去泪水说："要说所有人间的关系，兄弟、姐妹、父子、母女……哪一种感情也抵不上夫妻感情，我和她的感情最深，怎么能不难受？我们是唯物主义者，难受也唤不醒她。她希望我们这样吗？不！她是要我们好好活下去。"他劝小姨和孩子们，也让他们劝老人，不要太悲伤。自己是这一家人的支柱，必须用自己的坚强使大家摆脱没有尽头的悲凄和思念。

我就是在父亲一家人沉浸在悲伤之中，父亲的重病之身急需人照顾的时候，来到了这个家。

柳青和女儿刘可风及长子刘长风

第一章

一、我和父亲

1945年，抗日战争胜利的那年岁末，我出生在陕北的窑洞里。那时，父亲已经离开陕北，去了东北。我第一次见他，也是以后多年对父亲极感陌生的开始，因为，那以前，我不知道"爸爸"为何物。1948年，他回到陕北，在延安匆匆结束了不满意的婚姻，我就是这次不幸婚姻的产物。那年我三岁，记忆中总留下一幕，母亲拉着我的手，站在延河桥头，看着父亲把哥哥抱上卡车。车开了，去了北京。那一瞬，发动机轰鸣，车很快就消失在飞扬的尘土中，剩下母亲和我孤零零地站着，冰冷的河水从脚下流过。懂事以后，机器的轰鸣声，飞扬的尘土，越来越清晰地萦绕在脑中。许多年，孤母，缺少父亲呵护的家庭，是永远笼罩着我心上的阴影，我越来越怨恨他。

刚上小学，父亲偶然接我们到他身边。他不苟言笑的表情和看人时锐利的目光，我不仅恨他，更怕他，一点不喜欢他。

那些年，我们几乎不来往。

1961年，我初中毕业，正是我国三年经济困难最严重的一年，父亲写信叫我们到西安来。信上标明来时路线，哪里坐车，哪里步行，细微周详。他担心我们不了解农村，一再叮咛注意安全。字里行间浸透着为父之情。我当时觉得那是因为哥哥的原因，反正，我在他心目中是没有地位的。

虽然如此，这次来陕给我留下的印象是深刻的。

我们的继母马葳，我们叫她姨姨。那个年代，流行的说法，继母都是毒蝎心肠，我也深受其染。没见马葳时，真希望永远也不要见到她。相处以后，感觉满不是那么回事。这种感觉不是发生在这次，而是在七岁那年。那时父亲和马葳刚刚结婚，寒假接我们到长安县。姨姨耐心地照顾我们的饮食起居，早晨给我穿衣服，夜里让我睡在她身边。开始，我们不在一个被窝，以后，不知怎么，一睁眼，我都在她被窝里。到后来，我迷迷糊糊，总是把手放在她乳房上才睡得安稳。她咯咯地笑，我倒有点难为情。雪天，我和哥哥玩雪，手冻僵了，她就用自己的手暖我的手。有一天，哥哥在院子里耍棍子疯玩，正巧她过来，无意戳到她腹部，痛得她眼泪都要流出来，她没有一点厌恶感，仍然亲切地领着我们。大一点了想到她是我们的继母，疑虑难消，但一想到真实的人，又反感不起来。

这次来陕，姨姨对我们也很照顾，全家人吃的大锅饭，天天是杂粮馍，经常烩一锅菜粥或汤面，有时也炒一盘白菜、萝卜或土豆，和农民的饭菜没有多大差别。姨姨自己也在大锅里吃饭。全家只有父亲单独吃。我们来后,姨姨让我们和父亲一起吃。困难时期,肉很少,家养的鸡下的蛋,全让"小灶"吃了。给父亲做饭的是马葳的母亲,我们叫姥姥。姥姥做的饭,就是调点土豆丝、洋葱或青椒,都很香,父亲一拿起筷子就说:"这么香的饭呀!我就爱吃姥姥做的饭。"他的饭量很小,也很简单,爱吃陕北风味的面食。说句实话,父亲的饭做得很精细,他常喝一小杯西凤酒,抽的是中华烟,他的生活水平比农民高多了。

吃饭的时候,父亲说:"我工作忙,很少和你们交谈,只能利用吃饭的时间说几句。"他问我们:"你们说什么人最聪明?"我们茫然,他说:"最聪明的人,是在少年时就深感自己无知,有着强烈求知欲望的人,明白这一点越早越聪明。"他要求我们回北京后,利用业余时间自学心理学、逻辑学、解剖学,他说:"这要作为常识学。"

父亲说:"你们常给我写写信,父亲盼望听到你们的消息。"我却很少给他写信,不过两三次。他说:"你的信也太简练了,像'电报'稿,我想象不来你的生活。"他看着我说:"没有东西写吗?多看看书。"书架上有不少世界名著。他抽出一本苏联著作《阿尔泰到山里去》让我看。看过之后,他问我:"有什么想法?"我又是茫然,他说:"打开视野,了解不同的生活。这个作品的文字很柔和,你应该学一学。"

父亲的话我理解不深,只是在多年以后的学习和写作中,才有所领悟,努力去做,总不尽如人意。

在阳光明媚的日子,孩子们都到村里寻找各自的玩伴去了。我和哥哥有时也到外面游玩。这里的风光十分迷人。门前有一条清澈的滈河,妇女们在这里濯洗,孩子们在这里游戏。像水晶一样闪烁的河面,一群赤条条的男娃在嬉戏,活泼得像飘忽不定的小鱼,把水溅得到处都是,不时有妇女吼叫,震慑一下过分调皮的孩子。只要有一个大一点的孩子知趣地上了岸,石缝里的螃蟹就要遭殃,孩子们全在岸上的石缝里翻找，一会儿，脸盆里就有不少俘获物。

上午的大好时光，父亲是无暇享受这人间美景的。他的小院门，姨姨早饭后就锁了，这是他看书看报、看文件、思考问题或小睡一觉的时间。除非有乡上或县上的干部来，家里人或村里人不会去打扰他。午饭后，小院门又锁了，这是他写作时间。只在偶然有事的下午，他会出来，路过河边，看搅水的孩子们游戏，父亲眯着眼睛乐不可支。如果父亲过河去，后边常跟着一群小娃。他对我一副严肃面孔，面对他身边的孩子，村里的娃娃，经常说笑逗弄，轻松愉快的气氛吸引着他们。有一次，他用脸盆捞了一条小鱼，又被我不小心放掉了。他说："你还是个慈善家。"他走路很快，一会儿就把我们带到果园，问过果园的经营，顺便还剪了几个枝条，准备嫁接在自己院里的果树上。回来的路上一边走，一边讲他和果农学会的嫁接技术。

同他一起外出的机会不多，走到目的地的次数就更少。我对他始终敬而远之。他对我总是寡言少语。黄昏后，常有农民或邻居嘴里擎着旱烟锅坐在小板凳或蹲在院里和他聊天。没人来的时候，他也和家人坐在大门外的石桌四周拉家常。看着终南山的夜景，沉思默想是他的常态。姨姨和他说话，他偶然搭一两句。只有在我们要回北京，即将离开的那一天，他才中断手头的工作，暂时离开了他的思考，他嘱咐我们好好学习，生活要简朴……"该说的话在饭桌上都说过了。"现在的叮咛也是泛泛之言，这会儿，他格外明亮的眼睛，透着亲情，但仍然板着严肃、很少笑容的面孔。

高中三年级，临近寒假，他又来信让我到皇甫。再过几个月就要高考，不言而喻，我是为此而行。

三年高中，我学习不刻苦，用功一阵，好一些，放松一段，差一点。最后一年，老实说，我有些拼命，太想上大学了。

这个寒假，父亲一直在劝我："不要把上大学看得太重，考上当然好，考不上也没关系，人生的路多种多样，不一定非上大学才有出息。"他还举了许多名人的例子，说明他们都是在社会实践中刻苦自学取得成就。说他自己考榆林六中，两次才被录取。他也为上大学历经周折，终未如愿。"不上大学一样能为社会做出贡献。"

对父亲的话，我并不在意，仍是埋头复习，势在必争的样子。大年初二，他进了我和姨姨住的房间，见我在看书，哈哈大笑："不必这样紧张吧，连年也不过了。"他让我和大家玩玩，放松些。接着父亲讲了个笑话给我听："解放前有一道大学入学试题是《论项羽、拿破仑》，一个学生写：'项羽，力拔山兮气盖势，携泰山以抄北海，岂止拿一破轮乎？'"

"你可甭给咱写出这种文章。"

父亲希望我能考上大学，无可怀疑，但他对我能否考上肯定没有信心。

分别的时候，他一再说："不要紧张，考上考不上都没有关系，放松可能比紧张的效果更好些。"

一颗悬着的心在一天早晨落了地。我母亲马纯如从未这样高兴过，从大门口走来，好像脚不沾地似的，她给我看北京大学无线电电子学系（今北京大学信息科学技术学院）的录取通知书。当天下午，我打电报给父亲。肯定出乎他的意料，因为他一直担心我们受母亲智力较差的影响。马葳姨姨告诉我，那一夜，父亲在院子里转过来转过去，几乎到天明。

他第一次这样注意我，我也第一次被父亲的关心触动心灵。

可惜，我的大学梦只有两年光景。"文化大革命"爆发了。

"文革"刚开始，报上的批判文章连篇累牍，文艺界的星辰一颗接着一颗陨落，我怎么能不关心父亲呢？运动之初"老子英雄儿好汉，老子反动儿混蛋"的口号强烈地弥漫在政治空气中，我也怕当"混蛋"。

他到底有没有问题，历史是否清白，我不了解。六月初，我写信问父亲能否经得住运动的考验。他回信表示：自己对党、对人民、对国家竭心尽力地工作，自责的是为人民做得太少，他没有个人对社会的要求，也没有任何鄙劣心理，让我们尽可以放心。

在我们不多的接触中，父亲对我的教育都是正面的，从来没发现他言行不一致的事情，他和农民的关系、和长安县干部的关系水乳交融。他说："我永远不会失去一个普通人的感觉。"我曾经在心里，和我见过的干部、一些名人比较，所以，我相信他信中的话。

1966年大约6月底，刚刚开始大串联，我到了西安一趟，住了两三天。父亲的话很少，总是思虑重重。印象深的就一句话："靠这些年轻娃娃就能解决这么大个国家的问题？"临走他对我说："回去以后，什么话也不要说，听一听，看一看，你太年轻，不了解党的历史，也不了解党内斗争。没事了，看看书，如果有可能，寄些社会上的小报给我。"

尽管我和父亲感情上还有隔阂和距离，但说不清为什么，政治上我一直相信他。整个运动我按他的话做了。

大约是1968年春天，他来信说造反派"解放"了他。"我这个逍遥派顿感轻松，从此更加逍遥。"

进入寒冬，一个极平常的日子，清晨，我被噩梦惊醒。梦中，父亲坐在房间的一角，楼房突然坍塌，把他的下半身压住。楼道乱成一片，人们向外狂奔。我用力刨压在他身上的砖瓦，边刨边拉，怎么也拉不出来，我急醒了。睁眼的一瞬，满窗阳光妩媚，心里顿觉开朗。就在这天"晚请示"的当口，有人递给我一封西安来信。

信上说，在"清理阶级队伍"中，父亲被揪了出来，并且不久前自杀未遂。

晴天霹雳！这是怎么回事？

那一夜我几乎没合眼，翻来覆去，真是难以理解这个运动中"朝为田舍郎，暮登天子堂""今为座上宾，明成阶下囚"的事。

不久，我又收到西安来信，说父亲时常被打，取回来的枕巾上血迹斑斑。

在我们无所适从的日子里，高中同学经常相聚，有两个同学几次提起父母讲述延安1943年整风的情景，而且互相传看讲述苏联1934年至1938年"大清洗"的书籍。运动中被折磨至死的人不计其数。就是实事求是的那一天来临，"事实"也被他们永远带走了，"求是"就变得困难。我突然冲动起来，一定要把父亲的命保住！有什么办法呢？路，只有一条：给有关"首长"写信，那时候，只有他们说句话顶用。

不一样的抬头，一样的内容，我一连写了三封。反复强调的就一个意思：打人违反党的政策，只有留下人，才有利于搞清他的问题。我知道江青对我父亲有好感，第一封信我写给江青。我骑自行车送到中南海西门，门卫收下了。我记得，那是星期一的早晨，太阳昏沉沉的，滴水成冰的寒冬，手指冻得发僵，头脑也像僵住了，这样好，我不再考虑这一行动的后果。接着又骑车到解放军报社，因为，那时肖力（即江青女儿李讷）在《解放军报》社任职，运动初期，哥哥和她曾有交谈，她说过对父亲肯定和赞赏的话。回学校的路上，我把第三封信投进信筒，是寄给"中央文革小组"的。我希望有人出来说句话，停止这种不人道的行为，但在以后的日子，更多的是不安，如果适得其反，陷父亲于不利……我不愿往下想，听天由命吧！

不久，我收到姨姨的信，说工宣队收到了有关部门转去我的信。那里起了怎样的波澜，我不知道。姨姨的信十分悲观，字里滴着泪，可以感到她的天空，黑暗得透不出一丝光明。她说她夜夜睡不着，头痛欲裂，怎一个"愁"字，怎一个"悲"字，怎一个"愤"字，最后流露出"现在无真理"的绝望。她担心我会受牵连，几乎是恳求我："你爸的事，你们不要管了，你们跟着毛主席的革命路线走吧！"

万万没想到，再一次收到西安来信，马葳姨姨怨愤弃世！

在这个许多人向往的北京大学里，我走过了，但没有学到我本该学到的知识。毕业前夕，我收到父亲来信，他坦诚地讲述他的困境，他的身体已无自顾能力，为了一家老少能活下去，希望我分配到陕西工作。

二、天水行

1970年，我被分配到陕西比较贫穷的永寿县，离家有两百多里。从离开西安去报到，我的心就没有离开过大学东路那两间席顶棚的简易楼，孤独卧病的父亲，和大通铺上一排可怜的弟妹。

大学东路是一条狭窄的土街巷，在一片陈旧平房中间有四排两层的简易楼，主要居住着做粗重活计的劳动者。第三排是作协家属院，上下各七间，给我们家楼上楼下各分了一间。父亲，五个弟妹和我，姥姥，小姨，家里近十口人，三个女孩照顾重病缠身的父亲，住在楼上较小的一间，其余人都住在楼下的通铺上。

我刚到县上，父亲来信说，他听宣传，在穴位里埋一根羊肠线可以治疗哮喘，医院在施行。他去试了，效果出奇的好："我的呼吸从来没有这么通畅过。"这是个让我振奋的好消息。五一节回去，父亲不再终日坐在杂物包围的破椅子上。他提起手杖，让我陪他到巷子口转转。走在路上，父亲说："麦子就要扬花，我还是躲一躲，咱们悄悄出去吧！"

"到哪里去呢？到北京？"北京有亲戚。可父亲还是个"只许老老实实，不许乱说乱动"的"阶级敌人"。

"不行吧？容易招灾引祸。"

父亲想想说："往西北方向走，到兰州好吗？偏僻，没有熟人。"

我们上了火车，全不似想象，人多得无立足之地。父亲那极度消瘦和没有光泽的脸，引来异样的目光。一会儿，就因为空气憋闷，一股难闻的气味刺激得父亲喘息不止。有人主动给他让了座位。父亲还是一直喘。我从人堆中挤到乘务室，要求一个硬卧铺位。那个年代，这个要求有如上天摘星……由于乘务员的同情，我们得到了。

火车越过平原，进入崇山峻岭，窗外起起伏伏是绿色覆盖的群山。太阳西沉了，车厢里渐渐暗淡。父亲一直在喘，他能坚持到兰州吗？我无可奈何地看着他。由于缺氧，发紫的嘴唇颤抖着，他瞪直眼睛在想，最后下了决心："到天水，我们下去吧！空气好些，我会平复，咱们休息几天再往兰州走。"

下车才知道天水市离车站还有一段距离，我们就歇息在站边的小旅店。那一夜父亲几乎没睡。房间很小，七八平米，放两张床板，没有窗户，土脚地潮湿，充满了强烈的霉味。父亲疲乏得支持不住进去躺一躺，很快又出来，坐在外面的石条上。我几次去看他，陪他坐坐。他告诉我，同室是一个从远处来的山民，坐火车到天水卖猪娃，因为车上人多，挤来挤去，下车时，五个猪娃全不见了："农民不容易呀！喂个母猪，就盼着下几个猪娃卖些钱，一点没得，倒赔了钱。"他为这个到了五月，上身还只穿一件黑棉袄，敞着胸膛的汉子叹息："唉，唉……一年的油盐钱。"父亲一进屋，那个山民就反复讲述自己的遭遇，我不知道父亲是怎样安慰那人的，早晨，我扶他送那人到大门口，那人的表情让我震动，父亲对农民的感情更让我感动。

我们商量不去兰州了，就在天水市住下。在一个没有顾客的饭铺，我买了两个叫"全粉"的黑馍，他吃了半个，我吃另外半个的时候，围拢来一群要饭的。他用眼睛示意我，让我把那一个给他们，一个孩子刚收了馍，另一个老人走来，向要饭的要饭，我笑了。父亲提起手杖出去，我扶他时，他说："解放二十几年了，还穷成这样，我们怎么对得起老百姓？"

找落脚地两次碰壁，我们决定到地区招待所试试。经路人指点，要穿过市区一条主要街道，这里无车可乘。

父亲走得很慢很慢。一老一小，真像一对流落街头的卖艺父女，父亲手搭在我肩上，我扶着他的臂膀，另一只手提着陈旧的旅行袋。

走在破旧平房的屋檐下，不觉夕阳斜挂，山风阵阵，寒意袭来；今夜宿于何处？我不禁焦虑起来。一路走着，父亲一直在讲述斯大林的政治经济理论，我第一次听他对这位国际共产主义领袖的许多观点持批判态度。他全神贯注，全然忘记我们的目的地，我发现他一进入思考，灵魂似乎超脱了人世的苦和难。可惜，我对政治经济学太生疏，连一个名词也没记下。

终于住进了地区招待所。这里客人不多，两人分开住，必须包房。全家人省吃俭用给我们带来不多的费用，我们只好要了两人的、很小的一间房。房间有一个朝北的窗户，终日不见太阳。这倒不要紧，要命的是，附近有一个酒厂，黄昏气味最大。父亲一会儿就喘得嘴唇发紫，两眼发直，我借来自行车，急急忙忙把他推到地区医院。

这个医院是林彪"一号命令"①以后，从北京一所大医院疏散来此，也是根据毛主席"六二六指示"②下到基层的。医生们刚到不久，一切都没就绪，主要是人心还远在北京，担心北京的孩子，记挂千里以外的家，言谈、工作，就像漂浮在空中的一团云。父亲等待时小声说："解决农村的医疗、教育和其他专业人才，这不是个长久之计。给许多人造成了生活困难，心里不稳定，根本的方法是培养本地人才。"

我们多次深更半夜，去医院打了针，吸了氧后回到招待所，难以入睡。父亲坐在床上，靠着被子，我坐在椅子上，听他讲过去的事情。

这是我第一次听他回忆他的人生。

…………

那些日子，我们坐在阴暗的小屋或门外的台阶上，他不太疲劳的时候，给我讲文学、政治、党的历史、对历次运动的看法。以后，我

---

① 指1969年10月中旬，林彪通过军委办事组发给全军的一个战备命令，北京的中央党政军领导人和广大知识分子被疏散到农村及偏远地区。
② 指毛泽东于1965年6月26日提出的"把医疗卫生的重点放到农村去"的指示。他认为当时的医疗卫生服务脱离群众，而只集中在少数人身上。

会在有关章节讲述。

到现在,在父亲面前,我仍然很拘束,畏惧心理虽然在逐渐消减,但仍时不时感到陌生和疏离,我还没有叫过一声"爸爸"。在西安时,几次下决心,就是叫不出来。到天水以后,父女独处,我要和医生交涉,那两个字快到嘴角,又咽回去了。父亲没有异样,我却受着折磨。

在食堂吃饭,我大多打一个菜,偶然两个,也都是半份。弟妹们要过得比我们更艰苦,这次出来,我怎么能不节省,仔细用每一分钱。那天买的菜里有肉,虽然是半个,量挺大。食堂的师傅从我们门前经过,看见父亲异常瘦弱的病态,我能感觉到他们的同情。父亲问:"今天为什么改善伙食?"我笑笑:"咱们很少吃肉,就是想给你补补。"他把菜挑着吃些,把肉剩下了,我非让他吃掉。他说:"我怎么能吃得下去?你每天给我煮一个鸡蛋,没吃过一个,我心里很难受。"父亲拉过我的手,抚摸着,我哭了,不知不觉一声"爸爸",从嘴里滑出来。从那以后,"爸!"就是我们思想和亲情的纽带。

住了近二十天,我常见他在身上挠,迟钝的我没有任何反应。一天,在我的外衣上看见一个大腹便便的小生物——一只吃得肥胖的虱子。晚上,我让父亲把毛衣脱下来,惊呼它们繁殖的速度,已经占据了毛衣所有缝隙。父亲仍然在讲他的思想,我把这些小东西一个个拣出来,竟然在小小的炉盖上平铺了一层。父亲说:"没肉吃吗?够炒一盘了。"

我们住的房子在院子前边,离酒厂近,父亲多次犯病,一次重于一次,父亲的生命被这酒气逼到尽头。招待所的人建议我们搬到后边远一点、好一点的楼房去,那里一个房间四个床位,要我们全包,一天六元四角,而我们的钱已所剩无几。父亲无奈地说:"儿女为我受尽艰难,我怎么能一天用去六元四角?"那是焦虑的日日夜夜,我们只勉强住了四天,估计陕西的麦子基本收完,一天也不能待了。

在返回的火车上,父亲一直在喘。越临近西安,他喘得越厉害,我给他一次次注射"肾上腺素",到后来看不出一点效果。心挑到刀尖上了。列车员来看过几次,也是束手无策,火车一到站,他叫来一个工人,用平板车把我们送出站。我没有时间向他们道谢,急忙雇了一辆人力三轮车,直奔就近的市第四医院。一坐上车,父亲喘气问:"多少钱?"我说:"六角。"他说:"怎么这么贵?"我说:"现在就是六元也得雇。"他说:"我不能让孩子们过正常生活,他们因为我吃了不少苦,我怎么忍心多花一角钱。"

在急诊室度过了难熬的一夜,早晨父亲症状缓解,我们又回到那间已经开始闷热的简易楼上。

三、挣扎在生死线上

已经一个多月没上班了,我必须回到县上。父亲一再让我放心:"过些日子,再做一次埋线治疗,我的身体会大为改观。"说得十分轻松乐观,让我相信奇迹必定发生。临走,他给我一本周一良编的《世界通史》第一卷:"你拿去看吧!下次记住带回来,我们交换着看,抓紧学习,不要无所事事。"

回到县上,一直在等父亲的好消息。那天黄昏,我收到一封电报:"父亲病危,速归!"

天哪!怎么回事?

我拦了辆卡车,不顾一切地赶回西安。站在父亲床边时,他还没有完全清醒,两眼定定地,没有反应。弟妹们站在周围,守着正在输液输氧、垂危的父亲。

听说上午埋线以后,下午就出现了这种情况。要不是前后楼邻居帮忙,晚半小时,医生说很可能救不过来。我们的邻居大多是干粗重劳动的工人,一时没有运输工具,几个人七手八脚,用一个破椅子从巷子里把他抬出来,拦了一辆平板车送到医院。

父亲病情稳定后,医生让我们出院,说以后再看病,必须要省上开一个证明,说明他的问题是"人民内部矛盾",否则就不能在这里就医。

这个医院是省上的大医院,"文革"前,父亲常在这里看病,住过院。认得这个"阶级敌人"的人很多,大多数人看见他,表现出"克制"的态度,怕给人留下同情"阶级敌人"的印象。父亲刚被送来时,医院拒绝接收,是一个叫王更新的男护士坚持:"就是阶级敌人,也要让他看病。"才被接收下来。出院以后,王更新还私自来给父亲打过几次针。父亲以后总叫他"恩人"。

这次犯病以后,父亲对气味变得越加敏感。

杀人的老天爷!在我们住房四邻有一个醋厂,一个牲口棚,一个公共厕所。当时大家烧饭都用烟煤,经常烟气缭绕。有风的时候,一阵醋味,风向变了,也许是公共厕所味,也许是牲口棚的味,没有风,那就更糟,所有的气味混合在屋里屋外。气味的天罗地网,把父亲一次次逼进医院抢救。

我曾经去过一次"省斗批改领导小组",请他们开个介绍信,让医院接收父亲。那个接待我的工宣队师傅严肃地给我上了一堂政治课:"你父亲的问题现在还不能定性,你应该和他划清界限,他现在推一推就是阶级敌人,拉一拉就可能成为人民内部矛盾。你回去要好好做他的工作,让他正确对待文化大革命,认真交代自己的问题。你怎么能提出这样的要求?"我老老实实听着,他说完,我还是要求他给写个东西。他看我实在不走,给我开了个介绍信。我拿回来给父亲,父亲失望地摇摇头:"这是在弄权,没有一点意义的几句话。"

过不了几天,父亲就犯一次病。而每次犯病,大多在空气十分沉闷的夜里。看见父亲吸气时,肩膀吃力地向上端,两侧锁骨凹进一个大坑,两眼发直,嘴唇青紫。我把弟妹们叫起来,最大的十六岁,最小的九岁。无论睡得多熟,他们都会从床上跳起来,有的抱被子,有的去借平板车,最小的弟弟抱着枕头往外跑。父亲说不出话来,勉强用手势指挥着，使大家的行动有条不紊。

医院的急救室不是没有氧气，就是没有可以抽出来的人，氧气要我们自己到其他科室找，为了救父亲，我们什么都可以做，但是打针、用药，我们不可为。那等待的每一分、每一秒都在煎熬。我真怕到这个医院来。

有一天下午，王家斌叔叔来看望父亲。王家斌叔叔隔一段就来一趟。1969年，那个最凄凉的春节，父亲还在"牛棚"，他看见家里无钱过年，放了二十元和一袋大米。他一来，父亲不由自主地激动，说话多些，一会儿就犯病了。我说对面有一个部队医院，今天就到那里去试试。王家斌叔叔背着父亲往医院跑。看见急诊来了病人，医生马上抢救，待缓解后，医生问我们是哪里的，我说："作协的。"他问："做鞋？做什么鞋？皮鞋，布鞋？"我给他解释："是作家协会。"第二天，那个医院派了个医生到家里来，她的爱人在文艺界工作，和父亲熟悉。她说："作为我个人十分同情你，但是，我们医院一些医生提出来，部队医院更要走阶级路线，不同意给你看病。"她反复表示自己的真诚和善意。我们也清楚，以后，不能再到那里去看病了。

我们已经接到过十一次病危通知。谁说天无绝人之路？

真的，天无绝人之路！

我们得想办法，暂时离开大学东路72号，这个充满异味的环境。

作协机关早已解散，不远的机关大院空着，我用自行车推父亲找到院子的管理者。父亲这个铁骨铮铮的硬汉，这次，用我从来没听过的口气恳求他借间房子给我们。而我乞求说："机关的院子空着，借一间给我们吧！让我爸爸暂时住一住，暂时，哪怕几天也好，只要让他的病轻一点，我永远忘不了你。"我的乞求终于打动了好心人。

作协机关院子原来是个挺幽雅的地方，院中有一个圆形花坛，四角对称的红砖瓦房，房前点缀着一圈冬青树。可惜，这文人居所，从搬来就不是艺苑花圃，而是文人接受批判的战场。虽然两年前的厮杀批斗、叫嚣声在这个院子里已经绝迹,但是,空荡荡的庭院和对故人的思念,更是让父亲难以忍受。父亲说:"好在我认得几个字。"读书是解除痛苦的最好方法。我们继续读《世界通史》。

夜,是哮喘病人最难熬的时光。屋里憋闷,我把一张帆布行军床和一把躺椅搬到外边屋檐下,父女相对而坐,夜已深,周围静得像死寂的旷野。他背靠着躺椅,一弯冷月斜撒下惨淡的白光,清晰地照着父亲消瘦的脸庞。他瘦得实在可怕,衣服穿在他身上就像晾在竹竿上。父亲仰着头,想着什么,突然想到了他的书,断断续续给我讲述"文化大革命"前他的写作计划。由于这场"革命",原计划不能如期完成,他饱含着感情说:"司马迁写的《报任安书》不知你读过没有?司马迁受了那么大的耻辱而不辞世,就是为了写完《史记》,如果我的病严重发作时,悄悄地,不告诉你们,也可以结束我的病痛,不再受这种折磨。可是,不行啊!千百万读者在期待着我。就是现在,还有那么多人捎话来希望我把作品写完,我怎么能……"停了一阵,他又说:"对一个作家,他的生活没有多余,包括刚刚过去的日子。如果现在再让我写一个人受审时候的心理,垂危时候的心理,我会比过去写得深刻得多。我活着就是为了把这个工作做完。个人倒了算得了什么?党、国家、人民……"他的声音哽咽了,仰起头,闭上眼睛,手在脸上轻轻地抹了一下。我们默默地坐着,寂静的夜更突显出他那粗重的喘息声。由于痰的阻塞,呼吸困难,他剧烈地咳嗽一阵,我给他捶捶背,他向嘴里喷几下止喘药,若有所思地说:"一个人活到世上不能看到更远的将来,算啥呢?我不能顺着形势,改变自己的意志、思想和党性原则……一切都是暂时的,只有人民是永恒的。"

我的心态和父亲不大一样。我觉得天好像随时会塌下来,看不见一丝光明,过去的灾难,现在的困难,缠绕着我。父亲劝我:"回忆过去,总结经验和教训,为了把以后的事情办好,很有意义。如果仅仅是反复咀嚼痛苦来折磨自己,又何必呢?"

有一天，他打开一本《古文观止》，给我读《报任安书》。至今我一读到"古者富贵而名摩灭，不可胜记，唯倜傥非常之人称焉。盖文王拘而演《周易》；仲尼厄而作《春秋》；屈原放逐，乃赋《离骚》；左丘失明，厥有《国语》；孙子膑脚，兵法修列；不韦迁蜀，世传《吕览》；韩非囚秦，《说难》《孤愤》；诗三百篇，大底圣贤发愤之所为作也。此人皆意有所郁结，不得通其道，故述往事，思来者。乃如左丘无目，孙子断足，终不可用，退而论书策以舒其愤，思垂空文以自见"时，也禁不住潸然泪下。

四、到绥中

1971年，又是5月，父亲还是担心麦子扬花这关过不去，决心外出"躲病"，思来想去，北京是唯一好的去处，那里有近亲，父亲说："悄无声息，恐无大碍。"

怕给北京亲戚添太多麻烦，中间我陪父亲又到辽宁绥中县另一个亲戚家小住一段。

在城市里父亲总有精神上的囚禁感。远离城市喧嚣，来到一个小村庄，他就像松了绑，眼光愈加明亮，脸上不时泛起少有的光。

眼前是一马平川的田野，气温和西安三四月相仿，麦子明显比西安矮一截。春光明媚的日子，我们在宁静的小路上散步，空气清新，远景近物好像一尘不染，他慨叹一声："有这样的空气，我还会犯病吗？"难得的享受，他深吸一口，再深吸一口……

离亲戚家三四里有一个小镇，隔三岔五，我们就到小镇上走一走，坐在街道一侧的门台上，看东北人的生活和小镇生意。小镇濒临渤海，时不时走来卖海螃蟹的，二三角一只，我看几眼，有点馋，舍不得买。父亲也看看："好新鲜的东西！"但我们始终没人说："买一只尝尝。"只有一次，父亲说："多少天没犯病了，我真馋烟。"我买一支"牡丹"牌香烟,他深吸一口,露出享受的笑容,说:"活着吃遍,死了无怨。"父亲已经有两三年不吸烟了,这也是他难得的享受。父亲很开心,我也开心。

坐在东北的土地上,父亲就讲在大连的往事:"写《种谷记》的时候,我真是废寝忘食……写完以后,第一次出门,把人吓一跳,胡子、头发,长得像中国猿人。"

父亲笑着对我说:"爸爸怎么爱上个说故事的职业?"

小镇西南的城墙角,有个懒汉们开出的豁口,大家都不走正路,我们也由此往返。每次回转,父亲常在断垣残壁上坐许久,他太喜欢这样坐着观察来来往往的人们,或者静静地默想。我扶着他,慢慢往回走时,走几步,他停下来,右手握着拐杖,左胳膊肘放在右手背上,静静远望。是广袤的原野吸引他,还是无际的麦田流光溢彩,让他陶醉?大地此刻美极了,静极了,路上很少行人,蓝天下的一老一小,缓缓移动在褐色的小道上。父亲动情地说:"我们父女相携在十分特殊的时期,相依为命,把我们这一段生活记录下来是有意义的。你学习数理化,但一个人不能只懂数理化,也要懂得社会,懂得人生,文学也是一门科学,是研究人的科学。"他讲起了美国作家海明威的作品《老人与海》,问我:"你看过后,有什么感觉?"他见我点头不说话,等待片刻说:"在浩瀚的大海上,没有对话的对象,没有丰富的环境和景物,还能够把人物的心情和情节写得引人入胜、细腻、真实,水平很高。"

我说:"但是很沉闷,压抑。压得人喘不过气。"

显然,他认为这也是作品突出的艺术效果,同时,也觉得我的感受褊狭片面。父亲接着讲述他的感受:"作者把一老一小的那种情感写得入微,情景交融,使读者好像和他一起出了一次海。这就是二十世纪西方最新手法的高超技巧,达到这个水平不容易。"我感觉,他好像把眼前的麦浪看成了波涛汹涌的大海,深浸在小说的意境和他的思考中。

父亲常是这种状态,引起不少人的误解。

在回北京的路上,我们到山海关转车。坐在站前的一个小饭铺里等车，他给我讲起世界上一些著名女社会活动家的事迹，感叹地说："改造社会需要许许多多人做大量工作，要献身社会，终身不渝。"他把话题转向妻子马葳，他说，马葳在皇甫村时日夜奔波，不仅仅是帮他了解社里和村里的情况，更重要的是做一些实际工作。感激、怀念，流露出失去妻子的孤独和伤感。我已经熟悉父亲那不为旁人感觉的心里波涛。平静以后，他眼睛又是瞪得老大，直视着一个地方，谁同他说话也没有反应……这时，坐在同一个饭桌的一个老头在等同一列火车，他主动和我们搭讪，看见父亲异常消瘦，呼吸艰难，看上去贫病交加，他一路关照。在火车上，还不断地问这问那。父亲一直在思考，不作答，目不转睛，那人失望地问我："老爷子是不是神经不正常？"我扑哧笑了，父亲仍在沉思，旁若无人；老头迷茫不解，欲言又止；我只能对着善良的老大爷微笑着摇摇头。

五、到北京"躲病"

1972年5月4日，"柳青专案组"送来了他的专案结论，否定了所有莫须有的历史问题，他又一次"解放"了。到外地"躲病"再不用"偷偷摸摸"，可以光明正大去北京了。

前一年在北京只能住在远离城区的亲戚家。当时父亲得知《创业史》的责任编辑、中国青年出版社的王维玲因病从干校回京，让我悄悄同他联系，请他来和父亲见面。相见时艰，百感交集，两人谈了许多政治飓风中摇曳至今的遭遇和人事。

这年通过王维玲，征得同意，我陪父亲就借住在中青社的宿舍里。与王维玲同住一楼，父亲和他几乎三天两晚促膝交谈。

其他同志也常来看望，不断有人送来自家烧的美味菜肴，并帮助父亲联系呼吸科专家给他治疗。

中青社是团中央的单位，一些同志和胡耀邦熟悉，有人几次同父亲说："耀邦同志从干校回来了，目前也没有安排工作，他平易近人，喜欢和同志们谈谈，许多同志爱到他那里坐坐。"建议父亲也过去走走。于是，我用自行车推着他去了。

胡耀邦和父亲在战争年代有过同路行军的暂短经历，以后偶有接触。

胡耀邦非常关心父亲的身体，建议父亲给周恩来总理写封信，请求他的帮助。这是从父亲对陕北经济建设的建议谈起的。他说这两件事情你可以写封信给总理，把建议全文附上。那年月，许多人困在人生悬崖，想请求总理帮助。总理为了得到这些人的消息，尽自己的能力保护和挽救老同志，设了一个收信机构。胡耀邦这样建议我们："有许多人给总理写信，本人不出面，是让儿女出面。"他把头转向我，非常详细地说明送信的地方：中南海的北门的斜对面，有一个很不显眼的门，外面什么标志都没有，门口有人站岗，里面土院土路，看起来好像很冷清。让我到那里把信交给站岗的，他准会接收。这是总理给自己设的收信机构。

信是父亲口述的，我记录，签了我的名字。送信的过程顺利是因为胡耀邦指点周详。我交信时，那人未置一词，接了信，转身向远处一间很简易的房子走去，我一直盯着那个战士进了屋。

我们并没有抱太大希望，总理太忙了，国家几年动乱，灾难不断，他要日理万机，自己尚且高龄，又重病在身。

非常意外，在发信后的第九天，父亲就接到了卫生部的电话，说："首长十分关心你的健康，让我们转达他的问候，并给你安排在京检查和治疗。他已经把你的信件（指建议）转给了有关方面。"国家大事堆积如山，总理还这样重视一个普通作家的求助，怎不让人感怀终生？我们几天不能平静。

在北京就听人说，当时正值各省革委会主任在京开会，总理把父亲的建议在会上亲自交给了陕西省革委会主任李瑞山，让他回去研究研究。据说总理已多次听说陕北地区连年灾荒，人民生活困苦，还不及当年党中央在陕北时的日子，总理流了泪。

没几天，王震副总理派了他的秘书来和父亲交谈陕北经济发展的想法。王震也十分关心陕北人民。

9月份，我和父亲回到陕西，父亲急切地想知道陕西省革委对这份建议的看法，陕北有没有因地制宜、发展经济的希望。为此，我给省革委打了电话，说父亲希望见见领导，谈谈自己的想法。他们同意父亲到省委8号院去。

那是一个晴朗的午后，我用自行车推着父亲走出尘土飞扬的小巷。来到省革委，落座在一位领导的办公室。领导为我们倒了两杯水，放了几片茶叶。寒暄的话不多，就说到看病的问题。他说："李主任说，你在北京检查，在西安治疗，没必要在北京治病，有什么要求可以来电话或信。"其实，为看病我们从没有找过他们，他们也从来没有过问过。父亲主要是想谈谈改变陕北现状的事情。一提到这话题，领导表现得不耐烦，说："李主任说了，柳青住'牛棚'住昏了，陕北不种粮食，不以粮为纲，陕北人吃什么？"话题转至"主题"，就难以为继。父亲瞪着老大的、无可奈何的眼睛，一言未发。来时的希望一扫而光，只能耐心地把领导的话听完，我们怏怏不乐，告辞出来。父亲坐在自行车的后座上，父女二人相视苦笑，在沉默中走了一阵，他突然说：

"不知是我住牛棚住昏了，还是他当官当昏了。"

"就用这种方法能把陕北经济搞上去？等着看吧！"

父亲又说："我们的干部队伍相当一部分人知识贫乏，怎么能胜任领导工作呢？战争年代没有时间学习，和平年代也没有时间学习吗？"

"1955年我就这个想法写成一个建议，寄给当时的第一书记，第一书记没有收到信，被转到原陕西省委农村工作部，1957年我催问过书记本人，经查找，原件已不见了。"唉……一声叹息，为了使空气不要过于沉闷，我随便说了一句："现在有些地方的干群关系就像刚才的茶水，寡然清淡。"

从此以后，这个建议再也没有引起任何人的注意。1978年，父亲去世后，我把建议交给了《人民日报》社，时间不长，《人民日报》全文登载。

从1972年5月和胡耀邦第一次交谈，以后每年到京"躲病"，父亲都要去看望胡耀邦，主要目的是谈自己对中国未来发展变革的想法，以后几年，父亲陆续读了东欧改革的一些书籍，他认为东欧改革的浪潮一定会影响苏联，无论早晚，中国改革的一天也终究到来。父亲期待和胡耀邦交换看法。

1973年到1977年五年，我没有陪父亲去京，有一年，他回来说："这次在京，去看胡耀邦，我对他说：咱们这个国家和党为什么常受极'左'路线的苦，从王明路线开始，好人遭殃，坏人得势的情况屡见不鲜，我认为主要就是缺乏正常的民主生活。"

这话说了，不知胡耀邦是什么态度？父亲没把握："他会反感我的话，否定我的看法吗？"

父亲说："他不但没有否定我的看法，反而情绪激动地说：'我的后半生就是要为建立党和国家的民主制度而奋斗。'"

在当时的国情下，胡耀邦有这样为国为民的精神，父亲说："我甚为敬佩！"

父亲去世后，曾在团中央工作的肖枫同志说，他听耀邦谈改革想法，觉得十分熟悉，因为在柳青那里也曾听到过许多相同的思想。可见，他们交谈之深之广。

不了解父亲的人，在改革开放后，仅从他的小说，很难推断他对改革的态度，作家路遥就问过作协的老人："如果柳青活着，不知他是'改革派'还是'凡是派'？"

了解他的人们说："肯定是改革派。"

1978年春节前后,柳青在西安西京医院

第二章

一、"乡巴佬"

1972年5月至8月,父亲在北京住了四个月。卫生部给父亲安排在北京阜外医院做体检。

那年北京几乎天天有风,尘土飞扬,日光摇曳,难得一个无风的下午。我们早早来到指定的房门前。门锁着,等了一阵,来了一个女医生,四处张望一刻,走了,一会儿又回来,好像在找人,我不敢贸然开口,她看看我们转身下楼。我跟在她后头观察一下是否在找人。她在大门口张望一阵又回来了。我确定是在找我们。

我们这才接上头,当她看见父亲一身农民打扮,眼神现出可感而不可言的变化,刚才温和焦急的女性面孔瞬间消失,变得严肃而冷淡。体检房门开以后,里边很大,设备挺多,检查的时间不长,过程比较简单。自始至终,她没有一点笑容,几乎没说什么话,就把我们打发了,甚至连那豪华的窗帘也没拉开。还好,她让我们几天以后再来一次。

回来,我感觉窝囊,特意到街上买了一件当时十分时髦的的确良衬衣。再一次去检查非让父亲穿上。他说:"这种情况,我已经习惯了,没必要放在心上。"他看我很坚决,也就穿上了。检查回来,一进屋,父亲马上脱下,很烦躁:"硬邦邦的领子,硌得脖子难受,再也不要给我穿了!"这件衣服再没穿过,也忘记了它的去向。

总的说来,那年,我们的生活是愉快的。父亲工资恢复了,经济上也宽余些。父亲爱吃西餐,把我带到了新侨饭店。那里店堂很大,座无虚席,但相当安静,除了吃饭声极少交谈,更无喧哗。他一边吃,一边看看四周。有一两个认识的,都是过去职位很高的人,估计相互认识的不少,谁也不和谁打招呼,吃完就走。出了门,他说:"人和人连正常的交往也不敢了。"后来,他对我说:"关在西北大学时,有一次在厕所,我看见一个人,好像是习仲勋。他看看我,我看看他,没敢问。"那时说上一句话,又成了交代不完的问题,都不愿意给人家和自己无事生非。

胡耀邦委托团中央书记处书记胡克实请父亲在王府井萃华楼吃饭。当天晚上,我把父亲送到饭店门口就走了。回来后,父亲说,还请了一个人,人家带了全家老老少少,席间乐融融,气氛很好。"我独自一个,胡克实同志一再说为什么不把女儿带来,我没话说。我让你一起去,你非不去,个性太不开展,以后要锻炼得洒脱一些。"

父亲喜欢和最普通的劳动者闲谈。我们在中青社的住处不远有个小百货店,需要点零七八碎的东西,便经常到那里去。父亲胳膊肘支在玻璃柜台上，手杖挂在臂弯处，问他们商品价格、用处、经营情况、商业管理，甚至慢慢深入到售货员的家庭，时不时说一两句笑话。时间长了，见他来，店里的人老远就打招呼，赶紧搬个凳子。有一次，他从小店回来，竟然把手杖当了扁担，前头挂一个漂亮的小瓷罐，后边挂一包点心。雄赳赳气昂昂地出现在出版社楼门口，把我笑得前仰后合。

收发室的张大爷非常爱和他聊天，在门房，他们一聊就是小半天。回来便给我讲张大爷的身世和家史。他们互相称对方"老朋友"。

多年农人打扮，习惯成自然。和农民在一起，父亲就像一滴水掉进江海。可到王府井就两样了。有一次，我们到眼镜店选眼镜，人家爱答不理，竟然说了一句："农民，还带金丝眼镜！"买茶叶，人家介绍给他最便宜的，还很不耐烦。出了门，见一个储蓄所空荡荡的，父亲说："乡巴佬进城，难办事。我坐在这里等你，你去买吧！"我回来，他咧着嘴笑说："今天我过了看人的瘾，黑人、白人、北京人、外地人，百人百样，像看电影。"高兴得像个小孩子。

那天回来，很轻松，父亲给我讲了许多笑话。

有一年，作协的人送父亲去外地躲病。他们嘱咐列车员："柳副主席身体不好，路上多照顾。"列车员开始十分殷勤，把饭端到车厢里，还派了专门的保卫。当问他是哪里的副主席，他说是作协的。列车员当时脸就暗淡了，以后，再也没有招呼他。父亲说："开始，他把我当成省政府的大官了。哈哈！"

"这种笑话，我有不少。"父亲又说，有一次，来北京，团中央的一个领导让父亲用他的车和司机。一天中午，到吃饭时间，司机把父亲带到一个单位食堂。进门时，没人问，吃完饭，往门口走，突然围上几个人严肃地问："我们食堂不对外，你是哪里的？怎么到这里来吃饭？"父亲作解释，人家不信，围的人越来越多，好像真发生了什么大事。最后，父亲让工作人员打电话给那个领导，才一切释然。

还有一次来北京开会，父亲因事提前到，住在组织部招待所，父亲说："和我住同房间的是个农村老汉，组织部一位领导的父亲。这里来来往往都是干部，那人很寂寞，见我住进来，热情得很，不管做什么都叫上我，出门上街和我形影不离，问我：'你儿子当的什么干部？'我含糊其辞。吃饭的时候也叫上我。到食堂，老汉拿的家属饭票，我拿的干部饭票，不只是老汉大惑不解，服务员也怀疑我，又是一阵盘问。做了许多解释，人家还是不信，实在说不清楚，只好拿出我的介绍信和工作证。"

许多人知道父亲这个乡巴佬爱吃西餐，每次到京，王维玲必请一顿。一天，王维玲定好请他到欧美同学会西餐厅（对外营业），临到中午，突然有急事去不成，他托与父亲熟悉的司机毕师傅陪同。这顿饭吃完，父亲哭笑不得，告诉王维玲，从进去就被人"盯梢"。饭间上厕所，一出门，见那人虎视眈眈，还在门口等着呢："他把我当成小偷了。"豪华的厅堂里，客人们个个衣冠楚楚，父亲的形象也太惹眼了，虽然哈哈一笑，父亲对王维玲说："那地方就不是咱去的！"但这里透出城市人歧视农民、防范穷人的不良心理，难免给他留下不快。

可笑的事情举不胜举，他拿了火车软卧票，就是上不了车，列车员再三审查盘问，不相信他的真实身份。

"酸甜苦辣我都尝遍了。"父亲说，"什么样的生活对作家都不多余。"

当然生活中甜蜜的事情更多，记忆更深。虽然父亲在陌生人面前偶遇不快，但认识他的人们和他交谈，常会受到启发和开拓，更感到他的学者气质，颇多尊重。

就在第一次与胡耀邦谈话后，胡耀邦送我们出来，问："你的车在哪里？"父亲指着墙边的自行车。胡耀邦顿感意外,马上叫来他的司机,用他的车送我们回出版社住地。

父亲也是第一次坐"红旗"车，开心地笑着说："'红旗'车就是宽敞，连我的自行车也是坐它回来的。"

二、修改《铜墙铁壁》

1972年8月底从北京回到西安大学东路72号的简易楼上,大灾大难的日子就算基本过去。父亲考虑要动笔写《创业史》第二部未完的部分。

"文革"以来,《创业史》早已是批倒批臭的作品。但在大大小小的批判会上父亲始终这样表态:我不是黑作家,这不是黑书,是有缺点的作品。

那天清晨,我端了盆水让他洗脸,父亲拿着毛巾半天不动,一直在沉思。太阳露了一下头,很快隐没在云里,天空暗下来。他也有点愁眉不展,嘴里唔了几下说:"我要是写不完怎么得了呀!"停了一会儿说:"这几天我反复想,仅第一部也能站得住。"巧了,这时,太阳又出来了。父亲望着从窗外射来的明亮光线说:"运动以来,我一看见太阳,心里压力就轻些。"

刚要动笔,人民文学出版社来信要求他修改长篇小说《铜墙铁壁》,准备再版。

父亲说:"很可惜,这部小说的素材让我给浪费了,我没有参加这次战争,没有亲身体会,写出来的细节不生动,人物不丰满,有公式化、概念化的毛病。"他笑着对我说:"文艺界给一个人起个绰号叫'孙公概',我这也是一个公概作品。"

他接着说:"小说要以人物为主轴组织矛盾,不是叙述事件的过程,叙述事件过程的作品也不少,有的甚至就是工作过程。你看作品,要学会把事件的过程推到后边,这样,才能把握作者的真实意图。"

父亲给人民文学出版社回信说这部小说修改再版意义不大。出版社来信说,目前文艺作品太少,先出版一些,解解读者的精神饥渴。

"也好，把小说修改一下，让它比过去好些，让人能看下去。"既然要出版，就要对读者负责。父亲靠在躺椅上，沉入思考。

在修改过程中，父亲说："写《铜墙铁壁》的时候，我就想用写《创业史》的手法，虽然尽心竭力，就是达不到，得到的教训是：没有扎实的生活功底，就没有创作的基础。因为小说虽然是作者编出来的故事，这是说的情节可以编，也需要编，但任何艺术家无法凭想象，编造细节，细节必须是真实的，它唯一的来源就是生活实践。"

"小说想让读者感动，主要是依靠它的细节，所以，我说，'艺术的永恒是细节的永恒'。小说站得住站不住，也主要看细节站得住站不住。"

父亲又说："我把许多成功作品与作者的经历反复研究，它们之间的关系是那么密切。许多作品就是写自己的经历，这种写作，就其与生活的关系是被动的，要把创作变得主动，就要把自己融入到生活中。"

有一天，他很满意地对我说："我和那时是不一样了，现在有些地方只改一两个字，角度就变了，从作者叙述的角度变成了人物行动的角度。"

刚修改完，父亲轻松的脸上透出满意的神色。再读几遍后，他又深表遗憾地说："那时打的底子，现在想让它有大的改观，很困难。"

这本书修改完，并没有很快出版，几年以后，1976年2月才见成书。当时，十七年的文艺作品，能允许出版极其个别。必须是中央文革小组成员点头说话，估计《铜墙铁壁》能够出版与江青对这本书的态度有关。

小说《铜墙铁壁》开禁后，陕西京剧团决定将其改编成京剧，派了创作员李旭东和父亲联系。因此后来他们交谈甚多。李旭东曾写过与父亲谈戏的回忆文章：

柳青和戏剧几乎是绝缘的。他很少看戏，更没有公开谈过戏。记得有一次，他的大女儿问他一辈子看过几出戏？柳青撅起胡髭，认真地扳起指头数,数着数着,他自己也笑了:"嘿嘿,连十个指头也用不完。"

在"文化大革命"中,"不看戏"这个特点,使他省去了很多麻烦。有人分明感到他对"革命样板戏"有不同看法,在那言必称"样板戏"的时代,他竟对"样板戏"不置一词,岂非怪事!于是,在许多场合,逼着他对"样板戏"表态,他总是沉静地、用略带遗憾的口气说:"我在乡下住着,身体又不好,没看过嘛!""我从来不看戏,也不懂戏!"就这样蒙混过关了。

在私下里多次交谈中,我发现:戏剧演出他可能看得不多,但古今中外的戏剧名著他读过不少。莎士比亚的剧本,他读的是英文原著。哈姆雷特那段有名的独白:"生存还是死亡……"他能用英文背下来。在闲谈中,他经常提起契诃夫的《两姊妹》《樱桃园》《万尼亚舅舅》,果戈理的《钦差大臣》,高尔基的《底层》和莫里哀的一些名剧。中国的古典名剧《西厢记》《桃花扇》等他也很熟悉,他津津有味地背诵《桃花扇》里的那段"哀江南",简直是一唱三叹,赞不绝口,五四以来的名剧《雷雨》《日出》《白毛女》等等,他都认真读过,经常发表些自己的见解。慢慢地,我品出味儿来:他并不是绝对地不谈戏,而是不愿意谈当前的戏。

早在1973年,陕西省出版局召开业余作者创作座谈会,请父亲去讲话。走之前,想到有人会问他对"样板戏"的看法。父亲靠在躺椅上想主意,临动身说:"我有办法了。"

从会上回来父亲说:"我想了半天,想起这么说:我身体不好,这几年的戏我没有看。"我马上紧张了,说:"'革命样板戏'从早唱到晚,广播里翻来覆去,你没看?连听也没听过吗?你这不是飞蛾扑火吗?"他笑了,又瞪起眼睛,说:"我没看,你能把我怎么样?后边我不是也说有机会了我会看。你能说我态度不好吗?我不能让'样板戏''三突出''三结合'这些词汇出现在我的文章和讲话里。"

我说："爸呀！咱甭再惹事了。"

"怕什么！我要对青年作者负责，对历史负责。已经到了今天的地步，也没什么好怕的了。"他说，"女儿啊，再有点棱角吧，不要像河滩里的鹅卵石。现在嘛，不能让我放开讲，如果让我放开讲，我能把他们批得不是体无完肤，是连一块好肉也没有。"

谈过这些话后，父亲在笔记本上写了几句：

问：人们常说某一部特别优秀的文学作品是学习的典范，"典范"这个概念具体地来说是什么意思？

答：我理解：可以称为典范的作品，总是内容和形式达到完美的统一，思想水平和艺术水平不仅很高，而且结合成一个和谐的统一体。人们要学习的是如何达到这样高的水平的那种创作精神或者说创作方法，而不是重复它的主题，模仿它的结构、形象和语言。

问：样板和典范是不是一个意思？

答：不是一个意思。样板是一种实体，如书记的"样板田"，商店橱窗的样品。而典范则是一种精神，是创作方法，是有流派的，现实主义有现实主义的典范，浪漫主义有浪漫主义的典范。

这一段话使我想起了他第一次给我背诵《桃花扇》里的"哀江南"。读到他欣赏赞叹的文学作品时经常说的一句话："写得多好啊！"那表情现在还在眼前，"多好啊"三个字又重又长，他的神情仿佛融化在作品中。说着，忍不住从书堆中找到这本书，打开，又给我读了一遍，让我背下来。"好作品中的好段落一定要背下来，用心体会它的意境。"

第二天，我就背给他听，背完以后，父亲说："文学艺术也是一种教育，情感教育，所谓的陶冶情操，陶之于埴，冶之于金，不经过陶和冶，不能成为有用之器。"他举例说:"苏联十年制学校的毕业生毕业前要读完一系列指定的文学名著,这是中学教育的一部分。俄罗斯民族的文学水平比较高。"

京剧团的《铜墙铁壁》剧本最后胎死腹中。原因要归结到当时必须采用的"三结合"的创作方法——"领导出思想,群众出生活,作家出技巧"。剧本在多次会议上经受着领导"思想"和群众"生活"的"锤炼"。领导今天要求这样改,明天又要求那样改,"工农兵"群众今天一条意见,明天一条意见……这些人这样说,那些人那样讲……作者无所适从。李旭东说,到后来,改得连看也不想再看"自己的"作品了。

文艺界一些人还在大肆吹捧"三结合",父亲说:"×××,你来试试。"

他又说:"'三结合'的创作方法把作者都打趴下了。"

"艺术创作是最具个性特色的工作,仅仅一个风格不同就难以合作,文学史上流传了多少是多人合作成功的作品?"

三、日思夜想回长安

1973年陆陆续续"解放"了一些干部。从农村或干校回来,大多数人无处安身。省政府在莲湖路盖了一座简易楼,我们也离开了大学东路72号的"鸽子笼笼",搬了进去。房子相当简陋粗糙,但是,大了许多,父亲有了自己的房间,孩子们有了学习的地方。最令人兴奋的是空气清新,这对父亲的意义非同寻常。孩子们就像养在笼子里的鸟儿,突然放飞森林,高兴得跑来跑去。

生活很快就绪。

一天中午我回来,一眼看见父亲房间的墙上挂起一幅竹篾条幅,上面端端正正写着一首诗:

落户皇甫志如铁,谋事在人成在天。

灾祸累累无望时,草藁还我有生机。

堆中三载显气节,棚里满年试真金。

儿女侍翁登楼栖,晚年精耕创业田。

我默默地看着条幅一遍一遍地默念,百感交集。父亲静静地看着我,他日思夜虑的事情,再一次深刻在我心里——一定要完成《创业史》!

突然,我有一种恐惧感,坚决地对他说:"爸爸,摘下来吧!不能让别人看见。"

"为什么?"他倔强地拒绝了。

"什么'灾祸累累'?人家准说你污蔑'无产阶级文化大革命',什么'堆中显气节,棚里试真金',那是群众的革命专政,你还'创业田'呢,都是黑书、黑作家了,还念念不忘呢!"

"我写的都是事实,不对吗?"他有点天真地问。

我越发着急,大声说:"无产阶级专政的铁拳随时都举在你的头上,正发愁找不到你这把老骨头的茬呢,你倒自己提供起材料来了。大狱里有的是空地儿,你还想到那里去体验生活吗?还嫌帽子少?……"我越说越激动,父亲扑哧笑了。

"有那么严重吗?你可不要吓唬我!"

我说服不了他,改个办法,摇着他的双肩:"爸爸,你舍得把我们都撇下吗?……"他收敛了笑容,我以为他要接受我的劝告,不料,他说了一句黄腔走板的话:

"不早了,快去休息吧!"

这幅蕴藏着祸事的条幅竟然平平安安地挂了近一个月。好在来客都是善友,大多议论赞赏几句,然后,无一例外,都劝他摘下来。一个叔叔开玩笑说:"就凭这首诗,你可以做一个合格的'现行反革命'了。"趁着叔叔说这句话,我将条幅强行摘下,放进抽屉。

父亲心情抑郁，不甘示弱地说：

"这次运动我是站着过来的，不是爬着过来的！我经得起天地，见得了日月！"

不久，《人民日报》记者傅冬（傅作义女儿）到全国各地采访，了解一下老作家们的思想状况。到西安走访了父亲。父亲大谈他要完成《创业史》，先修改第一部，然后再写第二部、第三部……只要条件允许还要回皇甫村去。他说："我的晚年只能为人民做这点有益的事情了。"

至于家破人亡，病痛折磨，生活困难一字没提。

傅冬回京，很是惊讶，对周围人说：怎么柳青还念念不忘他的《创业史》，我走遍全国，访问了那么多老作家，除他之外，还没有一个人公开说要继续写作。

长安县的乡亲们，不管父亲是进了"牛棚"还是在棚外，总是有人来看望他。父亲住在莲湖路以后，更是来人不断。听说狼油可以治哮喘，村里人专意打了狼，把油送来。甚至远处不认识父亲的人打了狼，也把油送来。所有人走的时候都问他："啥时候回咱乡里来？"皇甫村来人更是恳切地劝他："回咱皇甫来，都喜愿你回来。"回皇甫，那是几年前的梦。昔日的土庙，绿树掩映的庭院已经片瓦不存，村民说："不要紧，咱再给你盖几间。"

怎么能回去呢？人非当年之人，物非当年之物，没有马葳，谁到那里照顾父亲的生活，看病又怎样解决？但是，他要继续写《创业史》，那个环境对他极其重要。见天能听见鸡鸣狗吠，驴嘶猪哼，出来进去都是他熟悉的农民。

父亲身体稍好一点，就让我们用自行车驮他回一趟皇甫村。听说他多年前提议在滈河两岸修堤拦洪，保护岸边农田，最近终于从上游修下来了。他急不可待在堤上走过来走过去，手杖不停地敲堤上的石头，流连忘返。村民说："这下可了了柳书记的一桩心愿。"

又过了几个月，长安县要修石砭峪水库，这里将进行我国第一次定向爆破，带有试验性质。"我一定要去！"从知道这个消息，父亲像孩子一样，数着日子期待着。到现场看过回来不厌其烦地讲他观察到的每一个细节。

从1967年被迫搬进西安城，已经七八年了。父亲说过几次："住在农村，作品中的生活气息好出来，住在这楼房里，要写出活生生的细节不容易，群众的口头语言也渐渐淡了。"

没有办法，困在城里，他只好在街上转转，感受社会生活和人们的情绪。

有个暖洋洋的下午，父亲约我到附近的"革命公园"走走。到茶座前，我们坐下。同桌人在大声谈天说地。这种场合，听不认识的人闲聊，他特有兴趣。听一会儿说："搞文学，就是要求自己有一些生活积累，生活基础越扎实，虚构能力就越强，虚构出来的东西也越实在，有分量，不空虚。"

他是无时无刻不在想着文学和创作。

停了片刻，父亲眉头一皱，叹口气："唉！时间就这么一天一天白白过去了，一直写不成东西。"父亲曾多次表示现在的环境和他的心境很难进入写作状态，他因此有时焦躁不安。我说："咱家来人也太多，太耽搁时间。"他说："有影响，熟人们来这里方便，这只是一方面，主要是不在农村……"

"爸呀！你念念不忘写完《创业史》，天天想着回乡里……是吧？"我问。

他微微点头认可。我突然蹦出个想法："爸，咱们给领导写封信，提出回长安县的要求，还是我出面，你看行不？"他说："我再考虑考虑。"

估计这事也没什么不好的后果，退一万步说，有不好后果，棍子也打不到他身上。几天以后，父女二人炮制了一封信，他口述，我执笔，又签了我的名字。这事还出奇顺利，时间不长，上面有了回复：长安县韦曲镇盖了两座小楼，是市委新建的干休所，同意我们搬进去。

因为父亲组织关系一"解放"就转到市委老干办了,这样安排很顺畅。

1974年,仲秋月,我们又一次搬家。这里离皇甫村仅十五里,父亲终于又和他日夜想念的农民头顶同一片蓝天,脚踏同一块土地。几年来,他很少这样身影轻松,表情开朗。搬来的第二天早晨,太阳还没出来父亲就叫醒我,兴冲冲地说:"走!跟爸爸到塬上转一转。"

一路上他和碰见的每一个农民拉话,问生产,问家庭,看饲养室,看牲口,看猪圈。等我们上了塬,远方的地平线托起一颗鲜红的火球,父亲支着拐杖,眯起眼睛,看着太阳,看快收割完的庄稼,看新翻过的褐色土地,最后目光落在迎面走来的一个中年农民身上。那人下身穿着肥大的中式大裆裤,上身是中式对襟小褂,挎个篮子,像是走亲戚。父亲目光跟着他,渐渐转了一百八十度,一直把他目送到下塬的坡道,看不见为止。父亲转过头对我说:"不知为什么,我一见这样打扮的人就觉得亲。和他们在一起,我就又活过来了。"

回来的路上,父亲说:"我要开始写了,能在我要写的对象中生活,随时被他们的生活气氛包围,多么难得!这比在城里强得多,写作中遇到问题,可以随时问周围农民。马上要写的一章,就想了解农村怎样杀猪,不管进哪个院子,问题都可迎刃而解。他们还会给我新的启发。"这就是他平时常向我灌输的:在社会生活中,只要肯学习,人人是老师,处处有课堂。这一天早晨,父亲就像喘息在沙滩上的鱼儿刚回到大海。

返回的路上,在坡底,迎面走来两只雪白的大鹅,摇摆着婀娜身姿,父亲站住,盯着它们细长脖子上几乎朝天的眼睛说:"你看它们头仰得多高,骄傲得无以复加,这样的人能有好结果?"不知父亲在想什么,也许是心有灵犀,我的脑海里浮现出江青的影子,和她不可一世的神气。

我听说不仅江青，姚文元和张春桥对父亲有着不一般的尊重，一个文艺界的朋友曾经对父亲讲，在北京开会见到姚文元，姚文元对他评价很高。父亲对我说，张春桥在"文革"前的全国宣传工作会议上见到他，也是十分尊敬和虚心。父亲是有条件登上那条红极一时疯狂的航船的。

但是，父亲有他的政治见解，有他的做人原则，而原则的原则就是——一生决不丧失原则追名逐利。

住进干休所不久，"福星高照"。"四人帮"统治下的文化部，一个副部长派了两个人来陕西看望父亲，他们关心地说："×副部长让我们来看看你，你有什么困难提出来，文化部可以帮助解决。"当时，光生活和治病的困难就严重地影响父亲和我们的工作，父亲吃饭没人做，城里的保姆不安心住在农村，没有烧的蜂窝煤，弟弟要拉木板车来回五十里进城去买；看病、灌急救用的氧气备费周折；……不让人煎熬的日子一天也没有，为了父亲的工作，我们多么希望得到一些照顾和帮助。但是，父亲表现得很"绝"，当时就毫不犹豫地对他们讲："我是属于西安市老干部管理处的干部，我现在没有什么困难，就是有困难，可以通过组织解决。"我回来后，他说起这件事，轻蔑地说："我不和他们这文化部发生任何关系。"

他不向任何邪恶势力妥协，更谈不到合作了，这样的态度，能让"那些人"喜欢吗？几年以后，在北京听说，张春桥让写《虹南作战史》的创作班子人手一册《创业史》作为"参考书"，还面授机宜说：实在不行，有些地方可以抄，反正柳青是起不来了。

父亲也不想"起来"，父亲曾说："我一生不与任何人结盟，不上任何'山头'，无论是政治的还是文艺的。"

父亲要一心一意完成自己的创作计划。

和那两只骄傲的白鹅擦肩而过，就到了干休所的门口，他叮嘱我："今天，你把该做的准备工作做完再走，你一走，我就开始写呀。"

过了一周我再次回家,上次临走时整理出来的稿纸已经散乱地布满了桌面,原稿也分成两摞堆在桌边。父亲很快就钻进了自己的作品中。第二部上卷就是从这时开始修改,陆续发表的。

四、谁能与父亲做伴

父亲需要一个助手,那个培养了多年,已经得心应手的妻子,不仅是个合格的"小工",包揽了所有家务,更是一个事业的合作者。经过多年刻苦学习,她的文学见解有时让父亲也感到惊讶。

但是,这场"革命"残忍地撕裂了人间亲情:"也砍掉了我的一只手。"白天,父亲常独自一人,在空荡荡的屋里久久地面壁而坐,寂寞难耐时,到阳台上看看日出——望望日落,他心里在千遍万遍呼唤:"马葳呀马葳!怎么就抛下我独自完成这共同的事业?"千呼万唤唤不回,无辜贤惠的妻子只能在心里陪伴他,再也不能为他料理案头工作。思念中,他默默倾诉着,一首仿"木兰词"在心中吟出:

> 嘟嘟复嘟嘟,长安夜机耕。
> 独坐望南山,不眠念故人。
> 结发未知深,相偕皇甫居。
> 汝在村三年,虽苦志犹坚。
> 四年忽思迁,非为思爱浅。
> 我鏖背水战,成败皆不移。
> 权威有歧见,远近流谗言。
> 夫妻同庭院,口角朝与夕。
> 汝怨我固执,我嫌汝幼稚。
> 五年汝离职,攻读在我侧。
> 古今中外篇,马列与巴托。

八年我初成，汝已是同行。
形影寸步随，体贴则入微。
风声略草动，嘱我唯谨慎。
人讥我小人，汝知我路遥。
谁料一场乱，庞涓陷孙膑。
牛棚非猪圈，宁死树党性。
棚外汝重义，煎逼即轻生。
呜呼若有灵，如何得安息！

父亲孤单地凝视那些熟悉的字迹，他知道他还需要一个这样的人，生活上互相做伴，工作上助他一臂之力。

虽然儿女们对他再婚十分上心，主动为他张罗。我们曾为此东奔西跑。许多关心他的人也一次次给予帮助。对于那些从事文字工作的女性，我们更欢迎她进入这个残缺的家庭，甚至我想到我的一个文字功底很好的朋友。可惜，愿望和现实总有距离，往往有缘相识，无缘相伴。

曾经也出现过希望的"曙光"，一个东北阿姨和父亲建立了联系，那一年父亲把她请到长安县的家中。为了让她了解这个家庭，了解孩子们，自己做出选择和决定。父亲对大家说："请她来，有人说会闹得满城风雨，我想，我们不能只为自己考虑，也要设身处地为对方的后半生着想，只有人家的思想感情和我们能够融合时，这件事才是有益的。"实话说，到这个家里，没有生活的安逸，起码目前是这样，更多的是个人的付出，甚至要做出某些牺牲。

那个阿姨是个温和的知识女性，她从林学院毕业，非常热爱自己的事业，经过双方认真考虑，大家还是友好地分手了，并且留下了美好的记忆，正像父亲所说，互相尊重对方的选择，即使不做夫妻，也不会伤害各自的感情。

经历多次"失败"后,父亲开玩笑说:"谁能看得上我呀!我是五毒俱全,黑、瘦、丑、(罗)锅、老。"

没有请进一个合适的生活伴侣,根据子女们的条件,谁能照顾他,就做他所说的"我身边的临时工"。而为父亲创造这种条件的是许许多多长安县的干部和农民,除了生活上的诸多帮助,他们把小妹妹竹风安排在县城附近插队,让她每天回家,生产队长经常说:"你爸身体不好,家里事多,早点走吧!"五个弟妹四个插过队,都因乡亲的关照在家里为父亲做了许多事情。

胡耀邦参加柳青追悼大会

第三章

一、父亲的牵挂

全家搬回韦曲镇后，因为工作，我仍住城里，离家的日子，时时刻刻惦念着孱弱病重的父亲。

每逢周末，我是归心似箭，父亲等待女儿，望眼欲穿。

许许多多夏日的黄昏，父亲拄着棍子，佝偻着背站在大门口，向巷口张望，他在等我。有时，他穿过熙熙攘攘的街市，走到汽车站，炎热的气浪里，极度消瘦的身影至今历历在目；寒冬，也能看见他戴着口罩和帽子，全身包裹严实坐在门台上，天黑了，灯亮了，路上行人寥寥，父亲还在等，手不停地往嘴里喷药。每次快到门口，我心跳剧烈，疾步如飞，哪怕是提前一秒钟见到他，都会无比兴奋。只要他在门口，说明他没有病倒，心头立马搬下一座山。如果没看见他在门口，心头骤然凝成一团，赶紧上楼。父亲在安详地吃饭，或在看书，或兴致勃勃同客人谈话，一块巨石落了地。如果父亲在喘，在吸氧气，额头上有一个暗红色的火罐印，弟妹们围在旁边，我的心顿时悬起来。大家守着他，不能为他分担痛苦，听着他无休止粗重的喘息声，看着他咳不完的浓痰，这一天的日子太慢太慢……这一天的日子又太短太短！当我必须离家去上班，带走的是载不动的忧和愁。

有一个星期六晚上，我和在城里工作的大妹梅风都因上班没有回家，那时电话还没有进入家庭，连干休所也没有。早晨，阳光刚刚从东方射进我的窗户，就听见敲门声。一开门，艰难爬上三楼的父亲在小弟弟的搀扶下走进来。不知出了什么事？我两腿发软。他还在喘，手里捏着喷雾器，来不及打药，就急促地问我："怎么昨天没有回来？你俩都没回来，爸爸不放心，等得急呀！"我真是！心中一阵绞痛，肯定让父亲一夜不安。扶他坐下，喘息平静以后，父亲说："昨天晚上我在大门口等呀等，过来一个女的，不是，又过来一个女的，还不是，过去的人数不清，一个穿着蓝衣服的女孩，我以为是你，走近一看还不是，很晚才回去，一夜没有睡好。"患难父女，相依为命，我恨不得马上跟他回去。可是下午要临时加班，坐了不到两分钟，他说："那我就回去了。"扶他下楼时，父亲说："我从来没向长安县委要过车，今天是第一次。"我无比自责，后悔，以后再晚也应该回去，决不再让我那弱不禁风的父亲如此操心。

第二天，天不亮，我已经站在公共汽车站下等头班车，眼前是父亲那双期待的眼睛一直在闪烁。

我一进门，父亲微微一笑说："爸爸这里又攒下一筒筒话。"他在自己的胸前上下比画着。几年的朝夕相伴，我们父女的日日夜夜大多在谈话中度过。哮喘病人的夜晚很难过，一躺下痰就堵在喉咙上，不停地咳嗽，只好坐起来。寂静的夜，那声音震的房宇像在摇晃。为了一口接一口的痰能咳上来，我和弟妹们最多的动作是给他拍背。吐过痰后，他轻松地深吸几口气，一段宝贵的时间，他谈各种话题。

头几年，谈政治，谈运动，尤其是国际形势在我的日记里比比皆是。这以后，谈文学成了他的主要话题。

二、最后一次修改《创业史》第一部

大约1974年开始，父亲对《创业史》第一部做了一次较系统的修改。我回家，有时翻看一下他修改的地方，也发一两句议论："这一删干净了，形象更清晰。"他说："我尽量把过于琐细的描写删掉。"

删除最多的部分是有关改霞和生宝恋爱的描写。父亲说，写不成三四部，改霞写得太多了。现在只能修改，不能取掉，那样会有斧凿的痕迹。

这部书中，作者的议论给读者和评论者留下深刻印象，有人对父亲说："你的议论真好！"但父亲第一次对我讲起就说不好："文学作品要让形象自己说话。"他说这次修改只保留有人物内心独白效果或与人物心理一致的议论："作者议论越少越好，能删除尽可能删除。"

除了删掉两万多字，在修改中还添加了三处：对刘少奇五十年代初期关于合作化的意见表示了不同看法。这一版是1977年11月面世，那时"文化大革命"已经结束，粉碎"四人帮"也过去了一年多，父亲始终没有再修改这几段文字。

书出版以后，对于这一修改，引起一些社会反映。这里，仅把我知道的情况讲出来，供读者研究。

父亲在书中点了刘少奇的名字。出版前，我没特别注意，但一出版就读到了，立刻联想到他最近常谈的话题，主要是两件事。

在修改过程中，父亲给我详细讲了1948年在晋察冀的土改。他从东北回陕北途中，路过河北遵化县参加土改纠偏的情况。

父亲说："这次土改就是刘少奇领导的，'左'呀！我们党的历史上多次吃'左'的亏。"

另一个原因是1964年的"社教"运动。长安县的干部和群众对这次运动痛心疾首，父亲一提起这次运动心如刀割，连我这个局外人听得太多，也似感同身受。

在一个非常寒冷的星期天，天不亮县城高音喇叭就响起来，严厉的语调播出了一条重要通告：关闭全县的农村集贸市场。

父亲坐在被子里听完广播，连声说："谁出的这主意？关闭农贸市场，农村的生活就成一潭死水了。农民要养猪，到哪里抓猪娃？家里有几根椽，没有用，到哪里去卖？盖房要木料，去哪里买？"

天亮以后，我用自行车推他出去转一转。走上韦曲向北的坡道，看见公路两侧的塬崖上，一边写着"堵不住资本主义的路"，另一边写"就迈不开社会主义的步"。

他说："资本主义没那么可怕，集贸市场就能把社会主义推翻？"

回到家里，父亲一直忧心不解，他说："我想和长安县的领导谈谈，这种做法伤害了百姓的利益。"他在反复思考后，又犹豫起来："算啦，恐怕他们也不能听我的。"

平静以后父亲说："世界上有哪一个国家，只有一种所有形式，经济发达起来的？有吗？都是多种所有形式共同存在。"

想了一会儿，他又说："现在所说的'全民所有制''集体所有制'，'制'这个概念是不对的，这不是一种社会制度，就是一种所有形式，现在也有全民所有的物质和资产，但这不能说是全民所有制。"他再重复一次，"这不是一种制度。"

不久，长安县又大面积开展了"并队升级"工作。类似于大跃进中的公有化，将几个生产大队合并，核算单位由原来的生产小队升到合并后的大队。

1978年5月3日，父亲到北京去看病前，长安县的几个领导和干部都到医院来看望他。他和这些人多年工作交往，了解很深，感情甚笃。父亲对他们说："千万不敢弄这事，这又是穷队共产了富队的生产资料和种植收获。"为这事，他叮嘱过王家斌："实在不行，就只并队不升级。"

临走，父亲心里仍放不下这件事，问他们："你们并队升级是不是搞了百分之八十？"

"是。"

"你们这么搞好不好？"没人说话。

"你们这样搞实际破坏了农业生产。"

又问："是谁主张这样搞的？"

回答："省上领导支持搞的。"

父亲说："你们最后搞坏了，个人身败名裂是小事，人民的损失是大事。你们在这里犯了错误，调到别的地方还是干部，人民的损失无法弥补。"

父亲说着流下了眼泪。大家看他如此动感情，把话锋一转，劝他到北京好好治病。告别时，他们依依不舍，父亲说："我到北京看好病，一定回来看你们。回去和同志们说说，我一定回长安县看望大家。"没想到，这是父亲最后一次对长安县的干部贴心的谈话。这次离陕，父亲人走心难走，他舍不下长安县的天，长安县的地，长安县的农民和干部！

三、父亲教我写文章

只要精力允许，父亲就坐在小桌边写作。在这期间，我把肖洛霍夫的《静静的顿河》看了一遍。

一天午饭后，父亲睡着不久，几声剧烈的咳嗽搅了他的梦，不得已坐起，靠着被子。我赶紧放下书，给他捶背，希望这口痰尽快出来，他接着睡，我接着看。父亲从年轻时就是这样，一旦醒来，从不睡眼惺忪，眼睛明亮的就像外面灿烂的阳光。看他没有睡意，我随便说几句作者描写的战争场面，好像战刀在眼前挥舞，汩汩鲜血在冒。我叙述几段情节，讲着讲着，越讲越投入，他听着听着，越听越入神。于是，我滔滔不绝，把几年来，他讲述过的一些艺术思想运用其中，……哪些情节心理描写感人，哪些细节真实细腻。我说战争场面不仅"可视"，也有"可触性"。这"可触性"是我几年前看到他在一本小说上的批语。

我讲心理描写的动人之处，念了一段文字给他："在旱风的蒙蒙的雾气中，太阳升到断崖的上空来了。太阳的光芒照得葛里高利没戴帽子的头上密密的白发闪着银光，从苍白色的、因为一动不动而显得很可怕的脸上滑过。他好像是从一场噩梦中醒过来了，抬起脑袋，看见自己头顶上是一片黑色的天空和一轮耀眼的黑色的太阳。"

这是阿克西妮娅死后，葛里高利埋葬了她的心理描写。

父亲说："太阳绝不是黑色的，这正是他当时心理感觉极生动的反映。"

父亲说："作品不仅要引起人的思想，而且要引起人的感觉。听、视、味、嗅和触觉，是通过大脑皮层条件反射起作用，比如疲劳、饥饿、兴奋、悲哀、愤怒等等，怎样从人物的感觉变成读者的感觉呢？只有通过五种感觉的具体描写，才有可能。如果光说：'他疲劳极了。'让人知道的是概念，如果写他疲劳时的一两种感觉，就可以通过大脑皮层的条件反射使读者也有人物的感觉。这是艺术和叙述的第一个区别，起码的区别。"

我说："具体到这一段描写，大概应该是你常说的'引起读者第六感觉的共鸣吧'？"

不知不觉，昏昏日光从四周笼罩下来，不得不开电灯的时候，护士送来了晚饭，我想停住，他摇摇头："接着说，接着说！"我又说了一会儿，非让他吃饭。一个下午，他没插几句话。眼睛明亮、专注，眼神一直在鼓励我，让我酣畅地倾倒所感所想。吃过饭，他像全部断线的木偶，躺倒就睡着了。半夜，又是一阵剧烈的咳嗽震醒了他和我。喷过药，难以入睡。他说："爸爸现在有点劲了，给你说说情节的'动感'吧。"

"只有把读者带入情节，读者才能有立体感，让读者也跟着人物在'动'。"

"情节——不能让读者感到是作者预设好的，一盘子端出来，一览无余。情节是跟着人物的行动和心理的自然发展，是多侧面的，并且让读者感到这是真实的生活。"

他举了二部上卷卢明昌去找郭振山一章为例，让我再仔细阅读。

噢，我明白了。卢明昌找郭振山落在章尾，中途一波三折。卢明昌边走边想，半路上听见互助组的议论，再走碰见杨加喜和孙水嘴，让他去看了他们买的商州牛……情节不简明，人物不单调。

父亲说："'动'的感觉，重要的是精心选择谓语动词。'传神'也是动词起了主要作用。"

他再一次拉起被子，伸开腿，边躺边说："就要这样，认真读书，把它全部嚼烂，咽下去，消化掉。"他闭上眼睛还连叨叨了几遍，"好好学习，好好学习……"

他再也不说我"光看热闹"了。看见我进步，他这样兴奋。

隔了一两天，我下班回到病房，父亲突然问我："可风呀，你还记得我们1972年到北京动物园的事吗？"

"当然记得，你一看猴子比孩子还高兴，弄得我现在一见猴子就兴奋。"

父亲说："那猴子怎么那么爱儿子，抱在怀里，给小猴搔痒、找蚤子。大猴总在东张西望，大概是给小猴警戒保卫呢。"他点着头说："亲昵和爱子之心和人类差不多。"

"你记得吗？不知什么原因，是游人逗弄还是内讧，一下子全山哗然，这些伸头探脑的小家伙，成百只顿时上蹿下跳，好像大祸临头，个个看上去无比惊恐、焦躁不安,铁链、吊环、棍棒、石块响成一片。又不知怎么回事,几秒钟时间,全都坐下了,一片寂静,它们个个眼睛瞪得圆溜溜的。噢,也许它们幡然悔悟,在冷静思考,是不是上当受骗了。"我记得猴子安静了,人群中却爆发出一片笑声。

他呵呵地笑,眼旁的皱纹越发凹得很深,仿佛那些猴子就在眼前。

记得当时看过猴子,他说很累,别的就不看了。走出动物园不远,见个门台,大门紧闭。我把随身带的小棉垫铺好,他坐下休息。从提包拿出小水壶,泡了一杯茶,手杖横放在台阶上,拿出喷雾器,神情即刻紧张起来,一滴药也没有了。父亲一时一刻离不开这种药,我必须马上去找药店,随疾步向西直门奔去。连着几家药店都没有,直到新街口才买到。我赶回原地,已经过去一个多钟头。他站起迎上来,明眸失去刚才的倦意,说:"我睡了一觉。"

"就在这台阶上?"

"嗯。开始没敢睡,看来往的行人,挺有意思。后来支持不住就睡着了,还做个不大不小的梦呢。醒来觉得头上不对劲,瓜壳帽不见喽。"那是一顶很旧很旧、家里自制的黑色小帽。我担心携着尘土的凉风和时出时隐的日光会使他感冒,催他快回家。他拿起手杖,摸摸头,眼睛笑得眯成一条缝说:"现在,世界上还有比我可怜的人呀!"显然,他认为帽子被一个比他更"可怜"的人拿走了。

显然,父亲也希望我能进入文学,拿得起笔。所以,在回忆游动物园的一幕后,他说:

"怎么样?你就把这件事写成文章,让爸爸看看。"

父亲要"考"我作文了。

我大致想想,就刷刷下笔,没有"精心构思",也没有"绞尽脑汁"。

文章还在炮制中,为了一件毫不相干的事,我表现得很沉闷,好像还发了点小脾气。父亲两眼一闪一闪,看着我,面色温和,没说一句话。我把文章交给他时,他问:"前几天为什么不高兴?是不是创作苦恼了?"

我还懂得创作苦恼？说："是怕你笑话。"他突然睁大眼睛说："还有父亲笑话儿女的吗？我是恨铁不成钢，恨铁不成钢呀！"

我说错了，事实上，无论多么幼稚的问题，多么浅薄的思想，我都毫无顾忌地向父亲提出来，他非但不小视，只怕我明白得不透彻，理解得不深刻。鼓励我刻苦学习，盼望我进步的拳拳之心，充溢在父亲许许多多言行中。

四、最后的日子

1978年春节前后，父亲第三次住院，身体已经很虚弱，一个月以后又感染了绿脓杆菌，有时精神萎靡。一天，他强撑着说："你回家把我的文字资料和手稿全部拿来。"我取回东西，他一份一份给我交代处理方式，微弱声中的一句句，都是让亲人痛彻肺腑的话，我怎么也不愿意他说下去："爸爸，你肯定会好的，多少鬼门关你不是都过来了吗？"

经过不停的输液消炎，情况渐渐好转。空闲了，我就翻看拿来的资料，一份他复写的、留底的"交代材料"有一段话："1956年，在一次讨论提级的会上，工作人员汇报说统战部提出民主人士郑伯奇（作协副主席）的级别低了，我说给我的一级不要提了，给他提一级，让他和我平级。"

我从来没问过父亲的行政级别。问他："为什么这种事情也是你的罪状？"

他说："他们说我招降纳叛，包庇'反共老手'郑伯奇，证据就是我把我的一级让给了他。"

"你的级别……？"

"解放后一共提过两次级，按政策像我这样，没犯过错误的都提一级，我两次都让了，所以，我一直是刚解放定的十级。"①

---

① 按长安县委的档案资料，柳青此时的行政级别应是九级。此处或为柳青记忆上的误差。

"对你没有什么影响吗？"

"别的没啥，就是看文件受到级别的限制。"

我说："《创业史》第一部稿费你给了公社，第二部你预支一部分给大队拉了电线，弄得家里生活总是这样拮据。"

我不是抱怨，只是想了解父亲是怎么想的。

父亲并没有多想，马上就说："要想塑造英雄，首先要塑造自己，要写英雄，首先要学习英雄。我决不能说一套，做一套，具有双重人格。"

父亲又说："日常医疗费我从来没报过，稿纸也没在作协领过，一次就买了十元钱的，现在还没有用完。"

"《创业史》第一部出版正是我国三年经济困难时期，稿酬大幅降低。困难过后，又补发了，出版社的同志告诉我，一个领导说反正给他，他也要捐献，就不用补了。"

父亲说："这种事情我从来不过问。"

不过，他也不无遗憾地说了一句："他们要是给我，我可以给本地区再办点事。"

我说："你怎么弄得一点积蓄也没有呢？"

父亲说："《铜墙铁壁》有些稿费，都用在那个院子上了。"

虽然"文革"后皇甫村半坡上那座幽静的村舍已荡然无存，他仍然念念不忘抛洒了无数汗水，难以割舍的故地。说起这些事他的感情十分复杂：

"那所院子军区做过羊圈后，多年空弃，很破旧，建筑年代无人知晓，也无从考证。我初来时还有块清朝嘉庆年间重修的残缺石碑，可见年代久远。1954年搬进来，1955年第一次大修，才两年就出了问题。开始我想小修小补，不影响正常生活就算了，一动工，这里也不行，那里也是问题，改变计划，干脆好好修一下，这辈子再也不在这事上费心思，所以，'小工程'变成了'大工程'。谁料，几年以后又出问题，共大修四次，把那些稿费全用完了。"

"我怎么能想到，我的阵地，我精心维护，打算将来寿终老死的院落会……"他灰突突的脸上很是伤感。

最后，父亲对我说："爸爸一毛钱也不给你们留，你们首先要能养活自己，才谈得上对社会做贡献。"

在西安的治疗成效甚微，听取了人们的劝告，我们把无限期望寄托在伟大祖国的首都——北京。

1978年5月11日，是父亲离陕去京治病的日子。

清晨，温和的阳光，寂静的街道，缓缓而行的汽车，父亲目视窗外，心静如水。父亲以往出行，来不接去不送。家人外人都一样。这次有人表示要到车站送行。父亲再三劝告："大家都忙，不必浪费这些时间。"

父亲说："我不喜欢客套。"待人接物父亲有时像农民，简单直率，这可不是他的优点。他每次从乡下到作协，来了就来了，走了就走了，人们也习惯，从不迎来送往，"文革"中他回皇甫村，久别的农民和干部特别热情，告辞时要送他出门，他两手一拦："到此为止，都忙去吧！"

父亲以为，这次也一如既往。不料，一进站台，眼前已经聚集了一片等待送行的人，而且越来越多，除了作协，还有剧协、音协和长安县的人们。朋友们一片深情的目光，许多简短的祝愿和嘱咐。父亲本来是个极富感情、容易激动的人，他用眼神和表情回敬人们的离情别意，努力使自己不要过分激动。就在登车前的一刻，剧协的马良田一把搂住父亲的肩膀，动容地说："我们都对你特别有感情，希望你看好病早日归来！"大概是想让这惜别的气氛不要太沉重，父亲故显轻松地说："对呀！民族大团结，回汉一家亲嘛。"马良田是回民。

上车后，在情深似海的目光里，父亲终于抑制不住自己，难以平静的面部泛起罕见的红光，他用尽气力，两手扒住玻璃窗，大声向告别的人们倾吐心声："我离不开陕西，离不开大家，我一定会回来！"

阳光透过玻璃，照着他眼眶中涌出的泪水，熠熠闪烁着。

火车开动后,一个年轻的列车员几次来到门口,怯生生地朝里看,起初父亲没有注意,当他猛然醒悟是为他而来,便立刻招呼那个青年坐下。小青年很腼腆,说他曾多么喜爱文学,幻想有一天自己也能写作,但是下乡插队以后渐渐变了,书不看了,学业荒废了,上进心也一天天没了,一起下乡的知青一个接一个地失去斗志,他为自己和同龄人失去的青春叹息。父亲非常明确地表示了自己的看法。他认为把一大批稚嫩的年轻人送到乡下,这种做法损害了一代青年:"你认识到这种现实,并且不甘于这样消沉,就要坚持自学,刻苦锻炼,外部条件越艰苦越需要自强自立,总有一天这种社会状况会改变,现在就要为那一天做准备。"那个小青年走后,我说:"外边可不是你这么宣传的,对待陌生人……"他知道我要说什么,很激动地打断我:"人家那么诚恳,是信任我们才诉说自己的苦恼,我们怎么好用冠冕堂皇的话去骗人?尤其是对一个刚刚进入社会的青年。"

一路上,父亲兴致很好,特别是火车走在晋南的大地上,父亲望着车窗外的景象说:"抗日战争时期,我的双脚踏遍这里的每一个县,许多道路现在还认得,至今没变。"他一直盯着窗外,回忆着他曾经去过的每一个村庄和走过的道路,还不时和同车人说笑几句。突然,他指着一条一晃而过的路口说:"就是这里,夜行军,树枝挂丢了我的眼镜。"他的记忆深刻而鲜活,说部队首长怎样重视文化人,第二天天一明就派人到附近城镇为他买了一副新眼镜。长期禁锢在医院四张墙壁中的他,被大自然唤起了难以置信的活力,中午,竟然把一碗面条津津有味地吃得精光。

去京前,我给王维玲发了电报。多少有些意外,火车一进站,来了那么多中青社的同志,接他的汽车已经从侧门直接开进了站台,要得到这特殊允许,中青社的同志做了怎样的工作可想而知。看着一个接一个上车熟悉亲切的微笑面孔,父亲明亮的眼中迸出无以言表的感激之情。

大家把他直接送到早已联系安排好的朝阳医院。

出版社是出书单位，和作者是纯粹的工作关系，他们没有责任为作者的生活困难和治疗奔忙，但是，自1972年，这个单位还没有恢复出版业务，大批人都下放干校，在京的同志就接纳了他，并为他做了许多许多。以后每年躲避麦花过敏，父亲都会到北京借住在他们空出的一套房子里。这次联系协和医院的呼吸科专家朱贵卿大夫也是靠社里的私人关系。

社里的同志们家里做了美味佳肴常送来给父亲尝鲜，空闲过来坐坐，和他聊聊，这一切分外温暖着父亲那颗孤寂的心。王维玲一来，父亲有时竟兴奋地说到深夜，他们无话不谈。

因为床位紧张，与人同室。他病重，生活又不能自理，整天咳嗽，影响同室病友休息，父亲说："病得不重谁愿意来这里，怎么好让人家住院还得不到休息。"我也无可奈何，那几天父女俩极度不安。后经中国青年出版社多方联系，终于等到一个单人小房间。

医生按部就班地检查治疗，他的精神时好时坏。不错的一天，又谈起了在四医大时，隔壁房间的病友，一个诸病缠身，精神依然振奋的老军人，曾与父亲闲谈他的战争经历，在一次对日战斗中，他怎样从死人堆中爬出来，头上被刺刀砍的像铁犁犁过一样，密集的道道伤痕居然没有送了他的命。他浑身血肉模糊，艰难地爬回到部队。老军人低沉而洪亮的声音饱含着极丰富的感情：对成千上万战友的怀念，对自己重回人世，看到时代变化的感慨，对战争残酷杀戮无辜人民的痛恨，对得到和平的无限珍惜。听着他的讲述，父亲震撼，两眼充溢着激愤的光芒说："我的身体不允许我把《创业史》写完的话，我想写一篇不太短的短篇小说，纪念战争中牺牲的无数先烈，这是我一生的愿望，多年来，我已经有了腹稿，他的讲述又丰富了我的细节。"

父亲这么微弱的生命，创作欲望依然如此强烈。

他坚定地说："我要在技巧上下功夫。"

但是，我认为父亲身体真的好转，他放不下的还是《创业史》。在医院里，他又一次向医生恳求："再给我一年时间，就一年，我就能给读者一个不留遗憾的交代。"父亲那么铁骨铮铮的汉子，竟然一再向医生乞求生命，他不是要向这个世界索取什么，而是要把自己的思想和情感变成文字留下来，他还一直没断这个念头，至少将《创业史》后续故事梗概简述成文。

病情轻时，父亲信心满满："我的病好些，咱们就在北京附近找个疗养院，我写作，你学习。"这时他觉得生命的路还很漫长，充满着希望。

初到北京，远离家乡，诸多不便，我忙于他的生活，几乎天天外出采买。他像所有的父母一样，看见我背起书包总要叮咛几句："过马路小心汽车，早点回来，你一出去爸的心就跟上走了。"我外出大多乘公共汽车，回来他常问："到车站走多少路，车上人多不？"我告诉他北京公交车很方便，他笑了，我知道他又想起西安。几年前，他还有能力上街，我们在钟楼站等车，好容易车来了，人们一拥而上，把他挟裹得东倒西歪，这突如其来的冲击使我惊恐，急忙半抱半推，把父亲推到人群外。我们就站在路边，看上下车的人们胶着和凌乱的状态。等了三四辆都没能上去，他拄着棍子，看死死扒住车门不放的人说："这里才是名副其实阶级斗争最激烈的地方，我已经没有能力参加这种斗争了。"我说："北京阶级不斗争，先下后上。"说着我也笑了。他说："最近我常想，为什么要给各单位放那么多司机和小车？有这个必要吗？领导回家吃饭也用专车，广大群众上下班天天一场奋斗，有时还不能按时到班，如果首先发展公共交通，车次多，线路四通八达，单位就没有必要放那么多汽车和司机，领导一样可以坐公交车办事。"

最后一句："这样下去是有后患的！"

当时觉得他只是随便说说，后来想，不尽然，父亲对这个问题常有反映，早在六十年代初，他到北京开会，外出多坐公共汽车，一次和客人谈起，他说："北京公共汽车方便，不太拥挤，真让人羡慕，我们那里车少、人多，从后门上去，想走到前门，上衣非挤得脱光。"大家爆出一片哄笑。父亲在生活中幽默和笑话不断。

在京住院，不断有人来看望父亲，有天外文书店的同志来看他，他问起是否能找到斯大林女儿斯维特拉娜·阿利卢耶娃写的回忆录《仅仅一年》的英文版本，父亲很快得到此书。我也借了一本《安娜·卡列尼娜》，空闲时父女各自读书。父亲头朝墙躺着，两手捧书，不大翻身。我不时给他盖盖被子、倒水、催他吃药。我发现他眼泪大滴大滴顺着眼角的皱纹往下流，枕巾上已经湿了巴掌大的一片。平时，我看书总是不断给他讲讲感想，尤其是托尔斯泰的作品，他会认真地指点我。这次，他几乎不允许我提起这一话题，一放下书，便给我重复《仅仅一年》的内容，他痛斥斯大林和苏联的一些政策造成社会主义国家的许多荒谬现象。

他说："东欧人民总会想这样一个问题，为什么西方资本主义制度下的人民比东欧先进的社会主义制度下的人民生活过得好？"

接着他说："我认为这一现象，关键在于'民主制度'，东欧这几年政治和经济改革一定会波及苏联，威胁苏联的社会平静，我想，引起苏联国内一系列变化是可以预测的。"他指的是"改革"，苏东巨变他想不到。

我问他："你已经三十几年不摸英文东西，还能看懂吗？"

"很怪，平时看见单独一个词，忘记的不少，一拿起书，一个一个全想起来了。"

我没有英文阅读能力，《中国文学》杂志的一个编辑给我译了一段，父亲看后说："爸爸也把这段译一遍，你对比着看。"

父亲的译文引人入胜，文字洗练，又寓意丰满，字里行间透出作者对父母复杂而沉重的感情。两份同样质朴的文字，"平淡"和"生动"明显不同，文字的功力差别何在？我能意会，但不知怎样言传。

就在我们来后不久，中国文联召开了三届三次全体扩大会议。这是那场浩劫之后，文艺界的第一次聚会，来看望他的人一下子增多了，他们谈到全国各地一些熟人的不幸遭遇，讲述文学艺术受到的摧残和破坏。那些日子空气很沉闷，心情压抑。中国青年出版社的同志每晚来看望他，给他叙述会议情况，当说到会议一开始，宣读"文革"期间被迫害致死的文艺工作者名单，长达半小时之久。沉默，许久的沉默。父亲终于没有控制住自己的感情。

  会议期间，延安时期的老朋友，刚解放时的同志，几十年没见过面的相知，都意外地出现在父亲的病房。劫后余生，人们眼里饱含着无限深情和对父亲的祝愿。在最后的日子，父亲能见到他们，得到难言的宽慰。

  一天上午，医生把我叫到办公室，说给父亲拍的胸片上，怀疑有一个血管瘤。天哪！真是雪上加霜，世界上还有比这更残酷的事情吗？我一句话也说不出来，心里很堵。回到病房父亲感到我神情异样，他追问："医生叫你有什么事情？"我故作无事。他说："你说吧！和地狱打过多少次交道的人还有什么经受不住？"我告诉他医生的话，父亲说："每一个人都要选择一种结束方式，心脏病、肺病、癌症……随便哪一种效果都一样，何必为这种选择去发愁。"他轻松地开导我。

  这件事也许使父亲对自己生命又有了新的感悟，他说："我有一个想法，酝酿了很久。我的小说大概写不成了，这几年看了不少中外回忆录，中外历史书籍，正史、野史、演义……我想写本回忆录。回忆录多数是上层人物回顾各个时期的经历；我一直生活在社会最基层，我要从处在下层人物的角度写中国几十年的成败得失，也许提供这本资料比再写小说价值大……"第二天，查房的时候，父亲苦苦地请求医生："再给我一年时间，让我再写一年吧！"医生走后，我酸楚的泪流不止，父亲说："你不要难过，肉体对我就这么一点意义，给人们留下一些研究上个时代的真实资料。"

  他低下头，轻轻敲击着墙壁，慢慢吟诵着两年前曾送给我的一首诗：

    襟怀纳百川，志越万仞山。

1978年7月,柳青子女在柳青墓地安葬骨灰后合影

目极千年事,心地一平原。

接着说:"爸爸不是怕死,有一天,我离开这个世界,会非常非常平静。"他明亮的眼睛里没有一丝悲伤和恐惧。

听了他的话,我也得到宽慰。多少艰难岁月都度过来了,他坚韧的意志,定会让生命继续。

也许是当天,或是第二天晚上,青年出版社的同志来看他,谈起怎样才能办好青年刊物,外边突然雷电大作,暴雨倾盆,气温骤冷。我给他披了一件夹袄。父亲谈兴正浓,说起邹韬奋办的青年刊物,文章不长,质量挺高,一周两期,出得快,一会儿就能看完,很受启发和教育:"我订一份,期期不误,很爱看,邹韬奋因此为许多人尊重。"客人们怕他劳累,多次告辞,他一遍一遍挽留:"再坐一会儿!"他还谈到作家和作协的关系,作家和出版社的关系,作家如何安排生活。他说:"我们作家协会的组织形式是全套照搬苏联的,把作家养在作协机关的方式对繁荣创作不利；作家最紧密的联系应该是他的创作基地，而不是作家的组织管理机关；我的看法是：组织创作通过业务方式比通过行政方式要好一些，业务方式是出版单位组织写书，剧团组织写戏和音乐等，比起行政单位给任务、出题目更容易从实际出发，特别是不能把组织创作的责任给一个人或某几个人，由他们发号施令，生杀予夺，这样就不会有真正的创作了。"他又表达了对许多人谈过的愿望："应该成立一个保护作家权益的组织，作家有困难可以找这个组织。"

谈话一直到十点多，我送客人的时候，夜空放晴，天上已挂满繁星。

回来见父亲躺下了，像一个突然瘫倒的人，筋疲力尽。看着他，我在内心感叹不可思议的精神力量。难怪有人说："批判他那会儿，他一直硬挺着顽固到底，但身体虚弱得让人感觉随时可能谢世，想不到出了'牛棚'又活了这几年，真是出奇的顽强。"

想起来，那些日子好像极其漫长，其实，许多事情就发生在几天之中。马上就是周末。星期天，哥哥、弟弟和小侄子来看父亲，父亲精神不好，虽然偶尔说一两句话，甚至还开个玩笑，但神志有些恍惚。为了让父亲多休息，兄弟们早早回去了。这一天他异常平静，我却分外担忧。

前半夜我给父亲喝了一次水，他是自己端着杯子。凌晨三四点再给他喝水，他已经端不住杯子。我以为他是睡得迷糊，喂他喝完赶紧让他接着睡，盼他休息好，第二天精神好转。五点半一过，我开始收拾房间，擦地板时，几次走到他身边，都觉得格外平静，没有平常粗重的喘息声，当我猛然领悟到一种可怕的预兆，扔了拖把，抱着他，不住地呼唤："爸爸，爸爸……"不知叫了多少声，他睁开眼睛，那目光全然失去了平日的睿智和明亮，罩着一层乳白的雾，他说了一句："我好着呢！"这就是他最后的一句话。我发疯一样奔向办公室，大夫还没来上班。我给中青社的同志打了电话，又返回病房，不知怎么度过那一分一秒，如果用刀子在我身上割，大概不会有知觉。因为没有大夫，抢救室和抢救用品都在现备。时间，时间就是一把刀，在剥噬父亲的肉，心里的血在滴淌。八点以后，抢救逐步开始。天呀！那是摧肝断肠的两天一夜。我坐在抢救室对面的房间里，连看看窗外的勇气也没有，世界好像全变了，房屋、街道全漂浮在空中，昏黄的夕阳有如万般芒刺，地球已离轨乱行。这是心灵的迷乱，我在盼，盼望抢救室里传出奇迹。医生呀！你们救活了多少垂危的病人，也曾一次次把父亲从阴间的门槛上遭返；你们知道呀！那里没有太阳，看不见月光，那里不能写作。六十二个春秋，仅仅六十二个春秋，父亲走完了自己艰难的一生，我不止一次地呼叫苍天，为什么不能再给他照亮第六十三个春秋。

当允许我进入抢救室时，父亲没有丝毫痛苦地平躺着，从来没有的安详，从来没有的平静。他实践了自己的诺言，非常非常平静地走出了这个世界。我挣脱医生的阻拦，呼天抢地地抱着他："爸爸呀！你不是说要到疗养院继续写作吗？你不是要把你的目力所及和亲历写成回忆录留给人世吗？还没有实践你的诺言，怎么就走了？爸爸呀，你醒醒吧！醒醒吧……"我以为大声述说他会听见，但是，他没有一点反应，他走了，难道他真的走了吗？望断天涯无归路……我怎么也不相信生与死就在转瞬之间。

九年的日日夜夜，朝夕相伴，爸爸突然离去，寂寞、孤独，世间突然变得空旷无比，只有父亲的音容言谈历历清晰……

2003 年 6 月—2005 年 12 月第一稿
2006 年 1 月—2008 年 12 月第二稿
2009 年 1 月—2012 年 12 月第三稿
2013 年 10 月—2015 年 8 月第四稿

柳青和女儿的谈话

1970年我来到父亲身边，到1978年父亲溘然离世，这九年，我对他从了解甚少到父女情深，以至于无话不谈，信任嘱托，共同度过了许许多多艰难的日夜。

　　这九年，是政治风云激荡的九年，是父亲奋发难为的九年，也是父亲贫病交加的九年。他一心想完成《创业史》，终未如愿，抱恨终天。

　　最后一次，父亲绝望地说："我的书肯定是写不完了。"他流了泪。

　　父亲难以瞑目的遗憾，我也只能尽这点绵薄之力。

　　我在父亲身边主要是他生命的最后九年。由于亲历较多，这一时期的生活和思想讲述相对鲜活真切，而为了更多地留存父亲的思想，其资料主要来源于：

　　我每天记述的父亲的谈话；

　　"文革"中父亲所写的"交待材料"；

　　"文革"中揭发批判他的大字报汇编，批判会发言记录，小报和刊物的批判文章；

　　我对他各个时期的同行、同事、朋友的访谈记录；

　　父亲本人随想的文字表述。

　　在整理资料和写作过程中，我常遇到一些问题，比如，有的细节资料不充分，我很后悔，当年面对访问对象时，在与父亲的九年交谈中，为什么不多侧面更深入地追问。现在他们大多谢世，我也感到无法弥补的遗憾。虽然我的叙述存在许多缺陷，但我尽最大可能减少自己的"合理想象"，不使这本回忆录和谈话录有失历史的真实，我的唯一目的是留下一份较为真实的历史资料。

　　父亲的谈话本来插在回忆录（现改为《柳青传·下》）之中的，为便于读者更清晰地了解父亲的一生和思想，现将谈话部分整理为《柳青和女儿的谈话》。

一、关于社会主义民主

1972年,作协机关早已停滞,机关大院空着,我用自行车推着病重的父亲,乞求院子管理者,给我们借一间房子。好心人让我们搬进了空落庭院中的一间房子暂住。

在这个荒草没膝,布满灰尘和蚊虫的世界里,父亲分析过许多历史事件。他经常假设某一事件的历史条件和处理方式,设想过对一个国家,乃至世界会产生怎样的影响。有一个问题,至今清晰,他说:"了解了亚非拉殖民地区和世界发达地区的形成过程,爸爸给你出个题目,研究一下,如果说秦始皇没有统一中国,一直延续了春秋战国时期的纷争局面,中国现在会不会成为像欧洲一样的经济发达地区?"

他沉思一会儿说:"看问题不要像碟子里的水一样。有的人看问题入木三分,有的人只看透一分,有的人浅尝辄止,有的人只掠了个皮皮,要学会科学分析问题,不是个容易的事。"

过了一段时间,他又提起这个问题。说:"如果春秋战国时期的分裂局面再延续五百年或一千年,中国在世界上的情况就完全是另外一个样子,它将是发达地区,到不了郑和下西洋,中国人就已经在许多岛上、陆地上繁殖生活起来了。"

"秦始皇统一中国以后,焚书坑儒,杀了有文化、有思想的人,釜底抽薪,想统治没有文化的劳动者,希特勒也是这样。到了汉武帝'罢黜百家,独尊儒术',把中国的思想、政治禁锢在极端保守、闭关的范围内,一下子就是两千多年,使中国逐渐成为世界上的落后地区。"

"把中国的发展放在世界范围内分析以后,我得出了这样的结论。"

停了一阵,父亲沉思的面部变得凝重:"'他们'是在重拾人类历史的故伎,这种对待知识分子的政策——"

他目光激愤,接着说:"是想让我们的民族再回到野蛮和愚昧时代吗?"

忘记从哪里借来一本《美国简明史》,在一段时间里,父亲几乎天天都在谈美国。谈得最多的人物是美国第三任总统托马斯·杰斐逊,说得最多内容的是美国民主制度的产生,宪法的产生过程,两党制的形成,总统的任期,立法、司法和行政的三权分立,等等。

父亲比较熟悉美国的历史,有时还用英语背诵杰斐逊执笔的《独立宣言》:"这是我在榆林六中学习英语时背下来的。"父亲说。

在谈到杰斐逊在美国宪法制定中起的重要作用,奠定了后来的美国民主制度时,父亲更多的是谈到社会主义民主,他说:"没有民主还能称为现代国家吗?""没有民主精神就不可能成为真正的社会主义。"

他说:"列宁在世时是民主的,允许不同意见发表,并且经常在党内得到充分辩论。"他举了一个例子,说明列宁不但民主,而且勇于承认自己的错误。

1920年12月30日,在一次会议上,列宁曾使用了"工农国家"这个用语,布哈林打断了列宁的话说:"什么国家?工农国家?"

1921年1月21日列宁在文章中说:"我看到,我说的是不对的,布哈林同志是对的。"父亲说:"领袖有时也会犯错误,人民不会不允许领袖犯错误,承认自己的错误未必降低领袖的威信。"

父亲谈到解放后的一些政治运动,更多的是说正在进行的"文化大革命":"这是一场空前的浩劫……"当时若有一句否定"文革"的话语,就是现行反革命。我劝父亲:"以后这种话,不要说吧。"

父亲看看我,仍然讲他的:"运动能搞成这个样子,很主要的一个原因,是我们没有建立社会主义的民主制度。列宁在世时,也看到了建立民主制度的必要性,遗憾的是,他去世得早,没有来得及使它制度化。斯大林违背了列宁精神,是个人独裁。列宁认为斯大林不适合做国家领袖,而我们的宣传与事实相去甚远。"

父亲详细讲述列宁晚年与斯大林的意见分歧和对斯大林的看法,父亲说:"列宁死后,苏联开始了消灭反对派的斗争,先是组织消灭,随后是肉体消灭。这样的结果,党内民主就变成了掌权者独裁的过场,凡是不同意掌权者的人都宣布为敌人。面对当时党内的政治形势,基洛夫曾建议进行大辩论,被拒绝了。"

父亲讲述了他的看法:"党内以及社会上的大量斗争是为使错误的思想改正为正确的思想,除非错误根本拒绝改正,不采用组织手段。共产主义运动半个世纪的历史证明,在无产阶级政党没有取得全国政权以前，大体上是按这个原则办的，而在取得全国政权以后，就不总是按这个原则办了。"

他说："用暴力夺取政权，用暴力捍卫政权，但决不能用暴力改正错误，用暴力改进工作。"

当时，以至以后几年，政治形势仍十分严酷，父亲与我，与个别来客谈论，几乎全是对那几年现象的思考，他说："用一个人的思想作为标准，把一些人的言论作为绝对真理，让几亿人疯狂，恐怕不能长久。禁锢人们的言论，也只能是一时的，禁锢人们的思想更困难了。反而会使一些人深刻地思考分析这些荒谬现象和言论的根源。"

他多次谈到对民主制度的渴望："没有真正的民主制度，怎么能保证执政正常、有效和准确地进行？没有人民民主，连党内民主也没有，很可能出现一种现象，执政集团中这帮人上来，那帮人下去。"

他说："俄罗斯有一千一百年中央集权专制独裁的政治历史。中国这种历史加倍地长，从秦始皇算起，约有两千二百多年，这个历史过程，给两国造成了各自的特征。"他说："现在，对一般概念的民主和人道的蔑视，必然要导致残酷手段，不管目的是崇高的或者卑污的。"他又说："未来，终究有一天，人民要探讨民主和人道在我国的具体形式和内容，我看这要整整一代人的努力，在人民群众中做大量艰苦卓绝的工作，总结经验，吸取教训，改进领导，启发群众，而不再是无休止地重复一种思想条文，即使这种思想是科学的，更不用说不科学、矛盾百出的了。"

沉思许久，父亲又说了这样一段话："一种鼓励人们追求新思想的社会政策，和一种限制人们追求新思想的社会政策，将造成两种根本相反的历史面貌，不仅仅限于思想领域。于是，在同一个历史时期，甚至于同一种社会制度，由于不同的统治，形成了不同的时代，有些是相反的时代——不管国王、皇帝、总统、本人愿意不愿意，他所采纳的政策作为后来判定他的历史功罪的唯一依照，不管陛下和阁下如何自吹。请看看十九世纪的英国、法国、俄国和中国的历史事实，是否是这样的。十九世纪的美国主要的是国家扩张和个人发财的世纪，许多人从各大洲移民到美国去，不是为了追求自由思想，而是为了发财。除了黑人，移民去的大部分人好过了。

"在十九世纪，追求自由思想的大多往法国跑，所以，英国和俄国的古典大师们在法国交了朋友。"

父亲说："我到这个世界上来，只有这一回，而且时间只有几十年。我不能与世沉浮，只能以十分稳健的步伐，脚踏实地地走这只有一回的路程。谁也不要想使我盲目跟他走，不管他是历史人物还是当代人。不是出于自觉，我不迈步，宁肯站着多看看，看得更清楚些。"

有一天，父亲低头在纸上写了这么几句话：

在当代，人有时候会把自己看得了不起，是绝对权威，任何人不得怀疑，不能异议。这是因为他（她）掌握了权力，可以置人于死地。

下一个时代，他（她）可以变成历史的丑角，大家任意谈论上一个时代关于他（她）的笑话。

尽管历史上已经有过千百次这样的事实，人们还是继续重复着。

什么时候才不会再重复呢？只有民主才能结束这种现象。在民主的情况下，任何幼稚的人和凶恶的人，都不能凭借权力胡作非为！

父亲还在思考中，继续他的话："这指的是科学、文学、艺术，总之，是文化。关于政治……有些人还是能短时间为所欲为。"

1972年5月4日，柳青专案组送来了他的专案结论。
给父亲和我们留下一份准确的历史资料。

对柳青问题的审查结论

柳青（原名刘蕴华），男，现年56岁，陕西吴堡县人，家庭出身中农，本人成分学生，1936年12月加入中国共产党，1938年4月参加革命，原任西安作协副主席，专业作家，行政十级，1970年5月送省五·七干校审查。

审查的主要问题：

一、关于入党问题，经查，柳青于1936年12月经董学源介绍加入中国共产党属实。

二、关于怀疑1935年集体加入国民党问题。经查，柳青1935年在河南开封参加豫陕两省学生集训总队三个月属实，但未发现集体参加国民党。

三、关于柳青1947年12月到1948年10月由大连到延安一段历史问题。经查，柳青于1947年12月经组织调动，由大连到延安，途中十个月，未发现被捕等问题。

四、关于检举特嫌问题，经查属重名重姓，予以否定。

五、关于怀疑柳青曾参与为卫立煌起草"反共演讲稿"问题。经查，柳青于1940年9月初随袁晓轩、何挺一等人从山西前总回延安途中经过晋东南与卫立煌防区属实，但未发现柳与敌机关和卫立煌发生过联系。原怀疑应予否定。

六、关于执行修正主义文艺路线和与文艺黑线头目周扬等人的关系问题。经查，柳青在西安作协任副主席期间执行了刘少奇的反革命修正主义文艺路线，曾赞赏和传达过刘少奇1956年4月在全国作协第二次理事会期间所提出的"要做有学问的作家，不要做土作家"的黑指示，推行过旧中宣部和全国作协关于作家实行自给，推行高稿酬的修正主义黑货，积极支持和参与筹办《延河》，推行修正主义办刊路线，在对反党分子柯仲平的反党问题批判中态度暧昧，斗争不力；1957年在回答英国资产阶级记者格林关于"胡风有罪无罪"的提问时说："可能有罪，也可能无罪"，为格林所利用，造成极坏影响，是严重政治错误；柳青与文艺黑线头目林默涵、刘白羽和反党分子柯仲平来往较多，关系密切，但未发现柳青参与他们的反党阴谋活动。

经研究，柳青上述问题已审查清楚，予以解放。

陕西省革委会原省级机关斗批改领导小组

中共陕西省革委会杨梧五·七干校领导小组

1972年5月3日

事后，父亲说："能这样审查干部吗？先一竿子全打到水里，再一个个慢慢往上钓，还没等钓上来，多少人都淹死了。"

"以后有了法律，应该追诉诬告者的法律责任。"

在中华人民共和国建国以后，法律起的作用很有限，基本上是人治，文化大革命更是有天无法。父亲在收到审查结论的两个月前曾写下这样的话：

1972.3.6—8日

在生产资料公有制和按劳分配的社会制度之下，有严格的法律保障的而不是任何个人许诺的民主政治，那么：

一切正直的、诚实的和能干的人，都被选拔和保护，而无任何被侵害的顾虑，放心大胆地贡献自己的热情和才能；

一切虚伪的、诡诈的和搞阴谋的人，都被揭露和摈弃，很少机会钻进领导机构，攫取权力，祸害人民；

一切违法乱纪、贪污盗窃、腐化堕落的国家干部，根据秘密检查或公开控告，经过三级三方联合调查属实，做过结论，严肃公正处理（三级——当事人的平级、上级和下级（或群众）代表，三方——监委或监察机关为一方，有关组织或行政方面为另一方，群众代表为第三方）。

一切捏造罪状，挟嫌报复，陷害忠良的人，经过调查，做出结论，加倍严格处理。

社会主义的司法程序应该是秘密调查，反复辩论，公开审讯处理。

司法人员和司法代表为崇高的荣誉职务，如果发现失职泄密、受贿、阻挠破坏者，按情节格外严肃处理。

他说："民主与法制，一定要在我们这一代人在世时奠定它的基础，因为，我们这一代人对没有民主和法制的体会最深。它的发展与完善需要几代人的奋斗。"

他说需要几代人的奋斗，让我深感这是艰巨的历史重任。当时听这些话十分逆潮。改革开放以后，就常听到了。

在他读一本书的时候，又随笔摘录了这样一段话：

"不承认任何法律，如果你不服从，他们把你的脑袋揪掉。他们干这个很技巧：在一个有上万人的广场里把你踩倒。这是一种什么样的'政治'呢？你甚至不能叫它做野蛮。有点比那个更甚的东西。毕竟我们是生活在二十世纪！"

父亲对下一个时代用法律治理国家寄予极大的期待。

二、建议改变陕北的土地经营方针

这几年无论运动搞得怎样如火如荼，陕北家乡仍然不断来人，除了看望他，就是说陕北连年灾荒，乡亲们生活如何困苦，有些地方竟然到树皮草根也吃无可吃，即使如此，仍然在学大寨，修梯田。父亲默默听着，几次落泪。

在我们又回到西安大学东路72号的简易楼上之后，冬季来临，屋里寒气袭人，在放满杂物的一点空地上生了个煤炉，煤炉后边一个狭缝挤进去一把躺椅，父亲经常躺在那把陈旧的椅子上想陕北的乡亲。连拄着棍子到楼下吃饭也在说："陕北就是这样搞下去，群众的生活只会越来越苦。"

陕北乡亲艰苦的生活状况，父亲于心难安，他又重提十几年前的一个建议：建议改变陕北的土地经营方针。

二十世纪六十年代以后，"农业学大寨"一面旗帜飘红全国，"以粮为纲"一个口号涵盖中华。不论县乡村镇，一律强调粮食自给自足。山岳丘陵地区，修梯田、种粮食，是统一的方针。

欲使陕北经济得到发展，百姓生活富足，父亲的建议是另辟新径：

毛主席说："水利是农业的命脉"，又说："农业的根本出路是机械化"……

根据这两个观点观察分析问题，陕北地区就是不宜于着重发展农业生产。

首先是干旱，当地群众叫"十年九旱"。

我国北方与内蒙古自治区毗连的各省区，其间大多有山脉横隔。在河北省是燕山，在山西省是恒山，在宁夏自治区是贺兰山，在甘肃省是龙首山、黎山、马鬃山。只有陕北地区没有隔山，与内蒙古的鄂尔多斯草原和毛乌素沙漠相连，成为一个气候区。陕北地区南部的黄龙山和晋西的吕梁山，在一定程度上阻碍了海洋气候对陕北地区的影响，加重了干旱的因素，因而常常在河北和山西下雨的时候，在陕北仅仅是阴天而已。

鄂尔多斯草原和毛乌素沙漠在内蒙古自治区里也是雨量最少的，全年只有二百七十三毫米，仅仅是内蒙古东部地区昭乌达盟的一半，而且这点雨量还集中在七八月间，即陕北群众所说的"大暑小暑，灌死老鼠"，就是说大部分是暴雨（即雷雨）。这个自然条件在可预见的将来还看不出有人为的办法可能改变。

修水平梯田和沟谷筑坝，可以防止七八月间的那几场暴雨的水土流失，对提高产量可能起一定作用，但不能增加雨量，就是说不能改变其他月份干旱的根本局面。梯田在受旱时同样收成很少，甚至没有收获，沟谷坝地稍好一些，但面积占总耕地面积的比例太小。

这是水源受到的制约，而在山区使用机械受到的限制不言而喻。

对于陕北这些对农业生产的不利条件，父亲说："我提出上述种种问题，并不是为了给我亲爱的几百万同乡泄气，而是为了研究适合陕北地理条件的经济建设方针和计划。"

既然陕北不适合重点发展农业，那就要从实际出发考查它的地形、气候等等各种条件，父亲的建议是：发展苹果种植业，辅以畜牧业和农业。他详细分析了陕北种植苹果的有利条件，而少数地方适合畜牧业和农业，也要因地制宜。

这一想法虽然1955年父亲就写过建议，没人理会，也因"文革"前，忙于文学创作，无暇继续深入研究其理论根据和实际可行性。现在，父亲所有工作都被迫中断，反而可以缜密思考，细致研究这一建议了。当时，恰好我一个同学的父亲是著名的生物学教授，也正在受冲击。他让我到教授家请教，并借来陕北及黄土高原自然地理书籍，和苹果种植方面的资料，父亲就坐在炉子后面边看边思考。

父亲将这一地区和我国其他苹果种植区的优缺点进行比较。并把本地区种植苹果与宜牧、宜农地区的协调发展，和与此三项基础产业配套的加工业，以及其他工业的发展做了一些设想。

父亲一边讲，同时打开地图给我指点陕北的地理环境。合上地图，他说中国幅员辽阔，各地的自然条件差异极大，怎么能用修梯田一种方式解决农业问题？

父亲的想法曾和一些因"运动"赋闲在家的"破落当权派"（这是

我当时的戏称）讨论过。有些人不以为然，认为中央的部署和决策不容怀疑，对他的建议不屑一顾。也有好心人劝他："你管那么多，自身难保，还提什么建议。"这些反映在当时很正常。他只好和我说。

父亲说，我国因地制宜，自古迄今，实例颇多，比如东北是大豆产区，北方和中原是棉麦产区，南方则是水稻产区，内蒙古和新疆是畜牧区……怎么今天忘记了这一条最基本的自然规律。

他也谈到了西欧和北美按照自然经济条件发展经济的实例，比如法国南部地中海沿岸和加龙河下游有葡萄产区，美国西海岸加里伏尼亚有苹果产区。我国的渤海沿岸也有胶东半岛的苹果产区。并不是粮食只有自给，人们才能生存。

父亲以英国十八世纪工业革命改变经济结构为例，说明客观存在的经济关系的规律性。英国的"资产阶级议会制的确立是工业革命的前提。国会以立法的方式通过三次法令，消灭了小土地所有制，为工业发展提供了劳力和市场。机器的不断革新促进了工业发展，但真正迅速的发展是在十八世纪二十年代至三十年代人类第一次修了铁路以后。交通运输的发展在现代经济关系中所占的地位，是不言而喻的。这个在十世纪初期仅有七百余万人口的岛国到二十世纪初期变成一个拥有四万万五千万人口的大英帝国（包括被它进行经济掠夺的殖民地在内），而英国本土的土地经营早已由主要生产粮食变为主要生产畜牧产品了"。

"英属殖民地独立以后，已增加到约五千万人口的英国，所需的农畜产品仅能自给四个月，其余要用工业品在国际市场上交换；因为这个雾国不适宜于农业。"

研究和思考始于寒冬，动笔已经是盛夏了，我记得在那个有如火炉般的小屋里，他用一块小木板垫了几张稿纸写作，手边放一块毛巾，隔一会儿擦拭一下不断流出来的汗水。

这是1971年的事情，第二年，去北京以前，又做过几次修改后定稿。父亲是决心要把这个建议递到上层部门。

三、关于二战的思考

1972年5月至8月,我们在北京的那四个月,来的人多,读的书也多。父亲托人借来了《朱可夫回忆录》《战争年代的总参谋部》《赫鲁晓夫发迹史》等。最初,他的兴趣在二战时期的回忆录。原因大概是这样的:

"文革"中,我们中学同学传看着一些"违禁书籍",我拿到一本标有"内部参考"的《第三帝国的兴亡》。这是美国记者威廉·夏伊勒在二战后,查阅了纳粹德国四百多吨档案材料撰写而成。我把这本书介绍给他。他拿起来就放不下。看完后说:"爸爸非常感谢你,看了这本书,是我晚年的一次享受。"

父亲说:"二次大战时期,我在陕北,尽我所能收集有关资料,条件有限,就不多的资料,我对战事不断分析,当时竟然有写一本书的想法,当然不可能。现在,通过这本书证实了我当时的分析许多是符合历史事实的。"

父亲说:"把《第三帝国的兴亡》和《赫鲁晓夫发迹史》对照起来看,很有意思。《赫鲁晓夫发迹史》这本书分析问题是严肃的,不像有的作者,书里尽是不顾事实的情绪发泄。"

这使我想起了他"文革"前的一段话:"人的主观认识,无时无刻不在对客观存在做出判断,做出评价,并且对客观存在的发展做出判断,做出预料。人的乐趣就在于要看看自己的判断和评价是否符合客观存在和其发展。一旦停止了这种判断和评价,人就活得没意思了。"

在看书的过程中,他说:"你能想象吗?作者翻阅四百多吨档案。可见,文字工作十分细致,又很辛苦。"

父亲很少用文字记录他的思考和感想,仅有的少量随笔录,关于二战中苏联、德国的历史就占了较大篇幅。比如,对德国纳粹统治时期,许多知识分子纷纷移居国外的现象,他记录了一些知识界、教育界、科技界人数变化的数字,写下这样一段话:

"历史永远是按照唯物史观的规律发展,决不因为任何个人的意志而违反规律。某些强有力的个人意志,有时可以造成历史发展的暂时曲折,但不能改变历史发展的根本方向。每日每时都能意识到这一点而坚持真理的人,能够有多少呢?能够坚持真理而不碰碎自己,那就要善于坚持真理。这样的人又有多少呢?在希特勒统治的十二年间,所有德意志民族的进步作家都出国流亡或在国内销声匿迹。这说明这个民族的文学界道义水平高。"

关于纳粹的文化政策,他写了一段:

"1933年5月10日晚上火炬游行,午夜上万名学生游行到菩提树下大街一个广场,把火炬扔到堆在那里的大批书籍上。那晚共焚两万册书,其他城市接着也开始了。烧的都是德国和外国有世界声誉的作家的书。

"9月22日,在戈培尔领导下根据法律成立了德国文化协会,文、音、美、剧、电、广、新七个协会,'使各方面创造性艺术家都集合在国家领导之下'。曾经有过那么悠久、极高水准的文化,竟发生那么令人恶心的退化。没有一个还在人间的比较重要的德国作家的作品曾在纳粹当政时出版过。差不多所有这些作家,都在托姆斯曼带头下移居到外国。极少数留在国内的作家不是自动就是被迫保持缄默。

"而相反的,当时的德国剧协主席,一个名叫汉斯·约斯特的失败的剧作家,他竟然说:凡是有人向我提到'文化'这个词,我就想掏出左轮手枪来。"

父亲说:"一个搞文化的人,听见人家提起'文化'二字,就想掏出左轮手枪,你看有多么可笑!"

谈到斯大林,父亲说:

由于拿破仑称霸欧洲,对国内人民采取了高压政策,造成了内部的软弱,几次战争中,法国都是德国侵略的受害者。

由于希特勒称霸欧洲,造成了德国民族的分裂。德国的分裂就是欧洲的分裂。谁也别想人为的统一。

希特勒1938年伪造红军将领的文件陷害红军将领这件事,不仅仅达到了破坏红军的目的,而且达到了试探斯大林这个人的目的,看看斯大林对他的部下是否信任。

一个领导人对部下的信任包括着丰富的内容。简单一点来说,包括着两方面的意义。

第一,这种信任表示领导人对部下透彻的了解,即所谓"深知其人",相信部下对共同事业的忠诚,并非对领导人个人的忠诚。(对个人的忠诚，一般不能产生真正的信任。)

第二，这种信任表示领导人对自己的方针、政策和实际行动的正确性十分自信。这样，他的部下只要有对共同事业的忠诚，就会对领导人忠诚，即所谓的"自知之明"，就是认识到自己正确和错误的地方。如果明知自己不正确，又怕部下不跟自己，这就不会产生信任，只能处于经常的怀疑状态。

斯大林正是这样的悲剧英雄。

由于他的权力来得不正当，就是说他不恰当地掌了权，个人不断地受到挑战，这从根本上影响他对干部的信任。他口头上要求人们对共同的事业忠诚，实际上要求对个人的忠诚。他知道只要维护对共同事业忠诚，就不可能对他本人忠诚，因为人们都知道列宁晚年不赞成斯大林掌权。这就是为什么那么多优秀的苏联共产党人死在斯大林手中。

希特勒伪造内战时代的红军英雄屠哈切夫斯基元帅、雅基尔大将和加玛尔尼克上将企图发动军事政变，要除掉斯大林。事情发生以后，如果这里不包含个人成分，如果只要求三将领对共同事业的忠诚，那么就不可能清早逮捕，当晚处决。忙什么？为什么不留着活口，清查他们的余党？这证明斯大林纯粹从个人角度出发杀人。

后来的历史事实证明三将领不仅不是企图在苏联复辟资本主义，而且不是想除掉斯大林的人。他们是既忠于共产主义事业，也忠于当时的总书记的人。所以雅基尔大将在刑场高呼斯大林万岁。

这件事在德国纳粹间谍机关看来，太笑话了。所以，希特勒狂妄地说：苏联是一所破房子，他只要在门上一踢，房子就倒下来了。

康德、黑格尔和尼采的徒子徒孙希特勒，只有小聪明。他不懂得领袖、人民、制度……等确切的含意。他不懂得他踢的是伟大的苏联人民，这是永远伟大的、真正万岁的。至于斯大林本人，不管他做了什么事情，只是一个特定历史阶段的现象而已。

父亲又一段谈到斯大林："1942年春季和夏初，苏军在1941年冬季胜利的基础上实行战略战役反突击。朱可夫意见在西线维亚兹马地区反突击。斯大林坚持在南方克里木方向反突击，结果失败，克里木半岛全部退出，主动权转到德军手中。苏军调来新锐后备队后，向整个南线进攻，占领了顿巴斯和顿河区，然后，进至斯大林格勒。从此，斯大林终于服气了朱可夫，于8月底（26日）任命朱可夫为最高统帅助理，以后，总是以朱可夫的意见为准。"

关于指挥战争，父亲说："苏共二十大赫鲁晓夫的秘密报告，一边说斯大林无能，另一方面说斯大林个人独裁。这在逻辑上自相矛盾。如果说斯大林独裁，那么苏德战争的伟大胜利，就应归功于斯大林的指挥。这样就抹杀了朱可夫的功劳。所以朱可夫要在回忆录中辩解这一点。应该说，斯大林在一些事情上无能，如指挥战争。凡是他坚持个人主张的战役，大多数失利，有的造成重大损失，严重的损兵折将。《朱可夫回忆录》里诸多这样的例子，有些看了令人痛心，简直在客观上帮助了敌人。"

对于德国，父亲说："1939年，曼努意斯基说过，德国革命是最成熟的国家，然而两年以后，同样的德国工人和农民穿着希特勒的制服，开抵了莫斯科城下。希特勒统治农民、工人、工商业者、教员、学生，他们都就范了。没有就范的思想家，都跑了。要统治思想就变成没有思想。"

对于苏联，他又补充了几句："斯大林对南斯拉夫形势的错误估计，也是大部分由于苏联内务部的错误造成的。他们不敢把任何情况告诉斯大林，除了他们认为使他高兴的情况以外。他们只是为了斯大林错误提法提供证据。"

总结斯大林和希特勒，他说："最后，德国在与世界反法西斯力量的战争中，一败涂地。这是历史上两例神话的结局。"

有一天，父亲说起了张伯伦、达拉第和丘吉尔："你看待任何政治力量,都不能只从他的官样文章来判断,而主要看它的行动所显示的倾向:它打击什么人;重用什么人;它的实际措施是否符合实际需要,也就是具体政策的现实性。在分析国际关系时,动机往往都隐藏在外交行动的背后,直至今日,这仍然是分析国际形势的一条线索。"

他给我举了几个例子,其中说:"就说英国,英国不反希特勒,英国要利用希特勒反苏,这一点从来都未见诸官方文件及讲话,官方文件甚至是不满希特勒的,但实际行动是支持希特勒,所以,1938年9月捷克事件以前,德国国内反希集团一再派人去伦敦要求支持和配合,英国都拒绝。相反的,张伯伦要和希特勒见面!!!"

看过《朱可夫回忆录》,父亲谈论斯大林和二次大战中的几次主要战役。他说:"因为斯大林在苏联至高无上的地位,我们的有些说法是不符合实际的。朱可夫不能明确表示自己的看法,回忆录里他就是叙述事件的过程。说明了事件的过程,读者会自己分析。朱可夫没有正面说斯大林的不好,但他说被斯大林迫害的人多么好,这也就表示了他对斯大林的看法和态度。

"以后历史资料会不断面世,后人才能根据事实给每个人较为恰当的符合实际的评价。"

后来父亲又得到一本《赫鲁晓夫回忆录》,他谈起中国的抗美援朝,说到一些历史真相。他说:战争的发动者是北朝鲜,这次战争中国的伤亡巨大,且不论我们刚刚建国,百废待兴,经济上的巨大压力,对我们最大的影响,是台湾问题没有在当时的有利时机得到解决。历史的遗憾!!!

在《赫鲁晓夫回忆录》里,有一章专门谈朝鲜战争。看到这一章,有章序,没内容,后边一个括号写个"略"字。他好几天摇头叹气,他多么想看看,这次战争苏联的态度和赫鲁晓夫的看法。当时能看到的资料有限。他说:"等到以后历史资料公开的更多,这件事情的利弊得失，肯定会有人提出来，要再讨论研究。"

上一个时代结束以后，果然如此，我好像又面对他那双明亮疑问的眼睛，我深深体会，父亲那一代不少人是"生于忧患，也死于忧患"，带着民族分裂的伤痛，和期盼祖国统一的愿望离开了这个世界。

四、未完成的《创业史》的构思

最初,父亲没有想到他的《创业史》写不完。说过类似"也许写不完"的话,是他太怕写不完,更反衬他的紧迫感和因运动、疾病带来的担忧。

"让我再活两年吧!""哪怕两年,就两年我也满足了。"病情危重时,他多次向医生恳求,就是为了写完《创业史》。

但当病情减轻,父亲执笔坐在桌边时,他又显得满怀信心,可惜这样的日子越来越少。

随着父亲身体渐衰,有一天,他预

感不祥说:"写不完的话,写一个后续故事交代,把我的主要思想讲一下。"

"小说的高潮在最后,矛盾冲突总爆发肯定在第四部,只有完成四部才能比较完整表达我的思想,现在还差得太远,连一半也不到……"

"要是真的写不完……怎么得了呀!"父亲一阵绝望,极度担忧。

希望和绝望在父亲心中交替。

病情的发展,一次次摧毁了他的希望和信心,后来,他意识到肯定写不完了,郑重其事地要求我:"把我的原话记下来!"

父亲让我把他的思想记下来,重中之重是对我国农业合作化的全部看法以及《创业史》的一些构思,当然,最主要的是他没有来得及表述的思想。

1960年6月,《创业史》第一部的第一版第一次印刷时有一个"出版说明":

> 《创业史》是一部描写中国农村社会主义革命的长篇,着重表现这一革命中社会的、思想的和心理的变化过程。全书共四部。第一部写互助组阶段;第二部写农业生产合作社的巩固和发展;第三部写合作化运动高潮;第四部写全民整风和大跃进,至农村人民公社建立。现在出版的第一部是全书开头的部分,而不是一部完整、独立的小说。贯穿全书代表各方面的主要人物,仅仅围绕着社会主义革命这一中心,大部分已经出现或提到了,但矛盾斗争还在酝酿阶段,有待于逐步展开。全书将由本社分部分卷陆续出版。

一个月后,1960年7月22日至8月13日,全国第三次文代会期间,父亲对中国青年出版社编辑江晓天说:"第四部大跃进、人民公社就不写了。"[①]到了1973年,父亲的考虑已经很具体和确定。在陕西

---

① 江晓天:《也谈柳青和〈创业史〉》,《文艺理论与批评》,1990年第一期。

省出版局召开的业余作者创作座谈会上,他说:"……第一部大家已经看见了。第二部试办初级社,基本上也快完了,没有多少了;第三部准备写两个初级社,梁生宝一个,郭振山一个;第四部写两个初级社,合并变成一个社,成了一个大社,而且是一个高级社。"①

1981年《延河》第三期上李士文在《关于〈创业史〉和极左思潮》一文中写道:"熟悉情况的同志讲,柳青曾经谈到,他的第四部写成了也不发表,要等他死后才发表,因为他要在这部书中对合作化运动做出自己的评价。这里透露的就完全是另一种情况。不过,无论上述哪一种情况,都毕竟是地地道道的猜测,而猜测是不能代替科学结论的。"

李士文对父亲的思想当然只能凭存在的文字记载,不能凭空猜测,而我,记录下当时父亲的原话。

有些问题是父亲多次谈、反复谈过的。

他说他在第一部的结局开头写了这样一段话:

> 1953年10月,毛泽东同志指出:"从中华人民共和国成立之日起,到社会主义改造基本完成,是个过渡时期。党在这个过渡时期的总路线和总任务,是要在一个相当长的时期内,基本上实现国家工业化和对农业、手工业和资本主义工商业的社会主义改造。这条总路线应该是照耀我们各项工作的灯塔,各项工作离开它,就要犯右倾和'左'倾的错误。
>
> "……必须使他们懂得党在过渡时期的总路线和总任务,即是要在大约三个五年计划,或者说大约十五年左右的时间内,将我们的国家建设成为一个伟大的社会主义国家,使我国由新民主主义过渡到社会主义。使他们懂得只有实行党在过渡时期中对于农业的社会主义改造的方针,即按照农民自愿的原则,经过发展互

---

① 《延河》1979年6月号。

助合作的道路，在大约十五年左右的时间内，一步一步地引导农业过渡到社会主义的方针，才能一步一步地发展农业生产力，提高农业的产量，才能使所有的农民真正脱离贫困的境地，而日益富裕起来，并使国家得到大量的商品粮食及其他农产品。……"①

几次修改他始终保留了这两段文字。

父亲说："我的书是1960年出版，总路线是1953年制定的。那时，情况早已经变了，不是按照总路线的方针，十五年逐步实现农业合作化，是只用了三年时间就全部合作化了，人民公社也建立了两三年。"

"过了这么多年，我为什么写上这两段话？是为我写第四部留下的一个'口'。"

"第四部写什么？"

他说："主要内容是批判合作化运动怎样走上了错误的路。我写第四部要看当时的政治环境，如果还是现在这样，我就说得隐蔽些，如果比现在放开些，我就说得明显些。"

"我说出来的话就是真话，不能说，不让说的真话，我就在小说里表现。"

有一天，父亲说："我写的'美学笔记'本来不准备很快发表，想写完《创业史》四部以后，系统地谈谈我的美学思想，这是'文革'前写的初稿，没想到这次抄家，他们抄走后油印，作为批判资料，里面我写的恩格斯说：'作者的观点愈隐蔽，对于艺术作品就愈加好些。'"

他问我："爸爸的这句话，你明白吗？"

我笑笑，说："我有那么笨吗？"他也笑了。

有一天，父亲严肃地说："把爸爸的这段话准确地记下来。"

"解放后，进行社会主义改造，这是所有制的改变，社会结构的大

---

① 柳青：《创业史》第一部，中国青年出版社，1960年6月第一版。

变化，带来许许多多错综复杂的问题，不经过锻炼，干部能成长起来吗？不经过实践，能取得经验吗？怎么能说这是小脚女人呢？这样复杂、困难、艰巨的任务，这样深刻巨大的变化，大脚女人能行吗？是三个五年计划，十五年，甚至更长一些完成合作化，一步一个脚印，扎扎实实走好呢，还是两三年一哄而就好呢？当时，把所有人积极迫切要求入社都看成社会主义积极性，是不是符合事实？像杨加喜、郭铁人积极要求入社的目的和广大贫下中农一样吗？不过是为了在潮头上，不加入不行，入了反而好，可能在社里占个优势，争夺领导权。"

父亲说话一贯很慢，音调也低，边说边思考。等了一刻他说：

"这两年的盲动、冒进，后来十几年的实践充分证明了它的恶果，对以后的发展造成深远的不良影响。"

父亲去世后，我访问陕西作协的王绳武，他说："高级社成立不久，一次进城，他（柳青）到我房间说：'这下可把农民得罪了，以后不给你们豆腐吃了。'"

王绳武又说："困难时期，我们议论过我国经济何时走了下坡路，我说是大跃进造成的，这以前经济发展基本正常。他认为是1956年批'小脚女人'以后，高级社风一吹是经济走下坡路的转折点。"

父亲对我说："邓子恢提出'稳步前进'的方针是正确的，是接受了苏联合作化的教训以后提出来的。"

有一天，我进门，见父亲正往茶杯里倒水，倒了一桌面，放下水壶，把胳膊往桌上一支，袖子上的水滴滴答答，我要给他清理，他说："管这些事情干什么！爸爸要给你说话。"

我赶紧拿了纸和笔。

父亲说："1954年春天的互助合作化汇报会议上，毛主席说阜平山区和关中平原比较，关中平原的互助合作要快点，陕北山地和四川坝子比较，四川坝子要快点，老根据地政治上虽然先进，经济上落后，新解放区——关中和四川政治上落后，但经济上先进。

"对这段话我有不同看法和分析。解放后，老解放区和新解放区处于同一个历史阶段——土地改革以后如何发展生产的问题，都是面对着同一个问题，都是共产党领导。老解放区虽然共产党领导的年代多，但那是抗日战争、解放战争，是民主革命，允许地主、富农存在。发展生产主要通过个体经济。为了克服根据地的经济困难，号召农民向富农吴满有学习。互助合作是社会主义时期，要求不同了，所以，新老解放区处于同一个水平，如果说新老解放区发展有区别的话，就否定了毛泽东自己所说的走合作化道路的理论根据。

"——基本情况是，农民的社会主义积极性是从他们迫切要求改变贫穷、摆脱困难局面而来的，所以，越是贫穷地区就越具有合作化的积极性。比如，山西省昔阳县大寨大队就是个例子。"

谈话中，联系到《创业史》，他说了这么一段话："motive，动力的意思。任何一篇小说都必须有这个 motive，而且贯穿它的始末，只有它才能推动情节发展，展示人物的心理过程和因果关系。比如《创业史》的 motive 就是贫困者要改变贫困状况。"

因为合作化主要是为了改变贫穷农民的经济状况，实际利益在那里摆着："你想合作化初期能不主要依靠贫下中农吗？实际上，也是这些人最积极。当然，天下也是代表这批人利益的人打下来的。"

接着，父亲说："显然，情况在变化，政策也要变化，为了推翻旧制度，强调同情劳动人民受压迫、受剥削是必需的。但是，建立了新制度以后，国家的主要任务就是改造小农经济和小生产者了。"并且多次强调这个过程的必然性、艰巨性和长期性。

这次谈话，父亲还说了他的另外两个看法。

如何对待地主、富农的问题。

父亲说："中国农村一贫如洗，地主、富农比例很小，尤其是富农，我们和苏联情况不同，他们的富农阶层在农村经济中起主导作用，数量也大，中国的富农就没发展起来。从苏联的经验和教训看，我们不能、也没有用他们的方法解决中国的问题。我们同样分给地主、富农一份生产资料，把过去的剥削者改造成生产者。"

最后的几句话，他的思想有点转题，不仅仅指农业，是对"大跃进"以来，经济建设中经常看到的"人海战术"发表的感想。

父亲说："在现在的体制下，没有电器化和机械化之前，要提高生产率，主要是改进生产管理制度，而不是加强劳动强度。"

当时，社会上对改善生产管理制度的认识很淡薄，甚至没有这方面的概念，也就是现在常说的许多年我们主要是"粗放式生产"。

他看过《参考消息》上美国某报刊一篇文章，作者说：劳动生产率是经济的基础，决定社会生活的其他各个方面。他让我看完说："提高劳动生产率的方法很多，改进机器、改良工艺、加强工人责任心等等。加强工人责任心的方法主要是增加工资，增加工资只是增加利润的一小部分，资本家何乐而不为。"说这话时，正是大批"利润挂帅，物质刺激"的时候。

父亲说："我再给你举一个改进管理的例子。"这也是他看过一篇介绍日本企业管理的文章后有所联想，"拿我们不大重视的生产报表为例。在设置报表时要考虑四方面问题：一是设置的项目有没有必要；二是不同报表的项目是否能合并；三是必须有的项目是否能改进；四是能不能简化报表中的一些项目。

"这几方面都比较完善，它带来的好处，一是减少了非生产人员，二是厂方能尽快掌握生产情况。"

我记录完，指着他的袖子说："你就这么不讲究？"

他说："哪里！我非常爱整洁，现在精力不行了，年轻时在陕北，屋子常收拾得干干净净，脱下鞋不摆齐我都不上炕。"我想想也是真的，在皇甫村时，他的工作室兼客厅兼卧室总是整齐清洁。

1981年，西北大学教师蒙万夫带领几个学生不辞辛劳，走访了长安县熟悉父亲的干部和群众，写成《柳青传略》一书。1988年9月陕西人民教育出版社出版。大约半年以后我见到这本书。

书中附录有同他一起工作过的几个人的谈话实录。

现摘录原长安县委副书记安于密的一小段话：

《创业史》第一部出版以后，我曾问他，准备写到啥时候？他说，这还难说。我问，公社化这一段准备怎么写？他说："作品中的人物究竟怎么发展，现在还不清楚，也可能写到高级社那一段就算了，如果要写公社化，我也有自己的看法，我是写小说的，又不是写历史，一部作品要有生命力，要经得起历史的考验，就应当严格地遵循既源于生活，高于生活，又要如实地反映生活的原则，不能跟着政治气候转，不能因为政治运动的影响而歪曲生活的本来面目。"他说，如果要写公社化，我也准备如实地写。不论怎样，写集体化道路的大方向不变，但具体的演变过程，则不受当时具体方针政策的束缚。他当时就说，到时候，党在农村的整个方针也可能会改变的。

书中附录《孟维刚谈柳青在长安县的生活和创作》一节，孟维刚也谈到：

柳青同志对于我国农业合作化运动在1955年下半年以后要求过急，发展过快的问题，是早有看法的，他多次和我谈过这个问题。《毛泽东选集》五卷出版以后，他问我看过没有？问五卷中两篇关于合作化的文章哪一篇正确。他说：一是十五年实现合作化，一是三至五年，让我看哪个主张对。他认为第一篇讲话是正确的。他说，初级社巩固一段后，用经济实惠吸引农民比用行政手段强。而我们不是这样，形成了干部管理水平跟不上，再是伤害了中农利益。中农最乐意的是地四劳六分红，中农一起入高级社，通不过。三是破坏了流通关系。什么意思呢？没入社前，农民节约钱，准备置地。入社后，农民把钱都用在生活用品上，商业供应不上，因此形成了站队和供给制，造成后遗症。还谈到他的《创业史》第三部第四部准备回避高级社一段，说如果不回避，公开写又不行。再一个意见是初级社写完就不写了，说他身体又不好。1977年一年中他经常和我谈到这问题。有一次我去看他，他问我把《狠透铁》看了没有。问："孟维刚，你看我那《狠透铁》说的是啥？"我问他说的是啥，他说："我是对高级社一步登天的控诉。"说"狠透铁"本来只能当初级社主任。如果按十五年办高级社的主张，"狠透铁"可以通过锻炼当高级社主任，后来哗啦一下把高级社办起来了，事情复杂了，"狠透铁"没有练好本领，头昏，没记性了，让坏人钻空子把权夺了。他主张十五年时间巩固，允许一部分农民在社外搞竞争，先用农民先进分子巩固，可以保证增产。这样，高级社以后出现的死牛、砍树、减产、物资紧张等现象就可以避免。……柳青同志认为这是因为高级社发展过猛，一步登天，引起经济上失调，进而引起城乡认识不统一。"公社不如高级社，高级社不如初级社，初级社不如互助组"。公社化太快，形成思想混乱，使生产受损失，物资特别缺。柳青同志说：老人家这一板没拍好，引起了反对，想把这意见压下去，导致了"反右"，反右又引起了大跃进、公社化，导致了经济上的大破坏，弄得全国没啥吃，饿死人，这些话都是在1973年、1974年说的。

父亲对我说："条件不成熟就成立了高级社，造成了诸多问题，引起城乡许多人不满，这导致了'反右'运动。主席想用经济上的奇迹回击反对者，出现了大跃进和人民公社。高级社就不成熟，人民公社就是不应该。公社化后问题更多，导致三年经济困难，党内的不满情绪又引起'反右倾'。"

"我的作品经得起任何一个熟悉当时农村生活的人的检验,是不是真实的。"

就在1974年年底,父亲的痰里出现块块血迹,让我们极度担心。咳血,一个从父亲少年时期就想攫取他生命的魔鬼,又一次把父亲驱赶进了实在不愿住进去的医院。住院不久,听说从西北局调到东北局十几年的马明方不久前去世,听说他死前被折磨得很惨。

几年来,这样的消息一次次重击着风烛残年的父亲。父亲本来就没有光泽的脸上愈加灰暗。他几天沉静在回忆中:

"……马明方待人诚恳,真正是爱护干部的领导。"

父亲说,1952年,他即将动身到长安县前,西北局第二书记习仲勋说:"给你配个车,平时就放在省委。"西北局第三书记马明方说:"你进城不要坐机关的汽车,坐马车是接触群众的好机会。"

"他的劝告,无论是对党的工作,还是对我一个写作的人,无疑都是有益的。"父亲很感激他的这句话。

一两天后,他说:"我写的第三部,有人问为什么要用十五年完成合作化,我让一个省委书记回答,就是为了纪念马明方,我给省委书记起名字叫冯光斗。"

"省委书记会这样说明这个问题。首先,开头的几年是取得经验的几年。干部没有经验,要在实践中锻炼,不断总结,逐渐积累经验,由不懂变得懂得,办任何事情不能没有这个量变过程。毛主席爱用'试办'的方式,那好,就用试办取得经验,准备一批、成熟一批、成立一批。另外谈的一个重点:合作化是农民自己的事情,不能用工人和士兵去代替他们,苏联就是这么做的,效果不好,不能强迫农民集体化,必须由农民自己来办自己的事。苏联采取了把富农驱逐出本村的方法,激化了阶级矛盾,至今他们的农业问题也没有解决好。"

"最后还有个实际问题,牲口问题。个体农民中,中农、上中农集中了强牲口,而广大的贫下中农只有些小牲口,做不了大片土地的活,拽不动犁，正像有些农民说的：'垫土看见些腿，吃草看见些嘴，干活去，没力气，拽不动个犁。'当时提出团结中农，很重要的一点就是利用中农的大牲口。"

1978年，父亲最后一次到北京住院，有一天，他说："如果《创业史》写不完，我真想写一本回忆录。可能比小说有意义。现在大量的回忆录是上层人士所为。我一直生活在中国的最基层，熟悉每一项政策的公布和实施，熟悉人们的反映和乡间每一天的变化。我要根据我的经验和认识说明怎样发展社会主义事业。'人民公社''大跃进'时期，我们迫切希望建成共产主义社会，但共产主义只能是人民自觉自愿的要求，决不能把人民驱赶到共产主义，也绝不可能建成'顺民'的共产主义。我用苏联和南斯拉夫作对比，南斯拉夫没有按照苏联模式搞经济建设，铁托走了自己的路。在南斯拉夫宪法里有这样一句话：'不能用国家的利益破坏个人的幸福。'什么意思？就是不能让一部分人得到另一部分人的劳动成果。国家的利益只能由国家宪法来保证，不是由某些个人保证。"

他看过斯大林女儿阿利卢耶娃写的英文版《致友人的二十封信》，以后又看了《仅仅一年》。期间父亲说："阿利卢耶娃说无产阶级夺取政权的国家，如果党内和人民没有民主，就不可能建成真正的社会主义，实质上是国家资本主义。"父亲说："资本为国家所有，用'国家利益'任意消费国家资本，资本不是按劳动分配，而是按地位分配，一些人得到特殊待遇——别墅、医疗、高工资、汽车、服务人员……苏联想建成顺民的共产主义，就是现在的结果，中国这样走下去也一样。怎样才能寻找正确的道路，必须建立民主制度，建立一个教育和改造人民、改造社会的民主制度。"

"无论外国怎样发达先进，人民生活水平如何高，我们的穷乡僻壤也必须依靠自己的力量建设起来，这个艰苦的过程每一个国家都要经过。"

我记录的这些，当时是石破天惊的话，他也不敢公开讲，对很信任的人讲过，比如李旭东等。他对李旭东说："中国的农业合作化是做了一锅夹生饭。"又说："中国的社会，这些年整个属于'试办'，为了子孙后代牺牲一两代人也是值得的。"

李旭东说父亲："你所有作品的倾向，对老人家的态度会被后人误解。"

父亲说："不要紧，我四部写完，人们就知道我的全部看法了。"

在"牛棚"里，他曾对金葳说："《共产党宣言》，这是人类为之奋斗的最高理想，恩格斯和马克思都不在了，怎样把这个理想变成现实，他们回答不了了，我们也回答不了这个问题，即使他们在，也要在实践中摸索，我们也只能在实践中摸索。"

六十年代初父亲就讲："不要把我们的一切都说是正确的，实际上，我们一直都是在找寻正确的路。"这时，他又重复这类话。

现在看来，上述的话，既有时代特征，又有当时条件的局限，他绝没有想到九十年代的东欧剧变，但他肯定地说："社会不会永远这样，一定会变！"他还以为，随着东欧改革的浪潮，一定会影响苏联社会的意识形态，苏联也将出现类似的改革时代，所以，几次嘱咐我："以后谈问题，时间、地点、适应范围，这是三个不可缺少的条件，否则，是无的放矢，难免荒谬。"

五、《创业史》中的人物发展

父亲谈《创业史》的总体构思,谈他的见解和思想,我很少插嘴,因为我不熟悉。但说到书中的人物,我的发问就多了。我也有一般读者的心理,想知道后面的情节。

很明显,一部文学作品中,众多的人物,从不同的角度,反映着不同的心理、不同的思想和感情,很难用几句话概括。我们的谈话也没有系统,通常父亲是从他正在写作的内容谈起。

父亲说:"我的基本思想是写出两种

制度的斗争，两条道路、农民中两种思想倾向的斗争，我把它集中表现在梁生宝同郭振山的斗争上，因此，这个斗争贯穿于全书。

"梁生宝把他的全部精力和能力用在改造社会上，而不是在争吵、辩论、斗嘴上，郭振山呢？人们看起来，他很英雄，似乎比梁生宝要英雄，但是，……"

他下面的话我暂且不提，我想先从梁生宝的父亲——梁三老汉说起。

梁三老汉

无论是当年，还是现在，大量的评论中多次说到梁三老汉，可见这个人物深深地触动了读者。

一些人觉得他在第一部里已经由一个不能"接受集体生产，一心想个人发家"，有着几千年传统农民意识的人，在互助组成功的事实面前，思想已经转变了，他的面前似乎是光明的、积极的。实际上，这老汉的"戏"还长着呢！

父亲说到梁三老汉时意味深长："这个人物要在四部中从从容容完成他的'任务'。"

又说："两种社会的交替我想在梁三老汉的身上体现出来。"

"几千年封建的传统意识，改造起来十分困难。生产资料的重新分配，在短时间内可以实现，农民思想意识的改造就不那么简单，是个十分艰难漫长的过程。下面梁三老汉再出场很有意思，初级社在开干部会，下雨了，他送来雨伞，一直站在门外，等着人们开完会。人家走到哪里，他就跟到哪里，别人谈论组里的工作，他常要插上几句，指拨别人。分配任老四看牲口，他不放心，说：'他们家没喂养过牲口，喂不好，主任，还是让我喂吧！'他是把农业社看成生宝和他经营的一个小摊子了。生宝批评他：'初级社是大家联合起来搞生产，是每个社员的农业社，不是你我父子合伙办的生意，也不是我是主人，任老四是长工，有万、欢喜……是我的伙计，这个社是民主管理，人人平等。我是他们选出来的主任，是为大家服务的。'"他说很快就要写到这里了。

"通过梁三老汉，我要说明事物发展的辩证规律。在农业合作化的改造过程中，认识会不断深化和提高，但不可能一蹴而就，必然出现或'左'或右的倾向，有时是'左'右交替变化着。"

我忘记了，好像是哪个马克思主义导师级的人物说的，父亲说："×××说，一种社会意识的消除与它形成的时间大致相仿。可见消除农民个体意识多么艰难和漫长。所以，四部写完，他的农民意识也还在改变中，也不可能彻底消除。"

他说："我从小生活在这样一群人中间——青少年时期熟悉我的父亲、家里人、同村同乡农民。后来和米脂县、皇甫地区的农民一起，了解各种各样的农民，越来越深刻理解他们，体会他们的心理。我有现在这样的表现力，这个基础必不可少。"我说："当然，每一个形象都来源于生活，但也要高于生活。"

他说："对！低于生活就不是现实主义，比如，颓废的、下流的、黄色的。脱离生活也不是现实主义，是浪漫主义。浪漫主义原来带些贬义，人们在它之前加了个'革命的'，以表示'理想'，如果仅仅是来自生活，而不能高于生活，只能是自然主义。"

忘记我接着说了一句别人常说的什么话，引起他的想法，他突然提醒我说："有些话很对，但它是别人说烂了的话，一般不要说别人说烂了的话，最好通过自己的观察和理解，用准确形象，有个性特色的语言表达。"

谈话又转到人物形象上，他说："小说应该尽量做到通过形象说明问题。"

父亲多次给我提到鲁迅的作品，说《药》写得很好，把深刻的思想内容完全寄寓在生动的形象和情节中，《狂人日记》就不同一些，缺乏形象，光杆杆思想。父亲平时说话尽用些老百姓的口头语言，这"光杆杆"思想，我听了觉得好笑，他不笑，沉思着说："写梁三老汉的时候，我不由自主地流泪，我是把他当成自己的父亲来写的。这个形象承载了大量中国农民几千年的奋斗历史。"

"在牲口合槽前，我写梁三老汉的部分大多简短、干净，以后会多些，也长些，这是由内容决定的。"

我说："你那么爱动感情吗？"

他说："文学主要是反映人的感情，是把感情个性化、形象化的艺术作品。你想，作者如若不感动，怎么能写出感动别人的作品呢？作者在写作过程中，要充分表达出这种感情，而不能在内心把这种感情'贪污'了。"他笑着刮了一下我的鼻子说："可不要把对爸爸的感情贪污掉噢！"

又说："文章想让读者感动和流泪，作者也要当读者，体会读者的心理，才能做到作者、读者、人物三位一体。"

有一天，父亲说："写农民，要写出他们的职业特点，农民有农民的思维方式和语言特点，工人有工人的思维方式和语言特点，不同的人有不同的语言特点和习惯。职业特点和个性特色主要是通过思维方式和语言特点来反映，抓住这两者，就可以塑造不同的形象，使人不管从书里哪一部分看起，都能够确定这是谁。要熟练掌握这两点，必须从生活中来。"

在父亲身染沉疴以后，他深感惋惜地说："只写两部，梁三老汉是完不成他的任务了。"

郭振山和徐改霞

我读到《创业史》写郭振山的一段曾对父亲说："爸呀，你写这郭振山挺逗，他卖瓦盆，巧舌如簧，能说动那些不想用粮食换瓦盆的老婆婆和小媳妇，高高兴兴改变了主意，还觉得只有那一天用粮食换瓦盆最聪明，最合算。哈哈，是有本事！"

"你光看热闹，哈哈一笑就完了？"

父亲给我讲述第一部中郭振山对待改霞态度的真实目的，他对梁生宝有怎样的心理状态，他从有为革命、为人民工作的精神，怎样一步步到只为了个人利益的变化过程。

父亲说："塑造这个人物的目的，我是要把共产党掌握政权以后，党内一些不好的倾向和党员身上一些不好的东西——"

"全往他身上'糊'。"我突然打断他的话，说了一句。

他先"嗯"了一声，马上说："看你用这词。"

父亲说："解放以后，我们也进行过几次党内'整风'，几次运动后期都进行了党员重新登记，实际上都走了过场，没起什么作用，至今，纯洁党的队伍也没找到有效的办法。"

我说："就这样的人，改霞还崇拜得不得了。"

"一个寡妇，笼中养的鸟，单纯。"

我说："人们热议梁生宝和改霞的恋爱，有的年轻读者十分惋惜他们没有成婚。"

父亲说："我打破了英雄配美人的传统表现方法，在我的书里英雄和美人没有结合，因为他们有不可调和的矛盾。"

"你认为什么样的婚姻是美满的？"

"为共同的事业奋斗。"

"所以，第一部还没写完，你就把她支到千里以外了。"我说。

"后来，她还回来一回，说出郭振山为阻止她和生宝恋爱，怎样挑拨他们的关系。这个角色再出场一次，就没有她的事了。"

"三四部写不成的话，第一部改霞就写多了，现在也不能取掉，会留下斧凿的痕迹。"

我问父亲："人家书里都写地主怎样仇恨新社会，破坏农业社，你怎不写地主？"

"那不符合解放后的社会现实。地主被打倒后,没有社会地位,很孤立,他们一般不会明着活动,即使仇恨新社会,也是在背后找代言者。"

"所以,你正面写了还活跃在农村的富农和上中农。"

"对!当时的社会现实是这样的。第一部里我写了郭振山和姚士杰是一对仇人。第四部,变了,他们成了朋友。他们俩的斗争不是阶级斗争,也不是是非斗争,他们是因个人利益产生的仇恨,当利益一致的时候,他们亲热起来。第四部,姚士杰看到情况变化对自己不利,想卖掉牲口,通过杨加喜的联络,把牲口卖给了郭振山,以后,他们就在一起下馆子、喝酒,来来往往。"

刘淑良

父亲常常是由徐改霞谈到刘淑良。

我问:"你想怎样安排她?"

"二部快结束,写县城开会,生宝和刘淑良都参加了,因为下堡乡传来出事的消息,生宝晚上散会后,赶回十几里以外的村子,早晨又赶回来,着凉生了病,淑良去看他,做了挂面送来。结尾他们就结婚了。"

"农村人的婚姻就这么简单?"

"你还要多复杂?很真实,农村就是这样。"

我说:"爸,女性心理你是怎么了解的?"

"我和她们直接接触不方便,最多是看看,说几句表面的话。这全靠马葳,她去看过不少先进女性,了解她们的身世。小姜村一个女的,刘淑良一部分就取材于她。马葳和她多次接触,还在她那里住过一段,回来讲得很生动。我让她把这些写出来,写出来一看,灰了,不行。不能不承认,搞文学这一行,没有一定的天赋也不行。我这可不是天才论噢。"

父亲还说:"我在延安的时候,有几个女性朋友,无话不谈,从她们那里我也了解一些女性心理。"

我问:"同龄人?"

"有的比我大很多,是我的老师,生活上也常常照顾我。"

"亦师亦友亦姐。"父亲这样的朋友我知道一个。

我开玩笑说父亲:"你的婚姻和农村人差不多,也是速战速决。"

父亲说:"我这种人还弄得了这种事?心都在事业上了。"

继而,他深情地谈到了他和马葳姨姨的爱情风波,以后,共同的事业怎样把他们的精神融为一体。这些我前边都讲过了。

姚士杰、姚素芳、李翠娥

有一天,我刚回到家,父亲说:"难呀!"

我问:"怎么?"

他说:"变一次姚士杰和变一次驴一样!"

肯定父亲是在写姚士杰,还没有从角色中出来,我问他话,他不搭理。几个钟头以后,他笑了,说:"姚士杰他爹,外号叫'铁爪子',有一个净粮食的扇车,穷佃户借用,扇车上写着'出赁不借',使一回一升粮食,当天不还,第二天早晨还,那就算两天了。你看剥削人残不残?"他经常讲一些很有意思的细节给我听。

我问他:"后来如何写姚士杰?"

"姚士杰出主意,指使李翠娥把高增福在村里搞臭,达到他破坏农业社的目的。李翠娥先勾引才娃,叫他到自己屋里,今儿给一块馍,明儿给点其他吃的。高增福看见问才娃:'哪里来的?'才娃说是那院姨姨给的,高增福一听气得光火,不让才娃再到她院里去。李翠娥同时也给高增福骚情,找着和他说话。高增福严厉回绝她,让她老老实实、规规矩矩。这计终究没有得逞。"

金葳回忆在"牛棚"时,父亲和他闲聊说:"《被开垦的处女地》里有个叫路什卡的烂女人,拉达维多夫下水,中国也有这样的情况,好吃懒做，风流，拉拢腐蚀干部，这种女人也有典型意义。"

父亲还说："中国有两千多年封建统治的历史，封建家长制的统治根深蒂固。要改造农村落后的小农经济，破除封建家长制的传统，合作化是一条有效的道路，但走这条路关键有两条：民主、自愿。

"在民主管理的过程中，培养一批干部，同时教育群众。

"自愿的原则就是不能强迫，也不能有报恩的思想。'吃水不忘打井人'，让群众报恩，这靠不住，群众要自己解放自己，农民的愿望满足了，会说你好，不满足呢？就不会说你好了。"

父亲说着话，突然看见桌边一堆揉成的纸团，说："给爸爸整理一下，看爸爸一共开了几次头。"我把他揉过的纸团一张张铺开，一数七张，每张十行八行，有长有短。

父亲说："进没进角色，能不能动笔，我的感觉已经很准确了。"接着说："甭看写些猫呀、狗呀，我拿起笔来也千斤重。"

父亲又说："我的小说最费劲的是章节的转折和章节的衔接。"

我说："你说你写完一章要休息一个月，那么长时间？"

父亲说："真正的重劳动是'想'，想好了用笔写，那是最轻的体力劳动。"

"噢，头脑一直没闲着。"

病重以后，父亲还说过："如果写不成三四部，姚士杰第一部不出场，全部放在第二部更好。"

这里插一句，他给了姚素芳这个女性不少篇幅，一方面是写姚士杰，另一方面，也是说明旧社会造成了这个女性的可悲命运，姚素芳原来也是个活泼可爱的女孩子。新社会再一次改变她的命运，父亲说："后边我要写一个情节：一次，梁大老汉借走牲口不还，大家很气愤，让妇女主任欢喜她妈去要，欢喜她妈因为过去常借人家的牲口和工具，不好意思，素芳看见，自告奋勇：'我去要！'这样就把素芳这个形象推进一大步，最后，我还想让素芳当妇女队长哩。"

郭世富

富裕中农郭世富当初也是穿着开花棉袄,从郭家河搬到蛤蟆滩,和任老四一样,靠给人打工,度日如年的穷庄稼汉。因为意外,被国民党师长韩占奎选中为他经营滩里的四十八亩稻地发了财。

我看第一部,读到郭世富春夏秋冬四季到韩公馆敬"财神",送"贡品",回来给穷人夸耀他受到有钱人怎样的接待,脑中浮现出人物的形象,笑着编排郭世富会怎样吹嘘韩公馆的威严和阔绰。

父亲说我:"光看热闹,哪好笑,哈哈一笑,不往深里想。"我的确是这样的。

父亲往下说:"旧社会中国农民发家的,一种就像郭世富,得了外财;另一种像郭庆喜,外号'铁人',贪活不知疲倦。"

"还有,像杨加喜和他爸,干活不要命,起早贪黑,披星戴月,成天在地里忙,麦收天,干活累得端起饭碗就睡着了,他爸在地里扶犁,看着牲口一步一步往前走,着急,恨不得趴下,用自己的头去犁地。"

我说:"那么拼命,是该发财!"

父亲说:"我概括中国农民致富基本就这两种情况。"

我问他:"你说通过文学形象概括社会,让我明白了,文学史也是用形象记录的民族史。不过,也不是所有的作品都有这样的作用吧?"

父亲说:"当然,文学作品,有的概括得深,描写得也深;有的概括得深,描写得浅;有的概括得浅,描写得也浅;有的概括得假,描写得也假;个别的作品概括得浅,描写得还可以。"

"文学作品中的概括是对矛盾冲突而言,主要看概括的矛盾冲突的深浅。"

"现实主义的本质是写矛盾,所以,我说写出的人物典型不典型,关键在概括的矛盾典型不典型。"

陶书记和杨书记

"爸,你写的陶书记以后会犯错误吧?发展到'文化大革命',大概要当走资派了?"

父亲哈哈大笑:"怎么可能呢?他怎么会犯错误?就是错了也和他没关系,他照着文件办事,错了也不是他的责任。容易犯错误的倒是杨书记。杨书记是根据实际情况,具体问题具体处理,常无文件根据,又无实际经验,犯错误难免。虽然陶书记不犯错误,但我们不需要这样的干部,杨书记容易犯错误,我们的工作却最需要不断深入实际,紧密联系群众,灵活切实处理问题的干部。"

坐了一会儿,他想想说:"一个制度先进与否,能不能发挥每一个人的才能也是重要标志之一。这些年,我们压抑了一些人的才能。"

他曾发过这样的感慨:"许多有才华的人,因为处在某些复杂的条件中,社会及个人的种种关系给他们发挥才干造成障碍。只有那些善于处理好各种关系,摆正个人、客观存在和它们之间关系的人才更有可能做出成绩。在现实中,一些人往往做不到这一点,不但不能使自己发挥才干,有时还碰得头破血流,只有少数人在事业上发挥了比较理想的作用。"

接着,我问他:"你长期住在农村,官场不是很熟吧?"

父亲说:"中央领导我接触的不多,省级以下领导我接触比较频繁,相当一部分是陶书记那样的。你说他们辛苦不辛苦,也很辛苦,我甚至很同情他们。"

我说:"成天坐着看文件、批文件,怪不得生胃病呢。连隔壁开基层干部会都不愿意去听听。"

父亲说:"干部队伍的建设对国家的重要性不言而喻,可以比喻成楼房的钢筋。我一直在想我们的组织系统中,组织部和政治局的关系。

组织部归政治局管，组织部怎么能做出独立的决定呢？苏联的组织局和政治局是平行的。当然，我们不能照搬他们的。"

父亲又说："另外党内监察局也不能隶属于组织局，否则，监察局怎么监察党的各级工作，必须和组织部门分开，有它的独立性。"我不懂，只在日记里记下了这几句话。

在《创业史》第二部修改过程中，每一章完成后，他都叫我读一遍："你看看文字上有没有疙疙瘩瘩的地方，也改改错别字。"

"你还写错别字哪？"我感到意外。

"有不写错别字的人吗？"他笑着说。

读完第十三章，他的结尾是这样写的："梁生宝说：'……你们要是说白占魁是个危险分子，那还不如说我梁生宝是个危险分子，只要我梁生宝不和白占魁往一条板凳上坐，拍肩膀拉手，称兄道弟，把他拉到灯塔社管理委员会里来，把咱的高增福同志排挤出去，那白占魁再过二十年还是个普通社员。蝎子的尾巴，有点毒水，也不多！增福和有万，睁一只眼闭一只眼睡觉哩！'"

他非常满意这个结尾。分明是这场"文化大革命"使他产生了这样的感想。

过了几天，父亲轻松地说："杨书记喜欢到群众中去，王亚梅（陶书记的爱人）也经常深入实际，在工作中，交流看法，她对杨书记逐渐产生了感情。"

我哟了一声。

他看看我，说："小说嘛，不能太枯燥，没有这些内容，就没多少人看了。"

父亲把二部上卷拿来，翻到146页，说："这一节最后一部分，杨国华和梁三老汉的对话，深入反映农民的心理，句句有深刻含意。"

我说："你的意思是，共产党要领导好，就要像杨国华一样，深入实际成为常态？"

几种贫农

歌德说:"在伟大作家的笔下,人人都是主要人物。"

写好各种人物,就要熟悉各种人物,作家必须在生活上下功夫。举白占魁为例。一个时期,为了深入了解这类人,父亲戴个烂草帽,到王曲街上,看见扎堆下棋的,围观看棋的,他也找块砖垫在屁股下,一坐一整天,和对手争执、悔棋、天宽地阔地发问,或者静静地听,四周看。后来群众有反映:"那都是些地痞,不务正业的死狗流混,柳书记怎成天和他们混呢?"

孟维刚问父亲:"你咋和那些人下棋嘛?要下,找个人在屋里下。"

这就是作家奇特的生活。

贫农也是各式各样,白占魁也是穷人、贫农成分,但那是极有破坏性的农村流氓无产者。

"文革"中,大会小会批《创业史》,说他污蔑丑化贫下中农。

在有关交代检查里父亲写道:

我在那次合作化座谈会上还说,到现在我们还不敢写贫农中的另外一些人,像《被开垦的处女地》中的阿曼殊可夫等等。我在《创业史》里的确写了阿曼殊可夫式的人物,那就是白占魁。阿曼殊可夫参加过白匪军。混进集体农庄当了干部的漏网富农雅可夫,知道他在白匪军里所犯的罪行。他为了隐瞒自己的罪恶历史,受雅可夫的指使,夜里杀死一个贫农积极分子,破坏集体化运动。我对于白占魁的安排是分阶段的,而不是仅仅一个情节。在第一部里,我安排白占魁入互助组前,对高增福有气,向富农姚士杰借米。在第二部里,白占魁削尖脑袋想当干部而达不到目的,对农业社不满。在第三部里他和富农姚士杰勾结破坏农业社。在第四部里,富农姚士杰破坏互助合作的全部罪行，包括他和郭世富、素芳、白占魁的关系，全部被揭露。这就是我说那个话里所包含的思想。

写贫下中农中的另类，当时是禁忌。父亲在检查中说："在合作化的政治思想斗争中，我对贫下中农群众从旧社会不可避免地带来一些小私有、小生产的旧思想影响，看得重，因而强调改造农民的一面，就削弱了歌颂贫下中农的一面。经过长时间对我的教育，认识到我是受自己世界观的局限，不能摆脱狭隘经验，不能以更高的思想水平看待生活。"造反派头头李×认为他的这段检查是在为自己辩解，在旁边注了一句："意思说白占魁写得还对？"

看过《创业史》的人不可能否认，对贫苦农民，父亲倾尽笔墨的是同情、热爱、歌颂和善意的鞭挞。

高增福、冯有万、任老四、欢喜……都是读者熟悉的贫苦农民，已经有过细致的描写。还有一些人物父亲说后边也要给些篇幅。

比如，红脸杨大海，父亲说："我也想给他一章，没安排个合适地方，先留着。杨大海原来是姚士杰的长工，解放前有过一个孩子，生病没钱医治，死掉了，他的婆娘也因为这个打击害了病。中国的穷人呀，整天的发愁，从早愁到晚，愁了今天愁明天。合作社成立以后，不用像以前一样，愁日子过不下去，手头宽裕点，心情也好了，看了病，又怀上孩子，现在就准备生孩子了。"最后这句话，他说得很甜美。

他说："有人说我的作品，现实主义多了，浪漫主义少了。"

"陈老五的婆娘生孩子，娃娃一落地，男人就进了南山。她只能自己跑到地里挖野菜，拾柴。她曾经没有裤子穿，夜里等男人躺下，穿了男人的裤子出来干活。这样的事我听得很多，也见多了，实在浪漫不起来。"

金崴说在"牛棚"里，父亲和他议论过浪漫主义。

父亲说："浪漫主义是存在的。但浪漫主义的基础还是现实主义。

比如关汉卿的剧作《窦娥冤》。元朝统治下的现实生活很严峻，关汉卿和艺人、妓女们生活在一起，同情她们的遭遇和命运，他没有办法解释这种生活，为了摆脱这种命运，就出现了幻想，应该说他的作品是忠实于生活的。

"不是说浪漫主义的东西就没有一点现实主义，现实主义的作品就没有一点浪漫主义。由于一些作家在严峻、不公、贫困的现实生活中，严格地忠实于生活，才产生具有个性特色的东西，去幻想，希望现实出现符合自己理想的情景。所以说，现实主义和浪漫主义不是简单的结合，是'化合'。

"你不能说自己喜欢，赞成哪种方法就使用哪种方法。任何好的创作方法，不变成自己内在的能力，都没有办法掌握。所以，创作是作者自身多种因素结合在一起的表达方式。"

金葳说："那么，浪漫主义就是作者积极干预生活的结果了？"

父亲说："这也牵涉到作家本人的品质。为了美化生活，提高人民的审美观念，必然产生出理想，由于作家自身的特点不同，也就出现了现实主义和浪漫主义的不同。一个作品的主要倾向决定它是哪一类作品，不能决然分开。所以，我评价作品，说它主要倾向是浪漫主义的，还是主要倾向是现实主义的。这种说法比较科学。

"诗词中说'到处莺歌燕舞'，这是虚假的，不是从现实中来。有作品中写一个劳动模范提出'人有多大胆，地有多大产'，当时把它说成是浪漫主义的口号，可能吗？这是说大话！浪漫主义是在完整的作品中表现出来，不是诗词中一两句话能确定的。

"咱们的文艺理论是从苏联搬过来的，然后用作品去套。在文艺理论上这两者的关系是混乱的，并没有解决。实际上，先有作品，而后才有理论，不是先有文艺理论，才有的作品。

"有人问我使用哪种方法创作，我说，我根本没有考虑这个问题，正像我走路的时候，根本没有考虑哪条腿——左腿还是右腿走得多一些。"

回来再说父亲《创业史》人物创作构思。

他计划在第三部写一个贫穷庄稼人——拐子福旦:"福旦是被胡宗南拉去当兵的穷人子弟,在进攻延安的第一仗,就打断了腿,复员回了家。现在,大家为他的媳妇能不能当妇女队长争论起来。最后,都认为可以当,因为他是被迫给国民党干的,不是自愿,又没干坏事。"

当时的社会情况是,只要个人历史和国民党沾点关系,亲眷中有无论大小一点历史问题,或有海外关系,个人就背上了沉重的政治包袱。安于密说:"柳青的小说中有许多政策性问题,所以,有农村干部说:'我经常参考这本书处理实际工作。'"

大概后边还有新出场的人物。我没有细问。

有一天,父亲又重复这句话:"我的《狠透铁》……"

我拉长声说:"爸——呀!"并不是厌烦,意思是:"你总怕我没理解你作品中的思想,一再说。"边说边嗔怪地笑着。

他一下就明白了:"噢,噢,让我女儿耳朵起茧子了。哈哈哈!"

我说:"说吧,说吧,我会认真听。"

他说:"我不能展开写'狠透铁',影响《创业史》的写作。这个思想,我在第四部里,改换个名字要重重地写一笔。……"①

打倒"四人帮"以后,1978年5月,陕西人民出版社再版了这本书。再版前,父亲要求自己写一个出版说明,他是在医院病房里写的,写完以后,他让我看了几遍,所以印象很深,尤其是第二段:

"这篇小说反映了一个农业社落后的原因和如何改变落后状况的过程。作品有一种明显的精神,就是作者对所有制改变后我国农村社会主义民主的理想。作者认为群众的觉悟要在民主管理中提高,干部的能力要在民主管理中锻炼,敌人要在民主管理中暴露。任何领导的包办加群众性的强制,都不能代替这个过程。"

---

① 在《延河》1958年第七期《座谈〈咬透铁锹〉》一文中也有类似说法。

就在他去世前不久，我们见到了样书，当时，在场的，人手一本，他认认真真说了一句："这就是我对中国农业合作化的全部看法！"

关于梁生宝的一场辩论

1963年，《文学评论》第三期，发表了北京大学中文系教师严家炎《关于梁生宝形象》一文，掀起了评论界一场较有影响的辩论。

十二年后，大约1975年左右，我和父亲聊起了这场辩论。我说："严家炎老师指出你作品中的缺点，我认为是存在的。"

父亲哈哈笑着说："你和他一家呀！"

笑声爽朗得像个孩子："是！我没说他说的都不对。"

收敛了笑声以后，针对严老师指出的缺点，父亲认真地说："每一个人都有三个主要特征，阶级特征、职业特征、个性特征。当然还有年龄特征、男女特征等等，但这些不是主要的。三个主要特征前两个是共性，后一个是个性。文学作品中前两个共性只能通过个性特征反映出来。我们可以用这三个特征去检查文学作品，这三个特征表现出来了没有？表现得怎么样？"

我说："爸呀，我觉得你的问题恰恰就在这里。梁生宝的思维方式有些地方不像农民，倒有点像你。你是不是有偏离职业特征的现象？"

"嗯，恐怕有这个问题。"

父亲说："梁生宝身上表现了一种高大的思想，在思维方式上，有些细节是不是不像农民的思维方式？是有的，可以慢慢琢磨，改一改。"

父亲说："艺术最重要的一条规律是，内容和形式的统一。形式有问题，说明内容有问题，反过来，内容有问题也说明形式存在问题。我写梁生宝的一些心理和思想活动，都说是整党学习以后，他和实际生活联系产生的，我没有正面写整党，心理活动写得多了些，形象少了些，读者就没有形象可以联系。这里存在一个困难，我不能正面写整党,整党主要是批判郭振山在土改中利用自己的优势,全得了一等一级好地,如果正面写了整党,就损害了郭振山的形象,那时,他还是有为工作和为人民的一面。"

我说:"严家炎的文章好像力求全面分析你的作品,而你的文章全是反驳。"

父亲说:"爸爸给你说,写反驳论文,要抓住对方主要的错误。他的文章离开了事实,夸大书中的缺点,又要做出很切实际、全面的样子,想说服别人就有困难。"

我说:"他的文章最后对梁生宝形象总结了三多三不足,是给人感觉,全面否定这个形象。"

父亲说:"黄修己也和他有类似看法,认识不同很正常,我能不能接受都没关系,可以讨论。"

父亲又嘱咐我:"表达不同看法,千万不要讽刺挖苦对方,那样,对方也难和你具体分析问题的对错优劣。"

父亲说:"严家炎的文章一出来,我开始想好,一句话也不说。苏联的肖洛霍夫,我们一直骂他是修正主义作家,他自始至终没说过一句话。我就想采取这种态度。但是邵荃麟讲过'中间人物论'以后,我的想法变了,我认为他的讲话是带着一部分人的某种偏见的,否则,我不会和一个年轻人计较。"

父亲去世后,我和陕西作协的许多人交谈,他们说:"当时除了个别作家建议他不要理睬,大部分人都支持他出来答辩。"有人说:"这是社会主义现实主义的根本问题,否则提不同看法没什么。"这也促使父亲改变想法。

父亲对我说:"对一部作品有不同看法,引起辩论不可怕,可怕的是社会上和评论界静悄悄。开始,严家炎的文章他们不同意登,征求我的意见,是我建议他们登出来的。"

作协有人说:"我印象,柳青遇事常是能忍则忍,能躲就躲。这篇文章写好送来，语气挺冲。我们说他，你为什么不逐条批驳严文，他说要抓住要害；我们说，你为什么不送全国性刊物，他笑着说打架要往自家门上躲，还能上人家门上打。"

父亲的《提出几个问题来讨论》发表以后，他对我说："邵荃麟为他的讲话后悔得很。我到北京，他请我吃饭，一再表示歉意，希望原谅。后来又多次向我解释。"

"听说，我的文章也给严家炎不小压力。"

父亲说："'文革'中，严家炎来西安作协搞大批判，要和我谈谈。运动那么复杂，我本不想谈，西大学生王宗义说了两回，我同意了。我想问问严家炎，他的文章是不是有人指使他写的。严家炎说没有，就是他自己的看法。"

父亲说："如果真是那样，我就没必要写那篇文章。"

2006年，严老师来西安，我和他聊起这事，他说："'文革'中，我们交谈，你父亲是问我，有没有人指使我写的，我说是自己的看法。他也是这么说：'那我就没必要写那篇文章了。'"

严老师说："那次他请我吃西瓜，我们谈得很好。"

我说："我爸说，你有些讽刺挖苦的话不好。"

严老师说："我那会儿年轻，不成熟，现在就不会了。"

我觉得，《创业史》第二部明显没有了第一部的某些缺点，这不能不说是严老师文章的功劳。

父亲去世前，住北京朝阳医院，严老师来看望，交谈中，父亲说："讲美学，最好结合作品。"严老师说："我在教学中也有体会。同学们往往觉得讲一篇成功的作品，比空谈文艺理论收获大，兴趣也大。"

父亲曾对我说："黑格尔的美学论文，我想细看深究，有些我看着也费劲，不好懂，车尔尼雪夫斯基的好懂些。但他们都是脱离作品，空谈美学，我是通过作品学习和总结美学思想和经验。"

的确是这样，父亲给我讲每一个思想和概念的时候，最多的话是：

"举一个例子……""再举一个例子……"使我很快理解了他的思想,同时也加深了记忆。

群众和干部也说:"他讲话吸引人,主要是实例特别多。"

1967年、1968年,学校停课闹革命,我常到图书馆看一些文学评论文章,更关心对《创业史》的评论。那时我就想,这些学院派的文人们对农村的实际了解多少呢?如何认识他们评论的价值和作用?

和父亲在一起,我问过这个问题。他让我看了他写的几句话:

关于文学评论:

第一,向读者分析作品的社会意义和艺术技巧,这是很重要的工作。

第二,受文学评论影响的,主要是广大读者,其次是成千成万青年习作者。不受文学评论影响的是已经成熟的作家。对他们不准确的赞扬能引起他们的反感,不准确的批评,不能动摇他们的创作规划,却能做他们加强规划的参考资料。作家成熟与否,看他在政治思想、生活阅历和文学修养三者达到大体一致的较高水平。而无论怎样"权威"的批评家,在生活阅历这方面,不能和作家相比的。所以,对不准确的批评能采取平静的、警惕的态度,这是作家成熟的表现之一。

第三,文学作品的艺术生命,由它本身决定。批评家的影响是暂时的,任何"权威的批评家",虚捏作品的成就或抹杀作品的成就,都是暂时在读者和青年习作者中起影响。对文学作品最后的评断是时间的考验,好的作品总是逐渐被人承认,越来越有光辉的。

可惜,我还是尚未成熟的作家,必须在这三方面努力。

还有一段话:

"作家必须提高自己的思想水平和艺术水平,不能听批评家的指导写作。批评家有错误的认识和见解,这是难免的。过了两年,或者三年,批评家自己——或者经人指点后——放弃了自己的意见,改变了看法。作家却没有办法在过了两年以后,经常反过来重新结构他的作品,特别是概括历史性的作品。概括历史的小说,作者活着的时候,他可以进行修改,他死后,又如何进行修改呢?"

我看完,他又补充一句:"接受瞎指挥的,只有脱离生活,脱离群众,脱离实际的所谓'作家'。"

梁生宝

梁生宝无疑是《创业史》中的核心人物,也无疑是父亲创作中花费精力最大和耗用时间最多的人物之一。

创造社会主义新时代的英雄人物,无疑是上个时代许多作家的追求。父亲说:"李士文写的《从生活素材到艺术形象》一文,说出了我塑造梁生宝这个形象的真实目的。"梁生宝是现实与理想结合的产物,是在一定的历史条件下,具体的、真实可信的、有性格特征的先进典型。

一天,父亲看到我大学时的心理学笔记,他说:"梁生宝为什么有这样的品质呢?和他母亲善良、宽厚的影响分不开。心理学中,幼儿心理是人成长中很重要的一部分,我不能违反科学规律写一个人的品质。另外,对人成长非常重要的是教育,社会教育和自我改造,所以,我多次提到整党对他的影响。"

父亲又说:"英雄人物也不是没有缺点的,在恋爱问题上生宝处理的就不怎么好。进山回来,他可以和改霞谈一谈,他怕郭振山打击他,不敢主动找改霞。一个被事业吸引的人也难免处理这种事情笨拙。世界上的事嘛,本来就是复杂的,互相影响,互相牵制。"

"我的缺点也说明塑造新时代的英雄人物难度比较大。"

六、《创业史》与"社教运动"

无论是当时还是后来,社会上以及我父亲都认为"二十三条"①的实施,对前边"社教"②中的极左起了一定的遏止作用。至于上层的斗争,一般人了解是有限的。

父亲说:"十几年培养的干部队伍,不容易呀!刘少奇指导这次'社教',残酷地打击了广大基层干部,要不是二十三条出来,结果比这还严重。"

在修改《创业史》的过程中,父亲多次讲这段历史,显然,是考虑与刘少奇有关的事情。

他能表达对刘少奇处理某些事情的个人看法，不可讳言，和当时的政治气候有关。

就在修改《创业史》的过程中，有一天看电视纪录片《蛇岛》，结尾说是刘少奇反革命修正主义分子如何如何给蛇岛的研究造成了破坏和阻碍。父亲看完，提起手杖，边走边说："不知道刘少奇和这蛇岛有什么关系。所有的好事都是批林批孔的伟大成果，所有的坏事都是刘少奇干的，他有那么神通广大？是谁的责任就是谁的，是几分就说几分。"

1978年年初，我们见到了这一版的样书，我看写刘少奇的几处，用手指给他，他躺在病床上，望着天花板，慢慢地说："我已经不久于人世，不能顾及太多了，重要的是把这些看法留下来。"

1991年，薄一波写的《若干重大决策与事件的回顾》上卷中，在184—194页，讲述了毛泽东和刘少奇围绕山西发展农业生产合作社发生的争论，与父亲所谈是同一事件，可见，这在历史上是有过波澜的。

父亲曾经针对合作化说过这样的话："如果我们的革命只是为了夺取政权、掌握政权，那这个革命就是过去时代的循环；如果一个革命不能使生产力得到解放，生产极大发展，那这个革命的意义何在？"父亲又说："难道我们从旧社会什么消极的东西都没有继承下来吗？如果说继承下来一些消极的东西，那就需要改变这些东西，这是个艰难漫长的过程。"

这一段的谈话给我的印象是，土改以后，两极分化刚刚出现苗头，应该不失时机转为对农业的社会主义改造，如果等到两极分化成为严重的社会现实，难道能再搞"二次土改"吗？

八十年代，父亲去世几年以后，我看到刘少奇晚年被迫害的报道，

---

① 指1965年1月中央制定的《农村社会主义教育运动中目前提出的一些问题》。
② 指1963年的"社会主义教育运动"。

甚至放声地哭起来。想起《创业史》上点了刘少奇的名字，很不是滋味。如果父亲知道刘少奇最后的境遇，是否还会写这几段话，很难说了。

对于"社教"，无论当初，即便至今，仍有许多人认为"桃园经验"起了不一般的作用。

1976年，批邓以后，父亲不尽地担忧，怕"四人帮"终有一天会全面掌握政权，他让我记下了一段话："1923年—1953年苏联的历史，1949年—1966年中国的历史，在今后的五十年到一百年之间，人们才有可能分析、认识、总结这两个阶段的经验和教训，也不一定能彻底完成这个工作。最近的年代，当事人为了掩盖他们自己的错误，竭力掩盖事实，掩盖历史的真相，掩盖斯大林的罪恶，这种掩盖从历史的长河来看只能是暂时的，从长远来看，事实是掩盖不住的，他们的错误同样是掩盖不住的。"

父亲没有想到，"四人帮"那么快就被粉碎了，更没想到，十几年后，苏东巨变，世界发生巨大变化。许多历史资料可以看到了，根据历史记录和社会的发展，人们可以不断深入、全面、客观、冷静地分析历史的经验和教训，对错和得失。

七、对合作化的长期研究和思考

父亲说："农业集体化，苏联没有提供出成功的经验，农业合作化，我们也没有提供出成功的经验，是不是这条路肯定走不通呢？我的研究'不一定'，不是这条路不对，是我们没有把路走对。"

又一次父亲说："合作化这条路没有取得最后成功，在我们工作的最初阶段就出现了'左'的错误，以后，不但没有纠正，而是越来越严重，如果方法对，不出这么严重的偏差，可以想象，我们国家不会是现在这个样子。当初偏就偏在没有采取符合社会实际情况的方针政策。只要从实际出发，不断努力，成功的路完全可以找到，历史是漫长的。"

"农业合作化的探索，不管是成功还是失败，都应该值得赞颂与纪念。"

"虽然我们没有成功，但一个阶段发展是良性的，比苏联好。如果我们按原计划进行，不知会是什么结果，肯定要比现在富裕得多。"

上个世纪六七十年代，东欧国家相继出现改革浪潮，尤其是匈牙利的改革，某种程度的成功引起社会主义国家的关注，父亲看过有关书籍，与来客谈论，并推荐给他们阅读。

省剧协副主席姜炳泰一次问作协的董得理："柳青也解放几年了，怎么连二部也没写完呢？"

董得理说："他没有集中精力写，他在研究国际共产主义运动的经验，因为他写的是农业合作化，也最关心农村社会主义道路应该怎么走。研究来研究去，认为南斯拉夫的经验还是比较好。南斯拉夫开始也是学习苏联，后来觉得不行，根据本国实际走了自己的路，他的想法是，我们也要走自己的路。"

对南斯拉夫的关注，父亲更早一些。

长安县委副书记安于密说："六十年代初，正是我们批判南斯拉夫的时候，柳青说南斯拉夫的合作化是接受了苏联教训的，它是真正采取了经济手段，而不是行政命令的办法，柳青非常反感用行政手段、强迫命令的方式搞合作化。"

七十年代初，父亲说："南斯拉夫真正做到了入社自愿，出社自由，农村只有四分之一合作化了，在全国的农户中占的比例并不大，但在国民经济中占的比重很大，它是用农工联合企业等集体形式和个体农民合作，引导、辅助个体农民，他们发展集体经济是缓慢的、逐渐的，不是疾风暴雨式的。农业改革以后，它的农业产值稳步增长。"

父亲说："人家很不容易嘛，两千多万人口的小国，在那么大的政治压力下，摆脱了苏联的模式，走了自己的路。"

父亲说："找到真理并不是一件轻而易举的事情，往往要经过反复的错误和挫折才有可能。"

父亲认为："南斯拉夫的合作化有可取之处，合作社并不追求数量，办得好，群众自然会来。在我国，我设想合作社和个体农民是既竞争又合作的关系。合作社可以作为农业实验的基地，也可以是推广优良品种和先进技术，进行技术指导的单位。政府对农业社要加强领导，决不能放任不管。"

父亲对铁托的赞赏时不时有所流露，有一天，他说："如果能出国，让我到南斯拉夫去看看吧！"也借助南斯拉夫的话题表达对党内民主和人民民主的渴望："南斯拉夫采取了社会自治的方式，成为党内理论的观点，必须在党的大会上通过，否则任何观点都仅仅代表个人。每个人都有发表自己观点、看法和意见的权利。"

"铁托对待夫人的态度和我们截然不同，是个有高度原则性的人。"我一听马上打断他："爸……你又在影射。"

他说："不说了，我说南斯拉夫是个多民族的国家，民族矛盾复杂，铁托能把他们拢在一起，不是个简单事。这能说吧？"我笑了。

八、父亲和我谈读书与写作

我到西安不久,父亲就说:"你们几年没念书,光革了命了。"看着弟妹们又说:"娃娃们整天游游荡荡,学校也放任自流。想想国家能永远这样吗?总有走上正轨的一天,到那时,你们什么也不会,不后悔吗?"

"民谚说'艺不压身',什么多了都害人,就是本领多了不害人。"他一再嘱咐:"千万不敢打烂仗!"总而言之,父亲经常提醒我们要抓紧学习。

在他身边,为了听他讲述,经常是

他看啥书，我看啥书。在北京的那些日子，还有些空闲，我常常念念英语。在西安时，父亲也和我分析一些英语句形，但他从来不鼓励我学："算啦，不要在这上浪费时间！"

他见我念英语，说过几次："不要再念了！"

有一天，他睡醒，提着手杖进了我的房间，本来平静的面孔，突然变得阴沉，坐在桌边的床上，用胳膊一抹，把我正看的英语书全推到桌边，他生气了："再不要弄这事了，你需要学习的东西太多！"

我看他还要说话，静静地等着。他接着说："人生是有限的，精力也是有限的。人活一辈子，主攻方向一定要清楚，不要今天这里搞一下，明天那里抓一把，到头来什么也没干好。"

我说："你不是也下了大功夫学习英语吗？"

"我吃了它的大亏。"

"为什么？"

"首先摧毁了我的身体，从那时起，我大伤元气；其次，耽误了我的时间。如果那时候我不是钻研英文，而是开始学习文学，我的起步会更早些，进步也快些。四十岁以前能达到《创业史》的水平。从事中国文学写作，就我个人体会，不一定非要攻读外文。"

我接着问："那对你一点好处也没有吗？"

"也不能那么说。锻炼了我遣词造句的能力，丰富了我的词汇，对后来从事文学工作也有补益，但总的说来我吃了它的大亏。"

一次，父亲做完雾化治疗，体力不支，躺下，叫我搬个藤椅，坐在床边。他从枕下抽出我写的那篇文章说："爸爸想给你谈谈你的文章，愿意听吗？"文章一拿给他，我就希望听到这句话。

他翻了几页，放下，暴起血管的手压在上面，思考片刻对我说："记得爸爸常给你讲的写作'角度'吗？"我连连点头。

最早讲写作角度是从《创业史》说起。他说他的小说每一章都力争从一个特定人物的角度出发，有一条主线，其他人物的描写都围绕这个主要人物展开，力避平铺直叙。怎样实现呢？就像照相机一样，镜头就是这个人物的眼睛，"他"观察这个世界，对环境和其他人物做出各种反映，写出的是"他"的感受、心理、立场和情绪，而不是作者面对每一个出场人物，介绍叙述一个过程。是人物自身的活动，展现的是生活本身，不能把作者的心理感受强加给他的人物。要让读者在阅读时感受不到作者。

这种手法的好处很多，每一个章节的主线清晰。如果平等地对待每一个人物，文章容易显得乱。

换一种说法，如果作者是部照相机，他的聚焦点必须始终是中心人物，与中心人物无关或关系不紧密的部分都应该取掉，也就是非人物感觉的东西进不了文章，这样才容易做到人物性格突出，篇幅大大减小。

"作者描写过程中，要变成自己所写的人物，用人物的心情观察一切，在心理描写上力求达到这样的程度——写出环境的气氛，写出人物的情绪。"

"描写一种气氛并不需要罗列静物，那是很笨的方法，聪明的方法，只要从人的行动和人的感觉，一句话就够了。"在我看完《静静的顿河》以后，父亲讲到这种方法的绝妙。在我读托尔斯泰的《安娜·卡列尼娜》的时候，他让我反复读安娜看沃伦斯基赛马的一节。他说："通过安娜的眼睛写出了赛马场的气氛、人物以及她的心理。"

我看完雨果的《悲惨世界》后，父亲拿起第二部，打开某一页说："写珂赛特到树林中去打水的一段，再读几遍。"

"传神呀！小女孩的情绪反映得入微，合情合理，打动了读者。把这一段背下来！"

他还举过肖洛霍夫的《一个人的遭遇》："这篇小说就写出了环境的气氛，人物的情绪，使读者进入了作品，比仅仅有平面的心理描写进了艰难的一步。"

父亲谈写作角度，次数难以计数，今天他还是首先谈起这个问题。

他从床头拿过一本传记，写一个女英雄的，我看过。他翻开第一页说："这里写了一个小女孩，听见病危的母亲要吃梨，她心急地跑到街上，按照人物心情，应该是着急，不顾一切地寻找和追赶卖梨的，这时没有心情看街上有什么。但作者写了她一上街，看了满墙的标语，写了街上的气氛，这一下就歪曲了人物的心情，把作者的心情强加给了人物，减弱了作品的感染力，也模糊了人物的性格。"

"你的文章就犯了这个毛病。和爸爸到动物园，应该反映爸爸的心理和感受，前半部分还好些，写着写着就以你自己为主了，你的感受无私地赏给了爸爸。情节拖沓了，语言也啰嗦了，写这样一个情节，只用你的文字一半就够了。我不是给你说会写是短，不会写才长呢。以后有空，爸爸给你逐段谈谈。"

能运用他讲的写作技巧写作，我想在我是高不可攀，但我要力争准确理解他的思想。

我说："我举个例子，你看对吗？二部上卷，牲口合槽的一章，是通过梁三老汉的眼睛，他的所见所感写出了合槽过程。老汉的行踪贯穿始终。"

他说："对的！现代写作手法就是这样，作者不出面，完全隐藏在情节后面，让人物的活动充分突出在第一线，通过特定人物的眼睛展现生活。"

我说："素芳哭公公，想自己的一生，也是同样的手法。"他说："心理描写是艺术的最高境界。"

父亲又说："在第一部里，我写姚士杰，有一句'可恨的共产党'，有人批判我。其实这是姚士杰的心理。在现代文学中，运用了不打引号的心理描写，和人物的言行贯穿一气，使情节非常集中、明晰，如果平铺直叙所有情节，十万字的东西，就要三十万字才能说清楚。"

父亲说话一贯很慢，今天更加从容细致，屋里灯光暗淡，我全神贯注，谈话愈显得恬静深沉。

但是，我深感他谈创作时的兴奋，因为这些心得是他多年的探索和追求，是血和汗的结晶。父亲曾经对我讲，从十几岁喜欢上文学，读了大量文学名著，才得到这样的认识，这整整用去了十年时间。但是，这种手法还运用不了，达到现在的表现能力，又是十年的奋斗。

"我早年教育条件不好，周围没有懂文学的人，所以，我是从'齐步走'开始的，从走上文学道路，我就是拼命钻研文学技巧。"

"我认真研究我每一部作品中的缺点和不足，也认真考虑别人指出的缺点和不足，无论做人还是写作，人的进步就从克服自己的缺点开始。"

我说："读过二部，我觉得和一部有些差别。"

父亲没有即刻回答我的话，仍然在他自己的思路上："我正式开始写小说，是1940年从敌后根据地回到延安，到六十年代，我写了几部长篇小说，这二十九年的时间里，十九世纪旧现实主义兴盛时期欧洲几个主要的古典作家，一直是我认真研究的对象。特别是后来对托尔斯泰，从情节结构到表现手法，都很注意。巴尔扎克的三十几部作品，我只认真读过两部，其余二十几部，我认为有些是粗制滥造。但我对托尔斯泰的看法不同，我认为他越到后来写作越认真，一生只有几部长篇，一部比一部更下功夫，七十几岁动笔写最后一部，写作态度更加严谨，我是从心里佩服，也想我写大部头长篇的过程中，要逐渐达到一个新的水平，四部小说一部比一部高。"

我问："你是怎么研究别人作品的？"

"我的一些朋友研究名家作品很细，主要研究语言、用词。我没有那么深入研究别人作品的语言，我除了深入研究生活，注重研究当代的生活语言外，认真研究文学家成功的道路，从中总结出一些特点。他们绝大部分来自社会下层，比如，莎士比亚。"

我仍然希望他谈谈《创业史》二部的写作。

父亲说:"在'牛棚'时,我除了重新思考和认识国际共产主义运动的历史和我们党的历史,没事时我也想小说,在结构和手法上有了新的想法,决定重写第二部,在莲湖路时想法成熟了。"

"第一部章节交替的地方实写,所以出现平面化的章节,第二部章节交替处'空里'过了,更显其精练、严谨,没有一点多余的东西。"

我说:"我看第二部就像没有掺水的酒。"又问他:"一部和二部差别大吗?"

他说:"第一部和第二部在体制上有点差别,但不是很大。一部有些章节长,有些短,不匀称,不是所有的章节都是有严格角度的描写,个别章节平一点。"

随着父亲讲述,我在回忆,一些朦胧感觉突然蹦出来,我说:"第一部第三章,写活跃借贷的那一章比较平,不是一个侧面的特写。"说这话我没有把握,等待着父亲的反映。他的眼睛闪出惊奇的光,出乎意料,接着高兴地咯咯直乐,像逗小孩似的说:"这一下让我女儿给踢在木桩子上了。"他满意地点着头:"我女儿理解了我。"他在夸我,这真是千载难逢,他对我的批评司空见惯,虽然我感激他的批评指点,常想,如果身边老有一个人指出你的缺点,那还不突飞猛进?但我也珍惜这难得的表扬,它成了我记忆中的明珠。

父亲说笑一句,又严肃了:"在情节转折的章节上难写一点,第一部第三章平了一点,现在我有能力把它改好。写完二部后就重写这一章。"

我问他:"怎么才能掌握这种手法?"

"极端熟悉人物,不是一般的熟悉。要和人物有同样的心理,使用性格化的语言。"

我联想到父亲谈深入生活的话,理解得更深了:"所以,你说深入生活对艺术家来说,主要不是政治的需要,更本质的是艺术的需要。"

父亲说:"这是艺术规律决定的,作品缺乏生活气息就不吸引人了。"

我说:"当然,没有生活的体验,作家具有人物的感觉就无从谈起。"

父亲说:"还要有娴熟的文字能力。做到以上这两点很不容易,美国的海明威、英国的格林都是当代具有这种能力的作家。"

我们谈兴很浓,眼看桌上的晚饭散尽了最后一丝热气。我又担心他谈过话后疲乏不堪,非让他赶紧吃饭,早点休息。

第二天下午,来个文艺界的同行,谈起他正写的一篇文章,开了十五回头,都不满意,不断地写了撕,撕了重写,烦躁和失望压得他真想换个职业干干。

父亲说:"开十五回头算什么?我三十回头都开过,写好一篇文章,开好一个头很重要,没有几十遍的推倒重来,是出不来的。头开不好,下边怎么写顺?"他看看我。

晚上,他说:"你的文章头开得就不好。整篇文章的角度和基调就没有定准,所以,主线不清。"他背出开头的几句,分析了哪一句是从爸爸角度写的,哪一句是模糊的,哪一句是从自己角度写的。他将几个句子稍稍改动一下,个别地方抹去了,角度一下清晰了。父亲说:"有时候,一字之差,角度就变了。这也和绘画一样,透视角度要准确。"

父亲从枕边拿出一本新的文学期刊,翻出一篇文章,许多钢笔字盖在铅字上。一看,是父亲改过的。他说:"你看这篇文章,再研究一下,我改过的地方,为什么这样改。"

我刚拿起要看,他说:"有空细看,把你的想法写出来。"

一两天以后,我像猜谜一样,吞吞吐吐地说:"作者交代时间,描写季节特征好像有模糊感,形容、比喻好像不大准确,还有什么呢?……想不来了,说不准。"

"说话怎么这么胆怯,爸爸不是在你本子上写过一句'骄傲和自卑都不是好精神,而谨慎和自信是人类的美德'。你说的是对的,改动的大多数原因是不准确,各种类型的不准确。我看一些刊物,感到运用比喻和形容时不讲求准确的现象很普遍，你也有这种情况。"

我不知道我脸上是否有听到批评的失望感，其实我是心悦诚服、静静在听。可他紧接着说："不要误解，在这篇文章中你并不严重，只有几处。下面我就要讲另一个方面了。你的语句进步很大，写得可以，有词。爸爸看了特别高兴。这几年你学习认真，看了不少文艺书籍，这就是成果。"

"爸，五楼上来了自来水。"他一听嘿嘿笑了。我也哈哈哈，放声大笑起来。四只眯缝的眼睛、两张绽开的嘴巴，抖动着小屋里快活的空气。

几年前，一提起我的文章，他总是说："像五楼上的自来水，干巴巴的。"由于用水量大，水压不够，西安夏天五楼上经常没有自来水。父亲就用这比喻我的文章。在我的笑声中，他说："文学创作的技巧首先在语言，因为语言是著作，特别是文学作品的基本材料，这是高尔基的话。你还要继续努力，即使是作家一生也不能停止在语言上下功夫。"

"爸爸说一点，你最近写的东西不朴素，有点花里胡哨。"

"我不喜欢这样的句子'炽热的心……'，一点也不朴素。不过，这些表现都是写文章从幼稚到成熟的过程，我理解，因为我也是从那里过来的。"

"记住，以后写文章形容词只用一个两个，用三个就坏了，往往模糊了被形容的事物，给人静物罗列的感觉。现代作品越来越趋向于使用短语，一般句子成分主、谓、宾就差不多了。"他又举托尔斯泰的作品为例。

"从《战争与和平》开始，托尔斯泰运用语言，又达到了一个新的水平。他的每一个句子结构完整，句中成分概念清晰、准确，一句和一句不粘，现在有些作者用许多含糊不清的句子表达一个意思。

"托尔斯泰不罗列静止的形容词，是用有动感的，生动形象的比喻，使读者拿起书,思想很快跟上所读的内容思考和想象。读者没有平面的、呆板枯燥的感觉。这样的文字技巧,必须在广泛的、极端熟悉生活的基础之上才有可能。"

我们曾议论过一本历史小说,他说:"不管写哪个时代的作品都要研究那个时代的民情、风俗、生活、语言,才能有那个时代的气氛。"

所以,他特别注重研究当代的生活语言,并且总结过几句心得:

"从内容上来说,生活语言和书本语言是对称的。生活语言和书本语言也是不同的。

"生活语言的特点是:

"句子结构多短句,每句一个概念,连接词和前置词比较少,显得简明流畅。

"用词也不同,名词多用俗语,少用学名,所用的学名也是多数人通常熟悉的,动词比较简单有力。

"用词有地方特色,但给人感觉亲切而不别扭,是写出来大家都能明白的。"

父亲对我经常指点,有时批评,偶有表扬,他用手掌上下比画,我知道他的意思,他说过:"我就像拍皮球一样,既不让你失去信心,也不让你蹦得太高。"他满意地点点头:"爸爸的心……"没有再说下去,慈祥的眼里是一片爱抚的光芒。

我学习写文章的劲头十足:"你指导我,我好好学,能行吗?"

"怎么不行?一两年就要大大提高。但我要事先声明,指出你的缺点,不要哭噢!"他忍俊不禁,虽然是玩笑话,可我知道父亲是严肃的,他暗指1970年的事。

那一年,我刚大学毕业,自视挺高。一次,他让我起草一封信,写完给他,他大删大改,剩了一半,还给我时不客气地说:"差得太远!"我没有受过这样的批评,眼泪夺眶而出。以后,他不再说这样的话了,但他一直记着这件事。

其实,我和当初不一样了,当初,我不懂得世界之博大,知识之精深,也不懂得一支笔的重量,现在对它有所了解,对自己的能力和水平也有了比较客观的估计。我摇着父亲的手说:"我明白,我和那时不一样了,七年前的眼泪绝不会再流。"虽然略带撒娇的口气,但我的话是真诚的,发自内心的。父亲听后开怀大笑。

写好文章是件复杂的事,不是谈一两次话就能奏效。我盼望父亲经常指点,但那时父亲的病体已十分沉重。

几年以后,我意识到,父亲让我注意文章的准确,是怕我在叙述他的思想时偏离了这一原则。

九、谈几部中国古典作品

1973年,"四人帮"掀起了"批林批孔"的浪潮。

那天来了客人,大家闲聊,父亲说:"我看孔子不是一分为二(当时流行的哲学用语),要一分为三,一分为四,一分为五……"我们都笑了。

他说:"从教育看,他是个伟大的教育家,从思想看,他是个伟大的思想家……"

接着又说:"中国的知识分子软弱,好惹,当权者声色一动,就吓得退缩服从,'秀才遇见兵,有理说不清',这句话就说明秀才的软弱无能，孔老二的说教起了很大作用。

"中国历史上知识分子造反没有一次成功，全部都是农民造反成功的，不过，农民造反也必须用几个知识分子。"

当时许多文章批判孔子的一句话："唯女子与小人难养也。"把所有造成妇女地位低下，对妇女的不尊不敬都作为孔子的罪过批判，父亲说："那阿拉伯人对妇女的态度也要孔子负责吗？"

1975 年，毛泽东发表了对《水浒传》的看法：

"《水浒传》这部书，好就好在投降，做反面教材，使人民知道投降派。"

"《水浒传》只反贪官，不反皇帝。屏晁盖于一百零八人之外。宋江投降，搞修正主义，把晁盖的'聚义厅'改为'忠义堂'，让人招安了。宋江同高俅的斗争，是地主阶级内部这一派反对那一派的斗争。宋江投降了，就去打方腊。"

…………

"鲁迅评《水浒传》评得好，他说：'一部《水浒传》说得很分明：因为不反对天子，所以大军一到，便受招安，替国家打别的强盗——不'替天行道'的强盗去了，终于是奴才。'"

当时的政治目的很明确，为反对周恩来总理制造舆论。

报刊上连篇累牍的批判文章，都说《水浒传》是投降派小说，作者是投降派作者，宋江是投降派人物。

父亲有些气愤，说："这是实事求是吗？"

"鲁迅所说的宋江只反贪官，不反皇帝，这是一句客观的话。他并没有全面分析全书，这里指的是作品中的宋江只反贪官，不反皇帝，不是说作品，更不是说作者。作者和作品中的宋江不是'一家'。宋江把'聚义厅'改为'忠义堂'归顺皇帝，为皇帝打方腊，说明宋江是投降派，所以，主席的发挥是正确的，但不全面。"

父亲认为："《水浒传》的主题自始至终是揭露皇帝的。高俅是个耍拳弄棒的无赖,皇帝看上了,让他当一国之相,可见皇帝的昏庸。一部成功的作品,每一个情节,每一句话,都要为主题服务。这部书里,高俅和宋江的矛盾是主要冲突,而它处处都强烈说明了'官逼民反',林冲被迫,不得不反;李逵被迫,不得不反;武松被迫,不得不反;……最后逼得宋江,一个始终忍耐,坚持不造反的人也不得不反,这就达到了这本书的艺术最高潮。鲁迅说的'只反贪官,不反皇帝',没有褒贬,只是讲了事实。封建社会造反事例无数,反皇帝的能有多少?直接的冲突就是贪官。农民造反,往往从打贪官开始,自己想当皇帝就反皇帝,不想当就不反。那个时代,除了皇帝没有其他统治形式。说是投降派的小说,是驴唇不对马嘴。

"宋江忠于皇帝是时代的局限,那个时代不可能出现共产主义的理想。当宋江归顺皇帝之后,为皇帝镇压方腊起义,但皇帝还是不信任他,最后把他的队伍打散,加害于梁山泊好汉,这才最终完成了作品的主题。这是作品揭露皇帝本质最彻底的情节。所以说,作者是反皇帝的,作品是反皇帝的。这就是它的艺术性。作品中一个人的精神(宋江)不能是主题,主题是在人与人的关系中体现,在矛盾斗争中完成的。也就是说,作品的主题是反皇帝的。"

说完这一大段话,他重重地说:"要给施耐庵平反!"

我记得,小时候见父亲看《水浒传》,一章要看很长时间,看一段就到院子里转,想很久才回来。

父亲说:"《水浒传》具有高度的艺术水平。"在盛赞它的艺术成就后,也说到了它的不足:"这本书艺术结构不匀称,前头细致,后头马虎。为了完成主题把情节拉开,就显得松散,后边的艺术手法也重复,没有发展和提高,也就不新颖,不吸引人了。"

另外的一天,又引起这个话题,他说:"《水浒传》的作者是一个彻底的反皇权者,遗憾的是手法比《红楼梦》差点,有千篇一律的毛病。"

说完,大概又想到报纸上的大量批判文章,父亲说:"有些人专爱索意迎合，你说宋江不好，那我就把宋江和作者都说成坏蛋。显而易见，宋江是人民范畴的，高俅是敌人范畴的，把个小小看犯人的官算作敌人，说他和高俅的斗争是狗咬狗，我看不合适。"

"这样看问题，和事实离得多远哪！与真理差得多远哪！"

谈作品的主题，父亲也联系过自己的作品。

"同样，《创业史》中梁生宝一个人的精神也不是主题，只有在各种矛盾冲突中才能说明作品的主题。我自始至终扣住一个主题。"

"再给你举个例子，《三国演义》，它的主题用一个字就可以说清，'忠'，忠于'汉'，它的矛盾斗争统统是为了这个主题服务。比如，曹操越是有能耐，越背叛汉朝，越要写他白脸。"

"小说的矛盾越集中，越吸引人，《三国演义》《水浒传》《红楼梦》都是这样。古典作品都是思想的集中，艺术的复杂。"

在评论作品时，有人分析说哪些情节表现了作品的副主题，父亲说："来上一大堆副主题就糟啦，矛盾就集中不起来了。"

父亲在本子上又写下了这样一段话：

"马克思和恩格斯热烈赞赏巴尔扎克，不是因为他创造了什么英雄人物，或描写了什么正确路线，而是因为他在小说里'组织起来整个法国社会的历史'，'在其中学到的比当时所有职业历史学家、经济学家、统计学家的著作中学到的还要多……'（恩格斯）同时还因为巴尔扎克'如此精湛地研究了吝啬贪欲各种各样微妙的变化'（马克思），把两点概括起来，就是说巴尔扎克描写了他当时的社会面貌和当时统治人的最有代表性的一种精神。如此而已。

"同样地，列宁称托尔斯泰的著作是俄国革命的镜子，也不是因为它创造了革命者或被压迫者反抗的人物；恰恰相反，列宁认为托尔斯泰最主要的反动性就在于它不以暴力抗恶的思想。这样的作品也能成为俄国革命的镜子，就是因为他'把整个第一次俄国革命的特点，它的力量和它的弱点非常突出地体现在自己作品里面了'。"

"马克思、恩格斯和列宁的这些意见可以概括为这样的道理，即马克思主义者不拿自己的世界观（立场和观点）要求古典作品，而是以自己的世界观客观地评价古典作品。古典文学所反映当时社会生活的现实广度和历史深度，是它们真正的价值。

　　"对待我国的古典文学作品如《红楼梦》和《水浒传》，也只能是如此。我们不能够超过具体历史条件，按照需要任意夸大一个方面，抹杀另一个方面。一般地说，主人公总是体现作者的思想倾向的，这就使作者无法掩盖自己的落后性或反动性。尽管作者是落后的或反动的，只要他不违背当时历史具体条件下的生活逻辑就有价值，有可取之处。"

　　父亲还说了自己的一个看法："小说的主轴是人物——刻画人，从这一点看，中国的第一部小说应该从《金瓶梅》开始。不是说它写得有多好，但它是写人的。然后是《儒林外史》，比较成功，这是清朝的作品。《水浒传》更强一些。《三国演义》不能算小说，那只能说是演义。"

　　我说："受你的长期影响，我现在看不进去写事件过程的小说。"父亲说："马葳到后来也是这样。"接着说，"小说中技巧的处理主要有三点：情节发展、人物心理和周围环境，必须做到三者自然融合。要写出这个效果，作者就要站在人物的地位来观察周围世界，而不能站在第三者的地位叙述故事，只有这样出来的场面才能使读者看不见作者。读者、人物、作者也就自然地融合在一起了。"

　　父亲表示，中国小说在世界文学中，尤其与西方文学比较，还有一定差距："我们不少小说在写人物方面也有很精彩的段落，但是，有意识地用人物的眼光反映周围世界的作品不多。"

　　父亲说："托尔斯泰在人类文学的历史上是个特殊人物，他一出现在文坛上就出类拔萃。当然，文字、思想、手法也有一个再提高的过程。但他高质量的作品之多已经登峰造极。

　　"在文学史上，十九世纪英国的狄更斯也是突出的人物，高质量的作品多。一般讲，一个作家高质量的作品有一两部就很不错了。"

我在整理父亲遗物时，看见这样一段记录：匈牙利欧洲出版社1963年翻译出版了国家图书发行公司机关刊物《图书》，1963年第八期发表一篇书评，说这部小说（指《创业史》第一部）"之所以令人感到兴趣，不仅在于它的题材新颖，而且在于它'描写题材的方法'"。认为柳青"在艺术描写中使用了欧洲的西方小说的经典手法"，这是"一种幸运"。又说匈牙利翻译者挑选了这部小说，是因为它"很少直接进行政治宣传"。说它具有"文献价值"，因为"中国已成为兴趣的中心"，"而小说用广泛的描写方式向我们展示了今天中国生活的许多方面"。

我问父亲："这种手法有名称吗？"

"古典的传神手法。"

早前，马葳姨姨曾对我说，匈牙利的一封来信，信上说这是评论者看到的、中国第一部用西方手法写作的小说。

十、谈丁玲和周扬

一天下午,我从医院的水房回到病房,见《延河》一个编辑刚进门,很兴奋的模样,坐下就说:"我才从北京开会回来,……"

"我见到丁玲了,她问起你。丁玲说柳青可不是个简单的作家,1949年,他对我说研究中国现今社会,应该更注意研究农民,因为中国是一个有几千年传统的、以农业为主的国家。现在的战士、干部、工人等等,都是脱离了农村和农业不久的农民,身上带有大量农民的特点。我和他有着相同的看法。"

客人走后，父亲同我聊起了丁玲。

父亲不止一次赞赏过丁玲的才华："随便点材料到她手里，写出来都很有味道。"

父亲很羡慕她："许多作家才思泉涌，都比我聪明……"他一说这类话，我就联想到丁玲。

父亲说："1951年，创办《中国青年报》文艺副刊，我到她家约稿，请她为报纸写点东西。她满口应承，并且请我在她家同她母女吃了一顿饭。饭后，她把手放在我手上充满信任和热情说：'柳青呀！我有一件事情，伤了多少天脑筋，除了你，我对谁也没说过，想让你出点主意。'

"其实，她不知对多少人说过，不过想表示对我亲近。我说什么事呀？她说：'中宣部让我当文艺处长，我本来打算到桑干河去体验生活、写作，或者回湖南常德，不再出来，专事写作。不过，苏联都是名人当文艺处长，我也拿不定主意。'

"我说：'要我，就回湖南老家，去写书。'她说：'我就知道你准是这个意见。文艺界这么个状况，我不斗争让谁斗争？'她指的是与周扬的斗争。我再没说话。不久，她果然当了文艺处长。"

父亲说："文学家不要被政治上的需要所牵连，为宦海潮的升迁所迷恋，哪怕人家当皇帝，咱也眼不红，心不跳，搞文艺就不要羡慕官场。"

父亲沉思一阵儿说："唉，我们这个国家呀，是个官僚国家。"

"丁玲的才华，可惜了。"

"她个人的东西强烈了一点。"

丁玲和周扬的矛盾和斗争，当时的文艺界尽人皆知，父亲很少谈，但他多次提到在延安时遇上已是著名哲学家的艾思奇："他比我大，当时名气也很大，我还是个无名小辈，他对我很好，开完会，披件旧棉袄，靠在我的被子上，和我闲谈，他说：'年轻人，要搞文学，就不要搞小摊摊。'"

"这句话,我终生受益。我就是一心一意搞创作。"

父亲感激艾思奇,还有这样一件事。

"1942年8月,我回到延安,1943年2月,艾思奇对我说:'快走吧!再不走就走不了了。'如果我再晚走一个月,'抢救失足者'①的运动就把我拴住走不脱了,也就没有米脂三年乡文书的生活和后来的文学成绩。"

父亲最后一次住进北京朝阳医院,一天,周扬来看望他住院的妻子,经过父亲病房门,进来坐下,亲切平和,交谈了一会儿。

周扬走后,父亲说:"我以为他不会坐下,经过这次运动人也变了。"

我当时不明白,以后看了许多回忆丁周矛盾的文章,才明白父亲为什么说这话。

我在访问一些作家时,有人说:"一次文艺界开会,中午,走出会议室时,柳青说:'(丁、周)这两个人怎么水火不能相容?'"

金葳说:"'牛棚'时说悄悄话,我说周扬在第三次文代会上说《创业史》是写农村社会主义运动的历史画卷。柳青说他不同意这种说法。农村社会主义运动是小说的历史背景,给历史背景作结论,不是我们作家的责任。作家的责任是写出这个背景下,人们思想、感情和心理的变化。"

父亲对我说:"周扬有一次问我怎样带好青年作家?他说莫泊桑、高尔基、鲁迅都培养出成名的青年作家,问我这方面有什么考虑?"

"当时我谈了两方面看法:一是艺术与生活的关系:作家深入生活的方式可以千差万别,但这个方向应该是坚定的,老作家就是要在深入生活上做出榜样。另一个问题是艺术创造如何借鉴,这也是个大问题。所有的文学工作者,不仅要研究生活,也必须研究别人的作品,找出

---

① 指1943年7月,时任中央总学习委员会副主任康生,作《抢救失足者》的报告,把大批同志打成"特务"、"叛徒"和"敌探"。

其成功的经验，分析其失败的原因，学习使用适当的形式处理自己的题材。根据这个认识，我的观点是：'老作家要认真地、一丝不苟地写好自己的作品，就是对青年作家最好的帮助。'光谈怎样写作，介绍经验，作用很有限。手把手带徒弟，可以教出好石匠、好木匠，用这种方法教出优秀作家，我们还没有多少经验，鲁迅也没有成功的事例。周扬频频点头，表示同意我的看法，他希望我把这些想法写成文章，在《人民日报》上发表。"

除了丁玲，中国当代作家父亲还赞赏过不少人，比如：沙汀、叶圣陶、赵树理、峻青……他让我读一读孙犁的作品："他的文字很柔和，你可以体会一下。"我说："你的文字不是太柔和，不过，很动人。"

父亲说："是，胡乔木也说过类似的话。这也是一种风格，我已经形成了自己的风格。"

父亲还说："老舍写《茶馆》，他对北京那个时代的市民生活很熟悉，茅盾写三十年代的资产阶级也是顺手拈来，几笔就可以刻画出生动的人物。但他们要写农民，写共产党员，不容易。历史是在前进，我们要跟着历史的创造者一起前进。"

常曾刚说："柳青非常推崇鲁迅，但他不盲目崇拜，他说鲁迅有偏激的东西，认人不准。鲁迅到晚年也承认了这一点。"父亲对我说："鲁迅的作品里有新的手法。"

十一、谈《在延安文艺座谈会上的讲话》

1942年5月23日毛泽东发表了《在延安文艺座谈会上的讲话》。解放以后，每年在这个日子都要纪念《讲话》的发表。上一个时代《讲话》被奉为文艺工作的圭臬，拥护讲话精神在当时是成为社会风气的，尤其是从延安走出来的革命作家，父亲就是其中之一。

延安文艺座谈会召开的时候，父亲虽然在陕北，但他没有聆听这次讲话，因为1941年他下乡到米脂县组织乡选，和农民一起搞"减租保佃"[①]活动去了。

父亲说:"后来我读了这个《讲话》,我是拥护《讲话》基本精神的。因为这之前,我已经下了决心,要搞写作,就先到基层群众中去。"

我问:"《讲话》和你一生坚持这条生活道路有关系吗?"

"是,我是立了这样的志向。"

父亲曾经写过这样一段话:

"作家的工作是理想和科学的结合。说理想是指作家创造艺术的境界而言。这种境界是按照作者的主观意图创造的,但不是凭空创造的,而是要符合现实世界的客观规律性,即生活中事物的内在因果关系。这样,作品中所有的形象要血肉饱满,一切行动要充分合理,他不仅要感动人,而且要经得起思考。要写出这样的东西,那就要作者十分富有理想,又不缺乏追根究底的求实精神。新的时代向作家提出了比过去任何时代都高的要求,反映空前丰富的社会生活,日趋激烈的生活冲突和迅速变化的客观形势,要做到无愧于自己生活的时代向作家提出的这样难于满足的要求,实在是谈何容易。只要我们这样考虑问题,我们就比较理解毛主席指出的唯一的出路——必须长期地、无条件地、全心全意地到群众中去,到火热的斗争中去,到唯一丰富的生活源泉中去。长期地、不是暂时地、也不是时断时续地;无条件地,是不计成败,也不避艰险;全心全意地,不是半心半意,更不是三心二意。这样的理解,不是咬文嚼字。"

看了这段话,我问父亲:"那你长期拔锅起灶,彻底安家农村,不觉得苦吗?"

"嫌苦就不去了嘛!"

我说:"'文革'前马葳姨姨曾对我说王澜西(时任文化部副部长)给你写了一封信,我看过,还有印象。大致意思,说你一生从来不解除战斗。每次大战结束都在发奋写作。抗日战争胜利后,在大连写《种

---

① 抗日战争时期中国共产党在农村实行的土地政策。

谷记》，作品一完成，别人想总该在这个舒适的城市玩玩吧，可你立即回到艰苦的陕甘宁边区；全国一解放，许多人到各地游山玩水，可你埋头写《铜墙铁壁》；作品一完成，应该宽松几年，可又回到陕西农村。他说这种精神是非凡的。好像说他见过的作家里没有第二个。"

"是有这么一封信，我在东北同他结识，以后，他和我很要好。"

"那封信呢？"

"造反派烧了。"

不敢有杂音的年代，父亲虽是《讲话》的拥护者，坚定的执行者，但他说过几次对《讲话》的看法。我记了下来。

一次父亲说："毛主席《在延安文艺座谈会上的讲话》是人类进步文学的优良传统，《讲话》是同中国的抗日战争、根据地建设实际情况结合起来的最生动的典范。问题说得很周到、很全面、很生动、很具体。但是也有明显的缺陷，谈到艺术的部分，特殊性不够，给人造成一种片面性的印象。这就给以后的具体实践留下了漏洞。对《讲话》精神有保留的人和反对的人尽量抓住这个漏洞做文章，而拥护这个《讲话》精神的人，由于他根本没有谈这方面的道理，所以，辩解得很没有力量。这种消极的影响，也给拥护《讲话》的人造成不利。忽视艺术创造的功夫，不能全面看待这个工作。把创作看得太容易。"

上个世纪五十年代父亲说过："《讲话》中所说的'政治标准第一，艺术标准第二'，这是针对1942年的政治形势讲的，今天再这么不加区别的强调，未必合适，艺术标准中就没有政治了吗？这不是辩证地看问题，是把问题绝对化了。"

"《讲话》谈文学自身的规律性和特殊性少，对建国以后的文学艺术发展产生了不良的影响。"

1977年5月1日，我的日记里又记了他的这样一段话：

"《讲话》分清了无产阶级文学和国民党白区文学的区别，革命文学和反革命文学的区别，党的文艺浮在上面的文学和扎在群众中的文学的区别……这都是文学艺术的重大问题。但是，关于政治和艺术的区别，仅提及一句原则性的话，而没有论述它的具体区别和内容。还有党的文学领导工作和其他工作的区别也未提及，对后来文学事业的领导和工作起了不良影响，以致后来的体制、组织形式使文艺界很容易出现拉帮结派，难出成就的局面。"

最后，关于作家深入生活，他还说了一段话：

"作家深入生活是文艺队伍的基本建设，但是这十几年来，我们没有一次认真地组织作家深入生活，仅仅停留在一般性号召上，一些人爱'做姿态'，下去以前大张旗鼓表决心，喊口号。下去三五天，脚气疼、中耳炎……家里诸事……陆陆续续都回去了。有的人也只是到领导机关聊聊，吃两顿饭就算深入过了。而有关方面从来没有关心、了解深入生活的作家有什么困难和问题，还用无穷尽的运动干扰作家深入生活。这十几年来，也没有真正执行双百方针，听到哪个地方出了篇文章，有人说好，就组织吹捧，也不问真好假好。"

"我曾经有三个学校的说法，说作家要进三个学校：生活的学校，政治的学校，艺术的学校。他们批判我是修正主义：为什么不是政治的学校放在第一位，而是把生活的学校放在第一位？难道没有生活就有了政治和艺术吗？"

经过数年的生活积累和艺术探索，父亲刚刚进入了创作的成熟期，接连不断的运动，中断了父亲投入生命的写作，不是几日几月，从1963年起，已经是漫长的十五六年呀！把父亲从中年拖到了生命的尽头。

父亲的期望，父亲的忧虑，父亲紧迫的心情可想而知！

十二、对历史人物的评价

1972年,我和父亲去北京以前,请过一个大夫看病,从那里知道周恩来总理患了重病。

这几年,总理在极度困难的处境中,日夜操劳,国内外不断发生的紧急事件几乎都能看见他的身影,总理也是血肉之躯呀!即使这样,那几个人(王洪文、张春桥、江青、姚文元等)还在一次次发动运动:批林批孔;评法批儒;评《水浒传》,批投降派;批邓……他们的暗箭所指,国人很清楚。

运动初期，每天都是风云激荡，密切观察斗争的变化，父亲曾说过周总理："他怎么不起来斗争呀！"不久，父亲变了，说："他也只能这样，他尽力了，没有他的周旋，国家的情况可能更糟。"

有人说总理是个和事佬，父亲说："总理精明，历史上的多次政治大碰撞，他也犯过错误，但多么复杂的关系，他都能从夹缝中过去。"

父亲感激周总理对他的关怀，更感念总理在艰难中保护了许许多多人，总理是他们的依靠……

这一天，1976年1月8日，敬爱的周总理真的永远离开了我们。

那一天，父亲一直在看电视，在流泪。

几天以后，我回家，吓了一跳。以前，父亲瘦得没有人样，才几天，他"胖"得没有人样了。原来消瘦的只有一层皮的面孔肿得像发起的面包，麻秆一样的腿，胀得很粗，薄皮里好像有一包水，脚已经大得穿不上鞋。

怎么能劝他呢？不敢提起总理，电视一开，他泪流如雨。

送别总理，北京万人空巷，去八宝山的十里长街上，悲声震天的时候，父亲说了一句话："这个时代基本结束了。"

"他们（王张江姚）上去又减少了一个主要阻力。"

"你看那张春桥写的《论无产阶级的全面专政》，杀气腾腾，过去说专政机关，指的是公检法、军队、监狱，现在连学校、商店也都成了专政机关，全面专政，看谁不顺眼，就说你是专政对象。"

他读着史书，常发感想："为什么把嵇康杀了，阮籍也岌岌可危，因为他们和当局不合作，你的生存对别人就是威胁。他们（指王张江姚）要上去了，将来不知有多少人头要落地。"

又过些日子，父亲的心情稍稍平静，说："我在延安时，还是无名青年，周恩来从重庆回来，有个刊物托他捎封信给我，他在原信上套个新信封，端端正正写上转交我的封面。小事上见伟大。我一直把那封信带在身边，可惜，辗转东北时丢失了。"

1976年2月5号我正在家,父亲突然对我说:"今年肯定是不平凡的一年,国内形势到了不得不揭开的时候,要密切注意《人民日报》的动向,到底会走向什么方向?"

9月初,我回家,临走时,父亲说:"听说这几天天天出主席病情简报,你注意着。"

没几天,1976年9月9日下午四点,已沉寂多时全城的高音喇叭响起了交流电的呜呜声,我心里一紧,接着,中央人民广播电台用万分悲痛的语调播送了毛泽东主席逝世的消息。

我即刻动身,赶回家,见父亲定定地坐着,他一直这样久久地坐着,没有说话,没有表情。许久,他好似有解脱感地说了一句:

"一个时代总算结束了。"

"文革"前,父亲忙于写作,也许有别的原因,他的话很少。"文革"后,虽然言路变得窄而又窄,因言获罪司空见惯,但父亲的话比过去多多了。尤其对他信任的人,几乎无话不谈。和我谈得也很多很多。

提起毛泽东,往往谈到斯大林。在舆论还把斯大林奉为神明的时候,父亲对他的负面看法已经比较多,作协有人说:"他的一些看法也影响了我们。"

一次,父亲说:"1950年,毛泽东到莫斯科签订《中苏友好同盟互助条约》,斯大林连接也不去接,从照片上感觉,一副老子党的派头,瞧不起你嘛。斯大林把毛泽东晾在那儿多长时间,要是我呀,早回国了。"

"毛泽东回国后,来个'一边倒'的政策,也是做给斯大林看的。"

"我的看法是,刚刚解放,不必急急忙忙签订《中苏友好同盟互助条约》,派来大批苏联专家做啥?连个儿童剧院也配上个苏联专家,让苏联控制我们的各个部门。我认为,应该不急于签订条约,基本不用苏联专家,可以先看一看,自己摸几年。为何啥事都一边倒呢?现在和苏联一闹翻，就坏得一切关系都以中苏关系为转移，不仅断绝了党和党的关系，连国家关系也断绝了，这对我们不利。"

"最近这几年，可以明显看出，我们利用美苏矛盾，想让他们两家打起来，美国人看透了这一点，会轻视我们的。"

"我们应该用正确的方针政策与错误作斗争，不是用错误的方法反对错误。那样会使我们国家的利益受损失。"

父亲又说："我在延安时，欢迎王明从莫斯科回来，王明第一句话就是：'我代表斯大林同志……'就是说给毛泽东听的嘛，什么王明路线？就是第三国际路线，斯大林路线嘛！"

"中苏之间矛盾的根子实际上很早就存在了，斯大林希望的是唯命是从，俯首帖耳的中国，可毛泽东不是那种人，这一点他做得对！我始终认为他是空前的民族英雄。我个人认为，他比斯大林强，事实也是这样，后来斯大林关于中国问题也做了检查。比如：组织联合政府，和平民主新阶段这个理论。这和斯大林对欧洲，例如法国、意大利、西班牙等国共产党的指导思想一致。这点，毛泽东给顶住了。再一个，我们提出：'打到南京去，活捉蒋介石'，斯大林不主张这么做，他起了阻碍作用，他希望建立一个南北朝，害怕继续打下去，导致美国出兵干预，引起第三次世界大战，把自己牵涉进去。另一方面，一个弱小的、分裂的中国比一个统一的、强大的中国对苏联更有利些。他们是民族主义的内心，共产主义的道袍。不愿意别的民族比自己强大。这一点，毛泽东也给顶住了。他的《将革命进行到底》实际上是针对斯大林的，结果证明美国并没有出兵。他们常是希望别的国家为苏联的利益去牺牲。"

"刚解放的时候，苏联提出要海南岛做他们橡胶和菠萝的供应地，中国不答应，这也证明苏联的霸道。"

父亲曾写过这样一段话："苏联所说的'无产阶级国际主义'，带有一种超国家的意义，在这个意义上说，就会强制实行'国际团结'，即使损害了某一个'兄弟国家'的利益,也是应该的,因为只有对'苏联老大哥'有利,就是对整个社会主义国家有利,苏联按照这个逻辑办事,已经有几十年,并非今日始。"

父亲说斯大林:"渐渐给自己搞到上帝和上帝的唯一代表,皇帝所具有的特权,不允许有一点反对,因为他是唯一的、绝对正确的代表,反对他就是反对革命,反对无产阶级的利益,否则,就开始用最严厉的法律手段来处决反对者。这提醒了希特勒伪造证据陷害红军的高级将领,说他们为了推翻斯大林和纳粹勾结起来了。

"斯大林后来达到了这样的地步,他不仅在苏联是唯一绝对正确的,在全世界所有共产党里,也是这样。在外国党里,有不同意他的人,也不允许。斯大林三十年的统治,把共产主义运动导向一个奴隶制度,一切只服从一个人。"

父亲说:"没有斯大林,就没有共产主义运动中的许多现象,包括中国的'文化大革命'。"

后来,父亲写了这样一段话:

"各国平等和互相尊重,尊重每个党根据本国的社会历史条件独立地制定自己的政治路线,制定战略和策略。这条马列主义原则是合作关系的基础。现在各国共产党有许多已经取得政权,并且为还没有取得政权的党走出了各种各样取得政权的道路,可供借鉴。所以,今天不需要一个共产主义运动的中心,特别是不允许一个大国的党强迫其他党照搬他们的一套,更是不能容忍要求其他的党制定政策、战略和策略的时候,为某一个大党的政策服务。

"把错误、失败、腐朽和罪行对外国人和外国党掩盖起来,让人家学他们做假的东西,害人家。

"'老大哥'就这么胡整了几十年。

"本来没有那么好,宣传的好得不得了,让人家学习他们没有办到的事情,害人家。"

有一天，父亲说："制定第一个五年计划的时候，毛主席的头脑是清醒的。斯大林死后，1957 年以前，我国的社会主义建设和社会主义革命取得了很大成就，如果按照典型示范、稳步前进的方针走下去，我们现在不知道要富强到什么样子。"

"他后来不正确地估计个人威信，群众运动的表面现象使他头脑发胀，不按经济规律办事了，说邓子恢是'小脚女人'，后来，他也意识到带来许多问题和矛盾。

"1957 年 2 月，《关于正确处理人民内部矛盾的问题》的讲话，他说：'革命时期的大规模的疾风暴雨式的群众阶级斗争基本结束……'这篇文章，还有其后《在中国共产党全国宣传工作会议上的讲话》都表明，他想通过民主方式，用整风、鸣放来解决党内外、民族资产阶级、工商业者、高级知识分子等等，各阶层之间的矛盾，没想到一放，到了不可收拾的地步，所以，来了个反右。

"本来，他准备发扬民主，转变党内不正常的风气，把重点转移到国内经济建设上来，后来，反而把阶级斗争的弦越上越紧。"我认为，1956 年合作化的冒进是后来许多问题的根子。"

"文革"后期，父亲写了这样一段话：

"错误是从夸大自己的作用，忽视经济基础的作用开始的。由于不愿意重新认识自己，就对公众掩饰自己的错误，从而对周围人暴露了自己平凡人的弱点。在清除了对立派别的人以后，代之而来的不是一些正直的、有真知灼见的人。相反，在自己周围集中了一批隐瞒历史问题，在清除对立派别时表现突出的人。这些人的不光彩的经历决定了他们不能有实事求是的态度。在自己对他们暴露了弱点之后，他们就断定自己也不是永远那么正直，于是就萌起了通过对自己阿谀逢迎而追求禄位的念头，后来他们（指林彪等人）整自己的事实，证明他们当时既不是迷信自己，也不是顾全大局而维护自己，而是他们投机的时机还不到。"

这一段话，经历了"文革"，了解那段历史的人，很容易理解。

有一次，父亲说："我对我们的国体、政体有不同看法，有些问题从根本上不能解决，比如：党领导一切、指挥一切与民主制度之间有矛盾，这两者的关系没有解决。"

"国际共产主义运动中，中国的经验也是站不住的。"

"文革"中，单位设了个"神坛"，每次毛主席的"最高指示"一发表，人们要去游行，并在"神坛"前表态。父亲总是扣手指头，不说话。工宣队员和造反派呵斥他："柳青，这么重要的指示，你怎么不表态？！"他慢条斯理地说："我再考虑考虑。"一再追问，他只好说几句。人们都把"最高指示"捧到天上，他说的就比地面高几尺，甚至没离开地面。

其实，他对毛泽东的许多话还是由衷地肯定和赞赏，但也有些表示了不同看法，当时也只能是和个别人说说。

比如，毛主席1968年的"最高指示"："农村是个广阔天地，到那里是可以大有作为的。""知识青年到农村去，接受贫下中农再教育，很有必要。"

他说："老人家还是办法'稠'①，现在这情况，没办法安排娃娃们就业，把娃娃们打散放到农村，减小了社会不安定因素。但是，他们的年龄正是学习知识的最好阶段，我为我们民族的未来担忧。"

父亲又说："毛泽东让农民改造知识分子。我的经验：改造有知识的人比改造没有知识的人容易些。让更难改造的人改造比较容易改造的人，怎么个改造法？应该是大家都需要教育和改造，这不是'人'对'人'的改造，是用马列主义、正确的思想和政策改造所有落后的、错误的东西。这是个艰难漫长的过程。"

他说毛泽东："你不是也说严重的问题在于教育农民吗？"

---

① 陕西方言：多。

有一次，父亲对我说起了"最新指示"："我们的权力是谁给的？是工人阶级给的，是贫下中农给的，是占人口百分之九十以上的广大劳动群众给的。我们代表了无产阶级，打倒了人民的敌人，人民就拥护我们。共产党基本的一条，就是直接依靠广大革命人民群众。"

他说："我们的权力是谁给的？……权力从来都是人民的，应当永远在人民手中，并没有给任何一个人，成为个人所有。我们只是代表人民行使这个权力，我们是人民的公仆，人民一旦不信任我们，就可以不让我们行使这个权力。"

父亲是跟着毛泽东的革命道路一直走过来的。在相当长的历史时期，他和中国人民一样，十分崇敬毛泽东，虽然在五十年代中期以后多有负面看法，但听者能感觉到，他认为毛泽东的出发点大多是为人民的，希望他能醒悟，能认识，能改变。但后来，有些失望地说："过去每次运动结束，我们都要反省存在的错误和不当，这次运动，他怕是不会承认错误了。"

父亲说："毛泽东早年受过无政府主义思潮的影响，'文化大革命'是他这种思想的又一次实践。"

毛主席逝世以后，全国人民沉浸在悲痛之中。长安县设了灵堂，供人们吊唁。去以前，父亲表现得很平静，没想到，进了灵堂，看见他一生都熟视的照片，他突然失声痛哭了，非常非常真诚。

回来以后，一句也不说毛泽东的不是。他说：

"他是新民主主义革命自始至终不朽的人物。"

不久，对毛主席一生的评价，流行着三七开的说法：三分错误，七分成就。父亲写了一段话让我看：

"对任何历史人物或现代人，都不能笼统地分'成'，说是三七开或二八开，而是应该分阶段来看。人是发展的行动体，而不是物体，不能拿数学上的比例来分解人的行为。

"应该分阶段来看人,就像列宁对待普列汉诺夫的态度。普列汉诺夫在俄国宣传马克思主义有启蒙的功绩,列宁充分肯定这一点;但是,这个人到后来做了无产阶级革命事业的叛徒,列宁和他进行了无情的斗争。斯大林也一样,要分阶段来分析。"

十三、谈作家的时代局限

与上个时代相比,这个时代的人对政治减少了热情,甚至感到厌烦。《创业史》中许多涉及政治的描述也有同样效果。上个时代是"政治挂帅"的时代,政治活动和词汇充斥在各个领域,甚至各个角落。从这一点看,这正是作品反映时代的真实,也是时代的局限。在我看来,也不乏《创业史》描写的深刻。

大约1975年、1976年,父亲曾对我说:"每一个人都受到三个局限性:时代的局限性,也就是社会的局限性;阶级的局限性，也就是经济地位和社会地位的局限性；个人的局限性。这三个局限性谁也脱不开，我也不例外。"

是的，上个时代的意识形态在他身上有着突出表现。他信仰马列主义，不仅是信仰，是认真研读马列主义的著作。他忠于中国共产党，他是追随毛泽东，和千百万革命者共同奋斗打出新中国的一个坚定的革命者。所以，不管党走过怎样曲折的道路，犯过什么样的错误，他都是不懈地研究解决问题的方法，我从来没有听他说过一句带有消极情绪的话，也从来没有因为个人的遭遇和不幸说过一句抱怨的话。

父亲的小说政治色彩十分浓厚，有人说他写的是政治小说。我讲个小笑话。

有一天，他正在病床上熟睡，突然醒了，一咕噜坐起来，明眸中射出一道犀利的光说："我正在一个国际会议上和别人辩论呢，话还没说完怎么就醒来了？"我忍不住要笑，他也似有惋惜地笑了。

父亲睡梦中都萦绕着政治问题。

十年"文革"，许多人深陷权力斗争和派性斗争中，对一些国际问题，人们的注意力淡了。比如1973年爆发的第四次中东战争。父亲天天看参考，通过这唯一能了解国际形势的渠道，关注战争的发展和变化。他说："中东事务我们插不上手。如果在正常情况下，有影响的人们应该发表声明，通过舆论支持正义的行动。"

在一段沉思之后，他的一句话给我留下很深的记忆："巴以问题的解决，最终恐怕只有一条路，要把这两个国家都安排在同一个地球上。"因为当时巴以关系是一个要消灭一个，一个要赶走一个。这话听起来挺新鲜。

在我们批判"苏联修正主义三和一少"[①]观点的时候，他说："和平共处五项原则应该是我们对外关系的政治总原则，不同制度和同制

---

① 和平共处、和平竞争、和平过渡，减少对抗和斗争。

度的国家都适用。"

在闲谈中,有一天说起二战,父亲说:"第二次世界大战,由于苏德战争的结束,使苏联有条件介入中国战场,也就提前结束了中国的抗日战争。我们原先对战争做了更长期的准备。我想,如果用更长的时间,完全依靠中国自己的力量结束日本的侵略,国民党反动派也会同归于尽,以后,国家的形势就不一样了,那样,我们的胜利更扎实,对人民的发动和组织更深入更广泛,人民的觉悟会更高。"

由战争引起他对我国军事政策的联想:"今后,我们不要参加任何军事同盟,不参加跟邻国的军事同盟,也不参加同一制度的军事同盟,要反对国与国之间的战争,支持反侵略的战争。"

"核武器的发展和竞争对人类是极大的威胁,我们要反对一切核武装,和平利用核能,通过发展无核区逐渐实现人类禁止核武器。"

听了这几句话,我理解,经历了几十年战争的人们多么渴望和平,对一些国家发展核武器,搞军备竞赛,父亲担忧,这样下去,严重威胁人类的生存。

上面的谈话,现在看很一般,但运动中没有人考虑这些,也不符合当时的政治气候,我感觉,他真是个"政治中人"。

在"文革"的非常时期,他无法写作,或无法全力投入写作,有几年,几乎每天都要谈国际关系,世界大事,我有时觉得他不像作家,倒像个从政者。比如,在中日邦交正常化那段,整天谈论田中角荣首相、大平正芳外相、二阶堂进内阁官房长官等人,来客所谈也是这些内容。一天,有人问他:"二阶堂进是什么官衔?有一阶堂吗?"父亲没有丝毫异样,给他解释这是人的名字,不是官职……我发现,就是因为他与人讨论问题从不轻视对方,他的平等谦虚的态度,使许多人喜欢和他闲聊。

洛克希德[①]事件爆发以后,田中角荣困境难解,父亲说:"田中角

---

① 指1976年美国洛克希德公司行贿案。日本战后四大丑闻事件之一。

荣是资产阶级的'左'倾人物，他上台，完成了日本的政权变革，也就表示田中的任务完成了。田中采取了对华关系正常化，是日本社会的迫切需要，有利于他们同中国做大的交易，解决日本的经济不适和发展问题，一旦这个问题解决了，资产阶级右翼就要将他从政权要位上赶掉。"

粉碎"四人帮"以后，对期待中的经济改革，他曾说过许多话，比如他说："一定要改变我们这种封闭状态，不能再宣传什么'既无外债，又无内债'的自满论调，以后，我们要跟一切国家自由贸易，不受民族、国家、政治的任何限制，互通有无，互通余缺。"

这种看法现在看来是常识，但与当时的社会舆论和主流观点背道而驰，所以，我听了有"如听仙乐耳暂明"的感觉。

客观全面地讲，父亲虽然十分看重农村的集贸市场，认为这是农民生活绝不能缺少的物资交流场所，但他对以后实行的市场经济了解较少，还没有多少概念。

政治话题谈得多了，我就问他：

"爸，你为什么不从政？"

"在政治上我的能力更突出一些。"父亲说。

"那你为什么不从政？"

"如果没有写出《种谷记》，我很可能就从政了。"

"也许你从政更有成绩，你不会是个平庸的人。"

"也许哪次运动就摔了跟头，这种可能性更大。政治嘛，过去就过去了。"

我心里想，父亲是不是觉得"文章草草传千古，仕途匆匆仅十年"？又问他："你为什么不顾一切要走文学创作的道路？"

他说："首先是热爱，虽然我痴迷文学，但我文学的路走得很苦很苦，早期教育缺陷很大，身边没有懂文学的人指导，全靠自己黑摸着走过来。"

"论文学才能,我是个中等材料,全靠自己认真生活,刻苦学习和创作才写出这点东西。"

父亲说:"文学事业是个光荣艰巨的事业,每个时代写作的人很多,作品也很多,但是,真正在文学史上流传下来的不多。"

我说:"'韩愈文起,八代而衰',你的《创业史》许多地方也可以供别人学习和借鉴。如果中国文学都达到你的水平该多好!"

父亲说:"是的,从韩愈以后,人们受到启发和引导,都学习他的手法,文学出现了新局面。人们是可以从《创业史》里学习一些新的手法。"

他又说:"作家与作家之间最根本的差别往往不是文字技巧,而是在生活和思想上,同时也有意志的竞赛。"

让我一直铭记在心的还有这样一段话:

"这些年,包括一些运动,来了就是一股风,不让人分析,不管什么事都要'一边倒',所以,对一些问题的看法不断地'翻饼子',下一个时代恐怕也会表现出来,我的《创业史》肯定会被否定……"

停了一会儿,他说:"五十年以后再看吧!"

我说:"你的意思是至少还要经受五十年的摔打才能看出它是否有文学和历史价值吗?"

他说:"普希金死后近百年,人们都把他看作贵族作家,别林斯基才把他的真面貌分析给大家,他是人民作家,在俄罗斯文学史上有特殊意义。"

父亲又说:"作家有多种情况,一种是自己直接观察生活得出结论后进行创作,这就是一般所说的有独创性的作家,也就是说真正够得上作家的那种人,这样的人在任何时代都是少数几个,有时候一个也没有,因为那个时代不允许有独创性。

"大多数情况是作家并不直接观察生活,或者虽然直接观察生活,并不能得出自己的结论。他们到生活中去,并不是为了观察,而是为了寻找形象，以便表现别人已经得出的结论。这种结论是否正确，他们并无把握，因为他们不知道这种结论是怎么得出来的。

"通常这种表现别人结论的作品，是模仿最受欢迎的艺术创作而粗制滥造的东西。有些则是盗窃前人或外国人的作品的思想和布局改头换面的复制品。但最多的是教条主义在文艺领导上的统治，使大家搜集形象表现一个共同的公式。表现生动的就是成功的，树立起榜样，让大家模仿。"

父亲的这些话以及平时对我的影响，我十分清楚，是在告诫我：不要跟着"风"跑！"你的阅历浅，这些也不是你的亲身经历……"

最后，父亲还说了一句话："下一个时代，你们会右，也许会右得不能再右了，走不下下去的时候，就会回过头来再寻找正确的路，历史上这样的现象太多了。"

十四、父亲的金钱观

父亲去世后，在走访过程中，我对他的经济状况有了更多了解。

在他身边几年的通信员张振武，和马葳姨姨一起管理着家里的生活开销，他最了解情况，不断感叹：

"这么个大作家，接见外宾都没件衣服穿。日本作家木顺下其1963年来，宣传部让他到机场接，因为没有像样外衣没去，是木顺下其坐了车亲自到皇甫村来的。印尼一个作家代表团来，也是因为没衣裳，没去见。马葳说他，你看人家谁和你一样？他说咱不学人家的样子，咱在农村穿得太好也不行，群众会躲着你。"

张振武说："他每月要给北京的你们俩寄钱，给沈阳的内弟寄钱，这里要养活五个孩子、姥姥、小姨，我的工资、二姐的工资……日子经常紧紧巴巴。"

"虽说紧张，他一贯不让我们在队上买菜，到王曲镇上买。队上偶然送点菜来，一定要给钱，一次送来些洋芋，队上二分一斤，市价四分，他和马葳非按市价付款。"

张振武说："柳书记是个'怪'人。有些事情'大方'得出奇，生产队来借钱，一借就给，还与不还，他从来不问。"父亲有些事又"小气"得出众。除了父亲说为了支撑繁重的脑力劳动，自己吃得比家庭成员好些，在家庭生活开销上极"吝啬"，能省就省，生活用具上"物尽其用"，一定要用到不能再用，以致让人觉得寒酸。这时的父亲没有一点学者风度，完全是个穷苦老农民的做派。

中青社的王维玲说："《创业史》第一部出版以后，刊物转载的多了，除《延河》连载的稿酬留下补充家用，其余的全部给了公社。"

父亲庆幸地说："有一阵稿费不断，正是最困难那段，帮我度过来了。"

我走访过程中，有人说他给公社的钱修了一座桥，队上还做了什么，买了什么。父亲没说过，我估计，钱给了公社，他就不会插手人家的安排了。

三年困难时期，各种开销增加，家庭经济窘迫，有人说是他捐献稿费造成自己的被动。"文革"中造反派又说他捐款是"沽名钓誉""吃小亏占大便宜""收买人心"。父亲对我说："从大哥给我存下留学的一批钱，我一分没要给了老家，我这一生手底下也走过不少钱，但每次捐出，我都很坚决，不管谁说什么，都没有犹豫过。"

父亲曾对我说："我计划以后每部《创业史》的钱都用做社会公益

事业。"

1964年，他给过王维玲一封信，谈到他对金钱的看法，我全文引述，让人们更了解他的心灵：

> 我必须坦白地说，在当今中国最轻视金钞的人们中，我也是一个相当积极的分子。你们知道我从未算过稿费的账，多了，少了，各种算法我都不管它。我把这本书的第一次全部基本稿酬和印数稿酬，给公社办机械厂，绝不是刮共产风。如果有人这样看，以为我自己的错误招致了自己的困难，那才真是见鬼！我捐钞与共产风绝对无关。在合作化以前，我已决定这样做了。第一，我为了取得周围群众原谅我吃得好一点，体力劳动少一点；让他们相信我，工作不仅在精神上不是为了自己，而且在物质上，也不是为了自己。第二，为了避免家中存款过多，可能引起的不良后果和各种麻烦，影响我的工作。如果今后条件允许，我仍将像现在一样帮助周围的生产队和公社的公益事业。这是人类进步文学人士的优良传统，并不是哪个作家特别，开始有的一种优秀品质。作家除了自己营养好一点，以便支付重脑力劳动的热量；子女教育不成问题，以便使自己减少人情上的烦恼；工作条件过得去，以便使自己不必进城去跑图书馆，或发生住宅坍塌以外……应该过简朴的生活。这种生活培养出来的感情和作家创作劳动的感情，以及作家要唤起读者的感情，才是一致的。奢侈生活，必然断送作家，败坏作家的感情和情绪，使作家成为言行不符的家伙，写出矫揉造作的虚伪作品，只有技巧而无真情。鼓励作家将多余的劳动报酬帮助社会事业，在我看来这是正常的、健康的历史道路。不尊重作家的劳动；不承认作家生活和机关干部生活的差别性；无视作家生活社会化的各种实际困难；或者，在劳动报酬和政治待遇的实际措施上助长作家生活机关化，使作家深入生活的口号，

执行起来软弱无力；而真正在群众中安家落户，遇到许多无法克服的实际困难，又无人问津。对我来说，无论前一个时期，以高额稿酬将文学作品商品化也罢，近二三年说作家靠自己的稿费生活和教育子女是"自留地思想"也罢，我决不从阵地上后退一步。

"文革"前，在一个小本子上父亲写了一句话："脱离了物质羁绊的人，才是高尚的人，为精神目标而奋斗。"

父亲这样想，也这样说，也许这并不困难，最困难的是做到，他做到了，完全自觉地做到了！

十五、父亲最后的建议

真的，我很困惑。1960年，父亲差一点就成了"右倾机会主义分子"；1964年"社教"中说他不关心社会上的阶级斗争，不参加单位的阶级斗争，只关心自己的写作；"文化大革命"，父亲干脆就成了"走资本主义道路的当权派"，而且是"顽固不化"的，作为"从严典型"，一直得不到解脱的、唯一"死不改悔的走资派"。

进入新时代。社会对他的看法一反以往，成为另一个极端——被批判、被摈弃的极左思潮的突出人物。

我更加困惑的是，父亲现存文字表现出来的，与他完整思想和生活经历的全貌那么扭曲、片面，社会历史原因造成他没能留下完整的艺术作品和系统的思想见解。

历史怎样看他：优点、缺点、高峰、峡谷、成绩、不足，任人评说。但我相信："后之良史，岂有所私？"

这里，我也想说说父亲是怎样看待他自己的。

父亲说："在文学上，我从一开始就有'独创'精神。要想成为一个真正的作家，就要从不模仿别人做起。"

这里，我还想写出父亲的又一个建议，是他思考过多次，在生命垂危时仍然急欲表达，而未能如愿陈述的建议。我在2004年将他的基本思想整理成文，给过有关机构，2007年又在《长安》杂志上发表。

现在，仍保持原文，重述如下：

1978年，父亲带着许多遗憾离开了他热爱的祖国和眷恋的人民，他的遗憾，不仅有未完成的作品，也有一个思考过多年的想法——建议将我国的省份按照经济发展的需要重新划分。

我第一次听他说起这个想法是1970年，他出了"牛棚"，在家闲居，借了些有关美国历史和世界地理的书籍，在反复阅读的同时和我谈起。这些想法也和陕西作协的陆萌、陕西音乐家协会的常增刚、陕西广电局的李旭东、陕西文化局的叶增宽及长安县的一些干部谈过。

我将大家的回忆归纳整理，将他的主要观点简述如下：

1949年，新中国建立以后，国家的中心任务是发展生产，富民强国。而目前的行政区划对我国的经济建设适应性不强，甚至存在不利影响。

父亲曾详细地讲述了我国历史上行政建制的形成和历史朝代的变化，最后的结论是：我国省界的划分，基本上是缘于几千年封建社会政治割据形成的,沿袭至今。为了适应现代化建设的需要,应按照经济区域重新划分。

他分析了现在的区域划分对我国经济建设的不利影响:

我国有些省份,一省之内,几个地区,自然条件如地形、气候、农作物品种、生物群落、地质矿藏、工业、物产等等,差异极大。这就使省级领导的工作千头万绪,复杂多样,不利于他们对每一项工作进行深入研究,把握规律,提高领导水平。

举陕西省为例:

陕西是一个东西狭窄,南北偏长的省份,南北长约九百公里,东西窄处二百公里,宽处不超过五百公里,基本分成三个部分:陕北、关中、陕南。

陕北是黄土高原,干旱少雨,土壤比较贫瘠,但有煤和石油。关中地区土地肥沃,地势平坦,气候温和,适宜于农作物生长,曾经是多个皇朝的首善之区,就说明这里自然条件优越。陕南在我国南北气候的分界线——秦岭的南边,和巴蜀地区十分相近。

从自然条件、文化传统到经济结构,这三个地区差异都相当大。多少年来,陕北人和晋北人来往频繁,和内蒙南边、甘肃东部也过从甚密。原因在于,地域相接,自然条件、经济水平、生活习惯,甚至语言都十分相近。而关中和晋南的自然条件基本相同,古往今来,社会生活联系紧密。解放前晋南人常说的"上省城",不是到太原,而是到西安。陕南地处秦岭南麓的丹江、汉江流域,既有富饶的盆地、河谷,也有贫瘠的崇山峻岭,盛产大米、桐油等,部分地区和川北的地形气候相近,经济情况类似,生活习惯、语言也极相近。也就是说那里和川北是一个经济自然区。现在汉中、安康等地属陕西的一个地区,与省会西安隔一个秦岭,往返都要经过"难于上青天"的蜀道,给行政管理、生产运输、邮电、商品供应等等,带来很大的不便。如果将陕南的一些地区与川北划为一个单独的省，则有利于管理和领导。

如上所述，若将陕西的这三个地区分别和相邻的、条件相近的地区重新组合，它的好处是：

以经济区域划分省份，把我国现有的省份划小，每个省可以根据自己的特点研究适合于本地区发展的经济项目，现在的社会结构、经济结构就会变得单纯一些，有利于科学地组织社会生产、合理地设置经济布局，集中专业人才进行科学研究，使科研、生产不断深化，同时，也便于中央和地方政府的宏观调控。

上世纪七十年代初父亲谈到这个问题时，正值陕北连年灾荒，当时，为了给陕北运送救济粮，调动了许多辆卡车，日夜不停，运上去的粮食也还是杯水车薪。如果省份划分得合理些，物资调运就不必翻山越岭，千里迢迢往返于西安，既省时省钱，提高效率，又节约能源。

我国的人口数量大，有的省人口上亿，相当于欧洲的几个国家，管理起来十分复杂，以自然条件和经济特征为主要原则划分省份后，有利于中央和地方政府的管理，可以对不同地区制定有针对性的政策。

几十年来，有个比较普遍的现象：上面领导容易"一刀切"，下边行事容易"一窝蜂"。如果能按照相似的经济条件划分省份，制定有针对性的政策，这种现象或许有可能减少。

父亲多次以美国为例说明省份划小的好处：美国的国土面积与我国大小相当，美国共有五十个州，它的州土面积一般都比中国的省小。这一点，不仅在管理和生产发展上有它的优越之处，从政治角度看，也有一定作用。美国自独立战争之后，二百多年来，社会基本是稳定的，其原因很多，州的划分比较小即使不是主要原因，也是因素之一。中国将省划小，不仅有利于发展生产，同样也有利于加强中央领导，克服地方割据，保持社会的长期稳定。

在研究美国历史的过程中,父亲说:"英国原来是最发达的资本主义,美国是英国的殖民地,自它独立以后,经济发展非常快,现在十分强大,超过了英国。美国为什么发展这么快,总是有其经济上和政治上的原因。美国自然条件得天独厚是个有利条件,但最主要的是,他们独立以后,从华盛顿开始,就是根据自己的条件全力发展自己的经济,充分解放自己的生产力。"

他举了美国因地制宜的大量实例,与我国当时不管条件如何,推广"农业学大寨",到处修梯田对照,说明这是违反规律,不科学的做法。

他说:研究资本主义的发展和兴盛,主要是借鉴它的经验,找寻一条适合我国发展的途径,同时也要研究社会主义发展的规律。只有找到和懂得了规律,才不会盲从。

他的这一想法曾经对许多人说过。担任过陕西省长安县委副书记的安于密说:"1958年,公社化以后,中央要撤大区,并大县,他对我说:'并大县?不如干脆把省重新划分的合理一些(当时就详述了陕西省重新划分的设想,如前所述,不再重复)。并且说要按因地制宜的原则发展生产,陕北应该是林牧业发展基地,关中应该是商品粮生产基地,关中的良田种了苹果,太可惜了。"

父亲还说:"当然,重划省份要使各省都受益,否则阻力很大,意义有限……如果省份不能马上划分,问题太多,也要不同经济区域不同对待,适合种什么作物就种什么作物,不要一个地方什么都种,或者用行政手段强行推广某一种作物。因地制宜就可以使一些穷地方较快富起来。"

上世纪七十年代,父亲到北京看病,他同王维玲也谈过这个想法。

1972年,我陪父亲到北京看病,把他写的《建议改变陕北的土地经营方针,为将陕北建设成我国的先进经济区而奋斗》一文,通过胡耀邦同志的协助,送给了周恩来总理,总理很重视,交给在北京开会的陕西省委书记李瑞山,当时因受"以粮为纲"思想的影响,这一建议被束之高阁。不过,王震副总理很关心陕北建设,派他的秘书来和父亲交谈过。大概就是这个原因,1978年,我陪父亲到北京住院时,李先念副总理派了国务院的两个同志(其中一个同志记得叫孙岳)来看望他,谈过陕西情况后,父亲已体力不支,最后,父亲说:"希望你们再来一次,我想和你们谈一下我对党内监察工作和我国省界划分的想法。"令人扼腕的是,十几天之后,父亲不幸辞世,他的这一建议再无机会向国家高层反映。他在世时,曾多次想把这一建议撰写成文,但因病重体弱,终未如愿。就在他离世前的几天,身体已极度虚弱,自知来日不多,还几次与我说起这件事:"我是看不见新的'长征'了,重新划分省份对以后的经济发展是有意义的,希望将来在条件合适的时候,国家领导和有关部门能把这件事办了。"

前些年听说我国有关部门也曾考虑这个问题,我立刻想到他的这个建议。

显而易见,改革开放已三十余年,我国的经济状况、交通条件、社会环境诸方面都发生了巨大的变化,改革的思路和方法必然要与时俱进。但是,我仍想将父亲曾经的建议写出来。除了供决策者参考,也告慰期盼国家兴旺发达、人民丰衣足食的在天慈父。

附：

柳青生平简明年表

1916年7月2日　生于陕西省吴堡县寺沟村

1924年—1926年　在本村上小学

1927年　在陕西省佳县螅镇上完小

1928年　在陕西省米脂县东街小学上高小

1928年5月　加入共青团

1929年—1930年上半年　在佳县螅镇上高小

1930年下半年　在绥德陕西省立第四师范学校上初中，寒假学校被查封

1931年上半年　在家务农

1931年下半年—1934年上半年　在榆林陕西省第六中学上初中

1934年下半年—1937年上半年　在西安高中上学

1936年12月　加入中国共产党，担任学联会学联刊物《学生呼声》主编

1937年下半年　担任《西北文化日报》副刊编辑

1937年11月　入西安临时大学俄文先修班学习

1938年5月　到延安，在陕甘宁边区文化协会工作，直到1939年7月

1939年8月—12月　在一一五师晋西支队二团一营工作，12月底到太行总部

1940年1月—5月　在一二九师三八六旅七七一团一营工作

1940年6月—8月　任华北《新华日报》驻晋冀鲁豫边区政府筹备处特派员

1940后9月—10月　回延安

1940年11月　在中华全国文艺界抗敌协会延安分会工作

1943年3月—1945年9月　在米脂县印斗区三乡从事农村工作

1945年10月—1946年3月　在从陕北到东北的途中

1946年4月—1947年12月　在旅大（今大连市）地委工作，分管出版工作，同时创作《种谷记》

1948年1月—10月　从东北回延安（期间2月—6月路经河北遵化，在冀东区党委参加土改复查工作）

1948年10月—1949年4月　在陕北农村为创作《铜墙铁壁》准备材料

1949年5月—12月　在秦皇岛市委完成《铜墙铁壁》初稿

1950年1月—1951年3月　在团中央修改《铜墙铁壁》

1951年4月—9月　参加创办《中国青年报》，并主持文艺副刊工作

1951年10月—12月　出访苏联

1952年3月—5月　在上海参加"五反"工作

1952年6月—9月　在陕西西北局做社会调研

1952年9月—1953年4月　在长安县委担任县委副书记

1953年4月　辞去长安县委副书记一职，落户皇甫村，暂时借住常宁宫

1955年5月　全家搬到皇甫村中宫寺，一直住到1967年初

1954年—1955年秋　完成《创业史》第一部第一稿

1956年　完成《创业中》第一部第二稿

1958年　完成《创业史》第一部第三稿

1959年—1960年　继续精雕细刻第四稿，直至出版

1965年　完成《创业史》第二部上卷初稿

1967年　家中被洗劫一空，随后搬到西安一座简易楼上。同年，到三原山西庄劳动锻炼

1968年　作为"阶级敌人"被关进牛棚

1972年　被"解放"

1974年　搬回长安县韦曲西安市老干所

1978年6月13日　在北京逝世

后　　记

　　从父亲离开我的那一刻，我就坚定不移地认定我的未来必须完成一件事——把他的遗憾落到纸上。

　　所以，他辞世后的一两年里，我尽可能多地走访了他各个时期的同事、上下级、米脂县和长安县的各级干部、村民、朋友、亲戚，以及与他接触过且有感想和记忆的人。没有资料收集工作作基础，就没有这本传记。

　　由于当时的主客观条件都不允许开始写作，我便全身心投入到职业工作里，把希望寄托到退休后。虽然我日日夜夜都记挂着这件事，但2001年真的退休了，却胆怯地不敢拿起笔，一点自信也没有，焦急和畏惧日复一日。进入2003年，我更担忧岁月催人老，才下决心拿起了一生都敬畏的笔，开始杂乱无章、毫无头绪地述写有关父亲的往事。这期间到2005年断断续续写了一大堆。这一稿几乎不能用，仅仅把记忆召唤回来了。

　　2006年，父亲生前的几句话一再敲打我。他曾略带失望，更是激励地对我说："女儿呀！你长了我的头脑，血管里流了我的血，但没有我的精神！"他要求我在克服缺点，决心行动时对自己要狠。他当时随手找出在苏联访问时从马马耶夫岗索要的一块第二次世界大战遗留下来的碎弹片送给我，说："没有千锤百炼你就是一块废铁！没有钢铁般的意志你会一事无成！"2006年，我下了狠心，度过了月夜中写作、日出后休息的三年，写出了有章有节的一稿。此后的几年又系统修改了两三遍。2012年初，我觉得可以定稿了，同时接受专业人士的建议，继续做最后的润色。今年，出版社的编辑调整了全书结构，加工了文字，使书稿得到显著提高，终于可以奉献给读者了。

谨以此书铭记父亲的嘱托，也怀念1978年到1979年我走访过的许许多多如今已经谢世的前辈：王家斌、董柄汉、冯继贤、罗昌怀、蒲忠智、常银占、常文君、严德州、吕玉修……给我提供大量资料的张家谋、安于密、孟维刚、刘生瑞、王培德、陈尊祥、郭盼生等，在长安县与父亲风雨同舟的干部们，以及文艺界的同行：王维玲、李旭东、金葳、林默涵、贺抒玉、常曾刚、贺鸿训、董得理、王绳武、王丕祥、刘敬贤、肖枫、卢东阳……是他们真诚地倾尽所知，才有了这本书的许多细节。无论那个时代有多少失误和成功，他们都为国家发展、民族振兴做过探索和奋斗，在接受宝贵经验和教训的同时，我们应该永远敬仰和怀念为国为民奋斗过的每一个人！

最后，本书出版得到西安市委宣传部、长安区委宣传部、长安区文联的支持和帮助，谨表谢忱！

2015年11月29日